UNIVERSALE
ECONOMICA
FELTRINELLI

VANESSA MONTFORT
Il sogno della crisalide

Traduzione di Enrica Budetta

Titolo dell'opera originale
EL SUEÑO DE LA CRISÁLIDA

Traduzione dallo spagnolo di
ENRICA BUDETTA

Prima edizione ne "I Narratori" febbraio 2020
Prima edizione nell'"Universale Economica" ottobre 2021

Stampa 3 Erre Srl - Orio Litta (LO)

ISBN 978-88-07-89565-4

Per le canzoni:
p. 409, *Mojado*, Ricardo Arjona (Sony BMG Music);
p. 456, *Como la Cigarra*, María Elena Walsh;
pp. 541-542, *Humanity*, Scorpions (BMG)

Il sogno della crisalide

A Miguel Ángel Lamata,
mio compagno nella vita e nei racconti,
perché mi ricorda sempre le mie ali.

La verità vi renderà liberi.

Gesù

È meglio conquistare te stesso che vincere mille battaglie.

Buddha

L'inchiostro del sapiente è più prezioso del sangue del martire.

Maometto

Cosa vede il cieco se anche gli si mette una lampada in mano?

Proverbio indù

Quando mi libero di quello che sono, divento quello che potrei essere.

Lao-Tse

La prima crisalide

> La cosa più incredibile dei miracoli è che accadono.
>
> G.K. Chesterton

Per quante ore due persone possono stare sedute vicine senza dirsi una parola? Da otto a tredici, lo so per esperienza.

E dove? Su un aereo e sul posto di lavoro. Magari anche di più, ma il mio record personale è questo.

In un passato molto recente, quando la nostra attenzione non era ancora stata fagocitata dal fulgore ipnotico di cellulari e tablet, ricordo di essermi goduta conversazioni insolite con i miei compagni di viaggio: su treni, autobus, voli intercontinentali, persino in metropolitana. Viaggiatori anonimi conosciuti nel corso di quel breve frammento della loro esistenza e da cui alla fine mi dispiaceva congedarmi visto che, addirittura quasi prima di sedersi, iniziavano a raccontarmi la loro vita. Quello era il mio superpotere. Un superpotere molto utile quando fai la giornalista: adulteri, rovine finanziarie, innamoramenti, drammi quotidiani, incesti, dubbi esistenziali, case allagate... Di loro avrei saputo soltanto ciò che sarebbero stati disposti a confessarmi, e che alla fine si sarebbe rivelato più intimo di quanto essi stessi avessero potuto prevedere, probabilmente grazie alla tranquillità che derivava dall'anonimato e dalla certezza di non rivedersi mai più.

Eppure, quando ho conosciuto Greta su quel Boeing 747 New York-Madrid, da anni ero diventata invisibile per i miei compagni di viaggio, e loro per me. Era come se il mondo intero avesse smesso di accordarmi fiducia. Per questo non avrei mai immaginato che quelle sette ore di conversazione si sarebbero prolungate in un anno intero di confessioni, per di più reciproche. Finisco di rivedere oggi quegli appunti che, allo stesso modo, ho cominciato a prendere senza avere la minima idea di cosa ne avrei fatto.

In un certo senso, attraversare l'Atlantico quella primavera del 2017 ha spezzato il mio incantesimo: un incantesimo che, adesso lo so, si trascinava da quando avevo lasciato il giornalismo. Mi vengono le vertigini al pensiero di quanto sarebbero diverse le nostre vite, quella di Greta e la mia, se non avessimo iniziato quella conversazione.

Perché fin dalla prima parola io abbia abboccato alla sua storia come a un amo, perché abbia iniziato a scriverla e abbia combattuto tanto per farla pubblicare, sono domande a cui sono riuscita a darmi una risposta soltanto quando ho finito questo libro.

Eppure ho avuto eccome, sin dal primo istante, una certezza: una storia come quella di Greta non era mai stata raccontata prima. Non per il suo contenuto polemico, ma perché parla della nostra magica capacità di ricostruirci.

"Nostra" di chi? Di noi esseri umani. Con il nostro bisogno di trasformazione. Qualcosa che in questo momento mi ossessiona anche per colpa di Leandro Mateos, esperto allo stesso modo di insetti volanti e della mia persona: la crisalide. Il nostro unico, grande, cambiamento vitale. Qualcosa in cui ho sempre creduto, ma a cui finora non ero stata in grado di dare un nome: il sospetto che tutti noi esseri umani abbiamo almeno un'opportunità di realizzare un cambiamento a centottanta gradi per acquisire la nostra forma più autentica; l'occasione di mettere alla prova la nostra capacità di trasformazione. Perché ce l'abbiamo, anche se a volte ci sembra di no o ci sentiamo incapaci di esercitarla.

Ma anche la prima crisalide ha dovuto sognare le sue ali.

In fondo, penso di avere sempre creduto nel nostro potere di operare il miracolo di un cambiamento importante: dolori, guerre, rotture, ferite, tsunami, crisi, disillusioni, pandemie, catastrofi sono processi in grado di annientarci, come poveri bruchi destinati a strisciare, ma allo stesso tempo possono condurci a una rinascita, che si accompagna a una nuova capacità: quella di volare. Stranamente, quando ho conosciuto Greta, avevo smesso di crederci.

Inizio a scrivere il prologo di questa storia anche – e non mi vergogno di ammetterlo – con lo scudo della finzione. Nei miei anni da giornalista ho avuto modo di scoprire che è proprio vero ciò che una volta mi aveva detto Ernesto, il mio primo mentore, quando mi aveva preso sotto la sua ala, in un periodo in cui ancora mi imbarazzava alzare la mano durante le conferenze stampa: a volte, una cornice narrativa ci permette di avvicinarci maggiormente alla realtà o di sentirci più liberi di raccontarla. Perciò approfitto di queste pagine introduttive per mettere in chiaro che nomi e luoghi sono stati modificati allo scopo di proteggere la riservatezza dei protagonisti.

Loro hanno voluto così e io lo rispetto.

Confesso che oggi, 18 maggio 2018, mentre scrivo le righe che chiuderanno questa storia per aprirla finalmente al mondo, ho smesso di preoccuparmi se sarà in grado di ripagarmi del putiferio di una polemica che non avevo intenzione di suscitare, così come hanno smesso di preoccuparmi le minacce goffe e fastidiose che ho subìto, gli insulti di sconosciuti che non approfondiranno le mie motivazioni, la suscettibilità di certi amici, il chiacchiericcio sboccato della rete... Solo per aver scelto di raccontare quella che considero una grande storia. Una storia necessaria.

E perché tutto questo non mi preoccupa più? Perché l'ho già raccontata. La sua storia, ma anche la mia.

Il sonno di una crisalide è un sonno pieno di fermenti.

Non è un sonno inattivo. È un tempo morto in cui si sviluppa un processo solitario e miracoloso, durante il quale è necessario fermarsi... ed è altrettanto necessario il silenzio.

Due cose che, prima, non mi sarei mai concessa.

Oggi, dopo questo immenso viaggio di un anno, credo di sapere cosa pensa una crisalide durante il suo lento e traumatico processo: mi ribellerò a questa inattività. Renderò reale ciò che adesso sto sognando. Mi trasformerò in ciò che voglio essere. Volerò dove mi pare. E mai e poi mai tornerò a strisciare.

Come ha scritto Chesterton: "La cosa più incredibile dei miracoli è che accadono," e io, che sono stata testimone di un miracolo, voglio raccontarlo.

Un miracolo umano. Grande come noi.

Immenso e quotidiano come il miracolo dell'amore o della vita.

Una volta ho sentito dire che l'unico ostacolo che ci separa dalla felicità è la paura del cambiamento. Anche Greta – come abbiamo deciso insieme che l'avrei chiamata, per proteggere il suo anonimato – l'ha provata, ma la sta vincendo. Se ha spezzato o meno l'involucro trasparente che si era costruita pian piano nel corso di quest'anno, lo scopriremo più avanti. Io, però, sono felice che lei mi abbia raccontato, dall'interno del suo impenetrabile bozzolo di seta, ciò che un essere umano prova nell'annientarsi e rinascere, trasformato in qualcos'altro.

Migliore e più libero.

Accompagnarla in questo processo mi ha donato una luce potente: la consapevolezza che ciò è possibile.

PATRICIA MONTMANY
Madrid, 18 maggio 2018

Parte prima

FASE LARVALE

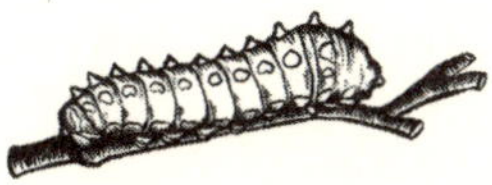

In natura esiste un processo, magico e quotidiano allo stesso tempo, che porta un bruco a trasformarsi in farfalla. Per compierlo, quel goffo animaletto affronterà ogni genere di pericolo con un solo obiettivo: sopravvivere fino al momento del cambiamento vitale definitivo. Pertanto, sceglierà un luogo dove potersi costruire un solido rifugio di seta e dare inizio a un processo straordinario, che è anche il più traumatico che esista in natura: innanzitutto, dovrà decomporsi fino a liquefarsi in un brodo proteico; del suo vecchio esoscheletro resteranno intatti solo il cuore e il cervello; a partire da essi ricostruirà faticosamente una nuova struttura più resistente, lunghe estremità che prima non aveva, nuovi occhi composti che gli consentiranno di vedere ciò che prima non era in grado di vedere e ali potenti ed elastiche che gli daranno un nuovo potere: quello di volare.

In questa prima fase il bruco potrebbe già avere i colori della farfalla in cui si trasformerà più avanti, se completerà il processo con esito positivo, ma nulla lascia ancora presagire la sua forma finale. Per il momento può soltanto trascinarsi, ma questo lo rende più vulnerabile di fronte ai predatori, dunque si vede costretto a crescere il più rapidamente possibile. In pochissimo tempo può acquisire una lunghezza venti volte maggiore rispetto a quella iniziale. Per proteggersi a volte assumerà un aspetto minaccioso, altre cercherà di rendersi invisibile, confondendosi con ciò che lo circonda per non farsi notare, fino a trovare un luogo sicuro per compiere la propria metamorfosi.

LEANDRO MATEOS, *Il miracolo biologico delle farfalle* (2017, p. 23)

In una capsula di alluminio

1.
Madrid, primavera 2017

Oggi, in un giorno di primavera che non so esattamente quale sia, il mio orologio interno mi ha svegliato ancora una volta prima del cellulare. Mi succede da anni. Sono come un pompiere di turno che tutte le mattine apre gli occhi con la mente pronta a spegnere un incendio. Mi sono tolta dalla bocca il bite che, in effetti, è tutto mangiucchiato – appunto per me stessa: telefonare al dentista – e ho controllato di nuovo il cellulare prima di alzarmi, cosa che ieri, quando sono atterrata all'aeroporto di Barajas, mi ero ripromessa di non fare più: di nuovo le chiamate perse, gli oggetti delle mail che sfilano sullo schermo come titoli di coda di un brutto film già dalle sette di mattina. Mi sono portata la mano al petto e ho inspirato, per quanto me lo permettevano i polmoni, che si sono ristretti di nuovo fino a diventare grandi come due prugne.

Inizio a scrivere questi appunti ancora convalescente dopo il mio collasso newyorkese, con un sole primaverile che mi brucia la faccia e i balconi del salotto aperti su una plaza de Oriente assurdamente rivolta a occidente: oggi, nella mia vita ogni cosa mi sembra un'enorme contraddizione. Osservo da un bel po' il salotto con il bisogno di verificare se è tutto uguale a prima che partissi: i bastoni delle tende appoggiati in un angolo, due delle lampade ancora nelle scatole, le pareti quasi spoglie, se non fosse per quel poster di *Alice nel paese delle meraviglie* che ho attaccato con il nastro adesivo quando mi sono trasferita... ormai quattro anni fa?

Tutto il viaggio a New York mi sembra ancora avvolto nella nebbia di un sogno, come se non fosse successo davvero. È possibile che dipenda dalle medicine. Meno male che Santiago è riuscito a trovarmi un buco nella sua agenda oggi pomeriggio, altrimenti non avremmo potuto fare la nostra seduta di psicoterapia prima di lunedì e io ho bisogno di raccontargli passo per passo com'è iniziato l'attacco di panico: devo dirgli che ho avuto la sensazione di morire, realmente, fisicamente, e che non voglio sentirmi mai più così. Ho bisogno di raccontargli che la crisi è stata il climax di questi tre anni di terapia, con cui evidentemente non riesco a tenere sotto controllo lo stress. Per il momento uso come placebo la frase che mi ha detto al telefono: "Ogni crisi, Patricia, è un'opportunità per cambiare". La cosa più sorprendente è che sì, è vero che almeno un cambiamento si è già prodotto: per la prima volta dopo molto tempo, avverto l'antica spinta a elaborare qualcosa attraverso una pagina bianca. Forse sento il bisogno di scriverlo per paura che le ultime quarantott'ore della mia vita si dissolvano come la scia di un aereo. A cosa mi riferisco?

Al mio ricovero a Long Island e, soprattutto, alla strana promessa che ho fatto a quella sconosciuta sull'aereo. O meglio, alla promessa che ho fatto a me stessa. Mettermi a scrivere significa, immagino, aver raccolto il guanto della sfida. Molto semplice e altrettanto assurdo.

Aeroporti. Formicai che percorriamo a tutta velocità in file ordinate trasportando le mercanzie di cui pensiamo di avere bisogno, così indaffarati nel nostro gioioso e faticoso tragitto da non renderci conto che stiamo per prendere parte al miracolo più grande che ci sia: il volo.

Dopo sei giorni di ricovero, ero arrivata al JFK di New York, nella cui area check-in ero svenuta una settimana prima, con l'unico proposito di superare i controlli per tornare a casa, ma con una novità: la piccola conchiglia arancione che avevo raccolto sulla spiaggia di Long Island il pomeriggio in cui mi avevano dimesso stava viaggiando da clandestina nella tasca del mio impermeabile, in barba ai controlli di sicurezza.

Dopo aver posato diligentemente tutti i miei effetti personali sul nastro dello scanner – computer portatile, tablet, iPhone, liquidi, scarpe, documenti e conchiglia –, ricordo di aver desiderato con un'intensità sconcertante che non se ne accorgessero. Avevo cercato di dissimulare anche uno sbadiglio maleducato di fronte all'addetto alla sicurezza – colpa delle medicine – e poi mi ero avviata trascinando i piedi come una penitente fino all'imbarco.

Confesso che, mentre aspettavo di salire in aereo, ero stata sul punto di connettermi al wi-fi dell'aeroporto, ma mia madre mi aveva costretto a giurarle dall'ospedale – e io mantengo sempre i giuramenti – che non avrei risposto neanche a una mail di lavoro fino all'arrivo a Madrid.

Per una volta le avevo dato ascolto. Il collasso aveva fatto davvero paura a entrambe. Lo so, nessuno capisce quanto sia difficile per me concedermi di stare disconnessa per qualche giorno, o perfino per qualche ora, benché a chiedermelo sia il mio stesso corpo.

Neanche Santiago lo capisce. Per questo la terapia non funziona. Lui, alzando gli occhi azzurri da bambolotto al di sopra degli occhiali minuscoli, si limita a ripetermi che devo rallentare, come se fosse possibile per me, per poi incastrare il suo metro e novanta nella poltrona e infine allungarmi una ricetta. Nessuno si rende conto del mio carico di responsabilità e della pressione che ho addosso, o di quanto possa essere destabilizzante un messaggio di Rosauro dall'agenzia. Il suo modo passivo-aggressivo di darti una scadenza: *Questo è da fare per ieri*, oppure: *Metti il turbo e mettilo anche alla tua cazzo di squadra*. Mi fa orrore immaginare il modo in cui si ravvia i capelli ondulati, accavallando le gambe e tastandosi il calzino con un dito dalla manicure perfetta, mentre compone uno di quei messaggi così maligni e fastidiosi, che scrive sempre tutti in maiuscolo e infarcisce di accenti messi a caso.

Non avrei mai pensato di avere un capo così, e immagino che la mia frustrazione dipenda anche da questo.

Il fatto è che una giornata di disconnessione significa ritrovarmi nella casella della posta in arrivo una tonnellata di mail e problemi spesso irrisolvibili. La mia vita professionale si riduce a una scadenza che sfiora sempre il limite dell'impossibile. Perché io mi sia autoesiliata passando dal giornalismo alla pubblicità – stessi ritmi frenetici, stesso impegno, meno passione e zero vocazione – non lo capisce nessuno. Ultimamente neanch'io.

Ma prima di tornare all'agenzia, domani, con le sue corse sfrenate, e alla seduta con Santiago di oggi pomeriggio, voglio cercare di spiegare a me stessa cosa mi ha portato a rimettermi a scrivere dopo tanto tempo. Faccio un flashback di ventiquattr'ore: sto salendo di nuovo in aereo, felice che la fila laterale destra abbia soltanto due posti e ancora una volta entusiasta di fronte alla possibilità di un viaggiatore in meno con cui convivere per sette ore. Il mio unico desiderio è occupare il posto accanto al finestrino, aprire il computer portatile, vedere un film, cenare e addormentarmi.

Di questo viaggio di ritorno c'è una cosa che ricordo alla perfezione.

La stanchezza.

Una stanchezza profonda. Una stanchezza che, lo intuivo, non sarebbe passata con qualche ora di sonno. Una stanchezza che veniva allo stesso tempo dalla mente e dal corpo. Lentamente, come se l'aria pesasse tonnellate, avevo tirato fuori la mascherina, i tappi per le orecchie, una bustina con quattro boccette di pasticche su cui avevano attaccato un'etichetta con il mio nome, come nei film, un paio di calzini spessi con la suola rinforzata, due penne, uno spray di acqua termale, le mie cuffie e il computer portatile, e avevo infilato tutto alla bell'e meglio nella tasca di fronte a me. Adesso non ci entravano più le gambe. Le avevo spostate un po' di lato, invadendo lo spazio davanti al sedile accanto al mio, finché questo non era stato occupato da una sacca sportiva. Avevo alzato lo sguardo. Addio sogni di gloria. Mi ero consolata notando che almeno il mio vicino di posto era bassino e non avrebbe invaso il mio prezioso territorio; per un momento avevo temuto che fosse la mamma di quel bambino raffreddato che minacciava un'esplosione nucleare di pianto nel cuore della notte. Il mio futuro compagno di viaggio – capelli corti, neri, camicia azzurra sgraziata, gilet grigio da nonno, jeans antiquati – era ancora di spalle e l'hostess lo stava aiutando a mettere la sacca nella cappelliera.

Si era seduto come se avesse paura di rompere qualcosa, con un "buonasera" inaspettatamente morbido e femminile. Avevo cercato i suoi occhi.

Era una donna: tratti sudamericani, viso giovane, sguardo spento. Le palpebre degli occhi a mandorla si muovevano lentamente, come quelle di un uccello che sta per addormentarsi. La bocca larga dalle labbra carnose sosteneva un sorriso disarmato, costruito con sforzo, che lasciava scoperta una fila di denti perfetti. Un'espressione di diffidenza si era affacciata sopra un paio di occhiaie profonde quanto le mie e avevamo emesso lo stesso sospiro prima di allacciarci le cinture. In quel momento la stanchezza era ciò che poteva maggiormente unirmi a qualcuno. Le hostess avevano sfilato lungo il corridoio per controllare i passeggeri e il comandante ci aveva rivolto le frasi di rito, aggiungendo che saremmo decollati con un leggero ritardo: le sue parole avevano provocato un mormorio concitato che aveva percorso tutto l'aereo, dalla business alla classe turistica.

Ci aspettavano sette ore incatenate l'una accanto all'altra. Sette ore in cui probabilmente non sarei riuscita a muovermi perché lei, a giudicare dall'aspetto, sarebbe svenuta da un momento all'altro. E in fondo era meglio così.

Mi ero sempre vantata del fatto che la gente mi raccontasse la sua vita senza conoscermi... ma la verità era che questo alla fine mi risultava insopportabile. Mi sentivo invasa. Finché un giorno aveva smesso di succedermi. Di punto in bianco. E così avevo iniziato a sentirne la mancanza. Non durante quel viaggio, però; durante quel viaggio volevo soltanto recuperare le forze. Ne avrei avuto bisogno. Ne ho ancora bisogno.

L'aereo era decollato da New York su un tramonto sontuoso. Non avevo potuto evitare di aprire il computer e stavo compilando una delle mie interminabili liste di cose da fare che mi aveva rimesso l'angoscia nel petto quando, girandomi verso di lei, l'avevo visto nei suoi occhi. Il riflesso delle nuvole arancioni nello specchio nero delle sue pupille. E mi aveva fatto ricordare quell'altro tramonto sulla spiaggia, due giorni prima, quando ero uscita dall'ospedale. Mentre guardavo fuori dal finestrino avevo cercato la conchiglia nella tasca dei pantaloni. La mia vicina e io eravamo rimaste entrambe assorte a contemplare quei colori incredibili, finché non l'avevo sentita dire con voce strascicata: "Sono quattordici anni che non vedo un tramonto".

Una lacrima le aveva solcato il viso.

"Dove sei stata, in carcere?" le avevo chiesto con un tono scherzoso totalmente immotivato.

E lei mi aveva risposto molto seria: "Più o meno".

Avrei voluto rimangiarmi la domanda. Non sapevo come reagire. Lei intanto si era ritirata in se stessa come una lumaca nel guscio e io mi ero rifugiata nello schermo del mio portatile.

Poco dopo era arrivata la cena.

La hostess ci aveva proposto il classico: "Pollo o pasta?", a cui avevamo risposto all'unisono ma ciascuna con un'opzione diversa, come un salmo. Mi ero accorta che dalla tasca sul sedile di fronte la mia vicina aveva tirato fuori un sacchetto di plastica trasparente con boccette e blister; una vera e propria collezione di pillole. Le avevo riconosciute. E credo che lei avesse riconosciuto le mie, anche se avevo cercato di nasconderle senza successo sotto il tovagliolo. Quelle piccole, verdine, potevano essere solo diazepam. Avevo individuato anche gli antidepressivi, i sonniferi... Ci eravamo lanciate un'occhiata furtiva e avevamo ingoiato entrambe in tutta fretta i nostri trattamenti d'urto.

2.

Tempo mancante all'arrivo: sei ore.

Il comandante ci aveva avvisati di allacciare le cinture perché stavamo per attraversare una zona di turbolenze. Quando il vaticinio si era compiuto, un passeggero sudato, vestito troppo pesante per un viaggio così lungo, aveva avuto l'idea di alzarsi andando a sbattere qui e là per raggiungere il bagno, e questo aveva provocato l'ira di una delle splendide hostess: trasformatasi in un orco infernale, gli aveva ordinato di tornare al suo posto.

Mi aveva colpito che alla mia compagna, mentre dormiva, scendessero le lacrime, come se avesse lasciato aperto il rubinetto del dolore. Avevo notato anche che stringeva tra le mani alcune lettere scritte a mano, come se fossero il suo giubbotto salvagente. La capivo. Anch'io avevo bisogno di stare in contatto con il mio piccolo souvenir marino. Nutrivo l'assurda speranza che anche dopo il mio rientro a Madrid mi avrebbe aiutato a ricordare cosa mi era successo. E infatti adesso ce l'ho qui, accanto a me, mentre scrivo queste righe e riprendo le forze per domani.

Sono giunta alla conclusione che ho ancora alcuni vizi da giornalista. Il principale è che non riesco a non scrutare, in un modo che a volte rasenta la scortesia, le persone che attirano la mia attenzione.

E non riesco nemmeno a evitare di fare congetture su di loro. Soprattutto quando ricevo informazioni così contrastanti: com'era possibile che la mia vicina di posto non vedesse un tramonto da quattordici anni, se sembrava averne non più di trenta? Perché piangeva? Cosa contenevano quelle lettere scritte a mano, che stringeva come se ne andasse della sua vita? Perché indossava quei vestiti che sembravano appartenere a quattro persone diverse? Perché il suo stile, un po' maschile, contrastava con la femminilità dei modi? E, soprattutto... perché mi aveva rivolto la parola?

L'avevo guardata di nuovo. Il suo viso era umido di lacrime. Avevo chiuso il computer. Teneva la fronte aggrottata e si era messa il plaid in testa, come un velo. C'era qualcosa di materno nel suo modo di piangere. Era stata davvero in carcere? Era cortese, la carnagione non mostrava tracce di tossicodipendenza, le mani erano curate come ci si può aspettare da una persona dedita al lavoro intellettuale, la sua disinvoltura in aereo quella di chi è abituato a viaggiare...

Aveva cambiato posizione e le lettere le erano cadute. Aveva aperto gli occhi a fatica e io, per non farle capire che la stavo fissando, mi ero messa a cercare il telecomando dello schermo.

Si era stiracchiata, aveva raccolto i fogli alla bell'e meglio e, tirandosi su, si era toccata i capelli cercando il plaid, imbarazzata, come se si vergognasse perché l'avevo vista dormire, o piangere, o tutt'e due le cose. Entrambe avevamo selezionato un film sui nostri schermi.

Tempo mancante all'arrivo: tre ore e cinquanta minuti. Sul mio schermo scorrevano i titoli di coda di *La vita di Pi*, curiosamente lo stesso film che stava vedendo lei. A posteriori, penso che non sia stato un caso. Anche lei adesso mi osservava con una certa sfacciataggine. Ci eravamo esaminate a vicenda con curiosità scientifica, facendo in modo che i nostri sguardi non si incrociassero. Finché, finalmente, quando il neonato dell'ultima fila si era messo a strillare, era successo: "Scusa se prima ti ho parlato," aveva detto. "E scusa se adesso ti disturbo di nuovo."

"Ma figurati." Avevo sorriso, cortese. "Tanto, con questo concerto di pianti è impossibile concentrarsi."

Lei si era portata la mano alla testa come se la sentisse troppo nuda.

Poi l'aveva allungata cercando a tentoni il pulsante dell'aria condizionata e aveva aggiunto: "Ti lascio a quello che stavi facendo; tra l'altro mi ero ripromessa di non rivolgere mai più la parola a nessuno su un aereo".

Questo sì che è un bel proposito, avevo pensato io, ma comunque le avevo chiesto: "E come mai?".

Lei aveva inspirato, come se avesse lasciato a terra anche la voce, e non aveva risposto.

L'avevo aiutata a spegnere l'aria condizionata. Era vero: ci stavano tenendo al freddo come quarti di bue in una cella frigorifera. E no, è ovvio che non devi costringere una persona ad ascoltarti quando è legata accanto a te per sette ore.

"Magari stai andando a sottoporti a un'operazione e ne va della tua vita," avevo ipotizzato. "Oppure stai abbandonando per sempre il tuo paese o stai andando a un funerale..."

La mia memoria era volata involontariamente a quel viaggio terribile di sei anni prima, quando ero andata a prendere i resti di mio padre.

"O potresti aver perso tutto ed essere morta," aveva concluso lei, coprendosi di nuovo i capelli e il collo con il plaid.

"Sì," avevo asserito, pensosa. "A volte hai bisogno che il tuo silenzio sia rispettato."

"Scusa, ti sto disturbando di nuovo," mi aveva detto cercando nervosamente qualcosa nella tasca del sedile davanti.

Alla fine aveva trovato gli auricolari. Aveva reclinato ancora di più lo schienale e chiuso gli occhi. A me era sembrato che la tristezza avesse lasciato il posto a qualcosa che le ribolliva dentro.

Il cuscino del passeggero davanti a me mi era scivolato sulle ginocchia. L'avevo raccolto. Un occhio arrossato, pieno di gratitudine, si era affacciato tra i sedili.

Non so perché, ma mi aveva fatto paura che la mia compagna si rifugiasse di nuovo nella sua tana, perciò l'avevo trascinata fuori: "Ti è piaciuto il film?".

Lei si era tolta gli auricolari.

"Come dici?"

"Volevo sapere se il film ti è piaciuto. È tratto da un romanzo che ho letto tempo fa e..."

"Sì, l'ho letto anch'io," mi aveva risposto tossicchiando. "Il finale è un po' diverso, ma è bello."

Ero contenta che avesse letto quel libro.

"Mi piace tantissimo la storia del ragazzino con la tigre sulla scialuppa," avevo detto. "Come deve affrontarla. Conviverci. È veramente una storia magica."

"Tu credi?" Si era fermata a riflettere. "Che strano. Io la trovo molto realistica."

L'aereo era sceso un po'. Lo stomaco mi si era attaccato alle costole. Lei aveva stretto le mani sui braccioli.

"Navigare con una tigre su una barchetta in mezzo al mare ti sembra realistico?" le avevo chiesto.

"Be'," aveva sussurrato rilassandosi di nuovo. "Io ho avuto l'impressione che la tigre fosse lui stesso. Il protagonista naviga con la sua paura."

"Ma pensa," avevo esclamato pigiando il pulsante per chiamare la hostess. "E come sei arrivata a questa conclusione?"

"Gli indios credono che ciascuno abbia un animale in cui si trasforma per sopravvivere." E aveva lasciato vagare lo sguardo sulle linee delle sue mani.

"Be', è una cosa bella..."

Ero stata sorpresa dalla hostess, che si era materializzata davanti a noi come un fantasma. Le avevo chiesto un bicchier d'acqua che mi aveva offerto immediatamente, come se mi avesse letto nel pensiero. La mia compagna le aveva chiesto un altro plaid.

"E quale sarebbe il tuo?" avevo voluto sapere.

"Il mio animale?" aveva detto lei, e io avevo annuito. "Credo un uccello. Non so ancora quale. Non ho avuto molti contatti con loro."

"Con gli uccelli?"

"No." Mi aveva guardato con un pizzico di ironia. "Con gli indios."

Mi ero riappoggiata allo schienale.

"E secondo te io che animale sarei?"

Mi aveva guardato fisso. Sembrava che si stesse sforzando per darmi la risposta giusta.

"Dovrei conoscerti di più," aveva detto alla fine. "E tu dovresti sognarlo."

C'erano troppe cose che mi chiedevo sul mio conto e in questo elenco, ovviamente, non rientrava capire in quale animale selvatico mi sarei trasformata per sopravvivere. Mi ero coperta la bocca prima di omaggiare la mia vicina di posto con uno dei miei inevitabili sbadigli.

"Dipende dalle medicine," mi ero giustificata. "Non so come facciamo a restare sveglie con tutto quello che abbiamo preso."

Lei aveva annuito con espressione sfinita e avevamo seguito con lo sguardo un'anziana signora che aveva percorso faticosamente il corridoio sostenendosi ai poggiatesta.

"Non sempre mi fanno effetto." Si era stropicciata gli occhi. "Di solito mi placano solo per un po'."

"Sì, anche a me." A quel punto mi ero azzardata a chiederle: "Le prendi da tanto?".

La mia domanda l'aveva fatta agitare, ma non era quello che volevo, perciò in segno di pace mi ero lanciata in una confessione: "Mi hanno dato questo tipo di medicine solo in due occasioni". Ne avevo approfittato per cercare distrattamente qualcosa sullo schermo. "Adesso, per via di un sovraccarico di lavoro, e anni fa, dopo la morte di mio padre e la mia separazione."

"Anch'io sono a lutto." Per la prima volta mi aveva guardata diritto negli occhi. "Ho divorziato da Dio."

Quell'affermazione aveva aperto un silenzio immenso e una nuova strada. Non ci eravamo dette più niente, finché una turbolenza non ci aveva spinte entrambe a cercare precipitosamente le cinture di sicurezza.

3.

L'aereo ci agitava come se fossimo gli ingredienti di un gigantesco cocktail Martini. Quando ci avevano detto di richiudere il tavolinetto davanti a noi, la mia compagna, che aveva tirato fuori due cartelline, era intenta a riempire i moduli dell'immigrazione: i documenti le erano caduti di nuovo. L'avevo aiutata a raccoglierli e, nel farlo, non avevo potuto evitare di vedere la foto sul suo passaporto. Mi aveva lasciato interdetta. Il mio cervello aveva iniziato a mettere insieme un puzzle di dati. Ecco di cosa si trattava...

Me li aveva quasi strappati dalle mani. Mi aveva ringraziato in tono serio. Aveva riposto tutto dentro una custodia di plastica bianca e aveva cercato di reclinare il sedile, ma era stata ripresa dalla hostess-orchessa. Dopo poco, mi era sembrato che ricominciasse a piangere.

Le avevo sfiorato il braccio.

"Ehi... posso fare qualcosa?"

Si era girata verso di me e, come se non riuscisse a trattenersi, aveva detto: "Ho paura". Aveva l'espressione di una bambina sperduta. "E rabbia. Ho tanta rabbia."

"Forse ti farebbe bene parlarne."

Aveva scosso la testa. "Hai visto la mia foto..." Si era asciugata le lacrime.

Avevo annuito.

"Non voglio che nessuno la veda." Era rimasta in silenzio. "Anche se poco fa anch'io ho visto il tuo passaporto."

Mi ero grattata la nuca e mi ero ricordata che qualche ora prima avevo messo in ordine i miei documenti sul tavolinetto.

"Sei una giornalista?" mi aveva chiesto, interrompendo le mie elucubrazioni.

"No, sui miei documenti c'è scritto così, ma ho cambiato lavoro."

Non ero riuscita a capire se la notizia l'aveva messa in allarme oppure delusa.

"Be'... in questo siamo uguali: nemmeno il mio passaporto dice più chi sono. E nemmeno la mia foto," aveva precisato. Si era sfregata le mani. "Non fa niente. In questo momento neppure io so bene chi sono."

Avevo cercato di sovrapporre alla sua l'immagine appena vista sul passaporto: le avevo cancellato le occhiaie scure che adesso le appesantivano lo sguardo e avevo coperto i capelli corti e lisci con un velo nero. Le labbra carnose e tristi si erano trasformate in un sorriso pieno di gratitudine. In quella foto non si vedeva l'abito, ma lo avevo immaginato, così come le mani giunte e una croce al collo. Com'era diversa adesso. Ho una fobia per tutti i capi che coprono il viso – che si tratti di burka, veli per andare a messa o veli da sposa –, e anche per qualunque forma di sacerdozio. Avevo però cercato di scrollarmi di dosso il pregiudizio.

Un uomo-orso dietro di noi ci aveva fatto sussultare sostituendo con un sonoro russare il pianto del neonato.

"Prima hai detto che sono passati quattordici anni dall'ultima volta che hai visto un tramonto," le avevo ricordato.

"Coincideva con l'orario della preghiera," mi aveva risposto lei senza battere ciglio.

"E adesso?"

Aveva fatto per rispondere, ma si era interrotta. Alla fine aveva detto: "Adesso non prego più. Mi hanno tolto tutto," e si era morsa le labbra.

Avrei voluto chiederle cosa le fosse successo, ma intuivo che manteneva un silenzio pieno di interrogativi e avrebbe potuto rispondermi con un'altra domanda ("E a te?") per la quale neanch'io avevo risposta.

Era stato strano perché poco dopo, quando ci eravamo incontrate nella parte posteriore dell'aereo – lei era venuta a chiedere un po' d'acqua e sembrava in uno stato di profonda ansia, mentre io facevo un po' di stretching perché provavo di nuovo l'inquietudine che precede gli attacchi di nausea –, per qualche motivo, finalmente aveva iniziato a raccontarmi. E io capivo sempre meglio perché le costava tanto parlarne. Era una storia difficile da riassumere, mi aveva avvertito, ma aveva fatto un tentativo: "Quando sono diventata maggiorenne, sono entrata in un ordine religioso. Per quattordici anni mi sono sentita una disadattata, per molti motivi difficili da spiegare," aveva bevuto un sorso d'acqua, "e a trentatré anni esatti, dopo un calvario e una crocifissione, be'... sono stata espulsa, in un momento in cui ero malata e senza nessuna risorsa economica. Sono tornata in Colombia dalla mia famiglia per qualche mese, per rimettermi in sesto, e adesso torno in Spagna, dove voglio ricostruire la mia vita dal nulla più assoluto. No, non è una storia facile da riassumere".

Mi aveva dato le spalle.

"E perché in Spagna?" le avevo chiesto sorpresa.

"Perché è il posto in cui si è infranta la mia vita, in cui ho lasciato i miei pezzi," aveva risposto spalancando gli occhi. "Se non lì, dove potrei andare a raccoglierli?"

Il silenzio si era alleato con l'immagine dell'abisso nero in cui eravamo sospese. In Colombia non aveva un orizzonte, aveva proseguito; nella sua città, Ibagué, avrebbe incrociato continuamente ex alunne e vicini – "Ma non ti eri fatta suora?" – che non le avrebbero permesso di essere una persona nuova e, alla sua età e con la sua esperienza limitata a un ordine religioso, sarebbe stato difficile trovare lavoro. Ma, aveva aggiunto all'improvviso con un pizzico di speranza nella voce, nella sacca da viaggio aveva manufatti e articoli di bigiotteria realizzati con semi che si trovano solo lì. Voleva avviare un piccolo commercio a Madrid.

Mi ero accorta che cercava qualcosa nello scollo della camicetta, forse una catenina, un ricordo, qualcosa che non ero riuscita a vedere. E lì, in piedi sull'oceano, aveva svelato parte dei suoi timori a una sconosciuta. Uno dei peggiori era non sapere quando avrebbe rivisto sua madre. Si chiamava Felisa, e le aveva lasciato diverse lettere, in modo che potesse leggerle quando si sentiva sola. La sua famiglia si era affannata ad assicurarle che sarebbe andato tutto bene, i suoi fratelli le avevano regalato dei vestiti e le avevano suggerito l'idea degli oggetti di artigianato, ma lei non si toglieva dalla testa il pensiero di aver fallito dopo aver dedicato quattordici anni a una congregazione, viaggiando di paese in paese.

"Facevi la missionaria?" le avevo chiesto.

"Assolutamente no! Quello è uno status riservato alle religiose più in vista e io non lo ero affatto, te lo assicuro. Il mio ordine è molto potente e ha case, scuole e noviziati in diversi paesi. Io sono stata mandata da una parte all'altra per vedere se mi adattavo," aveva fatto un respiro profondo, "e in realtà, a pensarci bene, ho ripercorso alla lettera il cammino di Cristo."

Era stata in quattro comunità, mi aveva spiegato. La prima si trovava nel suo paese natale, la Colombia, e lei la chiamava la Comunità del Battesimo per non rivelarmi il vero nome; era stato lì che aveva incontrato la consorella che le aveva fatto da mentore e allo stesso tempo era entrata in contatto con la fede e il peccato. La seconda era stata la Comunità dei Poveri, in Venezuela, dove aveva potuto dedicarsi ai più bisognosi, "dove ho amato e dove sono stata amata," mi aveva detto con gli occhi tristi. La terza era in Messico, la Comunità degli Apostoli: lì aveva trovato le sue alleate e aveva incontrato di nuovo Dio, ma era anche nata la sua ribellione nei confronti della Chiesa; l'ultima, in una città del Nord della Spagna, l'aveva definita la Comunità del Calvario, dove era apparso il suo Giuda ed era stata punita.

"Sono stata crocifissa." I suoi occhi mi avevano cercato nella penombra. "Ho parlato di ciò di cui non avrei dovuto parlare, ho visto quello che non avrei dovuto vedere, ho messo in discussione ciò di cui non avrei mai dovuto dubitare e amato chi non avrei dovuto amare... Adesso non so come fare per resuscitare e vivere nel mondo esterno." Si era toccata la testa come se cercasse il velo.

Senza conoscere i particolari, senza conoscerla affatto, avevo avuto paura per lei – la stessa paura avuta in passato per chi mi confidava la sua storia –, perché sapevo che stava per arrivare in un paese dal quale gli immigrati fuggivano e che non riusciva a riprendersi dalla crisi. A trentatré anni, quella donna era uno sconcertante miscuglio di cultura e ingenuità. Avevo cercato di mettermi nei suoi panni, invano.

Al giorno d'oggi, chi poteva pensare che fosse una buona idea vivere in un mondo separato dal mondo? Un piccolo universo di donne governato da altre regole, a me totalmente ignote. Come ci si sentiva a vivere in paesi diversi, ma sempre da prigioniera?

Aveva interrotto le mie elucubrazioni e sì, forse anche spazzato via i miei pregiudizi, con un nuovo dato: aveva ancora un anno di visto come religiosa per impegnarsi nella sua trasformazione in persona normale.

"Normale?" le avevo chiesto. "Come se fosse facile..."

"Sì, come te," aveva annuito con ingenuità.

Quello sì che mi aveva fatto ridere! E anche Santiago si sarebbe fatto una bella risata.

"Dico davvero," aveva insistito abbassando la voce. "Ad esempio, non so di cosa parla la gente, non capisco le battute... Per questo, da quando sono uscita, non ho avuto il coraggio di parlare con nessuno. Tranne che con te..." si era sorpresa. "Non so cosa dire. Ho paura. Ma gli altri mi interessano, vorrei sapere tutto di loro."

Era rimasta a guardare una donna che dormiva dall'altro lato del corridoio con una mascherina leopardata; accanto a lei, un ragazzo uccideva soldati in un videogioco. Lei aveva l'aria di sezionarli come un medico legale, esattamente come avrei fatto io.

"Adesso dovrò vivere tra di voi. E non so come farlo."

Chi ho davanti?, avevo pensato mentre osservavo il suo aspetto androgino e i suoi gesti goffi: un neonato di trentatré anni; Mr Crocodile Dundee che sta per sbarcare a New York; un alieno che atterra sul nostro pianeta, di cui conosce vagamente l'esistenza, ma con cui non ha mai avuto alcun contatto.

"Se fossi ancora una giornalista," le avevo detto in un impulso che non aveva la pretesa di essere preso sul serio, "mi piacerebbe tantissimo raccontare la tua storia."

Greta mi aveva guardato con un'espressione indecifrabile.

"Adesso posso farti io una domanda?" Avevo annuito, diffidente. "Perché hai lasciato il giornalismo?"

Bingo. La domanda peggiore che avrebbe potuto farmi. Per prendere tempo avevo finto di cercare qualcosa nella borsa.

"Direi piuttosto che è stato il giornalismo a lasciare me," avevo risposto secca.

Il suo interesse era aumentato proporzionalmente al mio disagio. Non erano ricordi a cui mi facesse piacere ripensare. D'un tratto mi davano fastidio i vestiti, l'odore dei bagni e, quando la hostess si era avvicinata per invitarci a tornare al nostro posto, mi aveva dato fastidio anche lei.

"Sei stata mandata via?"

"No, me ne sono andata io, e non mi fa molto piacere parlarne."

Mi ero avventurata lungo il corridoio schivando piedi avvolti nei calzini e teste che sporgevano dai sedili.

"Ehi, scusa," l'avevo sentita sussurrare mentre mi seguiva. "È solo che mi dispiace, perché di sicuro eri una brava giornalista."

"Ma dai..." Il mio tono era ironico. "Cosa te lo fa pensare?"

Avevo scavato tra le coperte cercando gli auricolari, prima di sedermi.

"Perché aprirsi con te viene naturale." E aveva reclinato il sedile. "Finora non ero riuscita a parlare con nessuno di quello che mi è successo."

"Grazie," avevo mormorato controvoglia. "Be', adesso lavoro nel campo della pubblicità. E guadagno molto di più."

Era sceso il silenzio.

"Ma prendi le stesse medicine che prendo io," aveva ribattuto lei.

C'era stata un'altra lunga pausa interrotta soltanto dall'uomo-orso e dal neonato diabolico, che adesso si erano alleati in un insopportabile duetto.

"E se potessi tornare al giornalismo, lo faresti?" mi aveva chiesto alla fine.

"No. Non lo so. Tornerei solo per una ragione davvero valida. Direi che sono arrabbiata con il mio mestiere e lui con me."

"Ti capisco." Mi capiva? "Anch'io sono arrabbiata con Dio. Mi sembra molto ingiusto che alcuni li abbia benedetti dando loro famiglia, felicità, lavoro, amici, amore... mentre a me ha tolto tutto." Aveva deglutito. "Mi ha deluso come amico. Io credevo in lui e lui mi ha abbandonato."

Mi ero tirata su. Mentirei se negassi che il mio fiuto aveva individuato quella che nel giornalismo chiamiamo "una storia dal grande potenziale umano". Certo, aveva risvegliato la mia curiosità. Ma perché? Che cosa poteva esserci di tanto interessante per me nella storia di una suora espulsa dal suo ordine per qualche oscuro motivo? A quel punto le avevo fatto una domanda di cui adesso mi pento: "Cosa potrebbe esserti d'aiuto, in questo momento?".

Lei aveva lanciato lo sguardo lontano, come se volesse attraversare la prima classe e la cabina di pilotaggio per volare sull'oceano, verso il futuro.

"Non lo so... tirare fuori quello che ho dentro. Voglio andare avanti, curare questo dolore e..." Mi aveva guardato speranzosa. "E mi piacerebbe che nessun altro dovesse passare quello che ho passato io."

Non potevo cogliere i riferimenti al passato, ma di certo avevo ben compreso quell'ultimo desiderio.

"Quando hai detto che scadrà il tuo visto da religiosa?" le avevo chiesto.

"Più o meno tra un anno."

"E poi?"

"O mi trovo un lavoro e ottengo un visto da persona normale, oppure dovrò andarmene."

Avevo stretto il mio amuleto marino nella mano destra, fino a farmi male.

"Senti, io non ti conosco per niente e non so cosa ti sia successo di preciso... non so neanche perché sto per dirti..." le parole, veloci, mi sfuggivano di bocca, "è possibile che sia l'effetto di tutto questo doping, ma... avresti voglia di raccontarmi la tua storia se ti prometto che cercherò di farla pubblicare?"

Era rimasta rigida come una statua di sale.

"Facendo il mio nome?"

"No, se non vuoi... In ogni caso..." ero tornata in me, "ma cosa sto dicendo, io non faccio più la giornalista. Forse non verrà mai pubblicata. No, lascia stare. Davvero non so perché ho detto una simile sciocchezza."

Mi era sembrato che respirasse a un altro ritmo; persino l'aereo sembrava fermo in aria.

"Aspetta," aveva detto all'improvviso. "E se ci dessimo un anno preciso a partire da oggi? Io per ottenere i miei documenti da persona normale e tu per pubblicare la mia storia."

In guardia: "Perché dai per scontato che io voglia tornare a pubblicare?".

"Ma se lo hai detto tu..." si era stupita.

"Davvero?" le avevo chiesto, confusa. "Be', fa lo stesso. E se non ci riusciamo?"

"A quel punto io dovrò tornare in Colombia e tu dimenticherai per sempre il giornalismo. Cosa abbiamo da perdere?"

In passato avevo già preso la decisione di allontanarmi da ciò che mi faceva male: avrebbe significato affrontare i miei fantasmi, avevo pensato mentre mi avvolgevo in quel plaid assurdo che non proteggeva per niente dal freddo e mi massaggiavo la nuca indolenzita. Anche se in realtà avevo avvertito una scintilla, qualcosa che mi aveva ricaricato un po' le batterie.

"Ma sì," aveva proseguito lei, "dovrei raccontarti tutta la mia storia. Dall'inizio."

Proprio quello che mi ci vuole, avevo pensato. Eppure quella ragazza, apparentemente così fragile e innocente, mi aveva fatto tenerezza. Anch'io sapevo come ci si sente quando ti strappano qualcosa che ami, qualcosa per cui hai lavorato tanto. Non lo avevo mai raccontato. Non ce l'avevo fatta. E se avessi potuto esprimere un desiderio anch'io avrei chiesto che nessuno, mai, dovesse trovarsi in quella situazione.

"E va bene. Da primavera a primavera. Ma sarà difficile," avevo detto alla fine.

Lei si era sistemata la cintura, come se si preparasse ad altre turbolenze, e aveva sussurrato: "Perché, esiste qualcosa che non sia difficile?".

Se il nostro proposito andrà in porto, ricorderò sempre che tutto è iniziato a bordo di quel Boeing 747 diretto a Madrid, sul quale una sconosciuta ha deciso di confidarmi la sua storia. Una storia che in questo momento non ha una tabella di marcia né una possibilità concreta di essere pubblicata: è solo un file aperto su questo computer, sul quale lavoro con una lentezza esasperante prima di andare all'appuntamento con Santiago; come combustibile ha solo la necessità di ricominciare di quella sconosciuta e la mia innata curiosità. Se lei ha intenzione di usarmi per portare avanti la sua denuncia o per compiere una vendetta, lo saprò solo con il passare del tempo e quando avrò scoperto tutti i particolari.

Aveva iniziato il suo racconto in quello stesso istante, come se sentisse il bisogno di liberarsene; immagino che fosse anche sorpresa di poterlo fare, visto che non era riuscita a parlarne tanto dettagliatamente nemmeno con la sua famiglia. Dopo il primo e toccante episodio che mi ha raccontato su quell'aereo, e che stasera proverò a tirare fuori dalla memoria – a meno che non mi addormenti come un sasso, vittima del diazepam –, credo che ci siamo scambiate un'occhiata complice. Avevamo parlato senza sosta fino al momento in cui si erano accese le luci, come se ci stessero avvisando della fine di uno spettacolo e dell'inizio di un altro: la sfilata decisa delle hostess lungo i corridoi, l'odore di uova strapazzate, il coro di sbadigli e le urla del neonato diabolico, furioso di fame e odio nei confronti dell'umanità.

Quando l'aereo aveva toccato terra a Madrid, l'avevo aiutata a tirare giù la sacca da viaggio.

"A proposito, mi chiamo Patricia," mi ero presentata allungandole uno dei miei biglietti da visita.

Lei lo aveva letto con un'attenzione eccessiva e se l'era infilato nella tasca dei jeans. Poi mi aveva teso la mano, e io gliel'avevo stretta.

"E io Stella dell'alba."

"Non vuoi dirmi il tuo nome?" le avevo chiesto sorpresa.

"È il mio nome," aveva insistito lei. "Il mio nome indio."

"Come fai a sapere che non ho visto l'altro sul tuo passaporto?" aveva chiesto la giornalista che è in me. "A dire il vero, mi era sembrato più tedesco che colombiano..."

"Sono sicura che sei in grado di dimenticarlo," mi aveva detto in tono quasi di supplica, e poi mi aveva spiegato: "Il sacerdote che mi ha battezzato era tedesco, ma questa è un'altra storia...".

Avevo sorriso mettendo fine a quel piccolo tira-e-molla. In quel momento, chissà per quale associazione di idee, mi era venuto in mente il nome di una delle mie migliori amiche dell'università, una ragazza austriaca, la persona più libera e coraggiosa che abbia mai conosciuto.

"E se ti chiamassi Greta?"

Avevo dato per scontato che non mi avesse sentito perché si stava già allontanando lungo il corridoio dell'aereo, sospinta dal gregge di zombie assonnati, trasportando la sua sacca piena di oggettini di artigianato, e invece sì, mi aveva sentita e si era girata.

"Mi piace..." Si era fermata. "Mi piace, Greta."

C'eravamo salutate così. E io avevo avvertito di nuovo quella fitta di nostalgia che in passato mi provocava il congedo da un anonimo compagno di viaggio. Anche se stavolta sospettavo – oppure, in fondo, desideravo – che non sarebbe passato molto tempo prima di rivederla.

4.

Apparentemente si è aperta da sola, e invece no: dietro c'è Santiago in persona, come se fosse fatto su misura per l'altezza e la larghezza della porta dello studio, con la sua solita espressione infastidita.

"Forza, entra."

Non so se il suo atteggiamento sia una posa studiata affinché il paziente tolga subito un po' di importanza al fardello che porta con sé quel giorno o se davvero lo annoiamo così tanto. Fatto sta che ho trascinato i piedi fino al divano di pelle morbida che mi ha accolto con un rumore attutito. Lui si è seduto nella sua poltrona. Portava un'ampia camicia nera con il collo alla coreana, che gli dava un'aria da santone o da leader di una setta pericolosa; ha sospirato alzando gli occhi al cielo e ha detto: "Allora, che cosa ti è successo?".

"Be', tutto sembra indicare che la mia corsa contro il tempo all'inseguimento della mia stessa vita alla fine ha mandato il mio corpo in cortocircuito."

"Oh... che immagine poetica, la corsa contro il tempo..."

"Santiago, mi sono spaventata moltissimo, non sono in vena di scherzi."

Lui si mette più diritto appoggiandosi alle ginocchia e mi guarda con i suoi occhietti al di sopra dei minuscoli occhiali quadrati.

"Non è affatto uno scherzo. È una cosa a cui devi mettere un freno."

"Mi è sembrato di morire."

"Tranquilla, è solo una sensazione. Ti assicuro che nessuno è mai morto per un attacco di panico. A meno che non ci sia anche un problema alle coronarie, ovviamente..."

"E allora lo vedi che si può morire?"

"Sì, ma non per colpa dell'attacco di panico; in quel caso dipende dall'infarto."

Alzo le mani come se stessi chiedendo a Dio un po' di pazienza. No, oggi davvero non sono in vena di battaglie dialettiche con il mio terapeuta.

"Lì lo hanno definito 'collasso'," specifico, casomai non mi avesse ascoltato prima, quando ci siamo sentiti al telefono.

"Ah, un 'collasso'... I newyorkesi sono sempre tremendamente iperbolici, che si tratti di dare il nome a un uragano o a un disturbo psicosomatico."

Si appoggia di nuovo allo schienale della poltrona e accavalla le gambe. Si toglie gli occhiali e li fa penzolare tenendoli tra le dita.

"E adesso come ti senti?"

"Be'..." Prendo aria e slancio. "Dopo essere stata costretta a fermarmi dieci giorni in quell'ospedale di Long Island sono tornata qui e, senza aspettare che mi riprendessi dal jet lag, ogni cosa che mi circonda non fa altro che scattare una panoramica di ciò che sono e del perché sono arrivata a questo punto. Ovviamente, la conclusione è che era tutto prevedibile, che non posso andare avanti così, bla, bla... Perciò, appena arrivata a Madrid, mi sono seduta su una poltrona con un tè al limone al posto del caffè, che è quello che vorrei di più in assoluto, cercando di dare un senso più profondo e intimo a questa piccola grande parola che chiamiamo VITA e chiedendomi perché tutti concordano nel ritenere che io stia mandando la mia a puttane. È così che mi sento."

"A questo punto non posso fare a meno di chiederti una cosa," dice lui pulendosi gli occhiali con una di quelle pezzuole che ha sempre a portata di mano. "Hai pensato di chiedere un periodo di congedo?"

Prorompo in una risata cinica.

"Lascia stare," prosegue, "era una domanda retorica. Mi sono annoiato; da troppi anni non faccio altro che ripeterti che il tuo cervello reagisce male al silenzio e al vuoto."

Santiago mi ha chiesto di fare lo sforzo di ricordare, cronologicamente, come si sia prodotta questa escalation di ansia. Le quarantotto ore che hanno preceduto il viaggio di ritorno: credo di aver iniziato a sentirmi male già durante il cocktail dopo la presentazione. In realtà, la campagna per Mascarade NY era stata un inferno di cambi di programma fino all'ultimo momento, ma il mio corpo aveva aspettato di arrivare al JFK per iniziare ad andare a fuoco. Come avrei potuto immaginare che un attacco di panico potesse presentarsi con i sintomi dell'allergia? I medici sostengono che il mio organismo, sfinito come un computer che non viene spento da mesi, abbia iniziato a mandare in crash un programma dopo l'altro producendo una serie di guasti a catena.

Ricordo molto bene il medico con la faccia da attore di secondo piano di una serie della Fox che mi aveva dimesso dall'ospedale di Long Island dieci giorni dopo. Lo aveva fatto a malincuore dopo avermi avvisato che ero ancora debole e che, sebbene non si fosse trattato di una crisi cardiaca, il quadro generale di ansia che presentavo aveva stravolto tutti i miei parametri vitali. Un viaggio di otto ore era molto rischioso nella mia condizione di esaurimento fisico e nervoso, mi aveva avvisato.

Io avevo risposto che, in compenso, la possibilità di non farmi carico dei miei doveri a Madrid avrebbe potuto mettermi in una condizione che rischiava di provocarmi come minimo un ictus.

Lui mi aveva guardato con un misto di disprezzo e compassione tirandosi gli occhiali sulla testa con cautela, cosa che gli aveva conferito una strana aria da surfista sul viale del tramonto, e mi aveva chiesto: "Quanti anni ha?". Io ero stata sul punto di fargli la stessa domanda, e invece, dopo un lungo sbadiglio che non avevo potuto trattenere, gli avevo risposto: "Quarantuno". Lui aveva scosso lentamente la testa come se non approvasse, mentre inforcava di nuovo gli occhiali e firmava le mie dimissioni. "Be', se continua così... non arriverà ai quarantadue," e poi, continuando a scuotere la testa mentre si allontanava lungo il corridoio, aveva aggiunto come parlando tra sé e sé: "Ma che cosa sta succedendo a tutti quanti? Perché la gente non dà valore alla vita?". E l'avevo lasciato lì, a litigare con la macchinetta del caffè.

In ogni caso, quell'ospedale mi aveva costretto a fermarmi per dieci giorni che, quasi quasi, considero le mie prime vacanze da tre anni a questa parte. Questo a Santiago non lo dirò, perché sarebbe capacissimo di insultarmi. Anche se lui, da buon segugio della mente altrui, fiuta anche gli ossi sepolti più in profondità.

"Ti ricordi quando è stata l'ultima volta che hai passato una settimana intera senza fare niente?" E segna qualcosa sul suo taccuino.

A dire il vero, no. Solo a riposare, no. E continuo a raccontargli del pomeriggio in cui Pete e Dana erano venuti a portarmi via dal mio luogo di reclusione – non mi merito degli amici così –, quando si erano fermati a Orient Point per farmi prendere aria, quando avevo passeggiato da sola lungo quella spiaggia che essendo un giorno feriale era deserta, e del momento in cui mi ero resa conto di non ricordare neanche l'ultimo tramonto che avevo visto. Adesso che ci penso, questa è stata la prima cosa che mi aveva fatto entrare in sintonia con Greta qualche giorno dopo, quando finalmente ero riuscita a salire su quell'aereo. Il tramonto. Lo avevo respirato tutto. Con ansia. Me l'ero tenuto dentro. Come un lupo che non sa quando mangerà di nuovo. E mi ero ripromessa che non mi sarei trovata mai più in quella situazione.

"Non so ancora come, Santiago, ma so che non voglio." Tengo lo sguardo fisso su di lui, che ha smesso di scrivere e sostiene il mio sguardo.

Qualcosa mi dice che si prepara a sganciare una frase apocalittica.

"Patricia, forse quello che è successo ti sta salvando la vita. O almeno ti sta dando la possibilità di vivere una vita molto più bella di quella che stai vivendo adesso."

Lo temevo. Sono frastornata. Mi chiede se c'è qualcos'altro di significativo che ricordo di quel giorno e gli rispondo di sì: il momento in cui la mia attenzione era stata attirata da una piccola conchiglia sulla spiaggia. Se ne stava da sola, su un mucchietto di sabbia. Madreperla pura e fragile, che avrebbe potuto rompersi in qualunque momento.

"E secondo te come mai ha attirato la tua attenzione?"

"Non lo so. Credo di averla raccolta perché mi ha ricordato...

me stessa. Sperduta in mezzo a una spiaggia deserta, vuota e tinta dell'arancio del tramonto."

Gli racconto che l'avevo raccolta ma poi non l'avevo più trovata, finché non avevo infilato le mani nelle tasche dell'impermeabile mentre stavo per affrontare i controlli di sicurezza all'imbarco per il viaggio di ritorno, e gli parlo anche del terrore irrazionale provato all'idea che potessero confiscarmela considerandola materiale organico. Invece aveva superato indenne i controlli.

Santiago non prende appunti, ma sembra meno annoiato del solito. Arriverei a dire che sembra addirittura interessato, perché commenta: "Conservala. E, quando la vedrai, ripensa al ricordo che le hai affidato: il momento in cui l'hai trovata e quello che significa per te".

Muovo un po' le gambe e il divano fa un rumore fastidioso. Di sicuro c'è un motivo se la conchiglia è rimasta stretta nel mio pugno per tutto il volo di ritorno, mentre quella donna mi raccontava cosa le stava capitando. La conchiglia è un cadavere marino, qualcosa di vuoto e senza vita, un involucro di madreperla, ma all'improvviso mi rendo conto che mi rappresenta alla perfezione. Pazzesco. Naturalmente è per questo che pago la terapia.

Squilla il telefono. Santiago mi chiede di dargli un attimo. Risponde con un "pronto" formale e poi alza gli occhi al cielo esasperato. "Sì, figlia mia... no, figlia mia... fate quello che vi sembra meglio... va bene, senti, vi richiamo più tardi." Riaggancia con la stessa espressione paziente e infastidita e si scusa.

"Allora... perché credi che questa cosa ti sia successa a New York, Patricia?"

Chiudo gli occhi. Cerco di anticipare la conclusione a cui lui vuole arrivare, ma sono troppo distrutta per mettere in atto queste strategie difensive.

"Non voglio sottrarmi a nessuna responsabilità nelle cause del mio crollo. Come mi ripeti ormai da tempo, per anni ho 'fatto qualcosa' e sono stata 'angosciata per qualcosa' vivendo a un ritmo frenetico..."

"Vale a dire," interviene lui, "che soffri di una specie di dipendenza che ti costringe a usare tutto il tuo tempo per fare 'qualcosa di produttivo'. Senza nessuna parentesi. Forse perché così ti senti più viva, una persona 'che si dà un sacco da fare', come diceva quella santa di mia nonna? In questo modo puoi addurre con chiunque, e a giusta ragione, la scusa che 'hai tanto da fare'," afferma tenendo tra le dita con aria da spadaccino la penna argentata. "Conseguenza: l'isolamento."

Stringo le labbra.

"Guarda che in teoria, se volessi, potrei avere un invito a sera!" ribatto.

Lui, con la sua espressione più sarcastica, mi risponde: "Sì, ma in pratica non è così. E ne avrai sempre meno. A nessuno piace la sensazione che il proprio amico, partner o figlio, insomma qualcuno a cui vuole bene, gli stia facendo un enorme favore concedendogli un po' del suo prezioso tempo".

Non rispondo. Mi limito a odiarlo. Io mi do molto agli altri e non credo di suscitare questo tipo di sentimento.

Aspetto.

Santiago strappa la ricetta che stava scrivendo.

"Pensa, Patricia, perché la goccia ha fatto traboccare il vaso a New York? Perché proprio a New York?" E senza lasciare che io risponda, continua: "Non fermarsi mai e aver bisogno della sensazione che ti succeda costantemente qualcosa, Patricia, è una dipendenza identica a quella dal cioccolato, dalle sigarette o dall'alcol... E i medici non hanno capito che cosa abbia provocato la tua reazione allergica perché in realtà sei diventata allergica al tuo stesso stile di vita".

"Ah! Splendido," esclamo alzandomi. "E che cosa dovrei farmene di una notizia del genere? Come posso evitarlo?"

"Iniziando ad avere fiducia in te stessa," risponde secco lui.

Quest'affermazione mi sembra davvero scandalosa.

"Come puoi pensare che io abbia poca fiducia in me stessa, con tutte le campagne complicatissime in cui mi vado a cacciare?"

Lui mi ascolta a bocca aperta.

"Ancora non hai capito che non sto parlando di lavoro, Patricia? Mi riferisco a te!"

Mi fa un gesto imperioso per farmi sedere di nuovo. Appoggia i gomiti alle ginocchia e mi allunga la ricetta, facendo uno sforzo per mettersi diritto sulla poltrona morbida dalla quale mi ascolta sempre.

"Voglio dire che tu ti butti nel lavoro perché è l'unica cosa che puoi controllare."

Alzo gli occhi al cielo, che però non si impietosisce; e neanche Santiago, perché continua: trascurare la mia salute, difendermi da qualunque uomo minacci di volermi vedere più di una volta alla settimana, tutto questo per lui è sintomo di una sola cosa. E non la dice. Si limita a sospirare – lo odio quando sospira. È una faccenda grave, sentenzia infine, molto grave.

"Vediamo se capisco bene." Mi agito sul divano troppo basso. "Mi stai prescrivendo di scopare di più per rilassarmi? Perché se è questo, non mi fa effetto. Ho già un bel po' di amanti."

"No," ribatte, molto serio adesso. "Quello che ti sto dicendo è che riconoscere di 'provare qualcosa' fa sì che tu ti senta vulnerabile di fronte agli altri e di fronte a te stessa," faccio per parlare, ma mi ferma con un gesto – "quando la prima cosa che qualsiasi persona intelligente, io per esempio, vede in te è un gatto che soffia perché ha paura."

Si alza e mi fa una carezza paterna sul braccio che mi infastidisce.

"Abbi fiducia in te stessa e investi anche in questo." Si sfiora il petto. "Forse ti stai perdendo la cosa più importante."

"Tutte buone notizie, allora," sbuffo.

Quello che non ho voluto ammettere davanti a lui è che, se ci penso, era già successo durante il mio primo lavoro di responsabilità in quell'enorme posacenere puzzolente ma vibrante che era la redazione di Canal 7, quando il mio corpo aveva manifestato le prime lamentele sotto forma di una tachicardia. Con il tempo anche il mio nuovo lavoro all'agenzia si è trasformato in una corsa senza meta, ma comunque nessun risultato, per quanto positivo, comporta un reale sollievo. Solo una voragine in cui, secondo il mio terapeuta, non ho il tempo di chiedermi cosa voglio davvero. E nemmeno perché, "cazzo", io voglio ciò che voglio – trovo buffo quando enfatizza un concetto con una parolaccia che non gli si addice per niente. Non ho molto tempo per pensare. Punto.

E allora? Forse si tratta proprio di questo. In altri momenti, il problema era stato che mi ossessionavo troppo per tutto.

"Perché è successo a New York, Patricia? Pensaci," insiste.

Sento di nuovo i polmoni che si chiudono e la pelle che mi brucia.

“Lì le campagne pubblicitarie sono molto impegnative...” rispondo, ma Santiago scuote la testa. “Cosa vuoi che ti dica? Non posso cambiare adesso! Fin da piccola mi hanno programmato con questa frase: ‘Il lavoro è la cosa più importante’ e io...”

“Era proprio qui che volevo arrivare!” mi interrompe con un sorriso beffardo, facendomi sussultare. “Cara Patricia, non possiamo andare avanti tutta la vita a dare la colpa di quello che ci succede a papà, o alla scuola, o alla televisione per cui si lavora. Hai quarant'anni. Non credi che sia arrivato il momento di disattivare certi meccanismi tossici e di attivare invece delle convinzioni che siano solo tue?”

Questo commento mi ha fatto male e al tempo stesso mi ha risollevato. Non ho voluto intristirmi, perciò sì, concentriamoci su di me, sulla mia corsa forsennata nell'agenzia pubblicitaria in cui mi sono volontariamente reclusa. Mi è sembrato un buon momento per parlargli del mio incontro con l'ex suora e della promessa che avrei scritto un reportage sul suo caso: l'ennesimo impegno di cui adesso non so come liberarmi, ben sapendo che Santiago mi sgriderà per essermene fatta carico. E invece, dopo avermi ascoltato con attenzione, lui commenta: “Che grande idea, Patricia...”. Per una volta il suo tono non sembra ironico. “Credo proprio che dovresti scriverlo.”

“Davvero?”

“Da tre anni insisto che dovresti tornare a scrivere, te lo ricordi?”

“No, tu hai sempre detto che dovrei tornare al giornalismo. Del quale non ho nulla che si possa definire un bel ricordo.”

“Fa lo stesso,” insiste. “Volevo dire che per te sarebbe importante tornare a scrivere.”

“Questo lavoro non lo faccio per nessun giornale o rivista,” gli faccio notare.

“Meglio,” approva lui.

“È per me, e non importa se non riuscirò a venderlo, non so neanche se ne vale la pena...”

“Perché non inizi a scrivere stasera stessa quello che ti ha raccontato e ti poni il problema domattina, quando lo rileggerai?”

Unisce le mani. "Se riterrai che non ne valga la pena, puoi sempre buttarlo nel cestino e cancellare il numero di quella donna."

Lo guardo, confusa. Perché insiste così? Gli prometto che almeno stasera lo farò.

Gli ultimi minuti della seduta sono stati contraddistinti dalla perentorietà di una profezia. Dopo avermi chiamato l'ascensore – non sapeva più come buttarmi fuori – ha detto: "Arriva sempre un momento in cui qualcosa ci costringe a fermarci e a quel punto... può essere devastante andare a sbattere contro la 'nostra realtà'. Contro le assurdità che abbiamo messo in piedi pur di non distogliere mai lo sguardo dal presente".

"Io spero solo di non andare mai a sbattere con il muso contro qualcosa," gli ho assicurato quando ero già dentro l'ascensore. "E men che meno contro la realtà che, lo sanno tutti, è molto crudele."

Prima che si chiudessero le porte lui si era già avviato verso il suo studio e si stava congedando con il suo solito: "Sei un disastro...".

Adesso sono a casa, ho preso il mio cocktail di pillole e per una volta mi preparo a fare i compiti. Stranamente, non ho mai pensato che la mia vita fosse un buon materiale su cui scrivere. Ho sempre trovato più interessante la vita degli altri. Neppure con Santiago mi rassegno a essere nel ruolo di chi risponde e non in quello di chi fa le domande. Non sarei in grado di elencare tutte le persone che, nel corso della mia carriera, mi hanno assicurato che, se le avessi intervistate, avrei avuto la storia migliore che fosse mai stata raccontata. Per fortuna, poi non succede. Ma Greta no: lei non ha iniziato a raccontarmi la sua storia perché la pubblicassi, sono stata io a proporglielo – me ne sto già pentendo –, senza neppure rispettare le mie regole, quelle che mi aveva recitato Ramiro Coronel durante il mio primo giorno in redazione, mentre lasciava cadere la cenere della sigaretta sulla tastiera del mio computer: non ho tenuto conto di quanto sia pericoloso scrivere una storia mentre "è ancora in corso", né che sto per iniziare a lavorare senza avere idea di quale sarà la conclusione. La storia di Greta, per quanto insolita e scomoda, potrebbe finire sulla prima pagina di un giornale come in un cassetto. Sono arrugginita io e lo sono ancora di più i miei contatti. Il mio ultimo reportage risale a quasi dodici anni fa – tornare a pubblicare sarà quasi impossibile –, insomma... che assurdità. Come se avessi tempo da perdere.

Per un'associazione di idee, dopo la seduta di oggi l'ho cercato in una delle scatole che non apro ormai da un secolo, accanto alla libreria. Ed eccolo qui, il premio alla Giornalista Rivelazione del 2014. Sembra assurdo. Sono passati esattamente quattro anni. Mio padre era morto lo stesso giorno, alla stessa ora in cui salivo sul palco del teatro Victoria per ritirarlo, sopraffatta dagli applausi insinceri dei colleghi e dai messaggi di orgoglio degli amici. Soltanto dopo seppi della sua morte.

Ne ho parlato con Santiago in diverse occasioni. Sapevo che mio padre era molto malato e che non avrei potuto fare più di quello che avevo già fatto, visto che ero andata a trovarlo a Houston tutte le volte che mi era stato possibile; mia madre me l'ha ripetuto tante volte, lo sapevo che era stato lui a insistere perché tornassi in Spagna quando mi avevano chiamato per dirmi che avevo vinto. Stava meglio. O almeno così diceva. "Il lavoro è la cosa più importante," ripeteva come un mantra. Glielo avevo sentito dire per anni e anni. Anche quel giorno. Fu una delle sue ultime frasi, ed era la stessa che lo aveva tenuto lontano da me per quasi tutta la mia infanzia – si era perso tutti i miei saggi di danza, la mia paura dell'acqua, la mia allergia all'amoxicillina, i miei episodi di sonnambulismo –, per questo credo che in fondo avesse capito il mio rimprovero sotto forma di silenzio fino ai diciotto anni. La verità è che io, degna figlia di mio padre, avevo scelto di salire su quell'aereo e andare alla cerimonia di premiazione allontanandomi dal suo letto di morte. Ai genitori si dà sempre ascolto, almeno quando sono moribondi.

In ogni caso la mia infanzia non tornerà, così come il suo ultimo respiro. Eppure quel premio continuerà a restare nella scatola vicino alla libreria, indifferente al tempo che scorre.

Non so perché mi sia tornato in mente questo ricordo, visto che dimentico tutte le ricorrenze. Magari è una conseguenza dello stato mentale al quale mi ha portato quel motto – "Il lavoro è la cosa più importante" – inciso nel mio cervello da quando sono nata. Ci sono giorni in cui ho la sensazione di avere la memoria a pezzi e ci scavo dentro cercando frammenti di numeri di telefono, nomi senza cognome, strade senza numero civico. Eppure la tappezzeria con il logo dell'American Airlines dell'aereo dell'altro giorno la visualizzo in tutti i dettagli, con le sue macchie e i suoi graffi, la stessa che mi aveva ipnotizzato durante un altro viaggio, quello per andare al suo funerale. Sì, anch'io non volevo che nessuno mi rivolgesse la parola, come aveva detto Greta. Il fatto è che, da quando mi sono svegliata, sto ripercorrendo ossessivamente la via crucis che fu dirgli addio, considerato che le circostanze non mi hanno permesso di piangere degnamente la sua perdita: si era dovuto lottare contro l'amministrazione Bush per sistemare tutti i documenti, vendere la casa, il funerale...

Mio padre, l'americano, se n'era andato e io, sua figlia, ero una straniera. Mi era tutto molto chiaro. Adesso, quattro anni dopo, mi ritrovavo ancora lì, bloccata su uno di quegli scomodi sedili dell'American Airlines che hanno dichiarato guerra alle persone con le gambe lunghe, ma stavolta durante il viaggio che mi riportava a casa dopo il "collasso".

Mi rendo anche conto che preferisco smettere di scrivere di me per ricominciare a scrivere di lei. Quel primo episodio raccontato a seimila metri di altitudine. Una storia che ha cominciato a rivelarmi dal finale, come succederebbe in un bel thriller. Mentre accendo il computer, mi torna in mente l'ultima immagine che ricordo di mio padre.

Sulla sua lapide è incisa la stessa data che c'è sul mio premio.

Preferisco conservare quel trofeo che il suo necrologio.

L'abito strappato

5.

Bogotá, inverno 2017
Quattro mesi prima

Aeroporto di Bogotá. Nessuno fece caso alla giovane suora che barcollava lungo i corridoi: né gli agenti doganali appostati all'uscita dell'aereo, né i due che sorvegliavano l'ingresso dei bagni a braccia conserte. Solo il cane adrenalinico tenuto al guinzaglio da un poliziotto dai denti accavallati, vicino al nastro dei bagagli, abbaiò alla giovane che si fermava ogni pochi passi per riposare appoggiandosi alla valigia. E non perché ne avesse fiutato il contenuto, ma perché i cani hanno un olfatto allenato a riconoscere la sofferenza.

L'animale trascinò il poliziotto fino a Greta, che si rialzò allarmata.

"Mi scusi, sorella," disse l'uomo, tirando il cane confuso.

Si accorse che la fronte della donna grondava sudore, notò le occhiaie scure, l'abito macchiato e spiegazzato, come se avesse dormito vestita, e un'espressione febbrile negli occhi che sembravano non riuscire a mettere a fuoco la figura che si stava rivolgendo a lei.

"Si sente bene?" volle sapere il poliziotto, e strattonò il pastore tedesco che continuava a guaire.

Lei fece un gesto per tranquillizzarlo.

"Sì, sì, non si preoccupi. Devo uscire... devo soltanto uscire. Mi aspettano."

Il poliziotto le indicò la direzione dell'uscita e lei seguì i cartelli come se fossero una fila di mollichine nel folto del bosco. Nella sua testa c'era solo la voce di sua madre quando l'aveva chiamata dalla Spagna e le aveva annunciato di essere stata espulsa: "Non fa niente, figlia mia, ci sarò io accanto a te".

Greta aveva stretto le labbra per non piangere. "Verrai?"

"Sì, sì, verrò a prenderti, non preoccuparti di niente, figlia mia. Sarò lì per te."

La porta. Quella porta per uscire o per entrare. Accelerò il passo e andò a sbattere contro qualcosa di invisibile che per poco non la fece cadere. Le bruciavano gli occhi, così come le gambe inguainate nella calzamaglia. Nella Spagna da cui era fuggita faceva freddo.

La porta automatica si apriva e si chiudeva davanti a lei. Era la porta del Paradiso o dell'Inferno?, si chiese Greta. Il tragitto per raggiungerla sembrava impossibile. Dall'altro lato intravedeva in modo intermittente una massa di visi impazienti, globi di colori, corpi che stringevano cartelli di benvenuto. Fece qualche altro passo e dovette fermarsi ancora una volta, esausta. Era come camminare sott'acqua, faceva fatica a respirare, ma a quel punto riconobbe il corpicino di sua madre in uno dei suoi vestiti stinti, le mani strette al petto. Si portò la sua al cuore, lo colpì due volte come per farlo ripartire e riprese la marcia. Pian piano la figura di sua madre iniziò a stagliarsi di fronte a lei con sempre maggiore nitidezza. Per un attimo ebbe paura che fosse un miraggio e che toccandola si sarebbe disfatta come sabbia: fu allora che le arrivò alle narici il suo profumo di biancheria pulita.

Lasciò andare il manico della valigia, che cadde a terra con un frastuono metallico, e strinse quel calore che le aveva dato la vita con la speranza segreta che gliela restituisse. "Resuscitami," le disse. "Resuscitami, madre, perché sono morta."

Felisa le prese il viso tra le mani. "È passata, figlia mia," le disse baciando le sue lacrime. "È passata..."

Le gambe di Greta si piegarono come se non avesse più ossa, ma la verità era che, abbracciando sua madre, aveva sentito di nuovo il proprio corpo.

"Fino ad allora era stato come se avessi smesso di sentirlo, capisci?" mi aveva confidato la mia compagna di viaggio. "Ma in quel momento mi faceva male tutto. Mia madre, a settant'anni, era venuta a prendermi all'aeroporto. Quella povera donna aveva dovuto fare sei ore di viaggio da Ibagué a Bogotá, un formicaio nel quale non sapeva districarsi. Erano due anni che non mi vedeva. Nell'ultimo periodo avevo diradato le chiamate, le avevo detto che avevo qualche problema di salute, ma senza darle particolari. Per questo credo che, fin quando non caddi nelle sue braccia, non avesse capito davvero come stavo. Più tardi, quando parlammo, mi confessò che, a vedermi così, con l'abito macchiato e sgualcito – 'Pensare che tu sei sempre stata così a modo!' –, le si era spezzata l'anima. Cosa hanno fatto a questa creatura, alla mia bambina, aveva pensato. Cosa le hanno fatto..."

Felisa ebbe i riflessi sufficientemente pronti per proteggerle la testa quando sua figlia le si afflosciò ai piedi come un abito senza corpo. E rimasero così, abbracciate e piangenti, come se all'improvviso l'aeroporto si fosse svuotato e loro fossero una *Pietà* contemporanea.

La mia compagna aveva scosso la testa e si era protetta di nuovo con il plaid dell'aereo. Secondo lei, quando sei suora ti inculcano una specie di arroganza che si riflette nel tuo modo di vestire, di essere sempre impeccabile, precisa, perfetta; qualcosa che è importante che gli altri notino, per ispirare rispetto, come succede ai soldati. "E invece mia madre fu testimone di come tutto questo fosse crollato," aveva aggiunto con dolore. "Il rispetto per me stessa."

Presero un taxi fino al terminal degli autobus e, da lì, una corriera polverosa su cui viaggiavano altre dieci persone. Furono assegnati loro due posti separati. L'impatto con l'odore di chiuso del veicolo le fece venire da vomitare. Sua madre era dietro di lei e di tanto in tanto le appoggiava una mano calda sulla schiena, come quando era neonata e non riusciva a dormire.

Non dormì neanche durante quel tragitto. "A quest'ora dovremmo recitare la compieta, ma io non l'ho detta," si ripeteva ossessivamente.

A quel punto si era stiracchiata e mi aveva guardato. Che strano, rivedendo sua madre aveva sentito di nuovo il suo corpo, il mal di testa, la rigidità della schiena... Anche se il corpo era il problema minore, perché il dolore dell'anima era molto più intenso.

Il caldo.

Di quel viaggio in corriera ricordava solo il senso di soffocamento e il caldo. Man mano che da Bogotá si va verso sud la temperatura si fa sempre più rovente, perciò aveva l'impressione di avvicinarsi all'Inferno. Quell'Inferno in cui le sue consorelle le avevano garantito che sarebbe precipitata se l'avessero cacciata e che ormai aveva dentro. Nella corriera il caldo diventò insopportabile. Greta avvertiva un'oppressione intensa. Non le avevano dato neppure il tempo di cambiarsi; era partita dalla Città del Nord con l'abito, il cappotto, le calze e gli stivali e tutto sembrava essersi incrostato sulla sua pelle, per colpa del sudore e dell'umidità.

Di tanto in tanto si girava verso la madre e le sussurrava: "Mamma" con sguardo supplicante, come se stesse pregando un santo.

Felisa le appoggiava sulla spalla la sua mano protettiva, mentre ripeteva come un salmo, senza fermarsi: "Stiamo per arrivare, non preoccuparti... ancora un po' e ci siamo, non preoccuparti, figlia mia, non preoccuparti".

La loro destinazione era un'umile casa di fronte al Nevado del Ruiz, sorvolata da uccelli colorati. Circondate dal silenzio profondo necessario per qualunque rituale, Felisa preparò il bagno mentre Greta tremava per la febbre, seduta su uno sgabello. Non si lasciò svestire. Perciò, molto lentamente, la madre immerse la figlia completamente vestita nella vasca da bagno, come un battesimo al contrario, per aiutarla a staccarsi dalla sua vecchia pelle. Una pelle che non era più sua, che stava marcendo, che la soffocava. La spessa stoffa bianca si gonfiò nell'acqua: una sposa annegata nel fiume. La madre tirò la calzamaglia con la stessa destrezza con cui scuoiava i conigli e quel gesto strappò via dalle caviglie le croste provocate dallo sfregamento degli stivali; le piaghe iniziarono a sanguinare nell'acqua come stimmate. Poi, quando Greta uscì dalla vasca, le slacciò l'abito e la sottoveste, che caddero a terra producendo un tonfo flaccido. Da ultimo tamponò con un asciugamano umido il ghiaccio della fronte di sua figlia e le strappò il velo. Mentre bagnava quei capelli corti e neri, trattenne le lacrime: così fradicia e indifesa, le sembrò fragile come quando era appena nata. Le baciò la fronte per benedirla ma, per la prima volta, non vi tracciò il segno della croce.

"So solo che dopo dormii... dormii molto," mi aveva detto Greta. "Finché un giorno non mi svegliai, e allora iniziò il vero incubo: ricordare."

6.

Durante i primi giorni, quando si svegliava non sapeva dov'era. Nella sua testa rimbombava la voce di madre Dominga, la sua carnefice: "Non tornerai più in Spagna, perché non avrai i mezzi per farlo...", aveva ricordato Greta durante quel viaggio che aveva assunto il tono di una confessione.

Del tempo trascorso con la sua famiglia, rammentava soltanto il silenzio.

Era l'unica cosa di cui aveva bisogno. Nessuno le aveva chiesto niente. Né che cosa era successo. Né perché era tornata. Né sua madre, né suo padre, né i suoi fratelli. Quel silenzio era una dimostrazione di rispetto e di amore, perché ancora non era in grado di pensare con lucidità.

"Credevo che fosse stata colpa mia." Si era schiarita la voce. "E lo credo tuttora."

Dalla Spagna si era portata dietro una quantità di ansiolitici che potesse durarle per diversi mesi. Dormiva, ma aveva un sonno molto agitato e i risvegli erano sempre bruschi, come se il vero incubo stesse solo aspettando che lei aprisse gli occhi.

Nella sua mente scorrevano senza sosta le immagini degli ultimi giorni in Spagna: scampoli di una storia il cui disegno complessivo continuava a sfuggirle.

Quarantott'ore per abbandonare una vita.

Ricordava la mano della superiora che le consegnava la lettera. "Finalmente te ne vai," le aveva detto madre Dominga, prima che Greta distruggesse quella lettera, e con lei tutto il suo mondo. Ricordava come aveva messo via in tutta fretta i suoi libri, Rilke, Paul Valéry, i suoi veri amici lì dentro, il suo rifugio in quei quattordici anni... Qualcuno le aveva fatto notare che quei libri erano stati acquistati con i soldi della comunità e che pertanto sarebbero dovuti rimanere lì. Lei aveva ribattuto che avrebbe mandato un'amica a prenderli o sarebbe tornata lei stessa a recuperarli. La risposta che le avevano dato, però, le avvelenava ancora il cervello: "Non avrai i mezzi per farlo...". Ricordava il suo riflesso rotto nello specchio dell'armadio quando aveva tirato fuori titubante alcuni indumenti.

"Non porti via le scarpe?" le aveva chiesto suor Bernarda, fedele alla superiora, la sua padrona, reggendone un paio con la postura di un boia.

Voleva sapere cosa avrebbe indossato per andare al patibolo?, aveva pensato Greta. Ma no, non aveva voluto portarsele via. Non avrebbe usato mai più scarpe nere, ed era proprio questo che aveva detto a Bernarda mentre si aggirava per la stanza, scalza, dissimulando la rabbia; mai più scarpe da suora. Solo l'abito che aveva addosso e gli stivali. Anche l'abito apparteneva alla comunità, l'aveva avvertita qualcuno alle sue spalle; qualcuno che poteva essere suor Baltasara, con la sua voce impostata da vescovo. Avrebbe dovuto restituirlo una volta arrivata in Colombia. Neppure quell'ultima notte nella Comunità del Calvario, la sua ultima notte da suora, riuscì a dormire, neppure sfregandosi le gambe l'una contro l'altra. Erano molti mesi che lo faceva, perché altrimenti non aveva speranze di addormentarsi, tanto che le erano comparse le piaghe sulle caviglie.

Durante le prime settimane a Ibagué si svegliava in un bagno di sudore, assediata dagli incubi, e le ci voleva un po' per riconoscere la luce arancione della sua infanzia che filtrava attraverso le stecche delle persiane. Le sembrava di vedere ancora il riflesso della neve che l'aveva salutata in Spagna. Quella era stata la fredda e bellissima benedizione finale della sua ultima dimora, la Città del Nord. Una bufera di neve che le diceva: puoi andartene, ma non credere di farlo in pace.

Non avevo voluto interromperla con le mie domande. Mi ero limitata a osservarla mentre mi parlava protetta dalla penombra da cattedrale di quell'aereo in cui soltanto lei e io eravamo immerse in una veglia e in una confessione. Con gli occhi socchiusi per effetto del diazepam aveva continuato a ricordare che, il giorno in cui era stata cacciata dal convento, quando era uscita dall'asilo nido della comunità in cui aveva lavorato mentre viveva nella Città del Nord, dopo aver salutato i bambini, aveva provato un freddo così spaventoso che non sapeva se venisse da fuori o se lo avesse dentro. Qualcuno le aveva toccato una spalla. Si era girata, ma non c'era nessuno. Aveva sentito di nuovo qualcosa che le sfiorava la spalla e aveva scoperto che si trattava dei fiocchi di neve che le cadevano sul cappotto. Si era ricordata di un'altra situazione simile del suo passato, molto più luminosa, quando in quello stesso luogo aveva visto la neve per la prima volta, appena trasferita nella Città del Nord: era scesa di corsa in strada, senza soprabito come se fosse arrivata in ritardo a una festa, e aveva lasciato che quei coriandoli gelati le entrassero in bocca.

Una scena completamente diversa da quell'inverno spietato che le diceva addio per sempre. Adesso niente poteva proteggerla. Niente.

Del viaggio in aereo che l'aveva riportata a Bogotá non aveva memoria. Durante il tragitto non aveva sentito né freddo né caldo. Aveva la nausea, questo se lo ricordava, e le bruciavano le palpebre.

"Forse," mi aveva detto rannicchiandosi sotto lo striminzito plaid dell'aereo, "perché avevo pianto molto, moltissimo. Era una specie di riflesso, le lacrime scorrevano senza che me ne rendessi conto."

Durante il volo evitò di parlare con il ragazzo seduto accanto a lei. Era spagnolo e stava andando in Colombia per la prima volta. Le chiese del clima, delle spiagge... Persino di Pablo Escobar!, ci potevo credere? Aveva passato dieci ore e ventunomila chilometri a far finta di dormire.

"Era il momento più difficile della mia vita," mi aveva detto. "Quando sei una suora, e io portavo ancora l'abito, la gente pensa che tu le appartenga, che tu debba darti agli altri e distribuire felicità al mondo intero. Io però avrei voluto dirgli: 'Stai zitto, idiota, sono settantadue ore che non mi cambio e sono imbottita di antidepressivi'."

Ero scoppiata a ridere, non ero riuscita a trattenermi, e lei con me. Qualcuno dalla fila centrale ci aveva zittite con decisione.

"Per questo in quel momento mi ripromisi di non parlare mai più con nessuno in aereo," aveva affermato. "Di non invadere mai più quello spazio."

"Be', ci hai messo esattamente quattro mesi a rompere la promessa."

Il mio sguardo aveva vagato nella cabina, appuntandosi su quei corpi silenziosi che si portavano dietro storie silenziose; tutti diversi, tutti avvolti nei plaid come bruchi giganti.

E dopo quel primo episodio – in realtà, l'avvio di una storia che sembra essere venuta a cercarmi –, mi chiedo inevitabilmente che cosa sia successo a Greta per arrivare fino a questo punto. E mi chiedo anche, trascrivendolo adesso senza l'aiuto di un registratore o di un taccuino, com'è possibile che mi sia rimasto impresso in modo così nitido nella memoria. C'è un motivo se ho memorizzato tutti i particolari? A che cosa mi servirà la storia di Greta? La notte fonda impone un ritmo lento ai miei pensieri. Persino il computer è stanco. E domani non so neppure che cosa mi aspetta. So solo che sarà tutto, di nuovo, rumore. Spengo la luce.

Homo laborans

7.

Pronti... partenza... via!

Alle otto, quando è suonata la sveglia, ero già ai box come un cavallo da corsa furioso. Durante la colazione ho frugato nel sacchetto delle medicine e ho trovato soltanto una parte del solito cocktail di integratori – Q10, vitamina C, magnesio, vitamina D, probiotico e altre pasticche che non ricordo a cosa servono –, poi mi sono aggirata in salotto cercando una cartellina e la tazza del caffè... perché gioca sempre a nascondino? Quello che non riesco proprio a capire è che cosa ci faceva, fumante, nell'armadio delle scarpe.

Quando ho recuperato il caffè sono andata fino al tavolo della sala da pranzo e la montagna di ricevute che avevo davanti mi è sembrata il K2. Se non trovo il tempo di portarle all'ufficio contabilità sono finita. Ed essere rimasta in piedi fino alle tre per metterle in ordine sarà stato inutile.

A cosa mi serve lamentarmi, adesso? Sono autonoma. Una freelance. Sono stata io a trattare con l'agenzia per poter lavorare da casa. Dal mio bunker. Che altro voglio? Posso creare un'intera campagna pubblicitaria dal mio covo sotterraneo. O meglio, vendo loro la mia creatività come fornitrice. A volte mi sento un pasticciere, che di notte impasta idee con le maniche rimboccate e preferisce rimanere sporco di farina e lontano dalla perfezione refrigerata delle vetrine, dove finiranno i suoi delicati pasticcini. Invece Andrés, la mia Lampadina personale, è proprio il tipico creativo che ha bisogno di piagnucolare in ufficio perché si sente maltrattato e perché non gli lasciamo mai il tempo di sviluppare le sue idee geniali; ma la verità, come mi ha confessato in qualche occasione, è che non potrebbe mai vivere come me senza la sicurezza di uno stipendio, mentre è assolutamente in grado di fare colazione tutti i giorni con il Tirannosauro – credo che Rosauro debba il suo nomignolo a un momento di sinapsi impazzita tra me e Andrés, durante il quale abbiamo fuso il nome di un predatore carnivoro, una specie estinta, e un tiranno... ed è venuto fuori lui. Fatto sta che Andrés è capace di fare colazione con quel mostro prendendo un caffè macchiato e un paio di vessazioni con burro e marmellata senza che questo gli provochi alcun tipo di insicurezza... Io ho ben chiaro che voglio andare in agenzia solo per le riunioni e a presentare le campagne ai clienti. Non posso lamentarmi. Sono diventata freelance per sentirmi più libera e, a essere del tutto sincera, per non dover sopportare nessuno più dello stretto necessario. Immagino che la convivenza mi abbia scottata. Più che con-vivere, nel mio caso è stata un con-morire.

Convivenza... è questa la parola che mi ha perseguitato per tutta la mattina, da quando ho ficcato i biglietti in quelle cartelle che non so perché mi prendo il disturbo di etichettare. Convivere per me ha significato cercare di adattarmi senza successo alla mediocrità altrui o sopportarne la prepotenza. E a volte non è che non vuoi adattarti, è che proprio non ce la fai.

Che meraviglia, sono una freelance!, mi sono detta mentre mi lavavo i denti con il collutorio perché non so dove accidenti sia finito il dentifricio; significa, letteralmente, "lancia libera". Il capo di me stessa. Se è così, dovrei licenziarmi da me stessa su due piedi. Perché sono una tiranna. Perché non ho nessuna empatia. Perché sono una stronza. Perché non mi concedo vacanze né giorni di malattia. Perché non mi basta mai. Perché non mi complimento abbastanza con me stessa per i miei successi. Perché mi costringo ad arrivare sempre al limite e mi metto in discussione per sport.

Significa anche – o almeno così mi sento oggi – che sono mezza donna e mezza fattura. Free? Quando mai... E adesso mi chiama il mio commercialista per parlarmi di certi "vantaggi fiscali"... Ah! Appunto per me stessa: "vantaggio" e "fiscalità" sono due parole che quando le leggi insieme vanno in cortocircuito nel cervello, impazzisce la maionese e si blocca la digestione del mondo.

Sono un'"imprenditrice". Un'altra parola consumata dall'uso eccessivo.

Di questi tempi siamo tutti imprenditori.

Liberi e schiavi allo stesso prezzo.

Non male, vero?

L'ho scelto io. E con questa litania in testa esco di casa ancora una volta stringendo il cellulare come una spada laser, con il numero del commercialista pronto sullo schermo per chiedergli di aspettare. Sono tornata indietro due volte: la prima, per prendere gli auricolari – un'altra delle promesse fatte a mia madre, perché mi bombarda via WhatsApp con articoli su strambi tumori del cervello – e la seconda, perché mi sono dimenticata gli occhiali da sole e ho certe occhiaie che sembro una comparsa di *La notte dei morti viventi.*

Così è cominciato il mio ultimo giorno di congedo.

Di riposo.

Si fa quel che si può.

Mentre scendevo tre alla volta i gradini consumati, mi ha fermato al terzo piano il signor Postigo, che stava lasciando dei pacchetti a un vicino.

"Buongiorno, signora Patricia," mi ha detto con la voce sempre sorpresa e i suoi occhi slavati, "ho una busta per lei..."

Mi imbarazza molto andarmene senza finire di ascoltarlo ma, considerando che ho già verificato molte volte che quando torno cinque minuti dopo non si ricorda di avermi visto uscire, non è così grave. Una pessima memoria a breve termine è davvero una strana caratteristica per un portiere. Mentre correvo su per le scale ho cercato di ricordare perché io abbia voluto essere libera: sono diventata una freelance per investire il tempo in funzione delle mie necessità, ma ovviamente le necessità sono infinite, perciò anche il lavoro lo è.

Credo sia stata Agatha Christie a dire: "Le idee nascono dolci, ma invecchiano feroci". Nonostante questo, sono ben consapevole del fatto che la parola "capo" non mi è mai venuta naturale, soprattutto se devo riferirla a una specie non estinta del Pleistocene come Rosauro, con il suo inquietante sorriso dai denti lunghi, diritti e perfetti, che è capace di dire a un creativo: "Non essere troppo creativo". Preferisco sfruttarmi da sola, piuttosto che farmi sfruttare da quel Joker senza trucco. O almeno così la pensavo un tempo. Ecco perché, alle nove di questa mattina di primavera del mio ultimo giorno di congedo, ultimo giorno per presentare la dichiarazione dei redditi, ultimo e apocalittico giorno per presentare un documento all'ufficio delle Imposte riguardante la mia giovane impresa individuale, ho attraversato di corsa plaza de Oriente fino ad arrivare all'invariabilmente grigio edificio dell'ufficio delle Imposte.

Una macchinetta mi ha sputato un numero.

Tempo previsto di attesa: un'ora e mezzo.

Finché uno schermo mi ha scagliato addosso il mio turno.

Quando mi sono avvicinata alla scrivania che pensavo mi fosse toccata, c'era seduto un signore anziano.

"Mi scusi, credo tocchi a me."

La funzionaria, dal viso tondo e scuro, coda folta, sui sessanta, ha alzato lo sguardo.

"Ma non lo vede che sono con il signore?"

E mi ha indicato la scrivania accanto con un'espressione da maestrina.

Lì un funzionario hipster che mi era sembrato un bassorilievo di pietra finché non ha sbadigliato, mi ha rivolto uno spassionato: "Questo non può più farlo qui, dal primo gennaio si deve fare da casa con la firma digitale".

In un attacco di pazzia transitoria, ho preso in considerazione l'idea di mettermi a piangere e di raccontare a quell'esserino imboscato dietro una barba da Capitan Haddock che sono stata ricoverata, che se non riesco a farlo oggi mi toccherà pagare una multa salatissima e che, stordita come sono dagli effetti di un cocktail di ansiolitici, non sarei mai in grado di scaricare la maledetta firma digitale, e men che meno di sviscerarne l'utilizzo nel giro di un'ora. Ma... a che pro?

La scrivania accanto cattura di nuovo la mia attenzione.

"Vediamo, signore... come glielo spiego," sento dire alla funzionaria dal viso tondo, "il problema è che queste pratiche non si sbrigano più di persona." Si rivolge al cliente con la condiscendenza amabile di una maestra di scuola.

Dall'altro lato della scrivania un omino che sembra uscito da un romanzo di Galdós, silenzioso, con un foulard al collo, teme di rimanere senza previdenza sociale per un errore che hanno commesso con i suoi dati.

"Così è molto più pratico," continua la funzionaria in tono sempre più tenero. "Il reclamo può essere solo telematico. Lei entra nella nostra pagina web..."

"In che senso?" chiede lui dopo varie espettorazioni.

"Un attimo... non si preoccupi, glielo scrivo, è www..."

"Ma questo dove lo metto?" si spazientisce lui.

"Tranquillo, glielo appunto qui, magari c'è qualcuno che può aiutarla a... È meglio se usa un server che non sia Google; Firefox, per esempio, altrimenti potrebbe avere dei problemi." La funzionaria si aggiusta la coda. Ha la faccia dolce e dura, come se fosse fatta di cioccolato. "Per i firewall," precisa.

"I firewall?" si allarma l'uomo, tamponandosi le labbra con un fazzoletto con le sue iniziali ricamate.

Lei inspira come se cercasse un altro modo per farsi capire, che non trova, e gli chiede un po' di pazienza: cercherà di risolvere la questione parlando con il suo responsabile. Ed è a questo punto che il mio hipster, dal suo posto, parte incomprensibilmente all'attacco: "Senta, signore, noi non siamo qui per spiegarle queste cose". Mentre parla fa un clic, clic molesto aprendo e chiudendo la penna sul tavolo. "Se non sa nemmeno che cos'è Google..."

Come se avesse bevuto una pozione segreta, l'omino distinto comincia a crescere sulla sedia.

"Senta, figliolo, è vero," confessa, "io non so che cosa sia questo Google, che a quanto pare è molto importante."

"Signore," clic, "non siamo qui per discutere," clic, clic, "c'è molta gente."

"No, no, no..." riprende lui con tono sereno, "non ho intenzione di discutere, ho solo un'altra domanda e poi me ne vado." L'hipster mi rivolge un'occhiata speranzosa. "Lei lo sa chi è Cortázar?"

"Prego?" protesta il barbuto dopo un clic conclusivo.

"Bene..." prosegue l'anziano, mentre lo vedo crescere di altri due centimetri. "Non si preoccupi. Mi dica allora la data della Costituzione di Cadice."

"Questo è il colmo," sussurra il funzionario guardando l'ora.

"Oppure: chi ha scoperto la penicillina?" continua il vecchio, ormai gigantesco, spalancando gli occhi prima sepolti tra le rughe. "Data e luogo della prima Dichiarazione dei diritti dell'uomo...?"

"Io non sono obbligato a dirle proprio niente," si indigna l'altro.

"Be', invece io credo di sì," argomenta il super-anziano, meravigliato. "Perché io la pago e queste domande non sono al livello del concorso che si suppone lei abbia vinto per sedersi su quella sedia senza risolvere niente; sono domande da scuole elementari. Il gradino immediatamente precedente è imparare a leggere e scrivere." Le sue parole hanno improvvisamente un'eco da santuario. "Mi dispiace non saper usare un computer, ma la prego di non parlarmi come se l'analfabeta fossi io. Direi che a ottant'anni può suscitare un po' di apprensione restare senza previdenza sociale, perciò scuserà il mio nervosismo. Buona giornata."

Conclusa la predica, e dopo essere tornato alle dimensioni di prima, si alza appoggiandosi con i pugni sul tavolo, mi concede un pittoresco baciamano e attraversa il pavimento di marmo a passetti corti e strascicati, come se volesse farlo brillare.

La funzionaria di cioccolato è tornata al suo posto.

"Ma dov'è andato quel signore?" ci dice con un forte accento delle Canarie. "Credo di aver risolto il problema..."

Cerco di nascondere un sorriso che mi fiorisce rapido sulla bocca come erba cattiva. Decido di non dire niente. La barba con gli occhi che ho davanti non potrebbe recepire molto altro stamattina.

Esco dall'ufficio delle Imposte abituandomi all'idea che dovrò pagare una multa. Abbiamo creato un mondo nel quale risulta molto difficile vivere.

Ultimamente la mia vita è una deconfigurazione continua. Il che mi ricorda che mi si sono deconfigurati i canali della televisione, la stampante, il wi-fi... Anche il mio cervello qualche giorno fa si è deconfigurato.

Credo che fino a oggi non mi avesse mai fatto tanta paura invecchiare.

8.

Ora di pranzo. Dentro l'alveare della città di Madrid si fa strada una parola nelle anime stressate che la popolano: pace. E altre fluttuano tutto intorno come satelliti: tranquillità, calma, relax, armonia... Le cerchiamo nello sport. Le cerchiamo tra le righe dei libri, nei parchi, nelle spa, in sudatissimi seminari intensivi di Bikram yoga... Io avevo scelto la boxe; Leandro il buddhismo.

"Non è il buddhismo. Il buddhismo è il meno. L'importante è la meditazione." La voce di Leandro si materializza nell'aria, solida e indistruttibile come un ologramma.

"Parla a voce più bassa, per favore, mi stai stordendo," protesto, i gomiti appoggiati su uno dei tavoli a specchio del Café de la Ópera dove sto cercando di recuperare le forze.

Me lo immagino mentre parliamo. Nella mia testa il personaggio di Leandro è sempre in camice bianco e armato di una pinza, e adesso me lo figuro che fa penzolare il suo ciuffo ancora nero sul tavolo da dissezione, osservando le antenne per lui stranamente lunghe di uno dei suoi insetti.

La sua voce dall'altro lato del satellite e il suo corpo dalla cittadella universitaria si alleano per imbarcarsi in una delle sue seccanti argomentazioni con cui cerca sempre di battermi per sfinimento.

"Meno mangi, meno hai voglia di mangiare; meno esci, meno hai voglia di uscire; meno ami, meno hai voglia di amare; meno parli, meno hai voglia di parlare," il suo tono è forzatamente monotono, come un martello, "meno conti, meno hai voglia di contare; meno scopi, meno hai voglia di scopare; meno piangi, meno hai voglia di piangere..."

Mi sono strappata l'auricolare. Ho inserito la funzione "hands free" e ho abbassato la voce fino a trasformarla in un sordo ronzio da mosca.

"Meno viaggi, meno hai voglia di viaggiare; meno dormi, meno riesci a dormire; meno vivi, meno riesci a vivere; meno condividi, meno hai voglia di condividere..." Mi rimetto l'auricolare. Entrano due studentesse cariche di appunti, ciascuna intenta a digitare sul cellulare. "E così si entra in uno stato di anoressia vitale in cui tutto si assottiglia, il sesso, il sonno, la fame, la fame di vivere, la fame..."

"Smettila, Leandro!" ho quasi gridato.

"Il tuo corpo sta scomparendo..." ha aggiunto lui.

"Ah, dico sul serio, non sono in vena di filosofeggiamenti a quest'ora del mattino."

"...e anche la tua voce," ha proseguito. "Se non ti avessi suggerito io di sentirci, avresti continuato a scrivermi messaggi tutta la mattina, come una mitragliatrice."

"Ero all'ufficio delle Imposte."

"Tanto fai sempre così."

"Solo quando sono occupata."

"Ma tu sei sempre occupata." Un silenzio che sa di rimprovero. "In alternativa ti sento digitare in sottofondo sulla tastiera del computer e le tue risposte monosillabiche mi arrivano con uno sfasamento di qualche secondo, come se mi parlassi dall'America."

Bingo, rimprovero incassato.

"No, non è un rimprovero, Patricia. È un avvertimento da parte di una persona che ti vuole bene."

C'erano state delle avvisaglie. Avevo perso i capelli. Avevo avuto squilibri mestruali e alimentari. Avevo iniziato a somatizzare ogni genere di malattia.

E quando c'eravamo sentiti mentre ero in ospedale, gli avevo promesso che avrei trovato un po' di tempo per meditare e fare attività fisica.

"Ma ero drogata, Leandro, non conta."

Butto giù il caffè in un sorso. Controllo l'ora sul cellulare mentre un poster a grandezza naturale di Plácido Domingo con una parrucca a boccoli sembra dedicarmi il do sovracuto del *Trovatore.*

"Il punto non è riposarti un giorno per poi tornare a sovraccaricarti, lo capisci?" dice adesso più conciliante. "Verrai a fare meditazione?"

D'un tratto, l'immagine di noi due seduti nella posizione del loto su un cuscino liso mi fa quasi sputare il caffè dalle risate.

"Un ebreo e una cattolica davanti a un esercito di Buddha dagli occhi pacifici?"

"E che importa? Nessuno di noi due è praticante."

"Se è per questo, non lo diventeremo neanche del buddhismo. Almeno io."

Mentre parliamo scorro i messaggi dell'agenzia. A quanto pare Mascarade NY chiede grossi cambiamenti nella campagna, anche se l'impostazione è piaciuta. Cazzo, cazzo, cazzo.

"Me lo hai promesso, Patricia. Ventun giorni. Si tratta solo di darti un po' di tempo per provare una cosa nuova." Cerco di rispondere alla mail mentre continuo a parlare con lui. Leandro prosegue: "Per fermarti e meditare un po'. E se non ti piace... non torni".

Resto in silenzio e persino io lo trovo imbarazzante. Cerco di ritrovare il filo della conversazione.

"Lo prenderò come un sì," decide lui. "Ci andiamo giovedì. E oggi pomeriggio, per festeggiare che sei ancora viva, potresti venire con me al Jardín Botánico. Nella serra è nata una nuova colonia di farfalle. È uno dei giorni più emozionanti dell'anno."

No, Leandro, non ho tempo, e non solo in senso oggettivo, ma anche mentale. La fatidica mail annuncia grossi cambiamenti. Ma io non me la sento. Sono senza forze. Non per cambiare, no. Anche solo per andare avanti. La testa ricomincia a girarmi e una corda invisibile mi stringe il collo. Mi viene una voglia assurda di piangere. Le studentesse accanto a me trangugiano torta al cioccolato mentre continuano a chattare una di fronte all'altra. Potrei strillare quanto voglio e loro non se ne accorgerebbero neanche.

"No, ti lascio da solo con i tuoi insetti," decido, mentre mi si strizzano i polmoni. "Oggi sarei capace di schiacciarne qualcuno con una manata. Tra l'altro, devo vedere una persona che ho conosciuto in aereo."

Questo sembra interessarlo perché si lascia andare a uno dei suoi: "Ahi, ahi, ahi... che notiziona".

"Non ti emozionare, è una donna che... be', diciamo che forse intraprenderemo un progetto insieme."

Delusione.

"Ovviamente," mormora, "sono il solito ottimista, avrei dovuto capirlo subito che si trattava solo di lavoro..."

"No, Leandro." Chiedo il conto con un cenno. "Non è esattamente lavoro. E non è un obbligo. A dire il vero, non so ancora bene cos'è. Poi ti racconto."

So di aver suscitato la sua curiosità, ma Leandro è l'essere umano meno invadente che io conosca, perciò cerca di chiudere la conversazione con un: "Sì, me lo racconterai giovedì". Mi accorgo che si attiene alla sua "legge del non intervento nei processi naturali" che l'ha reso una celebrità sui social, l'ha sempre fatto con me e anche con le sue farfalle – cosa che, trattandosi di uno scienziato, è più che straordinaria. Addirittura ammirevole. Sì, ammiro Leandro. Perché sa sempre di che cosa ha bisogno un amico, perché si mette alla testa di tutte le marce contro gli esperimenti sugli animali e per come gli viene il riso al latte. Leandro, il grande osservatore della vita, del deterioramento e della morte.

"E va bene, verrò con te giovedì. Ma... tesoro, ormai abbiamo un'età. Io sono come sono. E non cambierò."

"Il tuo problema principale è che la pensi così."

"La gente non cambia."

"Certo, le persone non intelligenti, no. Ma avevo dato per scontato che stessi dall'altra parte. Scusa."

Non ho la forza per sopportare ancora questo braccio di ferro, perciò decido di prendere appuntamento con lui e proseguire i miei giri. Il Café de la Ópera resta immerso in un silenzio da oratorio, con le due studentesse mute il cui strumento principale, il pollice – quell'appendice che, secondo Leandro, sarà l'unico dito che resterà all'"Homo digitalis" –, continua a muoversi sul cellulare a velocità sovrumana.

La cacciata dal Paradiso

9.

Ci ho messo quasi quattro giorni a decidermi a scrivere a Stella dell'alba, come l'ho registrata sul cellulare. Prima ho dovuto decidere se buttare o meno nel cestino quel primo capitolo, come mi aveva ordinato Santiago. È stato ieri che le ho mandato il messaggio su WhatsApp? La verità è che una parte di me desiderava che non mi rispondesse. In fondo ci sono molte cose che mi turbano, e non so nemmeno se riguardino lei o la possibilità di tornare a scrivere un reportage. Da un lato, non so se il resto della sua storia sia interessante come promette di essere. Dall'altro, non so cosa potrei guadagnarci – se mai ci guadagnerò qualcosa – pubblicandola. Per non dire che potrei anche perderci... Infine, nel caso in cui venga bene e io riesca a pubblicarla, non voglio comunque tornare al giornalismo, questo mi è ben chiaro.

E poi... è una suora. O comunque, lo è stata. Come faremo a capirci? L'ultima volta che sono stata a messa è stato per il matrimonio di Diana: quando è passato il cestino delle offerte, siccome non avevo spiccioli, mi sono dovuta trattenere per non metterci una banconota e prendere il resto. In ogni caso a mezzanotte, quando ero già a letto, mi è vibrato il comodino. Ho guardato il cellulare mezza addormentata e non ho risposto.

Che strano, non mi ero mai resa conto che il quartiere di Ópera e La Latina sono cuciti insieme dal Viaducto: come una graffetta immensa, unisce questa specie di Parigi monumentale a una sorta di Lisbona bohémienne. I giardini curati custoditi da eroi e divinità di pietra lasciano il posto a una prateria silvestre che in questi giorni si riempirà di margherite, verbene e *chulapos*. Siamo già a San Isidro? O è così, oppure il ponte serve per tornare indietro di un secolo. Attivo il cellulare con la mia impronta digitale e scatto una foto a una coppia che cammina sottobraccio: lei porta il tipico vestito della festa e hanno un bambino piccolissimo, con un garofano in fronte come da tradizione, anche se non ha i capelli.

Ciao, Patricia. Sono molto contenta che tu mi abbia scritto. Certo, sarei felicissima di rivederti. Dimmi dove e quando. Io abito a La Latina, diceva il messaggio.

Almeno abitiamo vicine. Non bisogna fare un grosso sforzo. Questo mi farà risparmiare tempo. Per fortuna, non si è congedata con un "che Dio ti accompagni".

Troppo rumore.

Da quando mi sono svegliata c'è troppo rumore, non fuori, ma dentro la mia testa. Attraverso plaza de Oriente spalleggiata dalle sue statue candide e orgogliose e d'un tratto invidio il loro silenzio. La loro mancanza di orecchie. Magari anche il mio cervello diventasse di pietra e il mio unico scopo nella vita consistesse nel lasciarmi riscaldare dai raggi di questa primavera precoce e farmi cacare addosso dai piccioni.

Corrono tutti.

Per andare dove? Pure io, in questo preciso istante, sto correndo.

Controllo l'ora sul cellulare. Quando ho smesso di portare l'orologio? Ma non sono in ritardo. Nonostante ciò, cammino più veloce che posso. Cerco di tenermi al passo della città, immagino, anche se ammetto che sto facendo fatica. Ho sentito il polso a Madrid ed è troppo veloce. Da quando sono arrivata, mi lascia senza fiato. Sarà che sono debole. Ma devo attivarmi prima di domani.

Domani. Inizia a farmi paura, la giornata di domani. Ho appena il tempo di leggere i messaggi che mi stanno arrivando. Se ci saranno altri cambiamenti nella campagna di Mascarade mi si sovrapporrà a quella di Renault, e a quel punto sarà un problema. Come farò? Fin da subito cerco di accelerare il passo, ma ho come la sensazione che i marciapiedi siano di gommapiuma e faccio fatica a mettere in fila le parole. Le lettere giocano a disordinarsi, quando scrivo un messaggio. Dimentico dati banali, per esempio il numero di telefono fisso di Diana, ed è la mia più vecchia amica, l'ho sempre saputo, da quando studiavamo insieme: devo confermarle che mi è arrivato tutto per il battesimo. Pensavo che le madrine dovessero soltanto tenere il bambino in braccio cercando di non farlo piangere e invece no, adesso devo leggere e capire il rito. E va bene, lo farò perché so che è importante per lei e per Lilo. Mi fa piacere. Improvvisamente mi fermo perplessa, non mi ricordo più che cosa stavo facendo. Continuo a camminare come un fantasma che non ha bisogno di essere schivato – gli altri sembrano più corporei e più vivi di me –, finché il mio incedere erratico da cieca mi fa andare a sbattere. La donna, a cui sembra abbiano trapiantato il pelo di un barboncino, porta un profumo di cannella così intenso che mi fa rivoltare lo stomaco. Anche lei sta consultando il suo schermo. Mi piacerebbe essere una vecchia o una turista, o entrambe le cose. Sono gli unici che occupano le panchine a quest'ora e sembrano ascoltare il rumore della fontana.

Mi lascio alle spalle il grande palazzo e la insulsa e bianca Cattedrale de la Almudena e inizio ad attraversare il ponte. Da una parte, la città; dall'altra, le luci della sierra. Era molto che non superavo questo confine di Madrid, e dire che ce l'ho accanto a casa. Sotto la sua struttura di calcestruzzo intuisco il rumore di questo abisso senz'acqua, un fiume che trascina corpi, macchine e alberi e che diventa sempre più opprimente.

A metà del viadotto mi fermo.

Anni fa avevo l'abitudine di fermarmi proprio in questo punto e così ho accumulato nella memoria molti tramonti. Ormai da tempo non ci si può più affacciare al parapetto, il Comune ha fatto installare delle alte barriere di metacrilato; è anche il posto preferito dai suicidi madrileni.

Non ti lasciano nemmeno più saltare d'impulso.

Bisogna mettercisi davvero d'impegno.

Ai miei piedi, tra il vetro e il corrimano di ferro, scopro un paio di scarpe da ginnastica sistemate come farebbe una persona che sta andando a dormire, o sulla riva prima di un bagno o la sera dell'Epifania se è stato buono. Qualcuno le ha dipinte di bianco e ci ha lasciato accanto un mazzo di margherite dello stesso colore.

Continuo ad attraversare il ponte senza fermarmi e mi chiedo perché quelli che si lanciano nel vuoto si tolgano prima le scarpe. Forse immaginano la morte come un tuffo in un oceano sconosciuto. Adesso mi torna in mente un dato che mi ha fornito Santiago durante la seduta dell'altro giorno, non so a che proposito. In Spagna, i suicidi sono il doppio degli incidenti stradali. E noi che pensavamo che si suicidassero solo gli svedesi. Mi chiedo perché, allora, ci siano tante campagne per prevenire gli incidenti e nessuna per evitare i suicidi. Ma qui non se ne parla, mi ha spiegato Santiago con il sopracciglio destro sollevato, il suo indicatore di ironia: non sia mai che ci faccia cattiva pubblicità, visto che tra l'altro non vanno in Paradiso, qui amiamo tutti la vita solo perché il tempo è bello.

Subito dopo aver attraversato il viadotto, scendo verso Las Vistillas e riconosco i lampioni azzurri del María Pandora. Sul vetro della porta hanno attaccato un nuovo adesivo tondo con la bandiera arcobaleno e una tendina da casa della nonna che annuncia ZONA SICURA LGBTI; più in basso, tre coppie di allegri pupazzetti si danno la mano: due uomini, due donne e una coppia mista. Ottenuta questa precisazione, entro nel locale.

Le stesse foto antiche di madrileni anonimi: bambini impavidi il giorno della prima comunione, matrimoni di sposi brutti, macabri funerali con tanto di *mantilla* nera, passanti sorridenti degli anni trenta, santini, maschere di dragoni cinesi; le pubblicità vintage della Coca-Cola che condividono il muro con Frida Kahlo, un martire tormentato e un nudo femminile a matita con le gambe aperte; le stesse candele rosse liquefatte dentro le bottiglie sotto la cui luce monastica avevo scritto le mie prime cronache nel periodo universitario. Su queste pareti sono ancora esposti gli arnesi vecchi del mondo: termometri, bilance, strumenti, spartiti, telefoni, macchinette del caffè, macchine da cucire e perfino da scrivere spuntano tra i libri di mensole che sembrano appartenere allo studio di uno scrittore caotico, alcolizzato e geniale.

Tutto al María Pandora ha avuto più di una vita, tranne me. Tutto è servito a qualcosa per cui non serve più... be', magari in questo sì che mi riconosco un po'. È un santuario al "perché no", all'inutile, al vale tutto.

Mi avvicino al bancone. Anche questo altare al sincretismo ha dichiarato guerra al tempo: sotto la luce rossastra delle candele, maschere africane guardano orologi fermi, amuleti cinesi si riflettono in specchi dagli stili disparati; il cameriere, un ragazzo magrolino e affascinante – grembiule scozzese, braccia e collo tatuati con disegni manga, occhi chiari, barba di tre giorni e sorriso con le fossette –, compare dietro il bancone, scortato dall'esercito dei riflessi, e appoggia i gomiti ridacchiando con due clienti abituali. Almeno prima il María Pandora si vantava di essere una champagneria, perciò, presa da un'inconfessabile nostalgia, gli chiedo una coppa di Cava, anche se adesso le bollicine fanno malissimo al mio colon irritabile.

Lancio un'occhiata al locale. In fondo alla sala, la scaffalatura piena di libri in equilibrio forma sempre un piccolo e accogliente palco sul quale ho recitato tante volte e, accanto a una delle vetrate, ci sono sempre le due poltrone da lettura sotto la calda luce di un paralume di pergamena, che, lo decido adesso, è lo scenario perfetto per questo primo incontro. Quando mi sono seduta mi ha sorpreso una curiosa coincidenza: sopra una credenza anni cinquanta c'è un fumetto del Corsaro Nero che brandisce la sua spada, una foto di due sposi in bianco e nero e... un'altra di Greta Garbo. Come se gli sposi fossero stelle, o la Garbo una persona di famiglia. Mi propongo di aspettare per vedere se la mia Greta coglie questo particolare e si decide a rivelarmi il suo nome, quello che conosco e che mi ha chiesto di dimenticare. Io però ho una deformazione professionale: non dimentico. Mai. Magari potessi.

Cosa. Chi. Quando. Dove. Perché. Come. Sono dieci minuti che ripasso questa piramide rovesciata guardando fuori dalla finestra. Per molti anni ho scritto in funzione di questi punti irrinunciabili, perché mi hanno insegnato che è così che si cattura l'interesse dei lettori in un articolo. Eppure, adesso che ci penso, il mio interesse non è retto da questa regola. Non è mai stato così. Di alcune storie voglio sapere più il chi, di altre il cosa, della maggior parte il perché. Da dove inizierei a raccontare quella di Greta?

Osservo la Cattedrale sullo sfondo, oltre il prato di San Isidro. Mi rendo conto che è come una di quelle persone belle solo da lontano. La struttura bianca e nervosa assorbe le luci cangianti del tramonto di Madrid. Ed è allora che la vedo sfilare lì davanti, facendo uno sforzo per affrettarsi, sospinta suo malgrado dalla confusione della città.

Entra nel locale accompagnata da uno scampanellio celestiale che trovo buffo.

Resta immobile al centro della sala, come se le si fossero scaricate le batterie. Gira su se stessa osservando tutto con un'attenzione esagerata, finché si accorge di me. Abbozza un sorriso.

"Scusa il ritardo," si giustifica balbettando leggermente. "Mi ero un po' persa."

Porta un paio di jeans, una maglietta semplice; al collo, un foulard di un colore incerto dà l'impressione che tutta la sua persona si sia scolorita in lavatrice. Nessun anello, né orecchini, né trucco. Solo il suo viso, pulito e angosciato.

Le chiedo se vuole bere qualcosa e ordina una Coca-Cola. Sembra che la mia coppa di Cava attiri la sua attenzione. Sto per spiegarle che mi riporta alla mente dei ricordi, non mi piace neanche molto, casomai pensasse che sono una di quelle pubblicitarie che bevono spumante all'ora del caffè. Ma perché accidenti mi preoccupa quello che può pensare di me?

"Allora, vivi da queste parti?" Meglio rompere il ghiaccio chiedendo quello che so già.

Lei annuisce: "Ho pensato che in un quartiere che si chiama La Latina mi sarei sentita a casa," scherza senza risultare divertente, e piega con cura il foulard. "Ma l'idea è stata dell'Aita."

"Di tuo padre?"

"No, di un amico che mi sta aiutando a trovare casa e lavoro."

Finisce la musica. Oppure sono io che smetto di sentirla. Ma pensa un po', un amico. Che per lei dev'essere come un padre, se lo chiama con quell'epiteto basco. I nomignoli mi incuriosiscono sempre perché ci permettono di diventare semidèi e di ribattezzare una persona. È un brutto vizio che ho, perché spesso poi dimentico i nomi veri. E va bene, sei Pedro perché così hanno voluto i tuoi genitori e lo sei davanti alla legge, davanti alla Chiesa e davanti ai tuoi amici, ma nel mio universo sarai sempre Il Basetta o Peter o Pedrolo, Pedrito, o semplicemente "il mio ciccione" o "il mio torello". La versione di te che sei per me.

"E vive qui l'Aita?" indago.

"No, nella Città del Nord. È un gesuita e ha ottant'anni." Si affaccia inaspettatamente ai suoi occhi l'affetto nei confronti di un religioso. “Mi ha aiutato ad affittare una stanza. Lui mi ha sempre aiutato.”

Forse potrei conoscere qualcuno che affitta appartamenti a prezzi modici, le propongo, cercando di essere gentile. Il mio telefono vibra sul tavolo e monopolizza la nostra attenzione. Il cameriere torna con qualche salatino e lascia anche un sorriso. Prendo il cellulare e Greta resta assorta in un pensiero e nell’imponente scaffalatura zeppa di libri con l’espressione di un bambino davanti a un negozio di caramelle. Il messaggio mi comunica la scadenza per apportare i “grossi cambiamenti”. Lo firma Rosauro, con il suo sorriso da Joker e le unghie fresche di manicure. *Domani pomeriggio...* dice un altro messaggio.

“Scusa...” le dico mentre rispondo un laconico *Ok* che mi fa mulinare il Cava nello stomaco.

Lei si rimette diritta all’improvviso e dice: “Ti ringrazio tanto, Patricia... ma io non voglio che qualcuno mi salvi”.

Fa una pausa, si guarda le mani. Credo si renda conto che la sua uscita è stata eccessiva. Accenna a coprirsi, anche se non c’è freddo.

“Voglio dire che non sai quanto ti sono grata per aver deciso di ascoltarmi,” aggiunge, “e il nostro accordo... credo che mi darà la forza per cercare di ottenere quanto prima i documenti. Ma ci ho pensato molto e non voglio essere un peso per te.”

“Ah, non sapevo che avessimo stabilito delle regole,” rispondo in tono più freddo. “Ma mi sta bene: dimmi le tue e io ti dirò le mie. Sei d’accordo?”

Lei osserva le mie mani, il vistoso anello di pietra lavica che porto all’indice, i capelli, legge la scritta sulla mia maglietta, FREEDOM, su un paio di ali da angelo. Forse pensa che l’abbia scelta apposta, ma non è così. Alla fine trova il coraggio di fissare le sue condizioni: “Mi piacerebbe che ciascuna di noi due affrontasse il suo processo senza intervenire in quello dell’altra, anche se ci vedremo spesso,” dice.

Nel frattempo studia uno dei salatini a forma di pesciolino e mi chiedo perché stia parlando al plurale; io non sto affrontando nessun processo e vorrei dirle: *Tranquilla, le persone non cambiano, anche se Leandro pensa di sì, e i Buddha dagli occhi pacifici e tutti gli esseri intelligenti di questo mondo ne sono convinti.*

Lei si schiarisce la voce.

"Patricia," sussurra, "non voglio che pensi che non mi fido di te, è solo che ho passato tutta la vita rifugiata in qualcosa o in qualcuno e se tu mi salvi, in un certo senso, da quel momento in poi sarò una tua proprietà." Si guarda alle spalle come se avesse paura che qualcuno la stesse ascoltando. "Ci sono già passata. Non voglio essere una minorenne per tutta la vita."

Abbassa lo sguardo perché la sto fissando, forse con troppa intensità. Sono incapace di correggere questa brutta abitudine da giornalista. La verità è che come monologo di apertura è piuttosto efficace, penso, e mi vergogno un po' per il sollievo che provo nel sapere che l'unica cosa che vuole da me è essere ascoltata. In questi giorni, la parola "dovere" potrebbe provocarmi un ictus. Mi viene in mente Leandro e la sua politica del "non intervento", unisco persino le mani come lui per dire: "Facciamo un accordo". Pausa. "Ognuna potrà aiutare l'altra solo se l'altra lo chiede esplicitamente. Altrimenti... lasceremo che sbagli. Ti sta bene?"

Credo condivida il mio sollievo, perché finalmente mangia il salatino. Al bancone, uno scoppio di applausi del gruppetto dei clienti abituali, provocato da qualche trovata del cameriere tatuato, sottolinea il nostro accordo.

"Mi sta benissimo. Solo così imparerò a essere libera." Beve un sorso della sua Coca-Cola a mo' di conclusione. "Adesso mi sento come Mafalda. Hai letto Mafalda? Quando dice: 'E ora che ci faccio con tutta questa libertà?'."

D'un tratto mi torna in mente la sua espressione mentre osservava quel tramonto in aereo, l'espressione che mi aveva spinto a chiederle se fosse appena uscita dal carcere. E in seguito aveva ammesso di sentirsi proprio così. Aveva visto dei film che parlavano di prigionieri che devono reinserirsi nella società; come avrebbe mai potuto immaginare che un giorno le sarebbe toccato vivere qualcosa di simile? Non sapeva come comportarsi, né cosa fare. Men che meno su quell'aereo.

Bevo un sorso di Cava. Bene, lei ha mangiato e bevuto. Quella notte in aereo mi aveva raccontato che se un'india mangia e beve con te ti sta dimostrando la sua fiducia, perché non teme di essere avvelenata.

Mi chiedo se tirare fuori il taccuino, ora che sembra più rilassata. Non vorrei condizionarla.

"Posso farti una domanda?" Che sciocchezza, gliela faccio e basta. "Perché hai scelto me? Voglio dire: sono agnostica, non faccio la giornalista da anni e sono una perfetta sconosciuta."

Lei sembra catturata dalla forza di gravità del tempio che ha appena intravisto al di là della finestra. Socchiude gli occhi come se le facessero male.

"Proprio per questo." Annuisce. "Nessuna religione dà una buona immagine degli agnostici, perché per colpa loro perdono tanti 'clienti'. Eppure, non ho mai conosciuto persone più luminose."

Un sorriso a mezza bocca. Il primo.

Indico a Greta la libreria che tanto attira la sua attenzione e proclamo: "I miei santi e i miei profeti sono lì".

Fa scorrere lo sguardo sul dorso dei volumi, affascinata.

"Anche i miei, credo," mi dice.

Mi ha sorpreso. Ha sorpreso me e i miei pregiudizi. Mi accorgo che ha lanciato una rapida occhiata anche al ritratto sulla credenza dalla quale la stella di Hollywood ci osserva, superba.

"Adesso posso chiamarti con il tuo nome?" le chiedo complice.

Si agita sulla poltrona. Si annoda più stretto il foulard intorno al collo. Ora tocca a me esprimere la mia dichiarazione di intenti: "Senti, in qualunque modo tu voglia chiamarti... anch'io ci ho pensato molto su e continuo a non avere ben chiaro quale sia lo scopo di tutto ciò". Alzo la mano per chiamare il cameriere. "Ma una cosa ce l'ho chiarissima: se già fai fatica a dirmi il tuo nome, non funzionerà."

Si irrigidisce. Come un uccello che non sa se spiccare il volo. Volare soli quando non si è capaci. Salto. Nido. Vuoto. Ma anch'io corro i miei rischi: non conosco i dettagli. Intuisco solo che la sua storia è molto dolorosa, e voglio conoscerla. Va bene, forse sarà un rifugio in un momento in cui preferisco non pensare alla mia. Oso proporle le mie regole: "C'è una cosa che ho imparato facendo la giornalista ed è che, se stai per raccontarmi una storia tiepida o decaffeinata, è meglio evitare". Il suo viso è di pietra, ma io non posso fermarmi. "Avremo gli stessi problemi e non servirà assolutamente a niente".

Amen, dico, e questo so bene che cosa significa: "Così sia". Alla fine del sermone mi riappoggio allo schienale della vecchia poltrona a fiori. Gli occhi a mandorla di Greta adesso sono le porte socchiuse di una sacrestia attraverso le quali voglio guardare, ma che potrebbero anche venirmi sbattute in faccia. La paura si fa solida. E a questo punto lei non fugge, parla: "Capisco, e non ce l'ho con te. Tu hai una serie di pregiudizi nei miei confronti, inutile negarlo". Nego, ma lei insiste. "Sì, sì, ce li hai. Ed è normale. In Europa c'è molta ostilità nei confronti dei cattolici e, dico sul serio, lo capisco, perché se la sono ampiamente meritata." Senza che io possa evitarlo, la mia mente disegna su di lei il velo e l'abito e sì, per un attimo le sue parole perdono qualche grammo di peso. Poi conclude: "Sono una monaca. E sono un'india. Ed è bene che tu sappia che anch'io li avrò nei tuoi confronti, i pregiudizi. Noi indios ne abbiamo moltissimi".

La mia fantasia pagana tocca l'apice quando la immagino con delle piume e degli strani tatuaggi sulle guance, il seno coperto soltanto da uno spesso groviglio di collane colorate. Se lei e io mettessimo le nostre paure sui due piatti di una bilancia, probabilmente peserebbero uguale.

"E va bene, abbiamo entrambe dei pregiudizi nei confronti dell'altra. E allora? Partiamo da questa base e proviamo a smantellarli. Sei d'accordo?"

Così è iniziata la prima intervista, stabilendo le regole della nostra liturgia: signori, deponete le armi. Finalmente Greta si è rilassata nella poltrona e io, dopo aver risposto a una mail del direttore marketing di Mascarade e avergli mandato una parte del mio corpo come saluto – un "braccio" invece di un "abbraccio" –, mi sono lanciata nella genesi di qualunque storia, quella piramide rovesciata lungo la quale da tanto tempo non scendo più. Per il momento rispettiamo le regole. Primo gradino: "Cosa".

"Cosa ti è successo, Greta?" E nel pronunciare questo nome, mi è sembrato liquido e battesimale come se glielo avessi versato sulla testa.

10.

Lei fruga nella borsa di rafia e per tutta risposta mi allunga una lettera. La osservo. Porta la data di marzo di quest'anno e sembra che abbia strappato un pezzo della parte superiore del foglio, forse l'intestazione della congregazione.

Gentile sorella Greta,

ricevi il mio saluto fraterno accompagnato dalle parole di san Paolo: "Il regno di Dio non è cibo o bevanda, ma giustizia, pace e gioia nello Spirito Santo" (Rm 14,17). Ti comunico che durante la riunione del consiglio, dopo aver analizzato il tuo comportamento in ciascuna delle comunità di cui hai fatto parte, è risultata evidente la tua difficoltà nel vivere fraternamente la vita comunitaria, cosa che provocava gravi conflitti e malessere... Insisto su quanto ti ho detto il giorno in cui ci siamo parlate al telefono: Dio ti vuole felice, e il tempo e le circostanze dimostrano che il tuo posto non è qui. Per il tuo bene, abbiamo deciso che farai ritorno a casa tua: i tuoi genitori ti hanno affidato alla comunità ed è nostro dovere restituirti a loro.

Con affetto fraterno ti offriamo il sostegno della nostra preghiera

María Celeste de la Santa Cruz Ortigues
Superiora generale

Cercando di recuperare la voce da un posto sepolto dentro di lei, mi spiega che la lettera le era stata inviata dalla massima autorità della Congregazione, la persona che, a quanto pare, aveva maggiormente creduto in lei, madre Celeste, che io chiamerò a partire da adesso la Super Superiora e che a sua volta era arrivata a definire Greta "la speranza della mia comunità".

Il foglio le trema tra le dita come se avesse freddo. A quanto pare, quando era successo tutto Greta era in Spagna e la Super Superiora in Messico, perciò Greta era stata vittima delle maldicenze della sua superiora, Dominga, alias Giuda. Tutto questo succedeva nell'ultima sede a cui era stata assegnata, nella Città del Nord, quella che aveva definito "la Comunità del Calvario".

"Che cosa mi è successo?" ripete la mia domanda, sfregandosi di nuovo le mani come se fossero sporche. "Mi hanno allontanato da tutto ciò che dava senso alla mia fede e al mio lavoro. Alla mia vita. Ecco che cosa mi è successo."

Il jazz allegro del locale aggiunge ombre drammatiche al dolore della mia intervistata.

"Non vuoi dirmi il nome di quella città?"

"Preferisco chiamarla così. Il nome non ha importanza."

"E a che cosa si riferisce questa lettera? Che cosa hai fatto di male?"

Lei prorompe in una risata che non ha nulla di allegro.

"Tutto." Si stringe nelle spalle. "Cercare di parlare in modo normale di ciò di cui non si deve parlare. Fare domande. E avere inquietudini che non si addicono a una suora, immagino. Ho visto troppo. Ho parlato troppo. Ho amato troppo..."

Mi scosto la frangia dagli occhi. Voglio vederla con chiarezza e non posso. La sua storia è stranamente vicina e allo stesso tempo lontana.

"Hai sempre desiderato farti suora?"

Schiva la mia domanda: "Hai sempre desiderato fare la giornalista?".

Mette ancora una volta il dito nella piaga, perché non voglio rispondere e intuisco che lei l'ha capito, ma sì, certo che ho sempre voluto, da quando ritagliavo gli articoli del nonno e li attaccavo sul diario. Da quando avevo dieci anni. Questo però non glielo racconto. Che c'entra? E lei prosegue: "Ebbene, adesso immagina che, dopo esserti impegnata con tutta la tua devozione e aver amato il tuo lavoro come lo ami, si dicano cose terribili sul tuo conto e da un momento all'altro ti portino via tutto".

Per un attimo, ho la sensazione che il María Pandora svanisca: i turisti inglesi già al secondo giro, il cameriere che predica davanti ai suoi accoliti al bancone, le candele rosse da santuario... Certo che lo so. So esattamente a cosa si riferisce.

"Io volevo diventare santa da quando avevo nove anni." Lascia vagare lo sguardo sul passato e su quella assurda libreria. "Non sembrava così difficile, allora pensavo di dover soltanto essere buona."

Mi spiega che invece lo è eccome. Essere buona. Difficilissimo, precisa. Aveva letto tutti i libri della collana *I santi bambini*: san Francesco, santa Giacinta, san Domenico, san José Luis...

"Non so se adesso avrò l'occasione di essere santa," mi dice, distante come una pala d'altare, "ma quando ero una religiosa era sicuramente impossibile. Adesso invece posso cercare di entrare a far parte della comunione dei santi."

"Scusami, ma devi parlarmi in modo più semplice."

È vero, mi rendo conto che ci sono concetti che ripetevamo al catechismo come pappagalli: "la comunione dei santi", "il perdono dai peccati". Non avevo mai capito che cosa stessi dicendo.

"Non preoccuparti," mi interrompe con un'espressione assolutoria. "La Chiesa ne parla, ma neanche loro sanno cosa vuol dire. Significa che le persone buone si riuniscono. Come noi adesso."

E allora mi racconta che, dedita com'era a essere buona, aveva compiuto un sacco di azioni meritorie: era considerata una specie di angelo dalla madre, che le riconosceva il merito di aver portato la luce nella sua vita. Non a caso era nata in un "venerdì di luce".

Sigilla le labbra come una busta. Prende la mia coppa di Cava con entrambe le mani, la annusa e poi la posa di nuovo, con lo stesso rispetto che riserverebbe a un ostensorio, e continua: "Il problema è che io sono sempre stata consapevole del fatto che, per quante azioni meritorie compissi, mi portavo dentro un grave peccato. Il mio grande segreto".

Un silenzio. Il più lungo del mondo. Si comporta come se le interessasse il conclave di fumatori che adesso impediscono la vista dalla nostra finestra.

Si scusa e si alza per andare in bagno. Di sicuro non le manca la capacità di creare suspense, penso mentre prendo qualche rapido appunto sul taccuino. Ma il mio istinto felino mi permette di aspettare con una pazienza sovrannaturale che arrivi finalmente il momento migliore per saltare.

Perciò, quando torna le chiedo soltanto: "In aereo mi hai detto che non preghi più," lei scuote la testa con decisione, "e che non entri neanche più in chiesa". Scuote ancora una volta la testa. "Non ti manca?"

Sembra che il mio obiettivo sia farle scuotere la testa per tre volte consecutive. Lei si porta la mano alla bocca come se si imponesse il silenzio. Osserva la Cattedrale dalla distanza di sicurezza offerta dal prato e dal vetro della finestra.

"Forse... quello che mi manca di più sono i riti. Mi sono resa conto che in fondo viviamo tutti secondo dei rituali sacri."

La luce del tardo pomeriggio disegna su di noi le ombre di una grata. La nostra è una vera e propria confessione, mi spiega, ci siamo accolte a vicenda, abbiamo mangiato e bevuto, facciamo la comunione – solleva con due dita un salatino – e poi ci congederemo. In una parola: stiamo celebrando l'eucaristia. In fin dei conti i riti ci parlano non di quello che è fuori, ma di quello che è dentro di noi.

Sto per prendere il taccuino dalla borsa, ma mi trattengo. Mi squilla il cellulare e stavolta non c'è niente da fare. Andrés, la mia piccola Lampadina, che chiama dall'agenzia, minaccia di fulminarsi di nuovo con il suo piagnucolio. Si lamenta perché non riesce a mettersi in contatto con me. Gli rispondo brevemente con un: "È urgente?". Sento il solito peso sulla mia gabbia toracica: così è cominciata la mia crisi newyorkese. Respiro in tre tempi. No... non voglio che succeda ancora. Nel frattempo Greta ha tirato fuori un portapillole e chiede un bicchier d'acqua. Le sue occhiaie la smascherano.

"Tu non credi, ad esempio, che quando ci innamoriamo ci sia una 'transustanziazione della materia'?"

"Come dici?" Lascio il cellulare a faccia in giù, sorpresa dalla brusca sterzata.

"Sì," ingoia la pillola, "improvvisamente quella materia chiamata amico diventa il tuo 'amore'. E quando quell'amore è contenuto in un corpo fisico ci degustiamo a vicenda... non è forse questo il sesso?"

"Ma voi suore avete un sesso?" Sorrido. "Io pensavo che foste come gli angeli."

"Certo che sì. Per me il sesso era qualcosa di sconosciuto finché non sono entrata lì dentro." Fa una pausa. "Questa è stata una parte del problema."

Al di là della finestra segue con lo sguardo qualcosa o qualcuno che non sono in grado di vedere, mentre cerco di digerire questa nuova informazione e mi chiedo se tirare il filo o continuare a godermi la matassa. Lei si appoggia al tavolo come una bambina per guardare fuori e si immerge di nuovo in un silenzio che inizia a infastidirmi.

Non so perché, non ho il coraggio di farle una domanda diretta e cerco nei suoi occhi neri una risposta chiara che al momento non vuole darmi.

“Il rituale sono io, l’eucaristia sono io, il pane sono io...” la sento sussurrare come una litania, ma subito riprende: “È tutto così kafkiano... Adesso non so più neanche se ciò che ho provato lì dentro quando mi sono innamorata sia dipeso dal fatto che vivevo in un mondo di donne. Ma sì, non l’ho mai vissuto come un peccato”.

Un silenzio. Bevo un lungo sorso di Cava. Mi suscita molte domande... ma ne scelgo una: “Qual è la cosa che ti manca meno di tutta quella situazione?”.

Si alza come se pesasse tonnellate. Va verso la libreria.

“Quello che mi manca meno... be’, vengo da un mondo in cui è peccato pensare a te stesso, questo non mi mancherà.” Osserva il tabernacolo di libri senza toccarli. “Non puoi avere amici speciali né desideri individuali. Avevo solo i miei libri. E ormai non ho più nemmeno quelli. Il brutto è che è rimasto tutto lì dentro: la mia giovinezza, la mia vocazione, la mia famiglia, il mio amore, i miei amici... Adesso devo rieducarmi a essere un po’ egoista.” Tira fuori un libro bianco, molto sottile, prendendolo dal dorso, poi si gira. “Perlomeno adesso posso avere degli amici, anche se nuovi... per questo ho scelto te.”

Il suo tono è così dogmatico... persino quando parla di cose comuni. Mi sento come se avessi davanti una bambina troppo saggia per essere una bambina e un’adulta troppo innocente per sopravvivere in questa giungla, ma che non posso e non voglio prendere per mano.

Cosa faccio? Glielo dico oppure no? Che qui fuori non funziona così. Che l’amicizia non è un titolo che ti viene concesso e che tu puoi accettare, ma che si dimostra con il tempo. Che sarà molto difficile che diventiamo amiche come quelli che chiacchierano al bancone, perché loro sono tutti tatuati e stanno cantando una canzone degli Héroes Del Silencio che da adolescenti ballavano sempre; perché siamo diametralmente opposte in quasi tutto.

Glielo dico, che sarà molto difficile che riesca ad andare avanti senza aiuto? Ma no. Abbiamo deciso di no.

Finisco la mia coppa di Cava e, anche se non stanno bene insieme, adesso sì che chiedo un caffè. Inutile negarlo, dopo questo appuntamento. Nemmeno noi a priori stiamo bene insieme: due donne che si conoscono su un volo New York-Madrid. Due donne di razze diverse, una mezza bianca e l'altra mezza india. Due donne di nazionalità ibrida, una mezza statunitense e l'altra mezza colombiana. Una si è separata dal suo lavoro e l'altra ha divorziato da Dio. Una è una ex giornalista e l'altra una ex suora... Ma adesso nella mia testa si disegna una strana intersezione: sembra che entrambe queste donne siano state espulse dal loro cammino per aver detto ciò che pensavano e che adesso abbiano bisogno l'una dell'altra anche se non sanno bene perché. Lei si è seduta di nuovo e mi osserva. Le sue pupille si muovono come se mi stesse leggendo.

"Per il momento mi hai raccontato il finale della tua storia, quando ti hanno strappato l'abito... ma da dove vuoi iniziare?" le chiedo, adesso sì, tirando fuori il taccuino; il cameriere, come se a sua volta volesse ritualizzare il momento, apre tutte le finestre del María Pandora e ci lascia sedute praticamente in mezzo alla strada. Una ventata d'aria che profuma di erba tagliata si porta via i tovaglioli.

"Forse dalla mia cacciata dal Paradiso."

E restiamo così, quasi nel bel mezzo del marciapiede, sedute nelle nostre poltrone da lettura, per leggerci, illuminate da una piantana che tra poco servirà, come se ci avessero teletrasportate dal salotto di casa, e in questo momento il verso dei rondoni si fa più forte, fino a diventare il verso di uno stormo di gabbiani, e il muggito di un mare lontano si sovrappone, senza preavviso, allo stridio delle macchine sull'asfalto.

Nata da uno tsunami

11.
Tumaco, Colombia
Anno 1

E il mondo ruppe le acque per dare la morte e non alla luce, eppure a Greta diede la vita.

"Sono nata all'alba del giorno in cui mio padre se ne andò, un venerdì pieno di luce. Quella notte del 7 dicembre i marciapiedi, i balconi e le finestre si riempirono di candele..."

La voce di Greta sembra sempre più lontana sopra lo scintillio di un mare limpido che avanza, silenzioso, inondando il prato di San Isidro; nel suo riflesso adesso si specchia, sorpresa, la Cattedrale. Intorno a noi spuntano le palafitte come castelli d'acqua. I legni decapati – bianchi, azzurri – creano strutture irregolari e traballanti conficcate nella sabbia per sfuggire alla marea che sale.

"Non ho ricordi del luogo in cui sono nata," mi dice, mentre chiude gli occhi per accogliere la brezza odorosa di frutta e di pesce. "Si chiama Tumaco – il nome deve averlo dato un catalano di passaggio, loro mangiano sempre il *pan tumaco*," ride della sua battuta e per la prima volta la sento ridere come una bambina, una risata che si frantuma come un vetro sottilissimo. Lì era rimasta fino a un anno e mezzo, poi la natura aveva deciso di espellerli tutti come batteri. Non ci è più tornata perché, fino a poco tempo fa, era una zona pericolosa. Tumaco, cittadina dai geni afroamericani, bella, da una parte affacciata sul mare dove lavorava Felisa lavando i panni, e dall'altra sovrastata dalle montagne dei kwaiker su cui suo padre saliva a vaccinare gli indios contro la malaria, addentrandosi nella selva e restandoci per settimane. "Era un buon lavoro, un lavoro governativo, gli garantiva uno stipendio soddisfacente, lo aveva ottenuto perché parlava due lingue e sapeva come conquistare la fiducia degli indigeni," aggiunge lei, evocando con un movimento della mano quell'orizzonte verde che adesso si disegna davanti a noi. "Ti ho già detto che sono pieni di pregiudizi, mio padre era uno di loro, anche se convertito, e gli piaceva andare lassù, dove poteva ascoltare la radio e bere *biche*." Lo comprava sempre per strada da una delle ambulanti dalla pelle scura, quando le sentiva gridare: "Sette scooopate, con questo ve la spassaaate," evitando che sua moglie lo trovasse attaccato alla bottiglia. Pablo era silenzioso e calmo come il Pacifico, ma l'acquavite lo faceva impazzire e non gli restava neanche un peso dallo stipendio, che Felisa reclamava quando lui scendeva dalla montagna fino alla riva del mare, con i tre figli con la bocca aperta come pulcini: "Hai bevuto di nuovo, sfaticato, non hai nemmeno stuccato le crepe e l'acqua continua a infiltrarsi, ma insomma, te ne stai lì a leggere le riviste di automobili e non sai neanche guidare". E Felisa se ne andava, facendosi carico del suo orgoglio e di quello del marito, con un catino pieno di panni lavati appoggiato al fianco per guadagnare i pesos che lui non le dava. Pablo si limitava a stringere i pugni guardando i figli con la coda dell'occhio.

Pablo non desiderava affatto un quarto figlio.

Dal matrimonio precedente Felisa ne aveva altri due ormai grandi, che vivevano lontano, e tre con lui, perciò, poiché lei non aveva accettato di strapparsi quella vita dal ventre, l'ira lo indusse ad abbandonarla proprio quando stava per partorire. Greta lo scoprì soltanto quando aveva ventitré anni, in Messico, durante una costellazione familiare. Quella scoperta cambiò tante cose... e diede senso al muro di macerie del passato che l'aveva separata per anni da suo padre, nonostante i suoi successivi gesti d'affetto, che erano stati molti. La sera in cui Greta, da adulta, fece finalmente sedere i suoi genitori in salotto e chiese loro di raccontarle del giorno della sua nascita, Pablo pianse, "mio padre pianse molto, con la testa china e anziana, per come ci aveva abbandonato, per quello che ci aveva fatto".

A Tumaco quasi tutti vivevano su palafitte sull'acqua, costruite con assi di legno che non si incastravano bene. Quando saliva la marea si allagavano, e quando si ritirava sotto i pali restavano a sguazzare sulla sabbia, come un regalo, aragoste e pesci che i bambini avevano il compito di raccogliere. “Be’, allora restavano le aragoste, adesso resta la merda,” taglia corto lei, mentre guida la nostra passeggiata sulla sabbia della sua infanzia.

Con una madre mulatta e un padre indio, Mendel aveva concesso loro figli dispari: Juan, il maggiore, era bianco e con i capelli biondissimi, Greta era una neonata color bronzo dagli occhi kwaiker, come sua nonna.

Il giorno in cui nacque Greta, suo fratello Juan doveva fare la prima comunione e l’unico regalo che ricevette fu essere abbandonato dal padre. Forse fu per questo che volle offrire alla neonata almeno la sua candela. “Mi portò la sua candelina, mio fratello, la più bella della festa della luce, per illuminarmi il cammino in questo mondo. Diventai l’ossessione di quel bambino, che decise di farmi anche da padre,” e Greta butta giù a fatica qualcosa che stava per dirmi, ma che ancora non vuole che sappia: “Quando mio padre tornò, mio fratello fu spodestato”. Erano tempi in cui Felisa si addormentava in piedi come un palo, lavorava il più possibile per dare da mangiare ai suoi bambini e piangeva ogni notte. Le mancava persino la possibilità di sgridare il marito quando i soldi svanivano come la marea al mattino. Era sola di fronte al mondo. Sola ogni notte di fronte a un mare nero. Fino a quell’ultima notte.

Sono le sei di mattina e sembra che il sole spunti ogni giorno un po’ prima; la neonata piange tra le braccia di Felisa, che piange con lei come se fosse a sua volta una neonata, perché quella è la più disgraziata dei suoi figli, e lei non sa neppure come si sia salvata, ha preso il tetano dall’ombelico, ma questo non la stupisce, non aveva niente da darle, neppure un cestino dove metterla quando se l’era tirata fuori dal ventre, né un padre, neppure un padre. Meno male che c’è Juan, pensa Felisa mentre culla la piccola. Quanto la aiuta. Tutto il giorno a bruciarsi sotto il sole per cercare gusci di tartaruga sulla spiaggia. E com’è bravo a venderli. Adesso sente che sta schiacciando un platano per prepararle una pappina, si è trasformato in un piccolo papà, porta la sorellina con sé dappertutto, anche se lei gli ha detto di non portarla più sulla barchetta, come ha fatto l'altro giorno... Madre di Dio benedetto, quel bambino... Felisa si asciuga le lacrime e fronteggia il mare come una polena vestita da casa, Dio santo, il cuore aveva quasi smesso di batterle quando non aveva trovato i figli né in casa né in spiaggia e alcuni vicini le avevano detto che il più grande li aveva portati al largo, a pescare, per non lasciarli soli. A Felisa questo non piace, non piace per niente; è vero, Juan ha undici anni, ma gli altri due fratelli sono piccoli e la bambina ha solo pochi mesi. Felisa sente il latte che le bagna la camicetta e la piccola la annusa come un animaletto, aprendo la boccuccia rotonda e annaspando per attaccarsi al capezzolo succoso della madre. Ah, quel bambino... sospira Felisa, mentre glielo infila in bocca distratta, quanto vuole bene alla sua sorellina.

A Tumaco tutti consideravano Juan bellissimo: la vampa dei suoi capelli un faro acceso in mezzo all'oceano nero. Come mai le fosse venuto così chiaro, Felisa ancora non se lo spiegava. Inizialmente aveva pensato che lo avesse benedetto un angelo, ma il carattere di suo figlio l'aveva smentita. Invece quello della più piccola era davvero angelico: un angioletto scuro che sorrideva alla vita, benché la vita l'avesse accolta tra le lacrime.

Quella sera i bambini erano agitati.

La piccola non piangeva di fame, rifiutava le pappine che le dava il fratello e volgeva lo sguardo alla finestra. Si dice che i bambini prevedano le tragedie perché sono ancora molto vicini agli animali. Felisa si affacciò. Non si sentiva né un cane né un uccello notturno, niente. Neppure il mare, ancora lontano. Un particolare a cui Felisa avrebbe fatto caso se avesse notato l'ora. Propose ai figli di recitare il rosario, perché a furia di ripetere le preghiere si addormentavano. Nel frattempo la piccola, seduta a terra, giocava a infilare le piccole dita tra le assi di legno, perché sotto il pavimento si vedeva sempre l'acqua. Persino a lei, però, dal suo anno d'età, sembrò strano che quella sera non si vedesse il luccichio sotto il pavimento, e che non si sentisse il ritmo delle onde che la cullavano, sbattendo contro i pali di legno della palafitta. Lì sotto si acquattava soltanto un'oscurità secca e sorda, un'onda che si era arrotolata da molto più lontano del solito come un grosso tappeto d'acqua, lasciando arenate sulla sabbia le barche che normalmente galleggiavano nell'imbarcadero.

Da quando il padre se n'era andato, Juan sbarrava la porta con il suo letto. Lo fece anche quella notte, senza sapere che il nemico che aspettavano a Tumaco non aveva bisogno di entrare dalla porta.

Poi Felisa sentì qualcosa ruggire sotto la casa, come un maiale gigante, e poi un unico colpo, come sopra la pelle di un tamburo immenso.

Non avrebbe ricordato altro.

Quando si svegliò era ormai giorno e lei era nuda. Lottò per muovere le gambe, invano. Sepolta viva nella sabbia fino al busto, sentì un dolore lancinante che le serrava il petto impedendole di respirare. Si portò le mani al cuore e sfiorò una protuberanza di carne che non aveva sensibilità. Avrebbe voluto gridare, ma la voce non usciva. Fu allora che si rese conto che sul petto aveva la bambina, e che le sue minuscole dita le si aggrappavano disperate alla nuca con le unghie, come una cozza allo scoglio, il corpicino caldo saldato al suo. Respirava.

La donna scavò la sabbia, disperata. Sentì le unghie rompersi a una a una e qualche dito scricchiolare. Quando finalmente riuscì a disseppellirsi, strinse la piccola con le forze che le restavano, si trascinò tra corpi privi di vita e nudi, ci inciampò sopra senza fare caso a cosa si aggrappava, orbite degli occhi, teste o capelli, si tirò su come poté e cercò in quei visi sepolti ciascuno dei suoi figli finché non li trovò. E allora sì, lanciò un grido terribile.

12.

Il suo grido. In futuro avrebbe ricordato soltanto questo. Toccò la fronte di ognuno per verificare che avessero gli occhi vivi e aperti e, quando ne fu certa, lanciò ancora quell'atroce urlo. Poi svenne.

"I miei fratelli hanno cancellato quel ricordo," mi spiega Greta, mentre contempliamo la tragedia del mare quando decide di prendersi la terra e violentarla fino alla devastazione. Sapevano nuotare benissimo, per questo si erano salvati. "'Non sono stata in grado di salvare i miei figli,' di questo si rammarica mia madre tuttora, 'non sono stata in grado di salvare i miei figli'."

Eppure si erano salvati. Tutti. La cosa più incredibile dei miracoli è che accadono. Quando successe, Pablo era all'accampamento, nella selva. Si era addormentato dondolandosi sull'amaca, con la radio accesa, come al solito. Per una volta non aveva bevuto, per questo ricordava nitidamente il sogno: un uccello nero che gli colpiva la faccia con le ali, come se la natura volesse svegliarlo con uno schiaffo. E ci riuscì.

"In quel momento, mio padre sentì che Tumaco era scomparsa," mi sussurra Greta, intenerita, "sentì che aveva perso la sua famiglia: i quattro figli e la moglie." E mentre Pablo scendeva dal suo Olimpo verde verso l'Inferno vero e proprio, laggiù Felisa continuava a vagare nuda con i figli in quell'Ade immenso, circondata da pezzi di case, di macchine, di alberi, di corpi, pezzi di un villaggio in macerie.

Quando finalmente le lanciarono dei vestiti da un elicottero, quando arrivarono le unità di soccorso, iniziò l'evacuazione. Ben presto sarebbero cominciate le epidemie, la avvisarono, e i saccheggi. Dal momento che aveva quattro figli, avrebbe avuto la priorità rispetto ad altri sopravvissuti. Dov'è suo marito?, le chiesero. Lei strinse i figli a sé. "Lo sa Dio..." disse, "lo sa Dio..." Le diedero due biglietti per Cartagena, dove viveva il suo primogenito di ventun anni. Lì sarebbero stati al sicuro.

Quindici ore di viaggio per arrivare da lui.

Felisa ricominciò a ricordare a partire da quel viaggio e lo avrebbe ricordato molte volte con tantissima angoscia... "I pianti di Wilson quando iniziò a gridare di fame! È la cosa peggiore che possa succederti," avrebbe detto poi, ma non avevano soldi né provviste per un viaggio così lungo: lei, che non aveva mai chiesto niente, chiese per la prima volta da mangiare al passeggero che aveva davanti e lui glielo negò. Il caso volle che un giovanotto che viaggiava accanto al conducente sentisse quello scambio e così comprò loro delle pagnotte dagli ambulanti che salivano sulla corriera. Felisa si pentì molte volte di essere stata tanto orgogliosa, di non aver mendicato per dare loro da mangiare. Da allora non avrebbe mai più sopportato la vista di un bambino per strada con la mano tesa. "Piuttosto che mandare un bambino a mendicare, mi sarei umiliata io," l'aveva sentire dire molte volte Greta. Qualche giorno dopo si ammalarono tutti di vaiolo, per la paura, così si disse. Tutti, tranne la piccola, che continuava a essere stranamente immune a qualunque malattia o tragedia.

"Sai, Patricia?" Si interrompe, togliendosi il sale dalle guance. "Quando sono caduta in depressione, in convento, chiedevo spesso a Dio: 'Perché non mi hai portato via allora...?'." Chiude gli occhi, li strizza. "La verità è che lo tsunami ci riunì. Mio padre ci raggiunse a Cartagena. Tornò a casa pentito. Be', per meglio dire tornò da noi, perché la casa non c'era più. Tutto ciò che avevamo per ricominciare era un bel niente. Restammo a vivere a Cartagena fino ai miei cinque anni, e secondo mia madre non riconobbi mio padre quando tornò. Non ero abituata al viso di un uomo, perché prima di andarsene mio padre era un bambino. Lo guardavo, gli appoggiavo un dito sulla fronte solcata dalle rughe e gli chiedevo: 'Cosa sono queste?'."

Mi accorgo che la luce sta cambiando. Mi guardo intorno: le facciate gialle e viola stingono fino a diventare grigie, gli stessi colori si imprimono nel cielo e osservo di nuovo il prato di San Isidro, che adesso non è più bagnato dal mare ma si è riempito di adoratori del Sole con gli occhi rivolti al tramonto arancione e violaceo, seduti o in ginocchio, come se pregassero sul prato chiedendo all'astro che si sta congedando di regalare loro un istante di bellezza; intanto, alle palme di Cartagena de Indias che li circondano è cresciuta una chioma che le ha trasformate nei pini secolari che a Madrid fanno da scorta a Las Vistillas da chissà quante vigilie della festa.

Greta è ancora seduta di fronte a me e mi sorprende che i suoi vestiti siano asciutti dopo il viaggio tremendo che abbiamo affrontato insieme.

"E qual è stato il rapporto con tuo padre, a partire da quel momento?" ho bisogno di sapere.

"Mia madre lo perdonò e a tutt'oggi continuano a volersi molto bene." Stringe le labbra. Nostalgia. Quella distanza che non si misura in miglia marine. "E anche i miei fratelli; tranne mio fratello Juan e io, che ci sono riuscita solo a ventitré anni."

"Cosa ti è successo a ventitré anni?"

"A ventitré anni ho sperimentato uno tsunami molto più violento di quello vissuto da neonata." Si prepara a prendere aria. "È stato allora che ho scoperto di essere stata rifiutata quando ero nel ventre materno e sono emersi altri ricordi che avevo sepolto in un luogo troppo profondo."

Mettere piede in questo mondo per lei era stato molto duro ma, prima che abbia la tentazione di compatirla, Greta mi avvisa che non vuol essere considerata una vittima. Non l'ha mai sopportato.

"Io mi sono sforzata di guarire, Patricia. Ho fatto molta psicoterapia. C'è gente che si giustifica dando la colpa al destino. E neanche adesso voglio essere considerata una vittima per essere stata cacciata via. Per questo me ne sono andata subito da casa. Non voglio essere un peso per la mia famiglia, una di quelle suore che vengono allontanate dal convento e finiscono a farsi mantenere dai parenti. Non è quello che voglio."

Il María Pandora ha iniziato ad assorbire come un buco nero tutti quelli che reputano ancora troppo fresche le serate primaverili. Decido di non prendere un altro caffè e le propongo di fare due passi. Chiediamo il conto. Mentre aspettiamo al bancone, Greta mi sorprende di nuovo raccontandomi di aver fatto le costellazioni di Bert Hellinger per sanare i suoi rapporti familiari. È una specie di terapia di gruppo, durante la quale i partecipanti interpretano il ruolo delle persone con cui hanno un conflitto, ma questo me lo racconterà un'altra volta, dice, e si porta le mani alla testa. In Colombia aveva fatto anche quattro anni di psicoterapia.

"Ed è normale, per una suora?" mi sorprendo.

Lei scuote la testa. Mi dice che le suore la consideravano una stravaganza. Buttavano un sacco di soldi per altre cose, ma non volevano spenderne per guarire la mente... E dire che non sarebbe stata una cattiva idea, aggiunge. Attraverso le costellazioni, lei aveva avuto davanti suo padre – impersonato da uno del gruppo – prima di affrontarlo davvero, come una prova generale di quello che sarebbe successo nella realtà. Aveva avuto l'opportunità di dirgli cosa aveva provato nell'essere stata rifiutata, poi aveva finito per rifugiarsi tra le braccia di uno sconosciuto e si era sentita felice.

Ricorda che alla fine la psicologa che guidava la seduta le si era avvicinata e le aveva fatto una sola domanda: "Tu cosa pensi, Greta? Secondo te è meglio avere un padre o non averlo?".

"Meglio averlo," le aveva risposto.

"E allora lascia perdere le recriminazioni e goditi tuo padre."

Una domanda solida come un meteorite che aveva impattato anche nel centro della mia infanzia. Luminosa come una cometa che diventa visibile cent'anni dopo. Perché, mentre ascolto questa donna arrivata dall'altra parte del mondo, sono consapevole del fatto che anche per me è stato meglio averlo. E per questo, egoisticamente, lo avevo accettato così com'era.

Magari qualcuno mi avesse rivolto questa domanda un po' prima.

Molto prima. Secoli prima.

Greta è rimasta perplessa davanti a un quadro appeso accanto alla cassa. Quando mi avvicino, capisco perché. È un dipinto a olio la cui tecnica lascia a desiderare, il soggetto no.

La crocifissione di un Cristo donna.

Riesco quasi a sentire Greta, la sua voce interiore, dall'alto dei suoi trentatré anni, pronunciare queste parole: *Dio mio, Dio mio, perché mi hai abbandonato?*

"Tutti noi scrittori nasciamo da una perdita," mi aveva detto una volta Rosa Montero durante una di quelle interviste magiche che diventano chiacchierate. E forse è la verità.

Il dolore ti trasforma.

Sto dicendo che ti rende migliore? No.

Ci sono persone che si trasformano in animali feriti. Questa è la mia ultima domanda per Greta mentre ci avviamo insieme verso il ponte, verso il tramonto.

"Io credo che una ferita non ti renda più puro, come dice la religione." L'ultimo sole si annida nei suoi occhi come su quell'aereo. "Una ferita ti rende più umano, ma soltanto se si è cicatrizzata."

Mentre le campane dell'Almudena chiamano a raccolta i fedeli cercando di competere con lo spettacolo del cielo che brucia, capisco che questo non gliel'ha insegnato la Chiesa. Gliel'ha insegnato la vita. Quali altri misteri le abbia rivelato è qualcosa che improvvisamente ho voglia di scoprire. Evocare i suoi ricordi mi ha allontanato per qualche ora dalla litania di messaggi sterili che aspettano, impazienti, di essere letti.

13.

"Come ti senti oggi, Gatto?"

La frase tipica di mamma quando mi chiama dalla sua casa nella zona nord di Madrid, dove ultimamente è approdato il suo spirito nomade. Negli ultimi tempi il suo saluto mi arriva sotto forma di messaggio, come stamattina. Se dopo un silenzio di un paio d'ore non le ho dato nessun "segno di vita", allora sì, mi chiama. Soprattutto se intanto è scesa la notte, come adesso. E se l'indomani devo partire.

Mi arrampico su una delle mie instabili sedie di ferro. Se mi vedesse, mi farebbe una ramanzina: devo buttarle, sono tutte traballanti. A quanto pare un giorno mi sono detta: "Viva il vintage". In quel momento avevo la testa addirittura per pensare ad arredare la casa. Tiro giù la valigia dalla cabina armadio. La voce di mamma si fa strada attraverso l'altoparlante del telefono e mi chiama di nuovo usando la mia condizione interiore, anziché il nome che mi ha dato quando sono nata, dopo aver litigato con quel sacerdote che – come mi racconta sempre – si era messo in testa di battezzarmi Dolores come la sua prozia. In questo caso so che non è un soprannome. Non trae origine dal modo in cui lei mi vede, ma proprio da me.

Io sono un gatto.

Fin da piccola. Adesso finalmente mi è chiaro. E il punto non è nemmeno che mi piacciono i mici – non sono una di quelle che visualizzano compulsivamente video di YouTube con tutte le loro simpatiche disavventure. Va molto oltre.

Mi baso sul fatto che quando ero piccolissima, a quanto pare, non avevo nessuna coscienza di essere umana. Mi sono sempre sentita un felino. Champán – la belva di famiglia – mi ha insegnato tanto. Ho appena trovato una foto sbiadita di lui in primo piano con me dietro che sorrido di un sorriso grande e sdentato. Era infilata tra le pagine di *San Manuel Bueno Martire* che, dopo il mio incontro con Greta, ho voglia di rileggere. Era il siamese più grosso e grasso che abbia mai visto; il suo color cioccolato fondente al settanta per cento e il contrasto con quegli occhi di zaffiro da alieno gli davano l'aspetto di un faraone. Ma per me sarà per sempre la prima creatura vivente che mi abbia insegnato a dire una parola piena di significato: "Miao".

E non è per niente facile da pronunciare. Con il tempo ho scoperto che la lingua dei gatti non ha meno intonazioni e parole del cinese, e ognuna ha più di un significato. Una semiotica molto raffinata. Ma io ricordo che Champán – che possedeva senz'altro un mondo interiore complesso come il suo linguaggio – pur non essendo un felino molto chiacchierone, con me parlava eccome, senza sosta. Di fatto mi insegnò a imitarlo così bene che, ancora oggi, quando parlo a un gatto nella sua lingua, mi si avvicina stupefatto e reagisce in modo imprevedibile. Muoio dal ridere quando i bambini di Diana mi chiedono di fare lo show. So parlare la loro lingua e quelle bestiole impossibili da addomesticare lo percepiscono chiaramente. Quello che non sanno è che non ho idea di cosa sto dicendo in gattese.

"Hai avuto di nuovo dei giramenti di testa, Gatto?" mi chiede mia madre in tono tranquillo. "Se dovessi averli, torna a casa per favore. Ci siamo promesse che se ci succede qualcosa ce lo diciamo, te lo ricordi?"

Lo sa bene che me lo ricordo. Sarà una telefonata lunga, così inserisco gli auricolari, mi infilo il cellulare nella tasca posteriore dei pantaloni e butto la borsa da lavoro sul letto. Lei resta in silenzio, in attesa, e io sono sul punto di dirle: certo che me lo ricordo, mamma, non costringermi a ricordarti a mia volta il contesto in cui ce lo siamo promesso. Quel suo vizio di farsi carico da sola di tutto il dolore... A volte penso che chiamarla Pilar sia stato un vaticinio, o forse un ammonimento: colonna, sostegno. Bisogna veramente stare attenti con i nomi, perché le parole non sono vuote. A volte si portano dietro fantasmi, eredità, una dose troppo massiccia di passato o di futuro. Quel pomeriggio, quando l'avevo minacciata di non rivolgerle mai più la parola se mi avesse nascosto di nuovo qualcosa di grave, se lo avesse egoisticamente tenuto per sé, mi aveva fatto arrabbiare. Egoisticamente? Sì, è questo l'egoismo, tenere una cosa importante solo per sé. Ma mia madre mantiene sempre le promesse e, a dire la verità, non l'ha più fatto. Quanto a me, sono la sua degna figlia.

Tiro fuori il necessario per la mia trasferta a Barcellona.

"So che sai prenderti cura di te, tesoro. Non c'è bisogno di tirare fuori le unghie. È solo che non voglio vederti di nuovo in quello stato. Te lo dico con tutto il cuore."

Mi studio nello specchio. La mia fronte aggrottata. È ancora lì, come se mi fossi fatta un rammendo in mezzo agli occhi. Ieri ho dormito a casa sua. L'ha colpita che abbia dormito tutta la notte con la fronte aggrottata, non mi aveva mai visto così, mai, mi ha detto più volte. Mi ero passata un dito sulla fronte e avevo cercato di spianarla senza successo. Finché non ti trattano come un adulto non ti lasciano crescere, né i tuoi genitori, né i tuoi fratelli, né il tuo compagno. E adesso che adulta lo sono diventata, non mi dispiace ammettere che da quando la mia eterna forza ha iniziato a vacillare mi lascio coccolare di nuovo da lei come se fossi una bambina. Ma sì, quando si viene da un rapporto così intimo tra madre e figlia, per averne un altro migliore è necessario tagliare a colpi di accetta quello spesso cordone ombelicale. Adesso lo sappiamo tutte e due. Perché abbiamo dovuto farlo. Sembra che anche Greta abbia dovuto tagliare il suo con Felisa, da quanto mi ha lasciato intendere. E a proposito di Greta... Devo seguire la pista che mi ha suggerito Aurora. La chiamerei in ufficio, ma è già molto tardi. La mia cara azzeccagarbugli è l'unica che lavori quanto me. Me la immagino con il viso sottilissimo e bianco, i capelli biondi raccolti in una coda minimalista, mentre scrive al computer seduta alla sua scrivania di mogano masticando senza sosta gomme alla clorofilla, dietro montagne di scartoffie e i residui di un take-away di sushi. Anche se non è specializzata in diritto del lavoro, mi assicura che è impossibile che Greta abbia lavorato in Spagna, come sostiene, senza essere stata regolarmente assunta. Dunque, come mai adesso non percepisce un'indennità di disoccupazione?

Domande... Le buone storie ti suscitano sempre molte domande. Questa è una frase che ho sentito dire tante volte a Ernesto, fin dalle settimane in cui muovevo i primi passi in redazione sotto la sua tutela. Mi viene in mente che vorrei vederlo per raccontargli questa faccenda. Raggiungo il bagno a passi pesanti. Sì, la storia di Greta mi riempie la testa di interrogativi: perché non mi sto chiedendo se mente? E dov'è la mia trousse, accidenti? Comincio ad armeggiare nervosa fra i trucchi.

"Se sei occupata, tesoro, ti lascio... non voglio farti perdere tempo."

"No, mami, tranquilla. È meglio se parliamo adesso, devo andare a dormire presto."

Torno verso la mia camera, liscio la trapunta e mi siedo sul letto. Non mi piace che mi dica questa frase. Mi sembra di sentire sul braccio il tocco fastidioso di Santiago. La mia attenzione torna a concentrarsi sulla voce di mia madre. Evidentemente ho iniziato a risponderle a monosillabi.

È successo di nuovo. Mi sono dimenticata cosa stavo facendo. Che ansia. Mi sale all'improvviso dal petto alla gola, come a New York... Respira... Ah!, la trousse. Ecco cosa cercavo. E la storia di Greta... Ecco! Devo chiederle di farmi vedere il suo libretto di lavoro. Così capirò se era stata assunta e mi chiarirò qualche dubbio. Un momento... un'altra volta. Chiudo gli occhi. Ho la sensazione che il mio cervello sia una bolla sospesa all'interno del cranio e che muovendomi io la colpisca ripetutamente. La mia memoria si frammenta come in un caleidoscopio. Come sarà annoiarsi? Quella noia profonda di cui parla Walter Benjamin e che conduce al rilassamento spirituale. Secondo lui, l'agitazione pura non genera niente.

O almeno niente di nuovo. Niente di creativo.

Riproduce solo ciò che esiste già. Sostiene che il giorno in cui l'essere umano si è stufato di camminare ha iniziato a ballare. Ma ovviamente, perché questo potesse succedere, ha dovuto camminare a lungo, fino ad annoiarsi.

Proprio per questo ho la sensazione che le mie campagne inizino a clonarsi tra di loro, come le mie giornate, che sembrano seguire tutte lo stesso schema; non cambia molto che siano domeniche, festivi o mercoledì. Be', tranquilla, mancano tre giorni a giovedì, al mio appuntamento con Leandro. Calma. C'è speranza. Forse durante quella lezione di meditazione scoprirò tutti i segreti della noia.

"Ci sei ancora, Gatto?"

"Sì, sì... è solo che ho molte cose per la testa."

"Perché non mi dici qualcosa di più del reportage che hai iniziato a scrivere? Stai andando avanti?"

"Sì, ma non so quando potrò lavorarci e... non so se ne varrà la pena e..."

"E? Che altro? Prova a parlarmene."

"Be', da una parte non so se sto illudendo quella ragazza perché il progetto resterà nel cassetto, dall'altra mi preoccupa un po' non sapere in che cosa mi sto cacciando."

"In passato era questo che ti piaceva."

"Sì... vero?"

E penso che sì, è vero, ma l'avevo dimenticato. In passato mi piaceva un sacco. E questo mi spinge a chiedermi che cosa mi sia persa strada facendo.

14.

È strano che, più divento grande, più mia madre mi parla di quando ero piccola. A volte lo fa per associazione di idee, altre volte ha la pretesa di dimostrare qualcosa con i suoi flashback. Oggi mi sta ricordando che sono sempre stata una bambina stravagante. Mentre i miei coetanei cominciavano a parlare con il solito mamma, papà, acqua, cacca... io – gattonando sotto il tavolo della cucina solo perché a mia nonna era venuto in mente di dire: "Guarda, sembra un gattino" –, tutta contenta e fiera, mi ero lanciata a pronunciare il mio primo "miao". Persino il mio maestro peloso era saltato giù a terra per venire a scrutarmi, muso contro muso, tra l'incredulo e l'orgoglioso.

Sembra che allora si fossero scatenati i festeggiamenti. "Avete sentito? La bambina ha detto miao! La bambina ha detto miao!" E io, sovraeccitata per aver provocato una simile esplosione di giubilo familiare, avevo continuato a ripeterlo per giorni, introducendo le sfumature più varie e dissonanti. Dunque quella bambina, che in seguito avrebbe imparato molto in fretta a parlare la lingua degli umani, aveva prima imparato a miagolare alla perfezione.

Forse fu la prima avvisaglia del fatto che la mia famiglia non mi avrebbe mai giudicato. Se di una cosa sono sicura è che anche adesso, qualunque cosa scriva, non penserebbero mai di giudicarla. È stata questa rassicurante certezza a piantare dentro di me il seme della ribellione di cui mi parla sempre Leandro? Ammetto di non esserne stata consapevole fino a quando non me l'ha fatto notare: una ribellione non aggressiva, che non si nota, sostiene, nei miei modi, ma nel profondo delle mie azioni e reazioni alla vita. Se lo dice lui... Adesso che ci penso, se quel giorno avessero castrato il mio istinto felino invece di incoraggiarlo, considerando le mie peculiarità e tutto ciò che mi aspettava a scuola e sul lavoro, non sarei sopravvissuta ai tentativi di demolizione a cui mi ha sottoposto la vita.

"Quindi, alla fine quella gentaglia ti manda di nuovo in trasferta?" vuole sapere, mentre il suo microonde ronza in sottofondo.

Mi sembra quasi di sentirne l'odore. Il caffè con un po' di latte ben caldo. Uno dei profumi della mia infanzia. Spero che sia decaffeinato e con molto dolcificante al posto dello zucchero, perché ultimamente le è salita la glicemia.

"Ti manda..." ripeto, e sorrido. E poi: "Gentaglia". Mia madre sceglie sempre con attenzione le parole. È l'unica persona capace di sparare con naturalezza termini come "amor proprio". Me la immagino adesso, nella sua casa dalle pareti bianche – ma ha avuto anche lei i suoi periodi colorati, come Picasso – sempre troppo piena di cose ma tutte scelte con gusto come i suoi libri, con un caffellatte fumante, una sigaretta extrasottile (solo in terrazza) e una fetta di pane tostato con burro e zucchero. Sa che non potrebbe mangiarlo ma almeno, dopo il nostro giuramento, non mi nasconde più le sue trasgressioni. Da dove avrà preso quel biondo quasi nordico e i suoi occhi verdi luminosi come fendinebbia? A volte le basta un velo di rossetto e sarebbe già pronta per una festa. Mi fanno impressione le foto di quando ero appena nata. Era praticamente illegale: una versione addolcita di Brigitte Bardot, cinquantadue chili, pancia piatta, fianchi generosi e una chioma bionda che le arrivava ai fianchi e che io adoravo intrecciare. Una bambola a grandezza naturale. La mia bambola più bella. Gli anni sono passati senza quasi lasciare tracce sul suo viso, invece sul suo corpo sì, più morbido e caldo, l'unico essere umano che mi piace abbracciare per dormire. Non so perché, ma odora sempre di fresco – prima di violette e adesso di limone – o di erbe aromatiche. Ed è la più brava del mondo ad accarezzare e a grattare la schiena. Com'è noto non c'è niente, niente, che faccia più felice un gatto.

Accendo il computer, inserisco una pen-drive a forma di testa di Gatto Silvestro e appoggio il telefono allo schermo.

"Quell'idiota del tuo capo non capisce che meno di una settimana fa eri ricoverata in ospedale?" Fa schioccare la lingua.

No, nessuno capisce niente. Men che meno il Tirannosauro. Capisco la frustrazione di mia madre. Ma io su questo sono più tollerante, perché lei è nata il giorno in cui è scoppiata la Rivoluzione francese. Immagino che anche questo abbia influito sul suo carattere. È possibile che la mia accondiscendenza degli ultimi anni la deluda, come la delude che abbia preferito nascondermi in un lavoro in cui, secondo lei, non mi meritano. L'ho messo a riposo per un po', lo spirito ribelle.

È convinta che io ce l'abbia sempre avuto, mi ricorda di nuovo che lo aveva capito fin dal famoso episodio del girello, e che ne aveva avuto la conferma quando a cinque anni mi aveva portato a una cerimonia per i Diritti internazionali del bambino. Le venne in mente di comprarmi un poster che poi le chiesi di appendere nella mia stanza. E, da allora, ogni volta che non ero d'accordo con una direttiva familiare, le recitavo gli articoli specifici, per la disperazione di mio padre e dei miei nonni.

"Cazzo!" esclamo.

"Non dire parolacce..." mi riprende.

"È che ho appena macchiato di smalto rosso i miei jeans preferiti. Ho metà delle unghie rovinate. Guarda che disastro... non ho avuto il tempo di fare la manicure."

"Certo, avresti potuto approfittare del tempo libero che hai avuto in ospedale per fartela lì," mi fa notare lei, anche se di solito non sopporta l'ironia.

"Mi fanno partire, sì, mamma, però ormai sto molto meglio." Non mi crede, perché riesce a misurare la temperatura del mio animo solo dalla voce. “Dico davvero, non preoccuparti. Devo parlare di persona con il nuovo presidente di COTOR, quell’indiano di cui ti ho raccontato, il nuovo cliente per cui sto lavorando. A quanto pare manda avanti l’azienda in dieci paesi, perciò avrà certamente una corte di dirigenti che gli fanno quei salamelecchi insopportabili.”

Mia madre fa una di quelle pause in cui di solito alza gli occhi verdi al di sopra degli occhiali, di cui ha avuto bisogno solo a partire dai cinquant’anni, e dice: “Tesoro, non mi impressionano più né la bellezza né i soldi, mi fanno effetto solo l’intelligenza e la bontà, perché bellezza e soldi hanno una data di scadenza”.

Credo sia proprio per via di frasi come questa che di lei non mi annoio mai.

E a proposito di date di scadenza... apro il frigorifero e mi infilo in bocca una fetta di tacchino con una mano mentre, con l’altra, inizio a buttare nella pattumiera verdure e yogurt.

“Che cos’è questo rumore?”

“Sto buttando via mezzo frigo, era tutto scaduto.”

“Chissà quando scade il tuo contratto di lavoro, così magari ne approfitti per buttare anche quello.”

“Mamma...”

“In fondo riciclare la carta è importante.”

“Mamma!”

“Cosa? Chi ha detto niente?”

E adesso si lascia andare a una di quelle risate che hanno un potere di contagio al limite della pandemia. Penso che il senso dell’umorismo surrealista sia merito soprattutto della genetica.

Sento un suono familiare, quello di quando fruga in una delle sue borse, sempre enormi, cercando qualcosa che non trova.

Mi viene ancora da ridere quando mi ricordo una delle nostre chiacchierate fino all’alba durante la quale, non so per quale motivo, aveva avuto bisogno di ricordarsi urgentemente la formula della relatività. Mi sembra che stessimo parlando del tempo: se era uguale a zero o se vivevamo in un presente continuo, insomma, una di quelle cose di cui a volte discetta lei, e la prima soluzione che le era venuta in mente era stata chiamare il servizio informazioni. Cercai di dissuaderla e quando alla fine disse: “Buonasera, potrebbe dirmi la formula della relatività? Sì, proprio quella di

Einstein," pensai che sarei morta soffocata dalle risate. Fatto sta che, contro ogni pronostico, il servizio informazioni gliela diede. E dire che all'epoca non esisteva ancora Google, credo.

"A proposito," lei inizia sempre le frasi così, anche quando non c'entra niente, "hai sentito del nuovo scandalo del finanziamento ai partiti?" No, mamma, non ho visto neanche un telegiornale da quando sono tornata, una cosa insolita per me fino a qualche anno fa, ma so che lei è un riassunto vivente di tutto quello che succede, e infatti prosegue: "Se almeno questa volta i pubblici ministeri non si comporteranno in modo più severo, io mi autoesilio da questo paese, Patricia, dico sul serio".

Chiudo il sacchetto della spazzatura, giro un paio di volte nella toppa la chiave, che sembra quella di un carceriere, apro e lo butto fuori dalla porta. La richiudo con un calcio. Sento mia madre chiedermi se sto andando da qualche parte. Mi dirigo verso il computer e... no, accidenti, scopro che non reagisce e che i file non si sono caricati.

"Merda!"

"E adesso cosa succede?"

"Niente, niente... solo che ultimamente è tutto molto difficile."

La sua irascibilità. Forse per questo, per compensare, io ho sempre esercitato l'autocontrollo su quel gene esplosivo. Mamma, quando è in buona, è molto in buona, e quando è di cattivo umore... In realtà non ha mai avuto bisogno di sgridarmi, picchiarmi o dire una parolaccia per rimettermi al mio posto. Ancora oggi, è l'unico essere sulla faccia della terra capace di farmi stare zitta e seduta con un'occhiata.

Ho sempre sospettato che sia stata la sua genialità a spingerla a diventare avvocato, anche se le sue passioni erano la letteratura e la scienza. In realtà, credo che le interessi quasi tutto. Tranne le persone, che solo rarissimamente suscitano la sua curiosità.

Non ci credo, adesso non compaiono i file in cui ho trascritto tutto quello di cui ho parlato con Greta. Lo riavvierò un'altra volta. Spero che ci siano... Che scusa posso trovare per chiederle del suo percorso lavorativo? Non dovrei parlare con la sua comunità, a un certo punto, per verificare le fonti? Non dico che stia mentendo, però magari esagera. È stata in preda a una grande confusione. Be', forse conviene aspettare per capire meglio che cosa le è successo esattamente lì dentro e i motivi concreti per cui l'hanno buttata fuori. Improvvisamente il "cosa" e il "perché" di questa storia si sovrappongono, assumendo la stessa importanza. Che strano. Forse ci sono addirittura le prove di un reato. Mi verso un dito di vino. Ecco i maledetti file. La verità è che sono ancora colpita dalla storia dello tsunami, anche se non ha niente a che vedere con il nostro reportage. È anche vero che non potrò raccontare tutto. In fin dei conti ho la sensazione che stiamo parlando troppo del suo passato più antico e troppo poco di quello che le è successo negli ultimi anni. Forse dovrei costringerla a concentrarsi di più per andare al sodo, ma mi piace il tono da conversazione che ha preso questa intervista. So di non avere tempo per le divagazioni, eppure quanto sono affascinanti questi primi passi a margine della tragedia.

La pen-drive assorbe i primi file come una siringa.

15.

I primi passi di Greta... sono tanto diversi dai miei, anche se, secondo quello che continua a raccontarmi mia madre, ugualmente ribelli. Mi dice di aver trovato dei vecchi filmini e di avere scoperto il modo di farseli riversare su dvd. "Sei da mangiare di baci," mi garantisce con la sua voce giovane ed elastica, come se avesse ancora vent'anni. A quanto sembra, mi rifiutavo di gattonare. Il pediatra fece preoccupare tutti quando chiese se facessi almeno qualche tentativo, ma niente. Ebbi la stessa reazione di Champán quando gli avevano messo un guinzaglio e detto: "Forza, a passeggio," perché a Londra mia zia Lucy aveva visto un signore molto elegante che portava a spasso un gatto birmano. Questa novità evidentemente non allettava molto Champán, che si limitò a guardarci con espressione impassibile da giocatore di poker e a buttarsi su un fianco. Mamma mi dice che l'unico risultato che ottenemmo fu di far brillare il pavimento, spolverandolo con quello zerbino dotato di occhi e inferocito. E io seguii l'esempio del mio mentore felino, anche se provarono di tutto: per esempio, loro mettevano il mio giocattolo in un punto lontano e io me lo avvicinavo tirando una coperta, o semplicemente mi intrattenevo con qualcos'altro che esisteva soltanto nella mia fantasia.

In un momento di disperazione, papà ebbe la brillante idea di far arrivare da New York un girello rivoluzionario che si trova ancora in cantina, smontato. Improvvisamente sento il bisogno di vedere quei filmini Super 8 nei quali, a quanto dice mia madre, avanzo lungo il corridoio spericolata come un pilota di Formula 1... ma, scopro adesso, all'indietro. Muoio dal ridere. Ma veramente andavo sempre all'indietro? E lei mi risponde di sì, scompisciandosi. In effetti nel video mia madre e mio nonno sembrano divertiti quanto me dal fatto che mi lanciassi rumorosamente contro i mobili. Mio padre invece no, perché cercava di farmi andare in avanti e non ci riusciva. Secondo il racconto di mia madre, continuai a correre nel girello con il passo del gambero, finché una sera, mentre lei stava vedendo *Nodo alla gola* seduta sul divano bevendo un caffellatte e io giocavo sul tappeto, fiutai un po' l'aria, mi tirai su e, bella diritta anche se un po' traballante, mi misi a camminare. E le chiesi il suo caffè. Lei si limitò a bagnarmi le labbra, ma da allora diventai una drogata e iniziai a contare i giorni per poterlo assaggiare di nuovo.

Papà non c'era, come sempre.

In questo sì che assomiglio a Greta, realizzo di colpo.

Ho sempre pensato che fosse il segnale che mamma aspettava per chiedere il divorzio, una delle prime donne della Transizione che osarono farlo. È strano, lei dice sempre di avere la sindrome opposta alla mia: è sempre stata in anticipo sui tempi e si lancia precipitosamente a fare tutto. Adesso penso che in quel caso non è stato così. Sebbene riconosca di non essere stata fortunata in amore, ricorda che da piccola pregava di innamorarsi e non l'ho mai sentita pentirsi di aver amato.

Forse per questo non mi ha mai messo in competizione con la specie detta "maschile".

La sua tesi è che essere venuta al mondo dopo una gravidanza di quasi dieci mesi mi abbia dotato, al contrario di lei, di una pazienza innata che mi rende capace di aspettare sempre fino al momento opportuno – sostiene che io sia nata già grande e ben formata, capelli folti e molto sveglia –, ma che poi tendo a saltare i passaggi intermedi, perciò alla fine mi capita spesso di essere un passo avanti. Probabilmente sono programmata per agire in una specie di modalità di "risparmio energetico" che mi rende necessario sentirmi molto sicura prima di cacciare una preda. E questo vale sia per le mie imprese lavorative sia per le mie relazioni sentimentali. Sempre da questo, secondo le sue teorie, deriva la mia genetica mancanza di puntualità, degna di uno studio scientifico, che la manda fuori di testa.

"Sai già quando ti prenderai una vacanza?"

"Ancora no, mamma..." Sbuffo. "Appena avrò un buco libero."

"Sai già con chi vorresti partire? Com'è andata poi con quel ragazzo con cui eri stata sui Pirenei qualche tempo fa?"

"Sì, è carino, ma non so se ho voglia di incasinargli la vita."

"Pensavo ti piacesse."

"Mi piace, ma non tanto da passarci più di due giorni di seguito. Gli argomenti di discussione si sono esauriti allo stesso ritmo dei ciocchi di legno nel camino. Come amante però va bene, sì."

"E allora? Non c'è mica bisogno di stare tutto il tempo a parlare! In fondo, basta divertirsi insieme ogni tanto, no?"

"Credo che lui cerchi qualcos'altro, perciò non voglio fargli perdere tempo."

"Gatto, perché non lasci che siano gli altri a decidere che cosa vogliono, invece di essere tu a fare sempre tutto?"

Sì, c'è anche questo. Gatto. Al maschile. O neutro. Con la massima naturalezza, i membri della mia famiglia dicono: "Viene il Gatto a cena?". "Senti, Gatto..." Insomma. Quando ti hanno cresciuto, come nel mio caso, con Champán, i felini ti imprimono un carattere. Quelli che mi vogliono bene sanno che so essere ruvida e coccolona allo stesso tempo, che posso avvicinarmi solo a chi mi piace davvero, che mi agghindo più volte al giorno anche se non esco di casa; sanno del mio istinto di caccia e della mia tendenza a vagabondare e a vivere sui tetti, e che la mia curiosità innata mi porta a salire in certi posti senza preoccuparmi di come farò poi a scendere. Ho solo bisogno di stare molto all'aria aperta, di vedere le cose dall'alto, di un paio di carezze al giorno e che il resto del tempo mi si lasci silenziosamente in pace.

Verbalizzare tutto ciò mi fa bene, visto che con queste pagine non so dove mi sto arrampicando, come è già successo tante altre volte. So solo che mi stanno dando l'energia vitale che mi manca.

L'ho detto anche a lei e, come sempre, mia madre mi incita a proseguire nella scalata. Se poi dovrò buttarmi, lei farà di tutto per afferrarmi al volo, mi assicura.

Questa settimana non riuscirò a vedere Greta, ma ho pensato molto a lei e ci scriviamo spesso. A quanto pare ha trovato lavoro come lettrice a ore per una signora malata di Alzheimer. *Mi hanno incaricato di leggerle i libri che preferiva ma che ha dimenticato, per aiutarla a ricordare*, mi scrive in un messaggio. *Il problema è che ha l'opera completa di Paulo Coelho. Lo considero un castigo divino, Patricia. Questo sì che è un sacrilegio.*

Mi ha fatto ridere. La verità è che mi sento un po' in colpa per non aver avuto tempo per la nostra "sfida", questa settimana. Ma, in ogni caso, lei mi ha detto che andrà alla Città del Nord per vedere l'Aita, l'anziano gesuita che la fa sentire così protetta, e la sua amica Arantxa, con la quale ha lavorato nell'asilo nido della comunità e sul cui conto non mi ha ancora dato altre informazioni, a parte il fatto che non è una suora. Dice che l'idea di tornare nel luogo del suo calvario la innervosisce. *Non è un po' presto?*, le ho scritto. *Prima è, meglio è*, è stata la sua risposta.

Per quanto mi riguarda, non posso certo raccontare una storia di povertà e di tsunami, ma in ogni caso al momento mi legano a lei un padre assente e una vocazione spezzata. Stasera credo di aver preso una decisione: andrò avanti e preparerò una lista di ex colleghi a cui proporne la pubblicazione, anche se non ho tanta voglia di ricontattarli. Potrebbe essere come aprire una soffitta o scoperchiare una tomba. Inizierò da Beltrán, il più istituzionale. Non so se sia sempre l'inviato al Congresso. Gli dirò solo l'argomento generale – visto che non so ancora nei dettagli che cosa mi racconterà Greta –, per iniziare a sondare le reazioni che la storia potrebbe suscitare. In ogni caso, è ancora presto.

"Sì, è ancora presto," ha convenuto mia madre, l'unica a cui ne ho parlato finora. "Tu sentiti libera, Patricia, io ho sempre sognato che potessi esserlo ed è la prima volta dopo tanto tempo che ti vedo fare una cosa solo perché ne hai voglia."

Non so perché, ma mi si chiude la gola dall'angoscia. Il suo sollievo. La sua protezione, espressa nell'unico modo in cui può proteggermi: ammantarmi della sua forza. Le sue parole funzionano adesso come quando avevo paura di addormentarmi e lei si infilava nel mio letto. Scopro sulla mia scrivania la piccola conchiglia arancione, seminascosta dietro il mouse. Mi torna in mente la voce di Greta, l'ultima volta che ci siamo viste; è come se si fosse prodotta una transustanziazione della materia tra questo piccolo oggetto e la mia persona, il pomeriggio in cui ho assistito a quella messa privata tutta per me, sulla spiaggia di Long Island, ammirando il tramonto.

"Sai cosa mi preoccupa, mamma?"

"Dimmi."

"Mi avete cresciuto in una famiglia..." Gioco con la conchiglia tenendola tra le dita. "Voglio dire, anche se né tu né i nonni siete mai stati molto praticanti, comunque siete credenti e cattolici, e poi c'è Diana, e sai che lei è molto tradizionalista, ma ci rispettiamo... l'amicizia consiste in questo, no? Anche lei è stata molto felice di sapere che sono tornata a scrivere. Quando eravamo all'università è stata la prima che mi ha spronato a farlo, ma non ho ancora avuto il coraggio di raccontarglielo, perché non vorrei che..."

"Frena, tesoro. Frena un attimo. Senti..." mi interrompe mia madre, e fa una lunga pausa, come quando ha bisogno di riflettere. "Tu hai sempre saputo scegliere le tue storie e non ti è mai piaciuta la strada più diritta. Ogni credente merita una Chiesa che gli dia ciò che gli viene chiesto: un comportamento esemplare. Se non è così, meglio saperlo. Non so se sono stata chiara."

"Cristallina." Sento che i polmoni mi si espandono un po'.

E lei continua dicendo che neppure i religiosi che oggi rinunciano alla loro vita per gli altri meritano una Chiesa che non evolve, che ha perso la capacità di autocritica, che consente il maschilismo e non protegge i membri della sua comunità – si sfoga, mentre la sento trafficare in cucina. Perciò, qualunque cattolico degno di questo nome dovrebbe ringraziarci per il nostro coraggio, conclude dopo il rumore inconfondibile dello sportello del frigorifero che viene sbattuto. I coraggiosi devono essere sostenuti, sempre.

"È stato Gesù a dire: 'La verità vi renderà liberi', e tu racconterai soltanto la verità." Questa pausa corrisponde di certo a uno dei suoi sorrisi orgogliosi. "Sii libera, tesoro."

"Ah, mamma... cosa farei senza di te?"

"Quello che fai già... ma peggio."

E si lascia andare a una delle sue sonore risate, mentre io faccio cadere nel sacchetto degli anelli l'amuleto che mi ha regalato il mare.

In realtà, la mia è sempre stata una madre atipica. Non ricordo che mi abbia mai proibito qualcosa punto e basta. Be', solo i libri dell'ultimo ripiano. Quelli, mi disse, li avrei potuti leggere solo quando fossi stata pronta. Adesso so che è stato il suo modo di educarmi alla lettura. Ricordo la me adolescente che si arrampicava ogni sera sulla vecchia poltrona Chester del nonno per rubare *La montagna magica*, Sartre, Camus, Freud... e immagino che la mattina lei scoprisse i buchi che avevo cercato di dissimulare in quel ripiano. Da quando sono stata in grado di farlo da sola, non mi ha mai rifatto il letto. Non mi ha mai fatto una lavatrice. Non sa cucinare, ma quello che si inventa le viene benissimo. E le sono riconoscente per non avermi imposto neanche un sacramento, sebbene sia credente. Proprio Diana si era un po' scandalizzata quando le avevo raccontato che ero stata io a suggerire a mia madre di battezzarmi, dopo che mi aveva illustrato i princìpi fondamentali delle religioni più praticate. Avevo sette anni. Ma quando decisi di non fare la cresima, lei non ebbe niente da obiettare. È possibile che il suo modo di educarmi abbia lasciato un bel po' di conti in sospeso e mi abbia portato a riflettere sulla mia vita molto precocemente. Bisognava prendere delle decisioni per vivere. Molte. Moltissime...

"A che ora hai l'aereo?"

"No, vado in treno."

"Ah, bene. Chissà che a Barcellona tu non riesca a fare una passeggiatina e a vedere il mare. Ti farebbe benissimo."

Le dico che lo farò, ma so già che non ne avrò il tempo. Chiudo la borsa.

Libera pensatrice, giustiziera, generosa, intuitiva, ossessiva, anticonformista, intelligente, vanitosa, vendicativa, leale, coraggiosa, severa, simpatica, artista, ciclotimica, a volte madre e altre figlia, fotografie non sviluppate e poesie sui tovaglioli, cuore da amica e vocazione da madre, amore senza riserve, complicità e tolleranza se saltavo la scuola, madre sola, figlia coraggio, rifugio di carne e ali cucite al mio vestito da fata, Natale con la porporina, notti insonni di caffellatte, ridere per sciocchezze, piangere fino a stare bene, film al cineforum, leggere qualsiasi cosa ci capitasse sottomano, leggerci a vicenda i libri ad alta voce.

Il fatto è che ho sentito la voce brillante e piena di vita di mamma.

"Come ti senti oggi, Gatto?"

"Meglio, mamma," e so che è proprio vero, ed è grazie a lei, "molto meglio..."

16.

Non so perché, non ho detto niente e mi sono limitata a osservare quella valigetta abbandonata sulla banchina, una ventiquattrore. Ho giocato con l'idea che la persona che la stava portando fino a poco prima fosse stata rapita dagli alieni. A quel punto un merlo con il becco giallo, uno dei tanti uccelli che si infilano nella stazione di Atocha, le è atterrato accanto e ha gonfiato l'ingluvie come se cantasse una canzone d'addio dentro il fotogramma incorniciato dal mio finestrino. Ho apprezzato così tanto questa scintilla di natura viva intrappolata dentro una mattinata in bianco e nero... Ma all'improvviso il merlo spicca il volo ed entrano in scena tre poliziotti. Hanno circondato la valigetta misteriosa parlando concitati nei walkie-talkie, e un altro, arrivato di corsa, ha cominciato a dare ordini trasformando il mio film su un'invasione aliena in un thriller mozzafiato.

A dire il vero, finché non ho sentito il fischio della partenza non mi sono staccata dal finestrino, e solo allora ho fatto caso all'affascinante cinquantenne dalla mascella squadrata, tra l'altro perché mi ha spettinato i capelli quando ha lanciato il soprabito nella cappelliera sopra la mia testa parlando al cellulare. Credo sia stato mentre guardava fuori che ha individuato con orrore il suo bagaglio rimasto a terra: lo stava circondando un cordone di sicurezza e probabilmente l'avrebbero fatto brillare con il sospetto che appartenesse a una cellula jihadista. "Porca put..." ho sentito, poi si è lanciato contro la porta che separa i vagoni, e, dopo aver lottato con la maniglia automatica e averla sconfitta, l'ho sentito gridare, sempre più distante: "La mia valigia, la mia valigia! E il capotreno?! Come si ferma questo treno maledetto?!", sotto lo sguardo assonnato degli altri passeggeri. Delusa perché la mia storia si era improvvisamente trasformata in una banale commedia da quattro soldi, ho preso il portatile e, approfittando del fatto che la sua isteria mi apriva un varco tra i ritardatari che cercavano il loro posto, mi sono diretta alla carrozza-bar.

Appunto per me stessa: "Cose che ti possono capitare su un treno e per cui è meglio viaggiare zen".

Se cerchi il tuo posto mentre stai berciando al telefono, il minimo che ti possa succedere è finire arrestato come sospetto affiliato all'ISIS.

Bisogna anche prevedere il pericolo delle porte automatiche. Soprattutto quando fuggi dalla carrozza-bar perché puzza di formaggio bruciacchiato in modo insopportabile e hai chiesto un latte macchiato da portare via. Se resti bloccata nello stretto spazio della porta automatica tra i vagoni perché due bambini scatenati stanno giocando a rincorrersi, peggio per te. È una doppia ghigliottina. Una trappola mortale. La porta si chiuderà con un colpo secco proprio sulla mano in cui stringi il latte macchiato, ustionandoti il braccio e schizzandoti la camicetta. Ho bestemmiato in tutte le lingue vive e in alcune lingue morte ma, considerando che ultimamente sono tesissima e tenendo presente cosa mi aspetta al mio arrivo a Barcellona, alla fin fine è stato un bene essere stata costretta a fare una seconda colazione.

Senza dubbio, però, a convincermi che su un treno moderno ad alta velocità può succedere qualcosa di ancora più rischioso è stata l'indimenticabile esperienza poco prima di scendere. Riguarda i bagni, su cui non ho mai avuto niente da ridire, anche perché sono più spaziosi di quelli di tanti appartamenti di Madrid. Questi bagni si aprono con una porta a mezzaluna che, se non ingaggi una lotta con il bottone rosso per bloccarla, si aprirà ogni volta che qualcuno lo pigia, anche inavvertitamente, da fuori. E quella porta, a quanto pare, non si blocca mai del tutto. Grazie a tutte le divinità, quest'ultima cosa non è successa a me, ma alla povera signora in tailleur, elegantissima, che tutti abbiamo visto seduta sulla tazza mentre aspettavamo di scendere. Viva la tecnologia.

Mentre mi facevo largo tra la massa di viaggiatori in cerca di Andrés, che ha viaggiato in un'altra carrozza, sono stata contenta di ricevere un messaggio vocale di Greta che mi confermava il nostro prossimo appuntamento. Perché mi è sembrata felice: per un colpo di fortuna, una signora le ha offerto di fare da baby-sitter a suo figlio, un angioletto di nome Samuel. Così, senza neanche conoscerla. Quello che guadagnerà nei tre giorni alla settimana in cui baderà a lui non le basta ancora per mantenersi, ma almeno per iniziare a sognarlo sì, e, chissà, per avviare le pratiche di richiesta dei documenti. La notizia mi ha illuminato questa fredda mattina di primavera, ma poi ho sentito una fitta di senso di colpa. O forse dovrei chiamarla responsabilità, non so. Greta sta tenendo fede alla sua promessa – ottenere i documenti "da persona normale" – ed è passato soltanto un mese, mentre io non ho nemmeno avuto il tempo di chiamare uno dei miei ex colleghi per provare a far pubblicare la sua storia.

Invece mi sono infilata un'altra volta nel torrente di lavoratori nelle vie di Barcellona: ero una cellula in più di quel torrente, diretta a una riunione inutile e noiosa. Provo terrore quando un cliente mi propone di fare "un brainstorming per focalizzare i temi della campagna", ma è proprio lì che siamo diretti Andrés e io. Da quando ho scoperto quanto sono felici i clienti quando porto con me la mia Lampadina, lo faccio già alla prima riunione. E non è mai andata male: loro cercano di sorprendere il creativo con le loro idee geniali, perché, ovvio, è un creativo. L'ideale è che Andrés esprima entusiasmo per le loro proposte, anche se poi dovrà ribaltarle. Credo non ci sia bisogno che sappiano che in realtà anch'io sono una creativa. Di solito non immaginano che io possa avere fantasia o idee. Hanno solo bisogno di qualcuno che eserciti il ruolo del capo esecutivo di un team, per loro tranquillizzante e per me stressante.

Trovo Andrés al parcheggio dei taxi, si sta rollando una sigaretta.

"Come stai?" gli chiedo. Gli do due baci e mi ricordo che questa è la domanda proibita.

"Non ho avuto il tempo di prendere il caffè," balbetta lui a mo' di saluto, e mi concede il sorriso triste dei suoi incisivi separati. "Hai visto che casino ha fatto quell'idiota della valigetta?"

Piccolo e spossato, con gli occhi perennemente iniettati di sangue – mancanza di sonno o eccesso di coca –, è certo che Andrés ha molto più di me il *physique du rôle* del creativo. Lo osservo: oggi indossa un maglione con dei pesci colorati, jeans strappati di uno stilista di grido e scarpe da ginnastica dai colori fluo che fanno a pugni con il resto. Tutto questo lo rende un personaggio interessante, da fumetto. Durante il tragitto in taxi mi snocciola la risposta a quel "come stai". "Giù da morire," risponde assonnato, "il punto è che Rosauro pensa che la nostra agenzia sia una fabbrica di ciambelle," e io commento che Rosauro non pensa, non è nelle possibilità sue né del suo cervello infinitamente piccolo, ma Andrés non mi ascolta, dice che così non può creare, e scuote la testa come se non fosse attaccata al collo, sbattendo le palpebre più del solito. Ieri gli è addirittura venuto da piangere sentendo Gloria Gaynor cantare *I Will Survive*. E io lo ascolto come se sentissi questo discorso per la prima volta. Poi mi si aggrappa come un bambino di due anni, mi appoggia la testa sulla spalla, mi prende la mano. "Ah, se non fosse per te..." Intanto piagnucola dicendo che ultimamente non gli do abbastanza retta e che sarebbe felicissimo se tornassi a lavorare in ufficio.

Mentre accarezzo la testa della mia povera Lampadina come se fosse un cucciolo, lui risponde a una dozzina di messaggi su Tinder. Non gli chiedo come vanno i suoi amori perché mi risponderebbe di nuovo che è giù. Eppure mi racconta il primo e unico incontro con ciascuna delle sue conquiste digitali. Non trova quello che cerca, si lamenta. Nessuno coincide con il suo modo di vedere la vita – messaggio decifrato: chiederò a questa applicazione di cercare qualcuno che si adatti a me. Grande strategia, penso. Il mondo intero sta impazzendo.

Ancor prima di entrare nella sproporzionata e futuristica sala riunioni di COTOR, potrei quasi aver scritto un copione della scena che stiamo per vivere: tavolo in stile industriale, catering a base di frutta disidratata e tazze del caffè trasparenti, come le pareti dalle quali si intravede una periferia barcellonese, spoglia e grigia come qualunque altra periferia. Arriva una segretaria giraffosa, le gambe lunghe quanto il collo, e ci informa che il grande capo indiano e il suo elicottero si faranno attendere fino alla prossima riunione: iniziamo male, perché so già che quando arriverà vorrà cambiare tutto. Davanti a noi si siedono in ordine gerarchico i suoi collaboratori più stretti, mentre fanno scivolare i biglietti da visita sul tavolo: quello alto e senza capelli con la faccia da becchino, il più basso e giovane che non stacca gli occhi dal cellulare e il direttore delle Risorse umane, un tizio che guarda ben diritto negli occhi ma tira su col naso in modo sospetto – "risorsa," rifletto, "fonte o mezzo che produce un beneficio, qualcosa che si consuma fino a esaurirsi". A chi diavolo sarà potuto venire in mente di definire "risorsa" un essere umano?

I tre mettono le agende sul tavolo come se stessero per assistere a una lezione e dovessero prendere appunti. Il dirigente che tira su col naso senza sosta ci spiega che la campagna è un'idea del nuovo presidente – l'indiano –, che, preoccupato per la rapida crescita dell'azienda e da una fusione così importante, vuole motivare i dipendenti della sede centrale per far fronte alla concorrenza e migliorare la comunicazione e il "fattore umano" tra i suoi dipendenti di tutto il mondo – "fattore", penso, "qualcosa che si può moltiplicare fino a formare un prodotto". Fattore umano? I cartelloni e le iniziative motivazionali saranno presentati durante la convention di giugno e verranno esposti in più di sei paesi, conclude il bassino, che ancora non ci ha guardato negli occhi ed è sempre ipnotizzato dal cellulare.

Mentre mi ficcavo in bocca un croissant grande come un seme di girasole, ho iniziato a provare un'ira sproporzionata nei loro confronti. Qualcosa che mi sconvolge e a cui finora non avevo saputo dare un nome. Il fatto è che credo di aver capito che negli ultimi anni i miei clienti – nella maggior parte dei casi persone molto valide, addirittura brillanti – confondono il proprio lavoro con se stessi. Il linguaggio. Perché parlano così? Se ci rifletto, alla fine quello che è successo stamattina – il famoso "brainstorming fondamentale perché possiamo capire di che cosa hanno bisogno" – si può riassumere in quanto segue:

"Bene," inizio. "Per mettere a fuoco il tema: voi, come dirigenti di COTOR, che cosa sognate di poter dare ai vostri dipendenti con questa campagna?"

"Valore," mi risponde il becchino, con gli occhi spalancati, come se avesse appena scoperto la penicillina.

"Ah..." Faccio finta di prendere appunti.

Il bassino, senza alzare lo sguardo dal cellulare, interrompe il collega e con convinzione spara: "Raggiungere l'eccellenza ed essere proattivi".

Guardo con la coda dell'occhio il mio creativo e dissimulo l'irritazione. Gli stessi gusci di parole, gli stessi enunciati senza sostanza si propagano tra le aziende come una lebbra inarrestabile, e questi pappagalli ammaestrati in giacca e cravatta li ripetono a ogni riunione. Provo una specie di nausea, un déjà vu, quello di cui parlava Benjamin, la ripetizione di ciò che esiste già, perché non c'è tempo per la contemplazione, solo per andare avanti; credo di aver ormai iniziato a confondere una campagna con l'altra. Potrebbero essere intercambiabili. Neanche un accenno di personalità. Voglio dire, nemmeno un briciolo di originalità da parte di chi parla e pensa dentro questo alveare. Persino per esprimere emozioni utilizzano le frasi fatte iniettate nei loro cervelli dalla Grande Azienda, quelle che mi fanno andare fuori di testa. Cosa possiamo fare con questo materiale?, mi sono chiesta mentre congelavo sul mio viso un mezzo sorriso attento. È stato un vero e proprio attentato alle parole. Durante quelle due ore di riunione in cui ho cercato, infruttuosamente, di carpire una scheggia di emozione, ho avuto in cambio solo concetti affascinanti come "definire focus", "trasmettere vision", "proiettare leadership", "far emergere middle management", "ricevere feedback", "priorizzare motivazione", "allineare obiettivi"... E mentre mi collegavo e mi scollegavo dalla riunione come se al mio cervello mancasse il wi-fi, mi sono chiesta perché nella sua scalata verso il successo questa gente abbia perso gli articoli e le preposizioni.

È possibile che sia anche per questo che il mio cervello si resetta, quando parlo con Greta. Lei è vergine rispetto a tutto ciò. Possiede un linguaggio solo suo. Dà valore alle parole. Parole che di solito non sono nel nostro vocabolario. A me non stava bene quando lavoravo in televisione e iniziavano ad andare di moda quei termini che passavano per contagio da collega a collega come pidocchi: ricordo il periodo della "logistica", poi i "danni collaterali", la "resilienza". Durante la crisi, persino i tassisti o la vicina di ottant'anni che scendeva a comprare il pane ti parlavano del "premio per il rischio", un grottesco vocabolario macroeconomico per la nostra microvita a rischio di estinzione. E adesso mi batto con tutte le mie forze contro l'"empowerment" e la "sorellanza".

Finora l'ho sopportato abbastanza bene, ma adesso non ce la faccio più.

"Credo che con questo materiale possiamo già iniziare ad abbozzare un'immagine e qualche claim, vero, Andrés?" Li ho interrotti in malo modo, persino il mio collega ha avuto un sussulto. "Grazie mille per il vostro tempo e il vostro aiuto, signori, e dite al signor Rejeban che gli presenteremo una proposta la prossima settimana."

Mentre seguivamo l'altissima segretaria che galoppava lungo gli interminabili corridoi di vetro nero, Andrés, che camminava dietro di me, finalmente mi ha raggiunto e mi ha dato una gomitata: "Allora, ho russato o cosa?". E poi: "Accidenti, sono a pezzi... Una dose di nicotina prima di salire in treno?". Gli ho staccato il badge dalla giacca e ho cercato senza successo di infilarlo nella fessura del tornello indicatami con arroganza dalla guardia giurata.

"Ci può aprire, per favore? Quello è il nostro taxi."

Ho indicato la porta. Mentre la guardia rimaneva dall'altra parte di questa assurda dogana dandomi indicazioni, ho afferrato Andrés per la manica del maglione colorato e ci siamo infilati a fatica in un tornello dietro a una donna. Prima di uscire ho buttato sul bancone i nostri badge. In taxi ho respirato profondamente. Andrés mi ha offerto la sigaretta che aveva appena rollato. Forse sì, forse dovrei iniziare a fumare per buttare un po' di nebbia su questi episodi della mia vita.

Quando siamo saliti di nuovo sul treno, dopo aver fatto in modo che Andrés occupasse solo il suo posto senza invadere anche il mio e aver brillantemente schivato le sue recriminazioni travestite da affetto, "e non mi vuoi più bene, e non ci vediamo mai, e dammi un abbraccio, e lo sai che ti voglio bene e mi manchi tanto in ufficio, da quando sei freelance non è più lo stesso..." – per quanto affetto provi per lui, la sua vicinanza mi fa sentire sotto un bombardamento radioattivo –, ho pensato che una delle cose che mi mancano di più non è semplicemente raccontare una storia, ma lavorare con le parole.

La lingua è un organismo vivo. E se la ascoltiamo con attenzione ci informa di tante cose... Ci precede di chilometri, lasciandosi impregnare dall'inconscio collettivo. E le parole, come cellule ansiose, si fissano su ciò che pronunciamo e scriviamo, come calchi di cemento delle nostre emozioni, dei nostri errori o semplici avvenimenti quotidiani, si posano e si solidificano, finché un bel giorno finiscono nel vocabolario della Real Academia. Chi non si ferma a pensare al significato dei concetti che ha in bocca tutto il giorno non sa di stare producendo la malta di ciò che sogneremo in futuro.

Sembra che nessuno sia consapevole del fatto che una sola parola ha il potere di renderti felice o infelice, di condannarti a morte, di dichiarare l'amore e la guerra.

Sono tornata a piedi dalla stazione fino a casa e ho pensato che no, non dovrei circondarmi di gente che non conosce il valore delle parole. Anzi, dovrei iniziare a prendere una serie di decisioni al riguardo. Così è come vivere circondata da persone che hanno in mano una pistola carica senza sapere a cosa serve.

17.

Oggi ho una pressione nella testa e sul petto come quella che deve aver provato il personaggio di Schwarzenegger in *Atto di forza* quando atterra su Marte senza scafandro.

Ho aperto la porta a vetri del ristorante proprio nel momento in cui Bruno si avvicinava a passi pesanti per prendere il telefono. "Ouh!" ha esclamato vedendomi, e finalmente mi sono sentita a casa. All'interno risuonano le note di *Tu vuo' fa' l'americano* di Renato Carosone, che Bruno sta canticchiando e che sembra scelta apposta per il mio ingresso in scena. Risponde e dice: "Ristorante Ouh Babbo, buonasera, un attimo, per favore". E poi mi fa una smorfia imitando la mia faccia seria, posa il telefono ed esclama: "Ma chi è questo splendore?".

Io gli rispondo con un "ciao, caro", mentre il suo caloroso abbraccio fa sì che i miei piedi si stacchino un po' da terra. Subito dopo sento il suo solito "baciami e stai zitta" alla Clark Gable, quindi mi rovescia all'indietro come nel casqué di un tango, mentre fa quelle smorfie comiche con cui minaccia di darti un bacio che non ti dà mai. Mi costringe a ballicchiare con lui, guancia a guancia, provocando una scia di sorrisi tra i clienti. Dopo questo saluto barocco, che mi fa sempre ridere anche quando non sono in vena, mi fa cenno di sedermi con lui, se mi va, perché vuole sgranocchiare qualcosa. Se accetto sarà solo per un aperitivo, lo avverto. Greta arriverà da un momento all'altro, ma ho già avuto modo di notare che la puntualità non è il suo forte. Un'altra somiglianza tra di noi.

Appoggia le mie chiavi sul tavolo, un mazzo che mi ha salvato la vita in un giorno come oggi: se le ho dimenticate a casa, spero solo che non siano infilate nella toppa. Lo sento prendere la prenotazione di questo nuovo cliente con cui già parla come se si conoscessero da una vita. È un cognome valenciano?, gli chiede. Perché lui è mezzo italiano e mezzo levantino, gli spiega. Me lo godo come se stessi assistendo a uno spettacolo, e in effetti Bruno è uno spettacolo per il solo fatto di esistere. E osservandolo penso sia normale che il suo metro e novanta non gli abbia mai reso le cose facili come attore in Spagna. L'eterno bellone protagonista, una cosa che mi ha sempre dato fastidio, perché basta conoscerlo un po' per capire che quest'uomo ha la commedia nel sangue. Adesso è "ristorattore", come dice lui.

Tra meticci ci capiamo, ed è un piacere stare insieme. Credo sia stata questa la prima cosa che mi ha legato a Bruno – entrambi figli di padri stranieri e madri spagnole, nati in una Spagna ancora troppo omogenea, siamo tutti e due esempi di razza impura. Non abbiamo mai imparato a fare la siesta né a ballare le *sevillanas* – e non perché non ci abbiamo provato –, condannati a spiccare perché "mezzi stranieri", ma innamorati e fedeli alla nostra metà spagnola. Troppo alti e appariscenti per passare per un prodotto nazionale al cento per cento: uno svantaggio che, quando lo accetti e ci lavori su, puoi anche trasformare in vantaggio.

Si sistema il grembiule – a Bruno piace vestirsi da cuoco –, prende la penna e il taccuino delle ordinazioni e mi strizza l'occhio. Prima di sedersi, con voce baritonale ha intonato *Tanti auguri a te* per una tavolata, in italiano, e lo sento impartire alle mie spalle una breve lezione di italiano, "a 'grazie' si risponde con 'prego'", che culmina con un "prego" in coro della tavolata.

Finalmente arriva alla sua postazione di vedetta, dalla quale può controllare l'intero regno, perché Bruno non si riposa mai: anche in questo ci assomigliamo.

"Lo sapevi che un neonato sorride in media venti volte al giorno in più rispetto a un adulto?" mi chiede sedendosi.

E questo mi suscita il primo sorriso della giornata.

"E allora noi sì che continuiamo a essere un po' bambini."

"Be', sempre meno..."

"Meno bambini o meno sorridenti?"

Mi dà un pizzicotto sulla guancia. "Stai dimagrendo troppo," mi avverte. Oggi anch'io lo vedo stanco e più magro del solito. Lancia un'occhiata a Carlos, che si dirige a uno dei tavoli in fondo alla sala. Si versa un po' d'acqua e mi racconta che due dei camerieri hanno il raffreddore e tocca a lui sostituirli, perché oggi verrà un'influencer, le chiamano così?, che ha un milione e qualcosa di follower, ma lui vuole che l'Ouh Babbo funzioni come al solito, né più né meno, e se poi lei non lo consiglierà... Be', pazienza. Il cameriere gli porta una pasta semplice, con pochi ingredienti. "La vuoi anche tu?", ma gli spiego che ho appuntamento con un'amica per cenare insieme. Mi accorgo che è seduto in equilibrio sul bordo della panca, come un corridore in attesa dello sparo della partenza, senza perdere il contatto visivo con i clienti.

Mi versa un calice di Nero d'Avola. Gli racconto che ci sono naufraghi e prigionieri che dimenticano le sensazioni muscolari del sorriso e che, se continuiamo a vivere schiavi del lavoro e dello stress, ce le dimenticheremo anche noi. Poi aggiungo: "Sai che cosa dovremmo fare?". Lui mi restituisce un'espressione interrogativa donchisciottesca. "Metterci accanto allo specchio un cartello che ce lo ricordi. Che ci ricordi di sorridere," spiego. "Per vederlo ogni volta che ci guardiamo. E dedicarci almeno un sorriso al giorno. Leandro sostiene che basta anche solo l'azione fisica del sorriso a scatenare un benessere chimico."

Lui resta pensoso, poi mi chiede: "Leandro è il tuo amico degli insetti?".

Annuisco. È vero, come mai un neonato sorride senza nemmeno sapere il perché? Bruno alza il mento per far capire a Carlos che qualcuno sta chiedendo il conto, e gira energicamente la pasta nel piatto, poi mi osserva con quell'espressione così sua, la cui naturale malinconia contrasta con la bocca allegra e il naso diritto: troppo grosso, secondo lui. Io gli dico che è un naso romano, ma lui mi corregge sempre precisando che è laziale.

"Be', quello che dice Leandro è vero, un attore è in grado di autoindursi anche il pianto attraverso certe sensazioni del corpo," mi assicura mentre mi versa dell'altro vino.

Tra le persone che conosco, credo che Bruno sia una delle più brave ad ascoltare e non c'è quasi niente che non gli interessi. Per questo ha avuto due vite. Come Greta. Come me.

Ricordo ancora quando lui e sua moglie hanno aperto il ristorante. Mi aveva colpito che, dopo tanti anni insieme, avessero deciso, sempre insieme, di spegnere per un po' le luci della ribalta, dove lui recitava nei musical e Trini ballava danze tradizionali – elastica come un giunco, da togliere il fiato –, per accendere questa grande cucina, per me il miglior ristorante italiano di Madrid e un posto in cui mi sento a casa. Ricordo quando Bruno, con gli occhi lucidi, mi aveva rivelato il nome che aveva scelto, Ouh Babbo, come omaggio a suo padre, che gli aveva lasciato in eredità la sua passione per la cucina, il suo "italianismo", come lo chiama lui, e la socievolezza che lo porta a riunire durante i giovedì di serenata i suoi amici, tra cui me, quando poi rimaniamo chiusi fino a tardi dentro il ristorante: maghi, leggende dell'opera, attori famosi, registi e qualche cliente fortunato che resta intrappolato nella piccola festa quasi familiare – quelli che prima di andarsene gli chiedono se per caso è proprio lui l'attore di quella serie o di quel musical, mentre Trini fa i conti e attraversa il ristorante con la schiena diritta, il sorriso allegro e il passo ancora aggraziato, con i piedi leggermente aperti, da ballerina.

A me piace immaginare Bruno come un supereroe che durante il giorno tiene nascosta la sua identità notturna. Il suo grembiule funziona come gli occhiali di Clark Kent, ma non mi è ben chiaro quale delle due identità abbia il superpotere. Soprattutto quando versa l'uovo in camicia con tartufo e parmigiano sulla pasta chiamata "Il tartufone di Bruno". Mentre aspetto Greta, mi prende per la collottola e mi invita a seguirlo in cucina. "Ti vedo stanca, e questo corpo bisogna nutrirlo," predica con fare quasi materno. Mi insegna a fare la stracciatella all'uovo. La minestra ha un profumo squisito. È una ricetta di suo padre, molto saporita e molto nutriente, mi assicura. "So che non hai mai tempo, ma questa puoi farla in dieci minuti," mi dice, mentre contemplo affascinata il forno a legna che apre la sua bocca infuocata inghiottendo e sputando pizze colorate. Finché Greta non entra nel ristorante.

18.

Come sempre, inizia il suo particolare studio del territorio: guarda assorta i pupi siciliani che raffigurano re e paladini, le locandine di *Falstaff*, *Tosca*, *Madama Butterfly* appese alle pareti, e si sorprende ancora di più quando mi vede uscire dalla cucina. Dietro di me arriva la voce di Bruno. "Dove vai? Forza, ripetimi gli ingredienti, altrimenti te li dimentichi." Subito dopo spunta tutto il resto di lui, che si asciuga le mani.

"Ma guarda che cosa abbiamo oggi nel mio ristorante... e questa bella mora è la tua amica Greta?"

Lei non sorride, anche se ci prova.

È divertente la sua confusione di fronte all'entusiasmo e alla vitalità del mio amico. Mentre ci preparano il tavolo, le racconto della giornata terribile che ho avuto, l'alienazione, la mancanza di idee, il vuoto. Di come quei dirigenti lottassero tra loro perché ciascuno voleva che sul mio taccuino si facesse strada la *sua* idea; ma non c'erano idee, non c'era niente di cui potersi vantare con il nuovo presidente indiano. Lei mi ascolta con interesse.

"E che cosa potrebbero guadagnarci?" mi chiede.

"Una promozione, immagino, o un aumento di stipendio dopo la fusione..."

Sentiamo Bruno fare i complimenti a una signora di mille anni fasciata in una stola fucsia che ha chiesto di farsi una foto con lui.

"Che strano," osserva Greta, "finora non avevo mai pensato che si potesse competere per i soldi."

"Sì che è strano," le faccio eco io. "Perché invece il mio istinto mi diceva che la tua espulsione ha avuto qualcosa a che fare con la competitività."

"Il tuo istinto non ti ha tradita del tutto," si sorprende, e quasi sussurra: "Ma la mia è una congregazione molto ricca. Ha proprietà e scuole in tutto il mondo. Come ti ho detto, sono stata in quattro paesi prima di arrivare alla Città del Nord."

"E ti spostavi sempre per lavorare come insegnante? C'erano scuole dappertutto?"

"No, in quella che chiamo la Comunità del Battesimo, quella in Colombia, c'era una scuola, ma io stavo facendo ancora il noviziato. Poi mi hanno mandato in quella del Venezuela."

"La comunità dei Poveri," le dico, e lei sembra sorprendersi che mi ricordi: "Sì, lì insegnavo in un quartiere molto degradato di Maracaibo; poi sono stata inviata in Messico, che è la Casa Generale".

"Una specie di nave ammiraglia," la interrompo di nuovo, e questo la fa ridere.

"Quella messicana per me è la Comunità degli Apostoli, perché lì ho incontrato le mie amiche. Persone che finalmente si ponevano dubbi sul 'vivere comunitario', come me. Paradossalmente mi hanno mandato lì per, come dicono loro, 'farmi abbeverare ancora una volta alla fonte', all'essenza. E così è stato. Ha finito per ravvivare anche la mia fede. Andare lì è un onore. Molte suore non ne hanno l'opportunità. Lì non ci sono scuole e il mio ruolo era più che altro amministrativo. Invece nell'ultima, la Comunità del Calvario nella Città del Nord, c'era un asilo nido molto costoso e molto noto. Ho lavorato con i bambini più piccoli finché non sono stata cacciata. Quindi c'è un po' di tutto."

"E allora su cosa si basa la competizione?"

Lascia vagare lo sguardo sulla locandina di *Tosca.*

"Sul potere. Il mio problema principale è sempre stato il fatto di piacere alle persone importanti, per esempio madre Celeste, quando sono passata per la Casa Generale." Si porta la mano al collo, sfiora quella catena a cui è appeso qualcosa che non riesco mai a vedere.

"La Super Superiora? Lei era in Messico, vero?" Greta annuisce. "Ma non è stata lei a firmare la tua lettera di espulsione, quella che mi hai mostrato l'altro giorno?"

Ho l'impressione che questa domanda la faccia soffrire.

"Sì, inizio a conoscerla davvero soltanto adesso. In ogni caso, essere apprezzata dai 'pezzi grossi' non ti serve a molto quando vivi in una piccola comunità senza nessuno che ti protegga e quella che fa rapporto su di te è la tua superiora immediata."

Greta lascia silenziosamente le posate sul piatto e beve senza quasi appoggiare le labbra al vetro. Ho bisogno di pensare, perciò, anche se piove, le propongo di uscire a fumare una sigaretta. Lei si sistema quel bruttissimo foulard color ocra da cui non si separa mai. Porta un giaccone che sembra preso in prestito da un professore in ristrettezze.

"Non sapevo che fumassi," mi dice.

E io, mentre mi appoggio alla porta e faccio scattare l'accendino, le assicuro che no, in effetti non sono una fumatrice. Noto la sua fiacchezza mentre si appoggia al muro accanto a me e cerco invano un'eco della voce allegra del messaggio vocale di ieri.

"Be', i tuoi clienti mi fanno pena," dice all'improvviso.

"Pena? Se ti dicessi quanto guadagnano..."

"Ma devono alienarsi, per sopravvivere lì dentro. Succede anche nella comunità. Gli spiriti che non puoi convertire li maltratti, invece di far fruttare il loro talento." Alza gli occhi al cielo cercando la pioggia. "È buffo; proprio ieri pensavo, ricordando il mio viaggio al Nord, che le persone più buone le ho conosciute fuori dalla comunità, ma le più intelligenti le ho conosciute dentro."

All'angolo c'è un ragazzo africano che vende ombrelli su una coperta. Il poveretto è zuppo. Credo che non si azzardi ad aprirne neanche uno, nella speranza di venderli tutti.

"Le più intelligenti?" mi sorprendo, perché non ho mai avuto questa immagine delle suore.

"Sì, e con una differenza," continua Greta agitando la mano per allontanare il fumo della mia sigaretta. "Donne piene di talento che avrebbero voluto studiare matematica o giurisprudenza e invece sono finite a fare scienze religiose come pecorelle."

Le chiedo in che cosa consiste e mi spiega che è una specie di magistero che si sono inventati per le suore che insegnano. I sacerdoti hanno sempre avuto più opzioni, anche la teologia implica il pensiero. Ma una suora con velleità intellettuali... deve darsi molto da fare affinché le consentano di studiare, e quelle che non arrivano ai ruoli di vertice alla fine non fanno altro che lavare e stirare. Le chiedo anche del suo viaggio alla Città del Nord. Se ha visto i suoi amici, come si è sentita...

Passa una macchina che entra in una pozzanghera e ci schizza le gambe.

"Pezzo di merda!" grida lei con una rabbia inaspettata.

Non posso fare a meno di esprimere il mio stupore. "Be'... non pensi di essere un po' aggressiva?"

Bruno, che si era affacciato per dirci che il nostro tavolo è pronto, ha richiuso la porta, stupefatto. Lei si volta con un sospiro che sembra quasi di sollievo.

"Senti, Patricia," mi affronta, "dopo essere tornata in quella città e dopo quello che mi è successo oggi, ho deciso che la volgarità mi piace." Si scrolla vigorosamente l'acqua dai pantaloni. "Preferisco che qualcuno mi mandi a quel paese, rispetto a quello che è stata capace di farmi madre Dominga, la mia 'Giuda', come l'hai chiamata l'altro giorno, dal suo piccolo incarico di superiora nella Città del Nord. Lì è tutto così... impeccabile. Sai, ho passato anni senza sentire neanche una parolaccia. In Spagna all'inizio questa cosa mi colpiva. Ma adesso preferisco quando la violenza si presenta senza maschere. Entriamo?"

E spinge la porta a vetri come se fosse quella di un saloon. La seguo fino al nostro tavolo sotto lo sguardo di Bruno.

Adesso che siamo di nuovo sedute, Greta ricorda il sorriso amabile e il tono addirittura dolce con cui madre Dominga l'aveva allontanata dagli studi con una sola argomentazione: "Abbiamo pensato che, per il tuo bene – dato che noi te ne vogliamo molto –, se vuoi prendere i voti perpetui è meglio che quest'anno ti dedichi a goderti la comunità, i bambini, perché prima che... com'è che ti piace dire?, 'comunicatrice'?, sei una suora e invece l'università ti toglie molto tempo...".

"E tutto questo... perché?"

"Per un insieme di cose, Patricia. Perché quando sono entrata nella comunità, poco più che bambina, sono rimasta coinvolta mio malgrado in uno scandalo e, a partire da quel momento, quell'episodio è stato usato contro di me e mi è stato rinfacciato tutte le volte che mi sono distinta in qualche attività, che ho sbagliato qualcosa, che ho espresso dei dubbi."

Greta si toglie il giaccone, rivelando un tailleur che non avrei mai immaginato di vederle addosso. Le sono cresciuti un po' i capelli e adesso li porta tirati indietro con il gel, come andava di moda un sacco di tempo fa. Si è messa anche un cerchietto.

"Come potrei non capire cosa stanno vivendo i tuoi clienti?" aggiunge con una risata sarcastica che non le si addice.

E mi racconta la storia di una suora che era un genio della musica, suonava ogni tipo di strumento, eppure anche lei aveva avuto problemi all'interno della comunità.

"Sai qual era la sua terribile colpa?" Il suo tono è sempre più indignato. “Dicevano che era una dormigliona. Capisci... lei voleva solo studiare musica, l’ha chiesto e gliel’hanno negato.”

Mordicchio un pezzo di focaccia. All’improvviso, l’odore di origano mi fa venire nostalgia della campagna.

“Intendi dire che siete praticamente costrette a tenere un profilo basso affinché sembri che non abbiate nessun talento?”

“Diciamo che lì dentro c’è molto talento sprecato...”

E dalla contrarietà che mi rivelano le sue labbra serrate inizio a capire perché avevano paura di lei. Eccola lì. Davanti a me. Espressione delusa e sguardo affamato: questa è una donna che ha sempre avuto fame, fame di imparare.

“E secondo te perché?” le chiedo. “Perché castrano le persone?”

“Perché c’è molto timore che tu possa infrangere le regole. Non fanno altro che ripeterti: ‘Ti perderai...’”

Taglia lo spesso cornicione della focaccia come se le stesse facendo un’autopsia, e intanto ripete con amarezza: “Se dedichi più attenzione allo studio che a loro, ti perderai; se vedi quello che c’è fuori di lì, ti perderai... La Chiesa è un’impresa milionaria che non vuole rinunciare ai lavoratori su cui investe”.

Si scuote il tovagliolo sulle gambe come se volesse frustarsi.

Io le rivolgo un’occhiata interrogativa. Le succede qualcosa.

“Resterò senza lavoro, Patricia,” dice alla fine, cercando di dissimulare il dolore.

“E il bambino?” mi meraviglio. “Fino a stamattina eri felice!”

“In effetti ti ho mandato quel messaggio poco prima di sapere che le mie ‘consorelle’ avevano parlato con i genitori.”

“I genitori del piccolo?”

Si appoggia al tavolo reggendosi la testa con tutt’e due le mani e inizia a raccontarmi: quell’occasione le era piovuta dal cielo la settimana prima, quando si era fermata a guardare un bambino attaccato, come una falena alla luce, alla vetrina di un negozio di giocattoli. A un certo punto si era accorta che lui l’aveva presa per mano, mi dice, e si interrompe quando Bruno ci porta due piatti di zuppa fumante. “Buon appetito,” ci augura con complicità. Lei ringrazia nervosamente e abbassa lo sguardo. Non prosegue finché lui non si allontana, fermandosi poi a ogni tavolo per sentire come va e chiedere se hanno bisogno di qualcosa.

Dietro il bambino era arrivata la madre, bellissima, e le aveva chiesto se conoscesse qualcuno disposto a prendersi cura di lui per qualche ora ogni giorno. Così, dal nulla. Greta le aveva risposto che per puro caso in effetti lei stessa era disponibile e che aveva lavorato in un nido molto prestigioso, di cui le aveva anche fatto il nome.

"È un ottimo asilo nido, molto noto," mi dice. "Ci ho lavorato due anni, apparteneva alla comunità della Città del Nord. Quello stesso pomeriggio ero stata a trovare la signora in un bellissimo appartamento del barrio de Salamanca per prendere accordi."

"Le avevi detto che sei stata una suora?"

"No, ho preferito di no; tra l'altro in quel nido lavorano anche delle insegnanti laiche, come la mia amica Arantxa." Si porta una mano alle labbra, che le tremano un po'. "Fatto sta che oggi, quando sono arrivata da loro, emozionata e ansiosa di vedere Samuel e iniziare il nuovo lavoro, mi sono ritrovata i genitori seduti in poltrona che mi aspettavano. Lei ha premesso che quello che stava per dirmi lo aveva deciso il marito: aveva chiamato l'asilo per chiedere le referenze – è normale accertarsi che il proprio figlio sia al sicuro – e le avevano detto che potevo rappresentare un grosso pericolo..."

"Un grosso pericolo? Perché? E per chi?" mi indigno.

"Per il bambino. Le hanno detto che sono pazza. Che ho provato ad appiccare fuoco al nido. Che per questo sono stata cacciata dall'ordine."

"Come?!" mi allarmo.

Si rifugia di nuovo nella locandina di *Tosca* appesa davanti a noi e resta concentrata su quella per un po', mentre cerca di trattenere le lacrime e guarda con discrezione a destra e a sinistra, come un animale che ha paura di essere nuovamente bastonato. Un uccello che è stato troppo tempo in gabbia e che saltella cercando di fidarsi delle sue ali atrofizzate, ma che quando si trova già a mezzo metro da terra viene scaraventato giù. Appena si riprende, prosegue: "Non è una novità, Patricia. Questo fine settimana, quando sono andata alla Città del Nord, ho scoperto che qualche tempo fa madre Dominga aveva chiamato Arantxa e le aveva detto la stessa cosa." Inghiotte. "Quando ho cercato di mettermi in contatto con lei, sai cosa mi ha detto? Che non voleva vedermi: 'Le sorelle mi hanno raccontato cos'hai cercato di fare. Devi farti curare, sei fuori di testa'... mi ha detto così, testuali parole. È davvero ingiusto... Mi hanno tolto tutto. Tutto quello che avevo. Perché adesso vogliono togliermi persino i pochi amici che ho fuori di lì, e impedirmi di costruirmi un futuro?"

Persino Tony Pacino ha smesso di cantare *Come prima*. Bevo un sorso del mio vino. Beve anche lei, ma acqua. La storia di Arantxa le ha fatto tanto male, si lamenta scuotendo la testa: era una sua compagna di università con cui sognava di fondare un giorno una rivista e a volte faceva una piccola fuga. Arantxa le prestava dei pantaloni perché potesse provare la sensazione di camminare in montagna.

"Perciò, adesso penso che mi sarà molto difficile trovare lavoro."

Non riesco a trattenermi: "Quello che non capisco è come mai Arantxa, che è tua amica... e la madre di Samuel... anche lei ci ha creduto?".

"Lei dice di no. È una donna molto intelligente. Mi ha detto: 'Per quanto mi riguarda, non ho creduto neanche a una parola e Samuel sa guardare dentro le persone, come me'. E che avrei fatto bene ad allontanarmi il più possibile da quelle persone, perché mi odiano e vogliono farmi molto male." Alza gli occhi che sembrano pesarle come se fossero di piombo. "Non avrei mai cercato di fare del male a quei bambini. Tu mi credi, vero Patricia?"

Mi sottraggo al suo sguardo senza sapere perché. Anzi, per quale motivo devo mentire a me stessa? Lo so benissimo il perché. Una piccola parte di me ancora mi ripete: Patricia, l'hai appena conosciuta. Hai visto con lei solo un tramonto e mezzo. Ma decido di concentrarmi a osservarla: credo di riconoscere in lei i segni di quel tipo di maltrattamento che ti convince di essertelo meritato. E adesso è un Mr Crocodile Dundee appena arrivato a New York, un pesce fuor d'acqua che cerca di darsi un contegno con quel tailleur brutto e sgualcito.

"Ti credo. Certo che ti credo." Anche se continuo a cercare di imbavagliare la Patricia razionale che ancora dubita, e lei forse se ne accorge, perché i suoi occhi restano fissi nei miei. "Ma non capisco cosa vogliono. Ti hanno già cacciata."

Lei rovescia la testa all'indietro, sfinita.

"Vogliono che me ne vada il più lontano possibile. Sanno quello che mi hanno fatto. E io so troppe cose."

Quasi non la riconosco, con questo tailleur grigio che non le sta per niente bene. Nonostante ciò, cerco di alleggerire l'atmosfera, perciò le faccio i complimenti per il suo abbigliamento. "Sembra che tu sia appena uscita dall'ufficio," scherzo. Questo le fa piacere. So che è un piccolo trionfo nella sua ricerca di normalità. Mi racconta di averlo comprato a dieci euro da una ong di Lavapiés, dove la gente porta vestiti usati che poi vengono rivenduti a poco prezzo. Cerca di allungarsi le maniche. "Si spiegazza un po'," dice, "ma fa la sua figura. Non potevo presentarmi da una consulente del lavoro con i miei vecchi vestiti."

Approfittando del fatto che sta per andare in un'agenzia di lavoro interinale, trovo il momento che stavo aspettando e le dico di farsi dare una copia del suo libretto di lavoro. Spalanca gli occhi allarmata. E se non fosse mai stata assunta regolarmente in Spagna?, comparirebbe comunque su quel documento?, mi chiede, ma io continuo a insistere che secondo la mia amica Aurora, che fa l'avvocato, questo è impossibile. "In questo paese è illegale, che tu sia un religioso oppure no," le spiego. Come ha fatto a insegnare in una scuola o a lavorare in un asilo nido? Mi sembra tutto molto strano. O lei si sbaglia e l'hanno assunta – e in questo caso potrebbe chiedere la disoccupazione –, oppure, se non è così, hanno commesso un illecito. In ogni caso, sarebbe una buona notizia. L'unica brutta notizia sarebbe sapere che non mi sta dicendo la verità.

Sembra reticente a richiedere la documentazione. A essere sincera, questo mi inquieta un po'. Mi dice che a volte le pare di essere una delinquente e che ai colloqui va tutto bene finché non le chiedono da quanto tempo vive in Spagna.

"Quando rispondo che vivo qui da due anni, tutte le frasi cominciano con un: 'E come mai non sai che...?'." Le sue narici si dilatano in un'espressione che ormai mi è familiare. "Ed è normale, Patricia, c'è qualcosa che non quadra: non ho mai avuto la tessera sanitaria, non ho mai aperto un conto in banca... Esco persino dai bar senza pagare il caffè, perché ero abituata che poi passava l'economa a pagare." Alza la voce. "Come faccio a spiegare che finora io qui fuori non esistevo?"

"E perché non dici semplicemente la verità?" le chiedo mentre ordino dell'altro vino.

"Che sono stata in convento?" Alza le mani come se dovesse impartire una benedizione. "Guarda cos'è successo proprio oggi. Se qualcuno chiamasse per chiedere referenze, le mie consorelle direbbero vere e proprie mostruosità sul mio conto."

A quanto pare, le poche volte che ha parlato del suo passato – come l'altro giorno con una coinquilina – i suoi interlocutori l'hanno sempre offesa: in quel caso, la ragazza non capiva come una donna intelligente avesse potuto scegliere quel tipo di vita.

Non vorrei, ma non resisto: "A essere sincera, soprattutto adesso che ti conosco, anch'io mi sono fatta questa domanda. Voglio dire: com'è possibile che tu sia tanto scollegata dalla realtà se andavi all'università, per esempio...".

Silenzio. Un silenzio durante il quale lei sfiora con le dita le dediche a pennarello argentato sul muro. Bruno si avvicina: "Queste sono tutte di veri artisti," dice orgoglioso. "Alle pareti di Ouh Babbo, niente famosetti di medio cabotaggio... vedi?" E indica la mia firma. Mi dà un bacio sui capelli e si allontana, sorridente. Mi accorgo meravigliata di quanto sia difficile per Greta avere a che fare con un uomo.

"Sai, Patricia," mi dice dopo un po'. "È complicato da spiegare a chi non si è mai trovato in una situazione del genere. Quando vivi in un mondo così ristretto, per quanti contatti tu possa avere con l'esterno, è come se il tuo cervello fosse chiuso in una scatola. Mi ricordo che tornavo a piedi dall'università recitando il rosario. Non frequenti i compagni di corso perché non hanno una buona opinione di te. Vedi solo quello che il tuo mondo ristretto ti consente di vedere. E sei assolutamente convinta di aver fatto la scelta giusta." Si guarda intorno. "In quel mondo, anche se prenoti un tavolo al ristorante, non potrebbe mai capitarti di chiacchierare con persone come te, di trovare tipi come Bruno, di sentire le risate in sottofondo del tavolo dall'altro lato del locale. Perciò adesso devo sapere cosa sente la gente normale e di cosa parla, e sto attenta a come porgi la carta di credito per quando dovrò essere io a usarla per pagare."

Faccio un respiro profondo. Ora capisco da dove viene la parola "claustrofobia". Apro la borsa. Tiro fuori il portafogli. Faccio scivolare sul tavolo un mucchio di tessere.

"Questa è una carta di debito, e ti conviene usare solo questa se vuoi sapere quanto spendi. Questa è di credito, e rischi di farti pelare con le commissioni. Poi c'è la tessera del metrò, ti farò vedere come si ricarica; quella della biblioteca, dell'emeroteca... e quest'altra è la carta fedeltà nel posto dove vado a fare la manicure, per avere lo sconto."

Si mette a ridere. Anch'io. Era vera la storia dei pregiudizi. Quanto aveva ragione.

"Almeno sei riuscita a vedere il tuo amico?"

"L'Aita? Sì... sono persone come te e come lui a ridarmi fiducia nel genere umano."

L'ha incontrato nel suo confessionale, lo stesso in cui l'ha conosciuto due anni fa, quando le ha salvato la vita. Con lui poteva essere sincera e sfogare tutta la rabbia, mi racconta, addolcendo la voce con qualche cucchiaiata della zuppa che ancora non aveva toccato. Nel suo paese si preparano molte zuppe, mi spiega, soprattutto con ossa e midollo. E poi continua a parlarmi del vecchio gesuita, il suo unico vero amico adesso che le hanno messo contro Arantxa. Proprio perché conosce il suo temperamento passionale, lui l'aveva portata a passeggiare sulla spiaggia e d'un tratto lei si era ritrovata a gridare al mare: "Le odio!".

"'Le odio!' Ecco cos'ho gridato finché le onde non hanno inghiottito la mia voce. Ho detto all'Aita che pensavo di denunciarle, ma lui me l'ha sconsigliato. Dice che non servirebbe a niente."

Mi soffermo su questa parola. Odio. Forse perché è maiuscola per natura, e lei tanto piccola. Perché è sempre più grande di chi la pronuncia e perché straripa sempre. Per la prima volta faccio anche caso a come si irrigidiscono i muscoli del viso di Greta, a come risalta l'arteria del collo, e mi accorgo che finora non aveva mai accennato alla possibilità di una denuncia. Ma per questo bisognerà capire quale reato sia stato commesso; al momento, vedo ancora tutto molto confuso. Tutto ciò allerta la mia natura felina: sembro rilassata, ma ho i muscoli in tensione, sono pronta a spiccare il balzo. Mi racconta la scena; all'improvviso il dolore ha ceduto di nuovo il posto alla rabbia.

"Tu non mi capisci," aveva detto al gesuita, "la tua comunità non dovrebbe mai farti una cosa simile."

Lui l'aveva abbracciata. "Sì, sì che ti capisco," le aveva detto, "e sto piangendo con te."

"Sono convinta che l'Aita sia un santo, anche perché si rende conto che la Chiesa commette degli errori."

"Mi piacerebbe che un giorno mi parlassi di lui."

Sorride con tenerezza e inizia subito: "Ha più di ottant'anni. In fondo, credo che siamo diventati amici perché ci siamo conosciuti in un momento in cui ci sentivamo due bambini confusi che stavano imparando a vivere".

Mentre gira la zuppa con il cucchiaio senza portarselo alla bocca, mi racconta che lui era appena tornato dal Congo, dove aveva passato gli ultimi quarant'anni come missionario. Era partito quando non ne aveva ancora trenta, senza conoscere la lingua, e all'inizio comunicava solo attraverso il linguaggio universale: il sorriso. Alla fine, la sua congregazione lo aveva ritenuto troppo anziano per rimanere in Africa, ma non per strapparlo dal continente al quale aveva dedicato la vita. Né per riportarlo in una città che non era più la sua o per imparare il basco, perché in quella regione i sacerdoti non potevano più celebrare la messa in spagnolo. E così gli avevano assegnato un professore.

"E lui cosa pensa di tutto questo?"

"A lui la sua comunità non farebbe mai un torto come quello che hanno fatto a me. Ma l'Aita mi aiuterà. È molto generoso."

"No, mi riferivo al fatto che me lo stai raccontando. E che proveremo a pubblicarlo."

Non ha un attimo di esitazione.

"Dice di fare quello che può aiutarmi a guarire, qualunque cosa sia. Ma di non fare niente che possa arrecarmi altri danni. Quello che gli ho detto di te gli è piaciuto."

Per qualche motivo, mi fa piacere essere benedetta dall'Aita.

"E allora... perché non lasci che ti aiuti anch'io?"

"Perché lo stai già facendo. E il peso non può ricadere tutto su di te."

"Questa non è carità, Greta..."

Lascia cadere il cucchiaio con un rumore metallico che sembra un punto e a capo.

"Lo so, Patricia. Ho ben chiaro che c'è differenza tra carità e solidarietà. Tu e l'Aita siete solidali. Perché non date quello che vi avanza, ma quello che non avete. Tu mi dai il tuo tempo, che è proprio quello che ti manca di più. Ed è già abbastanza. E l'Aita, per aiutarmi, rischia di cacciarsi in un grosso guaio."

Faccio fatica a controbattere a questa argomentazione. Bruno intanto ci propone di fargli da cavie, perché sta sperimentando un nuovo condimento per la pasta. Questo significa che ce la offrirà, spiego a Greta, perciò accettiamo entrambe felicissime.

"La solidarietà, sì..." ripete mentre segue Bruno con lo sguardo, adesso più rilassata, e avvolge sulla forchetta le interminabili fettuccine con i funghi. "La solidarietà è mettersi nei panni altrui, è dare prima che ti venga chiesto."

Una catena di favori. Come quando fu costruita la sua casa di Ibagué. Ma per parlare di questo aspettiamo che arrivino i secondi.

19.

Se lo ricorda perfettamente, aveva dodici anni. I vicini della nuova città dove si erano stabiliti sapevano che la sua famiglia aveva perso tutto nello tsunami. Fu organizzata una *minga*. Le chiedo che cos'è e lei premette: "No, anche in quel caso non si è trattato di carità".

Si guarda intorno e mi chiede di immaginare che Bruno... "Si chiama Bruno, vero?" e lui alza lo sguardo distratto dal bancone. Greta mi chiede di immaginare che, all'improvviso, Bruno abbia avuto bisogno di cambiare vita e mettere su un ristorante e che a quel punto tutti i suoi amici, me compresa, e i suoi vicini, siano venuti qui a sistemare il locale, a ridipingerlo, che abbiano portato le locandine delle opere, e che lui per ringraziarli abbia preparato la pasta per tutti.

"Questa è una *minga*," conclude. "La cosa interessante è che non sei tu a chiedere alle persone di darti una mano, perciò non sai chi verrà ad aiutarti. Così noi ci limitammo a preparare una quantità enorme di stufato e di bevande, amici e vicini vennero da noi e ci costruirono la casa."

Mi fermo a riflettere su uno scenario del genere, impensabile in una città come Madrid fino a prima dell'arrivo della crisi. E allora sì che ci eravamo riuniti per imbiancare la casa dei nuovi vicini, che erano stati sfrattati dalla loro e che avevano dovuto spostarsi nell'ex appartamentino del custode. Nel nostro caso, però, si era trattato di una crisi della classe media. Una crisi sommersa. Qualcosa di cui vergognarsi e da provare a nascondere, finché non filtra dalle porte chiuse. Il riverbero.

Quella non era stata la loro prima casa dopo lo tsunami. Prima avevano vissuto per qualche anno in affitto.

"Io non sono mai stata povera, ma i miei genitori sì," mi dice.

La sua congregazione era molto ricca, perciò, da quando era entrata a farne parte, aveva sempre vissuto in case bellissime, con la possibilità di viaggiare, di avere i libri che voleva. Eppure, in realtà, non aveva mai avuto nient'altro che i suoi genitori.

Improvvisamente me la immagino in quella piccola città che non conosco, a quattrocento chilometri da Bogotá, dove per strada risuona la musica dei conservatori, a cinque anni, seduta in un cortile, nella vasca della sabbia, con una maglietta di Superman che suo padre si era procurato pur di non sentire più i suoi capricci, perché lei era innamorata di Wonder Woman. Era la piccola della famiglia, quella nata senza niente, perciò in quel periodo era al centro dell'attenzione.

In effetti ricorda che, nell'ultima casa in affitto in cui si erano trasferiti, portava sempre un costume della supereroina che le aveva regalato una zia e una volta non aveva voluto toglierselo per sei giorni di fila, tanto che Felisa l'aveva minacciata di farle il bagno vestita. Sua madre era stanca, stanca di vagare da una casa in affitto all'altra, case sempre troppo piccole per tutti quei bambini, con i vicini che si lamentavano se giocavano a palla.

Greta lancia in aria queste immagini come se fossero polaroid animate: tutti i membri della famiglia che entrano in una di queste case di passaggio, carichi delle loro cose. Non hanno ancora ottenuto l'allacciamento alla rete elettrica, e in questa oscurità nuova e fresca un mostro dal colore leonino corre ringhiando verso di loro. D'un tratto, si rendono conto di aver affittato la casa insieme al mostro che ci vive dentro: una grotta con il suo drago.

Nessuno si azzarda a cacciarlo via.

Quella bestia, che sembrava rabbiosa, era piena di piaghe e gli era stato strappato mezzo orecchio. I vicini dissero loro che si chiamava Tribilín e che aveva mietuto vittime in tutto il quartiere. Felisa aveva cercato di fermare la piccola gridando: "Pablo, morderà la bambina!" mentre Greta, dall'alto dei suoi cinque anni, correva a salutare il mostro.

"E sai cosa fece mio padre?" dice Greta, con la voce animata dal ricordo. "Parlò con quel cane."

"In che senso?"

"Sì, è una cosa che gli indios sanno fare." Ride. "E un po' alla volta lo conquistò."

Un'altra polaroid immaginaria: Pablo che prende un pentolone con gli avanzi di zuppa d'osso, il cane, tutto spelacchiato, che si avvicina con la schiuma alla bocca, annusa per un bel po', sostiene lo sguardo dell'uomo con espressione perplessa e poi si mette a mangiare. Così iniziano le trattative.

Il resto della famiglia si chiuse in casa. Tutti dietro il vetro della finestra, come allo zoo safari, mentre in cortile Pablo lasciava mangiare la belva a sazietà.

"Che fa papà?" piagnucolò Wilson, che pur essendo più grande di Greta si comportava come un bambino piccolo. Felisa vide che suo marito aveva attraversato il cortile raggiungendo un bagnetto esterno: era salito su una scala e stava iniziando a smontare la copertura. Poi chiamò il cane per attirarlo con l'inganno nel gabbiotto del bagno, chiuse la porta e si mise a bagnarlo dall'alto con il tubo per l'irrigazione. Lo sentirono abbaiare, grugnire, gemere come se fosse impazzito, finché pian piano si calmò. Dopo un po' si affacciarono di nuovo. Ormai si sentivano soltanto gli uccelli.

"Ricordo solo mio padre seduto al sole, in cortile, che dormiva con il cane ai suoi piedi," dice Greta, dopo avermi fatto immaginare questa versione india di san Francesco d'Assisi.

Tribilín era stato il cane più affettuoso del mondo. Quando i suoi genitori uscivano, bastava dirgli: "Tribilín, occhio alla bambina," perché impedisse alla piccola di avvicinarsi alle finestre.

Per questo, quando arrivò il momento di lasciare la casa, non vollero abbandonarlo come avevano fatto i suoi vecchi padroni. Ma quella mattina all'alba non ci fu verso di farlo salire sul camion. Tribilín non riusciva a vincere la paura. La povera bestia non aveva mai viaggiato a bordo di uno di quei mezzi.

Alla fine il camion dovette partire e il cane restò lì, con la lingua a penzoloni e l'espressione incredula.

"Man mano che ci allontanavamo in macchina diventava sempre più piccolo... e noi, tutti, iniziammo a piangere in silenzio."

Ma una scossa del suo cervello canino lo spinse a mettersi a correre.

Lo videro arrivare come uno di quei mitici leoni dei documentari, sollevando un polverone, e si lanciò sul camion. Greta non avrebbe mai dimenticato come giocava, spostava pietre e si rotolava quando erano arrivati nella casa nuova. Aveva vissuto ancora soltanto un anno, ma forse era stato il più bello della sua vita, dedicato a proteggerli, territoriale e fiero, come sempre.

Greta ricorda che in quel periodo erano tanto felici, sì, e dire che si erano trasferiti in una casa che allora consisteva di un'unica stanza.

"Adesso, quando vado a trovare i miei genitori, dico sempre: 'Ora sì che è un palazzo!'."

"Quanto ci vuole a costruire una casa?" chiedo, e mi accorgo solo adesso che la pasta mi si è raffreddata.

"Tutta la vita!" Ride. "Si fa un pezzo alla volta."

Così si tiravano su le case dei poveri; di sicuro doveva esserci anche gente che poteva permettersi di costruirle tutte in una volta, ma gli altri facevano le cose quando ne avevano i mezzi, con molta difficoltà.

Per primi arrivarono i parenti, poi i vicini. Il caldo era soffocante. Gli uomini si erano tolti la camicia e se l'erano legata in testa. Dovettero buttare giù la vecchia struttura e non fu facile costruire quella nuova, perché le fondamenta erano malmesse.

"Con buone fondamenta avremmo avuto una buona casa, diceva mio padre: è come con le persone."

Per rallegrare l'atmosfera, i fratelli maggiori iniziarono a strimpellare la chitarra.

Sento Greta canticchiare un'altra canzone competendo con la colonna sonora del *Padrino* che adesso risuona nel ristorante. La prima chitarra che si era costruito suo fratello era una canna di bambù con delle corde; anche lei sa cantare e suonare. Le dico che un giorno mi piacerebbe ascoltarla, ma lei scuote la testa.

"Non penso... è un'altra delle cose che mi hanno portato via, adesso conosco solo musiche di accompagnamento per canti religiosi."

Forse la felicità di quella giornata si attaccò alle fondamenta della loro casa come un cemento invisibile e le risate dipinsero le pareti di colori più vivaci; di certo, lì stavano tutti bene. Adesso i suoi genitori venivano chiamati "i nonni", perché erano stati i primi ad arrivare in quel luogo e negli anni avevano aiutato tante persone. La catena di favori. Se per caso un giorno avessero tardato ad aprire la finestra, i vicini si sarebbero preoccupati. Anche quella era solidarietà? "Sì," annuisce Greta, adesso concentrata sul presente, "perché sanno che un giorno invecchieranno anche loro." Con molto sforzo, stanza dopo stanza, avevano costruito una casa dove albergasse la pace, quella che Greta aveva assorbito negli ultimi mesi per riprendere le forze e rimettersi in salute.

"I miei genitori sono molto buoni, tutti e due... sono bravissime persone. In casa mia non ci sono mai state liti, tragedie... Be', tranne quando mi hanno portato via mio fratello, il mio piccolo papà."

Cerca il cellulare nella borsa. La voce di Bruno aleggia su un tavolo vicino proponendo i piatti del giorno. Greta mi mostra una foto sul telefono, la foto di una foto che si intuisce rovinata dal tempo. Non c'è bisogno che mi dica che si tratta di suo fratello Juan. Me la allunga come se fosse un santino digitale, una reliquia: da questo capisco che lui non c'è più e percepisco il dolore intenso che le provoca. Mi sorprendono i suoi capelli biondissimi e le labbra carnose come quelle della sorella, in una versione più nervosa e in provocatorio disaccordo con il mondo.

In questo preciso istante mi arriva un messaggio sul cellulare. Le chiedo di scusarmi e lo leggo anche se non ne ho voglia. Quelli di COTOR non ci danno una settimana per presentare la campagna, solo due giorni. Il messaggio è firmato da Rosauro con la sua solita assurda fermezza che pretende di sfidare le leggi dello spazio-tempo, quelle della gravità e, ovviamente, quelle della decenza. *Non è possibile*, gli scrivo. Lui risponde *Dev'essere possibile per forza*, congedandosi con un *bacione*. Rosauro, che con il suo sorriso cinico e pusillanime ha creato un branco di clienti prepotenti e maleducati senza muovere un dito per proteggere la sua squadra. La corda, sento di nuovo una corda legata intorno al collo e qualcuno che la stringe. Ancora una volta, non mi arriva abbastanza aria nei polmoni.

Greta intanto si è persa nella vetrata del ristorante. Ha smesso di piovere, perciò le propongo di pagare il conto, quello che Bruno ha deciso di non portarci, e di uscire a prendere un po' d'aria.

Scendo in bagno. Mi tolgo l'enorme anello d'argento e lo infilo nella tasca dei jeans mentre mi lavo le mani. Questo mese ne ho già persi due. E quando alzo lo sguardo scopro sullo specchio, scritto con un pennarello indelebile, un messaggio in italiano: *Ridi*.

La corda si allenta un po'. Prendo l'acqua formando una conca con la mano, come se volessi battezzarmi per diventare un'altra cosa, con un altro nome, in un altro posto, molto lontano da qui. La sento scivolare a fatica nella mia gola troppo stretta. Risuonano le note di *Ridi pagliaccio*: sì, ridi, pagliaccio, perché questa vita è uno scherzo. Muovo le labbra senza volerlo e ne esce la voce possente di Pavarotti. "*Sul tuo amore infranto... Ridi del duol che t'avvelena*." Ridi, perché la commedia è finita. Accanto a me, una ragazza con la frangetta lucida da bambola si lava le mani senza degnarmi di uno sguardo e, al contrario di me, ride leggendo il messaggio. Prende il cellulare, fa una smorfia e si scatta una foto.

Poi attacca allo specchio un adesivo in cui consiglia il locale.

Il vangelo di Juan

20.

“Come vuoi che lo chiamiamo?” le chiedo.

I suoi occhi sono accesi dall’azzurro del cellulare, o forse è un’altra luce che adesso le illumina il viso. La luce di quell’altro viso, che le assomiglia, ma in versione bionda e adolescente. Credo di non aver mai visto un essere umano contemplarne un altro in questo modo. Con l’intensità di chi adora nell’oscurità e a distanza.

“Lo chiameremo... Juan. Un nome dolce.” Si mette a camminare, e io con lei. “Era il centro della mia vita, Patricia. Era il mio sole. Durante quell’anno di cui ti ho parlato, quello del mio tsunami psicologico in Messico, quando ho cercato di recuperare la fede nella Casa Generale, ho cercato anche di fare pace con la sua assenza.”

Attraversiamo plaza de Oriente. I lampioni hanno riversato ambra nelle pozzanghere. C’è odore di fiori caduti per colpa della tempesta. Un cantante intona un furioso *Nessun dorma* davanti all’ingresso del teatro, come se lo avessero dimenticato fuori e lui nutrisse ancora la speranza che se ne accorgano. Davanti a lui c’è una scatola di velluto rosso, lo scrigno delle sue monete.

Greta si ferma. “Un momento,” mi dice, e mi chiede la mano per appoggiarsi. Si tira su la gamba destra dei pantaloni fino al ginocchio. Sul polpaccio scuro, il segno di una bruciatura. Lo sfiora con le dita come se potesse leggere quella pallida, vecchia cicatrice, ed è proprio quello che fa.

Suo fratello Juan, a sedici anni, in jeans, che le stringeva quella stessa gamba sottile, "stai tranquilla... Fammi vedere, piccolina", mentre Greta piangeva sconsolata nella sua divisa per tutti i giorni, una salopette a quadretti beige. Le aveva abbassato il calzettone fino alla caviglia. La bambina aveva sentito la pelle ritirarsi come se fosse plastica. Lui le diceva sempre di stare attenta quando saliva sulla moto, ma lei non sempre se ne ricordava: le piaceva tanto che suo fratello la portasse a scuola, così poteva stringerlo da dietro mentre il vento succoso del vulcano le colpiva la faccia e le scompigliava i capelli folti e mossi, tanto che quando arrivava a scuola sembrava una pazza. Per Juan la moto era tutto e le raccontava delle gare di motocross sul circuito di Neiva e di Gualanday. Come si divertiva suo fratello con quella moto, a lei sembrava un principe quando indossava la tuta da corsa bianca piena di toppe. I suoi galloni, come li chiamava lui, e Greta li sfiorava senza sapere che un giorno li avrebbe conservati in una scatola, come una vedova che custodisce una medaglia al valore dopo una guerra.

Era il migliore, faceva cose incredibili, sapeva persino come farle passare il dolore, come un santo, aveva pensato Greta mentre lui le asciugava le lacrime con le mani, e quando vide la bruciatura sulla sua pelle sottile e infantile fece una smorfia, come se fosse stato lui a bruciarsi con il tubo di scappamento. Quella cicatrice sarebbe cresciuta con lei per sempre, come il suo ricordo.

Juan le fece una carezza sui capelli: "Forza, piccola mia, adesso la curiamo", e Greta sentì il balsamo di quegli occhi che conservavano il colore e il temperamento del mare di Tumaco, capaci di dare la vita e provocare tsunami, ma non con lei.

Con lei era diverso.

Fin da quando aveva memoria, si sentiva al sicuro se Juan posava lo sguardo su di lei, ma in quel momento poté vedere quell'azzurro che si inferociva, quando lui si voltò verso la moto con un'altra espressione, quella che gli altri vedevano spesso, ma che Greta avrebbe cancellato dalla memoria fino a molti anni dopo.

"Andò verso la moto e la prese a calci," mi racconta ferma davanti al cantante. Senza vederlo. Senza sentirlo. "La prese a calci fino a distruggerla. Per la rabbia."

Juan, ribelle e furioso con la vita, si era trasformato nel collettore delle ire della famiglia. "La verità è che lo rendeva facile. E loro gli davano la colpa di qualsiasi cosa."

Mentre parla di lui, sul viso di Greta compare un'espressione sognante e rassegnata allo stesso tempo. "Credo che ci fosse una sola persona al mondo a cui voleva bene: io." Juan odiava i genitori. Adesso Greta si chiede se fosse davvero figlio di suo padre. Ma c'era una realtà di cui si era ricordata durante la catarsi della psicoterapia a cui si era sottoposta diversi anni dopo, nella comunità di Bogotá: aveva dovuto riconoscere anche la parte violenta di Juan, e imparare ad amarlo nonostante questo. Non si può osservare il lutto per un dio. Non si può seppellire un mito. Non si può. Per farlo, prima bisogna assegnarlo alla categoria degli uomini. E a ventitré anni Greta si era vista costretta a farlo.

Piove di nuovo, ma adesso dentro i suoi occhi. "Mi è costato molto." Attraversiamo plaza de Oriente in direzione dei giardini. Diverse coppie giocano a fare le belle statuine unite per le labbra. Durante quella terapia Greta aveva dovuto ricordare l'essere umano che aveva spaccato una bottiglia e l'aveva usata per minacciare sua madre.

Angelo e diavolo, come tutti; ma in lui all'ennesima potenza. Che Juan fosse violento era un dato di fatto, ma con lei si trasformava, mi assicura mentre scendiamo con qualche difficoltà le scale dei giardini notturni di Sabatini.

"Io vedevo la bontà in lui, e lui aveva bisogno di me per riconoscerla. Era il mio piccolo papà..."

Un principe dai capelli d'oro come quelli della Disney, ma detronizzato molte volte come quello di Delibes. Lo stesso che a undici anni schiacciava la farina di platano per preparare le pappine alla piccola di casa, lo stesso a cui avevano tolto il seno per darlo al suo primo fratello e a cui anni dopo era nata una sorella, il giorno della sua prima comunione, quando il padre li aveva abbandonati; quello a cui avevano assegnato il compito di badare a una neonata che amava più di se stesso, che aveva nutrito e riparato con la sua camicia perché il sole non la bruciasse mentre lui cercava gusci di tartaruga sulla spiaggia, quella che aveva protetto ogni notte con il suo corpo sbarrando la porta finché non era tornato l'uomo che non aveva mai più voluto come padre e che gliel'aveva portata via.

Sotto lo sguardo solenne dei testimoni di pietra che fanno da sentinelle al labirinto di arbusti nel quale ci stiamo addentrando, Greta si addentra sempre più anche nella sua memoria, e mi ripete quello che mi ha detto all'inizio: quando è nata non aveva niente, neanche un pannolino, perché era una figlia non voluta, eppure aveva avuto lui. E quel bambino si era fatto carico della famiglia quando il padre se n'era andato. Come puoi sopportare tanti cambiamenti quando sei così piccolo? Tira di nuovo fuori il cellulare e il viso scontroso di Juan ricompare davanti a noi, fantasma digitale che viene da molto lontano nel tempo e nello spazio, e che adesso è l'unica luce nel cuore delle tenebre di questi giardini reali. Greta sfiora col dito i lineamenti piatti, di vetro, che le sono tanto cari, come se accarezzasse un'urna: la prima cosa che aveva visto aprendo gli occhi in questo mondo erano stati quegli altri occhi azzurri. Quando lui le aveva portato la candelina e lei era ancora sporca del sangue di sua madre.

"Mi portò un'offerta. Mio fratello. E per me, da quando fui in grado di parlare, diventò *paquito*, che nel mio paese vuol dire 'piccolo papà'."

In alcune storie, la piramide rovesciata non è di molto aiuto. Per esempio, in quella di Juan il primo gradino è "quando". Quando fu il momento in cui tutto cambiò, l'episodio che Juan non avrebbe mai perdonato? Greta mi racconta di quel pomeriggio in casa della nonna, a Ibagué. I bambini erano stati chiamati dagli adulti. Tutta la famiglia era in salotto, costernata. E iniziarono gli interrogatori, anche se avevano già un colpevole.

Seduti a terra e appoggiati al muro, i due cugini più grandi: Juan e Cristian. Davanti a loro la giuria degli adulti, con l'espressione severa, turbata. "In questa famiglia non era mai successo niente di simile," disse lo zio Fidel, la voce di chi è abituato a essere ascoltato, che faceva paura anche solo quando ti augurava il buongiorno, e che teneva la pistola da militare, la sua "simpaticona", sul tavolo della colazione.

"Un lucchetto non si apre da solo," insisteva la zia Sergia, ma guardava soltanto Juan mentre lo diceva.

Continuava a ripeterlo come un disco incantato, le mani sui fianchi come i manici di un vaso, rivolgendosi a entrambi. La addolorava che i soldi dello zio Fidel, che le erano stati affidati perché li custodisse in casa sua, fossero scomparsi. In famiglia c'era un ladro, era innegabile. E nella sua testa c'era soltanto un colpevole... come avrebbe potuto essere diversamente? Gli altri bambini erano troppo piccoli e il suo Cristian era un angelo, fragile, pauroso. Da quando quel santo di suo marito era venuto a mancare, lei si era dedicata soltanto a educare quel bambino nel timore di Dio. "Che dispiacere, Vergine santissima," sospirava, spalleggiata dal resto degli adulti presenti, con l'appoggio di suo figlio che piangeva fiumi di lacrime mentre Juan, abbracciandosi le ginocchia piene di croste, si limitava a osservarli. In silenzio. Con aria di sfida, come sempre. Diventando così il candidato ideale per tutte le colpe. Chi era il responsabile, il bambino carino che piangeva con tanta sincerità, l'unico che non era cresciuto povero, o lo sfacciato e il ribelle della famiglia?

"Gli diedero la colpa e lo buttarono fuori di casa," mi dice Greta, sedendosi su una panchina di pietra senza badare al fatto che è bagnata. "E non era stato lui. Non li perdonò mai. Io soffrii tanto..."

"Come fai a sapere che non era stato lui?" chiede la giornalista che è in me.

Era facile rifare il processo con il senno di poi. Anni dopo, suo cugino era finito nella prigione La Modelo di Bogotá per aver estorto del denaro al padre di un compagno della sua costosissima scuola per cadetti, ma, aggiunge Greta indurendo lo sguardo: "Anche perché mi fece una cosa che sono riuscita a ricordare soltanto dopo un lungo percorso di psicoterapia, perché l'avevo rimossa. Mio fratello lo avrebbe ucciso se l'avesse saputo".

Qualcosa scava la terra accanto a noi. Il vento ha fatto cadere qualche goccia dagli alberi. Sì, anche in questo caso la cosa più importante da sapere è "quando".

"Quanti anni avevi?"

"Cinque."

Decido di non scavare a mia volta in questo ricordo. Perché è notte. Perché è un altro il protagonista venuto a trovarci, e sembra avere ancora molto da dire.

21.
Ibagué, Colombia
Anno 13

Come tutte le storie, ogni vita ha almeno un punto di svolta. E quello fu il momento in cui la storia di Juan cambiò. Continuò a fare gare di motocross su quel circuito locale e nei paesi vicini, riempiendo di polvere le strade di Ibagué quando andava a prendere sua sorella. Adesso aveva uno sponsor, ma iniziò a fare pazzie e ogni tanto finiva in ospedale. Si ruppe la testa varie volte. Faceva a pugni con qualunque scusa, come con quel ragazzo, Lorenzo, che per poco non aveva perso un occhio per aver guardato la sua fidanzata una sera che era andato a ballare alla calle Cuarenta y dos. "A lui piacevano i bei posti," dice Greta con un sorriso, "e mangiare all'uscita della discoteca hot-dog e hamburger, come se fosse americano."

Così Juan decise di sforzarsi per interpretare il ruolo che il resto del mondo gli aveva assegnato. Non fumava e non beveva. I suoi attacchi d'ira erano lucidi. Quando si scagliava contro gli altri era per pura rabbia, al punto che si mordeva un pugno prima di colpire con l'altro, affinché quella rabbia non finisse tutta addosso a chi ne era il destinatario.

A venticinque anni arrivava a casa in moto alle due del mattino, un rapido passaggio e poi via di nuovo. Se Felisa gli lasciava un po' di carne o di *sancocho*, veniva ripresa dal marito e dai figli, che non lo assecondasse, insomma, ma non lo vedeva anche lei che quel ragazzo faticava a rimettersi in carreggiata? Felisa però sapeva che almeno in quel modo poteva tenerlo sotto controllo. Quante pressioni, pensava mentre nascondeva il suo piatto in cima alla credenza, quante pressioni solo per la colpa di amare un figlio per tutta la vita. E lui arrivava di notte, come un fantasma, mangiava quello che trovava nel piatto e poi bussava alla finestra della sua Greta per darle le caramelle, quelle con la parte gommosa al gusto di fragola, un po' acida. Poi lei lo vedeva sparire sulla moto con quella maglietta della Ducati che le piaceva tantissimo e che nessun altro aveva a Ibagué, così le aveva detto lui, perché era senza cuciture, e i suoi jeans Levi's.

Greta, ancora piccola, sapeva di non poter dire al fratello maggiore cosa le faceva il cugino quando la lasciavano a casa della nonna e andavano tutti a lavorare. Lei aveva cinque anni; suo cugino sedici.

"Sono molto fortunata," la sento dire nell'oscurità del parco senza che io le chieda niente.

Mi giro verso di lei, perplessa. Fortunata? L'umidità mi si è insinuata nelle ossa. Le sue pupille aggiungono altro nero all'oscurità.

Mi sorprende che racconti una vicenda tanto grave in modo così distaccato. Spero solo che non tiri fuori la storia del perdono e della carità cristiana.

"Dici che ti senti fortunata?"

"Sì, perché sono un esempio vivente del fatto che da un abuso ci si può riprendere."

Lei non aveva detto niente, era vero. A cinque anni lo nascondi perché credi di aver fatto qualcosa di male. E lo nascose così in fondo alla sua mente che se ne dimenticò, per ritrovarlo dovette aspettare di avere ventitré anni.

"Non mi sono mai considerata una vittima."

"Eppure lo sei stata."

"In quel momento sì, ma decisi che in futuro sarei stata qualcos'altro," dice con fermezza. "Per questo ho lavorato molto su me stessa. Bisogna trovare le parole per dire il dolore."

"Con quanta lucidità lo racconti..." Cerco in borsa le sigarette di Andrés.

"Il punto è che, se non superi una cosa di questo genere, corri il rischio di usarla per giustificare le tue azioni per il resto della vita." Si stringe nel suo giaccone da studentessa universitaria.

E a me viene in mente Santiago e quella frase irritante che mi aveva fatto male e, allo stesso tempo, bene: "Non possiamo andare avanti tutta la vita a dare agli altri la colpa di quello che ci succede...".

Durante i suoi ultimi anni Juan si dedicò alle moto, non solo a guidarle, ma anche a ripararle in un'officina della calle Veinticinco all'incrocio con la Quinta, in cui lavorava di giorno, mentre la sera continuava ad andare a trovare di nascosto la sua sorellina, l'unico essere che amava incondizionatamente, l'unica che non lo aveva abbandonato. A Greta piaceva tantissimo che suo fratello le raccontasse i guai delle sue moto o di come avesse pulito una candela o cambiato il motore a una vecchia Honda argentata che adesso circolava felice per strada.

"Guarda, è quella con cui sono venuto." E gliela indicò orgoglioso. "Sembra nuova, no?"

La piccola Greta, dall'altro lato della finestra, scalza e con addosso il suo pigiamino rosa di Paperino, scosse la testa affascinata e orgogliosa mentre succhiava la sua dose notturna di caramelle.

"Sai cosa faremo quando avrai quindici anni?"

"Cosa?"

"Ti farò salire su quella moto e ti porterò nel paese in cui siamo nati."

"A Tumaco?"

Juan annuì e i suoi occhi di ghiaccio brillarono nell'oscurità. "Ti piacerebbe?" E le diede un buffetto sul naso. Poi si lanciò in una descrizione di com'era prima dello tsunami, di come la portava in spiaggia quando era appena nata: sembrava un pesciolino morbido e brillante sul bagnasciuga.

"Un pesce?" protestava lei. "Non ero una neonata carina?"

"Certo che sì, stupidina, eri la più bella." E le raccontò che le costruiva una tenda con la sua camicia per ripararla dal sole.

D'un tratto Juan controllò l'orologio e disse che era tardi. Dovevano andare a dormire. La bambina protestò. Sarebbe andato a trovarla l'indomani, ma lei gli disse che non ci sarebbe stata, doveva partire per un ritiro di preghiera con la scuola.

Lui si girò con aria beffarda.

"Non vorrai mica farti suora, vero?"

E dopo averle coperto la mano con la sua, quella mano che la sorella sentiva sempre sfuggirle tra le dita, salì sul suo destriero di metallo, lo fece tossire con discrezione e diventò tutt'uno con il silenzio della notte.

"Fu l'ultima sera in cui passò a trovarmi." La voce adulta di Greta si spezza e torna bambina. "Lo inghiottì l'oscurità, la stessa che mi ha lasciato nell'anima da quel momento. Mio fratello scomparve. Si cancellò dal mondo. Non ha mai saputo che mi ero fatta suora. Non mi ha visto crescere. E noi non abbiamo mai scoperto che cosa gli è successo. La sua fidanzata non volle parlare."

L'ultima volta che lo avevano visto, Felisa era nella lavanderia del cortile, sotto un sole cocente, e Juan le disse che le lasciava un paio di pantaloni bianchi da lavare, voleva metterseli per andare a trovare la fidanzata. Fu allora che si accorse di Greta alla finestra.

"Ciao, cioccolatino, ci vediamo!"

Non sapeva che no, non si sarebbero più visti. E che quelle sarebbero state le ultime parole che avrebbe rivolto a sua sorella.

In seguito avrebbero saputo che nell'officina in cui lavorava arrivavano moto di grossa cilindrata, di quelle che i bambini si avvicinavano a osservare affascinati. Che lui voleva cercarsi un altro lavoro. Il pomeriggio assolato in cui era scomparso avrebbe dovuto consegnarne una in un paese poco distante, in una fattoria isolata di El Chaparral, oltre le montagne, ma non ci arrivò mai. Un amico lo vide verso le cinque dalle parti di El Espinal, nella direzione opposta, e gridò per richiamare la sua attenzione. Juan non si fermò. Non accostò come avrebbe fatto in un altro momento. Gli lanciò solo uno sguardo con la coda dell'occhio e diede gas. Dietro di lui c'era un uomo: forse, il suo carnefice.

22.

Per Felisa, la scomparsa di Juan fu uno di quei dolori che paradossalmente ti mettono il cuore in pace. Sentiva di dover confortare la figlia perché sapeva che chi aveva perso suo padre, il suo amico, il suo amore, era lei. E anni dopo fu la stessa Felisa a consigliarle di andare in terapia.

"Mia madre lo aveva superato, io no." Il viso di Juan compare di nuovo nell'oscurità come un ologramma.

Ha soltanto questa, mi dice, perché lui non partecipava mai alle feste di famiglia... Juan, in primo piano, ancora adolescente, come in una foto segnaletica. Lo sguardo azzurro, le labbra carnose e strette che si sarebbero abituate a tacere, i capelli di un biondo ribelle e spettinato. D'un tratto l'espressione del ragazzo mi sembra più docile, come se la foto si fosse rilassata.

In lontananza sentiamo che il povero cantante solitario ha terminato il suo brano; qualcuno applaude. Lei si alza: "Mi sono bagnata," dice recuperando le forze e scuotendo i pantaloni del tailleur. Camminiamo al buio nel labirinto di arbusti come due Teseo alla ricerca del Minotauro: "Mio caro Juan, adesso sono più grande di te. Ho visto tante cose..." la sento dire, "sono stata in Europa...".

"Per molti anni gli ho scritto delle lettere, gli raccontavo tutto, tutta la mia vita, come se fosse lì con me o potesse leggerle. 'Se mi vedessi adesso...'." Si schiarisce un po' la voce per nascondere un'emozione contagiosa.

Finché quelle lettere iniziò a scriverle sul suo diario, gli raccontava come stava cambiando il mondo perché, quando era scomparso, gli aveva promesso che tutti i posti che avrebbe visto, che sarebbero stati molti, li avrebbe visti per lui.

"E lui li avrebbe visti con i miei occhi."

Dopo un po' ci ritroviamo davanti all'alta recinzione aperta e usciamo nei rumori della città, come due esploratrici del tempo che finalmente hanno trovato una strada per tornare al presente. Mentre andiamo verso la luce e sulle pozzanghere ricomincia a cadere qualche goccia, mi chiedo se non sia questo che vuole Greta, magari senza saperlo: con l'aiuto di una penna più esperta della sua, raccontare a suo fratello tutto quello che le è successo.

"Nessuno aveva bisogno di lui quanto me. Lui si prende cura di me. Lui è con me. Lo sogno sempre. Vedo che sorride e sono convinta che stia bene."

"Credi che prima o poi ricomparirà?"

"Se fosse vivo, mi avrebbe cercata. Se ho fatto terapia, è stato soprattutto per poterlo seppellire."

Per un periodo aveva vissuto con l'angosciante sensazione che qualcuno la stesse cercando.

"Che cosa gli diresti se ricomparisse?"

"Niente." Sorride come se lo immaginasse davanti a sé, i capelli biondi imbiancati sulle tempie e l'espressione rabbiosa addolcita dagli anni, forse con qualche cicatrice in più dopo tanti anni di risse. Si abbraccia da sola. "Non gli chiederei spiegazioni. Gli darei soltanto molti baci."

Si gira verso di me mentre camminiamo.

"Sai, Patricia? Ci sono fatti nella vita che segnano un prima e un dopo. Ma soprattutto, che fissano una scala del dolore. Niente, niente, è stato più doloroso della perdita di mio fratello." Cerca di nuovo quello che porta attaccato al collo. "Il dolore fu doppio perché fu solo mio. Soffrii anche del fatto che non importasse a nessun altro. Neppure mia madre riuscì a essere all'altezza di quello strazio."

Sono d'accordo, penso mentre mi rigiro tra le dita il foulard di seta. Il cervello registra il dolore oggettivo: la perdita. Poi però nel cuore si apre una ferita molto più profonda in funzione della forma che prende quel ricordo: perché non si era mai saputo niente, perché lei era bambina. Greta inspira con difficoltà.

"A partire da quel momento, tutte le volte che mi è successo qualcosa di doloroso mi sono chiesta: è peggio di aver perso Juan?"

Restiamo in silenzio. La città, però, non lo rispetta. Fuori dal parco: le macchine, un'ambulanza, il camion della spazzatura.

"E c'è stato qualcosa di peggio?"

Ci riflette su. Poi sembra farsi venire in mente qualcosa.

"Adesso, per la prima volta dopo tanti anni, credo di aver superato la soglia del mio dolore," ammette, sorpresa. "Soprattutto per il modo, per il come e il perché."

Ho un brivido accorgendomi di quanto è intenso il dolore provocato dall'espulsione e sentendola menzionare i primi due gradini della piramide: "come" e "perché". Mi porto la mano alle reni. L'umidità mi si è insinuata dentro. È evidente che c'è ancora molto da indagare rispetto all'espulsione di Greta e alla sua ferita.

All'angolo c'è sempre lo stesso ragazzo africano che vende ombrelli. Mi avvicino e ne compro uno. Dopo avermelo dato, tira delle corde e la sua coperta si trasforma in un sacco che si carica in spalla. A quanto pare stava aspettando di vendere l'ultimo per andare via. Greta e io facciamo fatica ad aprirlo.

Alla fine lei ci riesce. Sembra sollevata da questo piccolo successo. "Tienilo tu," mi dice, "che sei più alta."

Le chiedo com'era riuscita a smettere di cercarlo.

A venticinque anni, dopo due di terapia con Bárbara – che era stata la sua terapeuta per molto tempo, una delle persone che secondo lei l'hanno aiutata di più –, gli aveva fatto un funerale con le suore.

"Almeno è stato onorato. Dalla mia memoria. Ha avuto le sue candele, le sue messe e il suo lutto. Perché è questo il dramma degli scomparsi. Nessuno rende onore a chi scompare."

E improvvisamente questa storia terribile mi sembra così bella...

Greta non aveva niente quando era nata, suo padre non l'aveva voluta, ma suo fratello l'aveva accolta e le aveva donato la sua candela. Lui non aveva avuto niente e nessuno quando se n'era andato, ma lei lo aveva accolto nella morte. Aveva acceso candele per lui. Gli aveva indicato la strada.

"Per questo non vivo più con la preoccupazione di avere un sostegno per la vecchiaia. Di me si prende cura mio fratello e si prenderanno cura quelli di cui mi sono presa cura io." La pioggia aumenta e ci bagna le scarpe. "Credo in questa catena di favori. Che nel caso della mia vita comincia con mio fratello, quando mi portò quella candela. Gli angeli esistono." Mi lancia un'occhiata divertita. "Vedi, tu sei arrivata mentre attraversavamo il cielo..."

E ci separiamo praticamente sotto il mio portone. Non fissiamo l'appuntamento successivo, ma sappiamo tutte e due che sarà a breve. Insisto perché tenga l'ombrello. Io sono quasi a casa e sta iniziando a piovere sul serio.

"Non fare la testarda," la prendo in giro. "Tecnicamente, secondo le tue teorie, mi sto mostrando solidale, perché tu non me lo hai chiesto, perciò..."

Allora lei lo accetta.

"Ecco cosa mi succede a raccontarti tante cose," borbotta, e sento il tintinnio della sua risata, mentre si allontana verso il viadotto che separa i nostri due mondi.

Prima di salire frugo nella borsa cercando l'ultima sigaretta umidiccia di Andrés e la carta si consuma rapidamente dall'estremo a cui non arriva il tabacco.

Mentre osservo la piazza che si bagna, penso che ci sono persone che ti mancano, non solo per quello che sono state, ma anche per la funzione che hanno svolto nella tua vita. È questo che ti lascia un vuoto.

Chi scompare lascia un vuoto al posto delle ossa.

Un romanzo incompiuto.

Un immenso punto interrogativo con cui ti sveglierai ogni giorno. La foto di Juan aveva smesso di compiere gli anni e adesso Greta è più grande di lui e deve mostrargli il mondo. "L'ho raggiunto," mi aveva detto con tenerezza. "Adesso il piccolo è lui." Chissà se stasera anche lei ha capito cosa cerca, raccontandomi la sua storia. È possibile che sia un modo per sfogarsi o, chissà, forse è una lettera. A Juan, dovunque lui sia, in modo che magari finisca per leggerla.

23.

L'ufficio di Leandro all'università mi sorprende sempre con qualche novità emozionante. Anche la sua scrivania cambia posto come se fosse posseduta da un Poltergeist. Adesso che ci penso, credo di non averla mai vista nello stesso punto. Il principale cambiamento di oggi è questa litografia del *Giardino delle delizie*, o meglio del frammento dell'*Inferno*, che ha attaccato sulla parete dietro il computer; sul bordo del monitor sono spuntati come fiori decine di post-it colorati con annotazioni illeggibili. Accanto al computer c'è una gabbia dove un criceto corre ossessivamente sulla sua ruota: mi fa un po' paura pensare ai piani che Leandro potrebbe avere in serbo per lui. Se continua così, uno di questi giorni la povera bestiola si potrebbe ritrovare in un bel guaio.

In realtà non mi ero mai soffermata a osservare con attenzione questa scena di Bosch. Per qualche motivo, non ho mai avuto paura dell'Inferno. Ho sempre preferito il caldo estremo al freddo gelido, perciò la prospettiva di un posto bello calduccio infestato da personaggi interessanti non mi ha mai intimorita. E neanche la rappresentazione del diavolo o dei suoi adepti. In compenso, ho conosciuto diverse persone che vivevano immerse fino al collo in qualche inferno sulla terra, consumate dai maltrattamenti, dalla paura o dall'angoscia, oppure smarrite negli abissi della loro stessa mente, protagoniste di un incubo da cui non riuscivano a svegliarsi.

Credo che Greta sia una di quelle creature, alla disperata ricerca di una via d'uscita.

Quanto più l'altro giorno la ascoltavo parlare della pressione a cui è stata sottoposta, tanto più mi rallegravo di essere libera. Questo è il motivo per cui in fondo mi scoccia che l'antro dove ha intenzione di trascinarmi oggi pomeriggio Leandro sia buddhista. Speriamo che non ci metta molto a comparire, perché nel frattempo potrei pentirmi di essere venuta; tra l'altro, gli occhi non la smettono di lacrimarmi, e mi auguro che sia allergia, perché in questo momento non posso assolutamente permettermi un raffreddore.

Mi concentro di nuovo sul folle turbinio di Bosch. Né angeli né diavoli, né Paradiso né Inferno.

Tutti vogliono andare in Paradiso, ma pochi si informano prima sul prezzo del biglietto. Tutte le chiese esigono un prezzo troppo alto. In effetti, adesso mi ricordo di aver chiesto qualcosa in proposito a Greta durante il nostro ultimo incontro.

"Tu credi all'Inferno?"

"Per un periodo ci ho vissuto." E lo aveva detto con lo stesso tono con cui avrebbe potuto raccontare di aver vissuto a Londra. "L'Inferno è svegliarsi ogni mattina in una situazione in cui le persone intorno a te ti fanno sentire in pericolo."

Poi aveva ricordato alcuni momenti di quei due anni nella Città del Nord, il suo ultimo periodo da suora in Spagna. Le conversazioni delle consorelle durante i pasti consistevano nell'elencare nomi e cognomi di quelle che avevano lasciato il convento e che, come conseguenza, erano impazzite oppure venivano maltrattate dai compagni, o erano cadute nell'indigenza. In definitiva: si erano perse. Per loro l'Inferno era qui fuori. L'Inferno era la libertà.

"E tu qualche volta ti sei chiesta come sarebbe stato tornare nel mondo?" le avevo domandato.

Lei aveva spalancato gli occhi come se ancora la sola idea la sconvolgesse.

"Tornare nel mondo? No! Avrei perso la mia identità. Il mio orizzonte. Avevo paura di questo spazio esterno sconosciuto e pericoloso. Ne ero terrorizzata."

Sento dei passi che potrebbero essere di Leandro. La porta dello studio viene aperta, facendo entrare la luce del corridoio e un'ombra degna di un film di Hitchcock. Dalla mia ultima chiacchierata con Greta, la mia testa è un campo in cui continuano a fiorire nuove domande: mi chiedo quanto abbia influito la scomparsa di Juan nella sua decisione di farsi suora. Allo stesso tempo, mi chiedo perché mi accanisco a cercare spiegazioni per la sua vocazione, visto che mi ha detto che la sentiva fin da piccola. È evidente che è vero. Sono io ad avere dei pregiudizi. Per quanto cerchi di metterli a tacere, loro se ne stanno lì, acquattati come ragni nelle zone del mio cervello dove non guardo mai perché ci sono troppe ragnatele.

E poi ci sono le due notizie di stamattina. Per fortuna, almeno una è bella. La brutta me l'aspettavo. Un rifiuto da parte di "La Verdad". In effetti, non avevo mai davvero pensato che avrebbero dato spazio a un argomento come questo. Era logico. Forse è troppo presto, oppure io devo ancora metterlo a fuoco. Non conosco ancora abbastanza la storia di Greta e non ho potuto vendere lo scandalo succoso che servirebbe a una testata come quella. Per il momento è soltanto un reportage che ha lo scopo di analizzare la situazione attuale della donna nella Chiesa e di raccontare la vicenda di Greta e le ingiustizie che ha subìto, almeno credo. La verità è che, qualunque cosa abbia fatto, l'hanno sbattuta in mezzo alla strada senza un euro. A dirla tutta, mi ha persino sorpreso che Beltrán si sia esposto proponendo il reportage alla direzione del giornale, che è estremamente conservatrice; pare che lo abbia fatto con discrezione, almeno così mi ha detto. E in effetti me l'ha anche riferito con troppa discrezione, abbassando la voce e facendomi tornare in mente quella volta in cui, ormai troppi anni fa, dopo essere stati insieme alla nostra prima conferenza stampa da studenti, mi aveva preso la mano a un semaforo, di punto in bianco. Mi sono ricordata della sua mano bianca e molliccia, un po' sudata, che oggi evidentemente stringeva il cellulare. E il suo ciuffo. Troppo lungo e quasi sempre sporco, a furia di toccarselo. Beltrán non era brutto, ma era insipido. Questo è l'aggettivo che lo definisce e che mi aveva impedito di uscire con lui. Beltrán l'Insipido. La sua voce è insipida. Le sue mani sono insipide. E anche i suoi articoli. Insipido e discreto. È possibile che per pura e insipida discrezione il reportage non l'abbia proposto affatto.

Il criceto impazzito continua a girare sulla ruota. È incredibile che adesso persino la sua corsa sia in grado di deconcentrarmi. Io, che scrivevo i miei articoli in una redazione in cui tutti si parlavano urlando e i telefoni non smettevano di squillare. Spunterò

Beltrán dalla lista sul mio taccuino. Devo controllare quali altri contatti potrei avere nei giornali. In realtà, quasi tutti quelli che erano con me all'università hanno fatto carriera nel giornalismo, tranne Diana. E io. Non voglio aprire i cassetti di Leandro, ma non ha neanche una penna che funzioni, accidenti.

La grande notizia, invece, è che ho visto il libretto di lavoro di Greta. Adesso è chiaro che non l'hanno mai assunta quando lavorava in Spagna. Prima irregolarità.

Greta 1 – suore 0.

A questo punto, la giornalista ipercritica che è in me mi rivolge una nuova domanda: dovrei verificare che Greta abbia lavorato davvero in quell'asilo nido o posso fidarmi della sua parola? Mentre cerco di decidere, devo andare avanti. Passo successivo: vediamo che cosa mi risponde Gabriel, che potrei chiamare Gabriel il Giusto, se lavora ancora a "El Observador". Lui, al contrario di Beltrán, preferisce incontrarmi perché gli possa raccontare tutto di persona. È sempre stato bravo a guardare negli occhi, condizione indispensabile per un intervistatore. Lui lo è, e lo era fin da ragazzo, senza dubbio. La verità è che non ho tanta voglia di incontrare di nuovo le persone legate a quel periodo. È come se appartenessero a un paese dal quale mi sono autoesiliata per motivi morali e dove non voglio tornare. In fondo, però, mi fa piacere avere un'occasione per riprendere i contatti con Gabriel. A dire il vero, in questo caso credo che a entrambi sarebbe piaciuto avere qualche contatto più significativo, biblicamente parlando. Ma o non eravamo liberi o non ci sentivamo di esserlo, o tutt'e due le cose insieme. Mi chiedo se abbia sempre quel viso allungato e serio – almeno apparentemente –, se tenta ancora di trattenere la sua risata dietro quel sorriso affascinante a mezza bocca, se continua a cercare di sembrare più giovane. Sì... forse dopotutto non è una cattiva idea rivedere Gabriel. E spiegargli la situazione.

Mi siedo e faccio due giravolte sulla poltrona di Leandro. La mia attenzione viene attirata di nuovo da quel particolarissimo inferno nudista alla parete. Almeno ci sono un fiume, musica e danze laggiù in lontananza, dove centinaia di figurine formano eserciti, pellegrinaggi e feste folli. Di sicuro non sembra che ci si annoi. Una tale diversità di creature, ibridi di vari animali, almeno non mi farebbe sentire fuori posto. Leandro ha cerchiato con un pennarello un diavolo strano: una specie di uccello-insetto con ali da farfalla che fa amabilmente cenno a un omino tutto nudo di salire su una scala.

"*Maniola jurtina* o *Aglais urticae*, questo è il dilemma," dice alla fine in controluce dalla soglia del suo ufficio.

"Che sfortuna," protesto e chiudo il taccuino. "Speravo che te ne fossi dimenticato."

Mi dà un bacio sulla guancia. Accende la lampada sulla scrivania e la punta verso la stampa come se dovesse interrogarla.

Indica le macchie a forma di occhio sulle ali. "Vedi gli occhielli?" Si abbassa gli occhiali sottili da professore, sempre pulitissimi, e si scosta dalla fronte i ricci neri e folti. A quanto pare, ci sono diverse teorie per quegli occhielli: quella scientifica è che siano uno schema per mettere in fuga i predatori affamati; quella magica è che le farfalle siano state inviate da Dio per sorvegliarci – o almeno questo pensavano alcune civiltà precolombiane.

"Questo farebbe delle farfalle le spie morali degli uomini, secondo il reportage di Mary Colwell che ho visto l'altro giorno sulla BBC." Mi allunga la penna che teneva dietro l'orecchio sinistro.

"Eppure, adesso siamo noi che osserviamo loro," gli faccio notare.

"E, a proposito di occhi..." Gira la lampada verso di me. "Che cosa succede ai tuoi?"

"Non lo so. Adesso non vedo un cazzo," protesto, accecata.

E sposto la lampada con una manata. Secondo lui, oggi assomiglio a uno dei rospi che ha rubato la settimana scorsa dal laboratorio del suo capo. "Rubato?" mi allarmo. Mi sistema il collo della camicetta e va verso la lavagna su cui ha disegnato un diagramma delle ali della famiglia delle "ninfali".

L'ha fatto di nuovo. Si capisce dal suo mezzo sorriso. Di sicuro adesso quel rospo sta saltellando libero nel Manzanarre, con la pancia piena di zanzare urbane imbottite di alcolici, a furia di succhiare il sangue contaminato all'aperitivo del venerdì sera.

"Qui nessuno si preoccupa di migliorare le cose."

Osservo di nuovo il diagramma e mi chiedo se si tratti della farfalla di cui gli ha commissionato lo studio quella multinazionale sospetta. Quella che voleva produrre mini-droni che le imitassero. Mi dice di sì, ma che ha forti dubbi sull'opportunità di consegnare alla società in questione i risultati di quegli studi. Anche se il suo esperimento è stato un fallimento rispetto a ciò che gli avevano chiesto, lo considera di per sé un successo.

"Alla fine, pensa un po', sono riuscito a installare su un esemplare di *Cynthia colorata* uno zainetto con una telecamera in grado di registrare fino a tremila fotogrammi al secondo," mi spiega affascinato, mentre indica il disegno sulla lavagna.

L'esperimento gli ha permesso, a quanto pare, di cogliere nei dettagli ogni movimento delle ali dell'insetto, che si muovono circa venticinque volte al secondo. "Una cosa straordinaria, se ci pensi," mi fa notare, che per il momento gli è servita per i suoi studi e, *en passant*, per sfatare di fronte ai suoi ottusi colleghi il mito secondo cui la scarsa massa delle ali delle farfalle non condiziona il volo.

"Ma non è vero," prosegue, "le allungano e le accorciano come fanno i pattinatori con le braccia per controllare la velocità dei giri. Non è meraviglioso?" E imita buffamente il movimento. "In sostanza, mia cara, una tecnica che al momento sarebbe irriproducibile dall'ingegneria e dai suoi robot. In ogni caso, non ho ancora comunicato all'azienda i risultati delle mie indagini. Non si sa mai."

Ha una voce cavernosa e mentre mette a posto dice che in realtà nessuno si preoccupa delle cose veramente importanti. Per esempio, il fatto che all'università non ci sono soldi per continuare a fare ricerche, a meno che non si accettino le cospicue somme di finanziatori dai dubbi scopi morali. E nessuno si preoccupa neanche del fatto che gli animali vengano torturati gratuitamente.

"Ma se per le esercitazioni abbiamo lo stesso cadavere dai tempi della crisi!" Riordina una pila di fogli. "Quel poveretto lo abbiamo cucito e scucito centinaia di volte. Gli studenti gli hanno dato persino un nome."

Mi scappa da ridere.

"Gli avete dato un nome?"

"Sì," risponde. "Isidro."

E ci interrompe di nuovo il rumore del criceto che ha aumentato il ritmo della sua corsa disperata. Senza meta né sollievo.

"E questo?" gli chiedo. "Libererai anche lui?"

Si avvicina e gli cambia l'acqua della vaschetta. Il roditore diminuisce un po' il ritmo dei giri e sembra dibattersi in un dubbio esistenziale: scendere dalla ruota per infilare il muso nella vaschetta e rinfrescarsi o proseguire la corsa?

"Prima devo far sì che il suo livello d'ansia si abbassi, altrimenti gli verrà una sincope non appena lo lascerò libero." Sospira preoccupato e si toglie gli occhiali. "Il poveretto è abituato a correre su questa ruota anziché in mezzo al verde, per lui è normale che tutte le sue giornate siano identiche. Lì fuori invece lo aspetta un'avventura quotidiana. È troppa libertà da gestire, non trovi?"

Mentre chiude uno dei trenta file che tiene aperti sul computer, gli chiedo se c'è modo di sapere se qualcuno è mai stato immatricolato in un'università. Lui alza lo sguardo, incuriosito. Da quando gli ho raccontato cosa sto facendo non si azzarda a darmi consigli, ma immagino che secondo lui mi sto cacciando in un pasticcio.

"Dimmi a cosa stai pensando."

"Mi sto semplicemente chiedendo perché," risponde di slancio.

"Perché lo faccio? Be'..."

"No," mi interrompe. "Perché ho la sensazione che tu non le creda."

Faccio girare la sua poltrona fino a ritrovarmi di fronte a lui.

"Non è che non le credo. Voglio solo verificare i dati."

"Non ti sto giudicando. Anzi, mi sembra che tu faccia bene. La verità è che non la conosci."

Leandro si avvicina a un terrario nel quale un piccolo bruco rosso e nero divora lentamente una succosa foglia verde e gli lascia con delicatezza un'altra porzione. Si inginocchia per guardarlo. Viene illuminato da quella scatola di luce al centro di un'oscurità infinita.

"Lo vedi?" Mi avvicino per guardare meglio. "Al momento possiamo apprezzare solo i colori dell'esoscheletro. Un dimorfismo sessuale che lo differenzia dai maschi della specie. Ma niente indica ancora la forma che avrà questo insetto tra qualche mese e si può solo intuire quella che ha avuto prima. A volte neanche il colore è lo stesso. Tu non sai ancora in che cosa si trasformerà questa nuova specie di nome Greta, ma sai che è in piena metamorfosi. È normale che la studi."

"Qualche consiglio?" Il suo discorso mi affascina.

Esita, ma alla fine dice: "Qualunque cosa succeda, non intervenire nel suo processo naturale". Fa una pausa. "E curati bene questo raffreddore."

Illuminata dalla luce del terrario, osservo il piccolo essere strisciante e peloso che mastica con piacere la sua foglia e, d'un tratto, non so perché, mi ricordo di quando ero piccola, appollaiata da qualche parte, aspettando che una farfalla mi si posasse sulla mano. Mi ero convinta che le farfalle avessero il potere di far realizzare i desideri. Per colpa mia, i bambini del villaggio di mio nonno avevano iniziato ad alzare le mani come se dovessero cantare *Cara al sol* tutte le volte che notavano qualcosa che volava in cielo, sotto lo sguardo perplesso dei genitori.

"Sei sempre stata pazzerella," sentenzia Leandro.

Poi si chiede se dovrebbe già portarsi il criceto a casa oppure no. A proposito di comportamenti anormali, gli faccio notare che forse è un po' strano andare a un corso di meditazione con un ratto, anche se forse gli farebbe bene per lo stress, continuo, argomentazione che Leandro interrompe prendendomi per il collo come se volesse strozzarmi.

Starnutisco rumorosamente. Il mio cellulare vibra quasi nello stesso momento, come se starnutisse pure lui. Chiedo un fazzoletto a Leandro. Una raffica di messaggi di Andrés. Dice che si è fatto un pianto, che non ce la fa più, che con queste scadenze è impossibile. Ed è vero. Sento Leandro frugare in un cassetto, e io rispondo ad Andrés che *deve farcela* – un messaggio che mi ricorda terribilmente Rosauro. Mi chiedo se non mi stia trasformando anch'io in un Tirannosauro, perciò aggiungo *Stai tranquillo*. Gli dico che domattina passerò da lui in ufficio per lavorare un po' insieme. È come se il cuore mi si fosse spostato, adesso sento che mi rimbomba accanto alla clavicola. Mi batte anche una palpebra. Starnutisco un'altra volta. E dietro l'acquario che sono adesso i miei occhi, intuisco la mano di Leandro che mi tende qualcosa di bianco. Un segno di pace? No. Lo afferro. Mi soffio il naso.

"Non posso permettermi di ammalarmi adesso, Leandro..." Mi manca il respiro e ricomincia a farmi male il petto. "Ora proprio non posso."

Tra le nebbie acquose, la voce del mio amico: "Ti sei fermata a pensare a quanto è ridicola questa frase, tesoro?". Pausa. "Perché la dici continuamente."

Devo rispondere ad Andrés, altrimenti crollerà e stanotte non lavorerà, gli spiego, e nel frattempo lo dico anche a me stessa. E quindi sì, siamo fottuti. Lo osservo con la coda dell'occhio togliersi il camice come se fosse arrabbiato con lui e appenderlo sul gancio dietro la porta. Io mi soffio il naso con una mano e rispondo con l'altra, mentre gli balbetto che, per quanto stupida gli sembri questa frase, è la verità.

"Sai, Leandro, sto lavorando per un'agenzia, ma sono autonoma. Ho scelto io questo stile di vita."

Lui si stiracchia e si appoggia le mani sulla testa, come un bambino in punizione.

"Faccio quello che voglio... Devo riuscirci..." mi fa il verso, "e poi ti senti male e arrivi a questi estremi... Ma sì, sostieni di essere libera: è questo che desideri? Ne sei davvero convinta? E perché?"

"E va bene," sbotto, furiosa. "Il mondo è organizzato così. Cosa possiamo farci?"

Improvvisamente, invece di buttare il fazzoletto nel cestino della carta straccia, ho un attimo di dislessia motoria e butto il cellulare, che cade producendo un rumore metallico.

"Per esempio, questo," dice lui con una risata.

"Cazzo, sembri mia madre."

Lui continua a ridere.

"Grazie. Sono un fan di tua madre. A proposito, come sta? Le hanno fatto bene le pillole?"

Mi lancio verso il cestino e frugo infastidita tra guanti di lattice, provette e fogli. Non è divertente. Non è per niente divertente. Se perdo questo cellulare, perdo la mia vita.

Leandro non mi aiuta, si limita a recuperare il suo lungo paltò da professore con scarsi mezzi economici, anche se i due brevetti delle sue invenzioni gli conferiscono un'aria glamour che non riesce a scrollarsi di dosso. Poi mi prende in giro e mi ringrazia per avergli regalato questa immagine. "Hai avuto una disfunzione delle sinapsi," mi insulta, e approfitta del fatto che sono occupata per tenermi una lezioncina su questa assurda mania di fare mille cose contemporaneamente.

"Come lo chiamano adesso? Multitasking?"

Questa parola gli provoca un prurito in tutto il corpo.

"Su questo sono d'accordo con te," mormoro.

E continua a dire che non smette di stupirlo che ci sia qualcuno che si vanti di avere questa capacità.

"Per l'amor del cielo, persino le cellule hanno dei momenti di riposo," dice appoggiando i piedi sulla scrivania con una sfacciataggine da cowboy.

"La vera domanda," prosegue, "è: 'Dobbiamo proprio farlo?'."

Mentre continuo a scavare come un mendicante nella spazzatura, mi spiega che questa abilità non è tale, che questo multitasking del cazzo è solo una strategia primitiva degli animali quando sono nel bosco e non hanno nessun altro scopo che sopravvivere, così sono costretti a frammentare l'attenzione concentrandola su più cose nello stesso momento. Dovremmo iniziare a farci curare dagli etologi e dai veterinari. "La psichiatria è troppo grande per i problemi dell'uomo contemporaneo," conclude, e rimette i piedi sul pavimento come se volesse darmi un segno che il suo pistolotto è davvero concluso.

Finalmente recupero il cellulare e controllo che funzioni ancora. Lo schermo mi butta addosso la sequela di messaggi di Andrés, pieni di esclamazioni e faccette lacrimose e isteriche. Mi alzo e mi sfrego le mani.

"Se stai dicendo che sto regredendo a uno stato brado a causa del multitasking, ci hai azzeccato."

Dall'altro lato della stanza c'è una piccola scintilla.

"Un altro cortocircuito. Un giorno o l'altro ci ritroveremo arrostiti," si lamenta. "Ecco come siamo messi. No... quello che voglio dire, tesoro, è che facendo tutte queste cose contemporaneamente, e con questa corsa sfrenata in cui sei sempre impegnata, non hai tempo per creare... ma quella è l'unica capacità che ti differenzia da questa cricetina stressata."

Il criceto, che adesso si scopre essere una femmina, continua a correre sulla ruota a velocità costante, senza accorgersi della nostra esistenza.

"*Horror vacui*," dice.

E io penso: va bene, e allora?

"Leandro, tesoro, io resto della mia idea," e sento che mi sto alterando. "Cosa posso fare? Vengo con te a quel centro. Però devo portarmi l'ufficio sulle spalle."

Impugno il cellulare.

“Ti riferisci a quel campo di lavori forzati portatile?”

Alzo gli occhi al cielo.

“Cosa possiamo farci?” mi imita. “Possiamo ribellarci.”

Va da una parte all’altra nella penombra. Ma non lo capisco che è una cosa che non ha mai fine?, esclama. Sto arrivando al punto di competere con me stessa. Mi dice di guardare la povera Carolina. Dunque, il criceto si chiama Carolina. Non ce la faccio più, scoppio a ridere.

“Sì, ridi pure, gatto bellissimo e altezzoso, ma pensa a questo: in che cosa si differenzia quella stampa dalla sua gabbia? Anche quello è l’Inferno.” E la risata mi muore in gola. “Non si ricorda più che vive in un carcere. Ha una vita che sembra libera, in cui c’è tutto ciò di cui ha bisogno per continuare a correre su quella ruota: cibo, acqua, una temperatura ottimale... solo che non corre più verso nessuna meta. Ma non lo sa. Ti sento sempre dire che sei stanca e che non ce la fai più, è come se non avessi mai abbastanza e non ci fosse una meta. Guarda cosa ti è successo a New York. Ho paura che, a furia di voler rendere sempre di più, tu finisca per arrenderti.”

Mi si avvicina con la stessa curiosità e lo stesso affetto con cui studia i suoi esemplari. Mi sento paralizzata sotto il suo sguardo da microscopio. I muscoli non mi rispondono.

“Voglio solo fare le cose per bene,” dico alla fine. “So di poterci riuscire.”

Sembra che le mie parole lo facciano infuriare, perché di botto lascia cadere la borsa sulla scrivania.

“Ed è questa la tua felicità? Be’, allora dobbiamo stare molto attenti a quello che etichettiamo come fonte di felicità, Patricia, perché andiamo a cercarla come dei pazzi.” Va verso la lavagna e prende un gessetto. “Troviamo la tua formula: quale unità sceglieresti per misurare la tua felicità? La fama, i soldi, gli infarti, la solitudine? Che cosa?”

Posa il gessetto. Si pulisce le mani dalla polvere e prosegue: “Non ho bisogno di ricavare la formula per darti il risultato. O almeno un’ipotesi: nessuno ti offrirà le chiavi del Paradiso perché ti sei immolata, Patricia. E sai perché lo so? Per evidenza empirica. Il novanta per cento della popolazione vive così. Quando il tuo stesso istinto di sopravvivenza non ti allerta che stai facendo del male al tuo corpo e alla tua mente, vuol dire che sei già in pericolo." Si gira verso il roditore. "Tralasciando le cose brutte che potrebbero fargli qui dentro, se non libero questo animale in loop, finirà stecchito da un momento all'altro."

Spegne la luce e lascia che io lo preceda fuori dalla stanza.

"Né calma, né meta, né sollievo... un Inferno camuffato da Paradiso." Le sue parole mi rimbombano in testa.

Con la porta ormai chiusa, continuiamo a sentire il rumore delle zampette di Carolina nella sua corsa infinita che non la fa arrivare da nessuna parte.

Ho camminato in silenzio accanto a lui fino a Malasaña mentre a colpi di messaggi continuavo a suddividere tra le varie persone il lavoro della campagna, e Leandro, che mi ha guidato per attraversare ai semafori come un cane guida di malumore, non ha smesso di protestare con un tono più pacato: stavo per travolgere un dissuasore stradale, non potevo smetterla almeno per un po'? Poi, già più impaziente, ha optato per la diplomazia: tanti anni a lottare, dopo la Rivoluzione industriale, per la riduzione della giornata lavorativa, e adesso, con la rivoluzione digitale, con un solo clic si erano infranti i labili confini tra il tempo dello svago e il tempo del lavoro...

"Dove sono i Marx di questo secolo?" Alza le braccia al cielo. "Che dico... staranno postando su Twitter le loro teorie in duecentottanta caratteri. Bisognerebbe essere eretici, come sosteneva Han."

"Eretici?" chiedo. "E chi cavolo è Han?"

"Sì, un eretico è chi osa scegliere un'altra cosa opponendosi alla violenza del consenso. È chi dispone di una scelta libera. Eresia significa scelta. Bisogna incoraggiare la coscienza eretica," esclama come se fosse una citazione. E poi spiega: "Byung-Chul Han, un filosofo coreano. Devi leggerlo".

Quando finalmente sono riuscita a ficcare il cellulare in borsa, ho cercato di verbalizzare qualcosa che avevo bisogno di dire: "E se invece la ragazza che sto intervistando in realtà fosse una pazza?".

Lui ha frenato di colpo, la camminata e il discorso, davanti a una luminosa vetrina bianca.

"Allora vi trovereste benissimo insieme."

Davanti a lui si è aperta un'invisibile porta a vetri. L'ho visto andare verso l'interno, mentre nel mio cervello risuona un'altra voce, quella di mia madre, qualche giorno fa: "I coraggiosi vanno sempre sostenuti, perché non ce ne sono tanti". Dovrò seguire il mio istinto, se lo trovo, penso. Per il momento, oggi pomeriggio mi tocca seguire questo noiosone di Leandro e addentrarmi in questo suo nuovo mondo che mi risulta così estraneo.

24.

È uno spazio bianco con robuste travi decapate a cui sono appesi, a distanza regolare, vasi con piante. Un ambiente bello, essenziale, con poltrone per sedersi a leggere e una piccola cucina con biscotti, tè e caffè. Ci sono un tavolo ampio e alto che invita a sedercisi intorno e una libreria piena di titoli che mi fanno fare un balzo all'indietro. Ne studio qualcuno. *Come trasformare la tua vita*, di Geshe Kelsang, *Gli otto passi verso la felicità*. Questa cosa non farà per me... Cuscini, incensi, licenza e quasi obbligo di lasciare fuori quello che ti porti appresso, a partire dal cellulare. Dietro un'altra porta invisibile c'è qualcosa di più simile a una sala conferenze, con una trentina di sedie di fronte a, proprio quello che temevo, un buon numero di Buddha di diverse misure, che sembrano fare anche da pubblico alla nostra sessione.

Mentre aspetto Leandro, osservo le specie umane che si affacciano a questa finestra bianca. Alcuni attraversano camminando in fretta e retrocedono di qualche passo, accecati come quando illumini un animale notturno con una luce molto forte. Altri osano fare qualche passo all'interno e chiedere. "Qui non c'è una retta da pagare," sento dire al ragazzo sorridente e tranquillo alla reception. "Ogni sessione costa sette euro e vieni quando puoi o quando vuoi."

Questo mi sorprende in positivo. Perciò sarà facilissimo mollare il corso dopo il mese che ho promesso a Leandro.

Prendo posto accanto a lui su una sedia dell'ultima fila e gli chiedo se bisogna sedersi a terra e contorcersi o qualcosa del genere. Lui fa una smorfia, poi mi indica quelli che già conosce, anche se li vedo solo di spalle. Il signore con la barba e gli occhiali da vista sulla testa che occupa due sedie si chiama Isaac e sta cercando di calmare attraverso il rilassamento il suo bisogno compulsivo di mangiare. Accanto a lui c'è un altro uomo più giovane, Toño: lui viene sempre, dice Leandro; ha un sorriso cinico, fisico atletico e abbigliamento sportivo in contrasto con la sua sedia a rotelle. Poi c'è quella magrolina davanti a tutti, l'unica seduta su un cuscino: Leandro non ricorda il nome, ma dalle scapole ben visibili attraverso la maglietta ampia parrebbe anoressica. Sua madre si chiama Luciana e sembra un clone migliorato e biondo di Coco Chanel, mi racconta, una donna stupenda, ma a quanto pare le hanno proibito di stare qui con la figlia. Però viene a prenderla tutte le volte all'uscita. Poi c'è Petra, sulla cinquantina, corpo minuto come se si fosse ristretta in lavatrice, capelli corti e diritti sulla testa con una ciocca blu, come un picchio, infermiera in un pronto soccorso; una coppia di tipi molto fashion che vengono sempre insieme e portano sempre le stesse sneakers, e diversi impiegati della compagnia assicurativa che ha sede nel palazzo di fronte. La mora che porta i capelli raccolti in una crocchia, magrolina e con addosso solo una lunga felpa e stivali alti, si chiama Serena ma, secondo Leandro, non fa onore al suo nome. "In effetti, è peggio di te," mi assicura. Gli chiedo di spiegarsi e lui non si fa pregare: è ancora più fissata con il cellulare e non lo molla neppure durante la lezione, con la scusa di prendere appunti sull'iPhone, ma un giorno si è lasciata sfuggire che ha degli orari molto rigidi per i suoi post su Instagram. E a questo punto, quando ci mostra il profilo, la riconosco. Quella frangetta da bambola. È l'influencer che ho incrociato da Ouh Babbo. Strana coincidenza.

"Come vedi, siamo quasi tutti vittime come te dell'*horror vacui* e del terrore di lasciare che anche un solo secondo della nostra vita sia improduttivo." Tira fuori un quaderno ad anelli. "Ti sentirai a casa."

Poi si apre una porticina bianca mimetizzata nella parete e tutti si alzano con le mani giunte. Sulla pedana sale qualcosa di molto arancione. Quando torniamo a sederci, la vedo sistemarsi la tunica dando le spalle alla fila di Buddha dietro di lei e poi sedersi su un cuscino: capelli rasati, occhiali verdi alla moda, faccia tonda, sorriso da emoticon, quarant'anni al massimo.

"È un monaco?" chiedo a Leandro, che sembra molto divertito dalla mia espressione.

"A dire il vero, una monaca," mi corregge.

No... un'altra monaca no, penso. Ma Leandro frena il mio tentativo di fuga tirandomi per la manica della giacca e costringendomi a sedermi. Gli ho promesso di resistere un mese, mi ricorda. Lascio a terra la borsa, all'interno della quale il mio cellulare continua ad accendersi a ripetizione.

La maestra Jedi, come ho deciso di chiamarla visto che il nome buddhista mi risulta impronunciabile, è, se non altro, un personaggio. Dopo essersi seduta, ha iniziato ad aprire con lentezza uno zaino della stessa stoffa della tunica e, quando pensavo che ne avrebbe estratto un incunabolo polveroso, ha tirato fuori un moderno tablet che ha fissato davanti a sé su un leggio. Poi si è messa un microfono auricolare e ci ha sorriso maliziosa.

"Bene... vediamo... come state oggi?" Ci studia con ironica attenzione. "Che ne pensate? Cerchiamo di ammansire la belva?"

Poi ha fatto un verso simile a quello di un animale selvatico e i suoi occhi hanno riso moltissimo. Sono sconcertata.

La lezione di oggi è sull'importanza del silenzio, una cosa a cui secondo lei non siamo abituati ma che è fondamentale per iniziare a educare la nostra mente.

"So che cosa state pensando." Un'altra volta quell'espressione acuta e ironica. "Che noia stare in silenzio solo perché questa monaca mi ha assicurato che la pace che troverò è paragonabile a un orgasmo." Fa rotolare la sua risata nella sala come una palla da biliardo, facendo rimbalzare il riso del suo pubblico.

Persino io l'ho trovata buffa. In effetti... sa leggere nel pensiero.

Mi chiedo perché ultimamente io sembri destinata a incontrare monache dappertutto. Mi concentro di nuovo: sta raccontando della sua esperienza durante il suo primo vero ritiro in Inghilterra, quando aveva cercato di dire a un monaco che aveva incrociato in corridoio, tutta emozionata, che era il suo compleanno, e lui si era limitato a indicarle il cartello che portava appeso al collo, su cui c'era scritto: SILENCE. I suoi occhi ridono di nuovo. Pensavo che questa faccenda della meditazione fosse più seriosa.

Accanto a me, Leandro scarabocchia sul quaderno. "Bisogna prendere appunti?" gli chiedo, e lui mi appoggia sulle labbra il dito ossuto da pantocratore. Finalmente andiamo al sodo e la maestra ci propone di meditare sulla "rabbia". La nostra sfida di questa settimana.

"Impegniamoci a non arrabbiarci per un certo periodo di tempo, quello che sceglieremo noi," butta lì come se ci stesse proponendo di addentrarci nella lettura di un thriller. "Perché la rabbia è un turbamento mentale che ci toglie molta pace. Possono essere minuti, ore o giorni."

Mi allungo verso Leandro.

"È facile. Io non mi arrabbio mai," gli sussurro rapidamente, orgogliosa.

E poi gli comunico che mi impegno a non arrabbiarmi per tutto il fine settimana. Lui aggrotta la fronte.

La maestra continua con la sua voce rotonda e luminosa: "Mi accontento che siate consapevoli di quando vi arrabbiate e di cosa vi succede dentro". Fa una pausa a effetto. "Poi lavoreremo su come evitarlo."

Sembra semplice, penso. E a questo punto iniziamo una meditazione, o almeno credo, perché gli occhi mi si aprivano da soli, come se fossero dotati di una molla, durante i dieci minuti in cui la mia testa mi ha proposto una carrellata di diapositive mentali, nelle quali ha sfilato Andrés che si impiccava con il caricabatterie del cellulare, il presidente indiano che passava in elicottero, l'onda dello tsunami che si è trasformata nell'acqua saponata dei panni che ieri non ho tirato fuori dalla lavatrice e che puzzeranno di marcio e poi, come titoli di coda, tutta la lista delle cose da fare che ho segnato sull'agenda. Ma almeno ho memorizzato il mantra su cui riflettere questa settimana, l'antidoto, a quanto pare, contro la rabbia: "Siamo tutti uguali di fronte al nostro desiderio di essere felici".

E allora?

Apro gli occhi. Ho la mascella dolorante.

Credo che mi scoppierà la testa. Cazzo, non ho tempo per questo. Né voglia. Proprio no. Ho preso il cellulare e Leandro mi ha sgridato. "È solo per controllare l'orario," mento, e leggo una mail in cui il Tirannosauro mi annuncia una nuova campagna per la bibita Jungle-Fresh. Che nome di merda, penso. Devo prepararmi per un viaggetto a Shanghai, mi dice in un'altra mail con troppi punti esclamativi e le sue solite irritanti maiuscole, perché bisogna controllare che i due servizi fotografici vengano fatti come si deve. E dico io: non andavano bene il parco del Retiro e i tre grattacieli di plaza de Castilla quintuplicati con la grafica digitale?

"Sapevo che non avrei avuto la possibilità di continuare a venire," dico a Leandro mentre, finita la lezione, ci versiamo una tazza di tè nel cucinotto.

E come prova inconfutabile ho cercato di mostrargli i messaggi. Lui ha distolto lo sguardo.

"Puoi venire quando vuoi e puoi," insiste.

Uso il cucchiaino per far sgocciolare la bustina che sanguina nella mia tazza.

"No, questo non è realistico, professore matto. La prima cosa che ha spiegato quella donna è l'importanza di essere costanti," gli faccio notare.

"Bene, se vuoi trovare una scusa, va benissimo. Ti aspetto fuori, così intanto fumo una sigaretta."

Splendido. Adesso sembra davvero arrabbiato. Ci mancava solo questa.

Lo seguo con lo sguardo fino alla porta, vedo che passando saluta Serena e lei gli chiede di scattarle una foto davanti alla statua all'ingresso. Si mette il rossetto specchiandosi nel cellulare e poi imita l'espressione del Buddha dorato. Occhi chiusi, mani giunte. Alla fine gli dà un bacio. A Leandro, non al Buddha. A questo punto compare l'enorme e grassissimo Isaac – occhiali costosi e barba folta dietro la quale si intravede una faccia infantile, camicia azzurra come un lenzuolo, con una penna scintillante che gli spunta dal taschino – e dice: "Scusa, potresti coprire quei biscotti con la tua borsa per favore?".

Individuo la scatola, un po' perplessa.

"Sì, certo."

Mi rivolge un'espressione sollevata, piena di gratitudine. Mi sembra un giovane Babbo Natale. Il genere di essere umano che definirei "bonaccione" o "patatone", anche se a lui probabilmente non farebbe molto piacere.

"Ah..." sospira, "ma che cosa gli costerebbe lasciarli in un armadietto?" esclama con la sua voce molle come un cuscino. "Sono obeso, non cieco."

"A breve riuscirai a guardarli senza desiderarli. Come succede a me quando svesto un paziente," scherza la donna-picchio dietro di lui, agitando il ciuffo azzurro e poi rivolgendosi a me: "Ciao, sono Petra".

Le tendo la mano.

"Patricia."

"Sei amica di Leandro?" chiede Isaac sventolandosi con un volantino sulla mindfulness.

Io annuisco.

"Sì, almeno fino a un attimo fa."

Qualcuno che non vedo ci invita a spostarci perché sta per passare il grande Toño, e la voce che appartiene al proprietario del nome sfila accompagnata dal ronzio del motore della sedia a rotelle. "Stai attento, Schumacher," lo mette in guardia Petra, spostando una sedia affinché non ci vada a sbattere contro. Dietro di lui sopraggiunge anche la magrissima ragazza-loto, che si porta dietro uno zaino sproporzionato: mi chiede scusa con lo sguardo sfuggente e si ritaglia accanto a me il poco spazio che le serve per prepararsi una tazza di tè. La osservo mentre inizia ad annusare molto concentrata, a una a una, le bustine. Il suo viso è così ossuto che quasi si vedono i denti in trasparenza sotto la pelle.

"In che ospedale hai detto che lavori?" chiede Toño a Petra, il piccolo picchio. Anche se lui è seduto, sono alti quasi uguali.

"Non sapevo che fossi un ginecologo," gli risponde lei con la voce energica e le mani appoggiate sui fianchi. Porta un vestito ampio e nero con stampe psichedeliche colorate.

Schumacher le dice di sì, mentre armeggia con il telecomando della sedia spostandosi avanti e indietro: lui lavora dove gli altri si divertono. Il commento provoca la risata del gruppo. La donna-loto si piega un po' come se fosse stata sferzata dal vento e si siede senza togliersi lo zaino, mentre si piazza davanti a lui con fare molto risoluto. "Be', senti, io faccio un sacco di storie quando si tratta di scegliere un medico, perché li conosco più di quanto vorrei, e stavo proprio cercando un ginecologo che mi ispirasse fiducia, perché laggiù probabilmente ho le ragnatele!" Al che Toño le risponde di non preoccuparsi: se ne trova ci penserà lui a toglierle.

"Lei è Patricia," mormora Petra mentre mangia un biscotto di nascosto da Isaac. "Fino a un attimo fa era un'amica di Leandro."

Toño stringe uno dei comandi della sedia a rotelle e viene verso di me frenando a un millimetro dal mio piede.

“Ciao, lavori anche tu con gli insetti?”

Penso a Rosauro.

“In un certo senso... sì,” rispondo. “Solo che alcuni dei miei sono preistorici.”

Mi dà una stretta di mano di quelle che ti fanno accavallare i nervi. Ha un viso virile, allungato e rettangolare, con una fossetta sul mento, e un busto che si è visto costretto a rafforzarsi per fare il lavoro di tutto il corpo.

Poi si gira con la sedia verso Petra. “Come ti dicevo, se vuoi venire da me, hai il mio biglietto da visita,” e a questo punto, contro ogni previsione, la silenziosa ragazza-loto smette di sorseggiare il suo tè e mi dice: “Il fatto è che Petra è convinta che le si stiano chiudendo tutti i buchi, dalle orecchie alla vagina”.

Da dietro compare una mano con un grosso anello nero che le tappa la bocca impedendole di finire la frase.

“Non hai filtri, figlia mia... È perché è dei Pesci,” mi dice sorridendo quella che si presenta come Luciana, la madre, capelli corti, biondi e aria francese, fresca di parrucchiere, vestiti larghi, pesanti e neri. Dà un bacio sui capelli alla figlia e poi dice agli altri: “E voi? Com’è andato il ponte?”.

Sembra che il gruppo sia particolarmente felice di vederla. Persino Leandro la osserva con espressione sorridente. Luciana ci mostra un libro che ha appena preso in libreria. Mi concentro sul suo bel modo di girare le pagine, le odora, le esamina e legge ad alta voce un paio di frasi dalla prima. La figlia-loto la contempla assorta, quasi in adorazione. Non si assomigliano affatto: la madre è alta, ha la faccia da castoro paffuto e le rughe di espressione.

Mi si avvicina Serena.

“Scusa se non ti ho detto neanche una parola,” dice con il telefono in mano. “Dovevo pubblicare un post. In realtà il tuo viso mi è familiare. È possibile che ci siamo conosciute su Instagram...”

Ci scambiamo due baci. Odora di un profumo costoso e floreale. Ho la tentazione di dirle che ci siamo incrociate da Ouh Babbo, ma non so perché scelgo di omettere questa informazione.

“E su Instagram ti dedichi a consigliare qualcosa in particolare?” le chiedo.

Le sue ciglia lunghe e folte si aprono e si chiudono in fretta come due conchiglie, rivelando le perle nere e brillanti all'interno.

"Be'... in realtà consiglio la mia vita, per quanto sembri strano dirlo così."

E sì, cerco di dissimulare quanto mi sembri strano bevendo un sorso di tè e bruciandomi le labbra.

"La tua vita?"

"Condivido solo le cose che mi sembrano belle, quelle che mi piacciono... Insomma, condivido la mia vita, sì." Fa una pausa e mi rivolge un sorriso infantile. "Sei una giornalista, vero? Me l'ha detto Leandro."

"Be', no, non più."

E mi racconta che anche lei lo era, ma quando era rimasta senza lavoro aveva deciso di seguire un corso di marketing e social media... chi l'avrebbe mai detto che il suo futuro era lì. Poi, per la disperazione di Isaac, apre la scatola dei biscotti, ne prende uno, si fa un selfie come se stesse per dargli un morso e poi inizia a mangiucchiarlo con piacere, mentre mi racconta che Leandro aveva annunciato così tante volte che sarei venuta al corso che ormai tutti mi consideravano una creatura mitologica. Toño annuisce ridendo: "Sì, in effetti gli dicevamo che tu eri la sua amica invisibile".

Il commento provoca uno scoppio di risate nel gruppo e in me una fitta di senso di colpa.

Proprio allora sento una voce alle mie spalle: "Ciao, Patricia". Flautata, lenta. "Sei nuova, vero?"

Mi giro ed è lì, la mia monaca buddhista, adesso vestita con un'ampia giacca rossa che nasconde la tunica.

Non so bene come salutarla, perciò allungo la mano, ma all'ultimo momento mi pento e il mio gesto si trasforma quasi in un baciamano a un vescovo. Alla fine abbasso leggermente il mento.

Lei sorride, si avvicina e mi dà due baci.

"Molto interessante la tua lezione," dico per essere gentile. "Ma, come ho già detto al mio amico Leandro, purtroppo mi sarà impossibile frequentare questo corso. Viaggio molto per lavoro. E siccome qui serve costanza..."

"Be' visto che sei una viaggiatrice, anche noi stiamo facendo un viaggio," dice, mentre saluta con un cenno della testa tutti quelli che escono.

"Viaggio più di quanto vorrei," ribatto tagliente.

Adesso lei mi osserva come dall'alto, come se guardasse un bambino. Socchiude gli occhi azzurri e limpidi da E.T. e dice: "Sì, anch'io ho viaggiato molto in passato, ma c'è un posto in cui io, perlomeno, non ero mai stata". Fa una pausa. "Dentro di me."

Un altro dei suoi silenzi; un silenzio piacevole, un orologio fermo, un aereo senza wi-fi tra le nubi. E poi torna al presente: "Per diversi anni mi sono occupata di psicologia e pensavo di sapere molte cose. Un giorno, però, mi sono resa conto che non arrivavo mai fino in fondo. In quel punto dove c'è la nostra casa". Si tocca la tempia. "Dove si sta davvero bene. Ma se non l'abbiamo mai messa a posto, è normale che non ci faccia piacere stare lì. Succede a tutti."

Le sorrido cordialmente mentre penso che no, tutto questo non fa per me. E allora decido di tagliare corto: "Mi piacerebbe davvero, e di certo mi farebbe molto bene perché mi stresso facilmente, ma la mia vita è molto complicata," le spiego, e con un cenno le faccio capire che Leandro mi aspetta fuori.

Lei annuisce piano sorridendo, come se niente di quanto le ho appena detto la sorprendesse.

"Non sai come ti capisco," continua. "Ma pensa, Patricia, quanto è rivoluzionario che qualcuno ti dica che se vuoi hai ancora il tempo e la possibilità di cambiare."

A questo punto Serena la reclama per farsi un selfie insieme. La maestra Jedi mi augura buon viaggio e posa con Serena, che continua a stare accanto al Buddha come se fosse un photocall.

Faccio un passo per far aprire le porte trasparenti automatiche che mi restituiscono al rumore della strada. Leandro butta la sigaretta.

"Vediamo..." gli dico mentre cammino dietro di lui lungo calle Malasaña. "In fondo non è un dramma venire qui qualche volta. Insomma, una monaca in più o in meno..."

Lui mi spinge distrattamente e io faccio altrettanto dal lato opposto, prima di afferrarlo dalla vita e osservare di profilo il suo sorriso che fiorisce. Il nostro equilibrio di forze.

25.
Madrid, estate 2017

Accarezzo la schiena del mio amante disteso accanto a me. Il suo corpo giovanile, snello e bianco, sembra scolpito dentro le lenzuola come se fosse un *non finito* del Cinquecento. Devo essere sincera: il sesso pomeridiano è un'ottima idea. Così non c'è il rischio di dormire insieme, trasformando l'esperienza in un obbligo fastidioso che mi fa passare la voglia di ripeterla.

Non riesco a dormire con loro. Con i miei amanti. Devo accettarlo. Ed è vero che preferisco che gli incontri si svolgano in casa loro piuttosto che da me. Come è vero che, quando la relazione si prolunga, non voglio che il tizio in questione mi definisca la sua fidanzata o la sua ragazza. O in qualsiasi altro modo che lasci intendere che sono una persona speciale nella sua vita. Ma soprattutto, non voglio che lui abbia un ruolo particolare nella mia. Santiago mi ha già esposto la sua teoria al riguardo. Sostiene che questo comportamento non mi protegge; al contrario, mi fa sembrare più vulnerabile. Che esprimere i sentimenti viene percepito come un segno di coraggio e sicurezza in se stessi. Che nasconderli indica chiaramente una debolezza personale: la paura. Chiunque, secondo lui, è in grado di fiutarla. Una gelida armatura che nasconde la mancanza di maturità e soprattutto di carattere. Paura di cosa? Non importa, aveva risposto lui. Paura.

Gabriel si gira e mi scopre, come se fosse sorpreso dalla mia presenza. Anche a me sorprende che il nostro incontro, dopo tanto tempo che non ci vedevamo, si sia concluso così. Sì, continua ad avere il viso allungato e serio e continua a essere molto bravo a guardarti negli occhi. Cominciano le carezze e i baci sul collo e, a questo punto, tutto il suo corpo si trasforma nella radice limpida e bianca di un albero che mi avvolge, che cerca acqua, finché uno dei suoi rami penetra di nuovo dentro di me per trovarla. Mi sorride con i suoi occhi chiari, a un palmo dal mio naso, la sua innocenza intelligente. D'un tratto lo invidio. Perché sembra più giovane, come se alle spalle avesse meno vita di me. Perché è meno consapevole di ciò che ci sfugge di mano. È come se per lui in questo istante il tempo non esistesse. È un'oasi fatta uomo. Sa dedicarsi al mio corpo. E gli piace. Me lo ripete in continuazione. Questo è sempre stato il suo superpotere: far sentire unica la persona che ha davanti. Per questo, tra tutti noi, è sempre stato il migliore a fare le interviste. Mi bacia a lungo, con lentezza, profondamente, e sì, anch'io ho voglia di dedicarmi a lui. Uniti attraverso le bocche, ci scambiamo di nuovo la nostra energia.

Non so quanto tempo sia passato, forse un'altra ora o due. Dopo un bel po' di tempo abbracciati, cerco il cellulare che brilla con insolenza sul tappeto ai piedi del letto e dico a Gabriel che devo andarmene. Lui si stiracchia, mi dà un bacio e si alza di scatto. "Ma ieri non mi hai detto di esserti iscritta a un corso di meditazione per rilassarti?" Tira fuori due asciugamani dal cassetto di un comò che resta bloccato, me ne lancia uno e poi si appoggia allo stipite della porta con un'espressione incredula e divertita e l'asciugamano avvolto intorno alla vita. Mi osserva, nuda e distesa sul letto. "Che forza, Patricia." Sorride meravigliato. "Siamo andati a letto insieme?" Mi alzo e vado verso di lui con l'asciugamano in mano e una spudoratezza che mi sconcerta. "Così sembra," dico ridendo. "Ma guarda un po'." E lui riprende, come se parlasse tra sé e sé: "Dopo tanto tempo... che forza".

Io raccolgo i miei vestiti disseminati in salotto. "Be', non c'è niente di male," aggiungo. E lui sorride con gli occhi e dice: "No. Anzi. Secondo me era proprio ora".

Prima di andarmene gli ricordo di farmi avere il suo documentario sulle sette, sono molto curiosa di vederlo, e lui mi augura buona fortuna per il mio incontro di oggi con Greta, assicurandomi che farà il possibile per convincere il suo caporedattore. Secondo lui è molto interessante avere il punto di vista di una religiosa adesso che si parla tanto di diritti della donna; è un vaso di Pandora che non è ancora stato scoperchiato. Ma, a seconda del tipo di ingiustizie che Greta potrebbe aver subìto, rischiamo di trovarci davanti altri impedimenti, come mi aveva fatto presente durante il pranzo, prima che decidessimo di passare a un altro registro; in generale, non era molto ottimista.

"Forse, fino a sette anni fa questa storia sarebbe stata pubblicata," mi aveva detto mentre si ficcava in bocca un pezzo di pita.

"E che cosa è cambiato?" mi ero sorpresa io.

"Tutto. I social media, tanto per cominciare. Tu sei andata via e non lo hai vissuto giorno per giorno, ma i social hanno sottoposto l'informazione a un riduzionismo pericoloso, Patricia. Non è sempre vero l'assunto che il buono, se breve, è doppiamente buono... no. Dipende. Ci sono storie che hanno bisogno di più tempo per essere raccontate. E di spazio per la riflessione." Aveva bevuto un lungo sorso di birra scura e si era ravviato i capelli ispidi e chiari. "La tua storia non ha solo bisogno di un editore coraggioso. Ha bisogno anche di spazio, cazzo. Magari un lungo reportage su un inserto domenicale, o un'inchiesta in un programma televisivo. Ma, a quanto mi dici, hai due problemi: non hai immagini e non puoi fare nomi. E, a parte questo, è molto difficile che ti offrano lo spazio di cui hai bisogno per raccontarla bene. Ma ti prometto che ci proverò."

Mi aveva sorriso con le labbra strette, come fa solo nell'intimità, mai in pubblico né nell'introduzione dei suoi reportage, per quanto sia positiva la notizia che si accinge a raccontare. Anche lui si protegge, come tutti. Con me, però, sebbene non ci sentissimo da tanto tempo, non si è comportato così, anzi mi ha parlato tantissimo di cosa sono stati per lui questi anni da quando ho lasciato il giornalismo e di quanto si fosse dispiaciuto quando era venuto a sapere cosa mi era successo, mentre si trovava all'estero. A me, invece, dispiaceva sentire tutto quello che aveva visto: scalette di notizie per i telegiornali a cui il direttore dimenticava di togliere l'intestazione della sede di un partito; conferenze stampa convocate prima di una tornata elettorale per comunicare lo smantellamento di una cellula jihadista, con la consapevolezza che la famiglia arrestata non c'entrava niente, e sentire quel commento, "che importa, tra un po' usciranno, basta che le schede arrivino alle urne", da parte di un ministro che non si faceva alcuno scrupolo all'idea di distruggere la vita di persone perbene. E poi, come corrispondente, aveva visto troppa morte. Troppi morti. Per questo anche lui si era allontanato dalla politica e adesso si dedicava alla sua vera passione, dove secondo lui scorreva ancora la linfa dell'autentico giornalismo: la stampa locale. Lontano dalle grandi redazioni e dal vocabolario della macroeconomia. Sì, anche Gabriel, il Giusto, amava le parole.

Confesso che fino a quel momento non avevo preso in considerazione la possibilità di finire a letto con lui. Altrimenti non avrei ordinato l'hummus. Improvvisamente, però, sentendolo parlare, lui e i suoi valori, la sua vocazione incrollabile, quel coraggio viscerale che era capace di trasmettere, la sua lucida disillusione senza vittimismo... mi era sembrato così attraente che, a partire da quel momento, avevo avuto la sensazione di dover chiudere un conto in sospeso con lui.

Ma dormirci insieme no.

Dormirci insieme non posso.

Nessuno capisce che per me è un atto molto più intimo del sesso. In effetti, era arrivato a essere quello che Diana e io all'università chiamavamo "il mio rilevatore della fine di una relazione". Se non riuscivo a disconnettermi dal mondo accanto a una persona, era segno che si era spezzato il legame, il filo invisibile, la connessione remota.

A dirla tutta, mi sono appena resa conto che in generale per me le persone si dividono tra quelle con cui ho voglia di dormire e quelle con cui non ce la faccio. Ci sono amiche con cui ci riesco e altre con cui non mi passa neanche per l'anticamera del cervello. Tra i membri della mia famiglia, riesco a dormire solo con mia madre. Tra le persone con cui sono stata, in tutta la mia vita ho avuto voglia di dormire soltanto con un uomo, e a partire da quel momento mi è stato molto chiaro che il mio corpo aveva firmato la sua dichiarazione di indipendenza. Perché il punto non è solo se con l'uomo che hai di fronte ti piacerebbe passare la notte, ma anche se hai voglia di svegliarti accanto a lui.

Mi sono congedata da Gabriel con un bacio buffo, iniziato dal naso per poi scendere come lungo uno scivolo fino a trasformarsi in uno più complice e appassionato sulla bocca e, ormai sulla porta, ho visto che scuoteva la testa con un sorriso incredulo. "Che forza..." E ha chiuso la porta lentamente, come se imitasse il finale di un thriller.

Sono scesa in ascensore contagiata dal suo sconcerto gioioso e mi sono pettinata con le dita. Ho il mento e le guance in fiamme. Con il dito umido mi sfrego via dagli occhi il trucco sbavato ed esco per strada camminando a passo deciso.

Fa un caldo che sembra di stare dentro un camino. Non so se è arrivata di colpo l'estate o se è il mio corpo che ancora brucia.

È strano, perché Gabriel ha un'idea di me in cui non mi riconosco. Sostiene che sono sempre andata controcorrente, come i salmoni. Secondo lui ho sempre fatto a modo mio, malgrado le pressioni che subivo. Ha passato in rassegna i nostri compagni che hanno ceduto alla forza dell'abitudine e che continuano a fare i giornalisti, e mi assicura che sono distrutti dalla fatica, calvi e intrappolati da complicatissime custodie condivise. Io invece, secondo lui, me ne sono andata in tempo e mi sono impegnata quanto ho potuto, sia sul piano lavorativo sia su quello personale, con una lunga convivenza in cui non c'era stato bisogno di mettere la firma su un contratto. Ero arrivata al giornalismo senza saper tenere a freno né la lingua né le emozioni, avevo conosciuto il successo e me n'ero andata prima che mi distruggesse. "Vorrei essere come te..." mi aveva detto. Ma no, io non avrei voluto. Io avrei voluto essere capace di resistere come lui, Gabriel, il Giusto, il Fedele e, schivando i trabocchetti disseminati dai vecchi faraoni, vorrei aver profanato quella piramide rovesciata ed esserci entrata.

La piramide di cui sto salendo di nuovo, dopo tanti anni e senza nessun esercizio di riscaldamento, i sei gradini, che nel caso di Greta mi sembrano un Everest: cosa, chi, quando, dove, come e perché... In più, la difficoltà ulteriore è che credo di doverli salire in un altro ordine. È vero quello che mi ha detto Gabriel. Mi mancano dei dati per vendere bene questa storia. Forse sono un po' impaziente. Ma siamo già entrati in un'altra stagione e l'estate è un cronometro che corre, ricordandomi che con l'arrivo della prossima primavera scadrà il tempo a nostra disposizione. Il fatto è, nonostante tutto, gli ho detto guardandolo negli occhi con più sincerità e fermezza di quanto avrei voluto, che mi sarebbe piaciuto essere una brava giornalista.

"E adesso cosa cerca Patricia Montmany?" mi ha chiesto lui, mentre si tradiva cercando con disinvoltura le chiavi in tasca e guardava l'orologio, prima di invitarmi a salire a prendere quel caffè turco per il quale aveva dovuto tanto mercanteggiare in una medina e che alla fine non avevamo bevuto.

Non gli ho risposto prima. Perciò lo faccio adesso. Immagino di stare cercando la felicità. E l'amore. Come tutti.

Non voglio arrivare tardi. Greta mi ha avvisato che possiamo vederci solo finché la padrona di casa è fuori, perché è una persona molto problematica.

Inserisco l'indirizzo nel GPS del cellulare. È chiaro che mi sono persa.

26.

Ho fatto fatica a trovare la casa, e dire che Greta mi aveva dato tantissime indicazioni nel suo messaggio. La zona di Conde Duque è un piccolo labirinto di vecchie case che non si prendono il disturbo di celare le proprie rughe, tutte molto simili. Entrando, mi ha colpito l'odore acido da gabbia umana senza ventilazione. È una casa grande e lugubre ed è piena di oggetti, ma predominano i libri e i fogli che invadono i mobili come se ci fossero grandinati sopra. Le porte finestre sono socchiuse e da questo caos in penombra sbuca Greta. "Ciao, Patricia," mi dice entrando in salotto e asciugandosi i capelli con una salvietta. Le ci vuole ancora un po', ma possiamo iniziare a chiacchierare mentre finisce di caricare una lavatrice. Mi invita a entrare in cucina percorrendo un corridoio lungo e stretto. Lì sì che c'è odore di caffè e di pulito, l'unica stanza che per il momento le ha lasciato toccare, mi spiega. Perché il salotto no, è impossibile.

"E dov'è lei adesso?" chiedo scostando dal tavolo una sedia che si lamenta con uno stridio. "Non si arrabbierà se mi trova qui?"

"Tranquilla, è in chiesa. Ci va tutti i giorni, una o due volte.

Saremo già uscite prima del suo ritorno." Poi mi mette una mano sulla fronte. "Ti trovo affannata e stanca. Stai bene?"

"Sì." Mi sventolo con una rivista piena di polvere. "Sono venuta a piedi camminando molto in fretta e qui dentro fa caldissimo."

Sembra impossibile che sia già estate, le dico. A Madrid arriva sempre così, all'improvviso, e lei mi dice che lo preferisce, qualunque cosa è meglio dell'inverno, sebbene ciò significhi anche che il tempo sta passando.

"Una stagione in meno fino all'arrivo della prossima primavera," mi fa notare.

"Sì... sto ancora sondando l'interesse di diverse testate, ma è difficile finché non avremo qualcosa in più da mostrare." E le dico questa mezza verità, perché so che gli impedimenti maggiori saranno ben altri.

"Allora andiamo avanti," dice.

"Come va la faccenda dei documenti? Credi che con questo lavoro riuscirai ad averli?"

Sbuffa, non le è molto chiaro. La persona di cui si prende cura non è in condizioni di fare quasi niente e, mentre versa in una tazzina di ceramica il caffè per il quale le chiedo del ghiaccio, mi racconta che Deirdre è una parrocchiana dell'Aita. A soli quarantadue anni, l'hanno prepensionata dall'università della Città del Nord per schizofrenia.

"Una cosa tristissima," la compatisce. "Ha bisogno di qualcuno con cui vivere, come me." Appoggia la salvietta sullo schienale della sedia. "Comunque è solo una soluzione temporanea. Mi fa molta pena. Le ho visto le cicatrici sulle braccia."

"Cicatrici?"

"Sì, forse droghe, autolesionismo..."

"Ma... è sotto controllo?" mi inquieto, e cerco di frenare il battito del mio cuore, che ancora galoppa per inerzia.

"A quanto pare sì, ma di tanto in tanto ha delle crisi." Apre un armadietto e riordina un esercito di boccette messe in fila. "Mi ha dato una lista di cose da fare, se prima o poi dovranno ricoverarla."

Mi sorprende il suo coraggio. Glielo dico, mentre infila una montagna di asciugamani sporchi nella lavatrice. Deirdre è carina, ammette, tra l'altro sembra una donna interessante, ma è vero che è agitata e ha due occhi azzurri sempre in movimento, sempre allerta, che fanno un po' paura. A volte fa fatica a capirla perché parla in modo incoerente. Il suo abbigliamento è decisamente eccentrico: l'altro giorno si era messa il reggiseno sopra la camicetta e gli occhiali da sole per stare in salotto.

"E io che avevo bisogno di un punto di riferimento per imparare a vestirmi..."

"Magari finirete per fare tendenza."

Scoppiamo a ridere. Bisognerà prenderla con ironia. Il piano che ha messo in piedi con l'Aita è prendersi cura di lei per un po' mentre mette da parte dei soldi per iscriversi all'università.

"Non sapevo che volessi ricominciare a studiare."

Si alza e si versa un po' di caffè in una tazzina vecchia e sbreccata.

"Be', senti, ho pensato che lo devo a me stessa. Soprattutto dopo aver ricevuto questo."

Cerca il cellulare, spostando pentole e tegami sul ripiano della cucina. Mi chiede di chiamarla e finalmente il telefono emette un piccolo rumore da sopra il forno a microonde. Greta mi mostra lo schermo. È una mail inviata da una certa Fátima.

"Che cos'è? E... chi è?"

"Non ti ho ancora parlato di Fátima?" si sorprende, e poi il suo sguardo si addolcisce. "È la mia migliore amica. È messicana, ci siamo conosciute nel suo paese, nella Casa Generale. Per questo la chiamo la Comunità degli Apostoli, perché lì per la prima volta ho incontrato amiche che la pensavano come me. Ma quando mi hanno buttato fuori le ho scritto una mail molto secca, dicendole che per il momento non potevo tenermi in contatto con nessuno di quel mondo, almeno finché non mi fossi curata."

"E lei è ancora una suora?"

"No, l'hanno mandata via poco dopo di me. Mi ha scritto qualche mese fa per dirmelo."

"Perché l'hanno mandata via?"

"Si è innamorata di un prete mozambicano che ha conosciuto laggiù."

Trattengo una risata.

"Be', io non lo trovo buffo," dice lei asciugandosi le mani, e io mi scuso. "Le avevo già detto all'epoca che quel tizio non mi piaceva per niente. Ma il punto non è questo. Anche se lui le ha fatto qualcosa di imperdonabile, la nostra 'compassionevole comunità' le ha fatto di peggio." Prende fiato. "Comunque non mi scriveva per dirmi questo, ma per inoltrarmi una mail che la mia Giuda personale, madre Dominga, ha inviato dalla Città del Nord a tutta la congregazione mondiale qualche giorno dopo il mio allontanamento: riporta frammenti della mia lettera di espulsione aggiungendo, tra l'altro, cosa hanno dovuto subire da parte mia e cosa hanno fatto per me."

"Dici sul serio?" Mi appoggio il caffè gelato sulla fronte con una mano, mentre con l'altra tengo il cellulare.

Greta inizia a infilare i piatti in lavastoviglie facendo un gran rumore.

"E di solito si fa così?"

"Certo che no. È una lettera che esprime un punto di vista personale, parziale e manipolato." Si mette le mani sui fianchi. "E come procedura è del tutto insolita..."

Leggo con difficoltà la lettera di Fátima sul piccolo schermo del cellulare: *Che cosa terribile, Greta; quando ho ricevuto questa lettera, ho affrontato madre Celeste.* "La Super Superiora?" chiedo, e Greta annuisce. Continuo a leggere: *Le ho chiesto in quale Dio credevamo per farti una cosa del genere. E la sua risposta è stata che si stava agendo con giustizia e che io ero libera di credere in qualunque Dio volessi. Ah, che dolore.*

Nella lettera Greta viene esposta al pubblico ludibrio, si descrive il "grande dolore" che ha causato alla sua comunità e la sua incapacità di adattarsi. Questo mi costringe a riportare alla memoria un'altra mail, ancora nella cartella di posta in arrivo della mia casella personale. Era stata inviata contro di me addirittura dal comitato aziendale della tv, i cui rappresentanti non mi conoscevano neanche, a eccezione di Mario Cordón, il portavoce, che era stato il mio cameraman in molte uscite, che mi aspettava in disparte fumandosi una canna, al quale avevo parato il culo tante volte quando si perdeva i programmi: da lui no, non me lo sarei aspettato, ma si era fatto manipolare dagli altri, dai colleghi che, non appena avevano saputo della mia promozione, mi avevano trasformato in una marionetta contro cui rivolgere i colpi che non osavano assestare a quelli che li schiavizzavano. Anche quella mail era stata divulgata come un atto eroico a tutti i miei colleghi quando ero stata licenziata. I senatori l'avevano usata per lavarsi le mani sporche di sangue dopo avermi pugnalato alle spalle. Mi serra la gola lo stesso nodo di indignazione e vergogna di allora, accompagnato da un inspiegabile fiotto di senso di colpa, un'ubriacatura di dolore che avevo smaltito sudando a letto per giorni.

"Come ti senti?" le domando dal mio passato.

Lei non si gira. Si limita a respirare profondamente.

"Stanca, Patricia," la sento dire. "Molto, molto stanca."

Le chiedo di sedersi accanto a me per bere il caffè con tranquillità. Forse le sue ex consorelle hanno commesso una violazione della privacy e le assicuro che lo verificherò. Le chiedo anche di inoltrarmi la lettera e di iniziare a raccogliere tutte le mail di questo tipo.

È ora di passare al secondo gradino della piramide: "Chi?".

Le chiedo com'è madre Dominga, la sua Giuda. Mi mostra una foto. A parte l'altezza, ha tutto piccolo: il sorriso dai denti lunghi e accavallati, gli occhietti vicinissimi – non è mai un buon segno –, la fronte stretta... Come se il viso fosse troppo piccolo perché bocca, occhi e ciglia potessero trovare il loro spazio. Una donna con l'inquietante inespressività di un pesce che nelle foto tiene le mani a penzoloni in un modo strano. Non potrei descriverla facilmente, perché in lei è tutto un luogo comune. Secondo Greta è una donna di mezza età e mezza intelligenza.

"L'unica cosa grande che ha è il cinismo," dice. "Quella che mi ha buttato fuori e che nella lettera dà lezioni di morale è la stessa che, quando mi aveva accolto, mi aveva detto che era una fortuna che le avessero mandato una persona come me, 'ero stufa che mi mandassero delle ignorantelle salvadoregne', così disse, e subito dopo affermava di volere molto bene a tutte."

"È spagnola?"

"No, ma vive in Spagna da molto tempo. È messicana, anche se tende a dimenticarlo."

"E perché ti aveva preso tanto in antipatia?"

"L'aveva colpita molto che la madre generale, madre Celeste, mi avesse mandato a studiare Scienze della comunicazione in Spagna. Penso che abbia deciso di distruggermi nel momento stesso in cui l'ha saputo."

"Questo avrebbe fatto di te un pericolo?" Tiro fuori il taccuino e mi segno il nome di Dominga. "Cosa la infastidiva?"

"Io e tutto quello che avrei potuto imparare."

La sua vita, pur essendo la superiora in Spagna, era molto più insulsa di quella di Greta. Madre Dominga aveva studiato al magistero di scienze religiose, come la maggior parte delle suore. Era possibile che le fosse venuto in mente che quella giovane esuberante avrebbe potuto volere di più. Magari proprio il suo posto. Greta si appoggia allo schienale. "Io però non volevo il 'suo posto', Patricia." E si asciuga il sudore con uno strofinaccio. "Il mio trasferimento successivo doveva portarmi a Roma." Greta, da giovane novizia, si proponeva di migliorare le circolari e la comunicazione nel convento; era disponibile a ogni genere di attività, chiedeva solo un po' di tempo per studiare... ma veniva meno quando si trattava di ubbidire.

"Ubbidire, ubbidire, ubbidire... sai come si chiama questo?" Lascia il cellulare sul tavolo. "Si chiama ubbidienza. La benedetta depressione in cui ero caduta."

Mi ritorna in mente Gabriel, non per via del nostro focoso incontro, ma per una cosa a cui ho ripensato oggi chiacchierando con lui: il mio ultimo lavoro in redazione, il viso timido e il sorriso a trentadue denti di Inés Cansino, quando ancora giocava a fare il mio mentore, mentre affilava i coltelli alle mie spalle durante ogni edizione del telegiornale. No, io non volevo il suo posto; in effetti, con mia sorpresa, me ne avevano offerto uno molto più in alto, per il quale non avrei nemmeno lavorato accanto a lei. Quel posto che non avevo voluto accettare per non sopportare altra pressione e altre critiche alle mie spalle, altri commenti e pettegolezzi nei corridoi da parte dei membri del comitato.

Osservo Greta: carismatica, bella, comunicativa, intelligente... era logico, come avrebbero potuto non odiarla? Lei era l'unica che andava all'università e questo provocava commenti tra le consorelle.

"Alcune si lamentavano perché a loro toccavano molte più incombenze, come pulire i vetri, visto che io dovevo anche studiare," si lascia andare a una risata, "e di solito facevano così: prima, davanti a tutte, venivano a dirmi: 'Non fa niente, Greta, farò io la tua parte'. Poi però sparlavano di me."

"E perché credi che ti sia successo proprio nella Città del Nord?"

Accende un ventilatore sudicio. Fa caldo, sì, fa davvero caldo.

"Mi era già successo in altri posti, dove però avevo delle amicizie. Lì invece no. Lì mi ritrovai sola. Di notte piangevo e non potevo sfogarmi con nessuno. Solo con Fátima. Ma lei era in Africa con il suo amore tragico. E io con il mio..."

Ci risiamo. Scatta di nuovo il mio senso di allarme di fronte a questa parola, anche se l'ha detta in un sussurro.

"Il tuo amore?"

Lei sembra a disagio. Molto.

"Non importa chi era. Non ha più nessuna importanza."

E apre il rubinetto per lavare quello che resta nel lavandino, anche se la lavastoviglie non è ancora piena. Il rumore dell'acqua che scorre ci divide per qualche istante.

Osservo la muraglia d'acqua crescere sempre più tra di noi come un nuovo tsunami che sembra avvisarmi che no, non è il momento. Ne approfitto per rileggere la lettera e ricordo una delle informazioni che mi ha rivelato in questi mesi. Immagino la delusione provata nel vedere la firma di chi condannava a morte la sua vocazione: la firma della madre generale, madre Celeste, massima autorità della Congregazione, che siglava la sua espulsione. La stessa che l'aveva appoggiata tante volte, con il suo viso regale color nocciola, sempre attenta come un'ape regina annidata nell'alveare. La stessa che le aveva detto: "Qui dentro abbiamo bisogno di persone intelligenti". "E qui fuori la maggior parte delle persone sono intelligenti," mi aveva detto Greta una volta, "perché è l'esperienza a dare alle persone quel tipo di intelligenza. Ma pensa, Patricia, che in un universo così chiuso è molto difficile svilupparla." Ricordo quanto mi aveva colpito quella riflessione.

Madre Celeste era una matematica e le piacevano, come a Greta, tante cose: i mandarini, mangiare lentamente e le parole sincere. Detestava l'adulazione a cui era esposta per il suo ruolo, così come i banchetti a cui la invitavano in continuazione. Per questo lei e Greta erano andate d'accordo fin dall'inizio. Le piacevano lo spirito di iniziativa e l'inquietudine di quella giovane novizia, probabilmente per questo giustificava le sue ribellioni, come la mancanza di puntualità all'ora della preghiera perché si era trattenuta a leggere. Forse madre Celeste non si era mai fermata a pensare che l'intelligenza, spesso, si accompagna alla capacità critica. Scintille. Che peccato. In ogni caso non era con lei nel quotidiano, era dall'altra parte del mondo, nel suo alveare di studi messicani che odoravano di cera e inchiostro, e aveva dovuto credere a ciò che le veniva riferito da quello squalo di madre Dominga. Bernarda, la sua seguace, quella che chiamavano "sua marita", agiva, secondo Greta, come braccio esecutore della sua codardia. In cambio, godeva di privilegi: non portava il velo con la scusa di aver avuto la meningite e dormiva nella stessa stanza della superiora.

Secondo loro, Greta aveva un grave problema nella "condivisione comunitaria". Le chiedo di cosa si tratti, quasi gridando, per farmi sentire al di sopra del rumore dell'acqua. Lei chiude il rubinetto.

"Avevo proposto un po' di flessibilità: poter studiare dopo aver pregato, invece di vedere il telegiornale insieme alle altre tutte le sere. Quel momento di distensione a me non faceva piacere, perché avevo bisogno di stare ancora un po' in biblioteca. Nella comunità non c'era neanche un misero dizionario."

In effetti il primo Natale chiese in regalo un dizionario María Moliner, ma loro non sapevano di chi si trattasse. Si lascia andare a una risata triste che per qualche misteriosa ragione sembra farle piacere.

Posa sul tavolo della cucina un vassoio pieno di bicchieri bagnati e si siede dall'altro lato con uno strofinaccio in mano. Si prepara ad asciugarli.

"E come sarebbe stata la suor Greta perfetta per loro?"

Non esita neanche un istante: "Non avrebbe dovuto protestare né mettere in discussione niente. Loro sono molto fattive. Questo non avrebbe dovuto essere un problema nel mio caso, perché sono quasi iperattiva. Ma mi sembrava assurdo che, pur avendo tanti soldi, noi che avevamo un compito più importante come studiare all'università dovessimo investire tanto tempo in faccende superflue".

"Eravate voi a fare le pulizie?" le chiedo mentre le faccio segno di passarmi un bicchiere.

"Non importava quale fosse il mio apporto né la mia dedizione sotto altri punti di vista," continua lei, "non faceva differenza il fatto che studiassi, la suor Greta perfetta avrebbe dovuto lavare a uno a uno persino i sottobicchieri. Ti assicuro che il nido della Città del Nord era il più disinfettato d'Europa, quando ci lavoravo io." Lancia lo strofinaccio nel lavandino. "Vuoi sapere come sarebbe stata la suor Greta perfetta? La suor Greta perfetta avrebbe dovuto presentarsi sempre puntuale alle preghiere, cenare e vedere il telegiornale insieme alle altre tutte le sere. Non mettere niente in discussione. Ed essere felice."

Grazie alla sua esperienza, in effetti, è un fenomeno nella lucidatura dei bicchieri. Si asciuga le mani prima di prendere il cellulare e posare lo sguardo sulla lettera che l'aveva fatta sprofondare in un baratro. "Finalmente te ne vai," erano state le parole che Greta aveva sentito dalla bocca di madre Dominga quando le avevano consegnato la lettera. Una lettera che riassumeva tutti i suoi incubi. La paura costante che la buttassero fuori aveva preso forma.

La lettera conteneva una scadenza: 6 marzo, il giorno dopo.

"Come hai visto, è una lettera mediocre."

Ventiquattr'ore per uscire dal paese come se fosse una pericolosa criminale, penso. Solo perché le pesava la "vita comunitaria"?

Ventiquattr'ore per abbandonare un sistema di vita, senza diritto a un solo giorno di contributi maturati in quattordici anni di dedizione alla comunità e all'insegnamento. Aveva preso i voti il giorno dopo aver compiuto la maggiore età. Esci dal seno della tua famiglia ed è a quella che poi ti restituiscono.

"Un biglietto aereo per lasciare la Spagna entro ventiquattr'ore e mille dollari in tasca, solo per aver protestato..." ricorda.

"Questo lo sai dove si fa?" le chiedo smettendo di colpo di rimuginare.

"Dove?"

"Nelle dittature."

Greta sorride.

"Scrivilo."

"Già scritto." E mi scolo il caffè fino a che i cubetti di ghiaccio non mi bruciano le labbra.

Ricevere quella lettera era stato uno dei dolori più grandi della sua vita e io la capisco... come potrei non capirla? Lo ricorda rileggendo quel fuoco di fila di parole che le aveva colpito l'anima e aveva superato di nuovo la sua soglia del dolore, quella segnata dalla scomparsa di suo fratello. E continua con il racconto di quella scena che, da quando la conosco, mi arriva frammentata come un mosaico e che forse lei visualizza come un film, ossessivamente, a circuito continuo.

Aprì la busta e vide un biglietto, una mazzetta di dollari e la lettera. "Era questo che voleva?" chiese a madre Dominga dopo averla letta con le dita rigide, davanti a lei. E la superiora, come uno di quei militari delle retrovie, poco abituata agli scontri corpo a corpo ma imbaldanzita dalla vittoria, con una specie di sorriso tremolante sulla faccia le disse solo: "Che bello che finalmente te ne vai". Greta strappò la lettera e uscì di corsa.

La prima cosa che fece fu chiamare l'Aita. Di lì a mezz'ora il vecchio gesuita arrivò a passi lenti e pesanti sul lungomare, con il suo corpo vecchio salì a due a due i gradini consumati della parrocchia, reggendosi con due dita l'orlo della tonaca, e quando la trovò seduta sulla prima panchina la abbracciò.

"Piangemmo insieme, mi abbracciò stretta e mi disse: 'Greta, il mio dolore è il tuo dolore'." Gli occhi le si riempiono di lacrime. "E sentii che era vero. Lui non capiva quella decisione. Gli sembrava ingiusta."

"Te lo aspettavi?"

"No. E anche quando saranno passati anni, non lo perdonerò mai." Adesso la sua voce è chiara. "Se Dio esiste, dovrà inginocchiarsi per chiedermi perdono."

Questo lo aveva scritto un prigioniero di Auschwitz sulla parete di una baracca. Lei avrebbe voluto scriverlo sui muri della chiesa in cui disse al suo Dio che l'aveva delusa. Durante il lungo silenzio nel quale ci ha sprofondato quest'ultima frase, continuo a pormi delle domande.

"Di che cosa ti accusarono, per provocare una decisione così radicale da parte di madre Celeste?"

"Dissero che ero pazza. Che avevo minacciato di dare fuoco all'asilo, con dentro tutti i bambini."

Si rifugia nei giri monotoni della lavatrice, come se avesse l'impressione di girare a sua volta insieme agli asciugamani. Mi racconta di come madre Dominga avesse scritto a madre Celeste per manipolarla. E di come in seguito avesse inviato la sua lettera di espulsione a tutta la congregazione per darle il colpo di grazia: in quella lettera, includendo solo i brani che le potevano tornare più utili, la sua Giuda raccontava di come lei e la comunità fossero state destabilizzate, continua a dirmi, come se faticasse a trovare le parole. Ma va avanti, per quanto abbia la voce tirata.

"Sostenevano di essere vittime della mia malattia, ovvero della mia solitudine, del mio dolore... ero io ad averle fatte soffrire, e non il contrario."

Chiude gli occhi e si sventola con una rivista.

"E che motivi aveva addotto per giustificare la sua decisione di farti smettere di studiare?"

"Non lo so." Scuote la testa e la gamba si muove come se fosse dotata di vita propria. "So soltanto che quel giorno segnò una svolta. Era un anno che studiavo Scienze della comunicazione. Mi entusiasmavano tutte le materie, mi ero fatta degli amici... Quando madre Dominga mi mandò 'sua marita', sorella Bernarda, per dirmi che era scaduto il termine per l'iscrizione al secondo anno e che questa era una buona occasione perché mi dedicassi maggiormente a loro... capii di essere in trappola. Che avevano iniziato a vincere la battaglia. Quello stesso giorno, però, conobbi l'Aita."

Una chiesa colonizzata dal muschio e dai crostacei nella Città del Nord, di fronte al mare. Era novembre. Con la scusa di andare a restituire un libro, Greta uscì dal convento, disperata, senza sapere con chi prendersela, perciò decise di prendersela con il mare. Dopo la notizia del suo allontanamento dall'università, dentro quelle mura tutto le puzzava di marcio. Sentiva i polmoni restringersi fino a diventare delle dimensioni di una noce. Non riusciva neanche a piangere. Aveva bisogno di prendere aria. Camminò lungo l'antico lungomare e lasciò che l'aria carica di sale la schiaffeggiasse finché sentì che voleva strapparle il velo. Avrebbe voluto che glielo portasse via. Anche l'abito. E persino la pelle. Avrebbe voluto essere uno scheletro senz'anima e farla finita con tutto. Camminò lungo l'unica navata dell'edificio sacro e sentì qualcosa che le correva accanto. Un piccolo granchio scuro stava attraversando il pavimento di pietra, fuori posto proprio come lei. Entrò in un confessionale e poté intuire il viso del sacerdote seduto dietro la grata. Sembrava avere un sorriso placido, che la ferì perché lei si sentiva morta dentro; per questo disse soltanto: "Non credo nel tuo Dio. Non credo nella Chiesa. Non credo in niente. Solo in Rilke, Paganini e poco altro".

Dall'altro lato della grata sentì un breve silenzio che odorava di alghe marine. E poi la sua risposta cadenzata, come le onde: "Molto bene... Posso chiederti soltanto un favore?". Lei si ritrovò di fronte i suoi occhi. "Posso essere tuo amico?"

E Greta iniziò a piangere.

Mentre me lo dice, piange di nuovo come non l'avevo mai vista fare. Non come la novizia che era stata quel giorno, né come la donna delusa che è adesso, ma come una bambina perduta. Iniziò a piangere perché non se l'aspettava, mi dice adesso mordendosi le labbra, portandosi al petto una mano in segno di gratitudine. Lei voleva provocarlo e pensava che lui l'avrebbe aggredita come tutti gli altri. Voleva sfidarlo, ma lui non aveva raccolto la sfida.

Si asciuga le lacrime con la manica.

"Quell'idiota del prete mi sorrise e mi chiese se poteva essere mio amico per sempre... Da allora per me lui è l'Aita. Gli venne voglia di essere mio amico ed entrò nella mia vita solo per questo."

Il suo insegnamento più importante è stato che l'unica cosa di cui hai bisogno nella vita è proprio questo: un amico.

"Perciò quel pianto fu un 'sì, lo voglio'," le dico, felice di conoscere questo personaggio.

E lei annuisce con lo stesso sollievo del pomeriggio in cui uscì da quella chiesa, scortata dai granchi che correvano a nascondersi tra le panchine, e tornò al convento per comunicare alle consorelle che si era scelta un padre spirituale. Un gesuita le sarebbe stato accanto nel suo percorso. A loro sembrò una buona notizia. Forse l'avrebbero rimessa in riga.

Parlavano di tutto. Lei era stata per lui la connessione con questo mondo così strano nel quale si era ritrovato dopo i quarantacinque anni trascorsi in Africa.

"Un mondo in cui i religiosi frequentavano i musei, avevano macchine di grossa cilindrata, computer portatili, cellulari... Non come lui, che aveva vissuto la povertà dei veri poveri."

Erano due disadattati. Due pesci esotici fuor d'acqua. Forse per questo avevano la stessa capacità di mettere in dubbio tutto. Greta condivideva con lui i libri. Ricordava molto bene quando gli aveva prestato i *Quaderni* di Paul Valéry, quel volume che non le hanno permesso di portarsi via dalla Città del Nord e che adesso le manca tanto. Quando l'Aita leggeva qualche paragrafo, la guardava meravigliato: "E tu questo lo capisci, Greta?", e poi: "Sei straordinaria. Incredibile".

"Lui ha sempre avuto paura del mio spirito ribelle e della pazzia che poteva derivare dalla mia rabbia," ammette.

Mi mostra una foto dell'Aita: avrà più di ottant'anni. È un uomo di una bellezza che il tempo non scalfisce. Quando sorride, dice Greta, gli vengono le fossette e strizza gli occhi; ha labbra chiare e sottili.

"È così perfetto..." aggiunge, meravigliata. "Io lo provoco sempre perché è un gesuita e gli dico che fa parte di un'élite, perché sono molto acculturati e hanno un papa tutto loro. Gli dico: 'Va bene il Congo, ma voi siete dei fighetti, siete gli scienziati della Chiesa...'."

Lui l'assecondava in tutto.

Ricorda con affetto le loro chiacchierate sul lungomare, il suo modo di scendere con l'orlo della tonaca che strusciava sulla scalinata bianca, fino alla sabbia. L'Aita era una persona molto semplice, si era dedicato per anni all'essere umano, e non gli interessava chi dipingeva un quadro, chi eseguiva un concerto, chi scriveva un romanzo: per lui era fondamentale che le persone fossero felici, che avessero una vita dignitosa, che non avessero fame, che non soffrissero.

C'erano giorni in cui Greta insisteva perché l'accompagnasse in posti dove non era mai stato.

"Aita, devi venire con me a una mostra, ma si tratta di arte contemporanea."

Lei stava imparando ad apprezzarla, gli disse molto seria, stava imparando a sentire e a non capire.

Quando entrarono nella galleria bianca e minimalista, con grandi tele sporche di colore, l'Aita si mostrò molto interessato. La visitarono in silenzio, lui la seguiva con le mani dietro la schiena, come faceva sempre, e una volta fuori, dopo aver salutato cortesemente la gallerista, Greta gli chiese che cosa gliene pareva, cosa aveva provato, come aveva preso quell'esplosione di avanguardia. Lui si fermò in mezzo alla strada, lambita da una pioggerellina sottile, e iniziò a ridere come un bambino, poi disse: "Dammi un quaderno e qualche colore e i miei bambini del Congo ti faranno un disegno bellissimo. E poi lo vendiamo qui. Che ne pensi?".

Greta iniziò ad avanzare furiosa sul lungomare.

"Ma quanto sei ignorante, Aita, magari fossi rimasto in Congo," esclamò, seguita dalle risate di lui, che la facevano arrabbiare sempre di più. "Non ti porterò mai più da nessuna parte!"

E lo lasciò lì, a spanciarsi dal ridere sul lungomare.

Poco dopo avrebbe capito che, anche se la assecondava in quasi tutto, a lui certe realtà non interessavano affatto. Alla fine andava sempre al sodo e le ripeteva: "Greta, tu sai tante cose, però a me l'unica che interessa sei tu. Il tuo sorriso. I tuoi occhi".

Parla dell'Aita come chi si rivolge a un santo con il quale ha i propri rituali privati. Ogni volta che si salutano, prima di riagganciare, lui le dice sempre: "Ascolta, ascolta... ti voglio bene". E lei gli risponde: "E io... non potrei volertene di più". Lui ripete il suo nome molte volte e lo pronuncia in un modo speciale. Ha questa capacità. Nessuno mai l'ha più chiamata così. Dando valore al suo nome, assicura, avvicinando il viso al ventilatore e lasciando che le scompigli i capelli, adesso un po' più lunghi. Chiama ogni essere umano come se fosse unico: l'Aita dice di aver imparato in Congo ad amare l'essere umano.

"E tu ne sei capace, Greta?"

"Capace di cosa?" Si gira verso di me.

"Di amare l'essere umano."

"No. Io no."

Detto questo, mi porge la mia giacca. Qui fa molto caldo, ma fuori il sole è sceso. Greta mi avverte che Deirdre potrebbe tornare da un momento all'altro e qualunque novità rischia di destabilizzarla.

"È ora di uscire, per le creature della notte," le dico. "Tra l'altro, c'è un posto dove voglio portarti."

27.

La casa è dietro la caserma di Conde Duque. Le chiedo se conosce questo spazio, che è stato trasformato in centro culturale. Uno di quei posti meravigliosi di Madrid, spesso sottoutilizzato, ma dove adesso si svolge un ciclo di concerti estivi. Oggi suona Goran Bregović: un'ode gitana alla gioia di vivere. Così ordiniamo due birre con il limone nella piccola taverna di plaza de Guardias de Corps, lì di fronte, un cubicolo fatto di legno di botte, per lasciar passare il tempo finché non entreranno in scena i gitani dei Balcani. A un tipo capace di sganciare perle del genere che tutti gli zingari del ventesimo secolo non sono riusciti a rubare quello che un banchiere è in grado di rubare in un quarto d'ora bisogna dare ascolto per forza.

La piazzetta, piena di sabbia e non asfaltata, esibisce un assortimento di sedie da esterno in plastica e alluminio, senza ombrelloni eleganti; i cani di grossa taglia socializzano liberamente e si annusano il sedere, mentre i loro padroni spensierati fumano, aspettano o spettegolano in gruppetti. Mi piace, questa piazza. Ne approfitto per aggiornare Greta sulle mie indagini giornalistiche. Mi ascolta con attenzione mentre sorseggia la sua birra analcolica. So che sembrano pessime notizie, le dico, ma sapevamo già che non sarebbe stato facile. E comunque abbiamo appena iniziato e stiamo parlando dei due più importanti quotidiani del paese. Le parlo anche di Gabriel e del nostro incontro, glissando sul finale, ovviamente; l'immagine mentale delle sue foto con l'abito da religiosa mi incute ancora una certa soggezione. Mi azzardo anche a confessarle la preoccupazione che mi tormenta man mano che andiamo avanti con la sua storia: la reazione che la sua pubblicazione potrebbe provocare tra amici ed estranei. E non tanto presso il grande pubblico, ma nella mia cerchia. Anche se è vero che, per il momento, sto solo sondando l'interesse generale.

Lei assume un'espressione più seria. Cerca un fazzoletto e asciuga la condensa sul tavolo.

"Se sei preoccupata tu, immagina io."

Dall'altro lato del muro di mattoni, nel cortile della vecchia caserma di Conde Duque, si sentono delle tube afone, l'ultimo soundcheck.

"Intendo dire che non vorrei offendere le convinzioni religiose di nessuno," insisto, "ma capisco che nel tuo caso è normale che tu sia arrabbiata con la religione."

Lei sembra sorpresa.

"Non sono affatto arrabbiata con la religione, Patricia. Sono arrabbiata con la Chiesa, è diverso." Allunga la mano e lascia che un golden retriever che ha sentito l'odore delle nostre patatine le lecchi le dita salate. Il padrone, un trentenne con la maglietta dei Ramones, dal tavolo accanto chiede scusa.

"E allora," continuo, "raccontiamo questa storia pensando a quello che mi hai detto in aereo e che mi ha convinto a farlo."

"Sarebbe?" chiede accarezzando il cane come se si trattasse del suo Tribilín.

"Che mai più a nessuno succeda una cosa del genere. Quel 'qualcosa', Greta, che non mi hai ancora raccontato in tutta la sua enormità."

Lei mi guarda fisso e annuisce.

"Ma lo farò, Patricia, non preoccuparti, lo farò."

Certo, penso, mentre ascolto le urla del pubblico che reclama la star di Sarajevo. Altrimenti, perché si racconta una notizia? Non è la curiosità morbosa. Non è la vendetta sterile. È una forma di pulizia. Come una profilassi contro l'impunità. Un esorcismo capace di espettorare l'ingiustizia del silenzio. Un modo per avanzare verso qualcosa di più positivo. Rendere visibile un'ingiustizia dovrebbe dare impulso all'autocritica. Anche se entrambe sappiamo che non è sempre così. Io l'ho sperimentato sulla mia pelle e qualcosa mi dice che è successo anche a lei. Perché Greta, a un certo punto, aveva deciso di prendere i voti definitivi, ispirata da esseri umani come l'Aita che con Dominga non avevano niente a che vedere. Per questo mi decido a chiederle delle altre religiose.

"Sai cosa pensavo l'altro giorno?" le dico, mentre cerco nelle tasche i biglietti del concerto.

"Cosa?"

"Che con questo reportage mi piacerebbe anche riscattare tutte quelle donne intelligenti e incomprese di cui mi stai parlando e che l'istituzione non apprezza come dovrebbe."

"È un'idea molto bella." Greta accarezza il bicchiere e scrive qualcosa sulla condensa, forse qualcuno dei loro nomi.

"Quelle donne coraggiose. Intellettuali. L'idea me l'ha suggerita una conversazione con un amico."

Molte erano già fuoriuscite o erano state cacciate, come Greta, e il problema era che la rigidità dell'istituzione – il suo maschilismo e la sua mancanza di evoluzione – portava anche quelle rimaste a dubitare di sé, nei momenti in cui erano più fragili.

"È molto triste vedere che la maggior parte delle suore anziane finisce per impazzire. Ci sono molti suicidi." Elimina la condensa dal bicchiere con un tovagliolino. "Non si può vivere per tutta la vita con una doppia morale. In vecchiaia esce fuori ciò che hai represso per tutta la vita. Anzi," dice con aria triste, "non ti ho ancora parlato delle mie morte..."

"Suicidi?" domando.

Lei annuisce. Il primo del quale aveva avuto notizia era stato quello della suora che la stava preparando per la prima comunione. Era così bella che davanti alla scuola c'era sempre una fila di uomini solo per vederla passare.

"Ci dissero che aveva avuto una crisi mistica e si era avvelenata."

E mentre si sentono già i primi accordi di *Kalashnikov* inerpicarsi sopra un'onda di grida emozionate, vediamo la Bella che passa recitando il rosario, indifferente alla trepidante fanfara di tube, trombe e all'ammirazione e agli sguardi famelici dei suoi pretendenti che la aspettano come ogni pomeriggio, solo per ricevere il regalo di vederla passare senza vederli, lo sguardo protetto dalla clausura delle palpebre. E Greta inizia ad andare indietro nel tempo, fino ad atterrare in un'infanzia estasiata davanti alla bellezza fredda e altezzosa di quella donna intoccabile.

28.
Ibagué, Colombia
Anno 14

"Sbrigati, mamma!"

Nessuno dei suoi figli aveva mai corso tanto per andare a scuola, pensò Felisa, soprattutto di sabato. Greta, già all'angolo, con le scarpe impolverate e i codini pettinati con l'acqua di colonia, si spazientiva. Forza, rischiava di arrivare in ritardo! La verità è che non l'avevano presa troppo sul serio quando a dodici anni aveva annunciato di volersi fare suora. Felisa la guardò affrettare il passo con il libro in mano, quello che aveva preso in prestito a scuola sulla vita della madre fondatrice, della quale ultimamente le raccontava tante cose, come se parlasse di una condottiera. Ormai stava diventando una donnina, pensò Felisa, affrettando il passo a sua volta. Anche se era sempre minuta e perciò sembrava più piccola, in fondo non lo era. Che caldo. Che afa. Le mancavano solo tre anni per arrivare all'età in cui lei aveva commesso il grave errore... Quanto le bruciava lo stomaco a quel ricordo, pensò, mentre la seguiva rimanendo un po' indietro. No, per questo Felisa avrebbe preferito non avere figlie femmine. Lei era stata troppo sfortunata e anche troppo bella. Il problema era quello.

Greta però era diversa.

Era venuta al mondo per guarirla: il suo presente, il suo passato e il suo futuro. Un sollievo, come se le avessero tolto di dosso una tonnellata, ma era uno zaino pieno di sassi che la piccola Greta portava in spalla senza saperlo. Non si sapeva neanche se fosse stata la sua educazione a spingerla a darsi tanto agli altri, o se fosse nata così. Fatto sta che, quando aveva annunciato che da grande si sarebbe fatta suora, nessuno le aveva dato davvero retta. Ci aveva creduto solo sua sorella Mari Ángeles, che se lo sentiva ripetere tutte le mattine quando le faceva i codini e della quale non sapevano ancora che avrebbe seguito quello stesso cammino prima della sorella minore, né che un giorno le avrebbe salvato la vita proprio grazie alla sua condizione di religiosa, quando Greta si sarebbe ammalata di dengue emorragica, riempiendo un autobus di suore disposte a donare il midollo per la sorella. Per Felisa il concetto era semplice. Sua figlia preferiva Dio ai ragazzini e Dio non l'avrebbe messa incinta. Non avrebbe avuto neanche un attimo di esitazione nel fucilare qualunque uomo avesse osato avvicinarsi a Greta. Nessuno doveva toccare la sua bambina.

Tutta la famiglia, però, avrebbe ricordato che c'era stato un prima e un dopo: quel giorno in cui a scuola era arrivata la madre superiora. Era una suora molto importante, aveva detto Greta a sua madre, che stava lavando i panni in cortile. Le alunne migliori della scuola, adoranti, erano andate in delegazione a salutare questa madonnina, le avevano portato dei fiori, ma lei, essendo così piccola di statura e non essendo tra le più brave, non era stata scelta. Per questo aveva chiesto a Felisa di portarla a un concerto del Conservatorio Alberto Castilla, al quale la famosa suora avrebbe assistito. C'era una scuola per le bambine povere e un'altra per le bambine ricche e quello era un evento privato per l'élite. Lì, senza saperlo, Greta avrebbe finalmente conosciuto le suore dell'altra comunità: la sua futura famiglia. La sua futura casa. Quando arrivarono, Greta si avvicinò alla più giovane, le chiese di aiutarla a salutare la madre superiora e lei accettò. Greta aveva il cuore che le batteva all'impazzata. Era emozionante come conoscere Wonder Woman.

Intimorita da un incontro così importante, rimase rigida e muta come una delle immagini sacre della cappella. La giovane suora le fece da intermediaria: "Madre, questa bambina vuole salutarla," e Greta alzò gli occhi, quelle due ferite scure, ritrovandosi di fronte quell'altro viso bianco e sorridente, dell'età di sua madre, l'immagine stessa della bontà. Fu la prima volta che vide madre Juana, la prima superiora di origine colombiana. Le avevano parlato tanto di lei... Arrivava dall'Italia ed era ormai diventata una celebrità. Attraverso quella giovane suora che le faceva da interprete, le sussurrò all'orecchio che avrebbe voluto prendere i voti. La superiora baciò la bambina sulla guancia con le labbra dure e secche: "E allora devi continuare a coltivare la tua vocazione..." le disse. Ma evidentemente qualcosa in quel viso dovette attirare la sua attenzione, perché le chiese: "E dimmi, Greta, con chi sei venuta?". La bambina le rispose orgogliosa che l'aveva accompagnata sua madre.

La donna, da madre a madre, salutò da lontano Felisa con un cenno della mano, come al rallentatore.

Quello fu il suo primo contatto con loro e cominciò in un modo che più avanti Greta avrebbe chiamato "la conquista". Greta aveva detto a Felisa che quelle suore erano più carine delle suore della sua scuola. I casi della vita: quando aveva dovuto iniziare a prepararsi per la prima comunione, siccome non c'erano più posti liberi nel quartiere, Felisa era stata obbligata a iscriverla per la catechesi in quella scuola del centro in cui da allora andava tutti i sabati. Era lì che aveva conosciuto la Bella. Come avrebbe potuto immaginare che quella stessa donna sarebbe morta avvelenata in un convento pochi anni dopo?

Nel dipartimento di Antioquia, dove era nata, la chiamavano la Bella, e basta. Proveniva da un paese in cui, ancora adesso, quasi tutti prendono i voti, come se nel fiume scorresse acqua benedetta. Durante le lezioni, le alunne osservavano affascinate quella statua vivente che sembrava scesa da un tabernacolo. Impossibile non adorarla. Il naso disegnato con il righello, gli occhi grigi e tristi... Greta però non seppe mai di che colore avesse i capelli perché, al contrario di altre suore che si spostavano il velo all'indietro per vedersi più belle, a lei il velo partiva dalle tempie come una chioma incorniciandole il viso perfetto. Felisa non sapeva più come dire a Carlitos, da quando aveva iniziato a lavorare al ristorante, di non sprecare energie con quella vergine, ma lui usciva tutti i pomeriggi per vederla entrare a scuola, con il cuore in fiamme, come chi aspetta il passaggio di una processione. Lei non gli rivolgeva mai neanche un'occhiata. Passava davanti a lui, rigida e indifferente, proprio come una statua: perché era di Dio che era innamorata, tanto che volle andarsene con lui. Quando divenne impaziente e non riuscì più ad aspettare, si tolse la vita. Quelli che la trovarono la paragonarono alla Bella Addormentata. Era stesa sul letto, vestita, le mani giunte, le labbra pallide e socchiuse e un filo trasparente di saliva, come un fiume, che le usciva dalla bocca nel tentativo di espellere il veleno che aveva ingerito.

Greta però si dispiaceva, quando usciva da scuola a ora di pranzo e sentiva il povero Carlitos, appoggiato al bancone di La Pola, lamentarsi della freddezza della Bella. Era il locale in cui lavorava Felisa e Greta andava a mangiare lì tutti i giorni. Più tardi, nel pomeriggio, le toccava andare a fare i compiti al conservatorio: sempre stando attenta ad attraversare la strada, le ricordava Felisa, ammonendola con il dito rigido e mulatto. A meno che non ci fosse un concerto, perché in quel caso, le aveva detto sua madre, doveva ascoltarlo. I compiti li avrebbe fatti più tardi. Altrimenti andava alla Biblioteca Darío Echandía a cercare la sala della musica, dove lasciava la tessera, si sedeva in una delle poltrone imbottite, si faceva dare un paio di cuffie e si metteva ad ascoltare Schubert e Beethoven. Alla fine del suo turno Felisa, che non poteva entrare perché non aveva la tessera, la aspettava all'uscita e, mentre tornavano a casa, le chiedeva cosa avesse ascoltato. Lei non sapeva i nomi di tutti i musicisti, ma sua madre le diceva sempre: "Figlia mia, tu chiedi sempre dei più vecchi, sono i migliori". E così, quel pesciolino che aveva imparato a nuotare in uno tsunami, quel pesce fuor d'acqua che non vedeva la televisione, che non ascoltava ciò di cui parlavano le altre ragazzine, a dodici anni imparò a suonare la chitarra da autodidatta e decise che sarebbe diventata santa.

Fu allora che arrivò suor Imelda, la Profetessa. Era così alta, così nera, una di quelle donne belle che vengono considerate brutte, camminava dentro il suo abito come se ballasse e aveva sempre un sorriso stampato in volto. Greta ne rimase affascinata. "Me ne innamorai," mi dice, "perché accanto a lei ero un topolino." In Colombia, vedere una donna alta un metro e ottanta era sorprendente.

La conobbe nella scuola dove iniziò a sospettare che suor Imelda arrivasse solo quando cambiava il vento, come Mary Poppins. Fin dall'inizio, quella religiosa scura come il carbone provò un'empatia fortissima nei suoi confronti. Chiamava Felisa per dirle di far partecipare Greta alle varie attività e intratteneva con la bambina una conversazione epistolare. A Greta sembrava così colossale, così affascinante... si sentiva toccata dal divino, che le aveva regalato un'ispirazione talmente profonda. Come avrebbe potuto immaginare che anni dopo si sarebbero incontrate di nuovo in Messico, entrambe con l'abito da religiose, per colpa di una valigia rotta? Suor Imelda sarebbe diventata un punto di riferimento. "Sì, fu un punto di riferimento, anche se per un lungo periodo mi abbandonò," dice Greta. Probabilmente pensava di farlo per il suo bene, ma la abbandonò. Anche se la storia del suo mentore, la gigantessa Imelda, era bella e triste allo stesso tempo e avrebbe fatto meglio a parlarne più avanti.

Un giorno d'inverno, anni dopo, nell'imponente Casa Generale in Messico, Imelda avrebbe confessato alla sua giovane protetta di avere un istinto materno così forte da non riuscire a smettere di accogliere figli, la riteneva una debolezza da parte sua. E le raccontò che a madre Teresa di Calcutta, ormai settantenne, un giorno il seno aveva iniziato a produrre latte.

"Credo che avesse sviluppato quell'istinto anche con me. A molte suore succede, a furia di sentirsi chiamare 'madre' senza poterlo essere." Fa una pausa. "E le fece molta paura. Avevamo anche una certa somiglianza fisica. In un certo senso, ero la sua versione in miniatura."

"E che cosa c'era di male in questo?" le chiedo, tornando per qualche istante nella nostra piazza di sabbia animata dalle percussioni.

"Be', quando sei una suora non puoi assecondare così liberamente questo istinto da madre adottiva." Resta rapita dall'onda musicale trattenuta dietro il muro e sorride. "Perché la gente grida in questo modo? Ci sono così tante cose che non capisco..."

Questo mi fa tenerezza, e improvvisamente persino a me sembra strana l'abitudine di gridare solo perché ci piace qualcosa. Immagino che mi sia difficile capire il mondo nel quale ha vissuto la mia piccola Mr Crocodile Dundee, proprio come lo è per lei capire il nostro.

Nei mesi successivi Greta avrebbe ricordato tante frasi di suor Imelda che le erano rimaste dentro. Quando le diceva con un sorriso: “Greta, noi siamo prostitute. Parliamo tanto di carità e poi... a chi vendi il tuo cuore? Lo dai al primo che incontri”.

“E aveva ragione...” annuisce. “Ti dai agli altri senza coltivare prima cose più importanti.”

“E quando tutti quanti se ne vanno?” le chiedo.

“Il vuoto. In molti casi, sono donne che non sanno stare da sole.”

Lancia in aria un’occhiata di ammirazione nostalgica, ma fa fatica a sorridere mentre continua a ricordarla.

“La grande Imelda aveva la bizzarria dei geni.”

“E all’interno dell’istituzione com’era considerata?” la interrompo.

“Male. Lei criticava molte cose. Per esempio, i banchetti delle suore. Quando entrava in una sala dove se ne stava svolgendo uno, diceva a voce molto alta per farsi sentire da tutte: ‘Salve, popolo israelita’ e scoppiava a ridere tra sé e sé. Per lei, mangiare in quel modo, con quel profluvio di portate, carni arrostite, pane, pasticcini alla panna, era ‘una porcheria’.”

Ride.

“Era un personaggio meraviglioso...” E cerca sul cellulare una foto che non trova. Improvvisamente mi accorgo che parla al passato, ma non voglio farle domande. “Imelda ti faceva sentire unico,” riconosce, “come Gesù. Poi però ti rendevi conto di non essere così unico. E alla fine provavi un po’ di gelosia, perché molte persone ti raccontavano di aver avuto le stesse premure da parte sua ed esperienze quasi identiche.”

“Che cosa ti ha insegnato?”

“Che l’importante è essere liberi. E ha fatto cose molto dolorose per farmelo capire. Come abbandonarmi o smettere di parlarmi.”

“Perché?”

Sospira. Appoggia la testa sulla sbarra di alluminio della sua sedia e cerca il luccichio di qualche stella.

“Ah, Patricia mia... i profeti sono molto difficili da capire, ma lo è ancora di più quello che sto per raccontarti.”

E ordina un’altra birra, per la prima volta non analcolica.

29.

Guardo l'orologio. Se vogliamo entrare al concerto dobbiamo farlo adesso che sta per iniziare la seconda parte. C'è già una piccola folla che fuma all'uscita durante l'intervallo. D'un tratto irrompe di nuovo nella mia testa la voce di Gabriel: "Una storia come quella che hai per le mani ha bisogno di tempo e spazio," e quasi nello stesso momento un messaggio di mamma: *Su Antena 3 c'è un documentario molto interessante sulla Chiesa. Come stai oggi, Gatto?* Gli altri messaggi sono dell'agenzia, con un livello di isteria che mi sconvolge. Chiedo il conto ma non mi alzo, è Greta che sembra essersi alzata di nuovo in volo verso la Colombia, ma adesso ha diciott'anni e ha preso la sua decisione. Ha iniziato l'aspirantato, "un periodo in cui ancora non sei entrata a far parte della comunità, dormi a casa tua, ma iniziano a prepararti," mi spiega, mentre io tiro fuori il taccuino e prendo appunti sul tavolo bagnato, ormai senza nessun pudore.

Quando madre Imelda fu promossa a vicaria e inviata in Messico, venne sostituita da Valentina, che non era affascinante come la Bella, né alta e degna di ammirazione come la Profetessa Imelda. "Che vuol dire?" chiedo. E Greta mi risponde che quello della vicaria è un incarico molto importante.

Pertanto la sua promotrice vocazionale, ovvero la religiosa incaricata di farle da ponte verso la vocazione e consacrazione a Dio, adesso era suor Valentina: robusta, scura di pelle, con la fronte stranamente ampia e il corpo da *palenquera*.

Quando anni dopo Greta vedrà delle sue foto, si chiederà com'è possibile che idealizziamo tanto le persone; perché, come succede a tanti ragazzi, Greta si era innamorata della sua insegnante. Tra l'altro, perché Valentina giocava a un gioco per lei tanto sconosciuto quanto rivelatore. Un gioco di sfioramenti casuali e lunghi abbracci, che diventavano carezze con qualunque scusa e, in seguito, anche senza.

"Credi che lo facesse anche con altre?" le chiedo allarmata.

"Penso di sì. Ma lei mi indirizzò su una strada che non era solo quella della consacrazione a Dio, te lo assicuro."

"Quanti anni avevi?"

"Quindici."

Fa una pausa, nella quale intuisco che cerca di valutare la mia reazione. Perciò mi limito ad assentire come se me lo aspettassi, anche se ovviamente non è così. Annoto sul taccuino quel numero così piccolo.

"Che faceva?"

"Ci toccava. E adesso mi rendo conto che esagerava."

Il cameriere ci lascia la birra sul tavolo mentre grida al suo collega che alcuni clienti se ne sono andati senza pagare; dopo aver bevuto un sorso di schiuma, le chiedo l'inevitabile. Se crede che sul suo orientamento sessuale abbia potuto influire quanto era accaduto con suo cugino. Lei mi risponde con un no tagliente. Ma che cosa mi succede?, mi chiedo adesso tra me e me. Questa domanda non è degna di una persona che considera l'omosessualità un terzo sesso. E allora perché cerco di associarla a un trauma? Dobbiamo proprio tenere tirate le redini dei nostri pregiudizi...

"Fatto sta che quando entrai nella comunità ero già innamorata di Valentina... e lo dissi."

Senza lasciarmi il tempo di reagire, mi invita a condividere uno dei suoi ricordi più privati. Una fredda notte d'inverno a Bogotá. Entriamo nel noviziato dove si sono recate per fare un'esperienza di vita comunitaria: una villa moderna nella zona nord della città con una facciata di mattoni in stile spagnolo, circondata da vari ettari di parco. Non ci sono porte, solo tende spesse e bianche dividono lo spazio in sobrie stanze alla cui parete di fondo è appeso, solitario, il ritratto della fondatrice. Nessuno può toccare quel muro.

Valentina era andata a fare visita al noviziato e aveva proposto a due delle sue pupille di andare nella sua stanza per chiacchierare. Aveva sentito tanto la mancanza delle sue bambine, disse loro con la sua bocca sempre dolce. A turno le stringeva tra le sue braccia da donnona, braccia alle quali era impossibile sfuggire. Era incredibile, disse prendendo loro il viso tra le mani, quanto erano cresciute, già diciassette anni... e lei, invece, così anziana, ne aveva ventotto, proprio sul punto di diventare una vecchietta, scherzò. E parlarono e parlarono, e com'era possibile che le ore volassero come colombe, si era fatto così tardi... Si alzò a guardare fuori dalla finestra della sua cella, non si vedeva neanche una luce, disse alle due ragazze, e a loro sembrò una buona idea restare, ormai non valeva la pena andare via. Il letto era molto grande: perché non si sedevano?

Così avrebbero potuto continuare a parlare. Poi lei avrebbe sentito tanto la loro mancanza... bisognava approfittarne.

Siccome tutte e tre non c'entravano, la sua compagna andò a prendere nella sua stanza un materasso che sistemò a terra e Greta si sedette con cautela quando Valentina sfiorò due volte con delicatezza il letto, senza quasi spostare la mano che le toccò anche la coscia. Che dolcezza condividere quel calore, ma che strano avere il fiato di Valentina così umido e attaccato al collo, mentre le accarezzava la guancia, prima con il dorso della mano, poi con le dita, cercando con la sensibilità dei polpastrelli le spalle e la schiena della sua protetta. Greta, sentendo il corpo che le andava a fuoco, cercò di mettere in fuga le fantasie che le cadevano addosso come in un bombardamento, a tratti inquietanti, a tratti emanando un'eccitazione nuova, elettrica. Assediata da quelle fantasie, non chiuse occhio per tutta la notte, durante la quale anche lei lasciò libere le mani e accarezzò la pelle ruvida della sua maestra.

Ma, alla luce cruda del giorno, la realtà non produce ombre smorzate. Con addosso i postumi sgradevoli di una notte in bianco, si fermò per un po' davanti a un roseto a osservare un ragno che riparava la sua tela e avvolgeva un piccolo insetto volante che avrebbe divorato più tardi. Aveva il cuore rammollito, come se lo avesse tenuto per troppo tempo nell'acqua. Si sentì strana, scialba e triste. Nuda. Le passò il sonno. In quel momento, qualcosa che non sarebbe mai più tornato al suo posto si mosse.

E a me è passata persino la sete. Sposto la birra come se tutto disturbasse la mia attenzione: la piazza, i cani, le falene che svolazzano stordite dal caldo.

"Quale fu la spinta che ti portò a rivelare quello che era successo?" insisto.

"Vuoi dire che non avrei dovuto?"

"No, certo che no, voglio dire che... lo hai fatto per denunciarla?"

"No, non volevo denunciarla," mi assicura. "Lo raccontai in segreto alla mia maestra delle postulanti. Le dissi che ero preoccupata per quello che avevo provato quella notte con Valentina... allora mi chiese cos'era successo, io glielo raccontai e lei fece un casino tremendo."

"Immagino..."

Ecco il perché.

La grande domanda. Quella che per me dovrebbe stare sulla cuspide di questa piramide... perché lei avesse ancora questo desiderio di essere santa, perché ci tenesse così tanto a essere limpida come una goccia d'acqua, perché si sentisse così estranea a se stessa senza sospettare che fosse tanto grave. Aveva raccontato quell'episodio come una confidenza, ma la maestra non l'aveva considerata tale. Al contrario, era corsa come un roditore per i corridoi e aveva spifferato tutto alla superiora, aggiungendo un piccolo filtro distorsore: secondo la sua opinione, quella Greta era una ragazza che avrebbe portato conflitti, molto instabile. Greta ricorda ancora cosa aveva provato quando le avevano detto che per affrontare questa faccenda era venuta la madre provinciale in persona: una suora che non si faceva mai vedere, che tutti rispettavano e temevano, ma che lei ricordava come la Wonder Woman a cui aveva portato dei fiori e che aveva conosciuto quando era piccolissima.

Madre Juana, il suo primo mentore a Bogotá, l'aspettava in una saletta che sembrava un astuccio troppo piccolo per lei. La sua personalità e il suo potere non potevano essere contenuti da una stanza qualsiasi.

Appoggiata a uno scrittoio con un quaderno aperto, la penna d'argento con il pennino che sfiorava la carta, dal quale poi si sarebbero staccate tante parole.

"Greta, raccontami tutta la verità," e Greta raccontò per filo e per segno cos'era successo con Valentina a quella donna che, pur essendo ritenuta da molti una tiranna, sarebbe stata tanto importante nella sua vita e l'avrebbe protetta moltissimo. Perché sapeva che la fede di Greta era sincera, l'aveva vista quando le aveva portato i fiori con gli occhi di bambina accesi di entusiasmo.

Durante il resoconto di quella giovane innamorata – che insisteva dicendo che dietro il comportamento della sua tutrice, suor Valentina, c'era solo tanto amore –, madre Juana andò stilando un altro resoconto parallelo con la sua grafia perfetta, nitida e ordinata quanto i suoi cassetti. Quando la ragazza concluse la sua dichiarazione, la superiora tracciò un punto finale che, lo sapeva già, non sarebbe stato tale e disse soltanto, in tono duro: "Un'altra volta... Valentina".

"Insomma, successe un bel pasticcio." Greta mi tira fuori di colpo da questo flashback.

Sentiamo la musica del concerto che è iniziato senza di noi: l'allegria dei violini gitani, la percussione cardiaca.

"E come finì la storia?"

"Quello fu il problema," continua a raccontarmi. "Finì solo due anni dopo."

Anche Felisa, quando sua figlia glielo raccontò, la riprese duramente.

"Non hai mai parlato con tua madre della tua identità sessuale?"

"No!" si allarma. "Il suo ambiente non ha niente a che vedere con il nostro, Patricia. Per lei sarebbe terribile da ammettere davanti a tutti... anche se mi dispiace che muoia senza sapere davvero chi sono."

Si porta la mano alle labbra per dissimularne il tremito e torna al suo racconto: le ombre di Valentina si allungarono perché la corpulenta religiosa, il cui rancore era robusto come le sue gambe, prima di essere inviata nel villaggio più povero e sperduto della Colombia si diede da fare per chiedere una valutazione psicologica della giovane postulante. E la ottenne. Da parte di una psicologa che casualmente, seppe in seguito Greta, era sua amica. O qualcosa di più. Fece in modo che in quella relazione venisse messo nero su bianco che Greta aveva precedenti di violenze, che aveva problemi con la sessualità e che era una persona molto conflittuale. *Tratti ipocondriaci, isterici, depressivi e di fuga nella fantasia, mancanza di identità psicologica sessuale.*

"In seguito ho saputo anche che quel rapporto fu postdatato di un anno per aiutare Valentina."

"Un attimo, un attimo, un attimo..." dico. "Per aspettare che tu fossi maggiorenne?"

Greta annuisce come se non capisse la gravità della mia domanda. "Manipolano la data di una valutazione psicologica che tra l'altro leggono... quante persone?"

Un venditore di accendini ce ne lascia due sul tavolo. Di fronte al nostro rifiuto ci offre dei cerchietti con le corna da diavolo. "Questi sì che sono adatti a noi," dice Greta, come se cercasse di addolcire questo veleno così amaro, e aggiunge: "Valentina adesso mi detestava e da quel momento mi mise contro molta gente. Tutti furono informati della sua versione dei fatti. Entrai nella congregazione nuda e segnata e mi suggerirono di fare una lunga terapia".

"E cosa ne è stato di Valentina?"

"Alla fine abbandonò l'ordine. Come tante. Adesso è una specie di sacerdotessa laica che tiene conferenze di autoaiuto, organizza concerti e gestisce una fondazione per bambini."

"Lavora con i bambini?" Mi indigno al punto che per poco non scaglio la mia birra. "Quello che è certo è che giocava sempre a sedurti."

Era stata la prima macchia nel dossier della donna che adesso era seduta davanti a me. Una ragazzina a cui avevano tentato di dare la colpa di aver sedotto la sua preparatrice, maggiore di lei di oltre dieci anni, che aveva studiato teologia e sessuologia.

Prendo qualche appunto. Ho intenzione di consultarmi con Aurora – a quest'ora non sarà in studio –, ma facendo appello alle mie scarse nozioni legali, azzardo: "È incredibile," sbuffo. "Oltre a essere un abuso ai danni di una minorenne, è anche una molestia sessuale bella e buona."

Greta si stringe nelle spalle: potrebbe essere, queste cose non le capisce, non ci ha mai pensato fino a che non ne ha parlato con me, e scuote la testa come se facesse fatica a crederci.

"Eppure, ci credi che mi sentii in colpa? Figurati che io lo vedevo come un amore molto bello... Il colmo è che Valentina era stata una delle figlie predilette della grande Imelda," fa una smorfia, "ma Imelda era una profetessa, e come tutti i profeti si innamorava e disamorava delle persone alla velocità della luce."

Da allora, a quanto mi racconta, è stata in terapia per quasi tutto il resto della sua vita di religiosa. Perché lo ha voluto lei per prima e perché gliel'hanno consigliato.

"Mi piace tantissimo andare dallo psicologo! Sono convinta che sia molto utile e in quel momento pensavo perfino che avrebbe potuto aiutarmi a... come posso dirlo? A correggermi." Stringe le labbra. "La faccenda di Valentina fu insabbiata e io non volevo andarmene dalla comunità. Io, che ero entrata portandomi dentro quel grave peccato, d'un tratto ero sulla bocca di tutti."

Appunto sul taccuino domande su domande, mentre Greta lascia vagare lo sguardo verso la luce di un lampione assediato dalle zanzare. Cerco di digerire il fatto che una minorenne sia stata incolpata di un abuso subìto e che questo abuso sia rimasto impunito, che si sia permesso alla colpevole di continuare a lavorare con i bambini, sia pure in un villaggio sperduto nella foresta. Mi chiedo come sia possibile che venga commissionato a uno psicologo, religioso o meno, un "orientamento psicospirituale". E a proposito... domanda per Santiago: è legale che qualcuno che non è l'interessato richieda una valutazione psicologica sulla vittima di un abuso? Quali sono i confini della privacy di un malato? E quelli del segreto professionale?

"La tua sessualità è stata condizionata?" chiedo senza ulteriori preamboli.

"Vuoi sapere se mi sono continuate a piacere le donne?" Annuisce. "Sì. Ma il problema è quello che successe alla mia anima."

Prende le nostre birre e le allontana fino a lasciarle alle due estremità del tavolo.

"Da quel momento in poi, si svilupparono due Greta in totale contraddizione tra loro: due io che in fondo avevano sempre fatto parte di me. Una è quella che si è lasciata maltrattare tante volte e l'altra è la ribelle capace di trasformarsi in leader. Te l'ho detto fin dall'inizio. Sapevo di avere un grave peccato, ma anche una sincera vocazione."

Credo che quella che ho di fronte, quella che mi sta parlando, sia ancora la Greta timorosa. Probabilmente è lei la sua portavoce, da quando l'hanno cacciata dalla comunità. Quella che ha ancora il tic di cercarsi il velo sulla testa. Quella parte di lei che, a quanto sostiene, è stata alimentata da sua madre. Da lei dice di aver ereditato molte paure: era cresciuta pensando che non andare a messa fosse un peccato mortale.

"E vivevo costantemente nel terrore di morire," aggiunge.

Fa una pausa piena di dolcezza. Forse riesce a vedere la Felisa di adesso, quella che l'aveva sorretta quando in aeroporto le era caduta tra le braccia. "Adesso mia madre è maturata, è cresciuta, ma io sono stata la sua salvatrice, la madre di mia madre. E il problema, quando sei la madre di tua madre, è che diventi una nonna."

Scuote la testa... Per molto tempo Felisa aveva fatto di lei la sua unica complice: le aveva raccontato troppe cose, ad esempio di un aborto, il primo figlio di suo padre, e lei all'epoca era così piccola che non era riuscita né a elaborarlo né a proteggerla.

“Non saprò mai quale sia stata la ragione per cui mi rese depositaria di questi segreti che la facevano soffrire, e responsabile di un’informazione che non ero preparata a ricevere. Il punto è che lei è diventata una madre-figlia che cerco di non far dispiacere o che finisco per consolare.”

“E la Greta ribelle?” le chiedo.

“Quella continua a essere più bambina e credo che venga da mia nonna Mayú Parú, india come mio padre. Al contrario di suo figlio, non si convertì mai al cattolicesimo. Mangiava e dormiva per terra. Non smise mai di venerare la Pachamama. Sai che non si è mai seduta su una sedia e non ha mai dormito in un letto?”

Mentre la ascolto, inconsciamente cerco uno di quegli alberi che fioriscono a fatica nell’asfalto e penso che è vero, forse per non impazzire dobbiamo tornare tutti alla terra, alla natura. Come mi piacerebbe allontanarmi per un momento da questa intellettualizzazione schiavizzante che ci disconnette non solo dalla pelle del mondo, ma anche dalla nostra. A volte dimentico che sotto il formicaio di questa città ci sono terra, acqua e vita. Che abbiamo fabbricato un guscio che non ci permette di vederla, che i nostri piedi scalzi hanno bisogno di stare a contatto con la terra e di nutrirsi della sua linfa, come gli alberi. E allora mi rallegro delle impronte che le mie scarpe da ginnastica lasciano sulla sabbia di plaza de Guardias de Corps.

Qualcosa che si avvicina, una specie di mormorio rivoluzionario, fa sì che tutti noi che siamo nella piazza ci giriamo sulle nostre sedie.

Si aprono le grandi porte della caserma di Conde Duque e, come se fosse crollata una diga, vediamo uscire di colpo una folla estasiata, che balla intorno alla banda diretta da Bregovic⊠: lo riconosco dall’abito bianco, dai capelli sudati, dal corpo che si agita indemoniato al ritmo imposto dalle tube da fanfara. E questa sfilata, come un carnevale gitano, ci circonda, ci invade, ci passa accanto portandosi dietro tutto quello che tocca, alcune sedie, alcune anime che decidono di non rimanere sedute, come le nostre.

“Per oggi va bene così. Andiamo?”

La tiro per il braccio, Greta prende al volo la sua borsa e ci lasciamo trascinare dalla folle marcia che segue il suo pifferaio senza opporre resistenza, come piccoli roditori felici.

30.

Quand'è che corri il rischio di smettere di credere in te stessa?

Quando qualcuno si accorge della tua diversità e ti incalza per farti tornare nel gruppo, a confonderti con tutti gli altri. Hai sfidato la Normalità. L'hai mandata a puttane.

Non ci ho pensato neanche un secondo. Ho chiamato il Muro (finché non abbiamo iniziato a fare boxe non sapevo che il suo soprannome fosse legato al fatto che incassa i pugni come una cazzo di parete): ancora non è arrivato ma, siccome mi ha aperto la signora delle pulizie, per la prima volta mi ritrovo da sola con il sacco.

Non sono nemmeno passata dallo spogliatoio. Ho guardato lo specchio e l'ho vista di nuovo. Lei. Una vecchia conoscente. Con le sue occhiaie e quel modo cupo di ritrarre le labbra e le lunghe braccia a stringersi il corpo in un abbraccio solitario.

Non ci ho pensato due volte e mi sono tolta la camicetta senza sbottonarla; ho iniziato a bendarmi le mani con urgenza, separando bene le dita; ho scrollato la polvere di talco dei due guanti che mi stanno grandi; ho lanciato la corda in un angolo – non sapevo cosa farmene neppure da bambina – e mi sono lanciata contro il sacco senza riscaldarmi, come il Muro mi raccomanda sempre di non fare. Sono già fin troppo calda.

Saper colpire è importante quanto sapersi difendere, lui me lo dice sempre. Non abbassare la guardia. Mai. Mi cerco nello specchio e penso a quanto mi sarebbe stato utile conoscere questa posizione iniziale per la battaglia della vita: imparare a proteggere i miei punti vulnerabili, a intercettare e deviare i colpi dell'avversario.

Perché non dovrei essere arrabbiata?

Ogni episodio di stamattina mi ha ricordato che ho dei motivi per esserlo. Il compito di non arrabbiarci che ci ha assegnato la maestra Jedi all'inizio mi era sembrato facile, ma temo che i suoi mantra luminosi oggi non mi saranno di molto aiuto.

Il primo motivo è il riscontro da parte di Gabriel. Dice che al suo giornale servirebbero delle foto. E nomi veri. E una telecamera nascosta tra le suore per far girare dei mini-video su internet. E un racconto dettagliato dei rapporti sessuali o degli abusi, o di qualunque cosa sia successa. In generale, di tutto quello che può favorire la viralità – appunto per me stessa: quando avrò un momento, dovrò riflettere su questa parola, "viralità", e sulla sua origine: da virus? – e tutto il circo. Sì, un "circo": è stata questa la sua esatta definizione. È uno schifo, ha aggiunto. In definitiva, non pubblicheranno il reportage. Non per timore della reazione della Chiesa, come potrebbe essere nel caso dei capi di Beltrán, né per timore della polemica; anzi, al contrario, proprio perché non riusciremmo a creare tutta la polemica che vogliono. Questo non lo hanno detto loro, ma Gabriel, con la voce sporca di delusione. Una delusione che non lo sorprende per niente, essendo l'ennesima di una lunga serie. Quella curiosità morbosa. Né io né Greta vogliamo questo, gli ho detto, e lui mi ha risposto che certo, è ovvio, era già sicuro che gli avrei risposto così.

Giro intorno al sacco e lo colpisco di nuovo con tutte le mie forze. Mi studio allo specchio. Devo correggere questa tendenza a tenere l'avambraccio così verticale. Il Muro me lo ripete spesso. Mi dice anche che quando sferro un diritto devo mantenere alta la guardia sinistra. Che resto troppo spesso senza protezione. Ecco: mi preparo a colpire e alzo il gomito per allineare le articolazioni. Diritto sinistro, gancio destro, gancio sinistro. Schiva a destra.

E io non dovrei essere arrabbiata?

Siamo tutti uguali di fronte al nostro desiderio di essere felici: ripeto questo mantra e continuo a colpire. E a me che me ne frega! Cazzo!, sembra che io abbia inghiottito un monaco buddhista. Dovrei riflettere su questo pensiero per placare la mia ira? Dovrei capire che la felicità di Dominga nel togliere di mezzo Greta è pari al desiderio di Greta di continuare a vivere secondo la sua vocazione? Dovrei capire che la felicità che potrebbe darmi la pubblicazione di questa storia è identica a quella che prova l'editore pusillanime che la rifiuta? No, mi dispiace, tutto questo non mi serve a niente. Mi dispiace per la legge del karma e per tutti gli esseri illuminati che mi volteranno le spalle, ma io continuerò a sbatacchiare il mio sacco.

Non sono serviti a niente tutti quei mantra ripetuti scendendo lungo calle Martínez Campos, dopo aver chiuso la telefonata con Gabriel, che mi ha chiesto se mi era venuto in mente di chiamare Ernesto. Ovvio che mi è venuto in mente, come tante altre volte, ma oggi no, perché lui è la persona che mi ha dato una mano a diventare giornalista e che ha continuato a tenermela stretta quando non ce l'ho fatta più e ho deciso di soffocare la mia vocazione. Non perché Ernesto sia il mio Aita personale, ma perché è l'unico del cui giudizio mi fidi davvero, e a quel punto... a quel punto ho incontrato lei, che avanzava verso di me come un piccolo fantasma arrivato da molto lontano per parlarmi nel momento perfetto. Quasi non credevo ai miei occhi. Violeta. La piccola e crudele Violeta.

Che casualità, o che coincidenza.

La dea della normalità a cui tutte volevamo assomigliare, ai tempi della scuola. Se è vero che non è stata lei la responsabile del mio linciaggio, è vero anche che rideva eccome di fronte alle trovate di quella banda grottesca di nanetti crudeli che dedicavano ogni maltrattamento alla loro Biancaneve, come fosse un'offerta. Violeta era bionda, carina e minuta. Di un formato che i ragazzini della mia classe potevano maneggiare. Quando sei piccolo, essere della misura standard, o essere la migliore versione disponibile di ciò che viene ritenuto standard, è considerato sinonimo di bellezza. Qualsiasi adolescente muore dalla voglia di appartenere al gruppo e di confondersi in mezzo agli altri. Glielo impone il suo istinto di sopravvivenza, ma a questo desiderio si contrappone la sua natura in piena fase di cambiamento.

La prima crisalide.

Violeta poteva permettersi anche di essere una brava studentessa – o meglio, una studentessa standard –, perché non doveva preoccuparsi di sopravvivere tra quei tiranni che avevano fatto di lei la loro regina. Per il resto, piangeva non appena ne aveva l'opportunità ed era, più che dolce, sdolcinata. Giudicava gli altri con una sola parola ed era lei a scegliere chi era degno di entrare nel suo regno di normalità. Chi rientrava nel canone. L'ho riconosciuta perché è identica, ma con le rughe incipienti. Lei ha fatto più fatica. "Stai benissimo," ha ammesso dopo avermi riconosciuto. "Abbiamo saputo dei premi che hai vinto," ha detto sorridendo con sincerità. Il suo plurale ho immaginato si riferisse a quella ridicola riunione di ex alunni che lei organizza e a cui io non ho mai partecipato. Non so perché ho accettato di prendere un caffè con lei. Forse perché bisogna ascoltare i fantasmi: se si materializzano, ci sarà pure un motivo. E improvvisamente ha detto una frase che al solo ricordo mi fa sprofondare nello sconcerto e in un'irritazione che sto cercando di gestire da ore e che adesso cerco di togliermi di dosso a furia di pugni.

E io non dovrei essere arrabbiata?

Mi lego i capelli con un elastico e mi concentro. Devo allenarmi con questa finta, un diretto poco accentuato, un modo per mettere in difficoltà l'avversario. Di natura sono destra, ma a volte me ne dimentico. Da piccola ero in grado di disegnare con entrambe le mani. E ancora adesso sono capace di colpire con entrambi i pugni con la stessa cattiveria. Mentre guardavo Violeta parlare della sua vita, o meglio di quella di suo marito, con l'aspetto di una donna più vecchia di me di dieci anni e l'abbigliamento di una rappresentante di detersivi, mi sono chiesta come aveva potuto salire sul trono di regina del nulla, di dea adolescente. E mi è tornato alla mente il momento preciso in cui io, da ragazzina felice, ero caduta in disgrazia. Una scena di cui lei certamente non si ricorda, ma io sì.

Undici anni: un gruppetto di mocciosi, sotto lo sguardo condiscendente della regina Violeta, che circondava quel povero ragazzino ridendo di lui, perché sua madre gli aveva fatto mettere degli stivali da pioggia con le nuvolette. "Frocio," gli gridavano cercando l'approvazione sorridente di Violeta, e lei: "Vero che è vestito da schifo?"; il momento preciso in cui mi staccai dal gruppo per pretendere che lasciassero in pace Ángel. Che la smettessero di insultarlo. Dissi che bastava così. E sì, quella fu la prima volta in cui mi arrabbiai davvero. Il riflettore iniziò a spostarsi e abbandonò il mio compagno che piangeva in un angolo, in piedi, con i pantaloni grigi bagnati fino agli stivali dello scandalo, perché si era fatto la pipì addosso per l'angoscia.

Il faro della loro attenzione, con la sua luce gelida dall'alto, cadde su di me. E il branco di lupi per i quali fino a quel momento ero stata invisibile iniziò a vedermi. Ad analizzare le mie caratteristiche. A evidenziare le mie diversità: la mia altezza superiore alla media, la mia magrezza, i miei capelli riccissimi e rossi come il rame dopo l'estate, il mio vocabolario per loro incomprensibile, le mie opinioni originali. Il mio giudizio. E cominciarono quel processo chirurgico senza anestesia che consisteva nell'estirparmi ciascuna delle mie virtù per trapiantarmele come difetti. Le mie peculiarità cominciarono a essere stranezze. Come avrei potuto immaginare che in quel momento mi stavo addentrando nel mio inferno personale, che durò due anni?

31.

E io non dovrei essere arrabbiata?

Mi ancoro con i due piedi a terra e sposto in avanti fianco e spalla, ruotando contemporaneamente il corpo. Ecco, così avrei destabilizzato il mio avversario che sarebbe finito a terra. Gli occhi della sconosciuta che sono oggi cercano nello specchio quelli della ragazzina che sono stata per chiederle: che cosa avrei dovuto fare in quel momento? Fare a pugni? Come adesso? Forse. Ma a me avevano insegnato a porgere l'altra guancia. E tutta la storia che la migliore forma di disprezzo è l'indifferenza. Ma ora so che questo non serve a frenare un certo tipo di violenza. La violenza della normalità. Quella che ho subìto già due volte: quando l'ho vissuta a scuola non si chiamava bullismo, erano "cose da ragazzi". Quando avevo iniziato a lavorare in televisione non si chiamava ancora mobbing, erano "cose che capitano al lavoro".

In quel campo di concentramento di lusso chiamato scuola, la cui retta i miei genitori pagarono religiosamente per dodici anni, imparai quali sono le conseguenze per chi contesta la "maggioranza". Mi fu insegnato dalle loro risate, dal disprezzo sistematico, dalle prese in giro quotidiane se mi sorprendevano a scrivere durante la ricreazione o se usavo un lessico diverso dal loro. "Ha detto 'bandire', ha detto 'raggiante', che smorfiosa..." Con i loro stupidi nomignoli per insultare la mia magrezza, la mia carnagione o la mia altezza. Li ricordo appostati nel corridoio della sala da pranzo che mi tagliavano la strada mentre passavo con il vassoio in mano. Improvvisamente ricordo anche alcuni dei loro nomi, che credevo di aver dimenticato: quella bestia di Fabio Rendueles, che si sistemava sempre il pacco dopo avermi inferto un'umiliazione, e quella piccoletta, come si chiamava?, Elvita, che aveva una faccia da bambina vecchia e che si divertiva a fare le smorfie alle mie spalle.

La seconda parte di quella lezione la imparai quando ero ormai adulta, in televisione, dove all'inizio mi facevano mille salamelecchi per il mio talento, lo stesso che in seguito venne indicato come un difetto che mi portava a correre troppo: ambizione, la chiamavano... Ma no, non era quello, per essere davvero ambiziosi ci vuole molta sicurezza in se stessi. Era solo un'imperdonabile inquietudine.

E io non dovrei essere arrabbiata?

Trattengo il respiro, stringo il sacco tra le mani e cerco di strapparlo dalla sua catena immaginando che sia il corpo minuto e fragile di Violeta. E poi la spingo violentemente, con trent'anni di ritardo. La picchio, come avrei dovuto fare all'ora della ricreazione. E mi aggiro per la sala con aria di sfida. Il mio braccio descrive una traiettoria perfetta parallela al pavimento, crochet di destro diritto al viso dell'avversario.

Come posso evitare di arrabbiarmi, se mi sono appena resa conto che il convento di Greta era un'isola quasi identica alla scuola dove ho ricevuto un'educazione sbagliata e che il canale televisivo in cui ho lavorato non era altro che una versione adulta di quella scuola? Finalmente lo vedo con chiarezza. Nel caso di Greta, il fatto che queste dinamiche si siano attivate in un contesto religioso è solo un'aggravante. Il tema più scottante che ho per le mani riguarda gli abusi che si verificano nei luoghi dentro cui non è facile guardare. Isole in cui si viene indottrinati dietro spessi muri. Dittature tascabili. Tra le pareti alte ed elitarie di quella scuola avevo sorseggiato un aperitivo della corruzione nel suo stadio giovanile e più puro, perché si fumavano droghe leggere, si scopava tranquillamente nei bagni e si maltrattava senza colpo ferire chiunque uscisse dalla norma, mentre i professori sorbivano elegantemente il tè e i genitori si riunivano con imprenditori di fama senza temere per i propri figlioletti, la cui educazione era assicurata da quel campo di sterminio dell'identità per ragazzi privilegiati in cui ci tenevano chiusi e sorvegliati tutto il giorno. Una scuola laica in cui però si celebrava la messa per la morte del padre di un allievo, perché era "di una famiglia importante". Che bella lezione ci diedero sul classismo... Anche in convento, secondo Greta, vigeva una divisione in classi. In entrambi i casi, quelli che sarebbero dovuti essere i responsabili della sicurezza si erano voltati dall'altra parte, ignorando le violenze che avvenivano tra quelle mura, ed erano disposti a lasciarci morire perché lo consideravano un argomento troppo "imbarazzante". Era questa la cosa più grave.

Cerco il suo mento invisibile davanti a me: dal basso verso l'alto, gancio sinistro, gancio destro. Uno, due, uno, due, e continuo a colpire con forza. Un attacco breve, rapido, alla fronte, alle costole, al fegato. Padroneggio tutti i colpi tranne quello basso. Quello non sarò mai capace di sferrarlo. Per questo, mentre prendevo il caffè con la mia piccola e prima tormentatrice, per la prima volta affascinata e cosciente dell'idea che avrei potuto schiacciarle la testolina a terra durante l'ora di ginnastica o lasciarla qualche minuto di troppo sott'acqua durante la lezione di nuoto, mi sono resa conto che sì, il branco attacca sistematicamente chi è diverso. Io diversa lo sono sempre stata: ho ripensato a quando, a dodici anni, durante la ricreazione leggevo di nascosto il quotidiano del giorno prima, che mio nonno lasciava sempre in cucina; a quella assurda creatura che adesso mi parlava insulsamente della sua vita quotidiana sembrava divertente che il suo gruppetto di seguaci riempisse di bianchetto, foglio per foglio, i miei quaderni, in cui custodivo i miei primi articoli. Ricordo il momento in cui lo scoprii, dopo la ricreazione, quando presi tra le mani il cadavere dei miei scritti, rigidi come se fossero stati ricoperti di gesso. Da allora non sopporto più quell'odore chimico. Il mio primo peccato fu scrivere troppo presto e troppo bene. Avere un mondo tutto mio. Un'opinione tutta mia. Ma non ero l'unica.

Poco tempo fa ne ho parlato con Olga, all'uscita dal cinema durante il suo ultimo soggiorno a Madrid: in quell'occasione ci siamo dette che siamo diventate sorelle per quello che ci è successo. Lei pensa che il riflettore fosse stato puntato su di lei solo perché cambiava spesso paese per via del lavoro di suo padre e, come Greta, faceva fatica ad adeguarsi ai discorsi della maggior parte dei ragazzini, non ascoltava la stessa musica che ascoltavano loro, si perdeva molti film, e perciò i suoi compagni avevano deciso che quello non era "normale", che lei aveva un accento strano, che, tra l'altro, stava troppo zitta, sempre seduta in fondo alla classe. Quel giorno avevo ammirato la mia amica e ciò che è diventata, quando aveva alzato la mano elegante per chiamare il cameriere e mi aveva raccontato del corso che tiene in giro per il mondo in diverse lingue, per un alto incarico da parte di un'istituzione internazionale, ed ero anche riuscita a capire meglio cos'era successo a entrambe.

Poi c'era la bella e precocissima Cloe – "labbra di gomma", l'avevano ribattezzata: curiosamente, una volta ho letto in un'intervista a Kim Basinger che anche lei veniva chiamata così –, alla quale dopo la lezione di educazione fisica attaccarono sulla schiena un assorbente macchiato di inchiostro rosso solo perché le era capitato di diventare donna prima delle altre. Noi tre pranzavamo molto spesso da sole in mensa, in un punto in cui era quasi buio, per non farci notare. E tornavamo quasi tutti i giorni a casa piangendo, sfogando le lacrime che non versavamo mai in pubblico, a volte dopo una lunga camminata con il rischio di perderci nel labirinto delle strade di Madrid, pur di non dover affrontare l'ultimo momentaccio della giornata: scegliere un posto sullo scuolabus. Nessuna delle tre capiva il motivo per cui alcuni dei nostri compagni – come Elvita, la bambina vecchia che dopo la scuola frequentava le mie stesse lezioni di danza – nell'intimità si considerassero addirittura nostri amici e condividessero con noi risate e confidenze nello spogliatoio, negandolo poi di fronte a quella piccola società infantile dalla quale temevano tanto di essere giudicati. Altre due importanti materie imparate: Grammatica della codardia e Rudimenti di ipocrisia. Non eravamo le uniche: c'era David de Blas, un mostro del pianoforte, che fu preso in antipatia perché gli era permesso di saltare le lezioni per andare alle prove; c'era Jorge Molins, il tipico caso di genio degli scacchi, che aveva vinto molti tornei... Ma ovviamente gli unici tornei che venivano apprezzati lì erano quelli di golf.

Fatto sta che, al contrario di David e Jorge, che essendo un po' più grandi di noi pian piano finirono la scuola e andarono avanti per la loro strada, noi, proprio perché dovevamo rimanere ancora, per puro spirito di sopravvivenza arrivammo tutt'e tre insieme allo stesso punto di svolta: il giorno in cui decidemmo di non piangere più e di iniziare a mostrare i denti. Olga sviluppò una tattica di risposte affilate come coltelli che mettevano KO al primo round. Io diedi il mio primo ceffone il giorno in cui quella ragazzina ridicola, che in classe faceva sempre un rumore incredibile quando si soffiava il naso, mi spinse fuori dal banco in malo modo, facendo di me l'allieva che avrebbe visitato più spesso l'ufficio della vicedirettrice. Infine iniziammo a vedere Cloe con la gonna della divisa sempre più corta, che parlava con il rappresentante di classe dei più grandi, e questo segnò il momento in cui iniziammo a frequentare i ragazzi dell'ultimo anno.

C'era voluto troppo tempo per arrivare a quel punto. Troppi colpi intermedi. E invece adesso lo so, l'economia dei movimenti è una priorità.

Vedo il mio sudore che gocciola a terra. Non mi asciugo. Mi preparo per il prossimo assalto.

Giro su me stessa, con il braccio in guardia, a forma di V, per evitare che i muscoli antagonisti facciano resistenza in modo da raggiungere la mia massima velocità, con una contrazione muscolare violenta che condiziona la potenza del colpo. E sì. Adesso che so difendermi, colpisco.

Per questo, prima di pagare il caffè e di mettere fine alla noiosa conversazione della scialba Violeta, l'ho guardata dall'alto del mio mezzo metro in più, dei molti anni in meno che dimostro e, mentre lei continuava a mostrarsi ammirata per tutte le volte che mi aveva visto al telegiornale, le ho detto una frase piena di sincerità: "Lo devo a te e alla scuola". L'ho guardata diritto negli occhi. "Per me è stato un periodo terribile, e ho dovuto lottare per rimettermi in sesto."

Lei ha abbassato un po' lo sguardo e poi ha assunto un'espressione triste di contrarietà, come se capisse. È stato allora che l'ha detto: "Il fatto è, Patricia, che tu sei sempre stata molto indipendente".

Sono rimasta immobile. Sono diventata di pietra. Di tutte le risposte possibili, era l'ultima che mi sarei aspettata. E l'ultima che si sarebbe aspettata anche la me bambina.

L'ha detto come per scusarsi, o come se fosse qualcosa su cui nel corso del tempo aveva riflettuto, ma quello che mi ha colpito di più è che la spiegazione di ciò che ero, o del mio peccato, fosse il fatto che decidevo per conto mio. Non me lo sarei mai immaginato, né adesso né allora, e dire che, secondo mia madre, ho avuto una fantasia debordante fin dalla nascita.

La cosa più incredibile è che probabilmente ha ragione. Ma non me n'ero mai resa conto. Facevo di testa mia perché, volente o nolente, a causa della mia maturità, della mia educazione, non lo so, i miei gusti non erano uguali a quelli della maggioranza, anche se mi sforzavo di adeguarmi. Mi annoiavo. Tutto qua. Anche se cercavo di dissimularlo, i miei compagni mi annoiavano. E mi piaceva giocare con i ragazzi più grandi, ma anche leggere il giornale e passare la ricreazione a scrivere.

Questo faceva di me una ragazzina strana?

Probabilmente sì. Se accettiamo il significato meno peggiorativo di "strano". Ma sono sempre stata amabile. Non me la sono mai presa con nessuno. Eppure, per anni l'ho pagata cara.

Spirito di ribellione? Forse. Ma la mia ribellione non faceva male a nessuno. O almeno credo. Forse li spingeva a porsi delle domande. Una cosa, evidentemente, imperdonabile. Indipendente? Ma se cercavo solo di confondermi con la massa! E quando avevo capito che non ci sarei riuscita, avevo iniziato a cercare di diventare invisibile.

E io non dovrei essere arrabbiata?

Ma che assurdità è mai questa?

Come mai nessuno si era messo nei miei panni? Come mai nessuno mi aveva chiesto come mi sentivo?

Sì. Ho cercato di essere libera. Free. Freelance. Leandro ne sarebbe orgoglioso. Agli occhi degli altri sono sempre stata una piccola eretica. Quella che aveva scelto liberamente di andare contro ciò che era comunemente accettato. Bello schifo! Perché nessuno mi aveva avvertito che il prezzo da pagare era così alto?

Sono uscita dal bar un attimo prima di strapparle dal collo quella testolina, dopo un rapido saluto che speravo fosse definitivo. Un addio a quegli anni di carcere e maltrattamenti durante i quali mi ero rieducata anche in tutto quello che avrebbero dovuto insegnarmi a casa: per esempio, a mostrare i denti, perché vivere in base ai valori della mia famiglia mi avrebbe lasciato indifesa di fronte a quelli che la pensavano diversamente.

E io non dovrei essere arrabbiata?

Mi sistemo le bretelle del reggiseno, che mi sono scivolate giù per il contraccolpo di un impatto. Metto il braccio destro leggermente davanti al mento con una distanza approssimativa pari alla lunghezza del pollice. Allontano il gomito di qualche centimetro dalla zona del fegato per bloccare con questo braccio il colpo che potrei ricevere. Bisogna tenere sotto controllo tutti i fronti.

L'importante è non smettere di muoversi, mi dice sempre il Muro.

L'importante è non smettere di ballare. Perché, nel caso del bullismo, nessun membro del branco attacca mai da solo. Mentre infieriscono su un altro non toccheranno te. Si convincono che la vittima è un avversario, anche se la persona in questione non è consapevole di esserlo, né del suo potere. Eppure ce l'ha: è il potere della nota dissonante. Ma lo saprà solo se sopravvive e se si cura.

Come potevo non sentirmi solidale nei confronti di Greta? Come potevo non arrabbiarmi per tutte queste porte che i giornali mi stavano sbattendo in faccia, per tutti questi tentativi di mettere in piedi un circo mediatico con la sua storia?

Fino al mio incontro con Violeta, non mi ero resa conto di come ricontattare Beltrán l'Insipido e Gabriel mi abbia fatto tornare alla mente quello che ho passato, quando non esistevano ancora le parole giuste per definirlo.

Il fatto è che bullismo e mobbing sono due facce della stessa medaglia. Gli effetti di un branco sguinzagliato da un mediocre senza empatia: quello che adesso si definisce uno "psicopatico organizzato".

In qualunque modo lo si etichetti, qualunque abuso cerca di distruggere una convinzione essenziale, non è così? Quella che non ci hanno insegnato a rafforzare.

Per esempio, credere in te stesso. Fidarti di quello che provi. Volerti bene.

Mi sembra di sentire il rumore della porta che sbatte. O forse è l'eco dei miei colpi. Anche lo specchio ha iniziato a sudare, e il mio corpo si scioglie nel suo riflesso. Non mi interessa chi può entrare. Mi sono riscaldata. Entri pure.

Ce lo insegnano da quando siamo piccoli. Se facciamo parte del gruppo, siamo protetti. Ma, purtroppo per te, se la tua voce si leva tra la massa, se il colore della tua pelle o dei tuoi capelli non è uguale a quello degli altri, se il tuo abbigliamento ti fa spiccare...

E io non dovrei essere arrabbiata?

Devi avere le palle per rischiare di non piacere agli altri pur di essere ciò che sei. Questa, almeno, è la caratteristica di chi ha personalità; eppure, ci sono intere società che rimangono sempre in uno stato di adolescenza rifiutandosi di evolvere e maturare: per farlo, devono isolarsi e assillare i diversi fino a diluire anche loro nel consenso generale.

Per questo, dopo l'incontro con Violeta e dopo aver ripensato a quella prima prepotenza e violenza della mia infanzia, mi sono identificata ancora una volta con Greta. Perché quel primo attacco spaccò in due pure me. Fu proprio allora, infatti, che comparve Mercoledì. La mia gemella.

32.

Anch'io so che cosa significa essere scissa in due io contraddittori. Quello sdoppiamento che diventa necessario per sopravvivere.

Fu Mercoledì che chiese a sua madre, appena entrata nell'adolescenza, di insegnarle a farsi la piega svedese per allisciare i lunghi ricci, e anche di scurirglieli; quella che arrivò a tagliarsi da sola la lunga chioma con le forbici da sarta della nonna perché la parrucchiera si era rifiutata e che si trasformò in una specie di membro della famiglia Addams con tanto di occhiaie, divisa e cravattino: più magra, ancora più alta, languida e pallida del solito. E, a poco a poco, cancellò il sorriso che da piccola era la sua caratteristica. Prima di difendere Ángel Olaizola. Prima che il suo talento venisse additato come stranezza. Prima che distruggessero i suoi scritti. Che punissero così severamente la sua dissidenza.

Mentre Mercoledì chiedeva a sua madre di scrivere alla preside perché la esonerasse dalle lezioni di educazione fisica con il pretesto di un inesistente problema alla schiena causato dalla crescita troppo rapida – per non dover competere, per non spiccare in nessun modo, perché quella parte di "io", tutta introspezione e cervello, non era fatta per distinguersi in nessuna attività fisica –, agli occhi degli altri continuava a vivere l'altra gemella, il prolungamento della bambina che aveva detto "miao" sotto il tavolo, la ragazza felina che nel mondo esterno studiava danza classica e aveva un corpo elastico come un chewing-gum, capace di accumulare tutta la forza che mancava alla sua esangue e fragile gemella malaticcia.

A Patricia piaceva la danza perché era un'"arte", non c'era competizione, o almeno questo era ciò che pensavo allora, finché non iniziammo entrambe a crescere. A quel punto, il giorno in cui Margarita, la mia migliore amica del corso di danza, trovò le sue scarpette distrutte subito prima di un esame, Mercoledì mi guardò con i suoi occhi tristi e comprensivi dallo specchio davanti al quale ci stavamo raccogliendo i capelli in uno chignon con la retina e sembrò dirmi: *Lo vedi? Stai attenta, Patricia. Non ballare troppo bene. Te l'avevo detto... Potrebbe succedere anche qui. E anche a te.* Lasciai la danza da un giorno all'altro. Così ebbe inizio l'era nella quale Mercoledì dominò entrambe.

Il regno della Mercoledì adolescente fu dittatoriale. Lottava perché rimanessimo nel giusto mezzo in tutte le cose, come il giorno della settimana da cui prendeva il nome: non era né la prima né l'ultima della fila quando suonava la campana, non pubblicizzava i suoi ottimo in letteratura e non chiedeva aiuto se prendeva un brutto voto in matematica, non partecipava alle partite durante l'ora di educazione fisica e non proponeva i suoi articoli al giornale della scuola: semplicemente, cercava di non attirare l'attenzione per il bene di tutte e due, in modo che ci lasciassero in pace per un po'.

Patricia e Mercoledì fecero in modo di vivere vite separate: a scuola Mercoledì si sentiva emarginata quando bisognava formare le coppie – che si trattasse di una gita o di posti sullo scuolabus era uguale, finiva sempre per stare da sola, vale a dire con la professoressa –, ma nel frattempo Patricia la leader comandava la banda sia nel suo quartiere, dove la consultavano per decidere chi poteva essere ammesso e chi no, sia nel paese di mare dove passavamo le vacanze. Il mio io felino si era impresso dentro di me, e l'altro vi si era adagiato sopra, come un calco più triste in bianco e nero: quello che vedevano di me a scuola.

Quale delle due era la bugiarda?

Il problema è che quando l'io intimo e l'io sociale divorziano finiscono per causare perplessità e sofferenza a noi stessi e a quelli che ci circondano, mi aveva detto Santiago quando, seduta sul suo morbido divano, gli avevo raccontato questa storia. Era un flashback piuttosto ricorrente, all'inizio della terapia. E dire che in teoria avevo iniziato ad andare da lui per superare ciò che era successo alla televisione dove lavoravo, o quello a cui finalmente aveva dato un nome: il "mobbing" che avevo subìto. "Nell'età adulta bisogna sforzarsi di far coincidere questi due io," aveva insistito durante quella prima sessione sistemandosi un foulard di seta a disegni cashmere, "altrimenti rischi di cadere in una depressione molto grave quando meno te lo aspetti."

Credo che quando Greta mi ha parlato di ciò che le era successo con Valentina, della crudeltà con cui era stata trattata e di come aveva dovuto proteggersi, visto che sentiva di avere due anime racchiuse in un solo corpo, avrei dovuto dirle che la capivo. Che sapevo di cosa stava parlando. Magari lo farò quando se ne ripresenterà l'occasione.

E credo sia vero quello che dice Santiago. Che per crescere senza impazzire bisogna essere coraggiosi e prendere le parti di uno dei due io. Perché oggi mi sono ricordata del giorno in cui Patricia e Mercoledì entrarono in conflitto. Prima di allora non era mai successo. Mia madre mi aveva portato a un mercatino natalizio con due delle mie migliori amiche, vicine di casa, e all'improvviso ci ritrovammo davanti alcune mie compagne di scuola. Come reagire? Come la Patricia che era la ragazzina più popolare del suo gruppo, quella che si inventava giochi e canzoni che tutti seguivano, quella che scriveva un romanzo a puntate che tutti gli amici del quartiere non vedevano l'ora di continuare a leggere? Oppure come la strana Mercoledì che adesso salutava con condiscendenza Violeta, accompagnata dalle risatine delle sue seguaci? Mi sentii una bugiarda e mi resi conto che sarei stata smascherata. Ma... a quale delle due sarebbe toccato?

Chiesi a mia madre di andarcene subito, fingendo un mal di

pancia atroce. Lei non sospettò mai la ragione per cui sua figlia era diventata improvvisamente una ragazzina malaticcia. E in effetti stavo benissimo, a parte le somatizzazioni; però mi ricordo che quella notte uscii in terrazza in pigiama mentre fuori c'era la neve apposta per potermi svegliare con la tonsillite il giorno dopo e non dover salire sullo scuolabus. Ricordo anche di essere uscita in terrazza un'altra notte di primavera vicina al mio compleanno, qualche mese dopo, mentre tutti dormivano. In quell'occasione arrivai a mettere le mie lunghe gambe dall'altro lato della ringhiera finché i miei piedi scalzi non toccarono il cornicione.

33.

Patricia non volle mai staccarsi da quella ringhiera.

Appoggio la fronte sulla superficie fredda dello specchio. Il mascara che mi disegna fiumi di inchiostro nero lungo le guance. I capelli madidi di sudore. Gli occhi della mia gemella a un millimetro dai miei. Appare e scompare a intermittenza, man mano che il vapore della mia respirazione concitata la cancella. Finché non mi spingo di nuovo verso il centro dello tsunami.

Credere in te stessa è difficile quando sei due persone diverse, per quanto ti facciano notare che sei nata sotto il segno dei Gemelli. Quale delle due tenere? A chi praticare l'iniezione letale? Tutte e due erano me. Perciò non potevo dire addio a nessuna delle due. Anche se la sbiadita Mercoledì aveva preso vita come una maschera per proteggere Patricia, finché non fosse stata pronta a reclamare il suo posto: la felina, la cacciatrice, l'istintiva, quell'anima selvatica e dolce allo stesso tempo, nata sotto il tavolo della cucina quel pomeriggio in cui aveva solo pochi mesi, aspettava il suo turno. E iniziò a reclamarlo quando uscimmo dall'adolescenza. A quel punto Patricia, nel suo cammino verso l'età universitaria, iniziò a sostituire a poco a poco Mercoledì, finché non arrivai all'università e, dopo un corso di etichetta e organizzazione degli eventi, fui ingaggiata come modella da un'agenzia. Quella me che iniziò a guadagnare e a essere consapevole dei punti di forza del suo corpo imparò presto anche a tenere le distanze... fu lei a reclamare la forza delle sue parole e trovò nel giornalismo il proprio mezzo di espressione, una vetta su cui salire per avere una prospettiva da cui guardare il mondo e combattere l'ingiustizia di cui era stata oggetto: a quell'epoca si sentiva Catwoman. Iniziò a vestirsi di nero. Si sciolse i capelli. E imparò ad affilare le unghie. La sua apparente freddezza le fece guadagnare nell'ambiente il soprannome di Principessa di Ghiaccio da parte di alcuni colleghi spiritosi, tutti più vecchi ed esperti di lei. In quel momento non mi sembrò una cosa brutta. Credo addirittura di aver contribuito io stessa ad alimentare il mio mito. Forse sentii che quella distanza mi proteggeva anche da un altro tipo di "abuso", che non mi toccò ma che vissi da vicino attraverso l'esperienza di altre colleghe.

La scuola mi aveva insegnato quanto duramente fosse punito il tentativo di uscire dal gruppo e quanto fosse necessario indurirmi per sopravvivere, se volevo combattere per essere chi ero: semplicemente me stessa.

Gancio destro. Gancio sinistro. Cazzo! Come potrei non arrabbiarmi, se solo adesso, ascoltando la storia di Greta, mi sono resa conto che quello che ho subìto agli studi televisivi non era altro che una nuova versione di ciò che era successo in quella stramaledetta scuola. Come potrei non imbestialirmi se per tanto tempo mi sono colpevolizzata per aver gettato la spugna, senza sapere che non stavo partecipando a uno scontro ad armi pari. I miei avversari erano in grado di sferrare un colpo basso dietro l'altro... e di fronte a questo, io ero indifesa. Barcollo. Appoggio la fronte allo specchio per sentirne il freddo.

È vero. Dopo aver tanto lottato, sono uscita dal bozzolo prima che Patricia fosse abbastanza forte. Prima che avesse messo le ali. Adesso, però, sento improvvisamente il sollievo del perdono. Penso che forse non avrei potuto fare diversamente.

E non dovrei essere arrabbiata?

Be', non ce la faccio. Sono arrabbiata con tutti e con me stessa.

Perché cercando di aiutare Greta mi sono resa conto di non aver fatto altrettanto per me stessa, quando mi hanno buttato fuori. Non ho combattuto per ciò che mi apparteneva. Sono ancora in tempo per pareggiare i conti? Per tornare alla mia essenza?

Una cosa però è sicura: ho lasciato il giornalismo per lo stesso motivo per cui avrei voluto lasciare la scuola, solo che a quel tempo non mi era stato permesso.

Mentre cammino furibonda lungo la caotica Gran Vía diretta all'appuntamento con Ernesto, il Saggio, il mio Aita, il mio mentore e amico, ripenso a quel primo e luminoso periodo come giornalista. Il periodo in cui in televisione avevano cominciato a trasmettere servizi o reportage con il mio nome. Tutti iniziarono a vedermi come una vincente, anche se io continuavo a fare l'impossibile per non attirare l'attenzione. Mercoledì era ancora lì, piccola e acquattata in un angolo della mia mente, a ricordarmi in un sussurro cosa ci era successo quando il riflettore era stato puntato su di noi.

Forse, il fatto che Greta abbia osato raccontarmi con dovizia di particolari il suo inferno mi ha aiutato a dirle, pur non entrando nei dettagli, cosa è successo a me – con il sottofondo del concerto di Goran Bregović, che alla fine, nonostante avessi i biglietti in mano, abbiamo sentito dalla piazza accanto. Lei mi ha ascoltato con l'attenzione smisurata che la caratterizza e poi mi ha chiesto: "E come hai fatto a continuare a credere in te stessa quando hanno cercato tante volte di convincerti del contrario?". Non sono riuscita a risponderle, perché prima devo dare a me stessa un'altra risposta. Continuo a credere in me? Non lo so.

Fatto sta che eravamo lì, a condividere una birra e una ferita: due donne che non erano destinate a incontrarsi. Una aveva vissuto in un'isola lontana dal mondo e l'altra si era allontanata dalla sua essenza, ma entrambe avevano subìto una violenza per aver messo in discussione l'ordine stabilito. La condanna della diversità.

"Il mio superpotere era scrivere," le ho detto a un certo punto, mentre stavo ancora scarabocchiando sul taccuino. "Lo è sempre stato. Ed è a questo che in un modo o nell'altro mi sono dedicata, nonostante i vari tentativi, in buona o cattiva fede, di togliermi il piacere di farlo."

Lei ha sollevato la birra proponendomi un brindisi: "Voglio che tu sappia che il fatto che torni a scrivere per me è la prova che una vocazione sincera alla fine trova sempre la sua strada, come l'acqua".

Ma no, io non sono per niente un esempio: l'altra sera non l'ho ancora informata di questa nuova risposta negativa. La risposta che hanno dato a Gabriel sarebbe stata uno schiaffo sul suo bel viso.

Colpisco di nuovo. Colpisco e colpisco. Mi scosto i capelli dalla fronte. Ma mi preferisco così piuttosto che seduta su una sedia con l'espressione pacifica e comprensiva. Mi dispiace. Ci ho provato. E non ci riesco.

Non dovrei essere arrabbiata, non dovrei...

Pensandoci con distacco, ci sono diversi motivi per i quali una persona potrebbe cercare di strapparti il tuo sogno: per invidia, per proteggerti... e per abitudine. Forse l'ultima, essendo gratuita e spassionata, è quella che mi innervosisce di più. È per tradizione che ti distruggo la vita. La vita che sogni. Perché la mia mi annoia e non sono disposto ad accettare che tu voglia "andare per la tua strada", visto che ormai mi ero convinto che non c'era un sentiero alternativo e non ho mai pensato di avere la possibilità di scegliere. E adesso mi fa rabbia che quel sentiero tu lo abbia trovato.

Eppure – come mi ha ricordato Ernesto oggi pomeriggio, mentre prendevamo un caffè freddo sotto casa sua ad Atocha –, nel periodo in cui ci aveva fatto entrare tutti nella sua squadra e ci aveva indicato il cammino, avevo continuato a camuffarmi da giornalista agguerrita e bohémienne finché lui, comportandosi come un vero mentore, come se fosse il mio Aita e, soprattutto, come un amico, proprio quando stavo per ritirare il premio che poi sarebbe servito da necrologio per mio padre mi aveva dato un contrordine: "Smettila di fingere, Patricia, e sali su quel palco con un vestito con cui tu ti senta profondamente te stessa e bella. E vai a prenderti quel premio che ti meriti. Sali sul palco raggiante". Come dice la grande Espido Freire, donna colta e bella dentro e fuori in ugual misura, le scrittrici hanno anche un corpo. E non c'è niente di male. O no? Nessuno deve dubitare delle nostre capacità intellettuali solo a causa della nostra bellezza.

E io avevo fatto così.

Ero salita su quel palco con un vestito di shantung rosso, interpretando il mio ruolo. Quale? Non lo so. Quello che mi avevano assegnato. Quello dell'ambiziosa. Quello di *Eva contro Eva*, come mi aveva ribattezzato, a quanto pare proprio quella sera, Inés Cansino. Colei che sarebbe diventata la mia Giuda. Contro ogni pronostico, quella tempesta di flash mentre ritiravo il mio trofeo mi era piaciuta. Lo avevo dedicato a mio padre, che era malato. Ma no. Non lo sapevo ancora. Che non era più malato. Era appena morto.

"Il problema non fu il vestito, il problema fu il premio," mi ha detto oggi pomeriggio Ernesto, il Saggio, il mio Aita, ricordando quel momento.

Poi ha scosso lentamente la testa e si è toccato il collo sottile, come sempre quando riflette. Il suo corpo magro e senza tempo, un po' incurvato, l'aria da professore. Le sue mani sempre comunicative, calme, sagge e perentorie. Il nostro incontro di oggi è stato provvidenziale.

E sì, ha ragione, in quell'occasione il riflettore venne puntato su di me e, sebbene il suo non fosse stato un cattivo consiglio, adesso so che non ero ancora pronta. Qualcuno dichiarò guerra a quella giovane giornalista vestita di rosso.

Ernesto cercò di proteggermi a modo suo, ripetendomi spesso quanto ero brava. Probabilmente perché era vero. Ma commise un errore di valutazione, facendomi più forte di quanto fossi in realtà. Mi diceva che avevo avuto la fortuna di trovare molto presto la mia vocazione. E questo indubbiamente è vero. Avevo sempre desiderato raccontare storie. Storie piene di umanità. Storie importanti. E, forse perché sono consapevole di non essere poi così marziana, il mio unico criterio era che se interessavano a me avrebbero potuto suscitare l'interesse di molti altri. Il mio grande talento, secondo Ernesto, era scoprire dove si nascondevano le storie e dare loro un cuore. Ero una cercatrice d'oro in un fiume. Gabriel, invece, era bravo a trovare il fiume. Ernesto dice sempre che non ha mai più avuto una squadra tanto dotata di grinta e talento, e soprattutto un tandem come me e Gabriel.

A Ernesto riesco sempre a confessare quello che non dico neppure a me stessa: che il giorno del mio incontro con Greta su quell'aereo avevo provato di nuovo un'euforia perduta da quando avevo smesso di scrivere. E questa per lui è stata la cosa più importante tra quelle che ci siamo detti oggi pomeriggio.

"Non avevo più visto questa scintilla nei tuoi occhi."

"E adesso non me lo lasceranno fare, Ernesto..."

"Non importa. Adesso sì che sei pronta a lottare per realizzare questo progetto."

A sentire queste parole, i cubetti di ghiaccio del caffè mi sono finiti tutti in bocca e mi sono sporcata la camicetta. Proprio quello che ci mancava. È bastata questa stupidaggine per farmi quasi scoppiare a piangere. Perché non basta essere brava. Non basta avere la vocazione, gli ho contestato mentre mi pulivo come potevo, visto che in fondo stavolta non ero andata da lui perché mi facesse coraggio. A volte ti ritrovi davanti a un branco di persone crudeli a cui normalmente mancano sia la bravura sia la vocazione: nella loro mediocrità, l'unico modo che hanno per sopravvivere è investire gran parte del tempo che potrebbero destinare a lavorare nel maltrattarti. Nel toglierti di mezzo. Nell'eliminare tutti gli ostacoli sulla loro strada verso gli incarichi più importanti.

"Sì, ma noi abbiamo dovuto investire la stessa quantità di tempo nel lavorare e nel crederci," ha sentenziato lui con i suoi occhietti azzurri e complici.

E ha chiesto al cameriere di pulirci il tavolo.

"Poi però sono arrivati loro e hanno distrutto la mia fede."

"Nessuno ha il potere di distruggere la tua fede se non sei tu a permetterglielo." Ha bevuto un ultimo sorso di caffè. "Questo sì, se mi permetti un consiglio: non essere impaziente, non raccontare troppo in giro questa storia ai vari giornali e alle televisioni finché non saprai con esattezza che cosa hai in mano."

Mi sono rifugiata nella sua espressione serena e nella verità che accompagna sempre le sue parole come un buon profumo. Aveva paura per me? Una serie di infarti emotivi hanno fatto di lui ciò che è. Anche lui ha toccato il fondo in più occasioni, per poi risorgere attraversando le gole strette e angoscianti della droga e dell'alcol; non era più agli studi quando era successo tutto quello che era successo, per questo non aveva potuto aiutarmi. Gli avevano offerto la direzione del telegiornale nell'emittente rivale, era già altrove quando l'aveva saputo. Gabriel aveva accettato di diventare corrispondente dall'estero e quindi in quel periodo girava per il Medio Oriente, lì dentro ero rimasta senza amici. Esposta alle intemperie. Come Greta nella Città del Nord. E Greta? Si era sentita ugualmente disarmata, quando le perizie psicologiche sul suo comportamento passavano di mano in mano diffondendo menzogne? E io non dovrei essere arrabbiata?... Invece sì che lo sono. Per me, e adesso anche per Greta. E per questo forse, parallelamente alla sua storia, sto scrivendo anche questa specie di appunti a margine della mia esperienza. A Ernesto ho raccontato anche questo.

Sì, ha ragione, è un grande pensiero: bisogna investire la stessa quantità di tempo nel lavorare e nel crederci, soprattutto quando scegli un lavoro difficile e malpagato come il giornalismo.

"Il nostro è un mestiere legalmente svalutato," si è lamentato con un sorriso saggio, "la maggior parte delle volte, neanche il commercialista sa a che tipo di tassazione sono soggetti i tuoi compensi."

Abbiamo scherzato su chi dei due avrebbe dovuto pagare la merenda. Questa nostra professione che condivide con gli scrittori, i pittori e i toreri la definizione di lavoro che molti non considerano neanche tale, a cui credono che potrebbe dedicarsi chiunque, con o senza un titolo di studio in tasca. No, Ernesto non ha voluto farmi passare la febbre creativa, né scoraggiarmi o proteggermi.

"Sarà dura, ma tu sei pronta a tornare," mi ha detto. "È indifferente chi lo pubblicherà. Tu scrivi."

E io l'ho amato e odiato al tempo stesso.

Forse Leandro ha ragione quando dice che ormai siamo all'erta come animali selvatici. Per questo i maltrattamenti sul posto di lavoro, sostiene Ernesto, stanno diventando una specie di pandemia. Poi si è alzato lentamente e, prima di salutarmi, mi ha detto che mi aveva portato alcuni articoli. Erano studi di vari psicologi sull'argomento.

"Quale argomento?" gli ho chiesto: hai visto mai che lui, già che c'è, e che è il Saggio, possa aiutarmi a capire cosa sto scrivendo.

"Il mobbing e le sue conseguenze," ha detto alla fine.

Mentre camminavamo lungo una calle Atocha piena di sbarre, come due cavalli in una corsa a ostacoli, gli ho raccontato della teoria del filosofo che sta leggendo Leandro, quel tale Han: sostiene che la precarietà lavorativa ci ha scaraventati tutti in una guerra ancestrale che non ha più a che vedere con la qualità della vita, ma con la lotta per la sopravvivenza. Una lotta che conduce allo sfinimento, che isola, che divide. Distruttrice del concetto di comunità e di qualunque relazione emotiva di convivenza. Quel tipo di stanchezza da luce blu di cui tanto si lamenta Leandro: senza voce, senza corpo. Senza presenza. Il terreno perfetto perché il mobbing proliferi come un virus letale.

"E ricordati che invecchiando si diventa solo più burberi e meno inclini a darsi agli altri, Patricia; si perde l'abitudine. Si diventa più diffidenti. Per questo è meglio non stare isolati troppo a lungo. Ricordatelo."

D'un tratto mi sono resa conto che stava parlando per esperienza. Mi ha sorpreso. Ho sempre pensato che la sua solitudine fosse una scelta. Non mi è sfuggito cosa mi ha detto quando gli ho raccontato di aver rivisto Gabriel: "Salutamelo, è proprio un bel tipo. Sono felice che vi siate ritrovati...". E poi ha fatto una smorfia scherzosa: "Tra l'altro ha ancora due dischi miei, ricordaglielo".

In questo modo sottile ha dato per scontato che lo rivedrò a breve. Gli parlo sempre dei miei amanti, ma sa che hanno un'obsolescenza programmata di poche settimane.

"Coraggio," è stato il suo congedo, dopo avermi dato un bacio leggero sulla guancia con le labbra sottili.

Poi si è allontanato lentamente cercando l'ombra dei palazzi.

Mentre camminavo verso il centro di meditazione per "calmare la belva", come dice la maestra Jedi, non ho potuto fare a meno di sedermi su una panchina all'altezza di plaza del Dos de Mayo per aprire il dossier. Non riesco a togliermi dalla testa alcuni titoli.

Il primo articolo è di uno psicologo dell'università di Alcalá de Henares che descrive le caratteristiche di questo tipo di abuso: il fatto che l'aggressore, lo "psicopatico organizzato", sia una persona normale, che a volte fa parte del tuo stesso team, un pari o perfino qualcuno che ha una posizione gerarchica inferiore alla tua. "All'inizio può risultare piacevole, servizievole o complice, e spesso si presenta come una 'vittima dell'organizzazione', ma non ha coscienza morale, né etica, né empatia." In fondo è un "narcisista" che cerca di dissimulare la sua mediocrità strumentalizzando quelli che considera più brillanti e trovando poi il modo di eliminarli dal suo contesto se non gli permettono di emergere. Perché? Perché teme che gli facciano ombra. Affinché la sua strategia di distruzione sia efficace, si circonda di persone mediocri e sottomesse. All'inizio lancerà alla vittima piccole sfide, commenti che mettono in discussione le sue qualità. Poi passerà a farla diventare paranoica, convincendola che sono gli altri a criticarla. E quando riterrà di aver abbassato al minimo le sue difese e si convincerà che quella persona non può più difendersi, arriveranno le umiliazioni esplicite, le critiche, le accuse pretestuose, l'isolamento, il tentativo di allontanarla progressivamente dai suoi incarichi originari affinché si senta sempre più inutile, oltre a tutti gli altri comportamenti che, prolungati nel tempo, portano la vittima a smantellare alla radice la sua autostima e la fiducia in se stessa. Quanto più l'abuso si prolunga, tanto più il lavoratore perde la forza per riprendersi tra un attacco e l'altro... Mentre continuo a leggere mi si pianta sul petto un peso di dieci tonnellate, ma vado avanti lo stesso: "Fino a quando la situazione non arriva a distruggere l'autostima e la sicurezza di sé". Un identikit perfetto delle Dominga e delle Inés. Un ritratto doloroso di Greta e di Mercoledì. E i tre titoli seguenti sono la goccia che fa traboccare il vaso:

Un suicidio su cinque è la conseguenza di una situazione di mobbing.

Il mobbing colpisce un lavoratore su sei e le vittime di questo tipo di abuso pensano al suicidio tutti i giorni.

Il settanta per cento di chi subisce mobbing non sa di subirlo.

Mi sono alzata da quella panchina come se mi avessero annunciato che senza nemmeno saperlo avevo avuto un tumore a cui ero sopravvissuta. Ho mandato un messaggio al Muro per chiedergli se era ancora in palestra e quando mi ha risposto: *Ok, braccine di pollo, sarò lì tra un'ora*, ho invertito la rotta dal centro di meditazione alla palestra.

Quando sono arrivata mi sono tolta la camicetta e così, senza cambiarmi, coperta dalla vita in su solo dal reggiseno e da questi guanti che mi vanno troppo grandi, ho iniziato a colpire.

Respiro profondamente. Mi metto di nuovo in posizione di guardia. Da qui posso fare tutti i movimenti offensivi e difensivi: schivate, spostamenti, guardie, deviazioni e bloccaggi dei colpi dell'avversario. Adesso riesco a mantenere l'equilibrio. Il peso del corpo è distribuito su entrambe le gambe. Il mio corpo adesso è tonico e forte. Non come allora.

E io non dovrei essere arrabbiata?

È troppo tardi. Sono già arrabbiata. Da un sacco di tempo.

Knock-out. Si è salvato grazie alla campana. Quella che non ha mai salvato me durante la ricreazione. Quella che adesso non suonerà più. Colpisco di nuovo.

Vedo entrare il Muro con il casco della moto sottobraccio, vestito di nero, con la testa rasata, il pizzetto regolato con cura: mi guarda aggrottando la fronte con i suoi occhi da bestia buona.

"Ehi, ehi!" mi grida con decisione. "Fermati, non esagerare! Devo insegnarti a colpire meglio se vai giù così dura, altrimenti potresti farti male."

Non mi volto, ma il mio respiro si calma pian piano come le acque dopo uno tsunami.

"Allora insegnami, cazzo." E ritrovo me stessa nello specchio, me stessa, per la prima volta senza traccia di Mercoledì, seminuda, con il reggiseno inzuppato di sudore e ogni muscolo del corpo in tensione. "Se non ne sono capace... insegnami."

34.

Mi chiedo quanti chilometri totalizzerebbe la mia vita se mi avessero installato il contachilometri di un'automobile. E quanti di questi chilometri sarebbero stati percorsi in metrò. Mi sento uno scimpanzé da circo con una gonnellina a fiori rossi. Stretta alla barra di sostegno tra una frenata e l'altra, penso che forse il mio animale è proprio quello, e che Leandro è un visionario. Stiamo palesemente regredendo. Intorno a me, i passeggeri sembrano dipinti: lo sguardo perso sui loro piccoli schermi, alcuni seduti, altri appesi come me a una sbarra, lanciati a tutta velocità dentro questa supposta di metallo che percorre le viscere della città.

Ogni cervello in una scatola.

Ogni criceto sulla sua ruota.

Mi metto il foulard sulle spalle. Un giorno o l'altro mi verrà un'embolia per colpa di una di queste ventate di aria condizionata. Condizionata? In favore di chi? Queste condizioni climatiche sono indicate solo per un husky siberiano.

C'è una settimana a Madrid – e ogni anno è diversa – durante la quale l'estate inizia ad avanzare come un angelo sterminatore lungo i termometri, i calendari e le strade del centro: al suo passaggio le piante muoiono, le fontane si prosciugano e pian piano spariscono i vicini, una porta dopo l'altra, finché il mio palazzo non resta praticamente vuoto.

Tutto il resto prosegue nella sua inerzia: Carolina, la cricetina, adesso è in regime di accoglienza in casa di Luciana, la compagna di meditazione di Leandro, da quando lui ha astutamente detto ai suoi colleghi del laboratorio di averle diagnosticato una malattia infettiva che vuole analizzare con calma, in attesa di certificare il suo allontanamento per malattia quando loro si saranno dimenticati di lei. Pare che la figlia di Luciana, la ragazza-loto, abbia l'Asperger, e che una bestiola in casa possa farle bene per aiutarla a sviluppare empatia. Non avevo capito che Leandro fosse in rapporti così stretti con Luciana. Greta continua a essere tutta presa da Deirdre e dalla sua feroce dipendenza, perciò ci vediamo pochissimo. Sull'altro fronte, credo che Gabriel si sia accorto che sto cercando di sbolognarlo, anche se parliamo molto al telefono. Fintanto che l'agenzia continuerà a fagocitare la mia vita, non ci sarà modo di dedicarci al piacere, men che meno ora che sono impegnata con la maledetta campagna delle bibite Jungle-Fresh. Il colmo è che all'orizzonte e nella mia agenda si profila ormai l'incubo esotico di Shanghai e io resterò di nuovo senza vacanze.

E poi c'è la storia di queste telefonate strane.

Tutti i giorni a mezzanotte. A ripetizione. Come se sapessero che a quell'ora sono in casa. Chiamano e riagganciano. Chiamano e riagganciano. Sempre due volte, perciò, come ho detto a mia madre scherzando, chissà che non sia il postino. Il mio io paranoico sospetta che non si tratti di un errore, perché dall'altro capo del filo qualcuno resta ad ascoltare la mia voce per qualche secondo. Ad ascoltare me. Forse è vero quello che dice Leandro, sono verifiche da parte di ladri specializzati in furti estivi, vogliono solo sapere se sono partita. Be', no, caro ladro, non sono partita e non partirò. Non farti illusioni. Nel caso, stai tranquillo che ti avviso. (Appunto per me stessa: devo ricordarmi di lasciare le chiavi a Bruno all'Ouh Babbo quando andrò a Shanghai, perché starò via per due settimane.) Secondo Leandro, andrebbe seguito un protocollo ben preciso: qualcuno di loro dovrà passare a ritirare la mia posta ogni tre giorni, lasciare accesa qualche luce ogni tanto e alzare e riabbassare le tapparelle ogni due. Lui è sempre così cartesiano!

La metropolitana si è fermata all'interno di una galleria. Osservo nel vetro il mio riflesso, a cui adesso si aggiungono i cavi dell'alta tensione e altre inquietanti arterie che sono dall'altra parte e che trasformano il mio volto in quello di un terribile mutante alla

Blade Runner. Questo silenzio incomprensibile mi fa giungere alla conclusione che per un adulto un cellulare ha la stessa funzione anestetica del ciuccio per un neonato. Ma nessuno si è accorto che questo coso si è bloccato? Nessuno si allarma. Nessuno piange. Questo conferma la mia teoria: il cellulare è l'invenzione migliore della storia, dopo il ciuccio.

Mi rendo conto che ultimamente ho iniziato ad aborrire anche la parola "espresso". Tutto è espresso: la tintoria è espressa, gli autolavaggi sono espressi, i corsi di inglese sono espressi, le diete sono espresse, i divorzi sono espressi, persino il maledetto supermercato è un Carrefour Express. Ma non posso prendermi il mio tempo per qualcosa? D'un tratto odio il fast food e diffido del mio ristorante take-away preferito perché si chiama El Chino Veloz.

Che cosa mi sta succedendo?

Il bruco gigante di alluminio arriva finalmente alla fermata successiva, evacua una massa di corpi e ne inghiotte un'altra identica che si fa spazio a spintoni. Inizio a non distinguere le facce delle persone. Il cellulare vibra nella tasca della giacca reclamando la mia attenzione come un bambinetto urlante e maleducato. Mi succede qualcosa di insolito. E se togliessi anche la vibrazione? Ho come la sensazione di essere sul punto di fargli un dispetto. Lo ignoro. Così comincia ad abituarsi. Ma quando esco dal metrò qualcosa mi spinge a guardare lo schermo silenzioso. Magari non lo avessi fatto.

35.

A volte è preferibile che ti chiamino per rimanere in silenzio, piuttosto che per parlare a sproposito. Nessuna di quelle telefonate anonime notturne iniziate con l'arrivo dell'estate mi ha messo così di cattivo umore come quella che ho ricevuto da Diana. Avevo paura che potesse andare così, e avevo anche confidato i miei timori a mia madre. "È tua amica, avete studiato insieme... non conta che sia credente, capirà che agisci secondo i tuoi princìpi," mi aveva tranquillizzato lei.

Ieri, quando ho preso il telefono, avevo finalmente trovato lo slancio per aprire le scatole di libri chiuse lì da tre anni e mi aspettavo che la sua voce fosse impregnata dell'aria festosa dei preparativi per il battesimo di Lilo. Sa bene che non ho familiarità con i riti religiosi, perciò ho immaginato che mi chiamasse, come mi aveva annunciato, per darmi "istruzioni". Mi aveva fatto molto piacere che mi avesse chiesto di fare da madrina al suo bambino pur sapendo che non sono credente, e soprattutto che quel bigottone di Juanjo non avesse fatto storie. Suppongo che anche lui si sia accorto che adoro quel bambino cicciotto e moretto fin da quando è venuto al mondo.

È vero che quando ho risposto mi ha già meravigliato il tono della sua voce – torbida come un fiume che si porta dietro un sacco di rifiuti, priva della solita inflessione canterina –, avevo un attimo per parlare?, e poi mi ha chiesto di aspettare perché andava a chiudere la porta.

"Tutto bene?" le ho chiesto.

"Ho letto il testo che mi hai girato." La sua voce si è indurita.

Avevo immaginato che prima o poi mi avrebbe detto qualcosa. Le ho sempre mandato quello che scrivo, da quando eravamo all'università, ma in questo caso avevo un doppio motivo per farlo.

"E cosa te n'è sembrato?" Avrei potuto scommettere sulle parole che stava per dirmi.

Ho pensato che fosse caduta la linea, e invece no. Dopo un silenzio teso mi ha detto: "Perché vuoi raccontare questa cosa, Patricia?".

A uno a uno, i miei muscoli hanno iniziato a irrigidirsi e sono corsa a rifugiarmi nella boscaglia del mio cinismo: "Te l'ho già detto. Sto pensando di ritornare al giornalismo".

"Sei consapevole del fatto che con questa storia ferirai molte persone?" Il ritmo delle sue parole è diventato più veloce. Un discorso già scritto.

"Diana, il mio obiettivo non è fare del male, sto solo raccon tando una cosa che è successa, come tante altre volte in passato."

Ho sentito Lilo piangere in lontananza, come se fosse già un ricordo.

"No," ha sentenziato lei, "in questo caso stai attaccando un'istituzione di cui fanno parte anche persone molto valide..."

"E parlerò anche di loro."

"...attacchi le convinzioni di milioni di..."

"Scusa, Diana," e ho iniziato a mordermi il pollice con impazienza, "ma che cosa ferisce di più la tua Chiesa: il fatto che lo si racconti o il fatto che cose come queste possano succedere?"

Da quel momento la sua voce è andata in crescendo come quella di un predicatore: "Per l'amor di Dio, Patricia, che bisogno c'è di dire che le suore fanno... quelle cose tra di loro, e in un convento poi". Si è ammutolita, ma il suo respiro parlava per lei. Me la sono immaginata in pigiama, che si scostava la frangia dagli occhi, il corpo asciutto e teso che non è quasi cambiato dopo le gravidanze e quelle perle minuscole che sospetto le abbiano ficcato nei lobi quando è nata e che non si toglie né per dormire né per andare al mare.

Mi sono diretta verso il bagno e ne ho approfittato per lavarmi le mani impolverate. Ho attivato il vivavoce e ho appoggiato il cellulare sul lavandino. Poi mi sono seduta sul coperchio del gabinetto e ho chiuso gli occhi. Ho preso aria per prepararmi all'immersione in un elemento irrespirabile.

"Devo raccontarlo, Diana, perché quella ragazza ha subìto un abuso e hanno usato come un'arma contro di lei le sue tendenze sessuali – benché sia molto frequente, che piaccia o no, che una donna ami un'altra donna –, e perché questa storia ci mostra la repressione nella quale queste persone sono costrette a vivere. Non trovi?"

"Repressione?" dice, indignata. "Non è una repressione, è una scelta. Li prendono volontariamente i voti..."

"Diana, stiamo parlando di maltrattamenti. Di violenza. Non posso credere che tu non veda più in là del tabù del sesso. Che fine hanno fatto i tuoi princìpi cristiani? È questa la Chiesa che vuoi? Saresti d'accordo, se un caso di pedofilia non venisse denunciato?"

"Certo che no! Ma questo è diverso. Un attimo." La sento aprire la porta, camminare a passi pesanti lungo il corridoio chiamando la baby-sitter.

"Perché? Perché sarebbe diverso?" proseguo, ormai incontenibile. "Perché in questo caso si tratta di un abuso ai danni di una ragazza e non di una bambina? Io ne scriverei anche se questo abuso si fosse consumato fuori dalla Chiesa, e tu lo sai. Ma in questo caso c'è un'aggravante: a quanto pare, le persone coinvolte sono le custodi della morale tua e mia e 'formano' moralmente altre persone." D'un tratto mi inalbero. "Se davvero mi stai dicendo che quello che ti sembra più scandaloso della mia cronaca è scoprire che anche le suore scopano o si innamorano, e non che si verifichino prepotenze come queste o reati molto gravi che vengono nascosti, sinceramente penso che tu abbia un problema."

Un altro silenzio. Poi arriva la sua voce, di nuovo in equilibrio, come se camminasse su un filo teso.

"Forse il problema ce l'hai tu, Patricia." E scaglia una freccia avvelenata. "Sai, credo che tu abbia perso la bussola. È da molto che lo penso. E ti dirò una cosa: il problema di smettere di credere in Dio è che puoi iniziare a credere a qualunque altra cosa."

Mentre cerco l'antidoto senza trovarlo, ho la forza per dire soltanto: "Se devi giudicarmi, Diana, almeno fallo con parole tue e non con quelle di Nietzsche". Ho stretto la mandibola. "E forse hai ragione, ma sai, io credo che sia più pericoloso iniziare a credere agli altri prima che in se stessi!"

"Complimenti!" ha sbottato sforzandosi di sfoggiare un'ironia che non ha mai saputo maneggiare, "sei caduta nella tendenza di moda, Patricia, congratulazioni, ti sei adeguata al pensiero unico, sei diventata l'ennesima seguace del culto del presente! Voi sì che siete svegli. Voi che non avete paura di Dio, ma del futuro." Tossisce, come se tutto quello che ha detto le fosse rimasto incastrato in gola. Poi prosegue: "E adesso? Sei in preda a un attacco di 'ansia da presente', e sai perché? Perché ti terrorizza pensare a una fine in cui ti aspetta solo e irrimediabilmente la morte, senza Dio che ti protegga. Lo so. Fa paura. Molta. Sì, meglio non pensare al futuro, Patricia. Continua a correre come un pollo senza testa nella tua vita ormai completamente nuda."

"Nuda? In che senso?"

"Nuda perché l'hai spogliata di tutto ciò che non fosse quell'abito narcisista da perfetta donna in carriera."

Non le ho risposto. Ho solo incassato i colpi senza restituirli. Quando ha finito di sfogarsi ho approfittato del suo silenzio per farle un'ultima domanda: "C'è altro?".

Ho avuto l'impressione che sia rimasta sconcertata, ma alla fine ha detto: "No, nient'altro".

E ci siamo salutate con un brusco ciao. Come se ci fosse venuto un Alzheimer improvviso e non ci ricordassimo più chi siamo e cosa rappresentiamo l'una per l'altra. Sono andata in camera con il cellulare in mano e l'ho scagliato sul letto perché almeno cadesse sul morbido. Poi mi sono buttata accanto a lui, ho acceso il ventilatore e ho chiuso gli occhi. Temevo che potesse succedere. Per questo le avevo mandato una parte della storia di Greta. E dire che era solo una piccola dose, per testare l'entità della reazione allergica che le avrebbe procurato una volta pubblicata nella sua interezza. So che gran parte del problema è Juanjo. Se lei ha reagito così, vuol dire che lui avrà uno choc anafilattico. A dire il vero, credo sia proprio la reazione del marito a preoccuparla. È per lui che tutte le domeniche prendono posto in un banco della chiesa mentre lei trattiene gli sbadigli. Per quanto Diana sia credente, ha la mente aperta e disprezza l'ingiustizia proprio come me. Anche se non devo dimenticare che ha lasciato il giornalismo perché la costringeva a passare troppe ore fuori casa. La famiglia è la famiglia.

Nessuna brutta notizia, nessuna conversazione importante dovrebbe mai passare attraverso una linea telefonica. Mi è venuta voglia di piangere, ma non ci riesco. Non sopporto di fare del male a qualcuno a cui voglio bene. Soprattutto per telefono. È come se il dolore che ho provocato mi tornasse indietro raddoppiato, e non ce la faccio a digerirlo. Poi mi sono chiesta perché mai le ho mandato quel testo, considerando che la cosa più probabile è che questo reportage non veda mai la luce, soprattutto dopo che Ernesto mi ha confermato stamattina che anche quei coraggiosi di "Los puntos sobre las íes", ha detto, visibilmente infastidito, non hanno mostrato interesse per la nostra storia.

Meglio evitare di mettere alla prova le persone a cui vuoi bene, mi ha detto una volta mia madre: ero adolescente e un giorno in cucina le avevo raccontato che stavo aspettando che il mio primo fidanzato mi chiamasse, anziché farlo io per prima. "Meglio evitare," mi aveva avvisata lei con il suo caffellatte sempre fumante, "perché quando le cogli di sorpresa la prova di solito non la superano. E corri il pericolo di rimanerci male." Adesso, immagino, ci eravamo rimaste male entrambe.

Diana mi ha rinfacciato che la mia vita è "nuda". È possibile, in effetti.

È possibile che siamo arrivati a uno sfinimento spirituale.

È possibile che la vita umana non sia mai stata così effimera. Ma è forse colpa mia se il mondo in cui viviamo è così?

Come raccontare la nostra esistenza, se ci manca qualunque tempo verbale che non sia il presente?

Raccontare la nostra storia al tempo presente va contro l'atto stesso del narrare. Le storie si raccontano sempre al passato. Adesso non esiste più un "C'era una volta", né un "E vissero felici e contenti"; non ci permettiamo neanche di creare un'aspettativa, un'illusione, che ci inviti a vivere il capitolo successivo. Dobbiamo trovare un nuovo modo di narrare che non sia questa improvvisazione così spossante, altrimenti impazziremo.

È vero. Ormai niente, niente ci libera dalla paura della morte. La cosa peggiore, però, non è questa. La cosa peggiore è che a tutti quanti è venuta paura della vita.

Quando finalmente sono riuscita ad alzarmi dal letto mi sono sentita come se mi avessero bastonato. Sono andata verso il salotto e, dopo aver lanciato un'occhiata alle maledette scatole appena aperte, le ho impilate di nuovo. Meglio uscire.

36.

Ammetto che questa settimana avevo voglia di andare al centro di meditazione. Forse avevo bisogno di una ghianda magica. Un placebo. O almeno di un posto in cui il tempo non avesse il permesso di passare via come al solito. Quando sono entrata, ho trovato Leandro appoggiato alla sua valigetta da professore, parlava davanti al tavolo del cucinotto con Serena – gonna svolazzante con margherite giganti, sandali che la innalzano di venti centimetri al di sopra del mondo – e con Isaac zuppo di sudore, che chiedeva per l'ennesima volta che gli togliessero da davanti la scatola di biscotti d'avena, per favore, senza che nessuno gli prestasse ascolto. Serena se n'è portato uno alla bocca. Senza smettere di masticare, teneva una vera e propria master class con la sua voce da trapano elettrico: "Vediamo... la differenza è che Facebook è come vivere in un paese, mentre Instagram è come vivere a New York".

Ha scrollato la frangetta. Si è scattata un selfie che ha sorpreso la ragazza-loto – oggi ho scoperto che si chiama Amelia – mentre usciva dal bagno: leggings neri che accentuano la sua magrezza estrema, camicione a strisce, il solito zaino in spalla, il viso struccato e giallastro. Le ha chiesto per favore di non pubblicarlo: era spiacente, ma comparire sui social le porta sfortuna. "Guarda, questa è psoriasi, mi viene per il nervoso," ha detto, e poi si è voltata verso di me: "A Serena interessa solo venire bene in foto, per il resto le siamo indifferenti". La reazione di Serena è stata semplicemente sbattere le palpebre più volte, incredula.

Poi la ragazza-loto ha tirato fuori un panno umido, ha pulito lo sgabello e si è seduta sul bordo.

"Ciao, ragazzi," ho salutato lanciando la mia borsa accanto a Serena. Lei le ha eseguito uno scan rapido ed efficiente.

"Guarda com'è cool...! Adoro la tua Furla, ha le dimensioni perfette, non trovi?"

"Non lo so. Me l'hanno regalata perché ho ideato una campagna per loro," ho confessato.

"Sei la mia eroina," ha detto lei.

E il suo corpo minuto si è stretto improvvisamente al mio. "Ehi... Patricia oggi è giù, diamole un bell'abbraccio." Io però ho fatto abortire in tempo la sua missione, giurandole che andava tutto bene, ero solo un po' stanca. Poi ho dato un bacio sulla guancia a Leandro, che tutto assorto girava il suo tè osservandomi come se fossi una nuova specie da studiare. L'influencer ha continuato a ringraziarmi perché è stata contattata dalla mia agenzia che le ha fatto un'offerta per sponsorizzare alcuni dei nostri clienti sul suo account Instagram. Era felice, felice, felice – quando vuole enfatizzare qualcosa lo ripete sempre tre volte – e si è provata la mia borsa davanti allo specchio del bagno con tutto il suo repertorio di pose buffe.

"Stai attenta, perché non hanno il senso della misura," l'ho messa in guardia. "Rosauro ti spolperà fino a non lasciare neanche le ossa."

E in effetti ormai sono perfettamente in grado di riconoscere il menu preferito del Tirannosauro: giovane, bella e *workaholic.*

"Sissignore, Patri bella." Odio che mi chiamino "Patri", ma non gliel'ho detto. "Riuscirò a sopportarlo, non ti preoccupare. Io riesco a sopportare tutto. Insomma, in fondo non ho una vita!"

Questa frase, che aveva l'aria di essere uno dei suoi motti preferiti, mi ha dato da pensare. Mentre la guardavo sgranocchiare il biscotto con la stessa espressione della nostra cricetina, mi sono accorta che non me la ricordava soltanto per questo. Hanno attirato la mia attenzione per la prima volta le sue mani, in stridente contrasto con il resto del suo abbigliamento perfetto e curato. Le unghie smaltate fino a metà con pennellate irregolari. Il piccolo massacro compiuto sulle cuticole dai suoi denti perfetti. Dopo aver preso un altro biscotto, ha trascinato uno sgabello vicino a me, ci si è inerpicata per arrivare alla mia altezza e, con nonchalance, mi ha raccontato che da tempo non fa una notte intera di sonno perché il suo account Instagram è come un antibiotico da prendere a orari stabiliti, o come un neonato che deve mangiare ogni tre ore. Perciò, anche se prepara i post in anticipo, deve rispondere subito ai messaggi che le arrivano. Tutto questo lo raccontava con un misto di angoscia e orgoglio, come se quell'angoscia desse un senso alla sua vita. I suoi follower hanno bisogno di lei e non può deluderli. A un certo punto le è suonata la sveglia del cellulare ed è uscita di corsa perché all'interno non c'era una buona copertura e doveva pubblicare il post delle otto.

"Mi accompagni a fumare?" mi ha chiesto Leandro.

Porta un impermeabile nero, che accentua la sua aria bohémienne e si abbina alla perfezione con le sue palpebre pesanti da animale stanco.

Quando siamo usciti ha cercato affannosamente l'accendino e mi ha chiesto: "Come va la storia della suora?".

"Ci vediamo domani," gli ho risposto. "Ma lei è stata sequestrata dalla coinquilina schizofrenica di cui si sta prendendo cura, e io dall'agenzia, perciò..."

"Hai già trovato qualcuno che ti aiuti a farla pubblicare?" Ha chiesto da accendere a una coppia che passava abbracciata e poi ha protetto la fiamma dal vento con le mani.

"A dire il vero no, il progetto del reportage non sta ricevendo una buona accoglienza..."

Ha soffiato una boccata di fumo e ha detto: "Ma non è questo che ti preoccupa".

Ho scosso la testa. Le braccia hanno iniziato a pesarmi. Gli ho chiesto di farmi fare un tiro e lui mi ha infilato la sigaretta in bocca. Ho aspirato tutto il veleno con la speranza che neutralizzasse quello che avevo dentro.

"Leandro, tu pensi che la mia vita sia vuota?"

Gli ho raccontato della mia conversazione con Diana. Lui mi ha ascoltato con lo sguardo perso sulla facciata di fronte. Quando ho concluso, si è scostato dalla fronte i ricci neri e folti.

"Credere o non credere. Questo è il dilemma, vero?" Ha spostato il peso prima su una gamba e poi sull'altra. "Questa è la bilancia. Se ci pensi, l'umanità si divide in due gruppi: quelli che hanno un rapporto con la magia e quelli che non ce l'hanno. Ma tu credi che la spiritualità si riferisca alla religione e alla superstizione, oppure alla possibilità di credere nelle realtà intangibili? Tu, per esempio, non credi nella libertà o nell'amore?"

Non gli ho risposto. Mi sono limitata ad appoggiarmi al muro accanto a lui.

"E tu?" gli ho chiesto dopo un po'.

"Io spero solo che l'amore creda in me."

Ha fatto un tiro lungo e lento, che ha attizzato la brace della sigaretta. Mi ha guardata con espressione interrogativa ripetendo la domanda e io ho annuito, un po' incerta. Poi ha detto: "Se la vedi così, la tua vita non è vuota come pensa Diana. Nessuno lotta o cerca quello in cui non crede, e da quando ti conosco, bestiolina, tu hai sempre lottato per la libertà. E so che cerchi l'amore, anche molto più di lei".

Le parole di Leandro erano un balsamo capace di alleviare il bruciore di ustioni che ormai mi sembravano di terzo grado. L'ho abbracciato di slancio per ringraziarlo e lui mi ha restituito l'abbraccio stringendomi forte e spostando la sigaretta per non bruciarmi. Tutta quella mia "ansia da presente", come l'ha chiamata lei, si è placata. Poi gli ho raccontato del mio incontro con Violeta, della saggezza di Ernesto e di come, mettendo tutto insieme, fossi giunta alla conclusione che, al contrario di ciò che pensa Diana, il reportage che voglio fare io non è sulla Chiesa, bensì su un caso di mobbing particolarmente significativo perché si è verificato all'interno di quell'istituzione. Leandro mi ha ascoltato con attenzione, poi ha iniziato ad annuire.

"Adesso capisco. Interessante..."

"Cosa?"

"Per tutto questo tempo mi sono chiesto perché avessi una connessione così intensa con questa storia." Ha buttato la sigaretta e l'ha schiacciata distrattamente.

"E?"

"La stai aiutando nel suo processo di cambiamento."

"Certo, ma..."

"Aspetta..." Il suo dito indice si è posato sulle mie labbra come una delle sue farfalle. "È quello che senti di non aver ancora fatto tu."

Siamo rimasti intrappolati in un silenzio vuoto. In lontananza abbiamo sentito Serena e la sua voce fastidiosa che parlava di troll e di hater come se appartenesse a un'altra storia. Poi è sembrato che Leandro si fosse ricordato di qualcosa: "A proposito di articoli che ti possono servire...".

Ha cercato sul cellulare, ha copiato un link e me l'ha inviato. Il mio schermo si è illuminato.

"Dacci un'occhiata. Mentre lo leggevo ho pensato a te."

"Grazie," ho risposto, "per tutto quello che hai detto prima."

Leandro mi ha risposto con un saluto buddhista e siamo rientrati.

Durante l'ultima sessione con la maestra, abbiamo condiviso le nostre esperienze sul tentativo di non arrabbiarci. Isaac ha aperto il fuoco con la sua voce stanca da microfono scassato e ha confessato di essere riuscito a evitare di arrabbiarsi al massimo per mezza giornata, solo finché da New York non era stato in grado di accedere alla sua segreteria telefonica, scoprendo così che due delle riunioni in programma erano state cancellate all'ultimo minuto, perciò aveva attraversato l'oceano quasi solo per farsi una passeggiata a Central Park, mentre insultava diversi operatori che gli rispondevano da paesi tropicali con una serie di telefonate intercontinentali che gli erano costate in totale un migliaio di euro. Le compagnie telefoniche hanno la capacità di fargli salire la glicemia, ha detto, e la sedia ha scricchiolato un po' sotto di lui come a dargli ragione. Petra, l'infermiera picchio che adesso ha tinto i capelli di un colore più scuro, ha detto di aver perso il controllo quando le hanno portato in pronto soccorso un altro individuo scortato dalla polizia che doveva espellere degli ovuli di cocaina e l'hanno costretta ad assisterlo e a farlo passare davanti ad altri due pazienti. “Glieli avrei fatti rimangiare,” ha concluso in tono concitato. Serena detiene il record: ha perso la sfida lo stesso giorno in cui l’ha iniziata. Mentre usciva dal centro, aveva letto che qualcuno aveva pubblicato un commento accusandola di essere anoressica. Potevamo crederci? Tra i suoi fan si era scatenato il putiferio! In quel momento è intervenuta la nostra anoressica vera, Amelia, che di solito se ne sta sempre in silenzio in prima fila, diritta come un alfiere nella sua posizione del loto: ma è voluta intervenire per raccontarci che anche lei viene ingiustamente rimproverata di essere anoressica. La semplice verità è che lei non ha bisogno di mangiare molto, la meditazione la nutre già abbastanza, ha protestato in tono lamentoso di fronte allo stupore della stessa maestra, ammettendo però di essere riuscita a non arrabbiarsi, almeno fino al momento in cui aveva sentito il racconto di Serena.

“Complimenti a tutti.” La maestra Jedi si è risistemata il microfono. “Vi siete resi conto che c’è qualcosa che ha il potere di turbarvi. Non è splendido?” Silenzio in sala; ci siamo guardati a vicenda senza reagire. “Adesso siete consapevoli del fatto che la rabbia vi ruba la pace. Perciò ora... cerchiamo di liberarcene.”

E ci ha elargito il primo mantra per combatterla: “Se non c’è soluzione, perché ti arrabbi? E se c’è soluzione... perché ti arrabbi?”. I miei compagni hanno chiuso gli occhi e io li ho alzati al cielo dopo un profondo sospiro di scetticismo, per cui Leandro, seduto a mani giunte accanto a me, mi ha ripreso con uno sguardo di rimprovero. Mentre ascoltavo la voce della maestra – infantile, piacevole e morbida, sempre più lontana –, sono stata in grado di visualizzare soltanto il viso scialbo di Violeta e di ripensare a tutte le frasi di Diana che mi avevano fatto male come spilli. Proprio lei, che aveva vissuto così da vicino tutto quello che mi era successo agli studi televisivi, non aveva riconosciuto nessun valore al mio tentativo – coraggioso, credo – di recuperare la mia vocazione. No, la cosa più importante per lei era il suo maledetto battesimo e il pensiero di quanto sarebbe rimasto scandalizzato il suo maritino nel leggere il mio reportage.

“Se non c’è soluzione, perché ti arrabbi? E se c’è soluzione... perché ti arrabbi?” Ho rivolto di nuovo la mia attenzione alla maestra.

“Bisogna neutralizzare la rabbia perché è sterile,” ho sentito di nuovo la sua voce nella mia testa. "Se qualcuno ti ha tratta ti arrabbi..." – E ci mancherebbe altro!, mi sono detta io quel qualcuno sta agendo in funzione del suo desiderio d felice; quando lo vedi in quest'ottica, smetti di odiarlo per iniziare a compatirlo."

"Sicura?" Credo di averlo detto ad alta voce, perché Leandro mi ha dato una gomitata e dai posti vicini si è sentita una risatina.

Però, non so come, all'improvviso ho sentito che la mia rabbia in realtà era dolore.

Perciò sono tornata in tutta fretta alle mie elucubrazioni, lanciandomi lungo il mio scivolo di persone da odiare: diciamocelo, sono latina, e vengo da una famiglia di "passionali". Non lo dico con un'accezione negativa, ma nemmeno positiva. Anche se forse è vero che non mi farebbe male imparare a gestire la rabbia. Ricordo che per un periodo, per dare sfogo alla nostra ira familiare, in casa aveva preso piede la moda di lanciare gli oggetti, quando eravamo al culmine di un'arrabbiatura. Non di lanciarli contro qualcuno, ma di sbatterli per terra, o almeno di prenderli a cazzotti. Vittima prediletta: il telefono. Soprattutto quando la nostra ira era provocata da una telefonata. In effetti anche oggi, dopo aver parlato con Diana, ho fatto una specie di omaggio alle mie tradizioni familiari. In fondo erano gesti teatrali controllati che non avevano chissà quali conseguenze, e il telefono non era dei più cari e non sarebbe stato un problema sostituirlo. Ma sì, quel gesto non spegneva l'ira, anzi accendeva come una miccia quella degli altri membri della famiglia. Forse anche per questo sono venuta su più controllata e mi sono sforzata di imbrigliare la mia natura.

Che cosa ho scoperto durante queste due settimane? Quali sono i fattori che alimentano il mio odio smisurato nei confronti dell'Umanità? Quando mi insapono le mani in un bagno pubblico scoprendo solo dopo che non c'è acqua e me le devo tenere appiccicose per ore. Quando mi riempiono di latte il caffè macchiato. Quando gli automobilisti accelerano con aria di sfida mentre sto attraversando sulle strisce. Quando le persone risucchiano la saliva mentre parlano – aggravante: se lo fanno parlando a un microfono –, tanto per fare qualche esempio.

Ho aperto gli occhi mentre la maestra Jedi dava inizio a un giro di domande. Senza pensarci due volte, e sentendomi ancora più agitata rispetto a prima che questa “meditazione” iniziasse, ho alzato la mano.

“Sì?”

“E che succede se arrivi alla conclusione che ti sta bene essere arrabbiata, perché sai che quello che ti è successo non è giusto?”

Tutta la classe si è girata come se avesse parlato un alieno, tranne Leandro, che mi guardava con la coda dell’occhio. Persino Toño, dalla sua sedia a rotelle, mi ha rivolto un’occhiata di compassione sincera.

La maestra ha ripreso il suo sorriso imperturbabile.

“La questione non è scegliere di non lottare per avere giustizia, Patricia. Ma evitare di metterti in una posizione in cui questa lotta ti faccia del male.”

“Però a volte la rabbia è l’unico linguaggio che la gente è in grado di capire,” ho insistito.

“Tu credi?” ha riflettuto. “Non lo so. Forse... Vediamo che cosa succede quando ti arrabbi.” E ha iniziato a contare sulle sue dita infantili e grassocce. “Esasperi gli errori dell’altro, rimugini, nella tua mente inventi conversazioni che non hanno mai avuto luogo, ci fantastichi sopra, confondi la persona che hai di fronte con la tua rabbia, finché per te non diventa un pensiero così solido e ossessivo che ti ruba la pace. Ma nel frattempo, tra l’altro, questo destabilizza le persone che ti circondano.” Ha alzato il mento e io ho immaginato che il suo collo iniziasse ad allungarsi. “Invece, se esponi le tue argomentazioni partendo da una situazione in cui non c’è quello strappo emotivo, le tue parole saranno più efficaci e, soprattutto, ti farai meno male. Non trovi?”

Dopo questa lezioncina sono rimasta in silenzio. Immagino che ai loro occhi io sia apparsa come una creatura molto poco evoluta...

All’uscita ho chiesto a Leandro di aspettarmi e sono andata in bagno. Dopo un po’ è entrata la maestra per lavarsi le mani o per incontrare me, non lo so.

“La mia amica, la viaggiatrice, è tornata...” Mi sono accorta che aveva gli occhi più giganteschi che avessi mai visto in un essere umano.

“Ma non potrò restare molto a lungo,” le ho ribadito.

"Be', Buddha ha girato il mondo in cerca della conoscenza, per restituirla sotto forma di amore al suo ritorno."

Mi sono appoggiata al lavandino e ho cercato il suo riflesso nello specchio.

"Mi sento così piena di rabbia..." le ho detto senza fermarmi a pensare.

"Lo vedo..." ha commentato asciugandosi lentamente le mani piccole e paffute. "E hai identificato il tuo nemico?"

"Il mio nemico?"

"Sì, il destinatario di tutta questa rabbia." Ha sorriso al rallentatore. "Sai, quelle cose che ci diciamo in continuazione: se non fosse per questo governo, per il mio partner, per i miei figli... vivrei bene perché sono una persona molto dolce. Cose così."

"Ne ho una lunga lista, in effetti."

"Te lo dico perché la maggior parte delle volte commettiamo degli errori nell'identificare il nemico. Ti faccio una domanda, Patricia: credi davvero che l'inquietudine che provi sia causata da un fattore esterno? Ne sei sicura? Perché forse la causa principale è proprio la tua stessa ira, e nient'altro."

D'un tratto ho sentito molto caldo. Ho messo le mani sotto il rubinetto per sentire l'acqua fresca sui polsi.

"Il fatto è che ho bisogno di tirarla fuori, altrimenti non potrò avere pace."

"Sì." Ha annuito come un medico che cerca di convincerti dell'opportunità di una cura. "Dico solo che adesso sei nella peggiore delle situazioni, Patricia: sei arrabbiata, ma non chiedi neanche giustizia. Ed è lì che hai deciso di stare."

Si è sistemata il drappo arancione sulla spalla e mi ha rivolto un sorriso di autentica compassione che mi ha dato coraggio. Prima di uscire ha aggiunto: "Perché non provi a separare il problema esterno, oggettivo, dal modo in cui ti fa sentire? A me è di grande aiuto. È l'unico modo di agire per risolvere la questione esterna e di tenere sotto controllo quella interna, l'unica pienamente nelle tue mani".

Ah, che indigestione di monache, ho pensato, mentre la osservavo muoversi lentamente in quello spazio bianco in cui spiccava sempre come un'irriverente macchia di colore.

37.

Oggi ho trovato a stento il tempo per scrivere. Mi sono dedicata a sistemare tutto il materiale che ho sotto mano: ho messo in ordine i file con le interviste fatte a Greta, ho letto la documentazione che mi ha dato Ernesto e l'articolo che mi ha girato Leandro, che mi ha colpito tanto da decidere di inserirlo nel reportage. Aveva ragione. Ho scoperto immediatamente alcuni nessi con il tipo di abuso subìto da Greta e forse anche con il mio. Credo che sarebbe una buona idea inviare un estratto ad Aurora via mail, perché possa valutare se ci sono gli estremi per sporgere una denuncia per mobbing. Questo mi aiuterebbe a mettere meglio a fuoco il tema del reportage. Penso che invierò la mail prima di sera; anche se Aurora mi ha detto che questa settimana ha un'udienza importante, magari potrà darci un'occhiata lo stesso.

Non riesco a smettere di pensare all'articolo di Leandro.

Il giornalista illustra il concetto della brutalità ubbidiente, l'esperimento con il quale negli anni sessanta un certo Stanley Milgram, all'università di Yale, cercò di dimostrare che noi esseri umani siamo crudeli per ubbidienza. Prende come esempio l'Olocausto e si pone la domanda che tutti ci siamo posti una volta o l'altra: com'è possibile che una società colta ed evoluta come quella della Germania degli anni trenta abbia partecipato a un simile orrore, e come hanno fatto i criminali di guerra a dichiarare di aver semplicemente eseguito degli ordini? Perciò Milgram volle fare un esperimento nel quale isolare i meccanismi che si innescano quando un essere umano scatena la sua crudeltà all'interno di un gruppo. Vale a dire, quando diventa crudele a un livello inaccessibile in condizioni di solitudine. E il suo esperimento diede una prima risposta: in gruppo, gli esseri umani sono capaci di essere crudeli perché si sentono svincolati dalla propria responsabilità.

In che cosa consisteva l'esperimento?

A Milgram non venne in mente niente di meglio che mettere un annuncio per reclutare una serie di normalissimi cittadini. Qualcosa del tipo: "Si cercano volontari per un esperimento sui meccanismi della memoria e dell'apprendimento diretto da uno scienziato di chiara fama".

Perché tutto risultasse credibile, fu necessaria un'accurata organizzazione: lo studioso fece entrare uno alla volta quegli sprovveduti in una sala isolata dell'università, sotto lo sguardo attento di uno scienziato – l'"autorità". Sotto la sua supervisione, avrebbero manovrato un macchinario i cui interruttori indicavano diversi livelli di carica. Alcuni di questi erano stati marcati con etichette rosse di "pericolo". A ciascuno veniva spiegato che la persona che vedevano dall'altro lato di un vetro, disteso su una barella e collegato a decine di cavi, era uno studente volontario che avrebbe fatto da cavia. Naturalmente il generatore di carica era finto e si limitava a fare un rumore, mentre gli uomini e le donne che in teoria ricevevano le scariche erano attori. Ma gli "esecutori" non lo sapevano.

Qual era lo scopo di tutto questo circo?

Milgram voleva rispondere a una domanda: "Per quanto tempo una persona in apparenza normale può fare del male a un'altra, se qualcuno 'autorizzato' gli chiede di farlo?".

Il risultato fu allarmante: quasi tutti i partecipanti, anche se si sentivano a disagio, addirittura angosciati, dopo essersi accertati che il direttore dell'esperimento se ne assumeva la piena responsabilità, furono disposti a superare i trecento volt, facendo partire una scarica che, se fosse stata reale, avrebbe messo a repentaglio la vita della cavia. Mentre leggevo l'articolo, mi ero immaginata le urla di quei finti volontari complici e gli altri, che dall'altra parte del vetro sudavano, a disagio, ma comunque non si rifiutavano di eseguire l'ordine di uno sconosciuto solo perché portava un camice bianco.

Non so chi odio di più, se lo psicopatico o quello che volta la testa solo perché non lo riguarda, schivando la colpa come un verme.

Il complice, oltre che un violento, è pure un vigliacco.

Anche se non ha partecipato all'azione è responsabile, come minimo, di omissione di soccorso.

Che differenza c'è tra chi non si ferma quando trova una macchina sul ciglio della strada e chi non aiuta una persona che ha subìto maltrattamenti e potrebbe addirittura essere spinta al suicidio? L'idea di un essere umano tiepido mi dà il voltastomaco.

In un essere umano, essere tiepido è anche un sintomo di codardia.

Ci sono momenti nella vita in cui bisogna prendere posizione.

Se lo avessimo fatto, né a me né a Greta sarebbe successo ciò che ci è successo.

Sono arrivata alla conclusione che, se non si fossero sentite protette dal gruppo, le nostre "carnefici" non avrebbero osato toccarci.

La massa è un insieme di cervelli intelligenti che formano un grande cervello ritardato. Il gruppo ti libera dalla responsabilità etica.

La vita non è drammatica. Né comica.

La vita è ironica.

La brutalità ubbidiente: quale mirabile sintesi per farmi capire il motivo per cui un branco umano agisce come tale senza mettere in dubbio l'autorità di un unico, piccolo, psicopatico. Devo raccontarlo a Greta. Questa scoperta non ha placato la mia rabbia, è vero, ma almeno mi ha aiutato a comprenderla.

38.

Mentirei se dicessi che non provo una sensazione agrodolce dopo il mio incontro di oggi con Greta e che non mi preoccupa la situazione che sta vivendo in casa di Deirdre. Oggi finalmente avevamo appuntamento nel nostro confessionale, come ormai chiamiamo il María Pandora, e siccome lei non era ancora arrivata, mi sono seduta sul prato davanti alla Cattedrale. Probabilmente era un secolo che non mi sedevo a terra, e facendolo ho pensato che stavo entrando in contatto con la Pachamama: chissà se mi avrebbe trasmesso un po' dell'energia che mi mancava. Il profumo di *churros* era così forte che già bastava a saziarti. All'inizio mi hanno sorpreso le bancarelle nei giardini. Ero così assorta che non mi sono resa conto che Greta era seduta da un po' accanto a me con un'espressione sconfitta identica alla mia. Contemplava i *chulapos* con i loro berretti di piqué e le donne, con le *mantillas* e i garofani, che passeggiavano sottobraccio sul prato.

"E questi qui? Da cosa si sono mascherati?" mi ha chiesto.

"Che giorno è oggi?" le ho chiesto io a mo' di saluto.

"Il 10."

"Il 10 agosto? Ah, allora è la Vigilia de la Paloma. Inizia domani. Mio Dio, come passa il tempo..."

L'ho osservata di profilo. Guardandola di fronte non sembra che abbia il naso così schiacciato. Ho notato che i capelli le stanno crescendo molto in fretta: adesso le arrivano quasi alle spalle e potrebbe raccoglierli in una piccola coda. Porta un paio di jeans scuri con una maglietta verde militare senza scritte. E, prima novità, un paio di piccoli orecchini di corallo.

Ho rovesciato la testa all'indietro. Qualcuno ha dipinto il cielo a pennellate gialle e viola.

"Il mio amico Leandro sostiene che siamo delle eretiche."

"Eretiche?"

Ha strappato qualche minuscola margherita.

"Sì, gli eretici sono coloro che hanno il coraggio di scegliere una cosa diversa, che non gode del consenso generalizzato."

"Mi piace." Mi ha offerto il suo mazzolino. "Ma mi sa che finora sono stati gli altri a scegliere per noi."

"Tu credi?" Ho accarezzato l'erba come se fosse un animale. "Penso che quello che ci è successo abbia a che vedere con la nostra eresia vitale."

"Solo che noi non conoscevamo il prezzo dell'eresia!" Si è distesa sull'erba secca usando le braccia come cuscino. "Ah, senti, se la metti così mi fa addirittura piacere che ci abbiano rovinato la vita!"

"Siamo eretiche!" E ho lanciato un po' di erba in aria come se fossero coriandoli.

Liberarsi dalla dittatura della normalità: magari ribellarsi servisse a qualcosa... I rondoni volavano sopra le mie elucubrazioni come piccole frecce veloci, quando mi sono accorta del suo sorriso. Era contenta. Per questo ho deciso di non condividere con lei la mia delusione. Non mi azzardavo a confessarle che, dopo il jolly di Ernesto, non mi vengono in mente altre porte a cui bussare, che mi sento delusa, che la sua storia mi scuote tanto e che mi terrorizza l'idea che Mercoledì torni a parlarmi. Per il momento mi era sembrato solo di sentire il mormorio della mia gemella, acquattata come un tumore benigno ma fastidioso da qualche parte tra il fegato e il cuore. Adesso però è diverso. Sono arrabbiata anche con lei. Per avermi convinto ad abbandonare la mia strada. Per aver fatto la guastafeste. Ma questa festa è mia, non sua.

Mentre eravamo sedute sul prato, Greta mi ha raccontato l'ultimo episodio di Deirdre, che ancora le provoca gli incubi.

Durante la notte l'aveva sentita ridere a crepapelle, come se qualcuno le stesse raccontando una barzelletta lunghissima. Non era la prima volta, per questo non vi aveva dato importanza. Quando si era alzata per andare in bagno, era rimasta sorpresa trovando la porta dell'appartamento socchiusa. Era uscita sul pianerottolo. Le era sembrato di sentire la voce di Deirdre nell'oscurità mentre parlava con un invisibile interlocutore. A Greta era quasi venuto un infarto, di fronte all'apparizione che le si era stagliata davanti nel buio.

Deirdre era lì, nuda accanto all'ascensore, coperta dalle proprie feci. Il seno lungo e cascante sul corpo bianco e scheletrico. A Greta era sembrata una superstite dell'UFO di Roswell.

Una vespa ha spinto Greta a tirarsi su dando manate nell'aria.

"Alla fine, siccome non riuscivo a farla rientrare in casa, e non si lasciava neanche lavare o vestire, ho dovuto chiamare l'ambulanza e l'hanno portata via," mi ha raccontato stringendosi nelle spalle. "Per il momento resterà in ospedale."

Un ragazzo piccolo e scuro ci ha interrotto parlando in tedesco per chiederci di fargli una foto. Ha abbracciato una donna bionda vestita da *chulapa* che lo superava di tutta la testa. Greta li ha fatti mettere in posa davanti alla Cattedrale: si sono fatti il gesto delle corna a vicenda.

"E adesso?" le ho chiesto quando ha finito il servizio fotografico.

"Deirdre mi aveva lasciato delle istruzioni nel caso in cui fosse stata ricoverata. Ho una lista e la sua carta di credito per fare alcune spese."

"E non è meglio che aspetti il suo ritorno?" mi sono allarmata, senza sapere perché.

"Non abbiamo idea di quanto ci metterà a riprendersi. La sua unica parente è una zia che vive in Scozia. L'ho chiamata e mi ha detto che l'ultima volta Deirdre è stata ricoverata un mese, e che lei è molto anziana e non si può muovere."

Greta sembrava avere tutto sotto controllo. Mi ha mostrato liste su liste di cose da fare già spuntate. Vuole approfittare di questo periodo per riorganizzare la casa. Un compito che Deirdre le aveva assegnato era mettere in ordine il suo armadio e buttare una serie di vestiti. Avrebbe voluto farle alcune domande quando era andata a trovarla in ospedale, ma l'aveva trovata legata al letto, in preda a un attacco di ilarità: sosteneva di far parte dell'equipaggio di una navicella spaziale e che l'avevano legata per non farla stare male durante l'atterraggio.

"Sono l'unica che va a trovarla." Ha fatto una smorfia, commossa.

Mi ha mostrato la lista con la sua grafia tondeggiante da bambina diligente. Deirdre le aveva appuntato sugli scontrini del supermercato le cose da fare, sia commissioni immediate che programmi futuri: far sistemare le macchie di umidità in bagno, comprare una bicicletta, andare in Scozia... "Andare in Scozia?" mi sono sorpresa, e i due occhioni della mia amica si sono spalancati ancora di più.

"Voleva che la accompagnassi. In realtà, mi piacerebbe tantissimo andare in Scozia..."

Non si poteva lamentare, ha continuato, inspirando l'odore di verbena, perché in un modo o nell'altro aveva trovato questo lavoretto e doveva esserne grata. Quando Deirdre si fosse rimessa, le avrebbe chiesto di metterla in regola. Questo le avrebbe permesso di risparmiare le spese della casa per iscriversi all'università. Sembrava anche felice di poter sistemare un po' l'appartamento senza che Deirdre la seguisse tutto il giorno come un cucciolo su di giri; alla fine non le permetteva mai di portare a termine niente. Adesso stava rimettendo a posto il bagno. Al suo ritorno a casa, Deirdre avrebbe trovato una grande sorpresa. E poi, siccome il medico aveva consigliato a Greta di fare tutto ciò che potesse tirarla su di morale, le aveva comprato un telescopio di seconda mano trovato su internet – perché un giorno le aveva detto che voleva vedere le stelle dalla sua stanza, mi ha spiegato, e poi ha cancellato qualcosa dalla lista con aria orgogliosa e ha chiuso l'agenda.

"Hai conservato le fatture di tutto?" le ho chiesto all'improvviso.

"Sì," si è sorpresa lei. "Be', in alcuni casi sono scontrini."

"E allora chiedi le fatture."

"Perché?"

"Per ogni evenienza. A nome suo. Con i suoi dati."

Mi rendo conto di avere dentro di me allarmi che lei non sentirà mai. Qui non si fanno *mingas* né *sancochos*, e non si mettono a posto le case degli sconosciuti.

"Hai la lista?" Greta ha annuito. "Scritta da lei?" Ha annuito di nuovo. "Conservala."

"Ma che ti succede?" mi ha chiesto, mettendosi in ginocchio.

"Niente. Be', sì. Che sono fuori di testa," le ho risposto senza filtri, come la ragazza-loto.

E lì, seduta sull'erba come una bambina, per la prima volta ho dato sfogo alle mie preoccupazioni davanti a lei: le telefonate anonime, la discussione con Diana, quei due viaggi che mi fanno paura dopo l'episodio di New York e il fatto che non trovo il tempo per portare avanti il nostro reportage e che temo di deluderla. Vale a dire: la verità.

Lei mi ha ascoltato torturandosi le mani e poi ha detto: "Be', non bisogna deprimersi. La vocazione trova sempre la sua strada, come l'acqua, te lo ricordi?".

E a questo punto, per mettere la ciliegina sulla torta del catalogo delle mie arrabbiature, me la sono presa anche con la sua ingenuità.

"Tu non capisci, Greta!" Ha fatto la faccia stupita. "Non ho voglia di fare questo viaggio. Non ho voglia di occuparmi di questa campagna. Passo la giornata circondata da persone che fanno di tutto per farsi benvolere dall'azienda per cui lavorano, come se le aziende fossero enti superiori dotati di sentimenti. E pretendono che io faccia altrettanto, che mi impegni con la stessa dedizione, ma io non posso perché... perché non ci credo!"

Lei si è data qualche manata sulle gambe come se volesse svegliarle.

"Be', benvenuta nel club allora!" Ha alzato la voce. "È la storia della mia vita. Come potrei non capirti?"

Ho sentito qualcosa che mi sollevava contro la mia volontà – di nuovo la corda al collo, come se qualcuno la tirasse dal cielo –, non avrei voluto dirglielo così, ma gliel'ho detto: "Senti, Greta, ho cercato di sondare tra i miei contatti la possibilità di pubblicare il reportage, ma la verità è che alcuni non vogliono sentire la tua storia e altri vorrebbero trasformarti in un fenomeno da baraccone". Ho deglutito: era difficile da ammettere. "Non posso scriverlo a modo mio. È sempre stato così! Per questo me ne sono andata... Perciò, probabilmente questa è la prova di cui avevo bisogno per sapere che la mia vocazione non è abbastanza salda."

Mi sono scrollata dai pantaloni un paio di formiche in avanscoperta. Lei è rimasta seduta. Immobile. Con lo sguardo perso su quella fila di insetti. E a un tratto ho avuto paura che crollasse.

Dopo un silenzio eterno ha alzato lo sguardo.

"Mancano ancora sei mesi," mi ha ricordato.

"A cosa?"

"Al termine che ci siamo date per la nostra sfida."

"Greta, non ce la farò. Puoi parlare con qualcun altro. Oppure posso presentarti qualche giornalista che..."

Un fuggifuggi di uccelli sulle nostre teste ha prodotto un breve silenzio tra noi. Lei ha scosso la testa.

"Per favore, Patricia. Non mi fido di nessun altro."

Ho preso aria. La Cattedrale si era illuminata e le bancarelle avevano iniziato ad aprirsi come giganteschi molluschi in mezzo alla piazza, esibendo ogni genere di fritture e bevande. Ho sentito nella mia testa le parole del mio Aita: *Tu scrivi, poi vedremo dove va a finire. L'importante è avere un buon reportage*. La voce di Ernesto si è dissolta come quello stormo di uccelli.

"Non lo so..." ho ammesso. "Ma in ogni caso, se continuiamo, avrò bisogno che tu mi dia altri dettagli, Greta. Se non posso appoggiarmi a elementi reali, se non posso usare i nomi veri, dobbiamo contare soltanto sulla forza delle parole. Mi servono dettagli che diano corpo alla storia."

"Va bene, allora dimmi di cosa hai bisogno." Si è appoggiata le mani sui fianchi.

"Non lo so..." mi sono spazientita. "Per esempio... quali erano i tuoi sintomi quando ti hanno fatto iniziare la terapia. Ho bisogno di dati e dettagli per provare a raccontare questa storia come un caso di mobbing, perché sono convinta che lo sia, davvero, e che in più ci sia stata, tra l'altro, un'omissione di soccorso, come mi ha suggerito il mio avvocato."

"E che altro?" mi ha chiesto da terra.

Ho frugato nella mia testa. "Sarebbe importante anche... che un professionista diagnosticasse di cosa soffrivi quando ti hanno cacciato via, per avvalorare la tua incapacità di difenderti. Ho bisogno del nome vero del terapeuta da cui ti ha mandato Dominga, voglio verificare se è iscritto all'ordine. Le mail che hai conservato. Le prove che, tra l'altro, è opportuno che tu abbia. Cose del genere... So che è molto difficile per te, ma non posso raccontare questa storia se non c'è un voto di fiducia totale da parte tua."

"Un voto?" ha esclamato. "Non potevi usare un'altra parola?"

Ho abbassato lo sguardo e l'ho trovata ancora a terra, che sorrideva, e mi ha fatto una linguaccia. Ci siamo messe a ridere, le ho dato un calcio nel sedere.

Lei si è alzata prendendo la mano che le tendevo.

"Andiamo a berci un bicchiere di vino e iniziamo," ha detto, avviandosi in direzione del María Pandora. "Ne avremo bisogno tutte e due."

39.

Accendo il registratore.

La sua voce, che per la prima volta ha dormito lì dentro come un genio intrappolato nella lampada, si dispiega nel mio appartamento ed esce attraverso le finestre dalle quali entrano le luci della piazza addormentata. Il semplice fatto che mi abbia finalmente permesso di registrarla è già il voto di fiducia che cercavo. Addio agli appunti, alla fatica – la sera – di decifrare la mia grafia. Scrivere a mano mi rende felice, però quelli non sono i suoi pensieri, sono i miei. Perché non tributo tanto rispetto ai miei pensieri quanto alle sue parole: riportare alla lettera ciò che mi hanno raccontato, e come è stato raccontato, è sempre stato importante per me, quando facevo la giornalista.

Quest'ultima chiacchierata è stata cruciale perché credo che, per la prima volta, ci siamo guardate come se ci fossimo riconosciute dopo molto tempo e perché dentro di me cresce la certezza che nessuno che non lo abbia vissuto possa raccontare in questo modo cosa si prova quando la propria fiducia in se stessi viene scossa così duramente. Adesso, però, devo aiutarla a dimostrarlo.

Il settanta per cento di chi subisce mobbing non sa di subirlo.

Questo titolo terribile mi rimbomba in testa da quando l'ho letto. È quello che mi ha spinto a continuare a scrivere. E che mi ha indotto a chiedere ad Aurora una relazione dettagliata su quello che per la legge spagnola potrebbe essere un caso di mobbing verificato. La sua risposta è così chiara che mi servirà per creare uno schema delle future interviste con Greta e, perché no, un documento molto utile per me. Come mi sarebbe piaciuto averlo quando mi stava succedendo la stessa cosa.

Aurora ha risposto con chiarezza alle sei domande che le ho mandato per mail:

COME SAPERE SE QUELLO DI GRETA È UN CASO DI MOBBING? E, SE LO È, COME POTREMMO DIMOSTRARLO?

Non ho ancora letto il documento che mi hai mandato con la tua intervista ma, a grandi linee, la prima cosa di cui tenere conto, Patricia, è un aspetto che i miei clienti non hanno molto chiaro e che è cruciale: il mobbing consiste in una condotta reiterata. Anche se ne esistono molte forme, posso suggerirti una serie di comportamenti perché tu faccia un test alla tua intervistata. Per esempio: se ci sono stati maltrattamenti – fisici e verbali – sistematici e reiterati nel tempo; se ha individuato comportamenti che avessero lo scopo di isolarla dai colleghi o dai clienti; se sono stati divulgati pettegolezzi su di lei o commenti sprezzanti reiterati, per quanto questi fossero presentati sotto forma di presa in giro, ma capaci di danneggiare la sua immagine o la sua professionalità: in questa categoria rientrano le discriminazioni sul suo orientamento sessuale, battute sull'etnia, l'origine o il sesso, sull'aspetto fisico o allusioni alla sua intimità o vita familiare; un altro indizio chiaro sarebbe se Greta avesse sperimentato sovraccarichi di lavoro o, al contrario, lavori degradanti in relazione alle sue capacità, minacce continue di allontanamento, ostacoli al suo avanzamento professionale, tentativi di renderla invisibile, di scavalcarla, trasferimenti o valutazioni costanti del suo lavoro o della sua persona, modifiche delle sue condizioni lavorative...

Devi tenere presente che il mobbing, come qualunque altro maltrattamento e vessazione sistematica, demolisce pian piano la persona fino a distruggere le sue difese e la sua autostima. Non si tratta di una discussione una volta ogni tanto o di uno scontro di personalità, come molti pensano. Proprio come il litigio di una coppia, per quanto violento, non può essere considerato un maltrattamento. Può essere qualcosa di esecrabile, ovviamente, ma qui stiamo parlando d'altro. Legalmente e per definizione, la condotta persecutoria sul posto di lavoro deve verificarsi almeno una volta alla settimana e per più di sei mesi, per essere considerata tale. Il persecutore crea per il lavoratore un'atmosfera ostile al punto da renderla irrespirabile, adducendo false testimonianze contro di lui o, in altri casi, informando la vittima – che sia vero o meno – del fatto che sono tutti contro di lei, fino a farla cadere nella paranoia. La conseguenza è la perdita assoluta dell'autostima e il crollo psicologico.

Questo è il mobbing.

E questo è il motivo per cui ha una serie di conseguenze invisibili e, in alcuni casi, molto gravi. Per esempio: diminuisce il rendimento lavorativo della persona perseguitata – sentendosi sottovalutata, le riesce difficile fare gioco di squadra –, e parallelamente cominciano le assenze, dato che somatizza in modo costante, cosa che può finire per provocare il licenziamento della vittima per un'incompetenza che tale non è. L'isolamento – e a quanto pare è il caso della tua intervistata – spesso risulta una conseguenza a lungo termine in una situazione di mobbing, perciò è importante comunicarlo e non lasciare che accada.

QUALI SONO GLI OBIETTIVI DEL PERSECUTORE?

Be', chiaramente togliere di mezzo la vittima per gelosia, per sfiducia nelle proprie capacità e per paura che prenda il suo posto. Sembra che nel caso di Greta la decisione fosse nata dall'iniziativa di un superiore, nello specifico di una superiora, ma la vittima potrebbe essere sia un collega che un subordinato. Questo è un altro aspetto importante: in generale, il persecutore si circonda di una cricca che lo adula perché sa di cosa è capace. Ne deriva che sul posto di lavoro è sempre molto difficile trovare testimoni. Logicamente, come nel caso di Dominga, l'abuso è arrivato dall'alto, ma ti stupiresti, Patricia, della quantità di casi in cui proviene da un subordinato che, dal suo low profile, inizia un abuso e una demolizione silenziosa e molto efficace per farsi largo fino a quel posto che, a suo parere, nessuno gli darà in un altro modo. A una cosa devi stare attenta, prima di continuare (è il mio consiglio professionale): verifica che il caso di Greta non nasca da un disaccordo o uno scontro avvenuto in un preciso momento con la superiora che in questo momento è a capo della comunità che chiamate "del Nord". Nel caso di un'azienda, un taglio dello stipendio, un cambio di turno o un trasferimento episodico non comporterebbero un reato di mobbing.

QUALI PROVE DOVRESTE FORNIRE?

Questo è il nocciolo della questione, Patricia. La cosa più difficile per dimostrare una persecuzione lavorativa è trovare le prove, visto che l'autore delle vessazioni cerca di non lasciare tracce, soprattutto davanti a testimoni. Chiedile di cercare consorelle che possano testimoniare a suo favore, cartelle cliniche, mail, registrazioni di conversazioni, whatsapp, qualunque cosa in cui le vengano comunicati incarichi di compiti che non corrispondono ai suoi obblighi, sanzioni o inadempienze, trasferimenti costanti, cambiamenti repentini delle sue condizioni di lavoro, allontanamento da persone, responsabilità e incarichi. Penso alle perizie all'interno della congregazione di cui mi hai parlato. Quella sarebbe un'ottima prova. Lei ne ha ancora una copia? Servirebbe anche qualunque relazione medica che dimostri che ha sofferto di certi disturbi – depressione, ansia, colon irritabile, insonnia, mal di testa, schiena, pancia; sarebbero utili come prova del fatto che in quel periodo la persona è stata destabilizzata.

REGISTRARE QUALCUNO È ILLEGALE?

Buona domanda. Sì e no. Dipende. È importante che non facciate niente di illegale. Non mi piace tirare fuori i miei clienti dal carcere. Perciò promettimi che nel reportage non userete i nomi veri, per esempio. Se lei potesse fornire qualche registrazione di conversazioni con la sua persecutrice, anche telefoniche, o con qualcuno che ammetta di essere stato presente durante questi abusi, che appartenga all'ambiente lavorativo oppure no, sarebbe ammessa e avrebbe valore legale, qualora la conversazione sia stata con Greta e non tra altre due persone diverse da lei. È chiaro?

QUAL È LA LEGISLAZIONE SUL MOBBING IN SPAGNA?

Allora, dall'anno 2010 il mobbing è inserito nel codice penale con pene per il persecutore che possono arrivare alla carcerazione. La legge lo definisce come "una violenza psicologica estrema, sistematica e ricorrente" (almeno una volta a settimana) e durante un periodo di tempo prolungato (oltre sei mesi) su un'altra persona su un luogo di lavoro, con il fine di "isolare la vittima, distruggere la sua reputazione, turbare l'esercizio delle sue attività e finalmente fare in modo che questa persona o queste persone abbandonino il posto di lavoro".

Nel caso di Greta, per esempio, se riusciste a dimostrare che l'a-

buso è stato causato da una malattia che l'ha costretta a interrompere la sua attività, che si tratti di una condizione fisica o psicologica, lei avrebbe diritto anche a percepire una pensione. Ma sarebbe indispensabile fornire la perizia di un medico o di uno psicologo che possa dimostrarlo.

E QUANTO ALLA RESPONSABILITÀ LEGALE DELL'AZIENDA E DELL'ISTITUZIONE IN CUI AVVIENE IL MOBBING?

Be', ti stupirai, ma su questo punto la legge è molto chiara. Il problema è che di solito se la cavano alla grande, perché la vittima ne esce così distrutta che raramente se la sente di denunciarli. Eppure la legge dice: "L'azienda è sempre responsabile dei danni riportati dai dipendenti. Ogni azienda o società deve creare una serie di protocolli per individuare, rendere noto e fermare un processo di persecuzione. Qualora riesca a dimostrare un caso di persecuzione lavorativa, il dipendente avrebbe diritto a lasciare il lavoro e a ricevere lo stesso indennizzo a cui avrebbe diritto per un ingiusto licenziamento". Dunque, una diagnosi di depressione causata dalla situazione che ha vissuto lì dentro potrebbe essere considerata un "infortunio sul lavoro" e la tua intervistata potrebbe pertanto percepire il doppio dell'indennizzo a cui avrebbe avuto diritto quando se n'è andata via, così come richiedere i danni. Anche se, nel suo caso, visto che non c'è stata neanche una liquidazione dopo tutti questi anni di lavoro... insomma, è roba tosta.

Bene, Patricia. Spero di averti chiarito alcuni dubbi. Con questo credo che per il momento possiate mettervi a lavorare.

Un abbraccio e coraggio, campionessa

Aurora

Questa mail mi ha lasciato di stucco. C'è così tanto lavoro da fare... Devo chiedere a Greta tante cose... Ma anche solo leggendo le indicazioni di Aurora posso già orientarmi meglio in questo ginepraio.

Uno dei punti della sua relazione ha attirato in modo particolare la mia attenzione. *L'isolamento – e a quanto pare è il caso della tua intervistata – spesso risulta una conseguenza a lungo termine in una situazione di mobbing, perciò è importante comunicarlo e non lasciare che accada.* È buffo che durante l'intervista di oggi io abbia chiesto a Greta come mai non avesse chiesto aiuto, visto che non lo avevo chiesto neanch'io.

Oggi sembrava che al María Pandora avessero tolto la facciata. Adesso mi viene in mente l'immagine di noi due, sotto l'insegna del locale, alla quale erano appesi nastri colorati e rami di verbena. Tutte le porte aperte sulla strada e noi sedute nel nostro confessionale privato: le due poltrone davanti a quella libreria pienissima. E lì, nello stesso posto dove la prima volta aveva chiesto una Coca-Cola, Greta ha ordinato due bicchieri di vino senza consultarmi.

Abbiamo brindato e iniziato la nostra eucaristia. Ho tirato fuori cerimoniosamente i miei strumenti per quella messa: il taccuino, la penna blu con la punta sottile e sì, finalmente, anche il registratore, che ho lasciato apposta accanto al suo bicchiere. Ho pigiato il pulsante ON e quella luce rossa, che per tanti anni per me era stata un semaforo verde, ci ha invitato ad addentrarci nel "come", anche se in seguito avremmo dovuto salire di nuovo alcuni gradini di quella piramide.

Siamo tornate insieme nella Città del Nord, a quel fatidico settembre in cui non le avevano permesso di iscriversi all'università e la situazione aveva cominciato a precipitare. Niente viene lasciato al caso in una persecuzione, le ho assicurato. Stando alla spiegazione di questo tipo di situazioni letta in uno degli articoli che mi ha girato Ernesto, il comportamento di madre Dominga era stato da manuale: il primo provvedimento era stato allontanare la sua vittima da tutto quello che poteva darle energia; Greta aveva un sogno, laurearsi in Scienze della comunicazione e fondare una rivista con alcuni compagni di studi.

Immagino la scena così come trapela dal suo ricordo.

"Ieri ti avevo chiamato per ricordarti che era l'ultimo giorno per le iscrizioni, non te l'hanno detto?" disse stupita la sua collega Arantxa, quella che adesso non le parla più al telefono. "Ormai sono chiuse."

Greta corse lungo il corridoio fino all'ufficio di madre Dominga, che ancora non aveva identificato come "Giuda", e aprì la porta. La superiora ebbe un sussulto dietro la scrivania.

"Non sei capace di bussare?" disse con la voce melliflua e gli occhi sfuggenti da squalo, molto vicini e fissi sulla preda.

"Il fatto è, madre, che nessuno mi ha avvertito che sarei dovuta andare a iscrivermi all'università per l'anno prossimo."

"Abbassa la voce, se non ti dispiace." Le sorrise di nuovo cercando di nascondere i lunghi denti che le si affollavano nella bocca piccola. E siccome non era in grado di parlare chiaro, aggiunse soltanto: "Devi parlare con Bernarda".

Questo perché, come ogni psicopatico organizzato, madre Dominga aveva designato i suoi sicari, alla testa dei quali c'era quella che Greta chiamava "sua marita".

Sento adesso la voce della mia Greta, che si infiamma d'indignazione, dentro il registratore: "Bernarda si limitò a dirmi che in quel secondo anno nella Città del Nord avrei dovuto concentrarmi sulla convivenza comunitaria, anche se ero stata mandata lì espressamente per studiare Scienze della comunicazione. Feci comunque un ultimo sforzo per integrarmi".

Adeguarsi o morire, penso, e mi viene in mente Mercoledì che si sforzava di non disturbare, di confondersi con la massa. Come sempre accade in caso di maltrattamenti, se ti danno un ceffone il primo giorno, tu poi lo restituirai. Per questo le sue carnefici fecero crollare le sue difese a poco a poco. Uno stillicidio di piccole delusioni e dispiaceri. Sapevano che Greta era portata per lo studio e l'insegnamento, perciò l'avrebbero allontanata dai libri e dagli adolescenti ribelli che le riempivano la vita. Da tutto quello che la facesse brillare. Le tornava spesso in mente il suo Club dei Dodici, quando saliva le scale del nido e sentiva l'odore di omogeneizzati e latte in polvere. "Il Club dei Dodici?" mi sento chiederle. Lei però mi dice che quello era successo tempo prima e che a quei ragazzi deve dedicare un capitolo intero, perché se lo meritano. Fatto sta che d'un tratto le sue giornate nella Città del Nord si dividevano tra accudire neonati, pulire sederini, cambiare pannolini, fare lavori manuali e partecipare a conversazioni insulse in cui spiccava suor Baltasara – mi mostra una foto: una specie di lottatrice di wrestling, collo grosso, mascella mascolina, naso da boxeur – che sarebbe potuta salire sul ring come "la Suora Assassina".

"Indovinate chi è uscita?" disse, mentre si leccava la cioccolata dai baffi.

Mentre le altre, con gli occhi famelici, sorseggiando dalle loro tazzine, chiedevano tutte insieme: "Chi? Suor Rocío? Davvero?".

"Poveretta," continuò Baltasara, "adesso sta con un uomo, a Cartagena, stanno dando scandalo..."

E alcune agitavano le mani vergognose, mentre altre, le più devote, si facevano il segno della croce e pregavano per lei; intanto madre Dominga e sua marita – che come al solito non portava il velo –, sempre sedute una accanto all'altra, proprio come dormivano una accanto all'altra, si scambiavano occhiate complici e maliziose. Pettegolezzi da convento ai quali Greta partecipava solo per provocarle.

"E tu cosa pensi, suor Greta?"

"Be', dipende," rispose lei con aria un po' assente, mentre finiva di incollare margherite di carta per decorare l'aula.

"Dipende da cosa?" La lottatrice di wrestling fece una risatina infastidita.

"Dipende da che tipo di scandali stanno dando lei e quell'uomo," spiegò. "Se sono notturni, vuol dire che suor Rocío si prende anche le sue soddisfazioni."

Commenti di questo genere provocavano molto stupore tra le consorelle.

La disprezzavano. Per questo, durante quella prima fase, Greta decise di dare loro dei motivi per farlo. Era come se avesse assunto il ruolo che un tempo era stato di suo fratello Juan. Con il suo comportamento sembrava dire loro: se non mi accetti, se hai un pregiudizio verso di me, mi sforzerò di interpretare molto bene il mio ruolo. Ma tutto quello spirito ribelle crollava come un castello di sabbia quando arrivava la sera, le ultime preghiere scemavano pian piano, e Greta restava nella cappella vuota chiedendo a Dio perché mai le stesse facendo questo.

"Finché un giorno, che ricordo molto ventoso, mi sedetti davanti alla croce e non sentii niente," mi ha detto, illuminata dalle candele rosse del locale. "L'amore era finito. Non è incredibile? Come in una coppia. Era scomparsa la magia. E dissi a Dio che avevo smesso di credere in lui. 'Io non ti vedo più qui,' gli dissi piangendo ai suoi piedi. 'Se sei il mio Dio, perché ti dimentichi di me?'"

"E che cosa fu a farti dubitare?" mi sento chiederle.

Mi è sembrato che cercasse le parole nel fondo del vino.

"Te l'ho detto già su quell'aereo: io credevo in Dio come in un amico. Come in un famigliare. A farmi smettere di credere è stato il pensiero che Dio permettesse che proprio nella sua Chiesa succedessero certe cose. Avevo creduto nella bontà umana e in cambio non ricevevo altro che disprezzo. Che delusione, Patricia. Avevo creduto sinceramente in Dio..."

Si è alzata ed è andata verso la libreria, dandomi le spalle. Mi è sembrato che si asciugasse gli occhi e ha mormorato qualcosa che non ho sentito. Ha guardato i libri con la devozione delle altre volte, ne ha aperto uno e ne ha accarezzato le pagine come se si trattasse di un messale. E allora sì, l'ho sentita: "Perché certe frasi dette da uomini mi sembrano più vere di quelle che hai detto tu?". Ha fatto una pausa e mi ha guardato. "Ecco cosa rimproveravo a Dio."

Ho spento il registratore e chiuso il taccuino, ma quello che ci siamo dette mi è rimasto impresso nella memoria.

"Quello che non capisco è..." le ho detto, "perché non hai chiesto aiuto? Perché non ne hai parlato con i tuoi genitori?"

"A mia madre?" Mi ha guardato allarmata. "Ci ho provato! La chiamai più volte per dirle che stavo molto male, che ero triste e ammalata, ma non sapevo bene cosa mi stava succedendo. E sai cosa fece lei? Continuò a reclamare la mia attenzione con il suo interminabile elenco di lamentele. Fu molto egoista."

"Forse non capiva che stavi davvero tanto male," ho obiettato.

"O forse non volle capirlo perché la faceva soffrire troppo." Ha appoggiato i gomiti sul tavolo. "Comunque, siccome il mio eccesso di protezione nei suoi confronti non aveva limiti, la protessi anche dal mio dolore."

"E ti sentivi in colpa," ho azzardato.

"E mi sentivo in colpa," ha ripetuto lei come un'eco.

"Perché pensavi che il problema fossi tu."

"Ovvio. Visto che tutti ce l'avevano con me, come avrei potuto non essere io il problema?"

Quella era la chiave.

La luce nel locale si è abbassata e il cameriere si è aggirato nella sala accendendo le candele rosse dei tavoli: una candela per ognuna di quelle persone che non hanno mai avuto la giusta percezione di cosa stavano subendo, una per tutti quelli che non sono riusciti a ricostruire l'amore di sé; per un attimo ho pensato che stesse per annunciarci l'inizio di una messa.

Chiudo il taccuino e lo lascio cadere nella valigia aperta sul pavimento, accanto a quelle eterne scatole piene di libri ora di nuovo chiuse. Una metafora della mia vita. Allungo la schiena contro il muro spoglio e penso che il grosso del problema è questo: la spirale del silenzio. Proviamo tutti la stessa paura a raccontare cosa ci è successo, come se fosse indegno di essere raccontato, perché in realtà non sappiamo cosa ci è successo.

Succede a una donna violentata.

Succede a una persona maltrattata.

E a qualcuno che ha subìto mobbing.

Perché, molto in fondo, per quanto mi risulti terribile ammetterlo, senti di meritarlo. Ti hanno convinto di questo. Come confessare a quelli che ti vogliono bene, a quelli che pensano che tu sia perfetta, la loro luce, la loro ultima o unica speranza... come dire a queste persone che altri disprezzano e attaccano ciò che loro adorano? Non sarebbe una delusione terribile? Una specie di insulto alla loro intelligenza? Come trovare le parole per annunciare che qualcuno ti ha convinto che riunisci in te una tale somma di stranezze da non meritare di continuare a vivere?

Se oltre a tutto questo, come nel caso mio e di Greta, dalla nascita ti porti dietro il peso di questa "unicità" – la pressione delle aspettative che gli altri nutrono nei tuoi confronti, un film destinato ad avere successo a tutti i costi –, cresci con l'idea che la missione della tua esistenza sia far avverare i sogni di coloro che hanno dei sogni su di te. Fare felici gli altri è un compito troppo arduo.

Mi piacerebbe affacciarmi al balcone e gridare a questa piazza addormentata che non esistiamo e non siamo venuti al mondo per occuparci degli altri. Non veniamo "per nessuno" se non per noi stessi. Ben diverso è contribuire alla felicità degli altri anziché rompergli le uova nel paniere.

Per questo, forse per addolcirci un po' questa notte di festa, Greta e io siamo tornate al momento luminoso in cui nel suo petto ardeva ancora la fiamma della fede. La fede in se stessa e nella sua vocazione: il pomeriggio in cui una Greta diciassettenne stava radunando il suo corredo insieme a Felisa.

Ripenso al momento in cui le ho detto che domani attraverserò un continente per arrivare in Cina. Pigio di nuovo il pulsante del registratore e la sua voce, adesso più limpida, illumina le ombre.

E questo, la sua voce, è l'unica cosa che non posso dimenticare di mettere in valigia: "Ricordo la felicità di mia madre e il fatto che non avevo mai visto tante cose nuove in vita mia. Non sarei mai stata povera...". La sua voce si assottiglia come il tempo in questa notte di rivelazioni, in cui ho deciso di rimanere sveglia per addentrarmi con lei in una clausura ignota al resto dei mortali.

40.
Comunità del Battesimo, Bogotá
Anno 18

Completo di lenzuola, asciugamani, canottiere, sottane, divisa blu, due camicette bianche con il colletto alto... calze di nylon, fazzoletti di stoffa... Le avevano dato una lista con tutto quello che avrebbe usato durante il suo periodo di formazione e doveva essere tutto personalizzato: per questo Felisa aveva ricamato delicatamente su ogni pezzo le iniziali del suo angelo, il suo balsamo, la sua luce. Avevano raccolto tutto a poco a poco durante l'ultimo anno delle superiori.

La sua amica Florinda, che era ricca, le aveva regalato la valigia che avrebbe portato e avevano conservato tutto lì dentro, il forziere del tesoro, man mano che lo mettevano insieme. Il giorno che misero le mani sull'ultimo capo non riuscivano a credere di avercela fatta.

"C'è tutto?" sospirò Felisa rivolgendosi a sua figlia mentre lei spuntava l'ultimo articolo della lista.

"Sì, mamma. C'è tutto."

La suora che la ricevette fece il controllo. Se in seguito le fosse mancato qualcosa glielo avrebbero fornito loro, la rassicurò in tono melenso. All'inizio, com'era ovvio, la comunità non si assumeva l'onere di quella spesa, casomai le ragazze fossero tornate a casa dopo due mesi.

"Tornare?" disse Greta a bassa voce. "Mai."

E sua madre le tirò una manica per farla stare in silenzio.

Ognuna delle ragazze andò in una stanza diversa. Greta si ricordava di quando era salita nella zona proibita: ormai era grande, pensò, perché sua madre non poteva più andare lassù. Quella notte anche Felisa avrebbe dormito nel noviziato, ma al piano di sotto.

Il giorno seguente fu uno dei più felici della sua vita. Finalmente entrava in quella che avrebbe chiamato "la Comunità del Battesimo", era la prima, nel suo paese. Il suo primo incontro con Dio. "I giorni felici sono eterni, vero?" ha detto Greta da tanto lontano.

"Perché non chiedi a tua madre di aiutarti?" le chiese una suora che le diede una mano a portare le cose, e sì, Felisa la aiutò a fare la muta di quella prima pelle, non poteva immaginare che anni più tardi gliel'avrebbe strappata di dosso in una vasca da bagno.

E arrivò il momento della cerimonia. Tutta la comunità era riunita per ricevere le nuove postulanti. "Era il mio sogno," mi ha detto Greta con molti anni in più negli occhi. E dopo la messa, a una a una, dissero le parole che avevano provato e riprovato per chiedere di essere ammesse. Greta salì i gradini dell'altare con le gambe molli e un sorriso che non entrava nella cappella.

"Io, Greta, in piena libertà, chiedo a lei," e chinò la testa di fronte alla superiora, "reverenda madre, superiora provinciale, di ammettermi nella sua congregazione..."

Ci fu un brindisi con un rinfresco. Le diedero dei regali – alcuni libri e un rosario –, come se fosse una festa di fidanzamento.

La festa, però, finì. Arrivò la sera e l'inizio del tempo ordinario. Madre e figlia avevano pensato a come salutarsi. "Che sia rapido, meglio non farla troppo lunga," aveva detto Felisa. Era la prima volta che si dividevano, loro due, una madre e una figlia che neppure lo tsunami aveva potuto separare, perciò piansero entrambe, ma erano lacrime di felicità, perché erano sicure che quello che le attendeva era bellissimo. Eppure, Felisa avrebbe pianto per tutto il viaggio di ritorno a Ibagué, perché il suo angelo aveva spiccato il volo e non l'avrebbe più trovata a sognare a occhi aperti mentre lavava i panni in cortile.

"Le suore giocavano sempre a fare le suore," mi ha detto Greta con un certo sarcasmo. Una volta indossato l'abito, questo condizionava il loro modo di camminare e di parlare: tenevano anche le mani in un modo particolare. E il noviziato era una specie di servizio militare. Perciò, fintanto che fosse durato quel periodo di addestramento, Greta non sarebbe uscita e avrebbe dovuto iniziare ad abituarsi a molte novità. Innanzitutto: la mancanza di intimità e il silenzio. Adesso faceva parte di una comunità.

La prima cosa che richiamò la sua attenzione quando entrò nella sua stanza fu che non era chiusa da una porta, ma da una tenda. Quella semplice stoffa sarebbe stata più invalicabile di un muro di pietra, le spiegò suor Castora, gli occhi seminascosti dalle palpebre rugose da rana. Mai nessuno avrebbe aperto quella tenda senza il suo permesso.

Due anni, uno canonico e l'altro pastorale, sarebbe durata quella naja durante la quale avrebbe dovuto imparare a giocare a fare la suora. Greta si rese subito conto che c'erano alcuni elementi chiave: una suora dava molta importanza alle scarpe. Usavano tutte le SAS, che venivano dagli Stati Uniti, erano nere e molto costose. Davano molta importanza anche alle stoffe degli abiti, sempre di ottima qualità, inamidati e perfettamente stirati.

"Le suore sono snob," avrebbe detto in seguito a una giornalista e, sebbene la vanità fosse considerata un peccato, era ovvio che era ben presente, perché le suore, anche se non si truccavano, erano sempre impeccabili e andavano pazze per profumi e creme.

Durante i primi mesi, suor Castora la seguiva giorno e notte annotando tutto ciò che attirava la sua attenzione e una volta a settimana le leggeva le sue liste interminabili di cose da migliorare: "Greta, non sta bene dire che una pietanza non ti piace, inizia a bere il caffellatte, devi imparare ad apparecchiare come si deve, hai dimenticato una posata, guarda bene, il coltello va a destra, sei fortunata, ci sono novizie che arrivano senza saperle usare. Non puoi ridere a crepapelle a tavola..." diceva con le palpebre socchiuse sugli occhi a palla. E Greta tratteneva le risate mentre, alla fine del lungo tavolo su cui stavano mangiando, la sua amica Magda, dalla quale era ormai inseparabile, le faceva le smorfie. Magda sarebbe stata la sua prima e unica amica prima di conoscere Fátima in Messico e Arantxa nella Comunità del Nord. Suor Castora camminava accanto a lei come un'ombra nei lunghi corridoi del convento mentre andavano in chiesa per pregare. "Più in fretta, Greta, bisogna essere puntuali, bisogna imparare a essere tutte come una sola persona."

Mai più la solitudine di quando faceva i compiti in biblioteca o ascoltava i concerti al conservatorio; non sarebbe mai più stata sola, sarebbe stata sempre in gruppo e sempre occupata, "perché l'ozio, cara Greta, porta al peccato," diceva Castora mentre continuava a scribacchiare la sua relazione.

Poi Greta scoprì un altro elemento fondamentale: l'ossessione per la pulizia. C'erano dei turni: a volte le toccava il corridoio in cui giocavano a fare le corse, ma il massimo onore era pulire la chiesa. Lì Castora le citava tutti gli oggetti che usava il sacerdote, obbligandola a ripeterne i nomi mentre li indicava con le sue dita a salsicciotto: casula, stola, camice, cingolo... le insegnò anche a fare il nodo.

"E lo dovrò fare io al prete, sorella?"

"No! Mai! Quello è un onore che spetta alla suora cappellana, sciocca."

"E chi è?"

Suor Castora sospirò con disperazione teatrale. "Quello della suora cappellana è un compito molto importante: si occupa dei calici e degli altri oggetti sacri per la messa."

"E allora perché devo imparare?"

"Per ogni evenienza."

Greta fu affascinata dal fatto che ci fosse anche un modo particolare di lavare i calici.

"Non capisci che dopo la transustanziazione ci sono residui del corpo di Cristo?" sbuffava la sorella esasperata. "Ma devo spiegarti proprio tutto?"

Quel servilismo nei confronti del sacerdote l'aveva sempre colpita molto: il piatto migliore per il prete, il tovagliolo del prete, la brocca del prete, attenta a come versi l'acqua con la brocca del prete. Le insegnarono che al sacerdote bisognava tributare una reverenza assoluta.

La comunità di Bogotá fu per lei quella del battesimo per molti motivi, soprattutto perché ne era a capo madre Juana, il suo mentore, che la protesse dopo la faccenda di Valentina. Da lei imparò moltissimo... Per esempio, per madre Juana era importante che le novizie facessero sport tutti i giorni dopo pranzo: basket e baseball. In seguito avrebbe capito perché madre Juana dava tanta importanza allo sport e si sedeva sull'erba a guardare giocare le novizie. Nello sport venivano fuori molte cose: lo spirito ribelle, la menzogna... per questo si limitava a guardare, seduta sull'erba con le gambe diritte come la schiena – era incredibile che riuscisse a star seduta così senza uno schienale –, senza intervenire nemmeno in caso di zuffe.

Subito dopo c'era il riposino obbligatorio di venti minuti, poi iniziavano i turni di preghiera.

"Durante il noviziato si coltiva il silenzio," le diceva suor Castora in un sussurro quando si davano la buonanotte, stretta alla sua tenda come un ragno. "Qui si sta solo per pregare canonicamente. Devi concentrarti nel servire, suor Greta."

Servire... quel verbo sul cui significato si sarebbe interrogata tante volte. Servire a qualunque costo, penso. Servire chiunque, tranne se stessi. Curiosamente, tutto il contrario di ciò che proclama la maestra Jedi: lei parla sempre della necessità di prenderci cura di noi stessi per poter prenderci cura degli altri. La prostituzione di cui parlava Imelda. A chi davano il loro cuore? A chiunque. A chi si davano? A tutti. In quel momento, però, Greta non si poneva domande. Pregava ai piedi del letto e spegneva la luce.

Anch'io la spengo per tre ore prima di andare in aeroporto, con il sollievo di aver trovato qualcuno deciso a tatuarmi nel cervello a colpi di mantra l'idea che pensare a se stessi non è peccato.

41.

Autunno 2017

Da qualche parte a dodicimila metri di altezza

Dodici ore e cinquantacinque minuti di volo davanti a me. Un'oasi tra le nuvole perché non avrò il wi-fi, cosa che di solito mi produce uno stato d'ansia simile a quello di un tabagista. La buona notizia è che non c'è nessuno seduto accanto a me, perciò ho aperto il portatile, mi sono messa gli auricolari e dedicherò quasi tutto il viaggio alla trascrizione dell'intervista.

Non so perché, ma l'ultima conversazione con Greta mi ha lasciato addosso uno sgradevole senso di colpa. Per la prima volta mi sono spaventata, lo riconosco, e ho fatto trapelare le mie insicurezze proprio quando sembrava che stesse riprendendo le forze.

Appena prima di andarmene per due settimane. Non è stato giusto essere così schietta. Almeno non adesso.

D'altro canto, non avevo mai pensato che manifestarle i miei dubbi potesse provocare in lei una tale reazione di sincerità. Il suo modo di aprirsi mi ha commosso. A quanto mi ha detto, ciò che mi ha confessato l'altra sera non l'ha raccontato a nessuno dei suoi terapeuti, per quanto abbiano frugato nel suo cervello. Adesso inizio a capire fino a che punto rimanere nella comunità sarebbe stato per lei come negarsi a se stessa. So che adesso non la vede così. Ma io comincio a pensare che quello squalo di Dominga le abbia fatto un favore: crudele, ma pur sempre un favore.

Non si può addomesticare un'anima.

In ogni caso, però, non avrei dovuto esprimerle nessun dubbio sull'opportunità di proseguire con la scrittura della sua storia. Non adesso...

Basta! Me lo ordino con la voce di Leandro. Non posso cadere in questa spirale. Non avevamo detto che non si deve interferire nei processi naturali? Io non posso e non devo sentirmi responsabile. Persino lei me lo aveva chiesto, a suo tempo; a dire il vero, era stata la sua unica richiesta: qualunque cosa accada quest'anno, non interverremo l'una nella vita dell'altra. E a proposito di farfalle e di trasformazioni: non devo dimenticare che Leandro mi ha incaricato di fotografare tutte quelle che mi capiterà di vedere in Cina, altrimenti non me lo perdonerà mai. A quanto mi ha detto, alcune specie asiatiche possono comunicare tra loro a dieci chilometri di distanza. Questo l'ho raccontato a Greta prima di salutarci. Chissà, forse anche noi potremo comunicare mentalmente... E poi le ho dato un abbraccio, uno di quelli che significano: sto già meglio; un abbraccio di ringraziamento. Non volevo che le restasse addosso la sensazione che potrei abbandonarla. No, non finché non deciderò di farlo davvero. In ogni caso, adesso sono qui, e mi sono portata dietro i compiti. Devo approfittarne per trascrivere tutto quello che mi ha raccontato durante il nostro ultimo incontro, adesso che so che fino all'arrivo a Shanghai non vedrò quella pittima di Andrés.

Prima di iniziare ad ascoltare la registrazione, leggo una delle perizie che le ho chiesto. Riporta una data successiva di due anni rispetto all'episodio di suor Valentina ed è firmata da padre Mariano, il gesuita che madre Juana le aveva proposto come terapeuta. A posteriori, Greta pensava che il suo mentore avesse voluto una seconda opinione per non accontentarsi di quella prima valutazione affidata a una psicologa che, guarda caso, era stata una compagna di corso di Valentina all'università.

Accendo anche il registratore. La voce di Greta si fa strada di nuovo nel buio dell'aereo, proprio com'era successo durante il viaggio nel quale ci siamo conosciute, e scrivo:

Comunità del Battesimo, Bogotá
Anno 19

La sua esperienza era iniziata con il piede sbagliato. Il suo fu fin dal principio un noviziato speciale per via della torbida e spiacevole storia di Valentina, che passava di bocca in bocca come nel gioco del telefono senza fili. Che cos'era successo in quella stanza? Era vero che Greta aveva provocato suor Valentina? Erano passati mesi, ma Greta si accorgeva delle occhiate di alcune consorelle, per non parlare delle continue critiche di suor Castora, quando la toccava con il dito sempre rigido che le si conficcava nelle costole affinché stesse diritta a tavola, ogni volta che schioccava la lingua per farle capire quanto fosse stufa. Era chiaro che, per quanto avesse manifestato l'intensità della sua fede, avrebbe dovuto dimostrare molto di più rispetto alle altre. La sua vendicativa tutrice si era presa l'onere di diffondere presso chiunque volesse ascoltarla ogni genere di menzogna sul diavoletto malvagio che l'aveva tentata.

Proprio per questo fu presa la decisione che la giovane Greta proseguisse con la terapia, cosa che a lei sembrò una buona notizia. In fondo, le sedute le piacevano. Madre Juana, però, stabilì che non l'avrebbe proseguita con la sua prima terapeuta – aveva scoperto il legame che la univa a Valentina –, ma con padre Mariano, un gesuita minuto che aveva la faccia da zanzara e una travolgente carica empatica. Fin dal primo giorno, padre Mariano informò la superiora di non essere molto favorevole a studiare le persone con freddi formulari o domande ex abrupto, ma che preferiva chiacchierare un'ora a settimana di tutto quello che sarebbe venuto fuori: Greta iniziò ad aspettare con ansia il lunedì e quella chiacchierata. A padre Mariano sarebbe stata richiesta una seconda perizia: dopo qualche mese di terapia, e dopo aver verificato l'età della postulante che compariva nella precedente relazione, il gesuita giunse alla conclusione che, molto convenientemente, la psicologa che l'aveva firmata avesse sbagliato nel datarla. La paziente, al momento dei fatti, era minorenne: questo cambiava tutto e la gravità della situazione aumentava.

Greta è intelligente, piena di buonsenso, spontanea, con una maturità adeguata alla sua età; con la formazione adatta potrebbe essere una religiosa brillante. Dice molto della sua forza interiore il fatto che sia riuscita ad affrontare un conflitto così delicato, nel quale molte delle sue consorelle l'hanno additata e anche stigmatizzata. Perciò, i responsabili di questa postulante hanno fatto bene decidendo di non allontanarla dalla comunità per evitare il problema. Visto, oltretutto, che il problema era suor Valentina, che se Greta non avesse parlato avrebbe voluto continuare la relazione con questa giovinetta. Dal mio punto di vista suor Valentina, che conosco bene, deve possedere un notevole carisma, visto che – nonostante quello che è successo – si è guadagnata l'ammirazione di Greta e di altre allieve.

Per quanto mi consta, Valentina, avvalendosi delle capacità e conoscenze di cui dispone, legate anche alla sfera della sessuologia, seduce Greta, una ragazzina assolutamente ingenua che all'epoca ha quindici anni. Fino al momento in cui abbiamo rievocato insieme il modo in cui era iniziata la relazione, Greta non era consapevole di essere stata sedotta e usata.

Pertanto, padre Mariano contraddisse la precedente perizia, come senz'altro madre Juana si aspettava, sottolineando la minore età di Greta e raccomandando di mettere in riga la sua tormentatrice.

Valentina fu inviata nel villaggio più remoto della Colombia, per il quale partì con grande sollievo di Greta ma non prima di aver sparso tutto il veleno possibile contro di lei. Parlò persino con suor Castora – questo si seppe dopo –, chiedendole di scrivere relazioni sfavorevoli sul conto di Greta e promettendole in cambio di aiutare una sua sorella in carcere a Cali, dove conosceva un'altra psicologa.

Che cosa ne sarebbe stato di lei se non avesse trovato il sostegno di madre Juana, non lo avrebbe mai saputo. L'aveva conosciuta quando aveva appena nove anni ed era una bambinetta con la mano stretta in quella della mamma che portava i fiori raccolti per strada e che non osava parlare. Per questo l'aveva difesa da Valentina, scusava molte delle sue ribellioni e le concedeva anche qualche capriccio, come quando la novizia le diceva: "Madre, oggi recitiamo il rosario passeggiando all'aria aperta mentre guardiamo il tramonto". E così facevano, trasformando la preghiera in un'esperienza più bella e più libera.

Al contrario di Greta, che si sentiva così complice in sua compagnia, molti temevano madre Juana per la sua fredda autorevolezza, cosa che spingeva Greta ad ammirarla ancora di più. Con gli anni era arrivata fino a quelle interiora morbide come quelle di un crostaceo. Madre Juana aveva la faccia tonda e carnosa, con cui era in grado di disegnare un'espressione di severità che non durava mai a lungo. Generosa e salda, credeva nella bellezza con obiettivi imprenditoriali. Diceva sempre a Greta che bisognava lasciare un posto non solo pulito, ma anche bello. Era uno di quei capi che puoi trovare ancora al lavoro alle tre di notte.

"Vedi, Greta?" diceva disponendo nell'ingresso un enorme mazzo di margherite, "se questo spazio non lo rendiamo accogliente, i genitori non vorranno portare i bambini a scuola."

"La spilorceria non è di Dio," era il suo motto, e Greta non avrebbe potuto trovarlo più divertente. Non sapeva quanto avrebbe pianto madre Juana quando molti anni dopo si sarebbero riviste in un freddo bar di Bogotá, nell'occasione in cui la sua protetta andò a consegnarle il suo abito, e Greta non avrebbe dimenticato mai le sue parole: "Ci sono cose per cui Dio dovrà giudicare la comunità, e questa è una di quelle".

Per due anni le trasmise il suo senso della religiosità e la sua passione per le parole. E così Greta incontrò l'amore. L'amore per i libri, che sarebbe stato il suo rifugio quando sarebbe arrivato il freddo. Il primo innamoramento fu per la Bibbia, che studiò con devozione. A casa sua non c'erano libri e fu proprio per questo che nella lettura trovò il piacere più assoluto. Leggeva a tutte le ore, quando non si dedicava alla preghiera o ai diversi compiti della comunità. S'interessò all'escatologia – l'interpretazione del Vangelo – e, attraverso madre Juana e la sua fissazione per gli spilorci, scoprì la Teologia della Liberazione.

Avrebbe ricordato molte volte una conversazione tra le tante che avevano avuto.

Quel pomeriggio madre Juana era nel salone del suo appartamento e sembrava ispirata. La luce filtrava attraverso le bellissime tende ricamate color crema, in pendant con i cuscini. In lei tutto era ordine e bellezza.

"Bisogna tornare alle fonti e alle piccole comunità, mia cara Greta, come fecero i primi cristiani, riunirsi per condividere il pane e ricordare la parola di Gesù."

"E non vivono tutti così, madre?" chiese innocentemente la novizia.

La superiora si lasciò andare a una delle sue risate silenziose, agitandosi come se le avessero abbassato il volume.

"No, cara, non tutti, ma ci sono religiosi che credono in una comunità più umana. È la Chiesa che deve calarsi di nuovo nella comunità e non la comunità nella Chiesa." Si lisciò lentamente l'abito sulle gambe. "Quei religiosi sono braccianti e lavorano molto a partire dalla povertà."

Greta si sedette accanto a lei in un'alta poltrona imbottita, i piedi che non toccavano terra, e rimase pensosa per un po'.

"Ma questo è facile, perché molti di noi sono stati poveri," disse madre Juana.

In quel momento Greta non capì a che cosa si riferisse. Non sapeva che anche lei avrebbe vissuto per molti anni in biblioteche splendide, in case gigantesche in cui non mancava niente e che avrebbe scoperto che quando i soldi abbondano non si sente né freddo né caldo. E che era vero quello che le diceva il suo mentore: la Teologia della Liberazione stava dalla parte dei poveri, l'altra Chiesa invece no.

"Cara Greta," e l'espressione di madre Juana fu ammorbidita dalla luce che filtrava dalle tende, "la povertà è così facile da dimenticare..."

Appoggiata allo schienale della poltrona, la superiora si lasciò travolgere da qualcosa che assomigliava alla nostalgia, al dubbio, da uno stormo di ricordi che, con la sua grande esperienza diplomatica, sapeva bene di dover tenere a freno.

Molte altre volte in futuro Greta avrebbe ricordato quella conversazione: ogni volta che avrebbe dubitato della sua vocazione. Madre Juana le aveva indicato la punta dell'iceberg di una clamorosa contraddizione, destinata a tornarle in mente tutte le volte che nei momenti critici si sarebbe battuta per condividere le risorse della sua comunità con la popolazione. Tutte le volte che avrebbe cercato di migliorare qualcosa e avrebbe sentito il famoso: "Si è sempre fatto in questo modo".

Quella sera, davanti a un registratore e un bicchiere di vino rosso, Greta mi aveva riassunto così la contraddizione in cui aveva vissuto: "È strano, Patricia... ti fai suora per aiutare i poveri, ma poi vieni educata come una ragazzina snob per metterti al servizio di quelli che comandano, in modo che siano loro ad aiutare gli altri, almeno in teoria, perché poi non lo fanno". Si era portata il bicchiere alle labbra, ma non aveva bevuto. "Sai, ci sono religiosi che dimenticano addirittura le loro famiglie."

I meccanismi della colpa sono strani, penso adesso, mentre sento di nuovo la sua voce intrappolata nel registratore e faccio l'equilibrista per evitare che le turbolenze che stiamo attraversando facciano finire il caffè sopra il portatile.

C'è una colpa dentro la colpa. Una bomba che scoppia al centro del nostro cuore e che provoca una reazione a catena. Se riesci a schivarla ti attacca da un altro fronte inatteso, che ti spinge a chiederti: davvero sono così cattivo e diabolico da non sentirmi neppure in colpa?

Il senso di colpa è una bomba atomica. È questo che voglio dire. Un'onda immensa che fa terra bruciata per chilometri intorno al suo obiettivo e la cui radioattività avvelena l'ecosistema di un essere umano per troppo tempo. Greta mi ha detto di essersi sentita proprio così, dopo gli episodi che mi ha raccontato l'ultima volta che ci siamo viste. Al contrario di quanto era successo con Valentina, stavolta si era sentita immediatamente in colpa. Continua a sorprendermi che abbia osato aprirsi tanto con me, al punto da fornirmi le sue perizie. Ovviamente quello che non potevo immaginare era che già all'epoca del noviziato avesse scoperto non soltanto la sua passione per i libri, ma anche quella per la novizia con cui condivise due anni della sua vita e con cui si sarebbe ritrovata più avanti, quando avrebbe pronunciato quei primi voti che avrebbero scambiato anche tra loro.

Magda era maggiore di lei di sei anni ed era una ex allieva della scuola, una delle poche che avevano deciso di prendere i voti, mi aveva detto Greta, perché erano ragazzine snob e quasi nessuna di loro entrava nel noviziato. Nei primi tempi del noviziato di Greta a Bogotá, Magda era diventata la sua unica e inseparabile amica; aveva un corpo atletico e femminile, un padre commerciante e una vocazione ereditata dalla madre.

Quella sera erano rimaste a spettegolare delle ragazzine a cui faceva lezione.

"Non fanno altro che parlare di ragazzi e di quello che fanno con loro," commentò Magda.

Poi accese la luce del comodino che proiettò strane ombre sui muri e ripose la Bibbia nel cassetto.

"E cosa fanno?" chiese Greta con una risatina nervosa.

"Be', lo sai..."

No, non lo sapeva, ma qualcosa spinse Greta a chiudere la tenda, quel telo che, glielo avevano insegnato, era più invalicabile di un muro di pietra. Le avrebbero sgridate, avvisò la sua compagna. Era molto tardi.

Fu allora che sentì i seni sodi dell'amica contro la sua schiena e una lava di una gradazione sconosciuta che iniziava a salirle dentro, fino alla bocca, finché all'improvviso non si ritrovò attaccata a un'altra bocca.

L'odore di cera calda. Di lenzuola stirate. Di sudore. Era tutto più puro, naturale e caldo di quanto aveva immaginato. Quella notte persero entrambe la verginità e quando si salutarono, stordite dalla prima luce del mattino e dal ricordo di tanti baci, quando si staccarono l'una dall'altra annusando quel nuovo profumo che copriva la loro pelle, Magda disse alla sua giovane amante: "Finalmente capisco di che cosa parlano le mie allieve del collegio".

Com'erano diversi i postumi interiori di sazietà gioiosa rispetto all'inquietudine amara che le aveva lasciato quella notte con Valentina: la voglia di ripetere l'esperienza e non di fuggire, la certezza che qualcosa andava finalmente al suo posto, la liberazione.

Perciò, a parte la pelle della rilegatura dei libri di quell'immensa biblioteca, la pelle di Magdalena fu quello che le rimase più impresso nella memoria in quei mesi.

Interrompo la registrazione. Mi ha sorpreso piacevolmente che Greta ricordasse quella sua prima esperienza con tanta naturalezza. Due anni, aveva detto?, o così mi era sembrato di capire. Un ricordo che ancora oggi la faceva sorridere con aria birichina. Una relazione che aveva definito come di solo sesso, ma meraviglioso, tra due ragazze a cui non interessava essere viste insieme tutto il giorno né che si mormorasse alle loro spalle. Mi ha confessato anche che madre Juana, durante i periodi di convivenza, le metteva nella stessa stanza. Non si è spinta fino a lasciarmi intendere che il suo mentore benedicesse quella relazione, ovvio, ma sapeva che non correvano il rischio di farsi alcun male, altrimenti l'avrebbe allontanata da Magda come aveva fatto con Valentina. In effetti, grazie a quella relazione Greta poté rendersi conto di quanto fosse stata tossica l'esperienza con Valentina e iniziare a lasciarsi alle spalle quello spiacevole primo incontro con il sesso.

La luce delle candele nel María Pandora proiettava fiamme rosse sul viso di Greta quando aveva aperto il fuoco con queste parole: "Sai, Patricia," aveva detto massaggiandosi le braccia come se avesse ancora la pelle d'oca, "pur avendo ricevuto istruzioni molto precise da parte della Chiesa, non mi sono mai sentita in colpa per questo. Mi è sempre sembrato molto naturale". Aveva fatto una pausa. "Se ci pensi, era stato proprio nella mia comunità che mi avevano insegnato cos'era il sesso, imponendomelo contro la mia volontà. Forse è per questo che quando invece successe in maniera consensuale mi sembrò bellissimo. Perché era puro. Andai a letto con quella ragazza e non pensai che fosse grave. Ti dicono che ti cadrà addosso un fulmine, ma poi ti rendi conto che non è così."

"Non ti sentivi in peccato?"

Lei aveva accennato un sorriso.

"In fondo, il concetto di peccato è così infantile che con gli anni lo perdi... non trovi?"

"Fammelo scrivere," le avevo detto, divertita, e lei aveva annuito maliziosa.

"Tra l'altro era stata una religiosa a iniziarmi al sesso quando non sapevo cos'era, e quello sì che lo avevo avvertito come tossico, impuro... proprio così era stato."

"E non ti sei mai sentita in colpa per la tua relazione con Magda?"

"Sì." Il sorriso le si era spento. "Mi sono sentita in colpa per il fatto di non sentirmi in colpa. Questo sì che mi aveva fatto paura."

Hanno spento le luci dell'aereo e il mio posto è l'unico che rimarrà illuminato per tutta la notte. Non riesco a smettere, ecco. Ammetto di non aver mai pensato che tra le suore esistessero rapporti di questo tipo. Immagino che quando un cattolico leggerà il mio reportage si scandalizzerà e non potrà fare a meno di chiedersi – come è successo a Diana – perché mai una religiosa, che nessuno costringe a scegliere di pronunciare i voti, non li rispetti. Ed è un'argomentazione logica. Ma bisognerebbe domandarsi anche perché le relazioni sentimentali siano così frequenti nelle comunità religiose. E, se è così, non sarebbe meglio se l'istituzione evolvesse e i religiosi e le religiose avessero la possibilità di avere una vita intima normale? Perché il celibato dovrebbe garantire un miglior adempimento dei loro doveri?

Mi era venuta voglia di chiedere a Greta di parlarmi della seconda comunità in cui era stata inviata, visto che ricordavo dai miei appunti che l'aveva chiamata "la Comunità dei Poveri": lì aveva detto di essere stata amata e di aver amato, ma adesso sospettavo che non si riferisse precisamente all'amore fraterno.

Pigio di nuovo PLAY e ascolto la seconda parte delle sue confessioni amorose di quella sera, anche se si era trattato di una musica molto diversa.

42.
Comunità dei Poveri, Maracaibo, Venezuela
Anno 20

Maracaibo era una comunità piccola e povera, con una scuola. Secondo madre Juana, era il posto perfetto per la prima esperienza pastorale di Greta. C'erano cinquanta gradi e il caldo e l'umidità rendevano ancor più penetrante il profumo dolce in cui era sempre avvolta. Madre Dulce era la responsabile di quella piccola casa e della scuola. Era bellissima, aveva gli occhi color smeraldo e il corpo maturo di una quarantenne. Greta non aveva mai più visto mani come le sue, così desiderose di dare, perciò l'aveva ribattezzata Dulce la Generosa, mi aveva detto quella sera. Aveva dita perfette, lunghe e morbide, e il naso sottile. Se la ricordava mentre si asciugava il sudore dalla fronte, era alta...

Sento la mia voce che la interrompe dentro il registratore: "Ma tu hai una fissazione con quelle alte," e lei mi risponde un po' burlona: "Dev'essere perché sono tanto piccola che mi piacciono le donne alte," e subito dopo la si sente chiedere al cameriere un altro bicchiere di vino.

È possibile che madre Dulce si fosse innamorata di lei a prima vista. La trattava come una figlia, non a caso era la sua superiora in quella piccola comunità sperduta nel quartiere più povero di Maracaibo, ma Greta aveva qualcosa di speciale: il sorriso birichino, la bocca sempre pronta a pronunciare una piccola cattiveria innocua ma provocatoria.

"Le volevo bene," dice con tenerezza, "volevo davvero bene a Dulce, eravamo molto amiche. Le raccontavo delle mie ribellioni e lei mi perdonava come avrebbe fatto una madre."

Il fatto è che le suore, non essendo madri, si scelgono dei figli putativi, la gigantessa nera Imelda lo diceva sempre, però lei era una madre rigorosa e severa, era una profetessa come Gesù, e riusciva a tenere perfettamente a bada quell'istinto dannoso e a prendere le distanze quando lo considerava opportuno. Dulce la Generosa, no. Madre Dulce si innamorò. Era vero che viveva a modo suo, per questo se n'era andata a Maracaibo, lontano dalle pressioni della "corte". In venti giorni insegnò a Greta l'elemento chiave per essere una suora: "Non essere spilorcia... diamine!" diceva, da buona discepola di madre Juana. Dulce odiava le persone avare "di soldi e di amore" e, sempre per pura generosità, in quei quindici giorni si dedicò completamente a lei. Tanto che tralasciava i suoi doveri a scuola per andare a prepararle il pranzo, una cosa a dir poco scioccante per una madre superiora.

Dulce si divertiva molto a mostrarle le bellezze di Maracaibo: le spiegò che il ponte era una copia di quello di San Francisco, passeggiarono sulla riva del lago che a Greta sembrò un mare, si scattarono delle foto ricordo nella coloratissima calle Carabobo, mangiarono un cono in quella gelateria famosa in cui lo facevano persino al gusto di minestra... Eppure, man mano che passavano i giorni e Greta passeggiava accanto a lei, la passione della superiora si fece sempre più intensa, e Greta capì che si stava instradando anche verso una relazione che non le interessava. Fin quando una mattina Dulce la Generosa arrivò con un microfono e un accordatore per la chitarra della sua protetta. "Prendi," le disse, "è per te, tesoro." Greta non seppe cosa rispondere. Ancora oggi conserva quegli oggetti. E ricorda quanto si sentiva a disagio perché Dulce la riempiva di regali a cui, da religiosa, non era abituata.

E non è che Dulce non fosse una brava amministratrice, anzi aveva studiato economia aziendale e maneggiava molti soldi. Ma il suo legame affettivo con lei e il suo bisogno di compiacerla arrivarono al punto che Greta iniziò ad avere l'impressione che fosse come una di quelle madri oppressive che non vedi l'ora di toglierti dai piedi.

Finché l'attaccamento di Dulce non divenne così evidente che la notizia giunse a Bogotá alle orecchie di madre Juana, che pretese che Greta rientrasse dopo soli due mesi.

"Dopo che ero tornata a Bogotá, in un paio di occasioni Dulce venne addirittura a trovarmi."

Greta parlava di lei con affetto e condiscendenza, imitando il melodioso accento venezuelano della sua spasimante: "Cuore mio, non mi avevi detto che saresti partita," le diceva ogni volta che non rispondeva al telefono. Dulce si innervosiva molto quando Greta non rispondeva alle sue richieste di attenzioni costanti.

"Perciò fui costretta a dare un taglio netto." Fa una pausa, con l'espressione triste. "In stile Imelda. Senza sapere tutto quello che sarebbe successo dopo..."

Interrompo la registrazione e inizio a prendere appunti sul tavolino pieghevole. Quello che è chiaro è che esisteva un rapporto di causa ed effetto: quando Greta lasciava libera la sua natura, la sua vocazione si indeboliva e, ogni volta che questo succedeva, tornava a rifugiarsi nello studio e nei libri. Come si poteva vivere andando contro le proprie passioni? Perché la Chiesa era giunta alla conclusione che questo tipo di sacrificio ti avrebbe reso una persona migliore? Anche se nel caso di Greta non si trattava soltanto di questo. Lei aveva detto molto chiaramente che le pesava la rigidità dell'istituzione religiosa e la sua tendenza a sottovalutare le suore: i rigidissimi orari delle preghiere, l'imposizione di studiare il catechismo ritardando l'ingresso all'università, l'assegnazione di compiti al di sotto delle loro capacità... Soffriva al pensiero che le sue compagne di scuola si erano già laureate, mentre lei continuava la sua formazione di novizia nell'accademia, lontana da qualunque attività intellettuale. La realtà era che non si era mai vista a insegnare catechismo ai bambini.

Nonostante ciò, riuscì a farsi affascinare dalla transustanziazione della materia, quel momento filosoficamente estremo in cui il pane diventa carne, la fisicità, il rito... Iniziò a piacerle anche l'antropologia teologica, lo studio dell'essere umano nella Bibbia, finché un bel giorno si chiese perché mai avrebbe dovuto studiare soltanto la Bibbia, e come mai, se i libri contenevano la verità, avrebbe dovuto studiare un solo libro quando poteva avere accesso a "tutti i libri". Così si produsse un'altra reazione a catena nel suo giovane cervello, che culminò nella lettura di Rilke, anche se questo sarebbe successo diversi anni più tardi, nella sua terza destinazione messicana, quella che avrebbe chiamato "la Comunità degli Apostoli".

"Arrivò un giorno in cui mi resi conto che san Pietro e san Paolo non dicevano la verità," aveva affermato decisa quell'ultima sera, quindici anni dopo, ferma davanti alla libreria del María Pandora.

E, illuminata dalla candela, aveva aperto un libro polveroso che sembrava averla scelta, non in quel momento, ma molto tempo prima. E come se pregasse lo scrittore tedesco, con in mano una copia delle lettere di quel soldato che aveva voluto essere poeta, si era detta: "Era lui il grande profeta, lui sì che aveva scritto un vangelo". Aveva cercato una pagina in particolare.

Per questo, quando era tornata nella sua Bogotá, reclamata da madre Juana, le aveva chiesto di lasciare gli studi di teologia per dedicarsi alla letteratura.

Perché avrebbe dovuto studiare solo la Bibbia, quando la Chiesa sa che quei primi dodici libri non sono autentici, ma un insieme di miti e leggende?

"Sarebbe come fermarsi a studiare per tutta la vita le favole che ci hanno raccontato da piccoli, non trovi?" E aveva tirato fuori un altro libro che l'aveva fatta starnutire due volte.

Greta iniziò a trovare la verità nella letteratura anziché nella Bibbia, e a dedicare le sue preghiere ai poeti. Quella, senza che lei lo sapesse, fu la prima svolta nel suo cammino di fede. E così nei due anni successivi coltivò davvero la sua spiritualità, sebbene le pesassero alcune abitudini e la rigidità delle risposte ogni volta che metteva in dubbio qualcosa.

E mentre quella sera Greta mi leggeva le *Elegie duinesi* di Rilke – anche se a piacerle di più erano le lettere, di questo era certissima – alla luce di quella candela che sembrava un cero, come se fosse una preghiera, mi ero chiesta che cosa ne sarebbe stato dei miei pezzi, dopo ventun secoli e infinite traduzioni, se si sarebbe persa traccia di chi ero stata e se sarebbe stato possibile contestualizzarli rispetto al resto della mia opera e a quella dei miei contemporanei.

Mi era venuta in mente una teoria che avevo condiviso con Greta e che riprendo adesso, guardando il mare sotto di me mentre per la prima volta volo verso l'Asia: "Credo che, in quel caso, attraverso uno dei miei pezzi si potrebbe raccontare qualunque cosa. Dopo tanto tempo, le metafore che avevo scelto si presterebbero ad assumere il senso che chiunque lo mettesse insieme e traducesse per l'ennesima volta volesse dargli".

Aveva fatto qualche passo verso di me.

"Ti immagini? Potrebbero suggerire anche che fosse anonimo e che esprimesse la parola di Dio attraverso chissà quale profeta. Perché no?" E aveva spalancato gli occhioni.

"Magari stiamo scrivendo dei vangeli tutti nostri senza saperlo," avevo continuato a fantasticare, divertita.

"Accidenti," aveva esclamato lei accennando un segno della croce, "vediamo se questa è la volta buona che ci cade in testa quel famoso fulmine..."

Il vino ci stava facendo effetto, l'avevo avvisata, e lei si era stiracchiata senza vergogna. "Sì, grazie a Dio," aveva detto sbadigliando. E io mi ero messa a scrivere questi ultimi appunti mentre mangiavo compulsivamente chicchi di mais tostato e ridevamo come pazze.

Era stato allora che avevo scritto la frase che adesso leggo sul mio taccuino: “Le parole sono gusci pieni di senso che, con il peso del tempo e della manipolazione di molte menti e molte mani, possono fossilizzarsi fino a rimanere vuote, pronte per essere abitate di nuovo da significati eremiti”.

Dopo un bel punto e a capo, mi ero resa conto che Greta era uscita dal locale per guardare la festa. Adesso mi piace ricordarla così, incastonata su quello sfondo di lanterne colorate, bancarelle e musica elettronica del concerto che in quel momento competeva con gli organetti per la nostra attenzione, Greta come una figurina di un coloratissimo albero della vita.

43.
Shanghai, ottobre 2017

> Vivi ogni giorno come se fosse l'ultimo e prima o poi avrai ragione.
>
> *Proverbio cinese*

Il disegno delle luci di una città che vedo dal cielo mi ha sempre dato molte informazioni su quel luogo: il Messico e la sua stoffa luminosa e interminabile che si perde all'orizzonte; New York e i fili dorati che uniscono le sue isole con enormi quantità di luce e dozzine di lucciole che si incrociano e disincrociano al tuo passaggio; di Kinshasa avevo visto solo una diafana e profonda oscurità, un gigantesco punto interrogativo in cui stavo per atterrare. Il disegno di Shanghai è quello di un'enorme e perfetta ragnatela iridescente in cui il tuo aereo si poserà come una minuscola mosca.

Il mio alloggio ha due stanze dall'atmosfera anni ottanta, un tavolo dalle linee essenziali e una vetrata che offre una vista magnifica sui giganti argentati del Bund, che montano la guardia come moderne sentinelle al tempio buddhista e dorato di Jing'an. Mi sfugge il motivo per cui, da quando è iniziato il mio periplo insieme a Greta, è impossibile che io non incontri una suora o che le mie finestre non diano su un tempio.

Potrei non darci peso, ma oggi, e come se fosse un gioco, ho deciso di non ignorare questo tempio, mentre lo osservo dietro il filtro della pioggia e dell'orchidea azzurra che ho comprato per dare una nota di colore alla stanza e che cerca disperatamente la luce facendo equilibrismi sul davanzale. Ho pensato che, nonostante la pericolosità, questo fosse il suo posto, non molto diverso da quello in cui mi trovo io; in fin dei conti, continuo a camminare lungo il confine sottile e labile che separa la salute dalla malattia. Ho di nuovo le vertigini, mi sveglio con il battito accelerato come se avessi salito una rampa di mille gradini e con una sensazione di urgenza e angoscia e la necessità di fuggire, non so da cosa né da chi. Procedo anche nella storia di Greta lungo questa frontiera che separa la finzione dalla realtà. Tutto è incognita e incertezza. Lascerò la mia piccola conchiglia-amuleto accanto all'orchidea. Dopo New York, è la prima volta che vado all'estero per conto dell'agenzia. E mi spaventa moltissimo l'idea che Shanghai sia un'altra New York.

Ciò che mi è chiaro è che questo viaggio non lo sta facendo Patricia, la pubblicitaria. Chi sia la Patricia che adesso scrive seduta davanti a questa finestra immensa è difficile saperlo. Mi vengono incontro in continuazione così tanti personaggi, offrendomi prospettive diverse su ciò che sto scrivendo, che non so più molto bene cos'è. A tratti ho la sensazione che si stia trasformando in una specie di complesso palinsesto letterario scritto alla maniera dei Padri della Chiesa, perché ogni volta che rileggo quello che ho messo insieme finora, dalla scrittura di questo reportage emerge la mia vita, come uno di quei vecchi papiri nei quali sotto un testo si intravedevano le righe di un altro, più antico e dimenticato.

Il resto, la campagna pubblicitaria che mi hanno affidato, si incastra come la tessera di un puzzle secondario con quest'altro lavoro personale. Oggi, dopo una settimana interminabile dedicata a scartoffie e autorizzazioni, abbiamo finalmente fissato la data del servizio fotografico: lo faremo il giorno prima della scadenza del nostro visto. Sono però riuscita a fare in modo che tutto questo non mi togliesse il sonno, perché mi sono dopata a sufficienza.

Ad Andrés, invece, ha tolto il sonno eccome.

Mi commuove che si dia tanta pena per l'agenzia e che sprechi tanta immaginazione nei suoi storyboard. A questo proposito, i miei allarmi interni sono scattati tutti quando mi ha spiegato, rollandosi una sigaretta nella hall, che la nostra missione in Cina è fotografare una ragazza che beve una Jungle-Beer con le splendide e riconoscibilissime montagne rotonde di Baisha sullo sfondo... e un dragone ai suoi piedi. Uno che sembri vero, aveva precisato.

Perché?

Non lo so, a un creativo non pongo più certi interrogativi. Nel caso di Andrés, però, questa domanda – quasi l'ultimo gradino della piramide rovesciata – dovrebbe essere fatta per prima.

Avrei dovuto insistere per passare direttamente al piano B, perché non abbiamo né il tempo né i soldi per post-produrre un'immagine del genere. Con una serie di messaggi nel suo stile tirannosauresco – *Se non si può andare a Baisha non ci andate* –, Rosauro mi ha già scritto di prendere due belle modelle cinesi che bevono una Jungle-Beer su una barca lungo il fiume Huangpu, con i grattacieli del Bund sullo sfondo. A lui sembra un'immagine molto bella. Molto moderna. Non è molto originale, gli ho fatto notare. E approfitto per aggiungere, se non ci ha pensato (perché non ci ha pensato), che non abbiamo i permessi necessari per girare a Shanghai e che in Cina non si improvvisa niente – man mano che scrivo questo messaggio sento una pressione sulle tempie che conosco bene –, commento che lui ha stroncato con un: *E allora risolvi il problema e dì ad Andrés di non fare lo stronzo.*

E io cosa faccio? Come tante altre volte, vado in iperventilazione e ci rimango finché non inizio la mia terapia di autoconvincimento per sopravvivere a tanta mediocrità: in fin dei conti, mi dico, anche la città può essere una metafora della giungla. Tra l'altro, si tratta di far passare il messaggio che Jungle-Beer si beve anche in Cina. Avremmo avuto l'Oriental Pearl Tower, ben illuminata, sullo sfondo. Stavolta, però, i miei tentativi non sortiscono l'effetto sperato e mi arrabbio tra me e me: Rosauro è proprio uno stronzo... Tra l'altro, perché scrive sempre "dì", con l'accento sulla *i*, quando tutti sanno che ci va l'apostrofo? Come faccio a rispettarlo? In ogni caso, quando era venuta a prenderci quell'avatar – tailleur da business woman, scarpe basse e, credo, l'unica persona che ci si sia rivolta in inglese dal nostro arrivo –, avevo pensato che fosse la tipica assistente giovane che sta facendo esperienza e che conta come il due di picche. Però, mentre ci portava in giro per la città per individuare le location, mi sono accorta che, anche se quando sorrideva il suo viso triangolare era chiaramente quello di un avatar innocente, quando si innervosiva acquisiva la serietà di un samurai. Alla fine, credo che sia entrambe le cose: un avatar e un samurai del governo, incaricata di farci da baby-sitter in tutti i sensi. Meno male che oggi ci ha dato tregua.

Quello che non mi spiego è perché – e questa sensazione va in crescendo – in questa città io mi sia sentita stranamente a casa. Forse perché le stagioni cambiano senza transizioni logiche come nella mia Madrid. Inizio a sentirmi a mio agio con le poche parole che mi hanno insegnato per sopravvivere: *hóng jiǔ* (vino rosso), ma bisogna dirlo come uno sparo e con la gola quasi chiusa, altrimenti ti guarderanno perplessi e ti porteranno quello che vogliono loro; *bujiao* (non voglio); *wǒ méiyǒu* (non ho); *shì de* (sì) e *ha* (ok). Mi sconcerta anche che nella stessa città convivano la serenità delle oasi e un consumismo così folle.

"È come New York, se la si guardasse dopo essersi calati un acido," ha detto Andrés con gli occhi tristi e il sorriso amaro la prima volta che abbiamo visto il bellissimo e istrionicamente colorato skyline dal Bar Rouge.

E in parte ha ragione. A Shanghai si imita tutto: il Bund è un'imitazione di Downtown a New York; il modo di vestirsi delle persone è una versione modernizzata di quello di un abitante di Manhattan purosangue; gli schermi a led che coprono gli edifici sono gli stessi. Tutto è apparentemente uguale, come le borse, solo che, secondo un architetto spagnolo che mi ha raccontato la sua vita a colazione, durerà meno.

"Non è male, la definizione..." ho ammesso con Andrés, "ma ti sei accorto di una cosa?"

"Cosa?"

"È una New York senza sirene."

Ed è vero, non abbiamo sentito neppure una sirena da quando siamo arrivati. È un po' inquietante.

Credo che, per colpa del mio commento – che si è trasformato in un'invocazione –, alla fine ne abbiamo sentita una, solo che è risuonata in tutta la città. Un risveglio così è proprio quello che serve per la mia ansia. Che spavento. Il nostro avatar avrebbe potuto avvertirci che ci sarebbe stata la simulazione di un attacco aereo, dico io, e non con quel breve messaggio sul cellulare quando

Andrés e io avevamo già un infarto in corso, ma in qualche altro modo. Ci siamo ritrovati in corridoio, io con un kimono e i capelli bagnati, lui in boxer Armani, chiedendoci se era scoppiata la guerra con la Corea.

Più tardi il nostro avatar-samurai ci ha chiamati per invitarci a cena al Media Building, ma prima sono scappata a fare una passeggiata al Jing'an Park. Mi piace sedermi nel bar all'aperto accanto al piccolo stagno a forma di cuore per osservare le piante acquatiche che sembrano vassoi galleggianti, le carpe giganti e il ristorante Thai, che sembra fatto di bastoncini sull'acqua e che è diventato il mio principale fornitore di wi-fi. Non so che cosa avrei fatto se non avessi scaricato la vpn per aggirare la censura informatica. Non avrei mai immaginato che fosse così rigida come mi aveva detto Leandro. Eppure, adesso che ho superato la crisi d'astinenza, devo confessare a me stessa una cosa terribile: non ho nessuna voglia di tornare a quella condizione di connessione perenne. Nessuna.

In questi giorni ho reimparato a passeggiare guardando in faccia le altre persone, mentre il resto degli abitanti della città che mi ospita sfilavano con passo leggero osservando i propri schermi e schivandosi a vicenda per non andare a sbattere gli uni contro gli altri.

In un certo senso mi sento libera.

Ho finalmente capito di essere una drogata.

Per disintossicarmi sono dovuta arrivare in un paese in cui mi si impedisce di connettermi con il resto del mondo. E sta fungendo da profilassi. Adesso so che si può fare. E mi sento meglio. Come quando un fumatore che ha smesso sale una rampa di scale senza il fiatone o ricomincia a sentire i sapori.

Grazie a questa riscoperta del mondo in diretta, mi resteranno impresse tutte le foto che non ho fatto, come quell'anziano con il cappellino che camminava oggi davanti a me, lentamente ma al contrario, senza andare a sbattere da nessuna parte. Sembrava che volesse mostrarmi un'altra prospettiva sul mondo. Mi ha rivolto un'occhiata di indifferenza assoluta, come se un giorno si fosse reso conto che il paesaggio che si lasciava alle spalle era più interessante di quello che aveva sotto il naso. E credo che sia vero. Quando sali su una montagna, quello che hai davanti non ha prospettiva.

Quello che ti lasci indietro, invece, è il vero paesaggio. La bellezza. Finché non mi sono immersa nella storia di Greta, non ho avuto il tempo di guardarmi indietro senza avere le vertigini.

Questo viaggio si sta rivelando particolarmente ricco di esseri umani. Per quanto possa sembrare un'affermazione pretenziosa, ho come la sensazione di aver ricominciato a connettermi con l'"Umanità", con i miei simili, e di aver recuperato la mia antica capacità di ascoltarli.

E, in effetti, "simile" è un aggettivo bellissimo: significa somigliante, ma non identico. Con qualcosa, anzi con molto, in comune. Ma anche con alcune differenze. Devo raccontare a Greta della conversazione che ho avuto durante un ricevimento per *expat* arrivati da poco in città, organizzato in uno dei piani più alti del Media Building, l'edificio in cui teoricamente si trovano tutti i mezzi di comunicazione. "Tutti?" credo di aver chiesto, stupefatta, al nostro interprete dal cinese all'inglese. "Sì," aveva confermato Colin, "tutti." Continuo a non sapere quanti anni abbia. A tratti mi sembra un adolescente: statura media, ciuffo, il tipico cinese-americano, insomma. Poi però ci ha parlato delle sue lezioni all'università e dei suoi tentativi di avere un figlio.

Che miscuglio curioso, quello della cena: un cocktail di scrittori, architetti, cineasti... L'unica cosa che avevamo in comune era essere a Shanghai a combattere contro la burocrazia, ognuno per un motivo diverso. In realtà, era stata una fortuna che al mio tavolo fosse capitata la scrittrice Li Meiling e che avessi letto un suo libro, splendido e molto coraggioso.

"Credo che si sbagli," mi aveva risposto, lasciandomi di sasso. "Non ho mai scritto quel libro."

Confesso di aver sentito la mancanza, in quel momento, del wi-fi per mostrarle cosa dice la sua pagina su Wikipedia – la stessa che lei non può consultare dal suo paese –, perché quel titolo compare per primo, come ho potuto verificare un attimo fa. Ma, con la sua biografia di guerre e abbandoni, di genitori che hanno subìto rappresaglie durante la Rivoluzione culturale, e considerando che ha preso la decisione di restare in Cina, immagino che ci siano cose a cui deve rinunciare. Una tra queste: il suo libro migliore. Il prodotto delle disgrazie elencate in quella pagina di Wikipedia è stato quell'Imperatrice delle lettere, a cui non ho tolto gli occhi di dosso durante la cena: il suo modo di mangiare la frutta, lento e preciso come un metronomo, il suo viso imperturbabile e senza trucco, l'espressione spiazzante di chi non fa nessuna concessione all'interlocutore, ma che all'improvviso si infrange in un sorriso inaspettatamente franco, come un vetro blindato che inizia a creparsi. Ricordo che avevamo parlato del regno del figlio unico: quella generazione di bambini egoisti, che non sono abituati a condividere, le suscitava una grossa preoccupazione. Mi aveva detto anche che le sembrava sbagliato che li si educasse lasciando prendere loro troppe decisioni.

Ripensandoci adesso, mentre ne scrivo, ciò che più mi sorprende è il suo modo di rivendicare per la Cina la necessità di "essere più vicina al mondo e di comunicare la propria cultura".

"Adesso il popolo è più informato," aveva aggiunto, e si era infilata in bocca un chicco d'uva con estrema delicatezza.

Mi colpiva soprattutto che si chiedesse come mai a New York non si trovano i suoi libri. Prima sì, mi aveva spiegato, ma adesso tutto è cambiato. Poi aveva continuato a mangiare l'uva lentamente, senza fame, senza piacere.

Seduta intorno a quel tavolo, al piano più alto di quell'edificio dalla trasparenza ironica che concentrava tutti i mezzi di comunicazione, non avevo saputo cosa risponderle. Be', in realtà lo sapevo, ma mi ero chiesta se fosse opportuno. Se ne valesse la pena. Era stato allora che mi ero resa conto che loro non hanno consapevolezza né del proprio grado di isolamento né delle ragioni di tale isolamento. Questa sensazione aveva trovato conferma quando lei aveva proseguito parlandomi di quanto sono fortunati, perché fuori dalla Cina ci sono attentati e crisi economiche, mentre loro sono al sicuro, protetti da ogni genere di avversità. Quell'iniezione quotidiana di paura nei confronti della libertà che veniva somministrata da quel palazzo, un'immensa siringa di vetro nella quale stavo cenando, aveva colpito anche un'Imperatrice delle lettere. Lo stesso vaccino era stato somministrato a Greta, giorno dopo giorno, nel suo convento. Una muraglia simile a quella che mi aveva descritto lei, dietro la quale la sua si erigeva come la comunità perfetta, come un padre che non vuole vedere i difetti della propria famiglia e la costringe a vivere in un mondo che funziona secondo le sue regole, dove dice ai suoi come comportarsi e li mette in guardia dalle pericolose conseguenze della disubbidienza.

Durante la cena avevo fatto caso alla deferenza con cui tutti le si rivolgevano: con il rispetto che mostri nei confronti di un superstite, di chi è riuscito a costruire una letteratura onesta, immune ai terremoti politici o alle involuzioni culturali, e a come il suo rictus si fosse trasformato in un sorriso sincero quando avevamo parlato di quello che amiamo tanto: sì, la parola. Sempre la parola.

Immagino di essere stata io a tirare fuori l'argomento della religione a tavola, altrimenti si sarebbe trattato di una incredibile coincidenza. La cosa singolare era che intorno allo stesso tavolo ci fossero quattro credi e nazionalità diversi, motivo per cui il resto della serata si era trasformato in una vera e propria ricerca sul campo sulle credenze religiose: Esther, una provocatoria scrittrice che veniva da Gerusalemme, dalla risata scandalosa; accanto a lei c'era Thachom, un cineasta indiano dai ricci canuti con l'espressione da precisissimo professore universitario; un poeta con l'aria da Alain Delon della Nuova Caledonia – da Sydney, di là dal mare, tre ore a destra, era stata la sua spiegazione – e poi Colin, il nostro interprete cino-americano. Il primo a dire qualcosa di realmente interessante era stato quest'ultimo, tipico ateo per imposizione governativa, quando aveva affermato di far fatica a credere che in Spagna ci dedicassimo alla meditazione buddhista. In Cina il buddhismo continuava a essere la religione maggioritaria, l'unica a non dare fastidio al governo.

"Credevo che foste tutti cristiani," si era meravigliato mentre si serviva dell'altra zuppa di bambù.

"Be', la nostra cultura lo è," avevo specificato, "ma direi che la filosofia buddhista è diventata di moda."

Reggeva le bacchette con diligenza. Gli sembrava strano, sì, perché alcune sue amiche dell'università, dopo un viaggio in Europa, avevano voluto battezzarsi per diventare cristiane. A quanto gli avevano raccontato, in quella religione avevano trovato qualcosa che le definiva meglio. "Penso che ci sia una certa logica," avevo riflettuto ad alta voce, "nel fatto che a volte cerchiamo risposte in una dottrina a cui non possiamo rimproverare nessun errore e che non si è mischiata con le classi al potere." Lui si era detto scettico e aveva spinto lentamente il vassoio girevole fino a ritrovarsi davanti l'anatra glassata: nell'ultimo tempio che aveva visitato a Xi'an i monaci gli avevano consigliato caldamente di comprare un manufatto nella loro bottega, spiegandogli che quegli oggetti erano stati benedetti e che gli avrebbero portato fortuna. Si era lasciato andare a una risata giovanile. Poi mi aveva rivelato che a Xi'an il cristianesimo era stato introdotto da un siriano e che per due secoli era stato una religione molto popolare, cosa che avevo ammesso di ignorare del tutto. Nella sua città c'era sempre stata una profonda tolleranza religiosa.

"Sei di Xi'an?" gli avevo chiesto, quando Andrés si era avvicinato al tavolo.

"A me piacerebbe vedere l'esercito di terracotta, ma ho paura di andarci con il mio capo," aveva detto indicandomi, e poi, parlandomi all'orecchio ma comunque ad alta voce, aveva aggiunto: "Non sia mai che ti salti in mente di farmi seppellire con te, la tua assistente e due o tre clienti per l'altra vita".

Mi ero accorta che nessuno dei presenti aveva colto il suo particolarissimo senso dell'umorismo.

"Grazie, ma preferisco essere seppellita con varie tonnellate di cioccolato e di caffè per averli a portata di mano quando mi sveglierò," gli avevo risposto.

E questa sì che era stata presa come una battuta, anche se l'avevo pronunciata molto seriamente. Andrés mi si era avvicinato, smanceroso, e mi aveva abbracciato da dietro. "È perché non mi vuoi più bene," aveva detto di fronte all'espressione incredula dell'Imperatrice delle lettere. Mentre cercavo di divincolarmi, gli avevo sussurrato che in Cina le dimostrazioni d'affetto pubbliche e gratuite tra uomo e donna non vengono comprese. E che neanch'io le capivo, pur non essendo cinese.

A quel punto era intervenuto il poeta della Nuova Caledonia, ammettendo di sentirsi più vicino agli aborigeni che al cristianesimo e che gli aborigeni sono stati fonte di ispirazione per la sua poesia, perché abitano la Terra da sessantamila anni, un fatto unico. "In che cosa credono?" gli avevo chiesto, colpita. Non erano metafisici, mi aveva risposto mentre cercava a sua volta di far girare il vassoio, come fosse una roulette, per raggiungere – finché ce n'era – quell'anatra saporita.

"Loro credono nel *great ancestor* e nel serpente che creò i fiumi e le montagne, ma i loro riti hanno a che vedere più con la tradizione che con la religione." Adesso lottava invano per staccare con le bacchette un pezzo di anatra scarnificata. "In effetti la religione è più che altro uno strumento narrativo per far passare la tradizione di bocca in bocca, affinché non si perda."

Improvvisamente l'israeliana, che era stata molto attenta, aveva esclamato: "Be', ma non è sempre così?", e aveva cercato di prendere un pezzo di tofu finché una delle bacchette non le era sfuggita di mano. Avevamo riso tutti, soprattutto i cinesi, e l'indiano le aveva regalato le sue perché lui si era arreso domandando che gli portassero forchetta e coltello. Lei le aveva prese – "grazie mille" – e aveva simpaticamente chiesto a Colin di farle una lezione. Dopo aver riso ancora un po' della propria imbranataggine, aveva continuato: ciò che cercava di dire era che lei, nello specifico, aveva imparato dalla Bibbia l'arte di raccontare storie senza aggettivazioni esagerate. Ciò aveva suscitato l'interesse del caledoniano, che si era dimostrato d'accordo, perché a lui era successa la stessa cosa: era stato influenzato dal modo in cui gli aborigeni legavano la narrazione alla spiritualità.

"Gli aborigeni hanno una grande roccia intorno alla quale devono girare come in un viaggio iniziatico per trovare se stessi."

L'israeliana lo aveva ritenuto molto interessante e, mentre faceva l'ennesimo tentativo con le bacchette, aveva aggiunto: "Allora Gerusalemme ti piacerebbe, anche noi abbiamo la nostra roccia; è la città migliore del mondo per i poeti, perché voi tendete sempre alla tristezza e quella roccia è molto utile per mettere in prospettiva i propri guai".

Tutti i commensali erano scoppiati a ridere.

"Certo, però," aveva aggiunto in tono furbetto, "dovete stare attenti a non farvi venire la sindrome di Gerusalemme..."

"La sindrome?" avevo chiesto io.

"Sì," aveva confermato stringendo disperatamente un dado di tofu tra le bacchette. "Uno stato di follia transitoria di cui soffre un buon numero di visitatori che vengono ricoverati ogni anno."

Mi era sembrato molto interessante. Da che cosa veniva provocata? Stando alle sue spiegazioni, non si sapeva se la causa fosse la delusione per l'aspettativa creata dalla città, impossibile da soddisfare, o per essere entrati in contatto con un luogo cruciale per la nostra cultura. Ricordo di aver pensato a Greta e a una delle nostre ultime conversazioni su quanto sia pericoloso vivere in una finzione o con un'aspettativa irraggiungibile, e su come alcune suore impazzissero quando per la prima volta prendevano coscienza del fatto che la "comunità perfetta" non esiste. La stessa che, temevo, stavano fabbricando per mandato governativo i miei ospiti nelle loro teste, anche se non l'avevo detto.

In quel momento l'Imperatrice delle lettere, fino ad allora immobile come un guerriero di terracotta, era sembrata resuscitare e aveva chiesto ad Alain Delon perché scrivesse poesie.

"Perché non so cantare," aveva detto lui, e questa risposta aveva spinto Sua Maestà Imperiale a concederci uno dei suoi imperturbabili sorrisi.

Senza dubbio, però, la mia grande scoperta di quel giorno era stata il cineasta indiano. Era a Shanghai per presentare il suo ultimo film a un festival, un dramma storico su un conquistatore portoghese sbarcato in India. Avevo voglia di saperne di più su quella scissione tra buddhismo e induismo. Thachom rideva come un satiro malizioso e la sua barbetta bianca e riccia contrastava con la sfumatura olivastra della pelle.

"La mia casta venera Shiva, il dio della distruzione," mi aveva spiegato. "Un dio necessario e positivo per la vita."

Aveva chiesto un whisky e gli si erano illuminati gli occhi mentre mi descriveva Shiva come un rastafariano azzurro con una luna sulla fronte.

"Ogni volta che Shiva beve molto," e ne aveva approfittato per buttare giù una bella sorsata, "inizia a ballare sull'Himalaya sopra un cimitero. È un ballo cosmico che mette in moto il firmamento."

"Un'immagine stupenda," avevo commentato visualizzandola.

E poi ne avevo approfittato per chiedergli di un concetto che mi affascina da tempo: nell'induismo, così come nel buddhismo, ognuno ha la responsabilità di giudicare se stesso...

"E secondo me," avevo proseguito, "delegare questo compito a un dio ti trasforma per sempre in un bambinetto pieno di paure."

Lui mi aveva ascoltato con attenzione e aveva aggiunto: "È possibile. Per noi non c'è nessuno che possa svolgere questo compito al posto del diretto interessato".

"Quale compito?" aveva chiesto Esther.

"Perdonarsi."

Un mondo senza colpa.

Avevo posato le bacchette sul supporto di porcellana a forma di farfalla. Come digerire un simile concetto? Senza colpa... Una colpa che ti imprigiona fino a quando qualcuno non decide di assolverti. E in quel momento, mentre sezionavo un raviolo di maiale per vedere che cosa c'era dentro, avevo pensato che nessuno dovrebbe avere il potere di perdonarti per qualcosa che non lo riguarda.

Ciò non dà forse a un essere umano un potere infinito su un suo simile?

Non è troppo pericoloso?

Credo di aver imparato molte cose in mezzo a quella piacevolissima compagnia: che a seconda del punto in cui reggi le bacchette sarai più o meno fortunato; che l'acqua calda prepara lo stomaco ad assorbire meglio le vitamine e che voglio in casa mia uno di quei vassoi girevoli che costringono i commensali a guardarsi negli occhi, a intuire se si sono già serviti o se stanno aspettando che gli passi davanti uno dei piatti.

Quando stavamo per brindare, Colin ci aveva detto che in Cina si rispettano sempre le gerarchie, di età o di ruolo, e che se quando si brinda si vuole mostrare rispetto a un proprio pari, si fa in modo che il proprio bicchiere sia più in basso di quello dell'altro. Perciò avevo brindato con l'Imperatrice delle lettere facendo scivolare il mio bicchiere al di sotto del suo, omaggio che lei aveva accettato impassibile, a eccezione di un impercettibile cenno della testa.

44.

I giorni seguenti sarebbero stati dedicati soltanto al lavoro, se non fosse stato che le autorizzazioni tardavano ad arrivare, cosa di cui adesso sono quasi felice perché mi ha permesso di abbassare il ritmo del lavoro e quello del mio respiro. Mi ha permesso anche di ritagliarmi una parentesi per conoscere meglio Jun e Mister Nice. E, perché no, per tuffarmi dentro Shanghai e la sua ciclotimia; passa da un sole cocente a una nebbia fittissima (che poi ho scoperto essere inquinamento) o alle piogge torrenziali di questi ultimi giorni.

La pioggia.

Tutti i nostri sforzi hanno avuto come protagonista la pioggia.

Il giorno dell'appuntamento con Mister Nice negli uffici di Jungle-Beer di Julu Road, ho deciso di avventurarmi per la prima volta in metropolitana, dopo che Andrés aveva tentato infruttuosamente di bloccare uno di quei taxi che non si fermano e che, lo abbiamo scoperto poi, accelerano quando vedono che sei occidentale perché li stressa non saper parlare inglese.

La verità è che prendere la metropolitana nella stazione di Jing'an Temple è il modo per capire perché in Cina non ci sono spazi privati. Semplicemente perché non c'è spazio, tranne che per chi è capace di costruire la propria bolla e infilarcisi dentro, mentre la città ruggisce tutto intorno. In Occidente, invece, abbiamo così tanto spazio personale che ci isoliamo fino a diventare esseri schivi, incapaci di condividere e di amare. Non che la distanza sociale sia maggiore o minore: è che in Cina semplicemente non esiste, perché non c'è distanza possibile. Ho verificato che anche il nostro senso dell'onore è diverso. L'ho capito quando mi hanno detto che la telecamera di Beijing Road riprende quelli che commettono infrazioni e poi le trasmette a ripetizione su uno schermo gigante. A loro sembra un castigo orribile, un disonore; e invece Andrés sta insistendo per convincermi ad attraversare senza aspettare il semaforo verde in modo da poterci fare un selfie quando apparirà la nostra immagine sullo schermo a led gigante, per pavoneggiarci come se fossimo stelle di questa versione cinese di Times Square. E alla fine... gli ho promesso di sì, che lo faremo. Ammetto che mi diverte un sacco agitare il cervello sempre avido di stimoli chimici della mia Lampadina; in fondo è un sostitutivo di ciò che può e che è solito prendere a casa. Mi terrorizza che venga sorpreso con qualche sostanza qui in Cina, dove è un reato molto grave. L'ho avvisato che non riuscirei a tirarlo fuori dal carcere prima del termine per la presentazione della campagna pubblicitaria. Bisogna essere concreti. Questo tipo di argomentazioni sono le uniche che lo convincono.

Quando siamo arrivati agli uffici di Jungle-Beer siamo stati ricevuti da Mister Nice: molto svizzero, molto alto e molto bello, vestito come un bambino – pantaloni corti, maglietta con ideogrammi e scarpe da ginnastica –, uno di quei giovani dirigenti che vogliono dare un apporto creativo alla campagna... tempo al tempo.

Vive qui da un anno. È il direttore marketing di Jungle-Beer, che come tutti ha i suoi stabilimenti qui in Cina. Dopo aver studiato insieme la campagna, saremmo andati a conoscere la fotografa Jun Chao. A Shanghai è un'autorità, ci spiega per vendercela; in realtà è una fotografa più artistica che pubblicitaria, precisa dall'alto del suo metro e novanta e del suo inglese addolcito da un leggero accento francese, ma è sicuro che il suo stile sia perfetto per la campagna. È, come tutti i geni, una donna molto particolare, ci avverte, e ha scelto un ristorante particolare per il nostro incontro, durante il quale ci mostrerà il suo lavoro. Senza nessun impegno. Naturalmente, conclude, l'ultima parola è la mia. Nel frattempo ci invita a bere un bicchiere da El Jabugo, un'enoteca spagnola dove Andrés non fa altro che scattarsi selfie, perché gli "piace un casino" il contrasto tra gli ideogrammi e i prosciutti appesi al soffitto.

"La Svizzera è un paese noioso," mi risponde Mister Nice quando gli chiedo che ci fa in Cina. "E il mio futuro era già tutto programmato. Ma io avevo bisogno di trovare valori in cui riconoscermi, valori che fossero davvero miei. Per questo avevo bisogno di girare il mondo."

"E Shanghai ti piace?"

Si lascia andare contro lo schienale. Ha le spalle così larghe che strabordano.

"Vengo dalla finanza, perciò sono interessato a indagare il ruolo del denaro, inteso come valore, negli altri paesi. In questo senso sì, è più che interessante."

Mi racconta che, in ogni paese che visita, ai tassisti pone una sola domanda: "Che faresti se in questo istante potessi realizzare un tuo desiderio?". E la risposta è dappertutto la stessa: avere molti soldi.

"Quasi nessuno, però, si domanda perché li desidera." Beve un sorso di vino. "È un dato di fatto che non viene messo in discussione."

"Be', per noi è facile," contrattacco. "Noi veniamo da paesi ricchi. Più o meno."

"Sì, ma c'è un accumulo di cose e di soldi senza tempo per goderseli. Prima i cinesi non erano così."

Adesso invece sì e mi guardo intorno: ora sono saliti come tutti sulla folle ruota del criceto. La fretta perenne, i macchinoni lussuosi, la tecnologia soggiogante. Tutti catturano la vita con il cellulare per godersela più avanti, se ci sarà tempo. E non ci sarà. Bisogna continuare a costruire il sogno della Cina moderna. Vent'anni fa, tutti i grattacieli del Bund erano risaie.

"E come hanno preso il tuo cambiamento di vita, a casa tua?" gli chiedo.

Sbuffa un po'. Si risistema sulla sedia. La cameriera gli chiede se vogliamo altro e lui risponde di no con gentilezza, in cinese. Lei gli restituisce un sorriso timido e civettuolo.

"Sono mesi che mio padre non mi scrive."

"È arrabbiato?"

"No, è molto occupato."

Ieri, inaspettatamente, gli ha mandato una mail con allegato il ranking di aumento dei salari in Cina. "Immagino che, dopo sei mesi, sia il suo modo per dirmi: 'Ciao, caro figlio, come va lì?'."

La cosa buffa è che Mister Nice era arrivato in Cina ossessionato dal taoismo e aveva pensato di poterlo fare suo, di poter imparare un nuovo stile di vita.

"Invece sei finito nel regno del dio Yuan," sentenzio, facendogli il funerale.

"Sì, per questo il mio viaggio non è ancora finito..."

"E cosa resta della Cina culla del Tao?"

Lui rimane in silenzio per riflettere.

"Molto, solo che loro non lo sanno." E si lascia andare a una risata gioviale.

In questo istante qualcuno piazza una borsa enorme sul nostro tavolo.

"Il mio capo ti ha già parlato delle sue ricerche spirituali?"

Alzo gli occhi e dietro la borsa mi presentano una certa Julieta, un'argentina lentigginosa, uno schiacciasassi, la definisce Mister Nice, e lei ci saluta con un "come va?" con il suo accento musicale.

Mister Nice le chiede dei permessi per il servizio fotografico e lei risponde che alla fine non ne ha avuto bisogno. Julieta è a Shanghai da molto più tempo ed è lei che si occupa della produzione.

"Se avete bisogno di qualcosa, questo è il mio Wechat. Ti scannerizzo io o mi scannerizzi tu?" La domanda tipica di Shanghai.

Adesso so che questa specie di WhatsApp serve a fare un sacco di cose, da geolocalizzarti fino a pagare il conto al ristorante. Un'applicazione che è anche un'arma a doppio taglio.

"Ti scannerizzo io," le risponde subito Andrés, dopo averla scannerizzata fronte e retro.

"Solo che... è meglio non scrivere niente di compromettente sulla chat," ci mette in guardia lei. "Ultimamente, capita che spariscano intere conversazioni..."

"E che cosa può essere considerato compromettente?" voglio sapere.

"Be'... anche solo una critica, qualunque cosa."

Mi guardo intorno e, senza troppa fatica, individuo diverse telecamere. All'ingresso, davanti alla porta... e improvvisamente mi fa piacere non poter pagare con Wechat e che tutti i miei movimenti, compresi quelli bancari, non siano controllati. Mi sento una concorrente involontaria del *Grande Fratello.*

Salutiamo Julieta, che promette di chiamarci non appena potremo metterci all'opera.

Mentre andiamo verso il ristorante dove ci aspetta la fotografa, faccio caso a un particolare che prima delle nostre leggi antifumo mi sarebbe sfuggito. Qui fumano praticamente tutti. Mister Nice mi spiega che il tabacco è sponsorizzato dallo Stato. Qui tutto è commercio, dice; persino dentro lo Jing'an Temple ci sono due ristoranti e, sottoterra, un centro commerciale. "Ti immagini, Andrés, la Cattedrale di Burgos con dentro un ristorante vegetariano e qualche negozio di vestiti?" E lui prorompe in una delle sue risate.

L'aspetto da bambina con gli occhiali la mette al sicuro, perché niente lascia trapelare il suo spirito ribelle: quando qualcosa la emoziona si rattrappisce come un anemone e non si sa mai se sia sul punto di scoppiare a piangere o a ridere. Faccio fatica a immaginarla come una fotografa geniale. Per il momento sembra solo una creatura perennemente impaurita.

Inizia a mostrarci i suoi lavori e Andrés si innamora per la seconda volta nella giornata: un anziano avvolto in una coperta che sembra essere in piedi sulle nuvole.

"Tibet?"

Lei annuisce.

Poi si allunga sul tavolo e ci sussurra che anche il ristorante in cui ci troviamo lo è. È tibetano, ma i gestori non lo dicono. E una delle esperienze più belle della sua vita è stata trascorrere un periodo in Tibet con i Buddha viventi.

"Loro possono cambiare il tempo." Apre le labbra rosse e rotonde da carpa e poi continua a divorare una zuppa bianca da una ciotolina che quasi non si stacca dalla bocca. "L'ho visto con i miei occhi," assicura.

C'è una foto che resto a osservare a lungo: è una donna con una corda robusta legata in vita accanto a grandi fiori secchi, come se facesse parte di un mazzo. Gliel'ha ispirata un articolo che le è arrivato tramite un'amica russa, parlava degli abusi sulle donne in Cina.

"Ce ne sono?" le chiedo.

"Certo," e si lecca la bocca piccola e carnosa, "ma il governo non vuole saperne niente della tristezza."

Si lancia di nuovo sul suo piatto mentre noi restiamo in silenzio.

Durante il pranzo mi colpisce il fatto che starnutisce e si schiarisce la gola in continuazione. Le chiedo se sta bene, se vuole che chiediamo che abbassino l'aria condizionata. Ci è piaciuto molto il suo lavoro e la vogliamo in buona salute per il servizio fotografico dell'indomani, dico scherzando.

"È che sono allergica agli esseri umani," risponde.

L'affermazione è accolta con ilarità da me, Andrés e Mister Nice, ma quando Jun alza i tristi occhi a mandorla smettiamo di ridere di colpo. Dice che ultimamente ne ha visti troppi: le sono spuntate di nuovo delle strane macchie rosse sulla schiena e starnutisce in continuazione. Si è aggravata la settimana scorsa, per colpa dell'inaugurazione della sua mostra. Dovevano esserci almeno duecento persone.

"Non è che le persone non mi piacciano," puntualizza. "Semplicemente, sono allergica. Non mi succede se sono gruppi piccoli."

Al centro della tavola c'è una capiente ciotola di pietra su cui è stato lanciato un enorme pesce vivo; gli hanno dato tre accettate e respira ancora, benché mezzo squartato. Andrés è andato in bagno. Non mi meraviglierei se stesse vomitando. Credo sia una delle esperienze culinarie più estreme che abbia mai vissuto: questo pesce fatto a pezzi per metà, con gli occhi fissi nel vuoto, che respira aprendo disperatamente branchie e alette. Poi ha iniziato a muoversi sempre più spasmodicamente man mano che si avvicinava il momento in cui ci avrebbero versato sopra la zuppa e, per completare la tortura, lo hanno coperto con una specie di cappello di paglia che ha iniziato a fare fumo come una camera a gas finché, in modo rapido ed efficiente, non si è cotto del tutto. Quando hanno tolto il cappello, non ho più visto un pesce, ma un cadavere cotto che dovevo mangiare. Abituata all'idea che qualcuno faccia il lavoro sporco per me, mi si è stretto lo stomaco e mi è costato mangiare la carne di quell'essere che fino a un attimo prima mi guardava supplicando e agitandosi nella ciotola.

Non so per quale associazione di idee, ma mi è tornata alla mente la sensazione di asfissia che mi aveva abbandonato per qualche giorno durante quelle mini-vacanze involontarie, mentre aspettavamo l'arrivo dei documenti. Immagino di aver preso consapevolezza per la prima volta del fatto che rischiamo di tornare in Spagna senza le foto e che questo comporterebbe il licenziamento immediato mio e del resto della squadra. Non riesco a togliermi dalla testa quel pesce che boccheggia in una ciotola di zuppa.

45.

Il giorno dell'atteso servizio fotografico è iniziato sotto la pioggia a Blade Runner City. Non ci sono altre opzioni. Domani ci scade il visto. Se non fosse perché ho ricominciato con le colazioni a base di diazepam, avrei già avuto un collasso.

"Ci licenzieranno," dice Andrés collassando per entrambi, gli occhi ancora più piovosi del cielo. "Mi viene da piangere..."

"Sai cosa?" dico energica, trangugiando quel che resta della colazione. "Anche se fosse, è valsa comunque la pena di fare questo viaggio," gli assicuro, e il mio commento suona strano persino a me.

Mi carico lo zaino in spalla e mi alzo continuando a masticare.

È questione di sopravvivenza. Non sono disposta a sopportare altri drammi. Vado nella hall per vedere la pioggia che batte sull'asfalto. Andrés, che mi ha seguito, mi si avvicina e mi prende il viso tra le mani.

"Patricia... sei tu? O una tua sosia che parla strano?"

Piove a catinelle, ma i nostri programmi non si fermano. Abbiamo designato come quartier generale una libreria-caffetteria a Beijing Road e decidiamo di approfittarne casomai dovesse smettere. Mentre prepariamo luci e riflettori e aspettiamo Jun, scatto le mie personalissime foto mentali di Shanghai: un ragazzo con i capelli gialli vestito da dandy su un monopattino elettrico mi passa davanti tra le macchine con l'ombrello aperto, come una versione maschile, asiatica e futuristica di Mary Poppins.

"Avremmo dovuto fare la cosa di Baisha," sento dire ad Andrés, che sta parlando con Julieta, con la quale ha ora la complicità di una notte di sesso appena trascorsa. E le racconta una storia che ascolto con un orecchio solo, facendo finta di non sentirlo per evitare che inizi a infastidirmi piagnucolando su ciò che avrebbe potuto essere e non è stato. Ed ecco il racconto che lo aveva ispirato per la campagna e che non aveva avuto il tempo di illustrarmi: c'è un posto, a Baisha, chiamato il Ponte del dragone. La leggenda narra che il dragone scese dal cielo e rimase così stupito dalla bellezza del posto che decise di restare lì e di non tornare più in cielo, benedicendo per sempre quelle terre. In effetti, dopo averlo ascoltato, anche a me è dispiaciuto che non ci sia stato il tempo di realizzare la sua idea, né di contemplare l'amabile dragone ai piedi della bella modella che beveva la birra.

Dall'altro lato del vetro osserviamo un'immagine comica: Jun che va da una parte all'altra della strada senza scattare neanche una foto, inseguita da Julieta che, armata di un ombrello formato famiglia, cerca di schivare i motorini elettrici, che – l'ho verificato – a differenza dei nostri non senti arrivare.

Questa è un'altra cosa che mi lascia perplessa. Sui motorini tengono tutti l'ombrello aperto. Una processione di migliaia di funghi colorati che sembrano spuntati dopo l'acquazzone. E, lì in mezzo, d'un tratto mi accorgo che Jun inizia ad avanzare, senza proteggersi dall'acqua, anche se non ha smesso di piovere. I suoi lunghi capelli sono ormai bagnati, così come la macchina fotografica, mentre Julieta cerca di coprirla senza successo. Finché Jun si gira e le dice con la sua espressione triste: "Per favore, no"; poi ordina alle modelle di camminare davanti a lei con le bottiglie in mano.

Loro ubbidiscono.

Si inzuppano sotto la pioggia torrenziale. E camminano, o meglio passeggiano, liberamente con Jun alle calcagna come una cacciatrice che non la smette di tenerle puntate, di inseguirle in mezzo all'erba alta. A questo punto sì, comincia a scattare: incrociamo file di persone che aspettano una ciotola di *noodles*, donne eleganti seguite dai fidanzati carichi come appendiabiti di sacchetti e acquisti; anziane che lasciano da mangiare ai gatti nei parchi dove non ci sono piccioni. Nel suo obiettivo si insinuano sempre più persone che prima mi apparivano soltanto come una massa indistinta. Cammino in mezzo a loro seguendo Jun e d'un tratto sono in grado di vederle separatamente, ciascuna con la sua piccola grande vita.

Dio mio, come vorrei non avere la barriera linguistica e che queste persone mi parlassero. Come vorrei poter sentire le loro storie. Quando non puoi comunicare a parole, sviluppi nuove forme semplificate per entrare in contatto. Lo sguardo e il sorriso tornano a essere fondamentali ed è ciò che attivo per chiedere loro di non posare, di ignorarci, di lasciarci camminare nella loro giungla. Credo di non aver mai sorriso e mosso le mani tanto come questo pomeriggio a Shanghai. Ciò che mi esce di bocca, per la prima volta, non ha importanza. "Il tuo corpo sta scomparendo. E anche la tua voce," mi dice Leandro dai miei ricordi. E devo spiegargli che qui no, Leandro, qui non posso comunicare con messaggi scritti, né vocali, e neppure con la mia voce o con le mie amate parole. Qui, d'un tratto, per me è tutto carne e sguardo.

Quando Jun chiede di fare una pausa è bagnata fradicia, con la gonna lunga attaccata alle cosce per il peso dell'acqua e i capelli appiccicati alla fronte. Dice che va ad asciugare la macchina fotografica e Julieta si offre di andare a comprare delle salviette. Dopo aver controllato tutto, entro nella libreria e all'improvviso mi sento così rilassata che mi viene voglia di una cioccolata. Mi accorgo che tutti gli avventori stanno guardando lo schermo di un cellulare; tutti scrivono sui loro tablet o sui loro iPhone. Immagino come mi vedono dall'esterno, con una penna tra le dita e un taccuino aperto: una dissidente, un residuato di un'altra Rivoluzione industriale, una specie di Amish che sta usando un abaco al posto della calcolatrice.

Loro però non sono qui. Osservano il mondo in differita.

Ciò che accade in diretta non conta più. Conta solo impossessarsene, registrarlo e conservarlo. Una ridda di informazioni difficile da assimilare da parte di cervelli che si resettano continuamente, perché non hanno bisogno di trattenere nulla. Registrare la vita invece di viverla. Mi sento sola in questa caffetteria, come se fossi circondata da fantasmi. O magari, chissà, il fantasma sono io.

Mentre aspetto la squadra, vedo una chiamata persa di Bruno sul cellulare. Mi sembrava strano che questa calma potesse durare. Le telefonate da casa, soprattutto quando sono da parte della persona che ha le tue chiavi, sono sempre inquietanti. Adesso mi arriva anche un messaggio: *Chiamami, Patricia. È un po' urgente*.

Un po' urgente?, penso. O è urgente oppure non lo è. Di nuovo il cuore che batte. Non riesco a calmarmi. Mi porto due dita al polso. Spero che i ladri agostani non mi abbiano sfondato la porta. Provo invano a richiamare. Ricontrollo i prefissi, ma continua a rispondermi una voce cinese tutta allegra, "*na-nay*". E va bene, un passo alla volta. Respiro profondamente. Se è urgente, tra poco sarà solo un po' più urgente.

Entra Julieta con le salviette e interrompe i miei pensieri. Me ne allunga una e indica la finestra. Vediamo Mister Nice attraversare la strada e fermarsi fuori a parlare al cellulare. Mi è sembrato che zoppicasse un po' e Julieta mi racconta che è stato investito da un motorino mentre andava in bici. "Sta bene?" mi allarmo. Lei dice di sì, senza fare troppe storie. Che si è appena sottoposto a una tac. Per questo è arrivato più tardi. Pare che sia normalissimo. Questa faccenda degli investimenti da parte dei motorini. La chiamano "l'iniziazione". Qui guidano tutti come pazzi.

"È normale come la febbre gialla," si lamenta. "Vediamo quanto ci vorrà perché contagi anche lui."

"La febbre gialla?" Mi allarmo ancora di più. "Ma se mi avevano assicurato che per la Cina non serve nessun vaccino!"

"Per questo ceppo non c'è vaccino." Ride sarcastica con una specie di gracchio divertito. "Voglio dire che è l'unico *expat* che conosco che non stia con una cinese. La nostra unica speranza," si lamenta. "E guarda che normalmente gli *expat* mi annoiano da morire. Ma questo qui..."

Mister Nice entra come se gli fosse stata data la sua battuta in questa scena e, dopo averci confermato che è un po' ammaccato ma sta bene, ci annuncia che il servizio fotografico si è concluso e che Jun è andata a casa perché si sentiva svuotata, parole sue. Alza le mani come a dire "le cose stanno così".

"Ma se non abbiamo visto neanche una foto!" esclamo furiosa, sbattendo con forza il taccuino sul tavolo e facendo sussultare tutti gli altri. "Dovevamo prendere tempo in attesa che smettesse di piovere o almeno vedere il risultato prima che se ne andasse."

Rosauro ci ucciderà... il cliente ci mollerà, io sono l'unica responsabile e sono qui, a divagare, a scrivere cavolate su un taccuino e a bere cioccolata. Mi si annebbia la vista. Respira, Patricia, respira... Chiedo loro di scusarmi, sento la voce di Andrés da molto lontano che mi chiede se sto bene. "Vado in bagno," rispondo, "credo che mi abbia fatto male qualcosa." Ho il corpo in fiamme e le forze abbandonano un muscolo dopo l'altro: adesso li sento molli, liquefatti. Il cervello mi brucia come se dovesse scoppiarmi. Barcollo fino al bagno e Julieta mi segue. Entro sbandando, apro la porta del primo cubicolo e vomito. I minuti seguenti non me li ricordo. Solo la voce da tango di Julieta, che mi sussurra: "Tranquilla, pazzerella, stai tranquilla, mi senti, Patricia...?" mentre mi appoggia sulla fronte un asciugamano bagnato e mi fa bere qualche sorso d'acqua dalla sua bottiglia. E io scoppio a piangere. Incontenibile.

Julieta mi abbraccia e mi incoraggia a sfogarmi. Non è successo niente. Ho solo un po' di nausea. Con questo caldo e l'umidità è normalissimo a Shanghai, eppure io so che non è così. Non è normale. Mi chiede se voglio farmi accompagnare da un medico, ma no, non voglio. E non voglio neppure che lo racconti agli altri. Mi ha semplicemente fatto male la cioccolata.

Julieta esce per dare agli altri la versione ufficiale. E dopo un po', quando la tensione si allenta e sono in grado di uscire dal bagno, mi ricongiungo al resto del gruppo che mi aspetta sorridente; persino Andrés per una volta sorride, come si sorriderebbe a un bambino per non farlo spaventare, a qualcuno a cui stai per dare una brutta notizia perché si prepari... Ma no.

"Ha inviato un antipasto via Wechat," dice Mister Nice per tranquillizzarmi, e ci strizza l'occhio.

Ci affolliamo intorno al suo cellulare. Nella chat si aprono una alla volta: una pioggia fotogenica che sembra tropicale scende sulle modelle che sfilano tra centinaia di ombrelli, corrono e ridono felici, con le loro bottiglie di Jungle-Beer in mano. Nel parco e mentre attraversano ai semafori rossi, con le macchine che disegnano scie colorate sotto lo sguardo sorpreso degli anziani che vendono ombrelli e i grattacieli di *Blade Runner* dietro la spessa cortina d'acqua. Sono... meravigliose. L'ultima è un regalo: io, Mister Nice e Julieta seduti in un dehors che ci godiamo la tempesta, con l'acqua che cade sul tavolo. Le abbiamo guardate più volte, rapiti. Ed è stato in quel momento, ricordando l'ossessione di Mister Nice per il valore dei soldi, che il mio cervello, di nuovo irrorato, ha partorito un'idea: "Credo di aver avuto un'idea per unificare le campagne di Jungle-Beer in diversi paesi," annuncio.

E a questo punto condivido con loro uno dei racconti di Greta che non ho ancora trascritto a proposito della terribile siccità del quartiere in cui aveva lavorato a Maracaibo. Di come lì non ci fosse acqua per i bambini. A Shanghai cade tutta la pioggia che non cade in altri posti del mondo e adesso piovono anche gli yuan. E se Jungle-Beer lanciasse una campagna con il claim "Catena di favori"? Una birra che unisce il pianeta. Potrebbero annunciare che una percentuale delle vendite in un paese sarebbe stata destinata a sostenerne un altro. Il primo progetto: comprare serbatoi d'acqua per quel quartiere a Maracaibo, per fare un esempio.

"Catena di favori..." ripete Mister Nice, con gli occhi azzurro acciaio contagiati dalla pioggia. "È l'idea più brillante che abbia mai sentito da quando lavoro in pubblicità."

Julieta non ha detto niente. Si è limitata a lanciarsi su di me e mi ha schioccato un bacio sulla guancia, mentre Andrés, che tornava dal bagno, si è adeguato alla nostra allegria senza capire a che cosa erano dovuti i festeggiamenti.

Ordiniamo immediatamente del vino per celebrare il servizio fotografico e tutti questi nuovi progetti entusiasmanti. Poi mi arriva un messaggio da un numero sconosciuto. Spero che sia di Greta. Sono giorni che non mi risponde. Ma no, scopro che è del mio Gabriel: *Quando torni, giramondo?*

E un altro di Leandro: *Bestiolina. Divertiti, respira e non dimenticarti delle mie farfalle.*

Mi ha fatto piacere ricevere il messaggio di Gabriel. Domani stesso gli scriverò e gli racconterò della mia idea per la campagna per comprare i serbatoi.

Rientriamo in albergo tre ore più tardi, stanchi e felici dopo che Julieta ha negoziato all'ultimo sangue con l'arrogante conducente del tuk-tuk a bordo del quale abbiamo attraversato la città di gran carriera con la pioggia che ci bagnava entrando dai lati. Sono salita in camera zuppa, mentre Andrés è rimasto nella hall con Julieta. Qualcosa mi dice che anche stanotte si asciugheranno insieme.

"È stato speciale lavorare con te," mi dice lei appena prima di darmi un abbraccio sincero. "Hai molta luce."

E mi fa una carezza sulla guancia come se fossimo vecchie amiche. Questo è il momento in cui il mio cellulare squilla e sullo schermo compare un numero spagnolo. Controllo l'ora. Forse è Bruno. No, il prefisso indica che la telefonata arriva dal Nord della Spagna. Allora forse è Greta. Sarà tornata a fare visita all'Aita? Rispondo in ascensore, ma cade la linea. Al diavolo, non c'è campo.

Il telefono squilla di nuovo mentre sto aprendo la porta.

"Patricia Montmany?" Una voce femminile. Stridula e setosa, come di soprano. Sconosciuta.

"Sì, sono io."

"Senta..." Fa una pausa. "La chiamo in relazione a una persona con cui crediamo lei sia in contatto: Greta..."

"Sì, le è successo qualcosa?" mi allarmo. "È da qualche giorno che..."

"Sì, le è successo... ma tempo fa." Un'altra pausa e una respirazione cadenzata. "Crediamo sia importante che lei ne venga informata."

"Di cosa?" Entro frettolosamente nella stanza.

"A causa di quella donna... lei potrebbe incorrere in qualche reato."

"Reato..." I miei muscoli si irrigidiscono. "Per esempio, quale?"

"Probabilmente, lei non sa che soffre di un disturbo mentale," continua la voce. "Lei è una giornalista, e forse quella persona le sta raccontando cose non vere. Pubblicarle potrebbe creare dei problemi."

Trattengo il fiato.

Non perderò la calma. Non cadrò nell'ignavia.

Stavolta no.

Mi avvicino alla finestra. I castelli di luci di Shanghai illuminano il buio in cui mi trovo. È il momento di prendere posizione.

"Problemi a chi?" Aspetto la risposta, e poi: "Posso sapere con chi parlo?".

"Io non sono importante," dice la voce, adesso più attutita. "Mi consideri un'amica che la sta mettendo in guardia."

"Be', mi dispiace ma io conosco per nome tutti i miei amici."

Silenzio. Inizio a battere i denti anche se non fa freddo.

"Capisco che lei agisce in buona fede," continua.

"Certo, la fede è molto importante in questo frangente, vero? Ma mi dica soltanto una cosa."

"Sì."

Cerco a tentoni nella borsa il cellulare aziendale e poi sparo: "Lei sa se suor Greta ha lavorato per due anni nel vostro asilo nido?".

"Sì, volevo parlarle proprio di questo," dice la voce, salendo di tono.

Medito su come proseguire la conversazione, il cui contenuto può essere cruciale. Appoggio entrambi i cellulari sul tavolo. L'umidità della stanza mi provoca un sudore freddo. Poi mi lancio: "Immagino, prima però vorrei parlarle io di una cosa, se non le dispiace: lei mi dice che potrei commettere un reato, invece io la avverto che voi ne avete già commesso uno".

"Sarebbe a dire?" La voce si fa più profonda.

"Quello che sto cercando di farle capire è che questa donna ha lavorato in Spagna senza essere stata regolarmente assunta. E avevo solo bisogno della conferma che ha lavorato in quell'asilo nido. È l'unico dato che mi serviva per credere alla mia fonte confidenziale. A partire da questo momento, crederò a tutto il resto."

Un silenzio pieno di respiri attraversa un continente. Verifico che non sia caduta la linea e poi sento dire alla mia interlocutrice: “Questo potrebbe avere conseguenze molto gravi per lei”.

“Mi sta minacciando?” La voce mi si indurisce in gola.

“Quella donna è pazza, ha cercato...”

“Anch’io,” la interrompo. “Anch’io sono pazza. Tanto che, siccome sento le voci, sto registrando la sua da un po’, casomai non mi credessero.”

Adesso sì: riaggancia.

Trema tutto il corpo. Non so se per il nervosismo, la rabbia o il freddo. Improvvisamente, la stanza mi sembra gelida. Trema anche la mia orchidea, per il soffio dell’aria condizionata che avevo lasciato accesa al massimo per contrastare l’umidità. Mi scopro nel vetro della finestra, il mio volto riflesso accanto al grande mostro cinese che sputa i suoi colori come fossero veleno. Una certezza angosciante si traveste da premonizione. E il silenzio si fa solido. Quello di Greta, insopportabile. Il mio, impossibile. Mi rifiuto di ripiombarci di nuovo.

Sui-vitarsi

46.

> Non c'è disgrazia più grande che non sapersi mai soddisfatto.
>
> LAO-TSE, *Il libro del Tao*

La mail di Greta si è aperta sul mio cellulare non appena si è collegato al wi-fi e ho avvertito una stretta allo stomaco.

Mia cara Patricia,
ti scrivo questa lettera per interrompere il mio silenzio, prima di sprofondarci del tutto. Ho deciso di allontanarmi, perché ho toccato il fondo.
Per fortuna avevo conservato tutte le sue liste. Le conservo ancora. Almeno il mio onore sarà più o meno salvo. Sono successe così tante cose da quando sei partita che non so da dove cominciare.
Deirdre è tornata a casa e ha iniziato a essere ossessionata dall'idea che l'avessi derubata. Ha detto che qualcuno l'aveva avvertita che stavo vendendo la sua roba. Evidentemente i cambiamenti che ho fatto in casa l'hanno destabilizzata e si è messa a fare la pazza. Dopo avermi insultato e dato della ladra gridando, ha chiamato i gesuiti della comunità che frequentava e ha detto loro che avevo cercato di prendermi casa sua mentre lei era ricoverata. Hanno avvisato anche l'Aita, e la cosa peggiore è che, se la notizia è arrivata alla Città del Nord, probabilmente è venuta a saperlo anche madre Dominga.

Il giorno dopo sono venuti a casa quattro sacerdoti, oltre all'Aita, e mi hanno fatto il terzo grado. Non sono serviti a niente i precedenti di Deirdre, tutte le volte che ha denunciato persone con pretesti di ogni genere che poi è stato impossibile dimostrare, dalle violenze alla volta in cui era caduta e aveva sostenuto che erano stati i suoi vicini a romperle una gamba buttandola giù dalle scale. Voleva denunciarmi, ma l'Aita l'ha dissuasa. È stato orribile, Patricia. Orribile. È stato come essere di nuovo nella congregazione e venire accusata di cose che non ho fatto. In ogni caso, ho dovuto lasciare la casa su due piedi, senza che mi venisse pagato l'ultimo stipendio, ma non ho voluto dire niente all'Aita. Gli ho già causato troppi problemi.
Qualche giorno dopo sono andata dall'assistente sociale per comunicarle che ero di nuovo in cerca di lavoro e lei mi ha detto che l'avevano chiamata dal convento per farsi dare i miei recapiti e che non glieli aveva forniti. Poi mi è sembrato che si comportasse in modo strano con me. Magari erano solo paranoie, non lo nego. Ma ho avuto paura, così dall'assistente sociale non sono più tornata.
Ma la realtà, Patricia, era che il mio mese di affitto stava per finire e non avevo i soldi per pagare il prossimo. Mi sentivo come se a quindici anni mi avessero marchiato come una bestia e non ci fosse più niente da fare. E, soprattutto, mi sentivo troppo debole e stanca per ricominciare. Prima sì, Patricia, ma di colpo ho provato un senso di solitudine spaventoso. Avevo la sensazione che mi sarebbe successa sempre la stessa cosa, ogni volta, e non poter fidarmi di nessuno faceva sì che la mia vita non avesse nessun significato. Così sono passati i giorni, finché non mi sono accorta che mi restavano solo cinque euro e una scheda telefonica. Questa è la frontiera che separa la vita dalla morte, Patricia. Cinque euro e una scheda telefonica.
Ti scrivo questa lettera perché tu capisca le mie motivazioni.
No, adesso non dare la colpa al mio orgoglio indio. Ti ho detto fin dall'inizio che dovevo affrontare questo processo da sola.

Mi alzo. No, no, no... mi rifiuto di continuare a leggere. Mi rifiuto di arrivare alla fine di questa lettera. Un fantasma che conosco bene comincia a materializzarsi accanto a me, il mostro spaventoso del mio armadio. Avrei potuto lasciarle dei soldi prima di partire, in caso di problemi; oppure lei avrebbe potuto lasciarmi il numero dell'Aita o di chiunque altro, casomai non fossi riuscita a contattarla. Perché ho così tanta paura di arrivare alla fine di questa lettera?

Adesso so cosa significa avere fame. Qui. A Madrid. E comunque non ho chiesto da mangiare. Orgoglio? Forse. Lo stesso di mia madre. Anche se la chiamerei piuttosto dignità. Sai una cosa strana? Avere fame mi ha insegnato molto in questi giorni. La fame è una cosa così assolutamente fisica che non puoi tenerla a freno. E non puoi essere triste perché hai fame. La sopravvivenza fisica riempie tutto e tira fuori il meglio o il peggio di te.

Ho toccato il fondo, Patricia. Il giorno che è successa questa cosa con Deirdre mi sono sentita di nuovo così debole e vessata che ho avuto paura di ritrovarmi davanti le suore in quel processo. L'ultima volta che ero stata nella Città del Nord a trovare l'Aita mi era capitato di vederne qualcuna da lontano e mi ero nascosta come un cane bastonato.

Cinque euro e una scheda telefonica con una sola chiamata. Non ho altro. Voglio dirti che ho pensato di chiamarti, ma la telefonata sarebbe stata cara, perciò a te è toccata la mail e ai miei genitori la telefonata. Sono sicura che capirai.

Cara amica, a volte bisogna sapere quando fermarsi.

A volte la vita bisogna aiutarla un pochino a finire. In questi giorni, mentre camminavo per la città, mi sono sentita invisibile come un fantasma che si aggira tra i vivi. Tanto che non avvertivo neppure il loro disprezzo, ma qualcosa di peggio: l'indifferenza.

Tra l'altro, volendo essere realista – e so che a te dà fastidio quando dico queste cose –, la realtà è che penso questo di me: sei nera, india e grassottella... Ce le hai tutte! E la cosa peggiore non è che gli altri hanno pregiudizi nei miei confronti, ma che mi sono resa conto di averli io, questi pregiudizi. Ti dico questo, mia cara Patricia, perché tu capisca che sono arrivata al punto di pensare che non ci fosse via d'uscita.

Perciò ho deciso di tornare nella Città del Nord con un biglietto che mi aveva dato l'Aita per permettermi di andare a trovarlo. Ho viaggiato con l'unico bagaglio dei miei venticinque minuti di scheda telefonica e gli ultimi cinque euro. Sono scesa dal treno e mi sono seduta sulla barriera frangiflutti, davanti al mare. E d'un tratto, guardando quel tramonto che aveva già i colori dell'inverno, ho pensato che è il posto migliore per mettere fine alla mia vita. Tra l'altro, in quel modo avrei risparmiato ai miei genitori lo strazio di vedermi morta, perché non avrebbero potuto rimpatriarmi.

Sono rimasta lì per molte ore. Con la scheda e le cinque monete che mi pesavano in mano. E ho pensato molto alla piccolissima frazione di tempo necessaria per alzarmi e buttarmi. Provavo molta tristezza, ma non avevo paura. E sarebbe stato così facile, Patricia. Alzarmi e buttarmi.

A quel punto ho deciso di chiamare mia madre. Mi ha risposto lei. Credo che si sia preoccupata sentendo la mia voce. Le ho detto che la situazione era molto difficile, che non trovavo lavoro e che non riuscivo a vincere la tristezza.

"Hai mangiato?"

E in quel momento ho capito che solo chi ti ama può chiederti una cosa così. Forse era tutto quello di cui avevo bisogno. Sapere che a qualcuno importa di me in questo modo. E poi, a voce bassissima, come se stesse appoggiando una mano sulla cornetta, le ho sentito dire a mio padre: "Bisogna riportare la bambina a casa, a ogni costo". A quel punto è venuto al telefono lui e senza preamboli mi ha detto: "Allora, figlia mia, tu hai sostenuto fin da quando eri piccola che sei un'india, vero?".

"Sì, papà," gli ho risposto. "Ma non ce la faccio più. Ho fame. E mi sento malata. Sfinita."

Allora lui mi ha chiesto: "Tu? Tu fai così? Tu che sei un'india? Non fa niente se hai fame, figlia mia. Non è così grave. Tu non hai mai dovuto affrontare una privazione, ma non è grave".

Mentre parlavo con loro, la gente che passava dietro di me non mi ha neanche guardato. Credo che se mi fossi decisa non mi avrebbero neppure vista buttarmi. Sarebbe stato così facile. E io ero così stanca...

All'inizio mi sono arrabbiata molto, perché mio padre e mia madre non sapevano dov'ero. Che li chiamavo da quella barriera frangiflutti, con un piede nell'abisso. Non sapevano cosa stavo per fare, e mio padre stava ridendo della mia situazione. Adesso però credo che mi abbiano detto l'unica cosa che si può dire a distanza a qualcuno a cui si vuole bene. Ho voluto congedarmi come si deve prima che finissero i minuti. Ho detto loro: "Mamma, papà... vi voglio bene". E la comunicazione si

è interrotta prima che potessero rispondermi. Ma non c'è stato bisogno. Io lo so cosa mi avrebbero risposto. I cinque euro o il vuoto.
Che tu sia sola o in compagnia, alla fine non c'è nessuno che possa convincerti a vivere. Nei momenti critici bisogna ridurre tutto all'essenziale: cinque euro o l'abisso. A volte le decisioni importanti sono semplicissime e non ci sono vie di mezzo: la morte o la vita. Suicidarsi o sui-vitarsi.
E ti scrivo per dirti che la mia decisione l'ho presa, Patricia, che dopo non so quante altre ore e dopo essermi addormentata a tratti senza aprire la mano che conteneva tutto quello che avevo, ho pensato che con quello potevo iniziare la mia impresa di sopravvivere. Adesso sì. Ho fatto i conti, adesso so quanto posso sopravvivere con cinque euro. Sono entrata in un supermercato e ho comprato un po' di mortadella con un euro e venticinque, un filone di pane con cinquanta centesimi e qualche pomodoro.
Ammetto che in un momento di debolezza sono andata alla Caritas (anche se sai come la penso sulla carità), ma quando sono arrivata ho visto una suora che conoscevo che distribuiva i buoni pasto e, come immaginerai, non sono riuscita a entrare.
Per un po' meno di una settimana ho fatto solo un pasto al giorno.
So che non sarà facile ricostruirmi. La fame, come dice mio padre, è il meno. Il peggio sarà imparare a vivere con questa disillusione e riconquistare il rispetto per me stessa, che mi è stato strappato. Se non accetto questa delusione, non potrò trasformarmi in una persona diversa. Continuerò a essere la suora maltrattata e no, non voglio. Lei sì che l'ho buttata giù da quella barriera frangiflutti. Per il momento, posso dire che la mia prima impresa l'ho creata con cinque euro. Perché la mia prima impresa sono io.
Per questo, mia cara Patricia, se ti scrivo è perché non voglio che ti preoccupi per il mio silenzio.
Adesso mi serve più del pane.
Fidati di me. Se la tristezza può annebbiare l'istinto di sopravvivenza, ti assicuro che la fame lo risveglia. È possibile che sia stato in uno di quei momenti di lucidità che mi è venuto in mente di scrivere a vari monasteri cistercensi per chiedere qualche giorno di ritiro e di preghiera. Non possono dirmi di no. Se ho deciso di vivere, prima devo riposarmi e riprendere le forze. Mi ha risposto uno dei monasteri, ma è molto lontano. Ho detto loro che ho i soldi per arrivare solo

fino a Bilbao e si sono offerti di pagarmi il viaggio. È in montagna. I monaci dovranno venire a prendermi, ma starò bene. Dormirò tantissimo. Mi daranno da mangiare attraverso una ruota. E ritroverò il contatto con la natura e con me stessa. È ciò di cui ho bisogno per recuperare le forze prima di mettere in atto la decisione che non osavo prendere da quando mi hanno cacciato via e che adesso accetto con tutte le sue conseguenze: tornare ad appassionarmi alla vita. Mi metterò in contatto con te appena potrò.
Fino a quel momento, ti mando un grande abbraccio.
Greta

Chiudo la mail e mi stendo sul letto, sfinita. Per la paura e per il sollievo. Per l'impotenza e la speranza. E mi immagino Greta a quest'ora, dall'altra parte del mondo, come uno dei bruchi esausti di Leandro, che cerca un luogo tranquillo e sicuro in cui formare il proprio bozzolo. La visualizzo mentre vi si rifugia senza sapere per quanto tempo, ubbidendo a un istinto più potente di qualunque credo.

47.

Mi risulta difficile scrivere della mia ultima sera a Shanghai. La custodisco in una nebulosa di emozioni contraddittorie, fitta come la sua nebbia inquinata. So solo che adesso nel mio vocabolario c'è una parola nuova e bella: sui-vitarsi. Una parola che in realtà è un meccanismo in grado di attivare qualcosa.

Dopo tanto viaggiare, durante l'ultima settimana credo di aver compreso per la prima volta il valore spirituale del viaggio. Il tipo di percorso che affrontarono i maestri, quelli che io non chiamo profeti, ma è uguale: Buddha partì in cerca dell'illuminazione, e si dice che Cristo arrivò in Tibet nei suoi anni non documentati. La stessa Greta me lo aveva detto; l'intelligenza è possibile solo attraverso l'esperienza e per questo è così difficile trovarla dietro le spesse mura che ti tengono prigioniero in un micromondo.

Adesso toccava a me partire e a lei tornare.

Ricordo che nei giorni che avevano preceduto la mia partenza mi aveva parlato della sua fascinazione per gli anacoreti e la loro versione femminile, le Madri del deserto, le prime donne del cristianesimo delle origini che decisero di abbracciare uno stile di vita ascetico. Gli anacoreti facevano cammini spirituali troppo intensi che i cattolici avevano deciso di non proseguire; non credevano nei muri né nei troni, né nei templi di freddo marmo, solo nell'importanza di camminare sotto il cielo. Furono loro a scoprire il valore del viaggio e il viaggio interiore. Cercarono di trovare il proprio ritmo e il silenzio. Sarei molto felice di diventare un anacoreta. "Errare per scoprire ciò che c'è da scoprire," come diceva Carmen Martín Gaite.

Dopo aver letto la mail di Greta ho avuto bisogno di uscire e senza volerlo ho tributato un omaggio agli anacoreti camminando in quel parco dei divertimenti per adulti che è Shanghai; ho attraversato la Concessione francese con i suoi imponenti palazzi addormentati come vecchie dame che sanno parlare soltanto dello splendore della loro gioventù. Quanto mi è sembrato strano il mio mondo da questa nuova prospettiva, e strani anche tutti quelli che riempivano i locali a quell'ora, cercando di annegare lo stress di una giornata lavorativa in un cocktail troppo carico. Ho ascoltato tante volte il discorso paternalistico degli abitanti del Primo mondo che si lamentano del fatto che pensiamo troppo, non come i poveri, no. Loro, invece, ragionano in modo più elementare, perché la loro unica preoccupazione è la sopravvivenza.

Ho viaggiato abbastanza da sapere che non è vero. Ho conosciuto persone nei quartieri poveri di Kinshasa con una visione della vita molto più profonda di quelli che escono di casa di corsa ogni mattina a New York o a Madrid, lavorano diciotto ore, corrono come scoiattoli alla loro lezione di yoga, bevono in fretta e svogliatamente in un locale, come se fosse la loro medicina quotidiana, e tornano nel loro appartamentino con il cervello fritto e l'anima stanca, incapaci di fermarsi a pensare anche solo un attimo dove stanno correndo o che cosa gli sta succedendo dentro. A fine mese ricevono uno stipendio che suddividono meticolosamente tra le spese quotidiane e una pensione integrativa, e il giorno dopo escono di nuovo di corsa. Forse non è questo, lavorare per la sopravvivenza?

Credo che sia stato mentre attraverso Wuding Lu, la zona dei locali, che sono stata attratta da un'insegna che annunciava REVOLUTION e ho puntato intontita in quella direzione, come una falena verso la luce. Non volevo pensare. La mia mente aveva bisogno solo di rumore e movimento. Nel locale, molto angusto, sono stata ricevuta da un bombardamento luminoso che per poco non mi ha mandato in catalessi. Mi sono fatta strada a gomitate fino al bancone, dietro cui ballavano tre barman di razze diverse. A un certo punto uno di loro ci è salito sopra, ha chiesto un attimo di attenzione con un fischio e ci ha fatto segno di allontanarci. Dopodiché ha iniziato a versare sul bancone il contenuto di una bottiglia, è saltato giù e il suo collega, accendino alla mano, gli ha dato fuoco. Il bancone ha iniziato a bruciare, segnando un confine di fiamme rabbiose, e si è profilato davanti a me quel nuovo Inferno di Bosch, con tutte le sue creature costrette a ballare con il diavolo. Quando l'incendio è finito, i tre barman sono saliti di nuovo sul bancone stringendo delle macchinette che distribuivano soldi falsi e li hanno fatti volare sulle teste dei loro dannati felici e febbricitanti. E mentre ballavo al ritmo che mi imponeva il mio piccolo inferno cinese, mi sono ricordata di quel libro di Han che adesso è diventato il mio vangelo.

Mi sono detta, come pregando: balliamo, balliamo da bravi figli della società della stanchezza, dell'iperrendimento, dell'ipercomunicazione e dell'iperstimolazione che annienta tutto ciò che è emotività. Offriamo un sacrificio ai nostri santi patroni; il dio Yuan, il dio Dollaro e il santo Sfinimento. Quello che, come dice Han, produce infarti psichici, infarti dell'anima e burnout a New York. E mentre continuavo a ballare per inerzia, cercando di scrollarmi di dosso il nervosismo della mail di Greta, osservavo il sorriso congelato prodotto dall'alcol di quelli che mi circondavano e ho capito di far parte di questa società stanca. Che si crede libera. Che balla al ritmo del "sì, si può fare" e "devo farcela", finché non cadiamo nella depressione del "non ce la faccio più a non farcela". L'obbligo di rendere al massimo e il senso di colpa se non ci riesco. La ruota del criceto, senza meta né sollievo. Perché non sarà mai abbastanza. E io ero lì: stavo scendendo vari gradini evolutivi, sotto una pioggia di dollari falsi. Come avremmo fatto a ribellarci alla nostra stessa tirannia? Davvero volevamo stare senza quasi poterci muovere in un posto che puzza di sudore?

Han aveva scritto il vangelo delle mie credenze incipienti, ma anche la mia apocalisse.

Sono uscita dal Revolution dopo qualche ora e, facendo onore al mio nuovo spirito da anacoreta, ho vagabondato per la zona dei negozi, adesso deserta ma mai spenta. Mi sono ricordata di Mister Nice che qualche ora prima aveva attraversato la strada proprio in quel punto con le sue arie da newyorkese, dopo essersi visto passare davanti la sua breve vita per colpa di uno dei tanti motorini impazziti.

"Il mondo soffoca per colpa delle cose," mi aveva detto illustrandomi le sue teorie sul valore dei soldi. Soffriamo della stessa nevrosi da accumulo di una maledetta formica. Ed è vero: ho osservato le vetrine che esibiscono scarpe orgogliose, cappotti imponenti, cappelli alteri, macchine arroganti. Ci siamo trasformati in creature accumulatrici dentro il nostro formicaio, ed è indifferente che si tratti di soldi, proprietà o borse. Shanghai, al pari di qualunque altra metropoli, è stata concepita come una fabbrica di desideri che ci fa continuare a desiderare. Finché un giorno ti dici: "Adesso hai tutte queste cose e guarda come sei messo".

Nuotiamo nell'attaccamento e l'attaccamento ci ruba la pace. O almeno così dice la maestra Jedi. Desideri possedere ciò che ti ha fatto sentire felice quando lo hai guardato, lo desideri tanto, al punto che ne esasperi le qualità positive e il desiderio diventa così sproporzionato che la tua mente ci resta attaccata come una decalcomania. E che senso ha? Nessuno. Ma non lo sai finché non lo ottieni. Non lo sapevi che era privo di senso. Che ti avrebbe deluso. E adesso ti arrabbi. Perché quella borsa, quel lavoro o quella persona non ci dà quello che ci prometteva... perché in realtà non ci prometteva niente. E così continuiamo a vivere, ansiosi e insoddisfatti, ammanettati agli oggetti del desiderio affinché nessuno ce li porti via. Il mio tesoro... E arriva un momento in cui siamo attaccati a tutto: gli oggetti e le persone del passato, del presente e del futuro; un momento in cui non siamo più capaci di staccarci da niente, né dai nostri traumi, né da Mercoledì o da suor Greta, e continuiamo ad andare avanti come possiamo, trascinando quel fardello.

"La felicità parte da dentro e, anche se vogliamo essere felici, non sappiamo come fare a esserlo e ci arrabbiamo." Ricordo adesso le parole di Serena durante l'ultima lezione. Non la smetteva di intervenire alzando la mano in modo impertinente, come a scuola, come se l'argomento in sé la facesse arrabbiare. E in effetti era andata via prima della fine. Quando la maestra aveva detto: "Per essere felici bisogna semplificare la nostra vita. Ce l'abbiamo troppo piena," lei aveva alzato la mano, rigida come un parafulmine, e aveva detto dall'alto della sua sempre stravagante sincerità che nel suo caso la faceva stare bene avercela molto piena, che le succedessero continuamente delle cose, perché aveva bisogno dei problemi per essere sempre distratta.

Di solito usciva a postare un paio di selfie e poi rientrava in tutta fretta, ma quel giorno no. Sembrava nervosa e tormentata. Era scomparsa senza salutare dopo essersi fatta un paio di foto di rigore, che avevamo visto poi online, accanto a uno dei Buddha dell'esterno, mettendosi in pose comiche, simulando un'aria rilassata e associandovi un testo molto meno elaborato: "Zen... si è fermato il mondo. Buon martedì!". E poi due manine giunte. Lei però non era zen e il suo mondo continuava a girare a mille all'ora. Inizio a sospettare che per lei non fosse affatto un buon martedì. L'immagine di Serena lascia il posto nella mia memoria a una molto più recente, di questo pomeriggio, mentre Julieta e io aspettavamo la fine del servizio fotografico chiuse in quella caffetteria. Mi ero sorpresa dicendole: "La sensazione effimera del piacere del possesso è come 'leccare il miele sul filo di una lama'".

"Che bella questa frase," si era meravigliata lei mentre si asciugava i capelli con la salvietta.

"Non è mia. È di Buddha."

"Be', ti informo che l'oggetto del mio attaccamento ha appena attraversato la strada," aveva detto quasi leccando quel miele, mentre Mister Nice le rivolgeva uno dei suoi sorrisi disarmanti e ci faceva segno di non pagare.

So bene che in un altro momento avrei interrotto il servizio fotografico perché stava piovendo. Perché non avevo tutto sotto controllo, diciamo le cose come stanno. E adesso so che mi sarei privata delle foto più umane che abbia visto da molto tempo a questa parte. Proprio come ho privato Andrés della sua idea senza battermi per lui. Era un'idea brillante, la migliore da quando lavoriamo insieme. Tirare fuori il meglio dalla mia squadra è una mia responsabilità. E, in questo senso, ero venuta meno al mio dovere.

Mi sono aggirata per Shanghai, la stessa città dove solo il giorno prima mi chiedevo dove fosse finita l'eredità dei saggi che hanno attraversato quel gigantesco acquedotto di idee che è stata la Via della Seta, grazie al quale si sono incontrati il buddhismo e il taoismo. Quelli che hanno creduto in una saggezza naturale e meno ambiziosa. Quelli che, come Leandro, hanno creduto nel Wu wei (il non agire), il precetto del non intervento nello svolgimento dei processi. Come non avrebbero potuto incorrere nei sospetti di sovversione politica se addirittura riformularono i concetti di bene e male, se facevano affermazioni come "il miglior governante è quello che non governa"? Appunto per me stessa: devo dire a Leandro che ho scoperto che è taoista. Credo che nemmeno lui lo sospetti.

Quasi senza rendermene conto, e con i piedi bruciati dalla camminata, sono finita davanti al Jing'an Temple. Mi ha sorpreso trovarlo aperto. Possibile che non ci fossi ancora entrata pur passandoci davanti tutti i giorni? Ho varcato la soglia e mi sono fermata, ipnotizzata dalle campanelle suonate solo dal vento. Di tanto in tanto un monaco andava verso la zona dei loro appartamenti, dove si intravede il bucato steso. Nel cortile, la pira con decine di bastoncini d'incenso ficcati dentro fumava lentamente. Mi è sembrata un dragone disteso che si sottopone a una seduta di agopuntura. L'albero dei desideri agitava i suoi nastri rossi come una medusa gigantesca. Ho salito le interminabili scale verso il Buddha che diventava più imponente a ogni gradino. All'interno, la luce si frammentava tra le stecche delle persiane di legno. Lo stesso buddhismo è come un vecchio che il governo vorrebbe sostituire con un credo più pratico: l'ateismo. Semplicissimo. Avrebbero detto ai cittadini come riempire quel vuoto. E mi è venuta in mente anche Diana e quello che mi aveva tanto infastidito: il pericolo di non credere in Dio è che puoi iniziare a credere in qualunque altra cosa. E va bene. Ma perché credere in un dio inventato da altri? Io ho molta fantasia. Posso crearmene uno da sola. Forse non c'è motivo di rinunciare alla magia e alla ricerca di un'altra strada. La nostra. Proteggerci credendo in un dio tutto nostro, non in uno che ci viene imposto alla nascita attraverso un battesimo.

Ho sceso le scale del tempio lasciandomi alle spalle lo stesso odore di incenso di qualunque altro tempio, le stesse effigi ricoperte d'oro, lo stesso suono di campane: l'acqua, il fuoco, il fumo... Gli stessi desideri di felicità in cambio di soldi – non importa se sotto forma di candela accesa o di nastrino rosso –, con la convinzione e l'inquietudine che tutte le credenze nascono individuali e tutte le chiese pretendono la stessa cosa.

Il Tao era stato l'invenzione di un gruppo di borghesi stressati che avevano mandato tutto a quel paese ed erano andati a vivere in campagna. La filosofia di alcuni esseri umani messi di fronte al silenzio e al vuoto.

È sempre questo il germe di una credenza: un gruppo di eretici che osano sfidare il consenso. Una credenza nasce sempre individuale.

Poi questo insieme di credenze individuali simili si organizza in un collettivo che si chiama setta. Se la setta continua a crescere, viene chiamata religione. E poi quella religione seguita da migliaia di persone viene assorbita da un'istituzione chiamata Chiesa, che ne riscrive le credenze e impone una norma. A quel punto compaiono degli dèi che nominano i propri ministri e questi ultimi sorvegliano il rispetto di una serie di norme di recente invenzione. E infine la Chiesa morde la mela della politica quando questa intuisce il suo potere.

Nel mio parco si è fatto giorno e io mi siedo a gambe incrociate sul piccolo imbarcadero di legno per dirgli addio. Gli ultimi e giganteschi fiori di loto che ancora resistono all'autunno si aprono dopo la pioggia di ieri al centro del laghetto che, senza che io quasi me ne accorgessi, ha iniziato a popolarsi. I camerieri del ristorante Thai hanno sistemato i tavoli vicino all'acqua e ben presto vengono occupati dai mattinieri che, non so per quale motivo, mi salutano come se mi conoscessero. Un tizio completamente vestito di bianco si siede accanto a me e, prima di immergersi nella sua meditazione, mi parla a lungo. Come se potessi capirlo. E d'un tratto mi sembra che sì, lo capisco davvero.

Il mondo ha ricominciato a parlarmi.

Lo stesso che aveva smesso di farlo.

Le storie mi si rivelano di nuovo, come piccole e miracolose scintille, come se mi fossi tolta dei tappi dalle orecchie e una benda dagli occhi. E mi accorgo che sto piangendo. Non so perché. Non so neanche perché tutti mi parlano. Come se potessero vedermi di nuovo. E finalmente credo di capire che cosa è cambiato.

Sono io a essermi fermata.

Dopo tanto tempo... mi sono data una tregua.

In silenzio, come se stessi pescando, lascio che le storie si avvicinino a me come le carpe rosse dello stagno, radunate a un centimetro dai miei piedi scalzi che quasi sfiorano l'acqua. Questo sì che assomiglia alla felicità: essere circondata da storie e da pesci colorati.

Quando salgo in camera spengo il computer che avevo lasciato acceso dopo aver letto la mail di Greta e mi sorprendo di trovarmi davanti me stessa nello specchio del bagno. È come se stessi guardando un'altra persona, che fortunatamente non è Mercoledì. Non ho dormito affatto, ma il mio viso sembra aver riposato per giorni interi. Tra mezz'ora verrà a prenderci un taxi per portarci in aeroporto.

Mi faccio la doccia. Mi spalmo uno spesso strato di crema per combattere la disidratazione dell'aereo mentre contemplo la città dall'alto e mi chiedo se per sopravvivere in questo alveare è possibile creare una bolla propria, un ritmo proprio, una forma di resistenza personale. Recupero la mia conchiglia e dico addio alla solitaria orchidea cinese che si è girata verso la luce per osservare altezzosa il bosco di grattacieli.

Mentre Andrés e io aspettiamo il taxi, Shanghai mi ricompensa regalandomi un'ultima immagine che è quasi una risposta: un uomo molto anziano e molto magro ci passa davanti pedalando su un triciclo. Tiene legata a una lunga corda la sedia a rotelle della moglie, come se fosse un piccolo rimorchio. Sfila lentamente tra i macchinoni lussuosi con lo sguardo sereno, al ritmo imposto dal suo cuore vecchio e dalla sua saggezza, mentre lei contempla il paesaggio su entrambi i lati della strada, come se lo facesse da un altro posto, un posto tutto suo, e ci saluta con la mano e un sorriso intenso.

Silenzio, si pensa

48.
Madrid, novembre 2017

> Non pensare che non accada nulla semplicemente perché non vedi la tua crescita: le grandi cose crescono in silenzio.
>
> BUDDHA

Sangue sugli architravi. Sugli architravi e sugli stipiti di ogni porta, di ogni appartamento, in tutto il palazzo. Come la zampata di un orso. Sabato qualcuno ha forzato il portone d'ingresso, mi ha riferito il signor Postigo con i suoi occhi azzurri disorientati. Finché non hanno accertato la provenienza del sangue, la polizia non ha permesso a nessuno di pulire. "Ma la sua no, la sua è l'unica che hanno dimenticato. Che fortuna," e il signor Postigo si è allontanato procedendo a passi minuscoli con le mani dietro la schiena.

Da quando sono atterrata, ho la sensazione di vivere in un thriller di cui non faccio parte. L'incubo è iniziato non appena ho recuperato le chiavi da Ouh Babbo: l'espressione seria con cui mi ha accolto Bruno diceva già tutto. "Che cos'è successo?" gli ho chiesto. "È andata a fuoco la casa?"

Lui si è limitato a togliersi il grembiule. "Che cosa sgradevole, Patricia," ha detto prendendo le chiavi. Mi avrebbe accompagnato di sopra, mi ha rassicurato, non sapevano ancora chi fosse stato. "Ma in casa tua è tutto a posto, non è entrato nessuno."

"È sangue di agnello," ho detto a Leandro quando finalmente mi ha risposto al telefono.

"Di agnello?" ha ripetuto lui come un'eco.

"Sì."

"E mi confermi che la tua porta è l'unica che hanno dimenticato?"

"Sì, sono stata fortunata. La polizia pensa che possa trattarsi di una specie di rito satanico."

Lui è rimasto in silenzio.

"Satanico... non credo." Un'altra pausa e poi l'ho sentito digitare sulla tastiera del computer. "Tesoro, non voglio spaventarti, ma io ho un'altra teoria."

A quel punto, forte del suo retaggio ebraico, ha rispolverato dalla memoria i libri sacri studiati a scuola e l'ho sentito recitare: "Mosè convocò tutti gli anziani d'Israele e disse loro: 'Andate a procurarvi un capo di bestiame minuto per ogni vostra famiglia e immolate la Pasqua. Prenderete un fascio di issopo, lo intingerete nel sangue che sarà nel catino e spruzzerete l'architrave e gli stipiti con il sangue del catino. Nessuno di voi uscirà dalla porta della sua casa fino al mattino. Il Signore passerà per colpire l'Egitto, vedrà il sangue sull'architrave e sugli stipiti: allora il Signore passerà oltre la porta e non permetterà allo sterminatore di entrare nella vostra casa per colpire'".

Ho fatto fatica a seguire un ragionamento così biblico e gli ho chiesto: "E credi che l'unica casa che hanno lasciato senza protezione sia la mia?".

"Credo che qualcuno stia cercando di spaventarti," ha concluso Leandro.

"In che modo? Facendomi credere che un angelo sterminatore possa varcare la soglia di casa mia perché non l'hanno protetta imbrattandola di sangue?"

"In realtà è Dio stesso, il Distruttore, colui che varcherebbe la tua porta," ha precisato.

"Fa lo stesso," ho sospirato, e mi è venuto addirittura da ridere. "Questa è una follia..."

"Be', visto che non hai primogeniti che possono ammazzare,

non credo che tu debba preoccuparti. Al massimo ti moriranno quelle due piante rachitiche che hai in terrazza."

"No," l'ho interrotto. "Solo la primogenita."

L'ho sentito ridere, una risata forzata, come quando si cerca di sdrammatizzare, poi ha aggiunto: "Insomma, bestiolina, vedrai che è solo uno scherzo di cattivo gusto, ma ci sono un sacco di fanatici in giro e io sarei più tranquillo se cambiassi aria per un po': potresti venire a stare qualche giorno da me, finché non si saprà qualcosa di più".

"Nessuno riuscirà a tirarmi fuori da casa mia, Leandro. Sono appena tornata."

Alla fine non c'è stato bisogno di un angelo o di un dio vendicatore perché mi decidessi a cercare un po' di solitudine. Non so se l'attuale decorazione del mio palazzo sia stata gentilmente offerta dalle ex consorelle di Greta – che, sinceramente, non mi immagino aggirarsi per i vari piani con un fascio di issopo in mano –, o da qualche fuori di testa. Gli unici fanatici che conosco sono quelli della cricca del marito di Diana: magari lei gli ha raccontato cosa è successo. In realtà, a spingermi ad accettare la proposta di Leandro è stato l'eccesso di informazioni di queste due settimane, la mail di Greta e, come ciliegina su una torta così macabra, sentir uscire dalla bocca di Leandro una frase: "Non ho voluto dirtelo mentre eri fuori, ma... Serena se n'è andata". La voce gli si è spezzata. "Povera ragazza... se n'è andata."

49.

Non eravamo amiche. Non ci facevamo confidenze. Non ne abbiamo avuto il tempo o forse non lo avremmo mai avuto. Ma mi ricordava la me di qualche anno fa: quello stress vitale, come se una sola vita per lei non fosse abbastanza, se anche avesse vissuto cent'anni.

Se n'è andata, come ha detto Leandro, ma ho appena scoperto che non se n'è andata del tutto, perché il suo fantasma sorridente è impigliato nelle maglie della rete. Accedere al suo profilo Instagram mette i brividi, ma lo faccio. Mi accoglie il suo visino sormontato da un grazioso cappello di paglia da gondoliere: Serena davanti alle onde con le braccia aperte. Serena che esce dal corso di meditazione con quel sorriso che non concedeva un secondo all'oscurità. Serena che fa le smorfie davanti allo specchio dell'Ouh Babbo dopo averlo consigliato ai suoi follower.

Viveva con un riflettore puntato addosso, la nuova e splendente spada di Damocle, ma non lo sapeva. Erano stati molto crudeli. L'avevano circondata e attaccata senza darle tregua. Adesso puoi essere aggredito dentro casa anche solo accendendo il cellulare, mi ha fatto notare Leandro, che aveva vissuto con lei gli accadimenti degli ultimi giorni senza sospettare una conclusione così tragica. Tutto era iniziato con un post in cui Serena si mostrava con una pelliccia che le era stata prestata da Alejo Hurtado, il suo stilista preferito, senza sapere che qualche giorno prima lui si era espresso in favore della caccia. A quanto lei stessa spiegava in un post successivo, non aveva idea del materiale di cui era fatto il soprabito. Ho letto in quei commenti ancora visibili un tale elenco di cattiverie da rimanere senza fiato, da *Pelo di animale per vestire una cagna* a minacce di ogni genere: *Stanotte ti spelliamo e ti usiamo per fare una borsa*. Non erano gli unici: al linciaggio si erano uniti altri gruppi che la consideravano *l'immagine stessa della strumentalizzazione femminile*. L'avevano accusata di essere una drogata, bulimica, come se questo fosse un crimine. Altri le davano della psicopatica per aver contribuito alla mattanza di animali innocenti; puttana, perché indossava una pelliccia; qualcun altro si dava arie da storico e giocava con l'idea che, se Serena fosse vissuta nella Germania nazista, avrebbe sfoggiato con la stessa disinvoltura una cartella di pelle di bambino. *Genocida!*, concludeva il commentatore in questione.

Come l'abbiano spinta a una decisione così drastica è una domanda che mi sarei posta se non conoscessi la genesi di questo tipo di violenza. Il tornado di sgarbi, insulti e disprezzo nel quale ti ritrovi e insieme al quale inizi a vorticare. Avevo ripensato a quell'ultimo giorno, quando io, lei e Leandro avevamo bevuto un bicchiere insieme. "Se la gente mi conoscesse davvero mi odierebbe," aveva detto, mentre si osservava in lontananza nello specchio del bar, pettinandosi la frangetta con le dita.

Serena era triste. Serena era sola. Serena non aveva nessun vero amico. I suoi genitori vivevano a Marbella da quando erano andati in pensione ed erano sempre in giro. Serena non aveva nessuno. Serena non poteva permettersi un attimo di privacy né mezzo di malinconia. E viveva in uno stato di paranoia costante.

Osservo la sua ultima foto e leggo quello che aveva scritto il giorno in cui aveva deciso di essere sincera con il suo pubblico. Tre giorni dopo avrebbe preso una boccetta intera di pillole come conseguenza di quell'atto di coraggio: mostrarsi in un post senza trucco, con le occhiaie e un'espressione triste; aveva raccontato come si sentiva per tutto quello che era successo durante le ultime due settimane. Leggo a uno a uno i commenti a questa foto e scopro che i suoi follower le avevano voltato le spalle. Quando sei un'influencer, persino la tristezza dev'essere mostrata in modo esteticamente gradevole. Non c'erano più commenti del tipo *come sei bella*, né faccine sorridenti. Le reazioni si erano dimezzate. Solo alcuni utenti che non avrebbero mai avuto un volto le avevano detto che sarebbe passata, che lei era *divina* e che presto sarebbe tornata a esserlo, *vedrai...*

Una conclusione: non lo sei più.

E un ordine: devi tornare a esserlo. Devi riprenderti. Subito. Qualcuno le aveva anche scritto di avere smesso di seguirla perché lo deprimeva: *Sinceramente, avresti potuto risparmiarci una foto così patetica*.

Come mi aveva fatto notare Santiago: vivere in una finzione perché l'impatto frontale con la realtà può essere letale.

Tre giorni dopo aveva preso trenta pillole e si era fatta un ultimo selfie: la sua bella testa sul cuscino, i capelli neri e lucidi piastrati di fresco, e lei di profilo, truccata per l'occasione. *Sweet dreams*, aveva scritto, e aveva avuto la delicatezza di taggare la marca della confezione di pillole che aveva lasciato sul comodino.

Mi hanno sempre ispirato tenerezza i pagliacci tristi.

E Serena lo era. Uno di quei comici favolosi dediti a renderci felici, a strapparci un sorriso quotidiano, a regalarci una parentesi di allegria durante la quale prendere fiato. Di questi pagliacci depressi è pieno il mondo. "*Ridi, pagliaccio*," cantava Pavarotti quando l'avevo vista per la prima volta in quello specchio. Non sapevo ancora che Serena era in grado di far sorridere chiunque tranne che la ragazza che la osservava dal suo riflesso. La maggior parte dei pagliacci hanno in comune un'esistenza tremenda.

È stato Chaplin a dire che per far ridere davvero devi essere capace di prendere il tuo dolore e giocarci. Serena, però, non era pronta per giocare così tanto. Anche il mio adorato Robin Williams aveva ammesso di essere stato un bambino grasso e solo, che probabilmente aveva fabbricato quel sorriso unico dagli occhi tristi nella prigione della sua solitudine.

Mi sarebbe piaciuto conoscere meglio Serena, ma è molto difficile conoscere un pagliaccio. Le persone come lei si nascondono sotto migliaia di maschere e smettono raramente di interpretare il loro personaggio. Far ridere è il loro modo di esorcizzare la tristezza endemica che le attanaglia e hanno indossato una maschera sorridente molto costruita e troppo spessa. Immagino che Serena avesse fatto un grande sforzo per trasformare ogni angolo di casa sua in una natura morta perfetta: per avere fiori freschi che adornassero la sua vita, libri e cuscini disposti con cura su tavolini e poltrone, per costruire quei "look", come li chiamava lei, persino quando era in pigiama. Ogni sorriso euforico, ogni frase positiva e ogni espressione di felicità istrionica avevano dovuto trasformarsi in un vero e proprio calvario quando si era sentita disperata e sola. Lo sconforto era stato enfatizzato dall'obbligo di dare luce alla vita opaca dei suoi lettori, vampiri avidi dell'ottimismo che irradiava.

"Un vampiro entra solo quando lo inviti a entrare," mi ha detto un giorno mia madre, non ricordo a che proposito, ma quella frase ha fatto storia. E Serena, sulla sua pagina di Instagram, era un invito costante, senza filtri. Leandro mi aveva raccontato che un giorno l'aveva accompagnata a casa dopo la meditazione e aveva fatto caso a come risistemasse continuamente ogni sedia, ogni libro, ogni scatoletta o rivista affinché non si muovesse niente nel bel quadro in cui viveva. Non poteva mai sapere dove avrebbe scattato la prossima foto. Serena aveva fatto un tentativo di mostrarsi al naturale ed era stata duramente ripudiata dai suoi follower. Chi le imponeva di essere umana, arrivati a questo punto?

La goccia che aveva fatto traboccare il vaso erano stati i commenti di quelli che prima l'ammiravano e il colpo di grazia lo avevano sparato coloro che aspettavano con ansia una crepa attraverso la quale nella sua vita si insinuasse un'ombra. L'avevano tirata come se fosse una matassa nera che l'aveva avvolta fino a soffocarla.

Ero uscita dal suo profilo Instagram e il suo sorriso gioioso era scomparso dal mio cellulare per sempre. Riposa in pace.

50.

"Mi sono licenziata."

"Stai bene?"

"Benissimo."

Alle notizie inattese e importanti mia madre reagisce sempre con frasi ancora più inattese.

"Ottimo, ma copriti bene il collo che sta per arrivare ancora più freddo."

Non ha avuto bisogno di sapere di più. Mi ha solo raccomandato, come sempre, di parlare se provo il bisogno di farlo e di non passare neanche una sera per conto mio se mi sento sola.

"Adesso ho solo bisogno di pensare, mamma. Ma grazie."

Ha capito. Mi ha chiesto, questo sì, di mandarle un messaggio quando arriverò. Perché è previsto brutto tempo e poi in casa il telefono prende male. Io continuo a caricare la macchina: due piumoni, un sacco di carbone per la stufa, un paio di torce casomai dovesse andare via la luce.

Non so perché ho chiamato Ernesto per dirglielo. Forse perché è l'unico che non ha mai smesso di considerarmi una giornalista. Il suo commento è stato che aveva sempre saputo che era questione di tempo, mentre Leandro mi ha consigliato di non preoccuparmi e di concentrarmi una volta per tutte sulla cosa importante: me stessa. Gli unici che sembrano averla presa malissimo sono Rosauro e Andrés. Il Tirannosauro perché, dal suo punto di vista pleistocenico, l'ha interpretata come una reazione alla sgridata che mi sono beccata dopo essere tornata con delle foto perfette: secondo il mio ormai ex capo, era un'idea talmente innovativa che il cliente l'avrebbe detestata. Non mi ha neppure permesso di raccontargli la mia idea della campagna solidale che aveva tanto entusiasmato Mister Nice con lo slogan "Jungle-Fresh: catena di favori" e il modo in cui il marchio poteva posizionarsi come bevanda solidale. Tutto questo mi è rimasto sulla punta della lingua, perché Rosauro non sentiva più ragioni: prima mi ha dato dell'irresponsabile, poi mi ha detto che per questa campagna non mi avrebbe pagato neanche un euro, pensavo che fosse un cretino?, che tra l'altro era stato più che comprensivo per la storia del ricovero a New York, un'esagerazione, secondo lui, una settimana di ferie solo perché ero un po' nervosa...! A quel punto gli ho annunciato, con tutto l'aplomb del caso, che se non mi avesse pagato lo avrei denunciato. La notizia ha provocato un'escalation di tensione e urla che si è spenta all'improvviso, come se gli avessi fatto un incantesimo, quando ho pronunciato queste parole magiche: "Tra l'altro, sono venuta a licenziarmi".

A quel punto mi ha proposto un aumento.

Dopo aver assistito, perplessa, alla sua crisi di bipolarità, l'ho ringraziato, gli ho consigliato di smetterla con la cocaina e l'ho steso definitivamente dicendo: "A proposito, Rosauro... riguardo ai tuoi messaggi: per dire a qualcuno che è uno stronzo, non c'è bisogno di mettere accenti dove non servono... anche se in effetti con il passare del tempo la stronzaggine si accentua," commento che lui ha finto di ignorare, ma che il resto dell'ufficio ha accolto ridendo a crepapelle. Subito dopo è arrivato il turno di Andrés, che se ne stava acquattato come una marmotta nella sua tana piena di pupazzetti aspettando che passasse la tempesta. L'ha presa peggio di un divorzio. Secondo lui non potevo prendere una decisione così importante da un giorno all'altro. Gli ho fatto notare che invece sì, certo che sì, perché ne va della mia salute fisica e mentale. Poi ha tirato fuori un'argomentazione strappalacrime: noi eravamo una squadra. E, per finire, è arrivato al nocciolo perverso della questione: lo stavo lasciando solo lì dentro e non ce l'avrebbe fatta a sopravvivere senza di me in un territorio così ostile. Un ricatto emotivo assurdo.

Non ho voluto aggiungere altro dolore al suo sconcerto, perciò mi sono limitata a salutarlo e a dargli un abbraccio. Lui l'ha rifiutato ed è tornato al suo posto, come un cane nella cuccia, con le braccia conserte e il muso lungo, trasformandosi in un grottesco bambino di quarantadue anni. E improvvisamente mi sono ricordata del libro di Han, l'unico che ho messo nel cassettino portaoggetti della macchina per leggerlo in questi giorni, e ho capito che il povero Andrés incarna perfettamente il malessere descritto dal filosofo. Uno che ha bisogno di essere iperstimolato per resistere in questa società del doping, ed è indifferente che sia cocaina o un cocktail di vitamine e probiotici, la benzina perché la macchina continui a produrre, salvo poi cadere nell'angoscia se non ci riesce. No, io non voglio diventare così.

"Te ne pentirai," è stato il suo saluto. Ma non è vero. Finora sono pentita solo di non averlo fatto prima.

Per questo, per non pentirmi, e alzando la voce per farmi sentire dal Tirannosauro nella sua caverna – aveva lasciato la porta opportunamente aperta –, gli ho risposto: "No, Andrés, non me ne pentirò. Me ne vado perché, effettivamente, siamo una squadra e sono stufa di essere complice di questa società del malessere. Me ne vado perché non voglio continuare a pressare in modo tirannico un gruppo di professionisti validissimi, tra i quali anche tu; perché sono stufa di buttare via le vostre idee per mancanza di tempo e perché ci fanno sempre richieste impossibili. Me ne vado perché non rispettano le nostre malattie né il nostro riposo. Il vizio della procrastinazione, quello che dici di avere, è brutto... ma sai una cosa, Andrés? È peggio quando ciò che si rimanda è la vita. E questo vizio ce l'ho io. Adesso, però, cercherò di perderlo. Mi rifiuto di continuare a sacrificare la mia tranquillità e la mia felicità nel presente per godermene i frutti in un futuro di cui non so se dispongo. Se continuo così, ti assicuro che non ce lo avrò".

E mentre ricordo gli occhi lucidi di Andrés – frutto per la prima volta, credo, di un'emozione non chimica – mi guardo indietro, come mi ha insegnato a fare quel vecchio a Shanghai, per scoprire la mia città, sempre più piccola, incorniciata nel lunotto posteriore, e la strada bagnata. E capisco che voglio smettere di essere una persona che riesce a pensare soltanto a dove metterà il piede al prossimo passo, senza alzare lo sguardo, senza sognare di scalare la bellissima vetta che ha davanti. Mi deprime. Non voglio essere una di quelli che dicono: "Quando potrò e andrò in pensione, farò quello che mi piace". Voglio essere capace di godermi il presente e di sognare il futuro, che arrivi oppure no.

Il fatto è che abbiamo tutta la vita, ma non tutto il tempo del mondo.

Quando nasciamo il contatore è a zero, ma lo guardo adesso e no, ha già fatto tanti viaggi, ed è vero, non sappiamo quando si fermerà il cronometro. Potrebbe essere domani. Quello di Serena si è fermato da un giorno all'altro. È stata lei a decidere di fermarlo? Ne dubito.

Lo ha stoppato la brutalità ubbidiente.

La stessa che ha cercato di togliere di mezzo Greta e che avrebbe voluto distruggere me. Che differenza fa se un branco di iene ti massacra in diretta, in modo anonimo e codardo attraverso i social?

Sulla sierra è nevicato. Il paesaggio si apre bianco e immenso davanti a me. Premo sull'acceleratore e vado verso quest'altra realtà che inizia ad assorbire il colore della cenere. Seguo il profilo delle montagne con il dito nell'aria e improvvisamente mi chiedo se l'ultima volta che siamo stati qui ho lasciato aperta la canna fumaria del camino; magari è intasata e mi si riempirà la casa di fumo. Adesso ripasso mentalmente quello che potrebbe mancarmi se dovessi ritrovarmi assediata dalla neve... controllo e ancora controllo! Mi rifiuto. Respiro: non ci ricadrò, ho detto che non voglio. Cerco di calmare la mente con il colore della neve e rendo grazie a tutte le divinità celtiche che forse abitano in queste terre per avermi fatto vivere in un mondo senza social media quando ero piccola. Avrei fatto un passo in più. Ma verso il vuoto.

51.
Astorga, León

Bisogna stare attenti a ciò che etichettiamo come felicità, perché a partire da quel momento iniziamo a cercarlo all'impazzata. Puoi persino dedicare tutta la vita a cercare questo qualcosa, e un giorno, se hai la fortuna di raggiungerlo, potresti addirittura arrivare alla conclusione che ti rende infelice. Questa riflessione della maestra Jedi, precisa come una spada laser, mi ha accompagnato nelle tre ore di viaggio fino al remoto mondo di Narnia, nel quale mi rifugerò per questi sei giorni. Soprattutto dopo la vicenda di Serena. Greta non tornerà a Madrid prima della settimana prossima e io ho bisogno di recuperare le forze per affrontare la decisione drastica che ho preso. Le cose successe a Madrid mi hanno fatto sentire come un samurai che deve prepararsi a una lunga battaglia.

Ho bisogno di una decompressione.

Davanti al fuoco del camino si riflette sempre meglio.

Per la prima volta dopo molto tempo mi sono anche detta ad alta voce questa frase che ancora mi sembra fantascienza: non c'è fretta. Non so a chi di noi tre fosse venuto in mente di chiamare questo rifugio "La casa della scrittrice". Probabilmente ci era sembrato un luogo ispiratore circondato di leggende, dove trovare la pace per creare qualcosa di nuovo. Quando l'avevamo comprata, immagino che sia io che mamma e zia Lucy stessimo pensando solo a come smantellare cinquant'anni di storia della nostra casa di famiglia per poterla affittare. Dopo il grande lutto rappresentato dall'addio ai nostri anziani, le ultime lacrime erano state riservate a quella casa che odorava sempre di *arroz con leche*, con i Natali affollati e le stanze profumate. Adesso odora solo di polvere e vernice. La vita se n'è andata.

Nessuna di noi tre ha una mente pratica, questa è la verità. Ciascuna a modo suo, abita il regno dell'emotività. Perciò è normale che non avessimo le forze per venderla e regalare o buttare tanti ricordi.

Mi sembra che il primo progetto fosse stato affittare un magazzino dove trasferire mobili e oggetti di quegli esseri amati che non potevamo tenere nei nostri piccoli appartamenti del centro di Madrid. In fondo, forse volevamo credere che sarebbero potuti tornare da un momento all'altro e che avrebbero potuto chiederli indietro.

Presto ci eravamo rese conto che affittare un magazzino in città è come pagare un altro mutuo. Era stato allora che Lucy – credo sia stata lei perché è un'accanita fan del turismo rurale – ci aveva dato l'idea: da quando erano piccole, lei e mia madre non avevano fatto altro che ordire piani. E non se n'era parlato più: avremmo cercato una casa in paese, molto economica, dove portare tutte quelle cose e l'avremmo ristrutturata a poco a poco. In questo modo non si sarebbero rovinate e avremmo potuto godercele.

E così era nata la mia idea del non luogo. Avrei cercato un posto in cui non avessimo ricordi, che sarebbe diventato un museo familiare e nel quale avremmo potuto riposarci dalle nostre vite. Eravamo in tre e io avevo ancora con me il mio pensiero magico, perciò ci sembrò che il fatto che la casa si trovasse al chilometro 333 della strada che da Madrid porta a La Coruña fosse un segno.

Quando la trovammo tra la Maragatería e il Bierzo, al centro della magica provincia di León, capii che era quella giusta. La montagna bassa si innalzava coperta di boschi di pini settentrionali, ai piedi del Monte Teleno e del dio celtico dallo stesso nome: un dio indigeno, trasformato in Mars Tilenus dalla mania dei romani di ribattezzare tutti. La solita storia... La mia teoria del non luogo aveva funzionato invariabilmente ogni volta che dovevo concentrarmi per scrivere un reportage importante. Niente di meglio che uscire dall'ufficio o dalla redazione per far sentire al mio cervello di essere stato in una spa.

Adesso che cammino sulla prima neve dell'inverno, dopo il modo in cui sono stata riaccolta a Madrid, credo che non avrei potuto avere un'idea migliore.

Per fortuna avevano gettato il sale sulla strada e sono riuscita ad arrivare. Mi ha sorpreso il paesaggio prematuramente bianco, come se fosse invecchiato per un dispiacere, ma dover spalare la neve per aprire il vecchio portone blu e vedere le impronte lasciate sulla soglia da una famiglia di volpi mi ha fatto tornare alla mente bei ricordi.

Oggi ho avuto bisogno di compiere tutti i rituali: prima una *sopa de cocido* a Castrillo de los Polvazares, poi mi sono diretta in macchina verso la valle del Silencio senza fermarmi a pensare se le strade sarebbero state ghiacciate. E qui, nelle terre di Narnia, finalmente l'ho trovato il silenzio, come successe agli anacoreti che arrivarono qui secoli fa seminandovi un rosario di monasteri ormai scomparsi. La leggenda narra che il silenzio era tale che a uno dei monaci iniziò a dare fastidio persino il rumore del fiume che attraversa la valle e gli ordinò di stare zitto. Quando quest'ultimo mise a tacere le sue acque, si guadagnò il suo nome.

Cammino scortata dai giganteschi scheletri di vetro che sono ora gli alberi e seguo il corso del fiume Silencio, anch'esso immobile fino al disgelo. Tutti, Greta e il suo monastero, gli aborigeni e la loro roccia e le Ammas del deserto, mi hanno dato l'idea.

Mi piace lo scricchiolio del ghiaccio sotto i piedi. Ho bisogno di camminare e camminare. Mi ha sempre affascinato che la neve generi questa campana di vuoto. Perché silenzia il mondo? Una luce da servizio fotografico accende il paesaggio, che adesso brilla insolente. Cammino sopra un diamante. Non so se sarà nevicato anche nel luogo in cui si rifugia adesso Serena o in quello in cui Greta trascorre il suo letargo. Se è così, spero che si sia riconciliata con questa bellezza, una bufera simile a quella che aveva cancellato la sua vita il giorno in cui l'avevano cacciata dalla Città del Nord.

Ripenso a quando mi aveva raccontato che durante il noviziato si coltivava il silenzio. Lo aveva detto come se parlasse di fragole. Era una delle cose che le piacevano di più della sua vita da religiosa. "Vieni, avvicinati e fai silenzio," mi aveva detto un giorno. Lei aveva iniziato a pregare e io a meditare. Era stato bello. In questo momento voglio immaginarla nel monastero in cui ha chiesto rifugio, mentre diventa forte, mentre con un libro del suo amato Rilke tra le mani si riprende come non ha potuto fare Serena. Chissà cosa succederà quando ci incontreremo di nuovo. Chissà se vorrà proseguire. Lei e la maestra Jedi mi hanno insegnato che questa condizione di ripiegamento su se stessi per riposare, ritrovarsi e proteggersi da un mondo esterno a volte tanto aggressivo è possibile.

"È una cosa che qui fuori non ho ancora trovato," aveva ammesso Greta l'ultimo giorno al María Pandora. "È come se mi avessero strappato il silenzio. Nella mia testa c'è troppo rumore."

"Anche dentro la mia," avevo convenuto, osservando i messaggi che si affollavano sullo schermo. "Pensavo che il silenzio lo avrei trovato vivendo da sola e insonorizzando le finestre, ma non è stato così."

Greta aveva alzato il calice.

"A volte puoi trovarlo più facilmente accanto alla persona giusta. Per me una casa è questo: compagnia e silenzio. L'amore e il silenzio purificano lo spirito, come il fuoco."

E avevamo brindato. A quando avremmo trovato quella casa, quel rifugio di amore e silenzio in cui trascorrere l'inverno della vita.

Cosa cambia se a dirtelo è una monaca cattolica, buddhista, un amico ebreo o un ateo svizzero? Tutti loro hanno una muscolatura spirituale che io, semplicemente, non ho. Finora non l'ho allenata. Ecco perché, in quest'epoca di reset spirituale, credo sia, più che opportunistico, opportuno raccontare la storia di Greta.

Parlare di tutto questo.

Come sosteneva l'articolo che mi ha passato Ernesto: se il mobbing è una pandemia, è perché avere dei valori non va di moda.

Ciascuno ha una definizione tutta sua di "spirito".

Ammetto che in certi momenti sono arrivata a giudicare gli altri per ciò in cui credevano. Adesso, invece, penso che non ci sia nulla di più sacro e individuale. Io sono libera di credere oppure no, ma... mi ritengo così intelligente e superiore da poter giudicare le credenze altrui? Che la si chiami etica, che la si chiami morale, non fa nessuna differenza. Prendere un impegno con se stessi e con gli altri non va di moda. Al giorno d'oggi, chi si impegna con se stesso a non mentire, a non rubare, a non invidiare in modo devastante? Nessuno. Va bene tutto, purché tu riesca a sopravvivere. E questo habitat spoglio di valori è quello in cui proliferano i Giuda, come Dominga o la mia Inés. Ha ragione Han, il profeta. È un fatto.

Salgo la collina ghiacciata e lo faccio di spalle, lentamente, come quell'anziano. Le nuvole formano un velo viola sopra la chioma dei pini innevati. Mi rendo conto che per molti anni ho avuto paura di fare l'amore proprio come di fare silenzio. Nel primo caso, per non essere disarmata e ritrovarmi da sola con l'altro. Nel secondo, per non ritrovarmi da sola con me stessa. Quello era l'*horror vacui* di cui mi parlavano Santiago e Leandro. Sono arrivata a scrivere i copy delle mie campagne con la musica e la televisione accese in contemporanea. Davo la colpa al mio periodo da redattrice. Ma la verità è che il silenzio mi pesava.

È pericoloso restare da soli con l'unica persona che può dirti qualcosa su di te che non sai.

Il cellulare. Inserisco la modalità "silenzioso" anche a quello. Non voglio che continuino a vibrarci dentro messaggi di persone che mi sono indifferenti, che mi chiedono per pura morbosità che cosa è successo e dove mi trovo. Quelli a cui voglio bene e che me ne vogliono lo sanno già.

Mi ritorna in mente la frase di mia madre una sera in cui si chiedeva perché fosse costretta a lasciare la radio accesa accanto al cuscino per prendere sonno.

"Ci mancava soltanto che mi rubassero il silenzio."

52.

Due giorni nella mia oasi di disintossicazione. Chiunque mi vedesse adesso, piantata come un parafulmine sulle scale del campanile, mentre impugno il telefono come una versione rustica e leonese della Statua della Libertà, scoppierebbe a ridere. Non mi preoccupa. È un'immagine molto comune in questo paese. Ricordo che all'epoca eravamo state quasi sul punto di scartare la casa, quando avevamo scoperto che il cellulare prendeva solo in questo punto del villaggio. Anche se in fondo si tratta solo di uscire di casa, a quella Patricia drogata di connessione il solo pensiero di rimanere isolata aveva provocato una crisi d'ansia. Adesso, invece, mi angoscerebbe l'idea che, dietro le spesse mura del mio piccolo monastero, possa raggiungermi un satellite. Salgo qualche gradino e trovo il segnale. Mando il mio solito messaggio: *Sto bene, mamma.*

È possibile che in questo paese la copertura la distribuisca Dio, mi dico mentre scendo dal campanile.

Ho risposto anche a Gabriel. Mi ha detto di aver fatto "alcune verifiche". E che gli piacerebbe moltissimo rivedermi. Gli ho risposto che è così anche per me. A prescindere da quello che potrebbe aver scoperto.

Quando ritorno a casa, la luce del lampione dell'ingresso si fa strada tra la neve e mi guida fino al cortile. Il pergolato centenario, che in primavera riempirà l'ingresso di acini neri, mi sembra la mano artritica di una strega. Quando entro con difficoltà nel cortile ghiacciato non accendo la luce e alzo lo sguardo al cielo per scoprire il mio personale quadrante di stelle gelide.

All'interno la cucina su due livelli continua a essere fredda, ma dietro la porta blu a vetri il piccolo salotto è stato riscaldato dal camino. È curioso come gli stili di cinque decenni che avevano decorato una casa di città convivano sincreticamente sui muri di pietra di questa magione rustica: lo specchio dorato sul camino, le macchine Olimpia, la poltrona di velluto blu che piaceva tanto alla nonna, alcuni attrezzi agricoli che avevamo trovato in casa, un tappeto persiano...

Trascino davanti al camino una delle traballanti poltrone di raso e mogano.

Il silenzio purifica, ma anche il fuoco.

Sento la necessità di creare dei riti tutti miei per purificarmi da tutto questo rumore. Fuoco per liberarmi dai vampiri; dalle notizie cattive e tristi. Quando avverto il calore sulle palpebre e la stanza tremola in arancio, apro il primo dei miei nuovi vangeli, il libro di Han, una pagina a caso come se fosse un *I Ching* oracolare. E funziona.

Tendiamo al dataismo, dice il coreano. In un mondo che perde di senso, abbiamo comunque sempre più dati. Viviamo in una società della stanchezza che genera le malattie tipiche del vivere soli: depressione e ansia. Ed è vero, penso, che, iperconnessi come siamo e drogati del rendimento, non troviamo più un rifugio per assistere a un tramonto stretti a chi amiamo.

Serena era diventata, come tutti, la pubblicitaria e la giornalista della sua stessa vita, ed è possibile che a un certo punto si sentisse addirittura amata dalla stessa comunità di sconosciuti che aveva poi finito per sbranarla, tramutandosi in un branco rabbioso. Continuo a leggere il filosofo: "La necessità di questa moltitudine di amici su Facebook è un indizio di mancanza di carattere o di depressione".

Alzo lo sguardo e l'immagine del mio telefono silenzioso, senza campo, che riposa sul tappeto, mi rilassa.

E in effetti è vero, siamo stati fagocitati dal nostro avatar, quello che preferiamo viva la nostra vita al posto nostro in uno spazio virtuale, in differita. Il nickname è il sostituto del nostro nome. Quando mi è stato chiesto se volevo scambiare la mia identità con un "nome utente"? Io sono io, senza password, scrivo adesso, eppure quell'altro, il nostro avatar, si staglia di fronte alla vita trionfante, perché non ha problemi, né rughe, né pose sgraziate. L'avatar non è mai solo, è sempre circondato da una corte di amici, e noi misuriamo il nostro successo professionale e personale in funzione dei like che ci procura, diventiamo dipendenti dalla reazione altrui e cambiamo il nostro comportamento in funzione di essa. Continuo a leggere: secondo Han, il mio profeta, grazie a Facebook siamo tutti diventati merce.

Mi viene in mente Gabriel: "Com'è possibile che crediamo di essere connessi?" mi aveva chiesto, disgustato dal riduzionismo in cui è precipitata la nostra professione. Ed è vero, se di qualcosa è stata vittima Serena è dell'isolamento. Non era con noi neppure quando lo era. Era solo il suo guscio. A furia di allenarsi con il multitasking, poteva seguire il filo della conversazione mentre usava il cellulare per comunicare con una dozzina di follower o modificare una foto. Adesso che ci penso, ho incrociato raramente il suo sguardo mentre parlavamo.

Avremmo avuto ancora così tante cose da raccontarci... Non noi due. Voglio dire, noi esseri umani, reciprocamente. Faccia a faccia.

Uno dei ciocchi che cedono in mezzo alle fiamme mi fa sussultare. Risistemo la legna che produce fuochi artificiali.

Anch'io l'ho fatto troppe volte. Stare seduta di fronte a Leandro con lo sguardo perso sul cellulare. Lui di solito si lamenta e ha ragione. È un'infedeltà continua. Lo inganni. Gli dici che stai con lui ma no, stai con altri di cui in realtà ti importa meno. Sono stufa del vizio di rispondere a strettissimo giro di posta a una comunicazione che non ha nessuna urgenza, della compulsività di essere sempre in un'enorme riunione virtuale che ricorda una di quelle feste affollate del Grande Gatsby, delle quali dice che sono le uniche in cui puoi stare davvero solo.

"Il tuo corpo sta scomparendo," mi aveva detto Leandro quel giorno lamentandosi della mia dipendenza dalle telefonate e dai messaggi, "e anche la tua voce." Io aggiungerei che è l'espressione ciò che sta svanendo.

Invece ci siamo fissati con l'ossessione narcisistica di rendere noto. Di "pubblicare". Di rendere pubblico.

La bufera di neve scuote i vetri antichi e ne congela gli angoli. Forse domani mi sveglierò in un igloo. Oppure è una glaciazione che ci farà estinguere una volta per tutte, perché ci siamo spinti troppo oltre.

Scrivo: "La compulsione a comunicare continuamente è una stronzata? Che senso ha comunicare la vita, se, come dice Stephen King, le nostre vite non sono un argomento interessante? Informare di ogni episodio quotidiano è chiedere il beneplacito dell'altro rispetto alla finzione fotoshoppata della nostra esistenza". E questo mi fa tornare in mente quando Diana e io studiavamo Scienze della comunicazione e lo facevamo prendendo in considerazione tutti gli strati ulteriori che aderivano alla parola. Eppure, nei nostri social network chiacchieroni, dov'è la pelle, dove il linguaggio non verbale dell'espressione, l'intonazione, dove l'umanità che ti fa empatizzare, assimilare e smettere di sentirti solo? Sui social abbiamo confuso la comunicazione con lo scambio di informazioni, dice Han. E credo sia vero.

La bufera. Ormai è su di me. Sono felice di aver lasciato il lampione del cortile acceso, perché adesso mi regala uno spettacolo: sembra che gli dèi abbiano deciso di trasformare il mondo in un sorbetto gigantesco e di berlo a una festa. Avevo tanto, tanto bisogno... di rivedermi nella mia dimensione reale. Di essere circondata dalla natura. Qui dentro inizia a fare caldo. La coperta è addirittura di troppo. È incredibile il modo in cui sono state costruite queste case. Adesso sono felice che abbiamo deciso di conservare gli elementi originali, le travi a vista e i chiodi robusti che saranno serviti per appendere le falci, gli anelli per legare gli animali. Li abbiamo dotati di immaginazione. Mi piace tantissimo l'abbeveratoio con i cuscini per leggere sotto la finestra, il trebbiatoio trasformato in tavolo e la vecchia tovaglia che adesso funge da tenda. Come al María Pandora, tutto ciò che mi circonda ha avuto più di una vita.

Adesso posso dire lo stesso di me.

Apro di nuovo il libro a caso e ci lascio sopra la mia piccola conchiglia, il mio amuleto: il simbolo del mio martirio e della mia resurrezione. Stavolta non posso dire che l'oracolo mi abbia dato la risposta: vado diritta a un capitolo, uno in cui mi riconosco e che è in sintonia con il fuoco. *Burnout.* Perché intuisco che risponderà alla domanda che mi sto facendo da sei mesi: che cosa mi è successo a New York?

La risposta più facile sarebbe che da un anno non facevo vacanze. Secondo Han, la Sindrome del Lavoratore Esaurito è un processo complesso ed è il più comune nella nostra epoca: sei costretto a rendere sempre di più senza riposare mai davvero; al contrario, finisci per vivere con una sensazione perenne di mancanza e di colpa, perché pensi sempre che potresti fare di più e, in conclusione, finisci per competere con te stesso, cercando di superarti, pensando che prima o poi troverai sollievo. Finché non crolli.

Questo collasso psichico si definisce burnout o Sindrome del Lavoratore Esaurito: il soggetto si ammazza a furia di autorealizzarsi, facendo coincidere l'autorealizzazione e l'autodistruzione.

Chiudo il libro e sento un bruciore improvviso agli occhi. Come se le fiamme mi si fossero insinuate dentro. A un tratto mi rendo conto di qualcosa di straordinario: è la prima volta da tre anni a questa parte che non avverto la pressione che mi schiacciava il petto, né la corda invisibile che mi stringeva il collo. E nemmeno la vertigine che sembrava strapparmi da me stessa. Osservo questa bufera senza che la possibilità di restare intrappolata dalla neve mi angosci.

È del tutto logico: basta capire che, se il tuo istinto di sopravvivenza non ti avverte che devi fermarti, e dunque non ti fermi, qualcosa in te sta già andando in cortocircuito.

Se ti preoccupa di più deludere il sistema che deludere te stesso o morire provandoci, vuol dire che sei già in pericolo.

Han afferma che queste malattie del ventunesimo secolo trovano terreno fertile nella mancanza di carattere che implica il non saper dire di NO, alzare la voce, ribellarsi. E che questa incapacità la mascheriamo dietro l'illusione di essere in grado di fare TUTTO. La conseguenza è che finisci per essere disgustato da te stesso, stufo di flagellarti, isolato, incapace di uscire e godertela, di fidarti e condividere, accecato dai tuoi obiettivi presenti e futuri – cosa che, paradossalmente, conduce allo svuotamento totale dell'individuo. Alla morte dello spirito. O, semplicemente, alla morte.

Metto altra legna nel camino e scrivo: "Come potrei non considerare questo reportage una cronaca della mia epoca, il primo dei miei vangeli?".

53.

Seppellisco nella cenere qualche patata avvolta nella carta argentata, spingendola poi tra le braci. Casomai più tardi mi venisse fame. Mi siedo di nuovo davanti al camino. Prima adoravo fare questa cosa. Mi farebbe felice condividere questo piacere così semplice. La felicità? Dove cazzo stava la mia? Ovviamente non era quello verso cui avevo puntato il dito un tempo, quando avevo detto: "Voglio...". E sì che io non sono mai stata il tipo da autosabotarmi, come Andrés. È solo che la stavo cercando in un altro posto. Mi avevano dato la mappa del tesoro sbagliata. Ricordo una frase di Santi Beba che avevo letto proprio ad Andrés tornando dalla Cina per vedere se gli accendeva una lampadina nel cervello: “Per quanto essi desiderino la felicità, a causa della loro ignoranza la distruggono come se fosse un nemico”. Per tutta risposta lui si era rannicchiato sotto il plaid, mi aveva stretto fastidiosamente il braccio e aveva detto: “Patricia, ultimamente dici cose stranissime”.

Provo a lavare i piatti trasformando anche questo in un rituale rilassante, ma forse è chiedere troppo. Il giorno in cui avrò la capacità di godermi lo stiro sarò un Buddha. “Per essere felici bisogna semplificarsi la vita. Ce l’abbiamo troppo piena,” aveva detto quel giorno la maestra. Era la frase che aveva turbato Serena, che non aveva finito la lezione perché viveva tre vite in una, tutte accelerate. Quel multitasking che la animava, ma che forse le aveva tolto l’anima.

Non avevo mai pensato che la felicità potesse coincidere con la pace. In passato mi sarebbe sembrato un pensiero da vecchia, da persona barbosa.

Fin quando non ho capito quanto sei infelice quando è la tua stessa vita a rubarti la felicità.

È possibile che io le abbia addirittura remato contro. Forse il mio errore è stato pensare che non l’avrei conquistata del tutto finché non avessi raggiunto l’equilibrio completo. I pochi momenti in cui ero riuscita a far sì che assolutamente tutto fosse in ordine, me li ero goduti tantissimo. Per questo lavoravo senza sosta cercando di tenere in equilibrio tutti i pezzi che formavano la mia vita: i miei rapporti, il mio lavoro, i soldi in banca, i conflitti familiari...

Improvvisamente, però, se un pezzo veniva meno, il castello di carte iniziava a crollare e così arrivavano le inquietudini e le lamentele.

Tutto quello che avrebbe potuto essere perfetto non lo era più.

Come se non credessi nella felicità se non era completa. Adesso la questione è: come spezzare questo circolo vizioso? Come smettere di fare una cosa che ho fatto per tutta la vita, se non sono riuscita neanche a smettere di mangiarmi le unghie? Finora non sono stata capace neppure di meditare, senza una guida. La maestra Jedi insiste dicendo che l’importante è non smettere di provarci e complimentarci con noi stessi per aver tentato, ma per me continua a essere frustrante. È chiaro che, per fare qualunque cosa, la mente ha bisogno di allenarsi. Perciò, per completare la giornata, ho deciso di meditare proprio sulla felicità. Chissà che in questo momento di impasse non riesca a chiarirmi le idee. In fondo dovrei avercele, da qualche parte qui dentro.

Mi siedo sulla poltrona con la schiena diritta e rilassata. Adesso mi concentro sul respiro e, a poco a poco, visualizzo l'immagine di alberi e fiori che iniziano a sbocciarmi nel cuore. Magari la cosa mi sfugge di mano e raggiungo il Nirvana!

No, non funziona. Mi danno fastidio le mutande e le cuciture dei jeans. Magari devo cambiare poltrona. Oppure è il mio corpo a essere a disagio. O la mia mente, a cui manca qualcosa. No, ho detto che non cercherò colpevoli. "Una mente poco allenata cerca sempre il colpevole negli altri," la Jedi dixit.

Perciò non ci penso neanche a cambiare poltrona. Non aspetterò che le braci si spengano. Né andrò a cambiarmi le mutande scegliendone un paio più comode. Basta. "Quanta energia sprecata a cercare di riordinare il mondo in funzione di noi stessi, invece di riordinarci dentro," la sento dire con la sua voce perentoria.

Socchiudo gli occhi finché attraverso la persiana delle mie palpebre non entra solo un po' di rosso. Respirare, senza forzature, sentire l'aria calda che odora di legna, entrare e uscire dal mio corpo sempre più dolcemente, finché non riesco a distinguere l'inspirazione e l'espirazione. Starò ancora respirando? Un formicolio sconosciuto sulla punta delle dita. E dopo un tempo indefinito il colore inizia a cambiare rapidamente dal basso verso l'alto, come se una luce bianca invadesse il mio corpo partendo dai piedi, salendo sempre più rapidamente, e quando arriva alla testa qualcosa si chiude proprio in cima, perché smetto di sentire il vento e le fiamme che scricchiolano.

L'esterno non esiste più.

Neanche il mio corpo, che sento leggero come se penzolasse sospeso a un filo di seta. Immobile e in silenzio.

Si sta bene qui dentro.

Parte seconda

FASE DELLA CRISALIDE

Metamorfosi viene da metá-morphé, *cioè "oltre la forma esteriore", ed è il processo che si verifica nella fase della crisalide, che a sua volta significa "del colore dell'oro". Il bruco si ribella, in un certo senso, alla vita che ha vissuto fino a quel momento, a tutto il sistema, e la natura lo ricompensa con la capacità di volare lontano dai suoi predatori. Con la libertà.*

In questa seconda fase, i bruchi sopravvissuti ai pericoli della loro esistenza scelgono il posto più appropriato e tranquillo in cui rifugiarsi – sotto i residui di legno secco, tra le pietre di un muro – per iniziare il loro processo di trasformazione. A tal fine creano una capsula di chitina dura e resistente, al cui interno si produrrà la mutazione in farfalla.

Durante questa tappa di latenza che sembra passiva, l'anatomia dell'insetto si riorganizzerà completamente: si svilupperanno a poco a poco le zampe, un corpo con una struttura tripartita di testa, torace e addome e alla fine un paio d'ali. Tutti questi cambiamenti radicali (metabolici e morfologici) daranno come risultato una struttura fisica del tutto diversa da quella di partenza. Un vero e proprio prodigio della natura. La durata di questa fase è diversa a seconda della specie: varia da un paio di settimane fino a qualche mese, in cui l'insetto va in letargo finché le condizioni ambientali non saranno favorevoli.

La fase della crisalide risulta affascinante sotto molti punti di vista: non significa solo disfarsi per rinascere, ma anche essere capaci di riorganizzare la materia viva precedente, conservando nella memoria le abilità e gli errori registrati dal cervello, che resta intatto. Un modo per affrontare con consapevolezza l'ultima fase della sua vita, la più speciale e la più emozionante, con in più una nuova capacità: quella di volare.

LEANDRO MATEOS, *Il miracolo biologico delle farfalle* (2017, p. 110)

Questione di fede

54.

Madrid, gennaio 2018

"È strano. In tutti i miei incubi ci sono le suore."

"È normale, a me avete sempre fatto molta paura."

Mi guarda con la coda dell'occhio e la sua bocca sorride dallo stesso lato. Sedute al primo banco, contempliamo questo Cristo bello e torturato, la cui nudità mi turba. In questo momento il mio cervello dà vita a una buffa fantasia: mi alzo di scatto e, scartando il prete alto e dinoccolato dai capelli bianchi che tenta di placcarmi, salgo sull'altare e infilo il mio piumino al Cristo. A questo punto lui, il Cristo, che ai suoi tempi non ha di certo mai immaginato che potesse esistere un simile caldo miracoloso, compie un altro miracolo e abbozza un sorriso di sollievo legnoso per lo stupore dei tre fedeli che pregano sparpagliati nella chiesa come pedine degli scacchi e delle anziane suore che interrompono il loro gospel dietro la grata. Saranno tutti intervistati dalla stampa, il Vaticano manderà i suoi esperti per valutare questo straordinario intervento divino e questa chiesa diventerà meta di pellegrinaggio. Il Cristo del Piumino, così lo chiameranno, e uscirà in processione soltanto in pieno inverno. All'ingresso ci saranno cartoline, scapolari e piumini come souvenir per ricordare il miracolo.

Metto fine alla mia fantasia quando mi accorgo che sto ridacchiando. Greta mi guarda curiosa. Il sacerdote continua a sistemare i banchi dopo la messa e io intravedo tre suore, una anziana e altre due mulatte e più giovani, che bisbigliano dietro quella sottile frontiera di ferro che marca il confine tra il dentro e il fuori.

E qui, fuori, ci siamo noi, dopo tre settimane di catarsi difficili da riassumere. Un tempo tra parentesi che è stato a sua volta una frontiera per entrambe. Un prima e un dopo: sono passate due settimane da quando Greta ha detto sì alla vita, dalla telefonata dalla Città del Nord, da quando tutt'e due abbiamo lasciato il nostro lavoro, dal suicidio di Serena e dall'inquietante incidente nel mio palazzo che abbiamo denunciato ma su cui la polizia non ha piste, neanche a partire da quelle chiamate che adesso non arrivano più. Non so ancora quando, né come e dove, cercherò lavoro. Ho i miei risparmi per resettarmi e portare a termine questo reportage. Nel frattempo ci siamo tuffate nell'inverno e sappiamo che non c'è molto tempo per stare in letargo; ci restano solo tre mesi per tenere fede al nostro patto: pubblicare questo reportage e ottenere i documenti di Greta.

Bene. E... adesso?

L'altro lato della grata.

Sospetto che Greta le osservi, per la prima volta, dall'altro lato della grata. Chissà cosa pensa. Se ci si riconosce ancora o se ha la sensazione di stare contemplando con un telescopio una galassia molto lontana.

È la prima volta che entriamo insieme in un luogo di culto. È strano che mi abbia proposto di vederci qui.

"Credere o non credere, questo è il dilemma," dico per rompere il ghiaccio. "Cazzo, che freddo fa."

"Penso che finalmente mi sia chiaro in cosa credere. Anche se devo ancora dargli forma."

"In Europa la fede è considerata deplorevole." Le candeline elettriche delle offerte tremolano come se mi avessero sentito. "E, per la mia esperienza, anche in Cina."

Greta si volta.

"Che strano, perché nel mio paese è l'opposto. Non credere è considerato deplorevole. Voglio dire, socialmente. La verità è che ho sempre avuto la tendenza a credere in tutto ciò che è occulto."

Mi rivolge un'espressione infantile; appoggia le braccia sul banco davanti, prima le mani e poi la testa.

"Per esempio?"

"Agli extraterrestri."

"Anche mia madre." Mi sfrego le mani coperte dai guanti. "In effetti una volta, quando avevo una decina d'anni, mi spiegò la sua teoria secondo cui Gesù potrebbe essere uno di loro."

Spostiamo di nuovo lo sguardo sulla figura che rappresenta l'incarnazione umana di un essere con cui comunichi guardando il cielo.

"Devo conoscere tua madre quanto prima." Fa una smorfia. "Io credo anche nei santi."

"Sì? A me non è molto chiaro che cosa bisogna fare per diventarlo."

"Ovviamente, non essere come me." Le tolgo il berretto di lana blu e le scompiglio i capelli. Adesso porta un carré corto che le sta molto bene.

Mentre si rimette il berretto – fa ancora fatica a stare in chiesa a capo scoperto – mi racconta che secondo santa Teresa d'Ávila i santi sono coloro che arrivano al punto di non aver paura di perdere ciò che possiedono: la vita, la libertà...

"In sostanza, il santo si dà agli altri perché smette di vedere se stesso." Si stringe nelle spalle. "Loro sono al di sopra di tutto questo."

Mi concedo un po' di silenzio per pensare.

"Allora un santo è come un Buddha, solo che a quell'essere illuminato si attribuisce anche la saggezza. Che per i santi sembra non valere. Un santo è chi pensa che darsi sia l'opposto dell'essere privato di qualcosa." Indico un quadro di san Lorenzo arrostito sulla graticola. "Quello che veramente mi sfugge è il concetto di martire. Quale mente malata può aver concepito il pensiero che il dolore ti purifica?"

Greta mi indica altri quadri che ci circondano: san Paolo, santo Stefano... con i loro visi afflitti, il loro dolore estremo, le loro lacrime, e dice: "In effetti, sì. Che bene può fare, farsi del male?". Si stiracchia. "Io credo che la Chiesa abbia interpretato erroneamente l'idea di sacrificio: non sei buono perché sei una vittima o perché fai del male a te stesso. Il sacrificio dev'essere legato all'idea di dare e alla fatica. Nella cultura india, per esempio, la spiritualità bisogna sudarsela."

Il rumore di una porta che si chiude, che non vediamo, ci fa sussultare.

"A cosa può servire che ti fustighi durante una processione per pentirti?" chiedo. "Non sarebbe meglio che chiedessi perdono alla persona che hai offeso, oppure che smettessi di fare lo stronzo?"

Alziamo di nuovo lo sguardo verso la croce.

"Io penso che Gesù sia stato santo suo malgrado," dice.

"Tu credi?"

"Ne sono sicura," riprende stringendosi nel suo lungo piumino bianco. "Lui voleva solo fare rumore. Voleva parlare della generosità. E probabilmente un giorno arrivò a casa, a tavola erano in tanti e disse: 'Ehi, dividiamoci il pane,' e lo moltiplicò."

La sua interpretazione del Messia mi fa sorridere.

"Dicevi cose del genere nella tua comunità?"

"Anche peggiori." Sorride.

Mi dà una gomitata, ma, scherzi a parte, secondo lei la vera rivoluzione per l'umanità era stata che Cristo parlasse di uguaglianza senza distinzioni tra uomini e donne, ricchi e poveri.

In questo momento mi ritorna in mente una lezione pomeridiana di Filosofia politica all'università, sotto le deprimenti luci al neon. Mentre fumavamo nelle ultime file, arrivammo al capitolo su Gesù di Nazareth. La sigaretta che avevo acceso rimase intatta e studiarlo da quella prospettiva ribaltò tutte le mie convinzioni. Quella lezione fece infuriare Diana. Me la ricordo come se fosse oggi, seduta nella mensa della facoltà davanti a quei vassoi di metallo, nei quali rimestavamo la salsa grumosa delle polpette, che si ravviava dietro le orecchie le ciocche ribelli a cui aveva osato fare qualche riflesso, con i suoi eterni orecchini di perle e le labbra coperte da un rossetto "nudo", invisibile come il resto del suo maquillage. Era il periodo della polemica per *I versi satanici*. Secondo Diana si poteva parlare in maniera irrispettosa della nostra religione, dei nostri santi e del nostro Dio... Parlava con la bocca piena come fa sempre quando è nervosa, con i capelli raccolti in una coda alta. Ovviamente, però, l'islam guai a chi lo tocca. Le feci notare che era una buona notizia che non condannassimo a morte gli scrittori che mettono in discussione la nostra istituzione, ma insomma...

"Il fatto è, per esempio, che il cristianesimo non è maschilista, ma la Chiesa sì," sento adesso dire a Greta, mentre segue con lo sguardo il sacerdote dinoccolato che si muove lungo la navata facendo strusciare la sottana. "Nel Vangelo ci sono molte storie bellissime che hanno per protagoniste le donne. Eppure la Chiesa ci lascia ai margini. Per esempio, la donna con l'emorragia." E recita a memoria: "Vangelo di Luca, 8, 43-48. Lei tocca il mantello di Gesù perché vuole guarire. E guarisce. E per caso lui si batte il petto tutto orgoglioso? No, non se ne prende il merito. Le dice: 'Figlia, la tua fede ti ha salvata'".

"Probabilmente aveva ragione," le faccio notare.

"Probabilmente..." All'improvviso tossisce, si fruga in tasca, tira fuori delle caramelle e me ne offre una. "Io sono innamorata del Vangelo. Ci sono molti libri che salverei, del mio periodo religioso, l'ho capito ultimamente. Per esempio *Il castello interiore* di santa Teresa: 'L'anima è di vetro ed è il luogo in cui accadono le cose più segrete tra Dio e l'uomo. In quello spazio intimo tra te e il tuo Dio'. Per caso ci lasci entrare preti, suore e tutto il Vaticano in processione?"

Scarto la caramella. Me la ficco in bocca. Ha un orribile sapore di cannella.

"È vero," dico masticando. "Che mancanza di intimità! Tutti che ci guardano dentro... Posso farti una domanda?" Mi appoggio al banco e lei annuisce. "Quel giorno, nella Città del Nord, quando toccasti il fondo, dicesti all'Aita che non credevi in Dio. E adesso? Ci credi di nuovo?"

Greta lascia vagare lo sguardo, come se potesse oltrepassare la croce, il solido tabernacolo di legno, gli spessi muri di pietra.

"Sai, Patricia, in realtà penso di non avere mai smesso di crederci. Anche se ti confesso che ho sempre fatto fatica a credere in un solo dio. Come spiegarlo..." si sfrega le gambe con un gesto che ormai mi è familiare, "per me è un dio composto da molte divinità. In fondo, credo assomigli più al dio dei miei antenati che a quello cattolico. Non è un dio intangibile. Per me Dio è tangibile." Indica ciò che ci circonda. "Dio è dovunque."

Faccio una pausa. Le ripeto una domanda che le avevo fatto su quell'aereo.

"E preghi?"

"Sì... adesso sì." Giunge le mani, quasi a voler rendere grazie. "Sì, chiedo delle cose a Dio. Sempre. E poi lo ringrazio. Ma ho avuto grandi crisi. L'ultima, dopo quello che mi è successo con Deirdre." Sospira. La caramella le scricchiola sotto i denti. "Mi sono arrabbiata di nuovo con Lui, ma stavolta ho capito che lo rimprovero sempre... e non si rimprovera qualcuno che secondo te non esiste, no?"

"In fondo ti invidio," dico sorprendendo me stessa. "Mi piacerebbe provare cosa significa avere fede."

"Credere senza vedere, Patricia; la fede è questo. Sei sicura di non averlo mai provato?"

Mi viene in mente Leandro, la sua domanda a cui non ero stata in grado di rispondere, il giorno in cui mi aveva aiutato a leccarmi le ferite che mi aveva provocato Diana, e stavolta sì, rispondo: "Credere in me stessa... in questo senso mi piacerebbe essere credente. Sai, Greta?". Mi volto verso di lei e mi ritrovo davanti i suoi occhi chiusi: "In fondo penso sia proprio questo il motivo per cui ho iniziato a scrivere questo reportage. Per poter dire con convinzione a un certo punto della mia vita: al di là di tutto, credo in me stessa".

"Al di là di tutto, credo in me stessa..." ripete come se pregasse. "Che bello... sì, sarebbe bellissimo."

"È il primo credo che dovrebbero insegnarci, fin dalla nascita."

D'un tratto si tira su e mi prende le mani tra i guanti spessi.

"E allora, fin quando tu non riuscirai a dirlo, te lo dirò io: sì, io credo in te, Patricia, ma oggi sono venuta anche per dirti che, dopo questi giorni di riflessione, sono giunta alla conclusione molto realistica che non ce la faremo mai. E tu lo sai." Sospira. Cerco di interromperla, ma lei prosegue: "No, aspetta, non voglio che pensi anche solo per un momento che è colpa tua, per favore, bisogna solo ammettere che la mia storia non interessa a nessuno, per diversi motivi. È logico. A chi potrebbe interessare quello che è successo a una suora?".

Un rumore di passi si spegne lungo la navata. Si spengono anche due luci. Tutto indica che è la fine di qualcosa e no, non voglio. Mi allontano da Greta perché possa vedermi con un po' di prospettiva. Questo è un momento importante.

"Aspetta, aspetta un attimo, Volevo parlarti proprio di questo. Durante i miei viaggi ho avuto modo di meditare molto. E, mettendo insieme le mie ricerche e rileggendo gli appunti del reportage," cerco rapidamente il taccuino in borsa e le mostro i fogli scarabocchiati, "vedi? Be', sono giunta alla conclusione che l'argomento del mio reportage non è la Chiesa, non lo è mai stato; la tua storia è un caso di mobbing violentissimo. Lo capisci? Io l'ho capito adesso. Per questo mi sono sentita così vicina a te! A me cosa importava che fossi una suora? Un caso di pedofilia è un caso di pedofilia, e che succeda all'interno della Chiesa è solo un'aggravante. Perché i religiosi sono i custodi della morale!"

Indico l'altare. Lei mi osserva con quell'espressione di attenzione smisurata che è così sua e si scosta un po' la sciarpa. Sì, la temperatura è salita. Adesso sono io a prenderle le mani tra le mie.

"La differenza rispetto a quello che è successo a me è che io potevo tornare a casa mia, tirare il fiato e farmi consolare, mentre tu dormivi con il tuo nemico, eri in terapia con il tuo nemico, venivi drogata dal tuo nemico. La differenza, Greta, è che quando ti hanno cacciato ti hanno portato via anche il lavoro, perché hai smesso di essere una suora e questo ha condizionato tutta la tua vita, la tua identità sessuale, la tua essenza come persona, financhele tue credenze. Non so come tu sia riuscita a sopportarlo, ma sono orgogliosa che tu lo abbia fatto e che sia viva per raccontarlo, perché, arrivati a questo punto, potresti essere un esempio per molti. Perché la tua ricostruzione è totale." Faccio una pausa per riprendere fiato e continuo a sostenere con decisione il suo sguardo. "E poi sono andata molto avanti. Il mio avvocato, Aurora, mi ha mandato tante informazioni e adesso so che contro di te sono stati commessi diversi reati: non ti hanno mai assunto, hanno violato il tuo diritto alla privacy rendendo pubblica quella lettera, se ne sono infischiati dell'obbligo al segreto professionale di un terapeuta che – e questo è il colmo – non è neanche iscritto all'ordine; ciò vuol dire che non era autorizzato a sottoporti alla terapia, tantomeno a prescriverti dei farmaci." Sembra che lei si rifugi di nuovo con lo sguardo su quella croce. "Guardami, Greta: renderemo pubblico quello che ti hanno fatto, capito? Non so come né dove. Ma lo renderemo pubblico. E lo faremo a modo nostro. Non come vogliono gli altri. Anche se non indicheremo nomi né luoghi precisi. Perché? Sai, c'è una frase di uno degli articoli che ho letto che non riesco a togliermi dalla testa: il settanta per cento delle vittime di mobbing non sanno di esserlo. E per questo non possono difendersi né reagire. Noi denunceremo questa cosa, così le Dominga e le Inés che la leggeranno si vedranno smascherate. E così le Greta e le Patricia che verranno a sapere della nostra storia capiranno cosa stanno passando e non penseranno mai di esserselo meritato. Potranno uscire più forti da questo inferno."

Silenzio. Quello della preghiera. Quello dell'esame di coscienza. Quello di un tempio dopo un sermone. Fin quando lei non lo rompe: "Ci stiamo vendicando?". Fissa nei miei i suoi occhi da inca.

Le lancio uno sguardo tranquillizzante. So che questo la preoccupa e cerco una metafora: "Non mi hai detto che nel tuo villaggio si crede alla magia nera e alla magia bianca? Io credo in una vendetta bianca, che possiamo anche chiamare giustizia. Dammi la mano e io non mi fermerò, non dubiterò più, qualunque cosa accada, finché quello che ci hanno fatto non sarà di pubblico dominio. Non avere paura".

"No, Patricia, non ho più paura, l'ho persa. Solo che non so se ho le forze per continuare a mantenere un legame con tutto questo."

E la capisco. Per questo la abbraccio e mi sembra di abbracciare un cuscino per la quantità di vestiti che ha addosso.

"Te le darò io. Se non lo fai adesso, Greta, questa ferita ci metterà molto a rimarginarsi. E credimi, so bene di cosa sto parlando." Qualcosa mi brucia ancora una volta dentro. "Pensavo che non sarei mai stata abbastanza forte per parlarne. Adesso invece mi sento forte. Adesso sono sicura."

E a questo punto lei dice una cosa giusta e inaspettata: "Non ho motivo di dubitarne, amica mia, ma allora... perché non mi hai mai raccontato cosa ti è successo?".

Ho capito che era il momento. Lei ha messo nelle mie mani il racconto di una vita intera. So di doverglielo. Quale posto migliore per confessarmi di un tempio illuminato solo dalle candele? Non mi inginocchio... lo fanno già i miei ricordi.

55.

Nel freddo silenzio invernale di questa chiesa, seduta accanto a lei, è uscito tutto il pus di un'infezione troppo vecchia: com'ero arrivata piena di speranze a fare quella sostituzione a Canal 7, il mio primo lavoro al telegiornale, e in seguito come mi avevano offerto di restare per entrare a far parte della squadra di Ernesto, vincitore di un premio Ondas, che ammiravo da tempo. Poi mi era stata data quella promozione che io non mi aspettavo assolutamente, ma Inés Cansino sì: era stata lei a intuire in me un talento di cui non ero consapevole, mentre studiava attentamente le mie debolezze. E a quel punto cominciò il tormento: la mensa piena di centinaia di copie del mio curriculum, dal quale qualcuno aveva cancellato la metà dei meriti; l'articolo che mi dedicò quel giornalista di cui poi venni a sapere che era legato a Inés da quando avevano lavorato insieme a "Ópera": "Una signorina dal curriculum dubbio, P.M., sembra aver fatto carriera velocemente a Canal 7"... Le mie iniziali su un quotidiano nazionale, di cui in redazione quella mattina c'erano quindici copie, tutte aperte su quella pagina. Il modo in cui mi offrì come vittima sacrificale al comitato aziendale in pieno sciopero, mentendo sui miei compensi e i motivi della mia promozione, affinché mi facessero a pezzi... cosa che puntualmente accadde. I documenti che si volatilizzavano come per magia dai miei cassetti chiusi a chiave mettendomi nei guai; i file del mio computer che sparivano misteriosamente; tutte le copie che feci sul mio portatile per poter continuare a lavorare; tutte le lacrime di angoscia, la notte; tutti i conati nel bagno del quarto piano per vomitare la colazione. E ho ricordato dopo molti anni com'era iniziata: il giorno dopo che Ernesto, allora nostro caporedattore, mi aveva fatto i complimenti per un reportage sui migranti. Quando era stato trasmesso eravamo ancora in redazione e, dopo i titoli di coda, lui si era alzato per applaudirmi, seguito a ruota dai colleghi che stavano lavorando a quell'ora, tra cui Gabriel, con il suo giubbotto di pelle consumata e la sua aria da agguerrito giornalista di strada. Persino Ramiro Coronel era uscito dal suo ufficio di direttore per farmi le congratulazioni. Ricordo che mi si era avvicinato un collega degli Esteri e mi aveva detto: "Tu sei nata con la camicia. Sei appena arrivata, e questa cosa lui non la fa con nessuno. Che fortuna!".

"Da allora non ho smesso di cercare di vedere se ce l'ho, questa famosa camicia, e no, non c'è," ho detto a Greta.

Ho ripensato anche all'espressione di Inés Cansino, che fino a quel momento si era proclamata la mia "madrina". Così mi aveva detto quando ero appena arrivata, seduta dietro il suo computer con quella strana chioma lunga e castana che le scendeva quasi fino ai fianchi accentuando le rughe premature, un aspetto da numeraria dell'Opus Dei. Quel giorno non aveva applaudito e non si era alzata. Si era limitata a guardarmi con l'espressione famelica di un avvoltoio. Ma naturalmente gli avvoltoi di solito mangiano la carne morta e io ero ancora vivissima.

Bisognava uccidermi.

No, io non credo nella fortuna, Greta, credo solo nella forza di credere incessantemente in qualcosa e nella fatica per portarlo a termine. In questo risiede il merito. Ma cosa ne sappiamo, in questo paese, di meritocrazia? Il mio merito era stato seguire la scia dell'unico talento che ero sicura di possedere. Se avessi voluto fare la matematica sarei diventata un'imbecille e, ovviamente, una scienziata mediocre.

Poi le racconto del mio periodo da Principessa di Ghiaccio. Con il senno di poi, credo fosse stata una buona strategia. In quel periodo, pensando che consolidasse la mia immagine di giornalista seria, non sceglievo colori sgargianti, né gonne, non mi mettevo il rossetto quando andavo al lavoro e avevo l'abitudine di essere fredda come un iceberg con gli uomini che mi circondavano in redazione. Da lì il mio soprannome. Nonostante ciò, i colleghi si prendevano la briga di avvertirmi tutte le volte che c'erano i casting per le presentatrici, quando io non volevo fare altro che scrivere. Raccontare storie. Essere l'autore e non l'interprete.

Credo che questa mania di dissimulare i miei punti di forza cominciò quando vinsi quel premio che rese tanto felice Ernesto, già passato al telegiornale della concorrenza. In quel periodo anche Gabriel tentava la sorte facendo la cronaca delle inondazioni in India. A quel punto Ramiro Coronel in persona, giornalista di chiara fama e molto più vecchio di me, mi disse una cosa a cui credetti per anni: osservò la mia foto sul cartello che avevano realizzato per l'evento e arricciò le labbra infastidito. "È un peccato," si lamentò, "perché sei molto brava, ma avrai sempre un grosso handicap: sei troppo appariscente." E poi mi diede il colpo di grazia dicendo che, tra l'altro, ero molto brava a posare, come se questa fosse un'aggravante. Messaggio decrittato dal mio cervello: non richiamare troppo l'attenzione, oppure ti faranno a pezzi. Ma ero troppo "appariscente". E quindi? Sì, per molto tempo gli credetti e mi camuffai da giornalista intellettuale. Neutralizzai tutto ciò che di appariscente c'era in me. Adesso so che, anche se lo disse con le migliori intenzioni, sbagliava. O, per essere più precisi, sbagliai io, con le mie prese di posizione radicali. Cos'è meglio, quando hai un handicap o una stranezza? Dissimularlo o alzare ancora di più la posta? Il giornalismo, se è onesto, trova sempre la sua strada, questo mi disse poi Ernesto.

"Assomiglia a una frase che mi hai detto tu," ricordo a Greta, seduta nel mio gelido confessionale improvvisato. "Una vocazione sincera trova sempre la strada, come l'acqua." Si insinua in qualunque fessura e trova un letto in cui scorrere. Forse non con i mezzi tradizionali, ma per venire alla luce si camuffa in altri modi. Poco importa in che modo ci camuffiamo noi per esercitarla.

Ciò che mi successe con Inés Cansino fu l'ultimo chiodo sulla bara. Quando mi misero a lavorare con lei si presentò come un'amica, la collega simpatica che si offre di farti da mentore con un sorriso condiscendente.

"È una giornalista molto nota?" vuole sapere la mia confessora.

"No, forse era questo il suo problema." Cerco di riscaldarmi le mani con il fiato. "Anche se ha distrutto quelli che, secondo lei, le facevano ombra, era frustrata perché sapeva che comunque non lo sarebbe mai stata."

Come odio la mia innocenza di allora, quasi quanto l'odore di purè di patate di quella mensa. Come odio i miei valori, quelli a causa dei quali rimasi indifesa, perché in fondo non ti capaciti che qualcuno possa esserne privo. Pensai che avrei potuto imparare da lei, che avrei potuto chiederle consiglio, e non solo lei non mi insegnò niente, ma la sua insicurezza patologica la spinse a mordermi fino a farmi a pezzi. Studiava tutti i miei movimenti, notava e commentava qualunque novità nel mio modo di vestire. "Questi pantaloni ti stanno a pennello", oppure "Vedo che ti piacciono gli stivali alti," mi diceva con il suo corpo robusto di cui si azzardava a sottolineare solo il punto vita. Ma quello che non sapeva di me era che il mio unico desiderio, l'unica fede incrollabile in me stessa, e ciò che costituiva la mia essenza, era che io ero nata per scrivere le vite degli altri. Era l'unica cosa che volevo fare. Lavorare in quel canale televisivo rappresentava l'opportunità di realizzare il mio desiderio. E questo facevo, dietro la palizzata del computer, tagliando e montando immagini e prestando il microfono a persone che avevano visto la propria casa crollare, a giovani in coda davanti all'ufficio di collocamento, a madri di vittime dell'ETA. Ma "tutti siamo uguali di fronte al nostro desiderio di essere felici" e la felicità di Inés Cansino era tramare bevendo il primo caffè della colazione e divorando sfoglie al cioccolato per buttarmi fuori dalla sua strada e, già che c'era, anche dalla mia.

Iniziò di nuovo il processo. Inés cominciò a farmi abbassare a poco a poco le difese, a mettermi contro i colleghi convincendoli che ero un'arrivista senza scrupoli, a confabulare con il comitato di redazione, persuadendoli a tendermi tranelli, a portarmi fuori a bere, inducendomi a parlare e registrandomi, approfittando della situazione di precarietà in cui versavamo per colpa del canale televisivo. E previde qualcosa che io non sospettavo neanche, che non avevo chiesto né voluto; il giorno in cui successe, Ramiro Coronel si affacciò dal suo ufficio pieno di fumo e mi chiamò davanti a tutti per darmi una promozione, ma non al posto di Inés: mi concesse un altro incarico, ancora più importante. Scoppiò così la guerra sul campo minato accuratamente preparato da lei. All'epoca Patricia aveva già iniziato ad ascoltare il suo doppio, la Mercoledì adulta era ricomparsa, allertata dall'odore di quella polvere che conosceva bene, e aveva cominciato a crescere per proteggere la sua gemella, a modo suo, convincendola di tutto quello che non era.

"Ci ho messo troppo tempo a capire cosa mi avevano fatto," le dico tremando di freddo. "Ma raccontare la tua storia mi è servito per liberarmi dal mio veleno. Magari ti avessi incontrata allora. O l'avessi letto da qualche parte. Dobbiamo avere fede anche in questo."

"La fede è solo credere in qualcosa più in là di te stesso. E combattere per questo qualcosa." Questa frase l'ho sentita nel film

Premonitions. Io però chiarirei meglio il concetto, perché anche il tuo spirito, la tua essenza, sono più in là di quello che sei oggettivamente, e il tuo spirito è formato dai tuoi sogni, i tuoi valori, i tuoi affetti.

La natura non sopporta il vuoto.

Mentre usciamo dalla chiesa sulla piazza dalle luci gelate, mi chiedo ad alta voce se non potremmo costruirci una spiritualità tutta nostra per proteggerci. Una che possa convivere in armonia insieme a noi. Senza legacci esterni.

"Sì, prendere da ogni filosofia o religione quello che può servirci, quello in cui crediamo davvero."

Greta mi abbraccia stretta. E io restituisco l'abbraccio.

"E non è forse quello che già stiamo facendo?" mi rivela, credo orgogliosa di sé.

Mentre ci muoviamo nella notte, schivando cani intirizziti che fanno la loro ultima passeggiata, illuminate dai palazzi in stile francese della mia piazza, penso di sì. Se c'è qualcosa a cui mi piacerebbe servisse questa storia, è che metta in guardia dall'assoggettarsi alle credenze nocive, alle compulsioni per paura della vita: superstizioni, radicalismi, dipendenze... Ci sono persone che concedono a se stesse così poca libertà, come avevo sentito dire una volta a Leandro con tenerezza a proposito della nostra cara e nevrotica compagna Amelia. E vivere terrorizzati all'idea che qualcosa possa andare storto rende incapaci di godersi il "durante".

Ed è in questo momento che mi rendo conto che Greta la sta perdendo. La paura.

"Davvero vuoi andare lì?" mi meraviglio.

"Assolutamente sì."

56.

Ancora non riesco a smettere di pensare alla sua lettera, ma non glielo dico. Oggi voglio parlare solo della vita. In fondo, il grande ponte. Quello sul cui parapetto avrei potuto lasciare un mazzo di fiori e un libro di Rilke se Greta non si fosse decisa a prendere i cinque euro. Il suo ponte era stato il Mar Cantabrico, ma questo viadotto porta impresse connotazioni inevitabili.

"Ci sono volute le palle per prenderli. I cinque euro," dice indovinando i miei pensieri, e imbocca il ponte con decisione, stringendosi il colletto e la sciarpa scozzese. "Ma mi sono ripromessa che se quel giorno non mi fossi uccisa... avrei vissuto. E che, se anche questo cazzo di mondo mi fosse caduto addosso, non avrei mai più pensato di uccidermi. Questa promessa la manterrò."

Si avvicina al metacrilato, la sierra color piombo davanti, il barrio de La Latina a sinistra, la Cattedrale a destra. Il mondo si è vestito di grigio, ma oggi noi siamo in grado di colorarlo. Appoggio le mani sul vetro. Il calore del mio corpo le serigrafa sul paesaggio, e dico: "Sai che una persona su cinque si suicida per mobbing?". E osservo le impronte lasciate dalle mie mani, come se appartenessero a un fantasma.

Ma allora perché ci sono campagne per evitare che la gente si ammazzi per strada e neppure un protocollo per prevenire il suicidio o il mobbing, visto che il numero delle morti che provocano è il doppio di quelle per incidenti stradali? Quanti tabù ci portiamo dietro per colpa di una religiosità fraintesa. Quanta paura. Quanta ipocrisia.

"Hai assolutamente ragione," dice scuotendo la testa, desolata.

"Visto che in questo mondo del cazzo non si fa niente se non per soldi, potrebbero pensarci... fosse anche solo per quello che costa alla previdenza sociale."

Si sorprende sentendo le mie parole. Si soffia sulle mani e le sfrega tra di loro.

"Credo di non averti mai visto così arrabbiata," mi fa notare. "Devi rasserenarti. Non ti fa bene."

"Hai appena inghiottito la maestra Jedi?"

Scoppia a ridere. "Povera Patricia! D'un tratto sei circondata da monache saputelle che non la smettono di farti la lezioncina."

"Non me ne parlare..."

Ci affacciamo al precipizio regalatoci dal ponte e lei mi dice che in Colombia la gente non si suicida.

"Con tutto quello che succede laggiù, è stata dichiarata per tre volte il paese più felice del mondo. Come vedi..."

A quanto pare, il tempo in monastero le è servito per riprendersi alla grande. Certo, all'inizio era stato molto difficile perché, quando era successo il fattaccio di Deirdre, dopo averla vista dipendere da tutte quelle medicine, aveva deciso di smettere di prendere le sue. Innanzitutto le comportavano una spesa enorme, ma la cosa più importante era che aveva bisogno di sentirsi libera. Tra l'altro le era finita la serotonina, perciò aveva gravi scompensi chimici.

"Avevo pensato che sarei stata bene, e invece no," sbuffa. Sposta lo sguardo sul paesaggio spento. "La crisi d'astinenza è orribile, Patricia. Non riesci a dormire, hai i rumori nelle orecchie, vedi doppio..."

"Ah, Greta... questa cosa avresti dovuto farla sotto controllo medico. Saresti potuta andare da Santiago. Devo presentartelo. Ma perché sei così cocciuta?"

Questo glielo dice sempre Fátima. Che è molto cocciuta.

"Ma sai, alla fine mi è andata bene," dice orgogliosa, appoggiandosi alla parete trasparente dalla quale fino a qualche giorno fa sarebbe potuta saltare giù.

Crede di essersi disintossicata. Nel monastero aveva avuto molti momenti di solitudine, c'erano soltanto lei e un tizio. Le passavano da mangiare attraverso una ruota. Si sfrega le gambe cercando di scaldarsi.

"Vuoi che andiamo?" le chiedo.

Ma no, mi dice di aspettare un altro po', sentiva il bisogno di tornare qui, e continua raccontandomi che voleva stare solo in silenzio, ma l'unico altro ospite aveva iniziato a disturbarla.

Ovviamente era venuto fuori che era un prete.

Quando arrivava l'ora dei pasti prendevano posto a un tavolo lungo e lei andava dalla parte opposta rispetto a lui, ride. Il sacerdote, però, l'aveva vista così male che l'unica cosa che gli era venuta in mente di fare era stata offrirle il sacramento. Lo trovo buffo, detto così sembra che volesse darle l'estrema unzione, la prendo in giro, e Greta mi dà una gomitata, "stupida". Fatto sta che un pomeriggio l'aveva confessata.

"Abbiamo entrambi interrotto il silenzio." Una bruma gelata le esce di bocca. "Ho deciso che sarebbe stata la mia ultima confessione prima di iniziare la mia nuova vita."

Gli aveva raccontato che cosa aveva passato, e che stava lottando per continuare a credere. Il poveretto l'aveva ascoltata in silenzio e si era preoccupato così tanto per lei che, prima di andare via, le aveva detto che viveva in affitto a Segovia e che aveva una stanza libera; almeno vitto e alloggio glieli poteva garantire.

"Vedi che i santi esistono?" mi dice sorridendo.

"E tu hai accettato?"

"No, perché anche se lui era una brava persona, ho bisogno di stare lontano dalla Chiesa per un po'. Quando avremo finito le nostre interviste, volterò pagina. Devo smettere di pensare a tutto questo."

Prendo aria, ed è così fredda che mi fanno male i polmoni. Ha parlato di finire le nostre interviste. Un sollievo e un'allegria mi invadono il petto.

"Be', in ogni caso non preoccuparti. Puoi restare a casa mia per tutto il tempo che ti serve, così non dovrai stressarti per i soldi."

"Non ce n'è bisogno," mi interrompe. "Ho trovato un lavoro. Volevo dirtelo quando ci saremmo viste."

"Un lavoro?" mi meraviglio. "E dove vivrai?"

"Mi danno anche un alloggio."

Mi sbalordisce, la sua capacità di rialzarsi. E mi accorgo che la perenne ombra che abitava sotto i suoi occhi è più sfumata, il suo sguardo più limpido, e quasi non scorgo più quella specie di tremore delle dita che mi ricordava quello delle ali di una farfalla. "Immagino che aver smesso con le medicine aiuti," dice. Siamo a gennaio e le restano poco più di due mesi prima della scadenza del permesso di soggiorno.

Continua a raccontare.

Dal monastero aveva iniziato a cercare lavoro su tutti i portali e improvvisamente, lo stesso giorno in cui si era confessata con l'altro ospite, aveva letto questo annuncio: "Se ti piacciono i fiori e vuoi imparare cose nuove, abbiamo bisogno di una badante per una persona disabile. Madrid". Faceva per lei. Era arrivata in una villetta nella zona di Fuencarral. L'aveva ricevuta Alfredo, sulla sessantina, alto, canuto e con l'aria di essere stato bello: indossava un paio di pantaloni da lavoro, dunque Greta aveva dato per scontato che lavorasse lì, ma lui le aveva presentato immediatamente sua moglie. Accompagnata da un ronzio elettrico, era arrivata a bordo della sua sedia a rotelle: sulla cinquantina, bionda, uno splendido relitto. Aveva la "sclerosi laterale amiotrofica", detta anche SLA, o "la malattia di Stephen Hawking", come lei stessa aveva spiegato. Chi ne soffre può vivere per molti anni fino a rimanere intrappolato nel proprio corpo. Alla fine riuscirà a muovere soltanto gli occhi. La sua sensibilità epidermica, però, è già andata. A Greta aveva fatto paura la pacatezza con cui quella donna parlava della propria malattia. Alfredo aveva aggiunto, orgoglioso, che Mercedes era diventata un punto di riferimento in Spagna, teneva conferenze e rilasciava interviste.

"Io sarei stata assunta per essere le sue mani. Nell'orto di gigli francesi che amava coltivare, le avrei girato le pagine del libro; se una formica le fosse salita su una gamba, gliel'avrei scrollata di dosso. Le sue mani le impedivano di andare in bagno, coricarsi. Se avesse voluto cucinare, io l'avrei aiutata. Sarei stata sempre lì per lei."

Quando era scomparsa sulla sua sedia a rotelle, diretta verso quel giardino che, le aveva promesso, in primavera sarebbe stato pieno di gigli fucsia e arancione – "Vedrai, Greta, è uno spettacolo della vita" –, Alfredo le aveva raccontato che erano stati i proprietari di un club velistico. Mercedes era molto atletica, attiva, ma a trentanove anni si era ammalata ed era andato tutto in malora. "Abbiamo abbastanza per sopravvivere altri vent'anni," le aveva detto lui, che aveva fatto i calcoli di quanto sarebbero durati i loro risparmi se si fossero concentrati su di lei senza fare nient'altro, in funzione della sua aspettativa di vita.

Aveva venduto tutto. "Voglio solo vivere con lei, stare con lei," le aveva detto più volte, e in realtà Greta aveva sentito: "Voglio vivere con la sua malattia, dormire con la sua malattia...".

Lo aveva compatito. Tanto quanto aveva compatito Mercedes, o forse di più. Greta sarebbe stata le sue mani di giorno; lui, l'infermiere notturno, e aveva indicazioni precise da parte della moglie: doveva girarla tre volte a notte, perciò praticamente Alfredo non dormiva.

"E sai qual è la cosa più straordinaria di questo lavoro, Patricia?"

"Oltre al fatto che stai per diventare un'esperta di robotica?"

"Che per la prima volta ho raccontato senza vergognarmi chi sono stata e la situazione in cui mi trovo. Ho addirittura tirato fuori i miei documenti con la foto in abito."

Resto sorpresa, ma è una sorpresa che mi piace.

Si mette le mani in tasca. Si stringe nelle spalle.

"Non so cosa mi abbia spinto a essere sincera, ma mi sono sentita molto bene, soprattutto quando non mi hanno rifiutato per questo."

Alfredo le aveva chiesto soltanto: "Che cosa sai fare?" e lei aveva risposto: niente. Ma imparava molto in fretta. Cucinava? Coltivava qualcosa? Aveva conoscenze infermieristiche? E Greta aveva risposto sempre di no, ma voleva quel lavoro – ed era stata sincera un'altra volta – perché di lì a due mesi le sarebbe scaduto il permesso di soggiorno.

"E a quel punto lui l'ha detto, Patricia. Ha detto: 'Io credo che possiamo fare in modo che tu abbia il contratto di lavoro entro un mese'." Spalanca al massimo la bocca e gli occhi. "Immagina la mia faccia. Sono rimasta a guardarlo, cercando di recepire cosa mi stava dicendo. 'Se puoi fare in modo che io abbia il contratto di lavoro entro un mese, puoi fare in modo che la mia vita cambi,' gli ho risposto."

Nonostante ciò era uscita da quella casa pensando che non l'avrebbero richiamata, perché era molto difficile che potesse svolgere un lavoro per il quale le veniva richiesto di spostare un corpo più robusto del suo.

"E invece mi hanno richiamato!" esclama entusiasta. "Alfredo mi ha detto che la mia storia li ha colpiti. Pur sapendo del mio passato."

La guardo fisso. La prendo per le spalle e la scuoto un po' per farla svegliare.

"Ma ti rendi conto che forse ce l'hai fatta? La tua sfida!"

"Be', un attimo," dice. "Aspetta che arrivino i documenti."

Ma insisto: "E io qui che cercavo di farti coraggio. Adesso sono io quella senza lavoro che non vede la luce in fondo al tunnel. Devo sbrigarmi!".

Inizio a camminare. O ci muoviamo, oppure tra poco saremo altre due statue di plaza de Oriente, le dico, e a questo punto lei decide di aver parlato troppo, ma non oggi, in generale, e che a partire da questo momento le piacerebbe che anch'io le raccontassi delle cose, soprattutto quello che provo e che vivo, che le parlassi dei miei viaggi e delle mie paure, perché intuisce che ho paura. Dell'incertezza. Di quella minaccia che non vedo. E lasciamo il viadotto dirigendoci verso plaza de Oriente, il punto cardinale perfetto per raccontarle le mie esperienze.

57.

"Ti ho portato un regalo."

Scelgo come testimoni i leoni della fontana sempre congelati nel loro ruggito silenzioso e le metto in mano un ciondolo con i simboli dello Yin e dello Yang. Lei sfiora con le dita il simbolo rotondo. Le sue due metà.

Chissà se il rapporto tra me e Greta si è stabilito attraverso la spiritualità. Forse sì, in fin dei conti, e potrebbe spiegarsi attraverso la ruota ciclica delle compensazioni. Le dico che glielo regalo come simbolo della nostra amicizia: Greta è lo Yang, l'energia più maschile, quella del cielo; io sono lo Yin, l'energia della terra, più femminile. Forse per questo non ci assomigliamo, ma ci incastriamo come tessere di un puzzle. A che scopo? Credo che stiamo iniziando a scoprirlo. Io ho vissuto troppo tempo attaccata alla terra. Staccata dal mio spirito. E adesso sento di dovergli fare spazio, perché la Patricia razionale aveva fatto di me uno strumento. Greta, al contrario, ha vissuto troppo tempo senza toccare terra, in un mondo irreale, dai contorni astratti, fatto di idee. Adesso la fame l'ha costretta ad atterrare nel mondo fisico. Forse, incontrarci comporta l'equilibrio per entrambe.

Le si illuminano gli occhi e si siede sul bordo della fontana con le stalattiti. "Che bello," dice, "grazie mille," e poi scopre il collo per farselo allacciare. Vedo che continua a portare l'altro ciondolo d'oro. Non ho ancora capito cos'è, ma so che me lo dirà quando arriverà il momento. Mentre attraversiamo la piazza, condivido con lei alcune delle mie scoperte cinesi: che l'ateismo è un credo che fa proseliti come qualunque altro e che, anche se loro non lo sanno, ha un pantheon tutto suo di divinità con sede nell'Olimpo di Shanghai, dove il dio Yuan e Big Data ballano come Shiva sull'Himalaya. Greta tira fuori dalla sciarpa il naso schiacciato e arrossato: "Big Data?". Sì, le spiego sommariamente che secondo Mister

Nice è un dio molto potente, che serve al potere come strumento per elaborare statistiche attraverso i dati che lei e io disseminiamo senza volerlo e per condizionare le nostre menti quando non se lo aspettano.

"È capace di leggere nella nostra mente informazioni che non sappiamo di avervi immagazzinato, e anche di prevedere il futuro," dico sedendomi su una panchina di pietra davanti alla fontana.

"Allora è veramente un dio," commenta lei.

"Sì, solo che è un dio creato dall'uomo, che potrebbe essere usato anche per prevenire disgrazie... ma, credimi, la priorità non è questa."

E a questo punto le racconto che il mio amico Leandro si diverte a ingannare Big Data. Me lo immagino in questo momento, in questa serata d'inverno, che accede a Google o ad Amazon e cerca le cose più disparate: dalle pentole ai film di Paco Martínez Soria, passando per l'insetticida per afidi e i sistemi per l'allungamento del pene. Poi si fa un caffè e muore dalle risate constatando come Big Data cerchi, senza successo, di catalogare i suoi interessi e gli offra cretinate di ogni genere. Il mio amico è fatto così.

Di fronte, il teatro illuminato, silenzioso e deserto a quest'ora; dietro, quell'altro gigantesco blocco di luce, il palazzo, con le sue centinaia di stanze vuote. E, tra i labirintici arbusti della piazza, alcune coppie trovano il modo di riscaldarsi. Respiro profondamente. Persino gli odori si sono congelati.

Accendo una sigaretta del pacchetto che avevo iniziato in quelle terre e mi rimetto i guanti.

"In Cina è facile prevedere dove stiamo andando." E continuo: "Ha vinto il Grande Fratello. O il 'mondo nuovo' di Huxley. O entrambi. Ci sono così tanto rumore e così tante informazioni che sono tutti narcotizzati". Alzo lo sguardo e osservo le finestre che danno sulla piazza e che hanno iniziato ad accendersi. Ognuno nella sua cella, senza sapere di essere sorvegliato. Ma in ognuna di quelle celle c'è qualcuno connesso. Tutti guardiamo tutti, le vite bugiarde nelle quali ci mostriamo costantemente iperattivi come brave apine operose. Stamattina, in metrò, mi ha colpito la quantità di zombie che scivolavano verso i vagoni.

"Dovremmo buttare le tonnellate di ansiolitici tuoi e di Deirdre nell'impianto dell'acquedotto madrileno, così li prenderebbe tutta la città."

Ci mettiamo a ridere, ma non è affatto divertente. Una volta avevo sentito dire a Santiago che il depresso è colui che sta affogando nella sua stessa esistenza, a cui non restano le forze per essere padrone di sé. Poi ho saputo che è una frase di Nietzsche, tratta da *Così parlò Zarathustra*, mi pare. In questo senso, chiunque sia sulla ruota del criceto è depresso, ma non ha tempo per rendersene conto.

"Mi dispiace per la tua amica," mi dice Greta all'improvviso e, con mia sorpresa, mi chiede una sigaretta.

"Sì, anche a me. Adesso stavo proprio pensando a lei."

"Lo so."

Serena era sempre proiettata sul suo positivo, il suo avatar; ne era stata imprigionata, fagocitata. Proprio come io ero stata sul punto di rimanere intrappolata nel mio negativo, la diffidente Mercoledì. Due opposti ugualmente pericolosi.

Perché lo splendido avatar che diceva di essere Serena sui social, quell'insieme di pose e foto dalla luce perfetta, era irraggiungibile, e dal divorzio tra la Serena reale e il suo avatar inappuntabile era sorto quel tipo di autoaggressività che si acuisce fino ad annientarti. Serena, inginocchiata di fronte alla sua perfetta creazione virtuale, ogni volta che si vedeva una ruga allo specchio, ogni volta che aveva un problema intestinale o le si gonfiavano gli occhi per aver pianto, si maltrattava a forza di rimproveri. Eppure la vita del suo avatar continua a essere paradossalmente molto più lunga della sua e a tutt'oggi è presente sui social, dove riceve senza rispondere le condoglianze per la sua gemella.

Che cos'è successo per farci diffidare a tal punto della nostra memoria e della nostra umanità? Perché non lasciamo che sia lei a fare la sua digestione, la sua selezione naturale, e che torni ad archiviare i ricordi che le servono? Perché siamo imprigionati da questa ridda di dati e immagini che accumuliamo nella memoria artificiale di una pen-drive? Perché preferiamo la visione del mondo in differita mentre la registriamo con un cellulare rispetto a quello che i nostri occhi colgono in diretta? Perché sostituiamo la nostra voce con i messaggi di una chat senza intonazione né espressione né vita? Perché preferiamo che sia il nostro avatar a rappresentarci davanti al mondo?

Mentre Greta e io siamo sedute in mezzo a una piazza deserta che sembra un monumento all'inverno, mi viene in mente solo una risposta a tutte queste domande: "Perché abbiamo paura di un vero scambio emotivo. Perché abbiamo paura di soffrire. E non ci rendiamo conto che non provare niente è la peggiore delle sofferenze".

Poi guardo Greta. "E tu cosa ci fai con quella sigaretta in bocca?" le chiedo. "Questo non significa essere il tuo Yin, significa esercitare una pessima influenza su di te." E le calo il berretto fino quasi a nasconderle gli occhi. Poi il suo viso ricompare tra la lana blu. "Ehi, spilungona. Un po' di rispetto per una suora," mi ammonisce scherzosa. La invito a scegliere dove preferisce che lavoriamo, perché avremo bisogno del computer, le spiego, e gli appunti preferisco prenderli direttamente lì.

Lei si asciuga gli occhi che le lacrimano per il freddo. Rimaniamo intrappolate in questo silenzio cruciale; so bene che, se decide di continuare adesso, continuerà fino alla fine. Mi piacerebbe saper pregare per chiedere a un dio giusto di darle la forza di fare un altro passo, perché siamo già arrivate fin qui, perché, non lo nego, aiutare lei è aiutare anche me stessa, ascoltare lei è ascoltare anche me stessa. Con il tempo le nostre conversazioni hanno assunto un tono di confessione, di redenzione, ma soprattutto di comunione, di scambio. E credo che, sì, farebbe bene a entrambe accompagnarci in questo processo che stiamo affrontando, di qualunque cosa si tratti.

Mi squilla il telefono, non rispondo. Greta scoppia a ridere. "Non ci credo! Questa sì che è una novità!" mi prende in giro. "Che ti hanno fatto in Asia?" E alla fine dice una cosa che scoppia come un incendio nel cuore dell'inverno: "E va bene, noiosona. Troviamoci un posto al calduccio: abbiamo da fare".

Respiro profondamente, a rischio che mi si congelino i polmoni, e la spingo. "Alzati e andiamo," le dico.

Camminiamo in cerca di un posto tranquillo. È lunedì, perciò molti locali sono chiusi. Passiamo davanti al teatro: il tenore dimenticato dell'ingresso degli artisti dev'essere in letargo. Attorno a noi camminano tutti ad altre velocità, con lo sguardo incollato sugli schermi dei loro dispositivi, e io mi sento come se vedessi per la prima volta il mondo di Matrix, un mondo in cui, come dice Leandro, ci sono più cellulari che persone.

Un mondo che sta perdendo intensità.

Gli unici locali che troviamo hanno schermi che trasmettono partite di calcio e piccoli gruppi di uomini danno le spalle al bancone con la birra in mano, sotto la luce troppo triste e troppo bianca di un neon.

Non so perché, ripenso adesso a uno dei miei primi fidanzati ai tempi della scuola, che si prese la briga di portarmi a una partita. Io disprezzavo il calcio da quando ero piccola perché avevo vissuto tutta la vita attaccata al Santiago Bernabéu, con i suoi ingorghi e le sue orde di ubriachi che facevano pipì nella mia strada e gridavano fino a notte fonda. Eppure andai allo stadio per fargli piacere e finii per ritrovarmi avvolta in una bandiera, gridando come un'indiavolata sugli spalti, travolta da un'emozione incontenibile. Quel giorno capii che si trattava dell'emozione di ciò che accade dal vivo e che non può essere percepita attraverso uno schermo. Succede lo stesso con il teatro. E, per estensione, con la vita.

La diretta ha un'altra intensità. È un'altra cosa.

È questo il pensiero su cui sto riflettendo.

La vita in differita non può essere comunicata con tutti i linguaggi di cui la vita stessa dispone: una complessità di odori, di luci, di imprevisti e, soprattutto, di compagnia. Se ci preoccupiamo di fotografarla, smettiamo di viverla e dovremo accontentarci della sua piatta riproposizione. Proprio come si appiattisce la vita. La verità è che qualche mese fa non ho neanche festeggiato il mio compleanno perché ero troppo occupata a lavorare e ad avere un attacco d'ansia il giorno dopo. Avevo trasformato la mia vita in una massa amorfa di tempo ordinario, non c'era tempo per i festeggiamenti – quella pausa di tempo straordinario –, solo per un presente continuo dedicato a non fare altro che produrre.

Per questo, anche se mi ha promesso uno degli episodi più appassionanti della sua vita – quando aveva preso i primi voti –, e anche se per andare avanti oggi dovrei chiederle di chiarirmi molti dubbi che mi sono venuti in queste settimane, le dico: "E se prima di metterci a lavorare... festeggiassimo?".

"Festeggiare?" si sorprende Greta. "Cosa?"

"Il fatto che siamo vive."

Le tendo la mano e lei me la stringe con decisione.

"E va bene," risponde, "perché oggi ti racconterò qualcosa che ti sorprenderà," dice assumendo un'espressione furbetta.

E così, sotto braccio, ci dirigiamo verso l'Ouh Babbo, dove sicuramente Bruno ci insegnerà a preparare una delle minestre di suo padre.

La Comunità del Battesimo

58.
Bogotá
Anno 23

In futuro avrebbe ricordato in ogni particolare ciascuno dei cinque piani di quella che era stata la sua casa a Bogotá: lo stile inglese della facciata, l'odore di candeggina e di profumo per ambienti alla rosa e quei corridoi stretti che sapevano custodire segreti. In fondo, era contenta che madre Juana l'avesse fatta tornare. La sua permanenza a Maracaibo era stata breve, ma troppo intensa, intensa quanto la dipendenza provata nei suoi confronti da madre Dulce. Meglio tornare alla sua prima comunità, la Comunità del Battesimo, che madre Juana reggeva come un'imprenditrice, con la giusta distanza, ma nella quale Greta si sentiva anche protetta. Quella casa era stata il suo fiume Giordano e Juana il suo Battista. Anche se adesso aveva altri motivi per rallegrarsi di essere tornata nel suo paese...

Avanzò sul linoleum e contò i passi silenziosi che la conducevano alla stanza della vicaria, in quel piano destinato alla clausura a cui potevano accedere soltanto le suore. Una volta entrata, chiuse la porta lentamente, lasciò i panni stirati sulla sedia e si sedette ai piedi del letto. Solo lei poteva toccare i panni della vicaria. Era uno dei suoi molti privilegi. Solo lei poteva entrare nella sua stanza. Com'era diversa l'immagine che aveva adesso di Leonarda rispetto a quella della vicaria che le avevano presentato quando era arrivata. La prima volta che aveva parlato con lei aveva avuto paura, perché tutti la guardavano tenendosi rispettosamente a distanza. E invece adesso Greta era diventata la sua segretaria, la responsabile di ogni minimo dettaglio della sua vita.

Era vero che si era data da fare per meritarselo. Non voleva trovarsi di nuovo in difficoltà com'era successo a Maracaibo. Se aveva deciso di farsi suora era perché aveva sempre sospettato che la sua essenza fosse malvagia e ribelle. Pensava che la religione l'avrebbe indirizzata sulla buona strada, che i valori fossero soltanto lì. E invece adesso le fondamenta della sua fede traballavano spesso, come durante il terremoto che era stata Valentina. La crisi di fede che aveva vissuto era stata così angosciante e il suo rapporto con madre Dulce così intenso che era stravolta. Per questo, prima di tornare a Bogotá e prendere i primi voti si impose di curarsi da quella tendenza. Quando lasciò Maracaibo, lasciò anche Dulce, non solo per correggersi – doveva essere sincera con se stessa – ma anche perché l'amore di quella donna l'angosciava.

Nonostante ciò stava male, perché sapeva che se madre Dulce era andata a Bogotá non era solo per farsi controllare la cateratta a Barraquer, ma anche per vedere lei. E la realtà era che lei non voleva vederla. Le avevano detto che la stava cercando e che quella sera si sarebbe fermata lì a dormire.

Greta si sistemò la sottana, si lisciò la camicetta e prese aria. L'angosciava anche solo l'idea di incrociarla in casa o all'ora della preghiera. Come evitarla? Le toglieva l'aria.

Osservò ogni particolare della stanza della vicaria con la devozione di chi è entrato in un luogo sacro: il quadro della fondatrice al capezzale. L'orologio antico che segnava le ore e che a Greta sembrava far correre il tempo più veloce.

Tutto ciò le fece tornare in mente quando si erano conosciute. Le consorelle le avevano detto che la vicaria era un'umanista, una compositrice, docente universitaria e membro del governo provinciale. Improvvisamente, quella donna era apparsa nella sua testa di ventiquattrenne come il compendio della perfezione.

"Suor Greta," le aveva detto quando le avevano presentato la giovane novizia, "a quanto pare prenderà con noi i suoi primi voti. È una decisione molto importante."

Greta era rimasta immobile davanti a quella donna che aveva il doppio dei suoi anni e la faccia arcigna: i suoi occhi emanavano una verde ironia e, nonostante la piccola statura, le era sembrata irraggiungibile. Leonarda era l'immagine di tutto ciò che lei voleva essere. E aveva capito perché il mondo si rimpiccioliva a causa del timore suscitato dalla sua intelligenza.

"Venga con me," le aveva detto. "Ho una serie di compiti per lei."

Era stato allora che aveva scoperto che Leonarda era diabetica e che aveva bisogno di qualcuno che si occupasse delle sue medicine. Quell'informazione aveva conferito un pizzico di debolezza a tanta forza e Greta aveva provato compassione per lei. Tutti la guardavano da lontano come la statua di un'eroina. Ma ogni malato ha bisogno di cure. Greta si era offerta di aiutarla e, a poco a poco, Leonarda aveva iniziato ad affidarle piccoli incarichi: adesso, Greta aveva il compito di aiutarla a vestirsi, farle le iniezioni, assisterla quando aveva un calo di zuccheri e lasciarle una spremuta d'arancia appena fatta sul comodino prima che si svegliasse. Era quasi morta dalla felicità quando Leonarda le aveva assegnato l'incarico di organizzare il concorso fotografico della comunità. Nessuno le aveva mai dimostrato tanta fiducia. Mai. Era stato allora che aveva iniziato a intravedere la persona dietro la maschera.

Greta si alzò. Lisciò il copriletto che aveva lisciato mille volte. Sprimacciò i cuscini come piaceva a Leonarda e lasciò sotto quello di destra un rametto di lavanda fresca. Appoggiò sul comodino un contenitore di plastica e contò di nuovo le pillole. Quanto la rendeva felice prendersi cura di lei. Che regalo era stato, quel primo giorno in cui Leonarda aveva avuto la febbre e lei aveva passato la notte a cambiarle le pezze fredde sulla fronte, parlando senza mai smettere.

Già allora avevano iniziato a farlo a bassa voce, ricordò Greta, perché era molto tardi, ma da quel momento avevano continuato a sussurrare anche in pieno giorno. Fino alla mattina in cui Leonarda l'aveva chiamata nell'ufficio di madre Juana per un compito importante, che poi si era rivelato soltanto archiviarle alcuni documenti; sapeva che era molto ordinata, così le aveva detto. Greta ricordava l'odore di legno antico appena incerato di quell'ufficio come il più delizioso dei profumi e il sole che filtrava dalle finestre come un bagno d'oro che colorava la scena. E nell'intimità di quell'ufficio in piena luce Leonarda, l'umanista, si era avvicinata e l'aveva abbracciata.

Che momento magico e dolcissimo, ricordò Greta. Come avrebbe potuto vederla come tutti gli altri se d'un tratto si comportava come se avesse trovato una grande amica? Gli abbracci erano diventati sempre più lunghi e un giorno, senza sapere come, si erano trasformati nei baci proibiti della persona che aveva creduto irraggiungibile. Erano state sorprese dall'amore. Ecco tutto. Come avrebbero potuto non sviluppare una dipendenza da quei baci?

Greta sospirò e si distese sul letto. Le sembrava che la giornata non passasse mai fino al momento in cui si incontravano: dormire insieme, accarezzarsi, baciarsi con tenerezza e passione, quello era tutto il sesso di cui aveva bisogno, non c'era altro e non le serviva altro che baciarla e dormire con lei e uscire dalla sua stanza alle cinque di mattina prima che facesse giorno. In cambio, quando si svegliava, riceveva il regalo di una lettera d'amore sul cuscino scritta con quella grafia impeccabile da professoressa su un foglio con le rose, indirizzata "al mio angelo bruno".

Controllò l'ora sul vecchio orologio di porcellana che le comunicava sempre la brutta notizia che il loro tempo insieme era finito. Era già molto tardi. Perché Leonarda non era tornata? Forse quella notte non si sarebbero viste. Greta si sentì abbandonata. Come avrebbe fatto ad addormentarsi? Forse Leonarda era arrabbiata con lei perché la notte prima non voleva andarsene. "Forza, non fare la pigrona," le aveva sussurrato dandole una piccola spinta, "non ti addormentare un'altra volta. Lo sai che ci rivedremo tra poche ore." No, si tranquillizzò, di sicuro l'avevano trattenuta con la faccenda delle nuove novizie.

Aprì la porta e percorse il lungo corridoio con quei passi muti che attutivano ogni bacio, ogni carezza e le parole d'amore che si prolungavano fino al mattino. Stavolta sarebbero stati suoi complici per tornare in camera senza fare rumore. All'improvviso si fermò. Alla fine del corridoio sentì la voce allegra e ritmata di Dulce che chiedeva di lei. La visita oculistica era andata bene, stava dicendo a suor Drusilda, non l'avrebbero operata prima di un paio di mesi, quando le cateratte sarebbero state un po' più formate, ma non voleva andarsene senza vedere suor Greta, aggiunse in tono ansioso, mentre quest'ultima scivolava silenziosa in camera sua senza accendere la luce. Sentì la suora avanzare lungo il corridoio e, poco dopo, bussare.

Greta trattenne il fiato. Dall'altra parte la sua cara ma molto impegnativa Dulce. No, in quel momento non poteva vederla. Le avrebbe telefonato, decise. Era meglio così. Si sarebbero viste di lì a qualche mese, quando sarebbe tornata per l'operazione: a quel punto la distanza avrebbe fatto il suo effetto. Dulce bussò molte volte, ma Greta non rispose. Non avrebbe mai immaginato quanto si sarebbe pentita di non aver aperto quella porta.

Ma sì, il giorno dopo Greta le avrebbe telefonato per il suo compleanno e sarebbe stata contenta di sentire la sua voce, con la giusta distanza di cui adesso avevano bisogno, quella che c'era tra Bogotá e Maracaibo. Avrebbero riso molto e Dulce le avrebbe raccontato che aveva il letto pieno di regali portati dai genitori degli allievi. Era una direttrice molto amata. Greta avrebbe sentito la sua voce allegra senza sospettare che era l'ultima volta. L'umiltà di Dulce le impediva di credere di meritare qualcosa, perciò le sembrava strano ricevere tutti quei regali. Più tardi avrebbero raccontato a Greta che li aveva spostati per coricarsi e la mattina dopo li aveva rimessi sul letto, sempre senza aprirli, perché doveva andare molto presto a un'ordinazione sacerdotale.

Non ci arrivò mai. Ebbe un incidente con il furgone della comunità, che lei stessa aveva comprato, con i suoi soldi. A una curva precipitarono in un burrone per duecento metri. Una delle consorelle sopravvissute rimase bloccata con lei nell'abitacolo, testa contro testa, e la sentì mentre agonizzava. E il letto della superiora rimase pieno di regali non aperti, come la porta di Greta.

La giovane novizia, nascosta dietro la porta, in quel momento non immaginava quanto la morte aleggiasse vicino alla sua amica e che quella sarebbe stata l'ultima occasione per vedersi, perciò rimase immobile e al buio nella sua stanza finché non sentì che Dulce augurava la buonanotte a suor Drusilda. Poi fu sorpresa da un bacio che riuscì a raggiungere la sua bocca nell'oscurità.

"Shhh... non ti spaventare," disse una voce amata. "Non ce la facevo più a non vederti."

E iniziarono a baciarsi protette dalle ombre, finché le voci delle altre non si spensero e poterono accendere la luce. Parlarono e dormirono, abbracciate come tante altre notti. E in quel momento, con il petto pieno d'amore, Greta guardò quegli occhi verdi e osò dirlo: "Andiamocene, Leonarda. Fuggiamo".

E quella notte Leonarda pianse.

Per la prima volta, pianse davanti al suo giovane amore. Nella sua stanza, schiacciata dal senso di colpa per la giovinezza di Greta e il loro voto. "Dio mio..." Più tardi la vicaria cadde in ginocchio davanti al suo letto. "Com'è possibile che questa cosa stia succedendo a me? Tu sai che sono stata irreprensibile per tutta la vita e adesso... alla mia età sto perdendo la testa." Prima di coricarsi cosparse il letto di acqua benedetta per evitare di trovare la sua amata in sogno. "Aiutami a toglierti da dentro di me. Aiutami a uscire da te."

Con quella donna Greta imparò ad amare.

L'avrebbe ricordata come una delle emozioni più pure, qualcosa mai provato prima. Capì che, a partire da quel momento, dove fosse stata Leonarda ci sarebbe stata casa sua. Attraverso il suo ricordo avrebbe capito che la tenerezza, la complicità con una donna, non erano solo una questione di sesso, come era successo con Magda. C'era un altrove, a cui si accedeva con i baci di madre Leonarda. Le sue braccia calde, tra le quali sarebbe voluta invecchiare. A Greta non era mai sembrato strano innamorarsi di una donna. Ciò che non capì mai era come ci si potesse innamorare di un uomo, ma questo non lo rivelò neanche in confessione, per paura che il sacerdote si sentisse insultato. Come avrebbe voluto farsi confessare da una donna... ma questo lo avrebbe capito solo quando ne avrebbe scelta una, una giornalista, molti anni dopo.

Gli uomini potevano eccitarla, ma in nessuno di loro aveva mai trovato niente di così attraente da innamorarsene. Cosa poteva farci? Per questo i suoi grandi amori sarebbero stati sempre donne. Un'omosessualità emotiva che iniziò a trascinarsi dietro come un peccato, quando il suo peccato era soltanto amare. Mettere in dubbio le tendenze del suo cuore sarebbe stato molto più complicato che capire le sue tendenze una volta espulsa da quel mondo di donne. Un mondo in cui c'era un disperato bisogno di amare quando amare Dio non era abbastanza e in cui non era possibile farlo senza sensi di colpa e senza nascondersi.

Per questo, per non sopportare più il dolore, cercò di fare

marcia indietro e di sottoporsi a un severo processo di castrazione sentimentale che sarebbe durato diversi anni.

59.

Si chiamava Bárbara Sagel e, a quanto avevano detto a Greta, era perfida, ma era anche un'ottima psicologa. In ogni caso, madre Juana affidò a lei la sua protetta affinché la aiutasse a ritornare in sé, a tenere a freno la tendenza a creare "legami" inappropriati e a spazzare via una volta per tutte ciò che poteva essere rimasto in lei della torbida vicenda di Valentina, rischiando di intaccare la sua fede. Ciò che madre Juana non sapeva era che Bárbara Sagel odiava le suore e tutto quello che rappresentavano, sebbene per lei fossero anche un'inesauribile fonte di guadagno. La prima volta che la vide, Greta fu colpita da quella signora così distinta, sulla cinquantina, sguardo duro e in un certo senso psicocorretto, una magrezza rigida, piccola di statura e sempre appollaiata sull'impalcatura dei tacchi, rigorosamente in tinta con il vestito. In seguito, quando Greta scoprì che era entrata in politica, non se ne stupì affatto.

Fu con lei che Greta decise di impegnarsi a fondo per "curarsi" dall'omosessualità, anche se non commise l'errore di usare questa parola, tantomeno di raccontarle le sue esperienze. La faccenda di Valentina le era stata di insegnamento. E meno male! Più avanti Magda, la sua prima amante, con la quale si sentiva ancora quando quest'ultima andava a Bogotá, le raccontò che sembrava che la psicologa appartenesse a una specie di setta che rifiutava l'omosessualità. In ogni caso, per mezzo di Bárbara, Greta avrebbe vissuto quello che entrambe battezzarono il suo secondo tsunami.

Quando Greta arrivò quell'ultimo giorno, dopo quasi due anni di terapia, rimase a guardarla per un po' nella penombra delle tende socchiuse dello studio. Stava ripassando i suoi dossier per preparare la seduta, senza dubbio rallegrandosi per il lavoro fatto insieme. Greta aveva la sensazione che a Bárbara costasse lasciarla andare; eppure doveva. Intuiva che era arrivato il momento. Bárbara aprì il diario di Greta su cui avevano lavorato per quei due anni sul bel tavolo bianco, accanto al computer portatile bianco e all'iPhone bianco che teneva perennemente in modalità silenziosa. Durante le prime sedute era stata dura con lei. C'erano molti rami secchi da tagliare, l'aveva avvisata quando avevano iniziato a scavare nella mente di quella giovane novizia alla quale però diceva sempre che aveva un'anima molto antica. A furia di rimuovere macerie, l'aveva messa nelle condizioni di accettare un padre che l'aveva rifiutata prima che nascesse; aveva portato alla luce i ricordi dell'abuso da parte del cugino, che aveva nascosto in un angolo inaccessibile della sua mente e che ormai puzzavano di marcio e, la cosa più difficile, avevano disseppellito insieme – con molta cautela – il ricordo del suo amato Juan: lo avevano svestito degli abiti del principe buono che sua sorella gli aveva fatto indossare quando era scomparso per metterglìene altri da ragazzo violento e arrabbiato con il mondo qual era, per quanto adorasse Greta.

Fin dall'inizio, Bárbara si era interessata molto a lei. E qualche tempo dopo, con sua sorpresa e malgrado gli sforzi di Bárbara perché non succedesse, Greta si accorse che le si era affezionata molto. A suo parere aveva qualcosa di speciale: il suo spirito ribelle, la sua inquietudine, tanto che la maggior parte delle volte le loro conversazioni assomigliavano più a lezioni di psicologia che a sedute di psicoterapia. Questo motivava parecchio Bárbara, abituata a tenere conferenze. Greta aveva anche divorato tutti i suoi libri e questo accendeva la fiamma dell'ego della psicologa. Nessun'altra delle sue pazienti suore si era mai interessata alle sue opere.

Greta trovava buffi gli sforzi della dottoressa per non mostrarle troppo interesse e neanche un briciolo d'affetto. Uno dei problemi principali su cui dovevano lavorare era la sua dipendenza emotiva.

Durante quei due anni si erano viste tre volte a settimana. E Greta aveva iniziato a credere così tanto nella psicoterapia che la consigliava a tutti. Eppure, le consorelle preferivano continuare a guardarla come una bestia rara, quando parlava dei suoi successi con quelle sedute.

La cosa positiva era che sembrava che adesso non le interessasse più. Le piaceva annotare le sue emozioni nel diario che Bárbara le aveva regalato, e lo faceva in seconda persona, come se parlasse con lei. A partire da quelle pagine lavoravano insieme e

Greta aveva imparato molte cose. La psicologa le aveva insegnato come si generano le reazioni negli esseri umani e le aveva spiegato concetti rivoluzionari: "Nella vita la cosa più importante siamo noi, Greta, dobbiamo lavorare su noi stessi, altrimenti tutto quello che c'è fuori ci farà male. Siamo noi che lo trasformiamo in male". Quanto si sentiva diversa, adesso, dalla novizia tormentata entrata nello studio di Bárbara come una pecorella al macello.

"Con me i suoi capricci non funzionano," le aveva detto durante la loro prima seduta. "Non mi parli come una bambina. È grottesco."

Greta avrebbe affermato molte volte che quella donna l'aveva aiutata a essere adulta. Era liberatorio avere tanta confidenza con qualcuno senza nessuna dipendenza.

"Tenga a mente questo," le aveva detto un'altra volta quando Greta si era messa a piangere. "Io non sarò né una sua consorella, né la sua fidanzata, né sua madre."

Già due anni... pensò Greta mentre la guardava chiudere il diario. Ci erano voluti due anni per prendere i primi voti, due anni durante i quali si era sentita protetta, nel suo paese... E adesso era ora di formulare una nuova diagnosi, doveva aver pensato la terapeuta, e di dire alla giovane paziente qualcosa di molto rischioso che ancora non sapeva come avrebbe preso. Ma era maturata molto. E Bárbara confidava nella sua forza.

La seduta cominciò come tutte le altre. Greta le raccontò gli avvenimenti più importanti della settimana e, come al solito, in gran parte erano legati alla vicaria. Suor Leonarda fa, suor Leonarda dice, con un'ammirazione malata, una specie di innamoramento di cui non aveva mai osato dire altro. Quel pomeriggio, però, Bárbara la interruppe: "Non che io ci veda niente di male nel suo rapporto di amicizia con la vicaria, Greta, ma devo farle presente una cosa: innanzitutto, nella sua posizione non le conviene". E sfregò leggermente i tacchi tra loro. "Ma, oltre a questo, lei ha un profilo di dipendenza emotiva e, per lavorarci su, deve prendere le distanze."

Greta si irrigidì e non disse niente. D'un tratto ebbe paura che tutto stesse per ricominciare, che Bárbara avesse scoperto qualcosa e volesse riferirlo a madre Juana, che l'aveva già protetta fin troppo. Ma no, la psicologa non era preoccupata per i suoi rapporti amorosi, la distanza di cui parlava era molto più grande e non riguardava solo Leonarda.

Bárbara si alzò, appollaiata sui suoi altissimi tacchi a spillo bordeaux, e si sistemò la gonna dello stesso colore. A Greta sembrò una melanzana con i tacchi. Tamburellò sul tavolo con le unghie in pendant e ruppe gli indugi: "Io le consiglierei, Greta, di chiedere un anno sabbatico". La novizia la guardò spaventata. "Credo che lei abbia bisogno di conoscere il mondo. Mi ascolti bene, perché non lo ripeterò due volte, e tra l'altro negherò di averlo detto..." Si appoggiò al tavolo. "Non si faccia suora. Lasci perdere, Greta. È una vita parassitaria. È un'esistenza schematizzata da cui è impossibile uscire. E che dà tutto. Ma non è la vita vera. Esca, Greta, esca e conosca la vita vera. Lei è intelligente. È creativa. Si metta alla prova e ce la farà. Sfidi se stessa."

Quel pomeriggio, quando uscì dallo studio, Greta si sentiva divisa tra la tristezza e il sollievo. Incomprensibilmente la addolorava concludere il percorso con Bárbara, ma si sentiva anche tranquilla davanti alla prospettiva di interrompere per un po' il suo cammino, soprattutto adesso che la stessa Leonarda aveva iniziato a prendere le distanze da lei. Due giorni dopo, quando le disse che forse avrebbe chiesto un anno sabbatico, quest'ultima accolse la notizia con freddezza. "Molto bene," le rispose. "Ottimo." Soltanto questo. Era l'unica prova di cui Greta aveva bisogno. Dal momento che non era capace di interrompere la relazione, Leonarda aveva deciso di ignorarla. E quindi vi mise fine così. Vi mise fine male. Il cuore di Greta si fece piccolo piccolo, fino a diventare come il nocciolo di un'oliva. Dopo quell'ultima conversazione da sole, la vide camminare lungo il corridoio di linoleum verso quella stanza in cui le ore erano passate così in fretta. "Era la persona con cui avrei voluto trascorrere tutta la vita e aveva il doppio della mia età," avrebbe confessato molti anni più tardi. "Io sarei stata felice con lei, senza sesso, senza niente." Ma Greta aveva tutta la vita davanti e la vicaria una vita ormai costruita che non voleva vedere minacciata.

Tre giorni dopo, Greta comunicò a madre Juana che la sua psicologa le aveva consigliato di prendersi un anno di pausa, omettendo, naturalmente, il resto delle argomentazioni.

Madre Juana, seduta nel suo studio di legno incerato, non ne fu affatto felice. A dire il vero, secondo quanto avrebbe confidato in seguito alla stessa Greta, lo considerò una specie di tradimento da parte della psicologa. E il colmo era che era stata una sua idea mandare Greta in terapia da lei. Per questo, dopo il loro incontro, la superiora andò in chiesa e rimase lì a lungo chiedendo un consiglio davanti alla croce. Madre Juana era arrivata a cinquant'anni senza dubbi vocazionali e con una voce sicura e precisa che trasformava i suoi consigli in ordini, non era abituata a essere sfidata.

Dato che da Cristo non ottenne risposta, cambiò banco e tentò la sorte con la Vergine, lei che era la madre di tutte... da donna a donna: aveva fatto bene a lasciar entrare le scienze della mente in quel tempio dello spirito?

In realtà, a lei sarebbe piaciuto studiare psicologia e forse era questo il motivo per cui cercava di far passare tutte le giovani per il divano della psicologa. La cosa in consiglio non era malvista, perché di solito la terapia era usata per "spegnere i fuochi". Nel suo caso, però, non si trattava di usare un terapeuta per ridurre quelle ragazze in tessere da incastrare nel puzzle della sua comunità. No, lei non avrebbe mai fatto niente di simile. La superiora, in qualità di conoscitrice della mente umana, era molto rispettosa delle sue consorelle e non si era mai fatta mandare un dossier da uno psicologo. Non capiva perché alcune colleghe lo facessero. Ma vedeva le sue consorelle così insoddisfatte... si sentiva circondata da così tanta frustrazione e ipocondria che non sapeva più cosa fare.

Sospirò. Si avvolse il rosario di opale intorno alla mano. Erano tutte malate. Anche Greta avrebbe ricordato con una certa perplessità quel particolare quando lasciò la Città del Nord con il corpo gonfio, depressa, con disturbi alimentari e del sonno. Madre Juana, per quanto avesse una mente da imprenditrice, si prendeva cura delle sue consorelle e sapeva che molte di coloro che uscivano dal convento guarivano. Scosse la testa, emise un lungo sospiro e si alzò dall'inginocchiatoio per proseguire nel suo itinerario.

Ovviamente, se avesse ascoltato il ragionamento che Bárbara aveva fatto a Greta un paio di giorni prima, si sarebbe scandalizzata: "La suorina di turno non ha responsabilità, Greta, è un parassita... E che cosa fa?". La psicologa aveva accavallato le gambe e mosso nervosamente il piede. "Si ammala e non fa altro che stare a guardare quello che fanno le altre per criticarle: a che ora hanno spento la luce, con chi passano più o meno tempo, cose così. Alcune di quelle che vengono portate da me hanno trascorso quarant'anni senza nessuna responsabilità: faccio le mie due o tre ore di lezione, mangio, vado a letto presto, prego, chissà se questa crema è adatta al mio tipo di pelle... ahi, un'altra volta i reni." Aveva anche incrociato le braccia per comunicare chiaramente il proprio rifiuto di quella situazione. "E adesso mi dica, Greta: perché vuole diventare così?"

Greta, con gli occhi spalancati, non era riuscita ad articolare neppure una parola. Non si aspettava quell'arringa finale. E così le aveva dato modo di continuare: "Madre Juana pensa che reggere la comunità sia come giocare a scacchi, ma è molto di più," le aveva detto mentre ne approfittava per mettere distrattamente a posto i suoi fascicoli, ciascuno con un nome. "Le suore devono sentirsi soddisfatte della loro vita. Qui manca la parte umana. Se ne rende conto? Me le mandano quando hanno cinquant'anni, quando ormai non serve più." E aveva indicato con la mano aperta quella montagna di fogli.

Greta però non era d'accordo. Perché conosceva la parte morbida di quella corazza e sapeva che a madre Juana importava eccome, il benessere delle consorelle. Nonostante ciò, in lei la stratega era più visibile dell'essere umano; se le fosse stato concesso di mostrare maggiormente quel lato di sé, il risultato sarebbe stato la suora perfetta. Forse per questo la congregazione l'aveva ancorata all'incarico di superiora della provincia di Colombia.

Madre Juana non sospettava fino a che punto la psicologa si fosse spinta con le sue argomentazioni per convincere Greta a prendersi una pausa, ma quella sera ebbe davvero paura che l'avesse giudicata duramente. Si alzò agile dal banco e si lisciò l'abito. Lanciò un'ultima occhiata al Cristo con la coda dell'occhio: che cosa doveva fare? Doveva concedere quell'anno sabbatico a Greta?, si chiese mentre attraversava il lungo corridoio, immersa nelle sue elucubrazioni.

Aveva adorato fin da subito quella ragazzina, pur sapendo che sarebbe sempre stata problematica. Era una leader nata ed era intelligente, una qualità che avrebbe rappresentato un problema nella comunità perché, lo vedeva anche lei, erano tutte così mansuete, troppo mansuete. Greta era come un vento forte che poteva rovesciare una barca ma, ben guidata, quella barca avrebbe potuto sospingerla con decisione in un porto sicuro. Per questo l'aveva accolta. Almeno su questo, la stratega e la sua parte umana erano d'accordo. Madre Juana, la Battista, la voleva vicino. In una casa dove non ci fosse stata una scuola si sarebbe annoiata. Quello che la superiora non aveva previsto era che la crescita umana di Greta avrebbe messo in crisi la sua vocazione.

Madre Juana salì le scale che odoravano di rose dirigendosi verso i suoi appartamenti a cui nessuno aveva accesso e dove a volte la solitudine era più intensa. Chiuse la porta della sua dimora, rivestita da un'elegante tappezzeria e circondata dalla bellezza e dall'ordine di cui aveva bisogno per pensare. E pensò tutta la notte a come fare in modo che Greta restasse, pur sapendo di doverla lasciar andare.

60.
Madrid, febbraio 2018

> L'inchiostro del sapiente è più prezioso del sangue del martire.
>
> Maometto

È tutto il giorno che non faccio altro che pensare a questa frase di Maometto. È doloroso rendersi conto di quanto sia in contrasto con le notizie dei vari attentati. Senza che lo volessi, ha provocato una reazione sinaptica nel mio cervello, che ha unito tutti i punti con la storia di Greta. L'ho messa in relazione anche con le mie esperienze di radicalismi di ogni tipo. Ho conosciuto molte persone che difendono un'idea astratta così immensa da impedire loro di vederne le conseguenze, una volta messa in pratica nelle nostre piccole vite quotidiane... Questa cecità mi spaventa.

Se Madrid ha qualcosa è la luce.

Anche d'inverno.

E se qualcosa cercavo quando ho affittato questa casa erano punti di fuga, e che questa luminosità non incontrasse troppe barriere per entrare in casa mia. Essere svegliata da questo invitto sole di febbraio, capace di riscaldare la città almeno durante il giorno. Perciò approfitterò di questa giornata di luce invernale per immergermi nell'oscurità. Che poi di notte verranno la gelata e l'astenia provocata dal freddo.

Ho quindi deciso di vedere il documentario di Gabriel sulle sette. Me lo aveva dato tanto tempo fa: credo di aver fatto resistenza. E adesso, per quanto mi abbia sconvolto, sono felice di averlo visto, tanto che lo citerò nel mio reportage. Accendo il computer. Il sole descrive strane geometrie che fanno sembrare meno spoglie le pareti. È incredibile che non abbia ancora trovato un quadro da appendere, tantomeno fotografie. Mi manca vedere qualche faccia da queste parti, oltre alla mia nello specchio.

Quello che mi ha colpito di più nel documentario è stata l'intervista all'avvocato di Sahira, la ragazza musulmana arrestata per terrorismo: la poveretta aveva cercato un fidanzato su un sito internet, che poi si era scoperto essere un covo dell'ISIS, destinato a reclutare adepti. Che occhio aveva avuto: il suo presunto fidanzato iracheno era risultato appartenente alla setta e adesso lei, a diciott'anni e senza sapere perché o percome, era finita in carcere.

Mi vengono in mente i brutali attentati di Barcellona e il ricordo di come la notizia era stata manipolata in Cina: erano i pericoli della libertà, così diceva la stampa governativa. Chi avrebbe voluto vivere in Occidente? In un periodo nel quale subiamo attentati in nome di divinità vendicative, molto meglio essere atei! In questo secolo di rivolte politiche in nome di intellettualizzazioni eccessive, meglio non avere idee politiche! Meglio vivere dietro la nuova Grande muraglia informatica, isolati sì, ma anche protetti dal mondo. La verità è che l'Occidente si sta dando da fare per avvalorare il ragionamento del regime del Dragone.

Scrivo: posso anche capire che credano di vivere nel loro mondo felice, lì dentro. Quello che davvero trovo inconcepibile è che lo credano anche alcuni di noi, qui fuori. Per associazione di idee, mi viene in mente la filosofa svizzera conosciuta durante il mio soggiorno a Shanghai, una presunta democratica: sulla cinquantina, risata da Babbo Natale, quando ci avevano fatto togliere le scarpe per prendere il tè le erano spuntati gli alluci dai calzini bucati. In quella circostanza aveva iniziato a parlare di Mao con ammirazione; riteneva che in Europa avessimo molto da imparare da quel regime. Io, che la ascoltavo sbalordita mentre giravo una di quelle tavole-roulette con la speranza di accaparrarmi la zuppa di zenzero in mancanza di qualcosa di più forte, mi ero limitata a chiederle spassionatamente se si riferiva all'opportunità che introducessimo nei nostri paesi le tremila esecuzioni legali all'anno, o forse al fatto che non esistessero mezzi di comunicazione liberi né una giustizia indipendente, o magari al fatto che i cittadini non potessero accedere a internet. Tanto per sapere.

"Tipico caso di svizzera che si annoiava nel suo paese," aveva sentenziato il suo concittadino Mister Nice alzando gli occhi al cielo quando glielo avevo raccontato, quello stesso pomeriggio. Secondo lui, siccome si sentiva in colpa per essere ricca, aveva bisogno di rendere emozionanti le sue giornate giustificandosi e fustigandosi per il nostro abusato ruolo di antichi invasori. In ogni caso, la svizzera in questione mi aveva guardato un po' male quando le avevo fatto notare che a me preoccupa di più come si comportano i nostri paesi adesso, nel presente, rispetto a quanto accaduto nel periodo coloniale. Per esempio le avevo chiesto se, a parer suo, la Svizzera avrebbe preso finalmente una posizione netta sulla trasparenza fiscale oppure se avrebbe continuato a custodire scrupolosamente nei suoi caveau il denaro sporco di tutti i mafiosi del pianeta.

Credo di non esserle risultata troppo simpatica.

Estraggo il Blu-ray di Gabriel e il televisore si spegne con una triste dissolvenza. È un ottimo documentario. Davvero ottimo. Tanto che ho bisogno di affacciarmi al balcone e di guardare il cielo per riprendermi: grandi idee, molto più grandi degli uomini che le avevano concepite, erano state ciò che aveva permesso a Putin di mettere a ferro e fuoco Groznyj, quella che oggi le Nazioni Unite dichiarano "la città più distrutta del pianeta". Grandi e civilissimi valori sono ciò che una settimana fa ha fatto sì che dalle pareti del museo di Manchester venisse staccato quel capolavoro intitolato *Ila e le ninfe* di John William Waterhouse, dopo un accanito dibattito online sul suo contenuto maschilista. Grandi valori e ferree leggi della morale sono ciò che ha permesso a quello squalo di madre Dominga di scrivere la lettera che ha buttato la vita di Greta giù lungo un tubo di scarico, ripetendosi poi che era una grande idea e, nel frattempo, sotto quel foglio, la libertà si spargeva come si sparge il sangue, che non è inchiostro, che non è nero, che è rosso, che scorre nelle vene di esseri umani, la cui vita e vocazione hanno lo stesso peso di quelle della persona che regge quel foglio.

Mi appoggio alla ringhiera e compongo il numero di Gabriel. Lo sorprende e lo lusinga che lo abbia chiamato solo per fargli i complimenti per il documentario.

"Ti ricordi che cosa diceva il nostro capo degli Esteri?" gli chiedo mentre mi accendo una sigaretta come omaggio a quei giorni, e lui mi confessa di no. "Che la Terza guerra mondiale sarebbe stata la guerra al terrorismo e che l'unico e immenso fronte sarebbe stato il mondo."

"E allora era un'illuminata," dice Gabriel all'altro capo del filo, con quell'inflessione attoriale della voce che ottiene risposte a qualunque domanda.

L'illuminata in questione diceva anche che le nazioni stanno scomparendo e che i confini delle frontiere sono sempre più sfumati. Ed è vero, gli dico, adesso il mondo è un immenso centro commerciale, un gigantesco Zara e uno smisurato Carrefour o, cosa ancora più inquietante, un'azienda di telefonia immateriale o un Amazon onnipresente. Non sappiamo più se siamo spagnoli, tedeschi o americani, quello che siamo tutti, senza saperlo, è milleuristi delle multinazionali cinesi. Invasioni silenziose, era solita dire, non solo territoriali o economiche, questo era quasi il problema minore. Erano invasioni dell'identità.

"Se non sai più chi sei o quali leggi valgono nel tuo paese... come cazzo fai a essere libero?" concludo.

Lui resta in silenzio e poi dice: "Grande discorso... Ho sempre trovato molto affascinante la tua veemenza".

"Veemente io?" protesto civettuola. "Questo a me non lo dici!"

"Sì, te lo dico e te lo ripeto quando e dove vuoi tu. Anche stasera a casa mia, se ti va. Che fai stasera?"

Mi difendo. E per questo gli dico una mezza bugia. Gli dico che devo andare a lezione di meditazione, che purtroppo non so a che ora finiremo... Non insiste anche se io voglio, desidero che lo faccia. Sono una stupida, mi dico quando riagganciamo. Una paurosa, un'idiota completa.

Mi avvicino con timore alle scatole nell'angolo. Apro la prima e ci frugo dentro finché non compare quello che sto cercando. Per il momento, questa andrà bene: io e mia madre in Thailandia, che attraversiamo un fiume in equilibrio su un elefante. La metto a sua volta in equilibrio al centro della mensola. Oggi sento di avere finalmente le forze per iniziare a fare qualche cambiamento.

61.

Inconsciamente, mentre cucinavo un petto di pollo e degli asparagi, ho iniziato a progettare la profilassi mentale che mi preparerà per la mia nuova vita.

La prima misura è stata prendere la decisione che non mangerò mai più davanti al computer. Mi ero abituata all'idea che tutte le ore della mia giornata dovessero essere vissute a cento all'ora e adesso devo lottare contro l'*horror vacui* che oggi, lo ammetto, mi sta provocando una certa ansia. Immagino sia la stessa sensazione che prova chi smette di fumare, una persona in prepensionamento o che si ritrova inaspettatamente vittima di una cassa integrazione feroce e fa colazione per la prima volta in casa con la prospettiva di venti ore davanti a sé da investire in quello che gli verrà in mente. D'un tratto sono più visibili i buchi, ma non quelli nella tua agenda, quelli nella tua vita. Una crisi d'astinenza simile a quella vissuta da Greta. Lei sostiene di dover stare lontana dalla Chiesa per un po', per superarla. Forse io devo disintossicarmi dal lavoro e dall'iperconnessione costante al cellulare e ai social e imparare a intrattenermi in altro modo. Per esempio, per la prima volta ho tempo per l'esperienza non remunerata che è, secondo la maestra Jedi, quella che ci fa imparare di più. Per dirla con Han, il mio profeta, l'equilibrio consiste nel trovare tempo per il fare e il non fare, per la stasi e il viaggio, per la solitudine e la compagnia, per il lavoro e le vacanze. Mi rilasso anche solo leggendolo.

Metto un pizzico di sale di Maldon sugli asparagi e apparecchio la tavola come si deve: tovaglietta, fiori, pane e un bicchiere di vino. Buon appetito.

Un'altra misura è stata fare un repulisti dei contatti della mia vita precedente. È un fatto: devo iniziare a disconoscere le persone. Non mi ci stanno nell'hard disk, non in quello del computer, intendo proprio nel mio. Estirpare chirurgicamente tutto ciò che è di troppo nella mia agenda si sta rivelando terapeutico. Ogni volta che un contatto finisce nel cestino del cellulare, ho come la sensazione che scompaia dalla mia vita. Il primo che ho buttato è stato Rosauro, gli ho concesso questo onore e mi ha provocato un piacere immenso. Ma comunque, adesso che sono in fase di latenza, come dice Leandro, se c'è una cosa che mi proibisco è passare tante ore davanti a uno schermo che non sia quello del cinema. Soprattutto di sera. E specialmente a partire dall'ultimo *speech* che mi ha impartito ieri al telefono, quando ho ammesso che da tre anni soffro di insonnia: "È normale, sei bombardata tutto il giorno dalla luce blu". E lo avevo sentito masticare qualcosa. "Scusa, sto morendo di fame."

"La luce blu? E quale sarebbe?"

"Tutta. Quella dei cellulari, dei computer, dei tablet. Inganna il tuo cervelletto e gli fa credere che è giorno. Così inizi a secernere serotonina a pacchi, invece della melatonina, che è quello che dovresti fare quando è notte, come ogni essere vivente. La conclusione è che, invece di avere sonno, sei su di giri."

Mentre lo ascolto, me lo immagino in casa sua circondato da luci calde, da paralumi di pergamena o cristallo soffiato. È vero che quando sono da lui mi viene sempre sonno. E mi riprometto di non sottopormi a bombardamenti di luce blu a tarda ora per qualche tempo. Vediamo se ce la faccio. Vediamo che succede.

Da ultimo – e per marcare un vero "prima" e "dopo" nella giornata di oggi – mi sono avvolta intorno al collo una sciarpa che mi ha comprato mia madre e che non metto mai perché è lunga tre metri, ho spalancato i balconi e, seduta su un cuscino, ho cercato di meditare. Credo sia una buona idea non pretendere troppo da me stessa, perciò ho ripetuto quello che mi viene bene: mi sono immaginata mentre esalavo del fumo nero e, insieme, tutte le mie paure – non lavorare più per molto tempo, non riuscire a pubblicare il reportage –, e il fumo ha inondato plaza de Oriente, ha fatto ombra al Palazzo e si è perso nell'orizzonte dorato della sierra. In seguito, aiutata dal sole, ho inspirato questa luce e mi sono tatuata nel cervello la seguente frase: "Il mio corpo e la mia mente sono puri". Un'affermazione che prima mi faceva venire da ridere anche solo a sentirla, ma che oggi, a poco a poco, ha rivestito il mio corpo con una lamina dorata sottile e scricchiolante, fino ad avvolgermi completamente.

E mi sono rasserenata.

Quando sono uscita dal mio letargo, mi sentivo piena di energia e, mentre mi insaponavo con cura sotto la doccia, ho pensato che Greta ha avuto un grande coraggio e una forza di volontà ancora più grande per non accettare l'offerta che le aveva fatto il tizio del monastero.

Perché doveva spezzare un circolo vizioso. Probabilmente è l'unico modo per ricostruirsi. Lei ha creduto in se stessa per la prima volta, indipendentemente dalla Chiesa, e ha scelto di dire di no, con cinque euro in tasca e confidando che avrebbe trovato altro.

Appunto per me stessa, stavolta gentilmente offerto da Hegel: saper dire di no riempie la vita di vita.

La terza decisione – e la più difficile da mettere in pratica – è che cercherò un ritmo tutto mio, come quell'anziano di Shanghai che trascinava la sedia a rotelle della moglie. Per questo oggi sono uscita e mi sono proposta di andare al ritmo delle mie rivoluzioni. Questo me lo aveva suggerito una volta Santiago, in seguito a uno dei miei attacchi di stress. Aveva alzato gli occhi al di sopra di quegli occhiali immaginari che a volte si dimentica di indossare e mi aveva detto: "Trova un ritmo che ti faccia sentire a tuo agio e cerca di mangiare a quel ritmo, camminare a quel ritmo, scendere da un taxi a quel ritmo, senza dare importanza agli altri. Ribellati, puoi farlo," e poi si era appoggiato di nuovo allo schienale della sua poltrona di pelle scura, tutto soddisfatto.

Riconosco che in quel momento, intrappolata com'ero nel mio loop, le sue parole mi erano entrate da un orecchio e uscite dall'altro.

A proposito di Santiago, ripenso a quando ho fatto l'omonimo Cammino, e il mio cervello torna a collegare i punti: quella frase che adesso cade proprio a fagiolo e che riassume ciò che ho imparato durante i settecento chilometri percorsi a piedi tra Roncisvalle e Compostela. Ormai in Galizia, disperata per una dolorosissima tendinite al ginocchio destro, ero seduta sul muretto che delimitava un piccolo cimitero e stavo divorando delle mandorle quando mi si era avvicinato un vecchietto di quelli con il basco e aveva iniziato a contemplare l'orizzonte accanto a me. Mi chiese perché avessi il ginocchio bendato. Io ammisi di essere dispiaciuta perché, dopo tanta fatica, non sarei arrivata a Santiago. Mi faceva malissimo. E lui, socchiudendo gli occhi e con il suo dolce accento gallego, disse: “Pellegrina, cammina come un vecchio per arrivare come un giovane”. Mi assale un’altra delle mie fantasie, in cui il vecchio di Shanghai e quello del Cammino di Santiago sono in realtà la stessa persona. Una specie di angelo custode che mi dà indizi nei vari paesi, disperato perché io non li colgo. Se è così, la prossima volta che mi apparirà davanti mi darà uno scappellotto di quelli che ti spettinano, gridandomi: “E smettila di correre, cazzo!”.

In ogni caso, in quel primo incontro sul Cammino il consiglio aveva funzionato. Perché in effetti avevo iniziato a camminare più lentamente e, se è vero che non ero arrivata più giovane, ero comunque arrivata quasi senza zoppicare. Il problema, ovviamente, è che gli avevo dato retta solo fino all’arrivo a Compostela, perché poi, una volta tornata a Madrid, avevo ripreso a correre senza sosta dietro la mia vita per i quindici anni successivi, finché quella tendinite insopportabile non mi era passata in forma cronica al cervello.

Arriva il momento di passare all’azione. Sono uscita e ho passeggiato un bel po’ cercando il mio ritmo interno sotto questo sole invernale inaspettato. Una volta che mi è sembrato di averlo individuato, il mio primo conflitto è stato al supermercato, con quella donna che mi seguiva dicendo: “Permesso, permesso, permesso...”. Ho frenato di colpo e lei mi è venuta a sbattere contro. Poi mi ha spinto via, stizzita. Non so come ho mantenuto la calma necessaria a respirare profondamente e a rivolgerle un sorriso, a continuare a frugare con calma tra i sacchetti di verdure con lo sportello dell’espositore aperto, sbarrandole il passo. Sbuffava come un toro scatenato, ma alla fine non mi ha caricato.

Più tardi sono stata protagonista di un momento di tensione da Starbucks mentre decidevo, ferma davanti al bancone, se mi andava un macchiato doppio o un cappuccino. Dietro una delle casse, la ragazza bassina piena di piercing gridava a voce sempre più alta: “Il prossimo,” e io non mi scomponevo. “Il prossimo!”, e allungava il collo al massimo. “Il prossimo!!!” e questo lo ha detto rivolgendosi proprio a me, ormai incredula. Sono andata verso di lei lentamente. “Buongiorno,” le ho detto, cosa che ha fatto abbassare la sua irritazione come la schiuma del latte. Credo di essere rimasta a pensarci ancora un attimo, indecisa, finché non le ho comunicato cosa volevo. Poi, approfittando del fatto che digitava nervosa sul suo terminale, le ho chiesto se avesse ancora molte ore di lavoro davanti – doveva essere davvero stancante avere a che fare con il pubblico – e lei mi ha risposto di sì. Soprattutto quando i clienti sono "in panne", ha aggiunto, spostando tutto il peso del suo corpo su una gamba con un atteggiamento da dura. Sono orgogliosa di aver finto di non cogliere la frecciatina e di averle anche augurato buon pomeriggio sorridendo. A quel punto la sua espressione è cambiata. Sa sorridere e si chiama Casilda.

Credo però che la sfida maggiore, quella che è stata sul punto di segnare una battuta d'arresto nel ritmo vitale che avevo appena trovato, sia stata quando ho preso un taxi perché ero in ritardo per la lezione di meditazione. Perché correre?, mi sono detta. Faceva troppo freddo. Quando ho tirato fuori la carta per pagare, dietro di noi si è formata una piccola carovana di macchine che hanno iniziato a suonare il clacson nervosamente. La tensione ha contagiato il mio tassista, al quale tremava il lettore della carta tra le mani. "Cavolo," ha esclamato, "ce l'avevo spento, mi scusi," e poi, rivolgendosi agli altri: "Un attimo, accidenti! Che fretta...!", allora ho cercato il suo sguardo nello specchietto retrovisore e gli ho detto: "Stia tranquillo, noi non ne abbiamo". So che il mio commento gli ha fatto piacere, perché la sua espressione si è distesa. E poi mi ha augurato un ottimo pomeriggio.

Ho attraversato la strada in direzione del centro schivando il fuoco di fila di espressioni di odio degli automobilisti, a cui avevo fatto perdere un minuto del loro tempo. Oh Signore... sarà difficilissimo. E dire che dovevo ancora superare la prova più ardua della giornata.

62.

Perché la mia generazione ha perso la scala dei grigi?

In fondo il motivo della sua telefonata non mi ha sorpreso.

Solo rattristato.

Sono contenta che sia arrivata appena prima che entrassi alla lezione di meditazione. Mi è servito per chiarirmi le idee. Ho preferito parlare con lei fuori, perché intuivo che la conversazione sarebbe stata breve e che avrebbe aggiunto freddo al freddo.

"È un buon momento?" mi ha chiesto senza nessuna intonazione particolare, e io ho pensato che no, per quello che stava per dirmi non sarebbe mai stato un buon momento: era una cosa che la faceva arrabbiare, che sapeva che avrei capito, che forse non avrebbe dovuto dire a suo marito del mio reportage, ma in fondo lui lo avrebbe scoperto comunque quando sarebbe stato pubblicato.

E lì ho capito che le dispiaceva davvero.

"Non preoccuparti, Diana..." Ho mentito, ho dissimulato il mio dispiacere: era stato già molto bello che avesse pensato a me come madrina di Lilo. Mi accontentavo di questo.

"Hai già dove pubblicarlo?" si è improvvisamente interessata.

"No, ma tranquilla." Avverto un dolore sconosciuto. "E tu? Hai già un'altra madrina?"

Qualcosa si è rotto. Qualcosa che non ha fatto rumore. Il legame. Di colpo, la sua voce era quella di una sconosciuta.

"Non fraintendermi, Patricia. Sai che ti auguro sempre il meglio. Per questo mi preoccupo, questa cosa non ti porterà altro che pro..."

"Davvero, non preoccuparti per me," la interrompo. "Ci sentiamo presto. Un bacio."

Quando ho chiuso la telefonata, l'angoscia che mi ha stretto la gola mi ha detto il contrario: no, non ci sentiremo presto. Avrei dovuto fermarla. Avrei dovuto chiederle un appuntamento per parlare. Costringerla a darmi quella diagnosi, quello schiaffo, in faccia. No, un'amicizia non dovrebbe mai essere interrotta al telefono.

Continuo a rimuginare su alcune frasi della conversazione con Diana, perché credo che abbia colto nel segno. Accendo una sigaretta del pacchetto che ho comprato a Shanghai. Non è per fumare. È che nel fuoco c'è un elemento di purezza di cui ultimamente ho bisogno. Ed è anche un modo per andare controcorrente, lo ammetto. Un piccolo atto di ribellione. Iniziare a fumare quando non lo fa più nessuno. Mentre guardo la sigaretta consumarsi senza fare quasi neanche un tiro, penso che la mia generazione si è polarizzata su due posizioni radicali: c'è un modello di giovani-vecchi, quello a cui appartiene Diana, che decide di tenersi lontano dalla confusione della mondanità quando ha figli, perché pensa di aver già vissuto tutto quello che doveva vivere come individuo ed è ora di ritirarsi in una villetta per darsi a una tranquilla vita famigliare. È la vecchiaia a partire dai quaranta. Come se fossero andati in pensione dalla vita. E poi c'è l'altro modello, i Peter Pan che finiscono per lamentarsi del contrario alla fine dei loro giorni: quelli che sono scappati da tutto ciò che gli puzzava di "tradizionale" cercando la libertà, quando non sapevano neanche bene dov'era, e si sono preclusi qualunque legame emotivo che avrebbe potuto portargliela via. E passiamo la vita a confondere i legami con i legacci. Per questo le parole sono importanti. Perché non sono gusci vuoti, sono piene e vive, e racchiudono concetti importanti. Avere una vita emotiva o sentimentale, mi ha detto una volta Santiago, così come avere un figlio, non implica perdere niente, dipende da come lo integri nella tua vita, è possibile che tu scopra che ti dà una soddisfazione e una pace che ti preparano meglio a morire, perché inconsciamente il tuo corpo e la tua mente sanno di aver fatto un passaggio. Morire non ti dispiace così tanto. O, come mi ha detto mia madre più di una volta, essendo com'è, liberale fino al midollo: chi non ha un figlio finisce per non sapere cosa significa l'amore nella sua manifestazione più pura. Il fatto è che a noi seguaci della setta del presente fa paura condividerci, in generale. Diciamo a noi stessi che l'individualismo radicale ci rende liberi. E inizio a pensare che non sia vero. Il risultato è una vita mediocre, un brutto film, ripetitivo e pesante, in cui ciò che è immediato inizia a sostituire del tutto ciò che è importante. E un bel giorno – è successo a me proprio oggi pomeriggio – succede qualcosa di imprevisto, piccolo e definitivo, che ti libera dalla paura di vivere.

63.

Oggi sono stata sul punto di morire.

Così, semplicemente.

Ho sempre immaginato che un accadimento così trascendente sarebbe stato preceduto da una serie di segnali. E invece no. Il giorno della tua morte può essere uno come tutti gli altri. Be', forse in effetti un segnale c'è stato, adesso che ci penso.

Per la prima volta da quando mi sono iscritta al centro, sono arrivata in anticipo e mi sono seduta nella sala vuota. Sulla pedana dove si accomoda la maestra Jedi, i Buddha sembravano più sorridenti grazie a quel gioco di ombre.

La prima ad arrivare è stata Luciana, la madre della ragazza-loto, di cui Leandro mi parla sempre più spesso. Ogni volta Amelia fa una sosta tecnica in bagno. A quanto pare, Leandro le vede durante i fine settimana e vanno insieme alle mostre. Credo che il disturbo di Amelia lo affascini come se si trattasse di una nuova specie. E Luciana è molto attraente... "Da quanto tempo non ti vedevo," ha detto appoggiando al muro il suo corpo snello, e poi ha lanciato un paio di occhiate dietro di sé per controllare la figlia. Quando entra Amelia, con i suoi quindici anni intrappolati in un corpo che ha superato la ventina, chiede scusa come sempre prima di parlare, poi mi dà un bacio languido e mi mostra il disegno di una bambolina con gli occhi sproporzionati, i capelli che le arrivano ai fianchi e un cellulare in mano. Sopra ci ha scritto *Serena* con una grafia mostruosa. "Com'è stato triste, e com'è crudele e irresponsabile la gente," dice Luciana appendendo il suo cappotto e quello di Amelia sull'appendiabiti. "Sì, che tristezza," sussurro, senza riuscire a non guardare la sedia su cui si sedeva lei, nell'ultima fila, per entrare e uscire più facilmente quando doveva postare le sue foto. Amelia si dirige come sempre verso la prima fila. "Io l'avevo detto a mia madre," commenta senza nessuna emozione. "Gliel'avevo detto che Serena sarebbe morta." Lascia cadere a terra il cuscino, poi si contorce in una posizione impossibile e chiude gli occhi.

Leandro ha proposto di bere qualcosa tutti insieme dopo la lezione per fare un brindisi in onore di Serena, dico a Luciana, e quando nomino Leandro lei si ravvia i capelli biondi dietro le orecchie con aria civettuola, ma poi mi spiega che con Amelia è impossibile: sua figlia ha abitudini molto rigide perché non riesce a focalizzare l'attenzione, perciò in un locale pieno di gente mette tutto sullo stesso piano. La osservo mentre si risistema un po' infastidita sul cuscino, cercando una posizione che non trova. Quindi per lei il mondo è un ammasso inquietante di stimoli. Per questo l'ha iscritta al centro, mi dice Luciana, per allenare il più possibile la sua mente. Prima non veniva alle lezioni con lei per farla sentire più libera, ma adesso sta passando un brutto periodo.

"C'è da impazzire," faccio notare a Leandro quando si siede accanto a me.

E lui, dopo avermi dato un bacio, me lo conferma e mi dice che ammira Luciana per come affronta il problema di sua figlia e per tutte le ricerche che fa sul suo disturbo. È diventata un'esperta nel trattamento dell'Asperger. Tanto che lo sta aiutando a trarre delle conclusioni sull'empatia animale, dice, come se avesse bisogno di darsi o darmi una giustificazione per tutto il tempo che trascorre insieme a lei.

I Buddha si illuminano un po': è il segno che la maestra Jedi sta per comparire in scena.

"In fondo, lo stesso succede un po' a tutti noi," commenta Leandro.

Mi accorgo che ha le rughe del viso più marcate del solito, come se la stanchezza gliele avesse incise più profondamente.

"Stai bene?" gli chiedo.

Rovescia la testa all'indietro e mi risponde di no seccamente: alla fine hanno tagliato i finanziamenti alla ricerca e a lui sono rimasti due esperimenti a metà e un'intera colonia di farfalle in fase di crisalide. E il problema non è solo che adesso dovrà dedicarsi soltanto a fare lezione, no, è che tra meno di un mese taglieranno luce e riscaldamento ai laboratori.

"Mi moriranno tutte di freddo prima della primavera."

Restiamo in silenzio. Lo abbraccio. E lui appoggia la testa, dalla mente così brillante, sulla mia spalla. So che cosa significano per lui quei "miracoli biologici", per usare la sua definizione.

"Ma una soluzione deve esserci," mi indigno, agitandomi sull'odiosa sedia di plastica.

Non dice niente. Si limita a rimanere immobile con la bocca un po' aperta e lo sguardo fisso, come se si fosse congelato appena prima di rispondermi.

Frattanto la sala si è riempita. Prima è arrivato Toño derapando sulla sedia a rotelle e parlando con Isaac, che poi si è seduto stanco accanto a lui: noto che per la prima volta occupa una sola sedia. Dall'ultima volta che l'ho visto è molto dimagrito. Amelia è entrata e uscita varie volte, scusandosi sempre, con la sua camminata erratica e deconcentrata, come se stesse costantemente tramando qualcosa, e inizia il suo rituale: cambia cinque volte la posizione del cuscino, si gratta la testa prima con una mano e poi con l'altra, poi si sistema la gonna lasciando scoperto un punto preciso del ginocchio, un po' più su e poi un po' più giù. Poi si gira per vedere dov'è sua madre, che la segue con lo sguardo, attenta e sorridente.

"Si concede così poca libertà..." dice Leandro impietosito, e non capisco se si riferisca alla madre oppure alla figlia.

"Che cos'ha precisamente? Non l'ho mai capito," ammetto.

Leandro abbassa la voce e mi si avvicina: Amelia è un compendio di fissazioni nate da diversi disturbi che sfociano tutti in una sola parola: paura. L'Asperger le impedisce di comunicare con i consueti filtri e di capire quelli degli altri. Questo le fa paura, soprattutto quando si tratta di avere a che fare con gli uomini, ed è alla base della sua anoressia, che probabilmente ha sviluppato come strumento per difendersi da loro; ma, secondo Leandro, una nevrosi ossessivo-compulsiva è il peggiore dei disturbi per chiunque sia ossessionato dalla libertà, come lui. A quanto gli ha raccontato sua madre, Amelia non può fare viaggi lunghi, perché per sentirsi al sicuro deve sedersi in posti diversi tutti dispari; Amelia non può cucinare perché le fa schifo toccare il cibo e si nutre male perché, per poterli mandare giù, gli alimenti devono essere tutti rossi; Amelia non può avere rapporti sessuali perché nessuno sopporterebbe le sue paranoie e la complessità dei suoi rituali e dei suoi sistemi contraccettivi.

È strano, penso, mentre la osservo di nuovo, seduta con la schiena diritta sul cuscino: si è fabbricata un radicalismo religioso tutto suo che la imprigiona in rituali angoscianti, la sua strategia per tenere a bada la paranoia che tutti cerchino di limitare la sua preziosissima libertà. Paradossalmente, alla fine, se la sta portando via da sola. Un modo per conferire il potere di proteggerla a qualcosa di esterno che lei stessa ha creato e controllare l'incontrollabile. Così si rilassa almeno un po'.

"Perché la nevrosi è uguale alla paura," insiste Leandro. "Chiamano abitudine una fissazione."

"E come si può spezzare questo circolo vizioso?" gli chiedo.

Lui mi lancia un'occhiata complice.

"Modificando una di quelle 'abitudini intoccabili' e rendendoti conto che non succede assolutamente niente."

Ho ricordato la frase di Greta quando mi aveva parlato del suo primo rapporto sessuale, di come aveva capito che non le era caduto un fulmine in testa. "Il peccato è un concetto infantile," mi aveva detto e in fondo ora io direi che lo è anche la superstizione.

Infantile e comune come la paura del buio.

Come mi ha detto Greta a proposito dei santi, e la maestra Jedi a proposito degli illuminati, chi si sente libero non ha paura di condividere se stesso o di amare gli altri, e neppure di non rispettare rituali e regole, perché la libertà ce l'ha dentro.

C'è chi sa essere libero in un carcere.

Adesso non manca nessuno. Soltanto Serena. Nella perfetta natura morta della sua vita senza posto per la tristezza, la morte non ha mai avuto uno spazio. Mi piacerebbe raccontarle del mio viaggio in Cina e di quell'affermazione categorica della fotografa Jun: "Il governo non vuole saperne niente della tristezza," mi sembra di sentirla sussurrare, mentre mi punta addosso i suoi occhi a mandorla. Adesso so cosa le avrebbe risposto Serena: "Neanche Instagram".

Oggi, la maestra Jedi – arrivata con un berretto viola e un piumino dello stesso colore da cui spuntava l'abito arancione – ha un tono un po' meno drammatico del solito, per quanto ci abbia annunciato con un sorriso a trentadue denti: "Oggi mediteremo sulla morte. Che spasso, eh?". E si è lasciata andare a uno dei suoi luminosi scoppi di risa.

Ci ha indicato la parete di sinistra, alla quale sono appesi diversi simboli.

"Vedete quell'ombrello? Nel buddhismo è il simbolo del rifugio che creiamo per proteggere la nostra mente dai dolori fisici e mentali."

"E allora oggi ci sta a pennello," ha commentato Leandro.

La maestra inforca i suoi occhiali nuovi, sottili, di alluminio verde.

Ci spiega che non è il corpo a provare dolore, ma la mente. Per questo, quando c'è un incendio ci dimentichiamo che ci fa male una gamba. Ecco il punto: dirigere l'attenzione da un'altra parte.

Perché niente esiste come lo percepiamo. Bisogna esperire la vacuità delle cose.

"Anzi, se cerchi all'interno di qualunque cosa non troverai niente," assicura. "È come se smontassi un orologio per trovare il tempo."

Solo le menti meno allenate – vale a dire la mia – si aggrappano a una realtà che non esiste. E in questo momento mi sorprendo pensando che già nell'anno 440 a.C. qualcuno aveva parlato per la prima volta del subconscio. Buddha dice che la "mente sottile" è l'unica in grado di percepire la vera essenza delle cose. E io dico: quanto tempo mi ci è voluto per scoprire che ciò che ho di contratto è la mente?

Per finire, la maestra ci propone una meditazione sulla morte. Il mantra odierno: "È inevitabile. Forse morirò oggi, è possibile".

"Che facce state facendo." Ride con una condiscendenza millenaria, con dolcezza. "Che pensiero scomodo, vero? Non ho il controllo su niente. Oggi è proprio dura, eh?"

E in questo momento penso alla quantità di gente che direbbe: "Ma insomma, questo lo so già". Io sarei stata una di loro. Invece, quando apro di nuovo gli occhi, mi rendo conto che saperlo e meditarci sopra sono due cose diverse. Perché per qualche minuto ne sono stata davvero consapevole. E adesso sono più leggera di dieci chili.

Prima di salutarci, la maestra dice che possiamo fare un giro di domande. Oggi abbiamo tempo. Alza la mano Petra, della cui presenza non mi ero neanche accorta, con il suo ciuffo cangiante che stavolta è verde mela.

"Io volevo chiedere che cosa puoi fare per attaccarti alla vita quando non hai fatto altro che meditare sulla morte."

E a questo punto ci dice una cosa che non sapevamo, e cioè che lei si è preparata a morire tre volte, perché in tre occasioni l'hanno data per spacciata, e ne ha fin sopra i capelli di resuscitare.

"Mi spiego." Parla con la disinvoltura di chi non ha paura. "Io faccio l'infermiera, come alcuni di voi sanno. E l'ho visto succedere molte volte. È un cambiamento di programma davvero difficile da affrontare. Ti sei distaccato da tutto perché ti hanno detto che stai per tirare le cuoia, ci siete? Poi però all'improvviso non è più così. E a me è successo già tre volte. È come salutare tutti a una festa dalla quale non te ne vai mai. Ti sfinisce."

Scoppiamo a ridere, lei per prima, e la maestra le assicura che ci penserà, che non smettiamo mai di sorprenderla ma che, così, di primo acchito, il fatto che sia viva non le sembra una cattiva notizia.

Alla fine esce nel suo piumino viola, si ferma e mi fa un piccolo cenno con la testa.

"Sì, sono tornata," annuncio, anche se è evidente.

Poi oso confidarle che ho iniziato a meditare per conto mio, notizia che festeggia con un'espressione ironica.

"Complimentati con te stessa, Patricia." E fa il gesto di stringersi le mani. "Così. Adesso sei come un sito internet: in costruzione."

Quando usciamo, dico in bocca al lupo a Leandro, che alla fine non se la sente di andare a prendere quel bicchiere di vino, ma la prossima volta sicuramente sì. Poi si offre di accompagnare Luciana e Amelia alla fermata della metropolitana. In questo momento non immagino neanche cosa sono sul punto di vedere. Mentre cammino lungo la strada lottando contro il vento gelido di febbraio, mi ritrovo davanti due camion dei pompieri e la strada interrotta. È piena di macerie, come se fosse una scena di guerra. "Hanno evacuato il palazzo," sento dire. "Si è staccato tutto il cornicione, è un miracolo che non abbia colpito nessuno per strada," spiega un pompiere. E mi rivedo un paio d'ore fa sotto quella pensilina che non esiste più, appoggiata al muro, che ricevo la mazzata telefonica e codarda di un'amica, fumando una sigaretta per alleviare il dispiacere di una conversazione che mi sarebbe potuta costare la vita. Fantastico su come sarebbe arrivata la notizia a Diana il giorno dopo: l'avrebbe chiamata Gabriel? Lo avrebbe scoperto aprendo il quotidiano che suo marito lascia sempre sul tavolo della colazione? Mi chiedo che tipo di buco infettato avrebbe lasciato nella sua coscienza cristiana. La mia immaginazione fabbrica la vendetta.

"Potrei morire oggi," sussurro, "è possibile..." E mi sorprendo di quanto sia pesante la paura, perché improvvisamente mi sento di nuovo molto più leggera. Mi viene voglia di gridare a tutti: "Ho appena finito di meditare sulla morte e sono esaltata...!". Cerco di conservare nella memoria questa sensazione di libertà che, senza dubbio, sarà passeggera.

E tanta libertà... per che cosa?

Per godersela, penso. E faccio una telefonata che dovevo fare.

64.

Sono arrivata da Abonavida e, attraverso la vetrata, lo vedo seduto in una delle poltrone sotto il giardino verticale. Poche cose trovo più sexy di un uomo immerso nella lettura di un libro. Quando entro glielo dico senza pensarci due volte e lui accoglie il commento con una civetteria che mi è nuova.

"Allora la strategia ha funzionato." E mi dà un bacio sulla guancia.

Porta un cappottone grigio, una lunga sciarpa bianca, jeans sdruciti e scarpe da ginnastica. Uno stile finto trasandato che gli toglie anni e gli conferisce sicurezza.

"Adoro questo posto," e mi tolgo la sciarpa come se stessi togliendo le bende a una mummia.

La cameriera mi saluta con due baci.

"Perciò lo conoscevi," si sorprende. Io annuisco e gli strizzo l'occhio. "Ovvio. E cos'è che non conosci tu?"

"Ultimamente, troppe cose."

Gli dico di nuovo quanto mi ha colpito il suo documentario sulle sette. Mi sembra che sia riuscito a raccontare in modo magistrale il processo attraverso cui le persone si ritrovano confuse e finiscono per rinunciare alle loro aspirazioni, alla famiglia, agli affetti; ha dissezionato le tecniche sistematizzate che vengono usate per cooptare la gente fino a fiaccarne la personalità; ha raccontato in che modo il leader arriva ad autoproclamarsi guru... Ma ad attirare la mia attenzione è stata soprattutto la sua spiegazione dell'ISIS dal punto di vista settario e, ovviamente, la sintesi tangibile di tutto questo: la storia di Sahira.

"È una visione che, se venisse compresa, potrebbe mettere fine all'islamofobia," mi assicura.

In questo momento ricordo un episodio avvenuto il giorno del mio collasso in aeroporto e glielo racconto. Al controllo di sicurezza mi precedeva un uomo alto, molto affascinante, abito elegante e computer portatile in spalla. Per qualche motivo, al suo passaggio si giravano tutti, e persino la guardia di sicurezza aveva fatto una smorfia ironica quando si era tolto la giacca. A quel punto anch'io avevo potuto leggere la scritta sulla sua maglietta. Diceva nero su bianco: NON SONO UN TERRORISTA. In quel momento mi ero accorta che era di origine araba.

Gabriel prende il menu e socchiude gli occhi sfidando la sua vista stanca. È una cosa che mi fa sciogliere.

"È terribile," dice, "ma le cose stanno così."

Subito dopo ordina una porzione di prosciutto di Jabugo con pane-focaccia, perché non vuole farmi ubriacare troppo in fretta, dice.

Fa ancora il malizioso. Bene.

All'esterno il vento scuote e trascina gli scarti della città: sacchetti, foglie, giornali, e gli ultimi passanti sconvolti. Nel portone di fronte scorgo tre sacchi a pelo, come tre crisalidi scure e gigantesche che stanno trascorrendo lì l'inverno.

Gabriel si appoggia al tavolo. Gli sta così bene questo maglione a collo alto...

"E come sei arrivato a lei?" gli chiedo. "A Sahira."

Mi racconta che a parlargliene era stato il suo avvocato, cioè colui che cercava disperatamente di tirarla fuori dal carcere. Era sospettata di adesione al DAESH. Secondo Gabriel, la storia di Sahira ha un valore particolare perché consente di capire il processo attraverso il quale si entra in una setta, proprio come quella di Greta illustra il mobbing e la situazione attuale della donna nella Chiesa cattolica.

"Sono storie-specchio," dice. "Ti coinvolgono dal punto di vista emotivo e ti aiutano a riconoscerti, ma anche a spiegare fenomeni più globali."

"È vero. Entrambe racchiudono un vissuto di ricostruzione pazzesco, con la religione a fare da sfondo," rifletto. "Ma per me è solo questo, uno sfondo."

In effetti, secondo Gabriel c'è un retroterra culturale che ha a che vedere più con l'educazione e l'annullamento dell'identità, che sono la vera chiave.

Brindiamo con un vino di Madrid servito in due bicchieri di vetro molto sottile. Avviciniamo le nostre sedie.

I genitori di Sahira erano persone umili, normali, molto tradizionaliste, ma ciò non faceva di loro né dei radicali né dei terroristi. Ma sì, il loro modello educativo era un terreno di coltura perfetto: avevano proposto a Sahira di sposarsi con un uomo molto più anziano di lei che viveva in Francia, perciò la ragazza, angosciata da questa prospettiva, aveva iniziato a chattare con un tizio attraverso un portale che era risultato essere una copertura della setta. Si era innamorata a distanza di un newyorkese di origine irachena che era arrivato a chiederle di sposarlo. Per sua fortuna, il padre le aveva impedito di andare a trovarlo. Poco tempo dopo, il fidanzato di Sahira era stato arrestato e processato per la sua appartenenza a un gruppo terroristico. Tutto il resto era prevedibile. L'Interpol. La porta di casa della ragazza sfondata con un calcio. E la carcerazione senza cauzione in attesa del processo.

"Alla fine pagano sempre i giusti per i peccatori," si lamenta Gabriel, finendo il vino in un sorso. "Ma adesso, a quanto pare, Sahira si sta mostrando molto coraggiosa e vuole fare una serie di conferenze e interviste per evitare che altre ragazze come lei cadano in questa ragnatela."

Resto in silenzio mentre sgranocchio un pezzo di pane poroso e croccante.

"Sai, Gabriel? Ultimamente la mia preoccupazione è stata proprio questa." Bevo un sorso di vino. "Se questa cosa verrà pubblicata, ci sarà chi penserà che sto facendo una semplificazione gratuita, azzardata e anche irriverente di ciò in cui crede."

Lui mi versa altro vino, lentamente, in modo cerimonioso.

"Be', per capire i grandi concetti non c'è altro da fare che ridurre tutto all'essenziale, non trovi?"

A Gabriel è capitato. Molte volte. Per quel reportage, senza andare tanto lontano, ha ricevuto le critiche di alcuni colleghi. Adón Alonso, per esempio. Adón? Era un secolo che non lo sentivo nominare. Gabriel mi aggiorna su di lui: adesso non ha più i dreadlock, è calvo e avvizzito. E da giornalista è diventato polemista – sorrisetto sarcastico –, che non è la stessa cosa, anche se finiscono tutti e due in "-ista". È diventato uno di quei custodi della libertà imborghesiti, che dicono di non avere pregiudizi e invece ne sono pieni. Come? È semplice. È quasi uno schema: essendo in possesso della verità; giustificando alcuni regimi, tirando in ballo idee politiche antiquate e l'imperfezione delle nostre democrazie, che secondo lui non possono essere portate a esempio; tipi a cui si illuminano gli occhi, i nostalgici delle rivoluzioni, dimenticando quelle che si sono reincarnate in dittature, lasciando che la loro morale scivoli agilmente sulle repressioni e le condanne che alcuni dei giornalisti esiliati in Spagna con cui conviviamo hanno vissuto sulla loro pelle.

Frugo nella borsa cercando il taccuino. "Un attimo," dico a Gabriel. E, mentre chiedo una penna alla cameriera, penso a Jun e alla sua necessità di fare liberamente arte in Cina; penso a Greta e al suo desiderio di amare un'altra donna; penso a Sahira e al suo bisogno di sposarsi con chi vuole e al maledetto quadro delle ninfe che gli amanti dell'arte vorrebbero continuare a godersi, e appunto sul mio taccuino: "In fin dei conti, ogni forma di radicalismo ha lo stesso obiettivo: imporre una linea unica di pensiero, convincere o costringere quelli che non la condividono a condividerla. In sintesi: toglierci la libertà. Di pensiero, di espressione o di azione. Come si possono difendere i diritti umani e dimenticare questi piccoli particolari? Perché intellettualizziamo la libertà e la politica? In fondo è facilissimo. Se non puoi scegliere, non va bene. È già abbastanza grave sentirsi manipolati, ma almeno hai un'opportunità. Se è illegale scegliere, allora non ne hai nessuna".

E, dopo questo punto e a capo, chiudo il taccuino.

"Oggi sono triste," gli confesso senza azzardarmi ad alzare lo sguardo.

E mi arrischio a raccontargli la storia di Diana. A mostrare il mio lato più fragile. Il mio dolore.

Dopo la mia arringa e la mia confessione, Gabriel mi guarda in silenzio come non mi ha mai guardato nessuno. Si avvicina e mi bacia, e anche questo, non mi sembra che nessuno lo abbia mai fatto così prima d'ora.

65.

Ho sempre sognato di scrivere. Da quando ero piccola. Per raccontare storie. Ma nella mia testa di bambina pensavo che avrei potuto scrivere qualunque cosa avessi avuto voglia di scrivere. Mobbing a parte, scoprire che non è così sarebbe stato un motivo sufficiente per spingermi ad abbandonare. In ogni caso, non sarei mai diventata una brava giornalista. L'obiettività non è il mio forte, l'avevo capito subito. In quello che scrivo ho bisogno di imprimere la mia visione del mondo.

Se lo dico adesso, dopo aver passato due ore senza riuscire a scrivere niente, acquattata come un ragno nel buio di questo salotto, è perché, ripassando gli appunti della lunga ed emozionante sessione di oggi con Greta, mi sono resa conto che non potrò trattare questa storia in modo obiettivo. Mi riguarda.

E allora... perché mi sono autoimposta la sfida di servirmene per tornare al giornalismo? *Perché vuoi raccontare questa cosa?* era stata la domanda di Diana. E in fondo era una domanda giusta. Quello che voglio dire è che in questo momento i miei dubbi non hanno a che fare con Greta, ma con me stessa.

Ci sono storie che vale la pena raccontare. Questo mi è chiaro. Ma solo se hai la libertà di raccontarle a modo tuo.

Di sicuro dopo esserci rincontrate, e anche a livello personale, assistere al suo particolarissimo esorcismo, essere testimone di come si trasforma e si rafforza dopo aver buttato fuori il veleno durante ogni incontro, è già una cosa che è valsa la pena di fare. Dentro di lei sta nascendo una piccola giustiziera, ma anche una nuova identità. La domanda adesso è: che forma dovrebbe avere quello che sto scrivendo io? Dovrei concentrarmi su ciò che è successo? O su come Greta si sta ricostruendo? Ammetto che la seconda storia sta pian piano guadagnando terreno rispetto alla prima. Ma una è conseguenza dell'altra. È giusto che mi lasci coinvolgere tanto? Questa è un'altra domanda per la quale non ho risposta.

Durante il mio ultimo incontro con Gabriel, mentre chiacchieravamo abbracciati a letto, gli ho confessato che ogni episodio che mi racconta Greta nella sua corsa a ostacoli per sopravvivere mi ricorda la giovane Nell di *La bottega dell'antiquario*. Lui si era stiracchiato: "È perché viviamo in tempi dickensiani," e, mentre io ci pensavo su, lui si era dato da fare ad accarezzarmi la schiena, centimetro per centimetro, finché non ero stata sul punto di mettermi a fare le fusa.

"E allora... perché non abbiamo più Dickens?"

È vero. Bisogna raccontare le storie di quelli che attraversano questo mondo di crisi a catena – economiche, politiche, religiose –, che in fin dei conti sono tutte crisi sociali. E allora perché non abbiamo più scrittori che diano voce ai derelitti? "È un'ottima domanda," ha mormorato prima di andare a farsi una doccia, dopo che gli ho dato una sculacciata e fatto notare elegantemente che si sta facendo tardi e che ho bisogno di dormire.

Non ho precisato "da sola", ma credo lo abbia intuito.

Come ho detto a Santiago durante la nostra seduta del giorno dopo, la grande novità è che ho permesso a Gabriel di entrare nel mio bunker. Nel mio spazio. Santiago mi ha applaudito irrigidendosi nella sua poltrona morbida con lo stesso atteggiamento ipocrita di quando all'opera applaude un soprano che non l'ha entusiasmato. Poi ha commentato: "Ma sì, il sesso nel tuo letto va bene, ma perdere conoscenza accanto a lui... mai e poi mai! Non sia mai che nel frattempo possa succedere qualcosa di strano!".

Odio quando fa lo spiritoso con me, e lo fa quasi sempre.

"E va bene, d'accordo..." ho protestato, e stavolta sono stata io a guardare l'ora.

Devo scappare, altrimenti "se non ti decidi a dare fiducia a qualcuno, non avrai mai una relazione sana," ho detto imitando la sua voce, o piuttosto prendendolo in giro.

"No," mi ha interrotto mentre mi accompagnava alla porta. "Questo sarebbe un sintomo non del fatto che inizi a dare fiducia a lui, ma che inizi ad avere fiducia in te stessa."

Ho pigiato il pulsante dell'ascensore con la stessa sfiducia con cui compongo il numero di Gabriel sul mio telefono.

66.

L'abitazione è stata completamente progettata per lei. Ci sono sei gru che bisogna imparare a manovrare e tutta la casa è piena di maniglie e carrucole, come un parco di divertimenti domestico. Gli spazi sono ampi e sembra che manchino i mobili. I tappeti sono stati eliminati per agevolare il passaggio della sedia a rotelle. Accanto al camino c'è una sola poltrona, sulla destra, e al tavolo della sala da pranzo manca una sedia. È una casa piena di buchi. La sua assenza è presente.

Greta è comparsa dietro la porta laccata di bianco su cui ancora resiste una ghirlanda natalizia secca. Era avvolta in un maglione rosso e aveva l'espressione di una bambina a Natale. Aveva qualcosa da raccontarmi, così mi aveva detto, precedendomi in un salotto che si apriva su un enorme giardino in letargo invernale.

"Pronta?" ha aperto le braccia come se stesse per presentarmi uno spettacolo. "Mi hanno fatto il contratto e hanno iniziato le pratiche per i miei documenti!"

"Davvero?" ho gridato, e lei ha annuito molte volte. L'ho abbracciata. Le ho scompigliato i capelli, che ormai le arrivano alle spalle. "E adesso?" le ho chiesto, quasi più impaziente di lei.

"Adesso bisogna aspettare." E si è lasciata cadere su una delle poltrone bianche.

Nel salotto aleggia una canzone e siamo rimaste congelate sul tappeto, finché non l'ho sentita canticchiare: "*El suplicio de un papel lo ha convertido en fugitivo, y no es de aquí porque su nombre no aparece en los archivos, ni es de allá porque se fue...*". (Il supplizio di un documento lo ha reso un fuggitivo e non è di qui perché il suo nome non compare negli archivi, né di lì perché è andato via...) È di Ricardo Arjona, *Mojado*, ha aggiunto, e negli ultimi mesi non riesce ad ascoltarla senza piangere. Si chiede perché diavolo debbano esistere le frontiere.

"Che assurdità..." Si è arrotolata una ciocca di capelli sul dito. "Ho vissuto in cinque paesi, ma solo adesso scopro che cosa vuol dire essere un'immigrata. Cosa si prova ad andare a mettersi in fila davanti alla questura alle cinque del mattino."

"Molto presto tutto questo finirà, no?" Sento il cuore scoppiarmi dalla felicità.

"Sì, così pare."

Mi sembra che abbia l'aria stanca, ma il rosso le dona. Si è truccata, credo per la prima volta, e la rima interna dell'occhio sottolineata da un leggerissimo tratto dorato risalta sulla sua pelle di bronzo. L'ho seguita lungo un corridoio ampio fino alla cucina, lasciandoci alle spalle nodi marinari e foto di famiglia di regata in regata, finestre a forma di oblò e modellini di vecchie navi. Le hanno proposto di andare a vivere con loro, mi ha annunciato mentre metteva su il bollitore, anche se, dopo la faccenda di Deirdre, l'idea la spaventa.

"D'altro canto sento di essere in debito con loro," ha aggiunto, "per la questione dei documenti. Ed è vero che in casa c'è abbastanza spazio da avere comunque intimità."

Mi sono chinata per tirare fuori delle tazze da un armadietto, che si trovano tutti a un'altezza tale da poter essere aperti stando seduti.

"Quindi... possiamo dire che hai tenuto fede alla sfida che ti eri lanciata."

"No, sono loro che hanno tenuto fede alla parola data. Ma non sarà così semplice."

Ha versato un po' di acqua bollente nelle tazze. La preoccupa che si siano offerti di aiutarla senza sapere in che cosa si stanno andando a cacciare. Poi ha aggiunto all'acqua un paio di cucchiaini di caffè solubile. "Questo caffè è un sacrilegio per una colombiana," si è scusata, ma a quanto pare a Mercedes non piace l'odore del caffè vero. No, Greta intuisce che né Mercedes né Alfredo immaginano la quantità di ore che dovranno dedicarle, ore che lei non destinerà ai suoi compiti: andare all'ambasciata, pratiche sfinenti che richiederanno la firma di entrambi...

Ci siamo sedute su una panca della cucina in cui c'è, come

sempre, un buco per la sedia della nostra ellittica ospite. Greta ha buttato giù un sorso con una smorfia.

"Stai attenta, che scotta."

"Te ne sei accorta, vero?" Si è leccata il labbro bruciato. "È impressionante. Tutta la vita gira intorno a lei."

L'organizzazione della casa, per esempio: si pranza quando Mercedes ha fame. Inoltre, ha detto ridendo, mangiano come conigli: solo verdure e ortaggi. Alfredo le ha spiegato che d'estate lo faranno nell'orto, sbucciando la frutta e pulendo la verdura direttamente lì e lavandole con il tubo dell'acqua, perché a sua moglie piace così.

"Crude?" mi sono sorpresa.

"Sì," ha risposto. A quanto pare lo accettano tutti senza battere ciglio.

Ha versato nella tazza anche qualche goccia di stevia: non dolcifica come lo zucchero, ma si sta abituando. Mercedes e Alfredo hanno un figlio e una figlia che non sono mai in casa, a volte la sera neppure salgono al piano di sopra a salutare la madre: sembra che questo li angosci. Il contrario di Alfredo, che esce solo per andare dal medico e a fare la spesa.

"In realtà," ha detto arricciando le labbra, "le nostre vite iniziano quando lei va a letto. Io mi siedo in cucina con lui, che parla e mangia un sacco."

Ho osservato le foto appese in corridoio. In quelle immagini si vede un uomo abbronzato, robusto, che sta sempre dietro di lei, molto atletica, troppo abbronzata per essere bionda e sempre in primo piano. Ma, secondo Greta, l'uomo con cui si siede ogni sera in cucina non è nemmeno l'ombra di quello delle fotografie. Per non parlare del deterioramento che ha trasformato la povera Mercedes nella caricatura cocciuta di se stessa.

Alfredo è un imprenditore nato che aveva iniziato scaricando camion a Legazpi ed era arrivato a possedere un prestigioso club velistico. Adesso il suo hobby principale consiste nel raccontare a Greta com'era la sua vecchia vita: come si vestiva, dove andava, i vini che beveva, tutto... Il suo modo di scorrere le pagine di quell'album, il suo rifugio nel passato, ha iniziato a impietosire Greta. Ci sono un prima e un dopo la SLA.

"Sai?" ha detto, improvvisamente animata. "Alfredo sostiene

che ho una tempra da imprenditrice e mi sta insegnando a fare affari."

Ha sollevato il bollitore: voglio un altro po' d'acqua sporca? L'ho ringraziata, ma ho messo la tazza nel lavandino.

In effetti Greta ha fatto una cosa insolita: ha aperto il suo primo conto corrente con soli quaranta euro. Aveva chiesto consiglio ad Alfredo perché ne aveva bisogno per l'abbonamento ai mezzi pubblici e perché voleva poter fare dei bonifici ai suoi genitori, fossero anche solo di venti euro alla volta.

Così, il lunedì mattina presto era andata in banca.

"Vorrei fare un bonifico," aveva detto all'impiegato, giacca stazzonata, taglio di rasoio sulla guancia, capelli radi.

"Un che?" aveva chiesto lui guardandola con disinteresse.

"Un bonifico, vorrei fare un bonifico," aveva ripetuto impaziente.

"Ah, un bonifico, non capivo."

Greta si era sentita a disagio. Forse avrebbe dovuto vestirsi meglio.

"Bene," aveva concluso l'uomo tirando fuori un modulo. "Deve firmare qui, qui... vede?"

Lei aveva cercato una penna nella borsa e l'altro l'aveva incalzata.

"Firmi qui... oppure non sa firmare?"

A quel punto Greta aveva alzato gli occhi, si era appoggiata al banco troppo in alto per lei e aveva detto: "In effetti no... no, non so firmare, ma so parlare. Per questo voglio parlare con il direttore".

Così aveva fatto una cosa che, secondo lei, prima non si sarebbe mai azzardata a fare: si era seduta davanti al direttore della banca ed era rimasta lì un'ora, raccontandogli com'è arrivata in Spagna, che stava collaborando con una giornalista per raccontare la sua storia e che le era costato andare fin lì per aprire quel conto. Che diritto avevano di trattarla così? Quando aveva finito, il direttore si era alzato e, con sua sorpresa, si era profuso in scuse. Ogni euro che portava serviva a pagare lo stipendio delle persone che lavoravano in quella filiale, aveva aggiunto, e non doveva preoccuparsi, lo avrebbe fatto capire anche al suo impiegato.

L'ho osservata sorpresa. Chi era la Greta che mi stava parlando? Lei si è schermita: Alfredo la sta aiutando a vedersi in un altro modo.

"Be', sai," le ho detto, cercando di dissimulare, lo riconosco, la mia gelosia, "la catena di favori..."

Lei si è appoggiata al tavolo.

"Sì, a dire il vero c'è una cosa ancora più importante che volevo raccontarti."

Ha abbassato un po' la voce, come se la casa potesse sentirci. Era successo tutto perché erano venute in visita due amiche dei figli. E quella sera in cucina Alfredo, in vena di pettegolezzi, le aveva spiegato che quelle due ragazze erano una coppia e che aspettavano due gemelli.

"A quel punto, non so perché, gliel'ho detto: 'Alfredo, sono lesbica'." Ha spalancato gli occhi. "Ci credi, Patricia? Mi è venuto così naturale! Credo che, a parte te, sia la prima volta che lo dico a qualcuno."

"E lui come ha reagito?" mi sono sorpresa.

"Ha detto solo: 'Ma non mi dire! Non avevo mai conosciuto così bene una lesbica...'." Sembra felicissima della sua reazione. "Credo che ieri siamo diventati davvero amici."

In effetti, da quel giorno la simpatia per Alfredo era aumentata proporzionalmente al fastidio per gli scatti di Mercedes nei confronti del marito.

Mi sono messa la sciarpa al collo e ho lanciato un'altra occhiata alle varie carrucole.

"Ma è malata..." le ho fatto notare. "Fammi un esempio."

Lei ha annuito. "Allora, in casa possiamo parlare solo di quello che vuole lei, mangiare quello che va a lei e, se non dici niente, si innervosisce e ti chiede se c'è qualcosa che non va."

Greta si è alzata e mi ha tirato per un braccio come farebbe una bambina: vuole mostrarmi una cosa, mi ha detto, e mi ha portata al piano di sotto. Abbiamo attraversato il garage fino ad arrivare a una porticina che si è aperta con uno scricchiolio.

Siamo entrate in un laboratorio che potrebbe essere quello di un elettricista. Mi sono guardata intorno e mi sono ritrovata circondata da decine di cavi, strutture, aggeggi non finiti. Greta si è avvicinata al tavolo e ha sollevato quello che sembrava il braccio di un robot: lì Alfredo trascorre i pochi momenti liberi inventando in continuazione nuovi dispositivi per Mercedes, perché possa accendere e spegnere le luci, il riscaldamento, perché possa aprire il forno, afferrare gli oggetti... per renderla un po' più indipendente e forse anche per guadagnare qualche secondo di libertà per entrambi.

"Sarebbe molto bello, se lei non lo disprezzasse." Ha spento la luce. "Lo tratta malissimo."

Ha sbattuto la porta e ha iniziato a salire le scale con energia, quasi con stizza. Proprio ieri, mentre erano in cucina a parlare, Alfredo le aveva detto una frase che l'aveva colpita: "Mi piacerebbe sapere com'è adesso il centro di Madrid". Si è fermata sul pianerottolo e mi ha guardato.

"Riesci a immaginare la clausura a cui è costretto?"

Le sono passata davanti e l'ho affrontata: "E tu cosa vorresti fare?".

Greta ha sospirato rabbiosa.

"Io penso solo che lui non si voglia neanche un po' di bene, Patricia! Come tutti i prigionieri." Sembrava disperata. "Mercedes è il suo carcere. Quell'uomo non si dà mai tregua. Mai. Cosa posso fare? Io lo esorto a vestirsi meglio e non come se fosse un meccanico. E cerco di convincerlo che chiunque si occupi di un malato deve uscire, altrimenti impazzisce. Le uniche distrazioni di quel poveretto sono vedere la televisione e andare a fare la spesa. So che non sta bene dirlo, ma sto iniziando ad avercela con lei."

Ho guardato la mia piccola ex suora giustiziera e ho capito il motivo per cui sta riversando la sua empatia su quell'uomo, visto che su quell'aereo a me è successo lo stesso con lei. Le ho però ricordato che è Mercedes a firmare il suo contratto di lavoro e che non può giocarsi il permesso di soggiorno. Forse mi sono comportata da avvocato del diavolo, ma le ho fatto notare che quella donna sta facendo una corsa disperata contro il tempo. Mi ha colpito molto quando Greta mi ha raccontato che Mercedes ha fatto ricerche per capire quante volte deve muovere la testa dalla stessa parte mentre è distesa, la pesantezza più giusta per i tessuti che usa, ogni quanto deve idratarsi durante la notte. Tutto pur di guadagnare un grammo in più di qualità della vita. Qualche secondo in più di tempo.

"Sì, Patricia," ha ammesso con la voce tesa. "Oggi però mi ha chiesto in malo modo perché ho preparato le patate fritte, e quando le ho risposto 'perché piacciono ad Alfredo', ha detto che a lei no. A lei non erano piaciute. Affatto."

"Pover'uomo," mi è sfuggito.

Mercedes si stava rendendo conto che per la prima volta le cure non erano riservate solo a lei.

"Questo la infastidisce," ha sentenziato Greta con espressione afflitta. "Molto."

Siamo rientrate in salotto, dove tutto è stranamente luminoso.

"Ho capito che la persona che ha più bisogno delle mie cure in questa casa è lui. Perché lui non si vuole affatto bene. Ed è vivo. E continuerà a esserlo," ha aggiunto.

Parla con un'energia nuova. L'ho guardata gesticolare, le mani come accette, le stesse che qualche mese fa tremavano tanto. Ho la sensazione che questa casa le stia facendo da incubatrice. Mi fa piacere che abbia osato dire chi è stata per ottenere il lavoro e che abbia parlato ad Alfredo della sua omosessualità, anche se in fondo – e in qualità di sua grande confidente fino a questo momento – una parte di me prova un pizzico di gelosia.

A quel punto, come se se lo fosse ricordato all'improvviso, mi ha annunciato che vuole mostrarmi un'altra cosa. Mi ha chiesto di accompagnarla al piano di sopra e siamo entrate nella sua stanza. È decorata con colori chiari e delicati, cuscini, tende e carta da parati con disegni di magnolie. Greta ha sistemato due sedie accanto all'armadio e mi ha chiesto di salirci con lei. Lì sopra c'è una specie di altarino e mi ha colpito che non ci siano simboli cristiani: un bicchiere d'acqua, pietre di diversi tipi e colori, un pezzo di legno del quale non sono stata in grado di capire la provenienza, una bottiglietta che contiene della terra e un colibrì intagliato appeso a un filo di nylon. Greta ha spostato tutto di qualche millimetro, come se ogni cosa avesse un posto preciso.

"Ho pensato che, adesso che siamo tecnicamente eretiche e che abbiamo messo in dubbio tutto ciò in cui credevamo, inizierò a tenere sempre davanti agli occhi tutto quello che ha un valore simbolico per me. Che ne pensi?"

La sua sedia ha traballato un po'. L'ho afferrata per un braccio. "Attenta." Ha ancora molto da raccontarmi. Ha risistemato le pietre con cura. Tanto per cominciare, mi ha detto di essersi resa conto che continua a essere una suora, nel senso che non la smette di adottare figli.

"È una maledizione!" Ha alzato le mani.

"Ma insomma, Alfredo mi sembra un po' cresciutello," l'ho presa in giro.

Sì, ha risposto mentre osservava il suo piccolo altare, ma sa come aiutarlo e per lei è una vocazione. Le piace farlo. E, nell'ambito della sua vita recentemente inaugurata, proprio come io sto facendo la mia profilassi per trasformarmi nella nuova Patricia, la nuova Greta ha bisogno di mettere in ordine la sua spiritualità. Per questo motivo ha pensato di recuperare alcune credenze delle sue radici indie con cui entrare davvero in contatto: le pietre che si trovano nella sua zona, l'acqua per lo spirito dei suoi antenati, qualche piuma di uccello che ha raccolto passeggiando nei pressi del vulcano quando era tornata... Tutto questo mi ha fatto tornare in mente la mia conchiglia, che ha un posto privilegiato sul tavolinetto sgombro di casa mia.

"Mi sembra giusto." E sono scesa con un salto. "Per quanto mi riguarda, credo che cercherò di diventare politeista."

"Non fare l'idiota."

Sono rimasta molto seria.

"Non scherzo. Siccome non mi considero appartenente a nessuna chiesa, non ho festività da osservare, ed è una rottura." Lei ha aggrottato la fronte spingendomi fuori dalla stanza e io ho proseguito: "Parlo sul serio. Diventare politeista ha moltissimi vantaggi".

Quest'idea me l'ha data il mio abitante di Brooklyn preferito, il poeta Alex Lima: una volta mi ha raccontato che nella scuola in cui insegnava, per non offendere nessuno, festeggiavano tutte le ricorrenze, e naturalmente quando non era Shabbat era Pasqua, o altrimenti il Capodanno cinese. E così, tra una cosa e l'altra, erano sempre in vacanza. A quel punto mi sono piazzata davanti a Greta con le mani sui fianchi. Che ne pensava?

"Dimenticati dei miei antenati, allora," ha concluso. "Divento politeista con te. E chiudi la porta."

La luce cala a vista d'occhio, ma quel sole incredibile continua a resistere. Le ho proposto di andare in giardino. Alfredo e Mercedes sono dal medico, perciò lei ha il pomeriggio libero. Curiosare nelle vite delle case in cui lavora Greta e in tutti quei personaggi per me ellittici che non conoscerò mai e che romanzo nella mia testa solletica la mia morbosità. E poi la mia memoria visiva vuole interrogarla a proposito dei diversi oggetti che ricordo di aver visto su quell'altare. Greta ha sistemato i sostegni per gli alberi caduti per colpa del vento e, mentre staccava con cura qualche foglia secca, mi ha chiesto: "Se ti racconto un segreto non mi guarderai strano, vero?".

Sono scoppiata a ridere.

"Hai ancora bisogno di chiedermelo?" E mi sono stretta la sciarpa intorno al collo.

Una gazza ci ha sorvolato e si è posata gracchiando istericamente.

"Vediamo... da dove inizio?" Ha fatto una pausa. "Ho scoperto che i kwarkier, il popolo di mio padre, sono specializzati nel togliere il malocchio. Me l'ha detto una strega *orisha* a Cuba."

Sono rimasta senza parole.

"Ma non mi dire, Greta! Una strega?"

"Lo so! Lo vedi perché non lo racconto a nessuno?"

Si è finta arrabbiata: non importa, non me lo racconterà. Io le ho fatto una linguaccia, ormai mi conosce abbastanza bene, in fondo sa che non vedo l'ora che mi racconti quella storia, anche se la parola "strega" ha prodotto un cortocircuito nella mia mente.

Perciò, per questo mini-racconto che minaccia di mettere un piede nella magia, Greta è entrata a prendere due plaid blu da giardino, abbiamo sprimacciato i cuscini di un dondolo arrugginito e ha iniziato presentandomi sua nonna Mayú Parú, matrona e india. "Quella che era stato impossibile staccare dalla Pachamama?" le ho chiesto, e lei ha annuito sorpresa, sì, proprio quella. E io ho continuato: quella che non si era mai seduta su una sedia? Greta mi ha tirato addosso il plaid. "Ormai conosci la mia vita meglio di me!" ha esultato.

E ci siamo addentrate nel mondo degli spiriti in cerca della magia perduta. In questo momento, anche abbracciare un albero mi sembrerebbe un'esperienza soprannaturale molto sana.

67.
Cuba
Anno 24

Una delle prime decisioni che prese durante il suo anno sabbatico, alla fine della terapia con Bárbara Sagel, fu di andare a Cuba. Se fosse tornata alla congregazione, avrebbe dovuto tenere segreto quel viaggio. Entrò in contatto con loro attraverso internet. Aveva letto molto a proposito degli *orisha*, mi aveva detto, mentre entrambe ci addentravamo in quel ricordo, facendoci strada attraverso il fumo. Erano tutte donne e fumavano tutte.

Il fumo denso del tabacco, quello delle candele colorate che si scioglievano su piatti scheggiati, sul pavimento di terra battuta, dentro candelabri improvvisati fatti di bottiglie. Di primo acchito, ritrovandosi ad ascoltare quelle donne che esponevano a turno i loro problemi, se non fossero state tutte coperte di abiti bianchi ricamati e piene di bracciali sarebbe potuta sembrare una terapia di gruppo.

"Vieni, siediti e fai silenzio. Lascia che parli lo spirito," aveva ordinato a Greta la strega, molto carina, sui cinquanta.

Era seduta per terra con la testa avvolta in una stoffa bianca ricamata nelle cui pieghe aveva infilato un fiore rosso, al collo portava un assortimento di collane di perline colorate. Stava dietro una palizzata di candele e bottiglie di plastica con ogni genere di pozioni e teneva gli occhi socchiusi e un sigaro gigantesco tra le labbra.

Gli *orisha* lavorano con i morti. Praticano lo spiritismo. E Greta aveva sempre sospettato di avere uno spirito-guida. Glielo aveva detto suo padre.

"Voglio sapere perché da quando sono piccola ho bisogno di portare addosso qualcosa d'oro," fu la sua prima domanda.

La strega esalò una boccata di fumo solido e color piombo.

"L'oro protegge contro il malocchio, figliola. E quelli del tuo popolo sono i figli di Odino." La sua voce era secca come una foglia di tabacco. "Tu sei un'india, e di sicuro i tuoi antenati portavano addosso qualcosa d'oro. Non conosci i tuoi avi?" le chiese la strega, un po' indignata, e sembrò sul punto di masticare il sigaro.

Greta scosse la testa, imbarazzata.

"Posso appartenere alla vostra religione?" le chiese dall'alto della sua crisi mistica.

"No," rispose l'altra, tagliente. "Sei india, non nera. E hai i tuoi rituali. Ma la mia religione può aiutarti a illuminare la tua strada."

E si rimboccò un po' la gonna lunga e bianca piena di volant, sotto la quale spuntavano delle strane scarpe da ginnastica colorate.

In ogni caso, ricordando quella donna, dopo il suo calvario nella Città del Nord e sempre per la regola della proporzionalità diretta, Greta era giunta alla conclusione che forse non avrebbe mai dovuto farsi suora.

"Magari avrei dovuto circondarmi di piume e pietre e non perdere tempo," mi aveva detto, ancora seduta davanti a quella strega del passato, mentre io la osservavo, impavida, dietro il fumo.

Aveva fatto una pausa durante la quale mi era sembrato che analizzasse le mie reazioni, perciò avevo cercato di mantenere la mente molto aperta e gli occhi inespressivi, ma credo che ormai mi conosca troppo bene.

"Come vedi, sono passata da monaca a strega." Aveva sorriso con aria scherzosa. "Quello che ti sto raccontando ti sembra troppo assurdo?"

"Guarda," e avevo chiuso gli occhi per visualizzare di nuovo quella scena, "ho già fatto fatica ad accettare che fossi una suora, ma se diventi una strega ci rinuncio."

Eravamo scoppiate a ridere. Ma la questione era seria: Greta si stava ricongiungendo alla sua cultura e alla sua identità: chi ero io per giudicarla? Poi qualcosa aveva vibrato nella mia tasca facendomi sussultare e avevo guardato il cellulare. Un messaggio di Gabriel.

"E Cuba ti è piaciuta?" avevo voluto sapere.

"No."

"Perché?"

"Perché non è libera," aveva risposto secca.

Le avevo raccontato che qualche giorno prima ne avevo parlato con un amico con cui stavo uscendo – lo avevo presentato così –, mentre per alcuni dei nostri colleghi non era così chiaro. Mi era sembrato che Greta si inalberasse.

"Come potrebbe essere libero un paese che ha fame?" aveva sentenziato.

In quel momento avevo deciso che dovevo presentarle Gabriel e glielo avevo detto, pensando che è vero, l'unico modo per comprendere i processi più complicati è ridurli all'essenza. Lei sì che aveva avuto fame e no, non le sfuggiva proprio niente.

"Aspetta, aspetta..." mi aveva interrotto come se le ci fosse voluto un po' per elaborarlo. "Hai detto 'sto uscendo'?"

"No, chi ha detto una cosa del genere?"

Mi aveva dato una gomitata e io le avevo assicurato che aveva troppa fantasia, poi mi ero alzata e mi ero messa a passeggiare in giardino. Lei mi aveva inseguito chiedendo dettagli che, l'avevo avvisata, non le avrei dato, ma... insomma, chi stava intervistando chi? E a quel punto, tirandoci per la sciarpa, eravamo diventate due ragazzine.

Mentre preparavamo il camino mi ero sentita inquieta. L'argomento della stregoneria mi aveva messo sul chi vive. Avevo avuto paura che il dolore per la perdita della fede cristiana la stesse spingendo a cercare disperatamente qualcosa in cui credere, e all'improvviso, guardando il fuoco, avevo concepito la fantasia assurda di una Greta vestita da *santera* con fiori rossi tra i capelli, trasformata in una sacerdotessa illuminata. Alla mia fantasia aveva messo fine l'ingresso dell'altra Greta, in jeans e maglione, che si era complimentata per la mia abilità nell'accendere il fuoco.

"Stai a vedere che la strega sei tu." Mi aveva scompigliato i capelli per farmi dispetto, poi si era fatta più seria. "Non credere che io non sappia che gli *orisha* a Cuba hanno messo in piedi un vero e proprio giro di affari." Si era seduta sul tappeto. "Decisi che non mi sarei trattenuta per la messa se si fosse rivelata un circo. Quella cosa mi faceva paura. Sapevo benissimo di non volermi destabilizzare ancora di più. E ovviamente questo non lo dirai nel reportage, no? Penserebbero che sono pazza!"

Ero scoppiata a ridere mentre lei metteva un ciocco nel fuoco, rassicurata dal suo realismo e dalla conferma che faceva ricerche sugli altri culti solo per curiosità. Il reportage, sì... Come e dove avrei potuto pubblicarlo era ancora un'incognita. E l'inverno avanzava. Con l'arrivo della primavera avremmo finito il tempo che ci eravamo date.

Fuori era scesa la notte e i pipistrelli volavano intorno alle luci del giardino come piccoli caccia. Ipnotizzate da quel fuoco, eravamo tornate a quella messa del passato.

Le era sembrato un rituale bellissimo, con fiori, canzoni, preghiere. Alla fine, consisteva solo nel parlare: acqua, tabacco, noci di cocco... E l'unica cosa che quella strega le aveva chiesto in cambio erano stati dei sacchetti di plastica e qualche bottiglia vuota per i loro rituali. Erano così povere che dovevano comprare a rate persino i sacchetti.

"Posso sapere che cosa hai chiesto al tuo spirito?" Ero piuttosto curiosa.

Lei mi aveva rivolto un'occhiata strana, suggestionata dal fuoco.

"Gli ho chiesto se sarei guarita."

"Guarita?"

"Se prima o poi mi sarei liberata da questo dolore. E lei mi ha risposto di sì. Ma sarebbe successo in Spagna," aveva esitato tirandosi sulle mani le maniche del maglione, "e avrei conosciuto una donna mentre attraversavo il cielo."

Eravamo rimaste entrambe in silenzio.

Un silenzio strano.

Bello.

Finché non avevo deciso di romperlo come chi rompe un incantesimo.

"Alla fine, se ci pensi tutte le messe si assomigliano, in realtà," avevo riflettuto mentre ravvivavo la fiamma e, al tempo stesso, la conversazione. "Un dialogo in cui si invoca uno spirito."

"Sì, certo," aveva annuito lei, e si era appoggiata una mano sul petto, dove portava sempre quel ciondolo che non ero mai riuscita a vedere. "Nel caso della Chiesa cattolica, lo Spirito Santo arriva quando la comunità cristiana lo invoca durante la messa."

Mi ero riscaldata le mani avvicinandole alle fiamme e le avevo detto: "Con gli *orisha*, a quanto pare, arrivano spiriti più casalinghi". E avevo sorriso.

"Sì," si era abbracciata le ginocchia, "credo sia stata l'unica volta in assoluto che ho sentito davvero che uno spirito veniva a trovarmi."

Il suo spirito, quello che l'aveva sempre accompagnata ma a cui aveva voltato le spalle, lo aveva battezzato "la nonna", anche se non sapeva di chi si trattasse. E aveva ammesso che in passato il suo Io cattolico avrebbe detto: come si può definire "messa" un gruppo di vecchie che parlano e fumano?

Avevamo sentito una macchina fermarsi davanti alla porta. Che fossero tornati prima? Dopo un po', si erano sentiti il rumore di un pallone e le urla di alcuni bambini. No, dovevano essere i vicini, aveva detto, e poi si era rimessa a pensare guardando il fuoco.

"In realtà, chiamiamo religione qualunque cosa ci metta in contatto con noi stessi. Per questo ho bisogno di fare ordine nella mia vita spirituale."

"E che cosa ti manca?"

"Mi manca il rito. Il piccolo altare che hai visto di sopra. Pregare..."

"E non ti basta riciclarne qualcuno di quelli che praticavi un tempo?"

Aveva iniziato a strappare della carta di giornale per darla da mangiare al fuoco.

"Quei riti hanno una collocazione sbagliata: sono dentro un'istituzione, Patricia, e io di istituzioni non voglio più saperne."

E avevo pensato che era vero. E bello. Che arrivassimo a un grado di libertà tale per cui potevamo prescindere dalle istituzioni e cercare il nostro spirito personale e quello dei nostri antenati.

"Perciò credo di aver abbracciato l'india che è in me e di essere tornata a casa."

"E adesso?"

"Adesso sogno i colibrì."

68.

Stasera, a casa, mi dispiace non avere un camino e non poter continuare a contemplare il fuoco. Mi fa bene. Come l'acqua. Se potessi esprimere un desiderio, sarebbe farmi installare in salotto un camino e una fontana. Per contemplare il fuoco e ascoltare il rumore dell'acqua. Mentre leggo. O scrivo. Mentre medito o penso. Perché in questa tappa sabbatica che ho deciso di prolungare finché non sarò pronta a cercare un nuovo lavoro, o il mio conto corrente inizierà a lamentarsi, mi sto godendo un tempo morto – che in realtà dovrei chiamare "tempo vivo" – per ricostruirmi. In un altro momento sarebbe stato impossibile passare un pomeriggio a parlare dell'umano e del divino, nell'accogliente veranda di una casa non mia.

Che strano, non avere fretta.

Ho paura di abituarmi. Perché ora come ora credo che potrei.

Mi sento in fase di ibernazione, come uno degli insetti di Leandro, e ho solo paura che, per qualche motivo, qualcosa o qualcuno la interrompa prima del tempo e vada tutto in malora.

Il tempo.

È vero che non lo contengono gli orologi. Stasera qualcuno ha appeso la luna sopra il Palacio Real. Mi piacerebbe essere in grado di farmi guidare dai suoi cicli naturali. Stringo tra le mani il registratore, che ho messo in pausa. Anche questa storia non entra più in una sola scheda di memoria. Non c'è fretta, ma urgenza sì. Con il cambio di stagione dovrei far sì che veda la luce e già la sento crescere in modo tale da non poter essere accolta da nessun giornale e da nessuna televisione senza tralasciare qualcosa di importante. Perciò immagino di dovermi abituare all'idea di tirarne fuori gli aspetti essenziali, e il viaggio... il viaggio che stiamo facendo insieme, quello resterà soltanto mio.

L'ho detto anche a Leandro, quando mi ha chiamato per aggiornarmi sulla situazione del suo laboratorio.

"La verità è che la taccagneria è la cosa peggiore che esista," esclamo citando madre Juana.

"Verissimo, bestiolina. Tra l'altro, i fondi di quel laboratorio sono ridicoli. È un problema di cattiva gestione..." lo sento rigirare un cucchiaino in una tazza, "e forse anche una questione personale. L'attuale rettore è stato un mio collega, uno di quelli che aveva l'abitudinc di appropriarsi delle idee degli assistenti... e sai, una volta l'ho rimesso al suo posto."

Come no... Mi distendo sul divano. Ci sono bestie dappertutto, Leandro, e lui mi chiede di non offendere le bestie, per favore. Allora gli racconto la mia teoria sui gollumizzati, che Greta aveva trovato tanto buffa l'altro pomeriggio, dopo le sue riflessioni sul malocchio. I gollumizzati?, chiede Leandro all'altro capo del filo. Sì, gli spiego, sono quelle persone, come Gollum del *Signore degli* dizionate anche fisicamente dall'avarizia e dalla malva- vengono trasfigurati.

h'io, come madre Juana, ho sempre disprezzato gli ava- utto gli avari dal punto di vista emotivo. Mi sembra un tratto meschino e ben poco intelligente. Gli avari affettivi sono incapaci di compiere un gesto d'amore e li infastidisce dover dire "ti voglio bene" a qualcuno che ne ha bisogno, perché la loro paura e il loro egoismo naturale li portano a pensare che, dicendo una parola d'amore, stiano privando se stessi di qualcosa: libertà, indipendenza, orgoglio... quando in realtà ti torna tutto indietro con gli interessi. Mi intristiscono i taccagni, sì. Mi fanno pena e anche un po' schifo. Per esempio, il Tirannosauro era così.

Leandro scoppia a ridere di gusto.

"Chiaramente anche il rettore è così, si sta gollumizzando a vista d'occhio."

Mi saluta ringraziandomi per averlo fatto ridere in una giornata come questa. E io gli dico che gli voglio bene.

Sulla scia della mia teoria sui gollumizzati, tra i quali Greta e io abbiamo incluso immediatamente Inés Cansino e madre Dominga, la mia piccola ex suora mi ha raccontato una leggenda che mi è sembrata molto significativa. A quanto pare, quando Leonardo da Vinci stava dipingendo *L'ultima cena*, trovò il modello più bello per ritrarre Cristo, il personaggio più pieno d'amore della sua futura opera. Anni dopo, quando finalmente stava completando il suo capolavoro, si mise a cercare Giuda. Volendo simboleggiare la bruttezza di un essere umano malvagio e distrutto dalle sue cattive azioni, andò a cercarlo in un carcere. E lo trovò. La leggenda racconta che risultò essere, senza che Leonardo lo sapesse, la stessa persona.

Perché ci sono circostanze che ti fanno perdere la luce... proprio come quando ami lo Spirito Santo ti illumina di nuovo, puoi allontanarlo da te quando odi, sostiene Greta.

Alla fine del pomeriggio trascorso insieme nella sua nuova casa, le avevo proposto di accendere il mio portatile per iniziare a vedere i risultati delle mie ricerche. Avevo osato raccontarle di aver chiesto aiuto a Santiago in modo che, attraverso la descrizione dei sintomi che presentava quando l'avevano cacciata, potesse diagnosticare esattamente di che cosa avesse sofferto o, in altre parole, le cicatrici psicologiche del mobbing in questione. A seconda delle conclusioni a cui giungerà, potrebbe prospettarsi un reato che va dall'abbandono di incapace all'omissione di soccorso, nel momento in cui era stata buttata fuori. Prima di iniziare a lavorare, Greta si era alzata. "Un momento," aveva detto, ed era corsa di sopra. Quando era scesa teneva in mano una cosa che, dalla delicatezza con cui la stringeva, avevo pensato fosse viva.

"Tieni." Aveva aperto la mano.

Dentro c'era il piccolo e delicato colibrì di legno intagliato.

"E questo?"

"È per te," aveva detto con gli occhi che le brillavano. "Voglio che lo tenga tu. Porta solo cose buone. E adesso ti dirò una cosa... so che ti sconvolgerà, ma lasciami finire, va bene?" Si era ravviata i capelli dietro le orecchie. "Io ho una teoria su di te. Sei una persona speciale, Patricia, ma non puoi andartene in giro senza proteggerti. Lo sai che nel mio paese si ha più paura del malocchio che della stregoneria?"

"Ma non dire cavolate, Greta," l'avevo interrotta. "Non mi dirai che credi a queste sciocchezze!"

"Certo che sì! E lasciami finire, non essere pesante." Aveva posato lo sguardo sulla statuina di legno con le ali tese. "Quello che cercavo di dirti è che nel mio paese tutti credono alla cattiva influenza delle persone tossiche, quelli che tu chiami 'vampiri', che ti rubano l'energia."

E aveva continuato spiegandomi che, così come ci sono portatori di benedizioni, c'è gente che ti lancia il malocchio, anche senza volerlo. Può farlo persino tua madre! O il tuo compagno. Questa gente non ha neppure bisogno di augurarti il male. Semplicemente, ti ruba l'energia.

"È nel loro carattere. Si prendono la tua vita e la tua forza per prosperare." Aveva fatto una pausa e mi aveva guardato come se avesse appena capito qualcosa. "E poi ci sono persone che portano quella che tu chiami 'energia positiva' e io chiamo... 'la luce'. Tu sei una di quelle."

"Sono una portatrice di benedizioni?" le avevo chiesto, e poi avevo deciso di non protestare. "Mi piace. Tecnicamente si tratta di 'benocchio'," le avevo detto, e avevo lasciato che il mio colibrì volasse tra di noi, appeso al filo di nylon invisibile.

Lei aveva battuto le mani come per concludere il discorso.

"Esattamente. Senti, allora mi appunto il termine, ma o mi lasci finire di parlare o ti cucio la bocca." E si era concentrata sul colibrì sospeso tra di noi. "Patricia, tu non sei cosciente del tuo valore. Per questo non lo usi come potresti. Chiunque si avvicini a te, poi ha più forza per fare le cose, più energia vitale. Se ne accorgono tutti, come me ne accorgo io. E questa luce che brilla così tanto e che tu hai appena iniziato a conoscere la vedono anche quelli che vorrebbero manipolarla." Mio malgrado, mi era venuto in mente il mio vampiro personale, il povero Andrés, il cui ricordo avevo scansato con una manata come una falena. Greta aveva proseguito: "Tu però non puoi darti indiscriminatamente, amica mia. Forse per questo avevi scelto un canale: il giornalismo. Attraverso i tuoi articoli creavi una connessione con quelli che non potevano averti in altro modo. E questo è molto generoso. Perciò ho insistito tanto, fin dall'inizio, sul fatto che non volevo chiederti niente. Volevo che facessi questa cosa continuando a essere libera, perché sono consapevole di ciò che puoi darmi".

Mi ero assicurata che avesse concluso il suo discorso, perché sembrava che fosse davvero importante per lei e poi, illuminata da quel fuoco diventato sempre più scoppiettante e il cui calore ci obbligava a tenerci più lontane, le avevo chiesto: "E, secondo le credenze del tuo popolo, quale sarebbe la tua missione?".

Si era tolta il maglione e si era stropicciata gli occhi lucidi per il caldo.

"Secondo la strega la mia missione è aiutare quelli che vengono, per così dire, vampirizzati." Aveva gettato altri giornali nel fuoco. "Per questo io e quelli del mio villaggio indossiamo sempre un oggetto d'oro. Ti protegge dal malocchio. E nel mio caso si spezza sempre. Ho scoperto solo molto tempo dopo che nel mio villaggio, se ti si rompe un oggetto d'oro, significa che hai annientato il malocchio."

L'avevo osservata con un mezzo sorriso e poi le avevo detto: "Greta, tu sei fuori come un balcone".

"Può essere, ma tu sei una miscredente irredenta."

"Questo è sicuro."

Avevamo iniziato a ridere e ci eravamo insultate affettuosamente finché non avevo ripreso tra le mani il mio delicato colibrì.

"Grazie mille." Le avevo fatto un saluto buddhista. "Quello che hai detto è bellissimo, e anche il mio colibrì lo è."

E sì, mentre scrivo questi ultimi appunti nella solitudine sempre più confusa del mio appartamento, capisco che mi piacerebbe credere a Greta e vedermi attraverso i suoi occhi come una Luciana Skywalker che riceve la rivelazione della sua forza. Quello che in ogni caso è sicuro è che non posso darle completamente torto se penso ai miei rapporti interpersonali. Solo che lei lo attribuisce a certe forze e io ad altre. Una cosa è vera: ho imparato a darmi senza proteggermi, e questo è il risultato.

Spengo il registratore e finalmente inizio a scrivere:

Il bene e il male. Benedire e maledire.

Com'era possibile che qualcuno avesse quel potere speciale? "Io credo nella benedizione che mi dà mia madre," mi aveva assicurato poco prima che ci salutassimo, con gli occhi lucidi, adesso anche per l'emozione, e anche questo lo potevo capire, ovviamente. In effetti, i taoisti danno più importanza alla benedizione di un antenato che a quella di un dio. Qualcosa mi spinge a cercare altre foto nella scatola, quella dei nonni che passeggiano vicini vicini, quella della mia madrina che mi tiene in braccio. Le sistemo bene in vista e distribuisco sulle mensole anche delle candele. Anche la maestra Jedi un giorno ci ha detto che, se non vogliamo pregare, possiamo non farlo, ma che dobbiamo assolutamente accettare le benedizioni altrui. Ciò significa soltanto chiedere di illuminarti al maestro che hai scelto, appoggiarti a qualcuno che ne sa più di te. "Ognuno lo chiama come vuole, ma fatevi un favore," ha detto, per la prima volta molto seria, "chiedete a qualcuno di ispirarvi in modo informale," e aveva unito le mani e chiuso gli occhi finché a poco a poco non le si era disegnato sulla bocca uno strano sorriso da ricongiungimento.

Credo sia stato quel giorno che ho scelto il mio primo santo: mio nonno. Accarezzo una foto degli anni settanta in cui ha quel sorriso così suo, i baffi all'epoca neri. Lo stacco dal resto e decido che per il momento il suo posto sarà accanto alla mia conchiglia-amuleto, al colibrì e al libro di Han. Mi siedo di nuovo.

"E le maledizioni?" scrivo. Secondo Greta, nella spiritualità cristiana abbiamo invocazioni che ci proteggono – "liberaci dal male," per esempio –, ma non spiegano come. Come liberarci da qualcuno che ci maltratta? Da una Dominga o da una Inés? Da quegli esseri che si contorcono nell'insicurezza e nell'odio fino a deformarsi? Secondo Greta, la Chiesa non aveva trovato una soluzione per questo.

Ci dicevano che eravamo protetti dal battesimo e non era vero.

Potevi atterrare in inferni terrestri ben peggiori di qualunque averno nato dalla fertile immaginazione del Creatore.

Ti dicono di non credere alla superstizione, ma te ne inculcano altre.

Ti dicono di recitare una novena per essere protetto, ma no, non è vero.

Mentre eravamo entrambe davanti al computer, Greta si era accorta, credo, che stavo lottando con tutte le mie forze contro il mio naturale scetticismo. Adesso però vorrei dirle che qualcosa è cambiato. Che non la giudicherò.

"Immagino che oggi tu sia rimasta di sasso." Credo siano state queste le sue parole. "È solo che voglio riabbracciare la spiritualità, ma in un altro modo. Adesso posso farlo. Mi sento libera. Non succederà niente. Non andrò all'Inferno per questo."

Avevo aperto un documento di Word e avevo scritto: "Messico: la Comunità degli Apostoli". Poi mi ero girata verso di lei prima di iniziare quel nuovo viaggio nel periodo più bello della sua vita religiosa e le avevo detto: "Due meticce come noi dovrebbero avere credenze meticce, non trovi?".

E in quel momento la portatrice di benedizioni che ero diventata grazie a lei le aveva illuminato la strada con la luce blu di un portatile – quella che, secondo Leandro, ci altera così tanto – verso i suoi ventisei anni, il momento in cui aveva ancora appesa al collo una croce grande quanto il suo spirito ribelle; l'ultima volta in cui si era impegnata per lottare per la sua vocazione, per quanto ciò significasse "curarsi dalla sua omosessualità", distaccarsi dalla sua essenza. E aveva ripensato a se stessa che arrivava in Messico, come un uccello che sentiva di avere ancora bisogno della protezione di una gabbia.

69.
Messico
Anno 25

Non era mai stata così lontano.

E forse per l'emozione, o perché stava per scoppiare per tutto quello che c'era dentro, la valigia le si ruppe non appena iniziò a trascinarla nella zona bagagli. Per fortuna, quando accese il cellulare trovò un messaggio di madre Juana, da Bogotá: le annunciava che ad aspettarla c'era qualcuno che sarebbe stata felicissima di rivedere.

A Greta quel ricongiungimento sembrò un segno.

Stava per rientrare nella congregazione e stava per tornare dalla persona con cui era nata la sua vocazione.

Fu meraviglioso. Quando la vide avanzare nell'aeroporto di Città del Messico con quell'andatura inconfondibile, come se ballasse, più gigantesca e più nera che mai, colossale. Imelda, la Profetessa. Il suo modello. Non la vedeva da quando era stata mandata in Messico per fare la vicaria.

I loro sguardi si incrociarono attraverso la folla, da lontano, e lei se la immaginò come la regina degli scacchi su una scacchiera di marmo gelido: Greta non era più una bambina e Imelda era diventata una delle suore più potenti della congregazione. Si chiese se le fosse giunta notizia fino alla Casa Generale del Messico delle sue avventure e disavventure, dei pettegolezzi sullo scandalo di Valentina, della strana ossessione che aveva generato in madre Dulce in

Venezuela, ma quando vide il sorriso di madre Imelda capì che per lei tutto questo non era importante e che davvero, dopo quell'anno sabbatico e la decisione di tornare, le era stata data una seconda opportunità. Da quel giorno iniziò tra di loro quello che Bárbara Sagel soleva definire un "controtransfert". Un fenomeno, secondo la terapeuta, molto frequente tra le religiose. Si erano adottate a vicenda, come madre e figlia.

"In Messico c'è l'essenza della comunità," le spiegò madre Imelda quando salirono in macchina. "Presto però ti renderai conto che non assomiglia alla Colombia, dove tutto è... bello, come piace a madre Juana. Qui è tutto molto più semplice."

E Greta capì che la sua interlocutrice apprezzava quella frugalità. Madre Imelda aborriva gli sprechi. Greta non aveva mai immaginato che la Casa Generale fosse così austera. Lei, però, si era di nuovo innamorata di Dio. Sarebbe stata felice, si convinse, mentre saliva le scale della sua nuova casa. Non le mancava niente per esserlo. La sua vocazione aveva avuto il tempo di sedimentare ed era risorta dalle sue ceneri. Avrebbe vissuto nella Casa Generale, il sogno di quasi tutte le consorelle... e aveva Imelda accanto a sé. Era un'occasione preziosa. In quel momento cercò di insinuarsi nella sua testa Bárbara Sagel, che marciava sui tacchi delle sue scarpe blu in pendant con la gonna e che tentava di avvisarla di non varcare quella porta; lei però riuscì a ignorarla grazie all'immagine che aveva davanti e che ne eclissò il ricordo.

Non avrebbe mai immaginato di ricevere una tale accoglienza: all'ingresso le novizie, che in Messico erano tutte musiciste, si erano disposte su varie file per dedicarle una serenata con chitarre e mandolini.

"Tutto questo è per me?" chiese emozionata a madre Imelda.

La Profetessa annuì con il viso brillante e un sorriso sobrio e la festeggiò dandole qualche rapida pacca sulla spalla. Greta si accorse che le sue nuove consorelle osservavano ogni gesto di madre Imelda, come se fosse davvero la madre di tutte, e parevano aver acquisito una certa somiglianza con lei. Ebbe anche la sensazione che qualcuna imitasse il suo modo peculiare di tenere le mani intrecciate in grembo, e notò che tutte le volte che lei stava per parlare si risistemavano il velo con una certa civetteria. Inoltre, le sembrò strano che le messicane non portassero l'abito, ma gonna blu, giacca e camicetta bianca e i capelli ravviati col gel, sotto il velo. Imelda le disse che anche a lei era sembrato strano. Soltanto in Messico le suore vestivano così, dal 1910, perché c'era stata una persecuzione religiosa. Loro, essendo colombiane, non avevano motivo di adottare quell'abitudine. Imelda avrebbe sempre indossato l'abito, come il resto della congregazione.

"Adesso ti mostreremo la tua stanza e all'ora di cena vedrai la madre generale," annunciò la gigantessa di ebano in tono più freddo.

Madre Celeste... si disse Greta. La massima autorità della congregazione in tutto il mondo. Solo sentire il suo nome incuteva timore. Aveva sentito tanto parlare di lei... Dopo che ebbero percorso lunghi e interminabili corridoi, aprirono un'altissima porta a due battenti. Greta rimase immobile. Le si insinuò dentro un'umidità che odorava di candeggina.

La stanza non era solo sua, ma di altre cinquantanove persone.

Contemplò l'enorme stanzone e l'esercito di letti separati da tende di stoffa bianca e le sembrò un ospedale del diciannovesimo secolo. Sentì che Imelda la osservava, perciò avanzò con decisione. Le fecero strada fino al suo letto. Le avevano ricamato il suo nome sulla federa. Quel particolare la commosse e d'un tratto si sentì a casa. Dopo che l'ebbero lasciata sola si distese sul materasso, le cui molle sporgenti sembravano i chiodi di un fachiro, e respirò quella strana atmosfera festosa così piena di spirito di sorellanza. Sì, senza dubbio lì si avvertiva lo spirito della comunità. E quei cambiamenti, ai quali non sarebbe stato facile abituarsi, le avrebbero fatto molto bene.

Fece la doccia nei bagni comuni, le cui piastrelle sembravano risalire agli anni settanta, e si cambiò d'abito; lasciò il resto delle sue cose in un guardaroba comune in cui le avevano assegnato un attaccapanni con le sue iniziali ricamate, e all'una meno un minuto entrò in una sala da pranzo gigantesca con i tavoli disposti a ferro di cavallo. Al centro, come una versione femminile di Gesù, scorse madre Celeste, con lo stesso atteggiamento con cui l'avrebbe ricordata a partire da quel momento. Dimostrava tutti i suoi sessant'anni, le rughe mettevano in risalto il naso diritto e incorniciavano una grande bocca da rospo che normalmente era sigillata. Ma quello che la colpiva di più della madre generale era che sembrava muoversi al rallentatore. Le piaceva mangiare straordinariamente piano, e quando mangiava non guardava mai il piatto. I suoi occhi piccoli e attenti trovavano più interessante spostarsi da una consorella all'altra battendo le palpebre molto lentamente, in un modo che esprimeva la sua serena autorevolezza e il potere perforante del suo sguardo-radar.

Con il tempo, Greta si sarebbe resa conto che per madre Celeste i pasti erano una tortura. Mangiava molto poco e molto lentamente per via di certi problemi di stomaco, anche perché tutti cercavano di farla ingozzare, facendo a gara per compiacerla con la qualità e la quantità delle pietanze. E lei doveva dare l'esempio, non poteva disprezzare il cibo, visto che c'era così tanta povertà nel mondo... Perciò scoppiava. Una tortura da cui Greta scoprì come liberarla, conquistandosi la sua simpatia. Una sera, a cena, le porse il piatto con disinvoltura, "madre, ne dia un po' a me, così l'aiuto". La madre generale fu svelta a passarle metà della sua porzione di pollo, poi – dopo aver lanciato una rapida occhiata a destra e a sinistra – la guardò con una complicità piena di gratitudine.

Greta rimase colpita dal fatto che madre Celeste non facesse nulla per dissimulare le sue antipatie e che apprezzasse sentir parlare male di quelli che le stavano antipatici e bene di quelli che le stavano simpatici – faccenda dalla quale lei preferì rimanere fuori, avendo capito subito che madre Celeste e madre Imelda erano come l'acqua e l'olio.

Quella prima notte Greta, inginocchiata, con i gomiti appoggiati sul letto, pregò a lungo, accompagnata dal russare delle consorelle addormentate. Tornare in comunità ed entrare nella Casa Generale aveva significato prendere una ferrea decisione: lavorare sui punti evidenziati da Bárbara nella sua relazione prima di consigliarle l'anno sabbatico. Sapeva che non le avrebbe fatto piacere, ma doveva scriverle per comunicarglielo, pensò, mentre sentiva la lana ruvida dello scendiletto pizzicarle le ginocchia. Anche se sicuramente aveva già saputo del suo ritorno, era ovvio. Se c'era una cosa che non mancava mai nella comunità erano i pettegolezzi: immaginò di nuovo Bárbara, vestita di blu dalla testa ai tacchi, che la osservava al di sopra degli occhiali con disprezzo e disapprovazione: "Perché vuole una vita così, Greta?".

Era consapevole del fatto che l'avevano inviata lì per rafforzare il suo spirito comunitario dopo la catarsi prodotta dalla terapia a Bogotá; sapeva anche che Bárbara, per quanto nella sua relazione avesse cercato di aiutarla, aveva dovuto dare un colpo al cerchio e uno alla botte. In fin dei conti, era tenuta ad accontentare il suo vero cliente, ossia l'istituzione.

Tirò fuori la valigia che aveva riposto sotto il letto. Cercò tra i suoi documenti. Estrasse il dossier dalla busta: quella sarebbe stata la sua guida. Iniziò a leggere: se fosse rientrata, Greta avrebbe dovuto essere più ubbidiente, aveva scritto Bárbara, probabilmente con la segreta speranza che non lo facesse mai. Diceva anche: "Sarebbe bravissima se studiasse letteratura" – lì le lanciava un salvagente – "e dovrebbe lavorare sui suoi problemi di identità sessuale" – e sì che durante le sedute non aveva mai accennato a nessuna delle sue storie, pensò con una stretta allo stomaco. Meno male. Perché adesso desiderava come non mai "correggersi". Con tutte le sue forze.

Infilò di nuovo la relazione nella busta. Unì le mani e ci appoggiò sopra il naso. Chiuse gli occhi. Non si sarebbe messa nei guai. Si sarebbe concentrata sullo studio e la preghiera. Sarebbe stata grata a Bárbara per tutta la vita: insieme a lei aveva finalmente seppellito suo fratello. Quello sì che era stato difficile. Quello sì che le era sembrato impossibile. Come avrebbe potuto non correggere le sue tendenze? Ciò che però la giovane suora ancora non sapeva era che la fede non è una questione di ansiolitici; che la natura non può essere forzata; che la repressione può essere curata solo con la libertà; e che per certe delusioni non c'è terapia che tenga.

Si fece in fretta il segno della croce e aspettò, guardando il soffitto, che le venisse sonno. La sua nuova vita stava per cominciare.

Incontrare di nuovo madre Imelda era stato come ritrovare la sua vocazione perduta. Si sentiva privilegiata per il solo fatto di essere accanto a lei.

Imelda era un sassolino nella scarpa. Scomoda come tutti i profeti, nonostante ciò il suo carisma era tale che aveva man mano scalato le posizioni all'interno dell'ordine proprio perché non lo voleva. Tanto che in una prima tornata aveva ottenuto i voti sufficienti per diventare madre generale. Alla fine, però, l'incarico era stato assegnato a madre Celeste, che aveva una mente molto più politica. E ciò avrebbe causato un'accesa competizione tra loro, sebbene Imelda non li avesse voluti. Né l'incarico, né la competizione. Era straniera e non aveva nessuna smania di potere. Madre Celeste era irritata anche dal fatto che Imelda sembrasse al di sopra di tutto ciò. Greta, dal canto suo, si era guadagnata la simpatia di madre Celeste: la madre generale aveva sviluppato un interesse speciale nei suoi confronti quando aveva saputo che aveva chiesto di essere inviata in Messico, dopo il suo anno di riflessione, per riprendere la vita religiosa. Anche se non era andata esattamente così. Quella era stata la motivazione che aveva molto intelligentemente addotto madre Juana, vera artefice del suo trasferimento. Forse perché aveva pensato che in Messico sarebbe stata sorvegliata meglio e avrebbe potuto schivare le critiche sul suo passato finché la sua vocazione non fosse stata di nuovo abbastanza salda.

In ogni caso Greta si era sentita molto onorata per l'interesse manifestato dalla madre generale nei suoi confronti, anche se il giorno in cui si erano incontrate in aeroporto Imelda aveva cercato di metterla in guardia e di toglierle dagli occhi una benda che avrebbe portato per troppo tempo. Le aveva detto solo: "Madre Celeste non è quella che credi," e aveva cercato di addolcire la sua affermazione con un sorriso che le aveva fatto gonfiare le guance nere. Greta non aveva capito a cosa si riferisse se non molti anni più tardi, quando avrebbe contemplato incredula la firma di madre Celeste in fondo a quella lettera: la sua condanna a morte. E non si era neanche resa conto di stare entrando in un fuoco incrociato. Era grata a madre Celeste, ma era stata Imelda a partorirla. E, da buona madre, Imelda voleva proteggerla.

Passarono i mesi. Greta trascorreva sempre più tempo nell'ufficio della sua protettrice. Era vero che non era la sua diretta superiora, ma Imelda scavalcava tutte le figure intermedie per occuparsi direttamente della sua pupilla. Ciò iniziò a non essere visto di buon occhio. Tutte volevano stare con la Profetessa nera.

Nonostante questo, Greta era così contenta che non intuì il pericolo. Era pervasa da una nuova energia. Aveva deciso che la sua vocazione era fare la guida spirituale e a tal fine chiese di poter studiare ad Ávila, all'università di mistica, o in Messico. Oltre a darle la possibilità di frequentare l'università, da Bogotá madre

Juana le aveva fornito un gruzzolo perché potesse seguire dei corsi e integrarsi, visto che sarebbe stata l'unica colombiana nella Casa Generale del Messico, ed era in ritardo rispetto alle consorelle messicane della sua stessa età, che avevano avuto noviziati senza intoppi, abusi, terapie e anni sabbatici. Loro avevano altri orari, perciò per il momento Greta si limitava a pregare e a fare le pulizie con le sue consorelle in quella casa gigantesca. Ecco, quella era un'altra cosa. In Colombia le suore avevano personale di servizio. In Messico, no. E Greta faticava ad abituarsi a fare le pulizie prima di andare a lezione. Era vero quello che le aveva detto madre Imelda, la Casa Generale era più austera. Quasi come l'esercito. Era tutto in comune, non solo le stanze e lo spogliatoio. Soltanto madre Celeste e il suo entourage avevano a disposizione un ufficio e una casetta a parte, dove viveva anche Imelda. Mangiavano insieme e tutti i pomeriggi le sue coetanee andavano alle loro lezioni di grado superiore. Greta non avrebbe fatto la maestra in Messico, perciò decise di destinare quelle ore libere a cercare corsi che la arricchissero. Un giorno vide l'annuncio di un ritiro zen e chiese il permesso di iscriversi. Come temeva, la sua richiesta fu considerata stravagante. Alle altre suore non sarebbe mai sembrato opportuno niente di ciò che interessava a lei, questo era chiaro, ma argomentò che probabilmente avrebbe potuto imparare delle tecniche con cui arricchire la vita comunitaria. Questo discorso fece breccia; invece il corso di quel gesuita, "La religiosità secondo Madonna", no, quello sembrò loro davvero troppo, anche se era tenuto da un religioso.

Si chiamava Frieda ed era bionda, alta e zen, un elfo dalle gambe lunghe sempre vestito di nero, con le *r* arrotate e un accento da *ranchera*, devota a santa Teresa d'Ávila e a san Giovanni della Croce. Ai suoi tempi aveva sfilato per Chanel e a sessant'anni conservava un sorriso abbagliante. Fu lei a introdurre Greta alla meditazione.

Non appena aveva potuto, aveva lasciato il mondo della moda, aveva studiato psicologia, aveva divorziato e si era innamorata di nuovo solo quando aveva conosciuto santa Teresa, al punto che, con i suoi guadagni da modella, aveva costruito una casa ispirata al castello interiore dell'omonimo scritto della santa. Un piccolo fortino di pietra al centro di Città del Messico, in cui viveva con il padre novantenne. Quell'elfo sentiva il richiamo della spiritualità, perciò prestava la sua casa alle suore perché potessero organizzarvi dei ritiri.

"Di solito le suore non partecipano a queste meditazioni," le disse quando la vide, sbattendo molto le palpebre dei suoi occhi azzurri.

La prima sera, quando Greta entrò in quella casa, le sembrò di essere entrata in uno dei suoi libri preferiti: le pareti erano di pietra viva, l'unica luce era quella delle lampade a olio e si mangiavano soltanto i prodotti dell'orto.

Il ritiro del silenzio a Valle de Bravo durava cinque giorni, durante i quali Greta si dedicò a leggere, pregare e passeggiare nel bosco freddo e umido che circondava la casa, accarezzando i tronchi coperti di muschio. Si dedicò anche a scrivere perché, come raccontò a Frieda, con Bárbara aveva l'abitudine di tenere un diario delle sedute. A Frieda sembrò un'idea grandiosa; poteva provare a scrivere le sue meditazioni, le suggerì, e si allontanò sfilando, con la pelle di luna coperta da lunghi drappi neri e il portamento da *flamenca*.

Ogni ospite aveva a disposizione una casetta di pietra e carta per scrivere. La dieta era vegetariana e tutti i giorni alle sei di mattina facevano tai chi all'esterno, battendo i denti per il freddo in luoghi maestosi accuratamente scelti dall'elfo. Vedevano avanzare nella nebbia quella donna dai lunghi capelli sciolti, che sembrava tracciare pennellate in aria con ciascuno dei suoi movimenti perfettamente cadenzati, con quella pace e quella luce che spingevano Greta a chiedersi perché non potesse essere lei la sua superiora, invece di madre Celeste, sempre rigida e amareggiata.

In quei giorni imparò a parlare con lo sguardo. Anni dopo, l'Aita le avrebbe confermato che era possibile. Furono lunghe conversazioni silenziose che crearono uno strano legame tra lei e Frieda.

Dopo cinque giorni cadde il divieto di parlare. A quel punto sembrò che si conoscessero tutti da una vita, anche se fino a quel momento si erano scambiati soltanto occhiate complici o cenni di saluto. E durante l'ultima seduta plenaria Greta iniziò a leggere ciò che aveva scritto durante il silenzio: una poesia dedicata a quella casa e all'anima che ci viveva dentro. Frieda rappresentava la pace e il silenzio.

Quella sera, Frieda la chiamò da parte e le disse che le sarebbe piaciuto invitarla a casa sua per formarla come guida alla meditazione.

"Perché voi pregate, ma non sapete meditare e ne avete un gran bisogno." Si scostò i capelli biondi e sottili dagli occhi sereni. "Io sono laica e le suore alle meditazioni non ci vengono. Ma mi piacerebbe raccontare alle sue consorelle che quando santa Teresa fondò il convento dell'Incarnazione, per prima cosa chiese alle suore di costruire dei banchi per la meditazione. Glielo dica da parte mia."

E, prima che Greta se ne andasse, le consegnò una lettera in cui chiedeva alla sua congregazione il permesso di pubblicare i suoi scritti su una rivista. "Lei deve scrivere, Greta, non smetta."

Ovviamente, glielo proibirono.

E Greta aveva deciso di correggersi. L'ubbidienza era la materia in cui era stata rimandata.

Più avanti seppe che Frieda aveva comprato una montagnola a Valle de Bravo per tenere i suoi ritiri. Pensò spesso a quanto le sarebbe piaciuto poter apprendere di più da lei.

70.

Non avrebbe mai immaginato che esistesse una sala dei miracoli. Era davvero enorme, come quasi tutti gli ambienti dell'edificio, con finestroni che davano su un corridoio. Era pieno di scrittoi e le pareti erano coperte fino al soffitto da un archivio. Greta osservò i cassetti all'altezza dei suoi occhi, leggendo le etichette: *Cartagena, 1979*; *Bogotá, 1935*; *Rio, 1982*. In quei cassetti erano archiviate tutte le testimonianze dei miracoli dell'ordine, custodite su diversi supporti. Il suo primo compito era trascriverle e poi dare loro forma. Si trattava di una grande responsabilità, le aveva detto madre Celeste con la sua bocca da pesce, oltre che di un'attività molto adatta a lei, aveva aggiunto, masticando ogni sillaba al ritmo con cui ruminava i pasti. Secondo la raccomandazione della sua terapeuta, dovevano instradarla verso attività letterarie. Alla fine della conversazione, la madre generale volle sapere dov'era stata. L'avevano cercata tutta la mattina.

"Sono uscita con madre Imelda, che si è offerta di aiutarmi con le pratiche per il visto," rispose con innocenza, e "siamo rimaste a pranzo fuori."

Madre Celeste non si prese il disturbo di celare il proprio fastidio. Maledetta Imelda... sembrava dire con quel mezzo sorriso sprezzante. Quali pettegolezzi sul suo conto le stava confidando?

Come ogni pomeriggio, Greta aspettò che le suore più giovani andassero a lezione e poi si sedette nella sala vuota. Scelse un cassetto a caso, ne rovesciò il contenuto sul tavolo e si preparò ad ascoltare le voci di quell'anno, che da allora dormivano intrappolate e che da tanto tempo aspettavano di essere ascoltate. Prese la prima registrazione, una cassetta di quelle che non vedeva da quando era piccola, cercò l'apparecchio giusto – ne aveva tre sul tavolo, per diversi supporti – e premette PLAY. La voce di un uomo, un agricoltore della zona delle piantagioni di caffè, raccontava a fatica, con un accento nero e duro come un chicco di caffè, che la madre fondatrice aveva sorvolato i campi il giorno in cui l'aveva pregata di guarire suo figlio da una febbre letale. Poi una giovane donna di Bogotá le attribuiva la nascita del suo primogenito, dopo che una suora della congregazione le aveva regalato una sua immaginetta; e così poco alla volta sfilarono davanti a Greta: religiose illuminate che avevano visto la madre materializzarsi in chiesa per guidare la loro vocazione, sollecite missionarie che l'avevano invocata per ottenere la pioggia e, soprattutto, una moltitudine di donne gravide felici e piene di riconoscenza, che, via immaginetta, avevano avvertito il suo ruolo di tramite con Dio mentre portavano in grembo i loro bambini. L'iperattiva madre fondatrice era responsabile della guarigione dalla dengue emorragica, aveva placato l'epidemia di morbillo del 1961, aveva spento l'incendio nel convento de la Encarnación... E infine, il caso preferito di Greta: secondo alcuni testimoni, quando alla candidata santa stava per essere impartita l'estrema unzione, era apparso il sacro volto di Gesù. Per molti, era stato il segno definitivo: doveva essere canonizzata.

Ogni nastro era un miracolo. Ovvero, secondo la definizione del dizionario, ogni nastro era "un fatto non spiegabile alla luce delle leggi naturali e che si attribuisce a un intervento soprannaturale di origine divina".

"Queste testimonianze verranno portate in Vaticano come elementi del processo per caldeggiare la santificazione della madre fondatrice," le spiegò madre Imelda con un luccichio orgoglioso negli occhi. "Perciò ti è stato affidato un compito davvero importante."

"E in Vaticano studiano tutte le cause che vengono presentate?" chiese Greta candidamente.

"Non è tanto semplice," rispose la Profetessa sorridendo. "Mia cara suor Greta, bisogna avere molti soldi e molte entrature. I documenti che accompagnano le domande vengono pagati dalla congregazione che li presenta."

E la vide allontanarsi lungo il corridoio con la sua andatura da ballerina. Quel giorno, Greta si rese conto che essere santi costava molto caro.

Fu durante uno dei pomeriggi in cui lavorava nella sala dei miracoli e la casa era vuota che si conobbero. L'aveva vista qualche volta attraversare il corridoio mentre lei era trincerata dietro le cassette dell'archivio, ma quel pomeriggio si decise, entrò nella sala osservando tutte quelle cassette come se potesse sentire anche le voci che vi erano intrappolate dentro e chiese: "È vero che la madre fondatrice faceva tutti quei miracoli?".

Greta alzò lo sguardo.

"Questo lo deciderà il Vaticano, immagino," rispose con cautela.

"Volevo sapere la tua opinione."

"Perché, importa forse qualcosa l'opinione di una povera suora straniera che non gode di buona fama?"

"A me sì."

E si sedette accanto a lei.

Fátima era messicana, una matrona, bianca e bella, e quel pomeriggio scoprirono di avere la stessa età, che entrambe facevano un secondo noviziato per – così era stato detto loro – "abbeverarsi alla fonte" e reintegrarsi nella vita religiosa. A entrambe era stato concesso un anno sabbatico, anche se per motivi diversi: l'unica cosa che non condividevano era la fama. Di Fátima si diceva che era una bravissima religiosa e aveva chiesto un periodo di pausa perché si sentiva esausta. In quella stanza, quel pomeriggio, si raccontarono le loro vite e a partire da quel momento non smisero mai di farlo. Non sospettavano ancora che in futuro avrebbero viaggiato su binari paralleli e che un giorno, dopo anni di lutto e dolore, avrebbero ricordato ridendo che Greta, il pomeriggio in cui si erano conosciute, aveva assicurato alla sua nuova amica che presto sarebbe diventata superiora – uno scherzo che avrebbero perpetuato negli anni, ormai fuori dalla comunità, dopo che Fátima aveva realizzato il suo sogno di partire missionaria e aveva ormai superato la delusione di vedere il suo sogno fatto a pezzi, insieme alla sua anima e al suo cuore.

Come passavano rapidi i giorni, pensava Greta. La complicità con Fátima avrebbe dato senso per la prima volta alla parola "sorella", perché lei sì, lei avrebbe potuto chiamarla davvero così. Insieme a Fátima avrebbe imparato il senso dell'amicizia incondizionata e a parlare a tu per tu a cuore aperto.

Quel pomeriggio la sala da pranzo era piena, perché erano arrivate giovani suore in ritiro da diversi paesi. Fátima individuò Greta seduta, come sempre, con un libro nascosto in grembo. Si avvicinò con il suo vassoio e glielo mise di colpo davanti facendola sobbalzare per la sorpresa.

"Sorella, non si legge in sala da pranzo!"

Greta chiuse il libro, spaventata. E alzò lo sguardo. Fátima, appoggiata al tavolo, fece una risatina.

"Indovina cos'ho fatto?"

"Oltre a farmi morire di paura?" Greta aprì di nuovo il libro con nonchalance.

"Sì," disse, soddisfatta.

"Una pazzia," riprese l'altra, e tolse dalla copertina un po' di ragù.

Fátima si sedette e abbassò la voce: "Ho chiesto alla madre generale di darti il permesso di partecipare con me al gruppo di riflessione teologica".

"E ti ha risposto di no." Girò una pagina.

"Ha detto che ci penserà. Io penso che ti stimi più di quanto credi."

Greta strinse la mano della consorella. Sapeva che lo faceva con le migliori intenzioni. Ma sapeva anche che quello era un club privato riservato alle religiose migliori, le più intelligenti, e l'ingresso della ribelle Greta non sarebbe stato visto di buon occhio.

"Credo che madre Celeste pensi che io abbia una cattiva influenza su di te."

"Non dire sciocchezze," protestò la messicana, arrossendo.

"È vero!" proseguì Greta infilandole un pezzo di pane in bocca. "So di non essere all'altezza della mia amica, e non è solo una questione di centimetri."

"Se non verrai, non ci andrò nemmeno io," le assicurò l'altra masticando. "Mi annoierei moltissimo. Conosci la mia filosofia: dimmi di che cosa stanno parlando e io lo contesterò. Potremmo divertirci un sacco."

Greta osservò l'amica con ammirazione. Quanto la stupiva, quella capacità di criticare praticamente tutto con un sorriso, un proiettile che non vedevi arrivare, l'agile stoccata di un ninja.

La ringraziò di nuovo e, per festeggiare, le annunciò che avrebbero fatto un piccolo miracolo, adesso che lei era diventata un'esperta in materia. Con espressione concentrata moltiplicò i pani dividendo il suo in due e poi lo offrì all'amica, che ridacchiò della trovata.

L'insistenza di Fátima produsse un altro miracolo e, con sua sorpresa, Greta riuscì a entrare nel gruppo. Durante gli incontri, un sacerdote molto anziano del Sacro Cuore teneva un discorso e snocciolava una serie di "verità", scuotendo le suore e, molto spesso, facendole anche soffrire.

"Sono un po' masochiste, io credo che a loro piaccia per questo," disse una volta Greta a Fátima mentre riflettevano sull'incontro, una volta rientrate nella loro stanza.

"Ma è un uomo molto intelligente," le fece notare la messicana buttandosi sul letto.

"Sì, non ne dubito." Greta staccò un altro pezzetto di cioccolato. "Quello che non capisco è perché queste conferenze non le tenga mai una suora. E non dirmi che non ce ne sono di valide, per esempio madre Imelda. Io credo che lei avrebbe molto da dirci."

Fátima ci pensò su. Greta le offrì la tavoletta e lei ne staccò a sua volta un pezzetto senza smettere di guardarla. Non le importava cosa dicevano di lei, la sua amica le faceva sempre vedere le cose da un'altra prospettiva. Per questo apprezzavano tanto la compagnia reciproca. E, a furia di riflettere e senza averne l'intenzione, finirono per discutere sulla necessità di un cambiamento di mentalità nella Chiesa. Da quando avevano condiviso quel pane, la loro era stata una retroazione. Finché una sera Greta non osò raccontarle il suo segreto, quello che non aveva rivelato in confessione né sul lettino: era innamorata di Leonarda.

Fátima non l'avrebbe mai giudicata.

E se, mentre il loro rapporto diventava sempre più intenso e passavano i giorni, i mesi e un paio di anni, il gruppo di riflessione rimase stagnante, quello di post-riflessione sfiorava ormai l'eresia. Si illudevano pensando di fondare una religione tutta loro e, dopo ore di preghiera e una conversazione in cui erano giunte alla conclusione che Dio non aveva sesso, stabilirono che chiamarlo Dio o Dea era lo stesso, e che durante le loro preghiere l'avrebbero chiamato così. Quando quell'innovazione fu scoperta da una delle consorelle che pregavano accanto a Greta e in seguito denunciata, venne duramente censurata da madre Imelda.

Così le due amiche continuarono a camminare come funambole su una corda tesa, cercando di mantenere un pericoloso equilibrio tra libertà e dottrina. Finché un giorno Greta non superò di nuovo il limite.

L'invitato di quel pomeriggio al gruppo di riflessione teologica era un prete flaccido e pallido: lo avevano chiamato a tenere una conferenza, che si rivelò piena di luoghi comuni. Ad accendere la miccia fu il seguente commento: "Colei che non abbia come obiettivo della propria vita l'ubbidienza a un superiore la sta facendo fuori dal vaso".

Subito dopo il sacerdote si scusò e andò in bagno, probabilmente ispirato dalla sua stessa metafora. Greta, indignata, ne approfittò per andare alla lavagna, afferrare un gessetto e, dopo aver lanciato un'occhiata complice a Fátima, disegnare una bambolina con il velo e il pistolino che la faceva fuori da un vaso, scandalizzando alcune compagne e divertendone altre. Il sacerdote aprì la porta mentre lei si preparava a cancellarlo. Poco dopo, entravano entrambi nell'ufficio della madre generale. Il prete era rosso in viso.

"Madre Celeste, è una cosa deprecabile," farfugliò lui con la bocca impastata. "In ventitré anni di sacerdozio non mi ero mai sentito così umiliato."

"Neanch'io," contrattaccò la giovane suora. "E sinceramente non credo di essere l'unica. Deve sapere, padre, che in quella classe ci sono religiose molto preparate."

Greta si voltò verso la madre generale cercando sostegno e invece si ritrovò di fronte il disprezzo più assoluto. Madre Celeste si limitò a dire, la voce inflessibile come una sbarra d'acciaio: "Suor Greta, si metta immediatamente in ginocchio".

"Ma madre..."

"Le ho detto di inginocchiarsi immediatamente e di chiedere perdono."

Il sacerdote levò la mano bianca e molle, quasi nello stesso momento in cui madre Celeste si alzava con un movimento brusco. Iniziarono a suonare le campane. E Greta si ricordò il motivo per cui era lì e la materia in cui era eternamente ripetente: senza una sufficienza non sarebbe mai stata promossa. Perciò si inginocchiò e chiese perdono.

Nonostante quel gesto, che avrebbe ricordato con disgusto molto tempo dopo, il suo discernimento non si piegò. Era troppo tardi. Troppa riflessione sterile in quei gruppi e troppa post-riflessione rivelatrice. Perciò, dopo un po', presentò per iscritto alla congregazione una questione che ad alcune sembrò inammissibile: perché i ritiri spirituali non potevano essere guidati dalle suore, che in alcuni casi erano molto più preparate dei sacerdoti?

Inoltre, mise il dito nella piaga a proposito di un'altra faccenda. I sacerdoti venivano pagati, le suore no. Era vero che i sacerdoti, poiché non vivevano in comunità, dovevano trovare un lavoro retribuito – distribuire la comunione nelle scuole, oppure celebrare la messa o confessare le suore –, ma vivere in un alveare non toglieva loro anche la possibilità di istruirsi e la libertà?

"Non impari a gestire i soldi," disse Greta un pomeriggio davanti a un piccolo gruppo di consorelle, in cortile. "Non sai assolutamente se una cosa è costosa oppure no."

"È come se continuassi a vivere in casa dei tuoi genitori," aggiunse Fátima. "E se esci sarai... una stupida."

Di fronte a quei gruppetti Greta iniziò a porre anche un'altra questione, ancora più spinosa: com'era possibile che, in un mondo tutto femminile in cui si potevano sviluppare solo emozioni endogamiche, si generasse odio verso una donna che ne amava un'altra?

"Non ci hanno forse detto di amarci l'un l'altra?" argomentò un giorno davanti a Fátima mentre passeggiavano in giardino. "Be', è quello che ho fatto io."

"Abbassa la voce, altrimenti ti scomunicheranno," sussurrò l'altra, ridendo.

E quel pomeriggio Greta fu convocata di nuovo davanti a madre Imelda, perché rendesse conto di quei discorsetti. Nel frattempo, però, aveva imparato una cosa nuova: l'utilità della bugia. Perciò si impegnò a negare tutto con espressione innocente davanti alla Profetessa nera.

71.
Messico
Anno 27

E un giorno comparve il Topo, la più fedele dei suoi apostoli. L'unica amica, insieme a Fátima, che avrebbe conservato dopo aver oltrepassato il muro.

Guardandosi indietro, Greta era sicura di non averla mai considerata particolarmente assennata. In futuro il suo vaticinio su Fátima non si sarebbe avverato, visto che non sarebbe diventata superiora; invece del Topo non lo aveva immaginato neanche per un istante, eppure lo sarebbe diventata, in quella che lei definiva "la comunità più remota del mondo". "Così non mi disturba nessuno. Al massimo i pinguini," era solita dire.

Era suora, poetessa, rapper e cilena. Come avrebbe detto la stessa Greta: "La tipica persona con la faccia da stupida che nasconde una mente brillante". Fedele alla sua condizione animale e al suo istinto ipersviluppato, il Topo aveva scoperto dentro quelle mura che fare la pazza e la stupida la dotava di un giubbotto antiproiettile indispensabile per vivere.

Sarebbe sempre sembrata molto più giovane di quanto fosse in realtà e, secondo Greta, non sarebbe mai invecchiata. Era una bambina. Una bambina sveglia, forse perché era dovuta crescere molto in fretta. Quando avrebbero avuto più confidenza, avrebbe raccontato a Greta la sua terribile storia.

In realtà all'inizio a Greta non era simpatica, perché quel piccolo roditore in abiti religiosi la seguiva lungo i corridoi, si sedeva accanto a lei in sala da pranzo e sembrava non avere niente di meglio da fare che cercare la sua compagnia a tutti i costi. Finché, un pomeriggio di pioggia, Greta si rese conto che non la vedeva da ore e se ne sorprese. Si era abituata alla sua presenza. Era una specie di animale da compagnia. E quando la sera non se la ritrovò appiccicata come una piccola e goffa ombra mentre recitava la compieta, si sorprese ancora di più scoprendo che le mancava. Non l'aveva vista nessuno, nemmeno Fátima. All'ingresso le dissero che era uscita. Greta non la vide neanche a cena. E quando era ormai molto tardi, pensò: di sicuro quella schifosa è tornata e non mi ha detto niente.

Per questo le venne in mente di andare a cercarla a letto. Scostò la tenda di stoffa. Si affacciò con circospezione e la trovò coricata. Aveva la coperta tirata sulla testa. Greta, furbetta, pensò di farle paura, perciò le tirò via la coperta esclamando: "Topo schifoso!" e finendo per scoprire con orrore una superiora messicana venuta in visita. Quest'ultima, quando la vide, si mise a gridare come un'isterica.

"Si può sapere che cosa sta facendo, sorella?" le chiese quando si fu ripresa.

Greta indietreggiò scusandosi.

"Mi era sembrato di vedere un topo, madre, mi dispiace."

"Un topo?" urlò la donna salendo sul letto, mentre il grido: "Un topo!" si propagava come la lebbra a tutti gli altri letti.

Greta uscì dal dormitorio lasciandosi alle spalle quel baccano tremendo e in quel momento vide arrivare lungo il corridoio la sua amica. "Cos'è tutta questa confusione?" chiese scoprendo i lunghi incisivi. Per fortuna, avevano accolto la sua richiesta e l'avevano cambiata di dormitorio! Greta scoppiò a ridere, anche se aveva voglia di ucciderla, e le raccontò cos'era successo. In futuro avrebbero ricordato spesso insieme quell'episodio.

Quanto risero ripensando a quella suora messicana... In seguito il Topo – a cui il nomignolo rimase appiccicato per via di quell'incidente – confidò a Greta che la superiora che aveva quasi fatto morire di paura era lesbica e che aveva chiesto di andare a vivere con la superiora provinciale. Ed era una cosa possibile?, chiese Greta quella sera, seduta sul letto dell'amica. L'altra la guardò incuriosita. Sì, sempre che la faccenda fosse gestita con la discrezione necessaria, sottolineò, e Greta rifuggì quegli occhietti che, lo capì quel giorno, comprendevano troppe cose. Non poté evitare di pensare alla sua amata Leonarda e a come avesse pianto quando le aveva chiesto di fuggire insieme. Se fosse stata coraggiosa, quella sarebbe stata un'opzione praticabile. Chiedere un trasferimento per vivere con lei. Forse non ci aveva pensato. O forse non lo aveva voluto abbastanza, o magari i suoi scrupoli morali erano ancora più forti. Ma no, non poteva aprire di nuovo quella porta, pensò mentre si congedava dalla sua nuova amica, a cui non poteva confessare cosa le si agitava dentro. Camminò lungo il corridoio buio verso la sua stanza, come aveva fatto tante volte andando a tentoni verso quella della sua amata a Bogotá. No, ormai era guarita da Leonarda e presto lo sarebbe stata anche dall'omosessualità. Doveva essere forte.

Pochi mesi dopo, lei e il Topo avrebbero scoperto che la superiora messicana era morta, proprio quando stava per iniziare a vivere la vita perfetta accanto alla sua amante, e a Greta dispiacque per lei. A quel punto le voci cominciarono a girare. Il giorno stesso della morte. Il suo ricordo venne infangato. Si vociferò che la prima cosa che aveva fatto la sua amante era stata comprarle un macchinone ultimo modello con i soldi della comunità. Come avrebbe potuto Dio non punirle?, sentì dire alle sue consorelle durante la cena a quel tavolo a ferro di cavallo. Come avrebbe potuto non punirle, Dio, per il loro terribile peccato?, continuarono a commentare con insistenza mentre si riempivano le bocche angeliche di pasticcini alla panna.

Da quel giorno, il Topo e Greta diventarono inseparabili e si ritagliarono due ruoli che le divertivano moltissimo: il Topo faceva la Tonta e Greta la Sveglia. Quel roditore non aveva difficoltà ad ammettere che Greta era il suo idolo e la assecondava in tutto.

Quanto ridevano insieme. Ridevano moltissimo.

“Non ti sembra che siano tutte pazze, queste messicane?” Il Topo puliva i banchi della chiesa mentre Greta spolverava i quadri dei martiri.

"Un po'. Sono molto vecchio stampo."

"A me sembrano groupie impazzite della madre fondatrice," continuò l'altra. "E secondo te non è strano che non indossino l'abito?"

"L'epidemia è passata ma l'idea è rimasta, come diceva Leonarda," ricordò Greta con lo sguardo perso.

"Chi?"

Lei rimase in silenzio continuando a sorridere. Il Topo alzò i suoi occhietti penetranti.

"Era la tua superiora a Bogotá, vero?"

"No, era la vicaria. Io... io vado avanti con quest'altra fila di banchi," balbettò Greta. "Così ti aiuto."

E si allontanò di qualche passo. Il Topo la seguì e iniziò a pulire il banco accanto al suo. Non intendeva permetterle di sfuggirle.

"Sì, a me sembrano bambine cresciute con la divisa della scuola. È strano."

Sollevata dal cambio di discorso, Greta si disse d'accordo.

"E hai notato che prendono per oro colato tutto quello che dice la madre fondatrice?"

"'La santa madre fondatrice', vorrai dire," le imitò accentuando il tono lagnoso.

"E la 'santa madre generale...', ma per favore!" le fece eco il Topo.

Le loro risate sonore rimbombavano tra i muri della chiesa, perché poi c'era il modo in cui si pettinavano, o meglio, in cui si leccavano i capelli all'indietro, disse il Topo, che era salita sul pulpito come se dovesse fare una predica, perché si spremevano sulla testa un tubetto intero di gel...

"Invece, noi che portiamo l'abito, alla fine siamo molto più progressiste," affermò Greta.

Il Topo, sull'altare, si appoggiò le mani sui fianchi.

"Ma certo. Alle messicane sembra sempre tutto 'uno scandalo terribile'."

Greta la osservò piantata lì sull'altare, la scopa in mano, con la faccia piccola in cui entravano a stento quei denti così lunghi che le conferivano un perenne sorriso malvagio, l'abito troppo grande, e pensò a quante risate si faceva con quella donna strana. Eppure, dietro il suo vivace senso dell'umorismo, si celava anche un pagliaccio triste, ben nascosto dietro la maschera allegra da roditore. Finché una sera, prima di partire per il Cile, il Topo confidò finalmente la sua storia a Greta. L'avevano avvisata che suo padre era molto malato. Lui l'aveva mandata a chiamare, doveva dirle una cosa importante, molto importante.

Maricarmen – questo era il vero nome del Topo – era stata adottata da piccola. La madre adottiva era schizofrenica e così aveva trascorso gran parte dell'infanzia con lei in manicomio, abbandonata da un padre sconvolto dalla malattia della moglie.

"Non mi lasciare da sola finché non salirò sull'aereo," chiese a Greta.

Rimasero a parlare in bagno fino all'alba, mentre le altre dormivano. Il Topo era convinto che suo padre le avrebbe detto chi erano i suoi veri genitori. In quelle ore di veglia, Greta vide la sua amica passare attraverso molte fasi: quella rivelazione le provocava impazienza e terrore in parti uguali. E se sua madre fosse stata una prostituta? O suo padre un assassino? E se invece fosse stato uno stupratore che nemmeno conosceva sua madre?

Greta osservò il modo in cui l'amica si guardava allo specchio, come se avesse paura di scoprire una traccia dei tratti perversi dei suoi antenati.

"No, amica cara," le disse commossa, per tranquillizzarla. "Sicuramente erano soltanto poveri. Molto buoni e molto poveri. Per questo ti hanno dato a un'altra famiglia. Vedrai."

Il Topo si accoccolò per terra. "Ho paura, amica mia."

Greta le accarezzò i capelli sottili e radi.

"Piccolo animaletto mio..." sussurrò. "Non devi."

Qualche ora più tardi Maricarmen salì sull'aereo per andare in Cile e suo padre morì mentre lei era in volo. In un certo senso avevano volato insieme, in un certo senso si erano incontrati in cielo, le avrebbe detto Greta quando l'avrebbe abbracciata tra le lacrime, una volta tornata in Messico.

A quel punto, con sua sorpresa, l'amica tirò fuori dal suo vecchio zaino alcune bottiglie di vino.

"Sei pazza?" si allarmò Greta, e cercò di nasconderle infilandole di nuovo nello zaino. "Vuoi che ci denuncino?"

"Le ho portate da casa mia. Facevano parte della cantina di

mio padre. È un Casillero del Diablo, un vino cileno. Ho pensato che sarebbe stato molto bello usarlo per brindare a lui, e che il nome è perfetto."

Così decisero di salire sulla terrazza in cima alla Casa, era un posto discreto e sicuro, c'erano solo i motori dell'aria condizionata e i cavi. Per completare i festeggiamenti, il Topo chiamò anche Marcela, un'altra cilena, che annunciò che avrebbe portato qualche snack.

Assistettero insieme a un tramonto viola e rosso e il Topo parlò a lungo di suo padre mentre bevevano un litro di vino ciascuna. Poi parlarono della vita, delle loro aspirazioni e di ogni genere di frivolezze. Fu come bere un bicchiere di vino con le amiche per la prima volta. Una cosa così quotidiana e così irraggiungibile per quelle giovani donne, che quella sera si sentirono assolutamente felici.

Il peggio fu scendere le scale. Arrivarono in ritardo e si presentarono ubriache a recitare la compieta: non riuscivano a smettere di ridere, così si misero d'accordo per non parlare con nessuno e, quando iniziarono a cantare i salmi, lo fecero tenendo il libretto attaccato alla bocca per non far sentire l'alito.

Quando finalmente finirono le preghiere, che quel giorno sembrarono eterne, videro Marcela, che quasi non si reggeva in piedi, risedersi "per pregare", incapace com'era di tenersi diritta. Quella sera Greta si coricò vestita perché non aveva la forza di spogliarsi, mentre il Topo non sarebbe mai riuscita a ricordare cosa aveva fatto.

Quella fu la prima di molte avventure proibite con Fátima e il Topo.

A Greta erano stati dati dei soldi per pagarsi i pasti quando era fuori casa e lei li divideva con le amiche: andavano di nascosto in un ristorante di cui avevano sentito parlare le superiore o da quello Starbucks che, avevano detto alla radio, era stato aperto a Polanco. Potevano sognare di provare uno di quei caffè? Quando varcarono la soglia si sentirono a Disneyland, finché Greta non assaggiò il suo in una tazza di cartone: davvero la chiamavano caffè, quell'acqua sporca? Lei era colombiana! E avevano progettato una fuga per quella robaccia?

Per riuscire nel loro intento era necessaria un'organizzazione complessa. Bisognava passare davanti al cerbero: suor Faustina, la portiera, aveva ottant'anni, ma ne dimostrava duecento. Viveva nella portineria. Era piccolissima, grassottella, messicana, sembrava una pallina di pelo bianco e portava gli occhiali appollaiati sulla punta del naso. Le era stato espressamente ordinato di tenere sotto controllo le giovani. A lei bisognava dare conto anche di quando si entrava e si usciva. Si doveva per forza passare davanti alla sua guardiola. E Faustina stava lì ore, giorni e mesi, a leggere il giornale e a smistare la corrispondenza tra le diverse dépendance di cui era composta la Casa. "Venite a pranzare?" diceva sempre con aria inquisitoria, come se con quella domanda dovesse smascherarti. "Venite a cenare?" Ed era certo che qualunque passo falso sarebbe stato intercettato dalla sua mente, più ordinata di qualunque registro delle presenze, in cui custodiva, secondo dopo secondo, i movimenti delle abitanti della Casa.

Per questo l'unico modo per sgattaiolare fuori era distrarla e la sola in grado di farlo era il Topo. Lei aveva l'autorizzazione a uscire, perché aveva già preso i voti perpetui. E se le avesse viste?, si preoccupò Fátima. In effetti, Faustina sarebbe andata subito a spifferarlo e avrebbero dovuto inventarsi qualcosa, le mise in guardia il Topo.

Solo una volta superato il filtro di suor Faustina sarebbero state libere.

"Ma questa donna non fa mai la pipì?" si spazientì Greta, mezza nascosta dietro le colonne del porticato.

"No, non va in bagno," rispose il Topo.

"E allora bisognerà confonderla," sentenziò Greta.

Prima che Fátima, l'espressione preoccupata, potesse fermarla, il Topo si avvicinò alla guardiola.

"Madre Fausti."

L'anziana suora allungò il mento appuntito in direzione di Maricarmen.

"Dimmi, figliola."

"Mi hanno chiamato dal Cile?"

Nel frattempo, camminando rasente al muro, Fátima e Greta scivolavano fuori.

In futuro, Greta si sarebbe sentita in debito con il Topo. Fu lei a consigliarle il metodo delle costellazioni di Bert Hellinger per sanare il suo rapporto con il padre. Maricarmen aveva studiato psicologia ed era sicura che a Greta avrebbe fatto molto bene.

Greta andò da sola in quel centro nel quartiere di Polanco. In una sala apparentemente fredda, in compagnia di quindici sconosciuti e una terapeuta, si offrì volontaria e scelse un uomo come padre e una donna come madre. Quando la terapeuta le chiese qual era la persona che avrebbe voluto convocare più di ogni altra, Greta scelse suo fratello Juan, perché riteneva che suo padre avesse la responsabilità di non essergli stato accanto quando era piccolo e che lui si fosse perso per quel motivo. E così Greta iniziò a parlare con suo padre: "Sono arrabbiata con te perché quando sono nata non mi hai voluto". Così scoprì per la prima volta un padre che era cresciuto da figlio unico. Che era fuggito dalla selva per fare altro. Che a nove anni saliva già sulle barche per imparare a pescare dando una mano ai pescatori. Che era stato capace di tagliare i ponti con la sua famiglia anche se le era affezionato, la stessa famiglia che lo chiamava affettuosamente dopo quarant'anni che non si vedevano, con stupore di Greta. Quando fu ricoverato in ospedale, andarono a trovarlo in venti. "Gli indios sono come i gitani," raccontò un giorno al Topo. Greta lo aveva sempre trovato molto buffo e, quando chiedeva a sua madre di quegli strani rapporti familiari, lei sorrideva divertita: "Loro sono così, figlia mia. Per loro, il sangue è tutto".

Quel giorno, circondata da estranei, Greta capì suo padre per la prima volta. Rimase a conversare con lui finché non sentì in lontananza la voce della terapeuta: "Che cosa vuoi fare, Greta?".

Lei, davanti a quello sconosciuto che le aveva fatto da padre, disse senza esitazioni: "Abbracciarlo".

"E allora abbraccialo."

Lo fece. Un abbraccio così lungamente rimandato, prolungato e bloccato nel tempo.

"Che cosa vuoi adesso?"

"Che mi voglia bene."

"E allora diglielo."

Quella sarebbe stata soltanto la prova generale di un'altra conversazione che, al ritorno a Ibagué, avrebbe avuto con i suoi genitori. Greta avrebbe ricordato con immenso affetto tutto quello che il Topo aveva significato per lei, ma anche le loro avventure insieme. Si divertivano molto a organizzare marachelle, senza sapere che, dentro quelle mura, il divertimento era un peccato imperdonabile. Non erano ancora consapevoli del fatto che la comunità schiacciava gli spiriti che non riusciva a convertire, invece di trarne beneficio, e che le loro risate sarebbero state meticolosamente soffocate, a una a una, durante i dieci anni del noviziato di Greta, anche se il diritto canonico ne avrebbe previsti soltanto sei. Lei non sapeva ancora che per la sua congregazione non sarebbe mai stata pronta. Per un motivo molto semplice; non sarebbe mai arrivata a dare quello che pretendevano da lei: che mentisse a se stessa.

Mentire a se stessa avrebbe fatto di lei un'inetta. A partire dal soggiorno in Messico, sarebbe stata trasferita da una parte all'altra con la speranza che finalmente si incastrasse in uno dei loro puzzle. E quando dalla Casa Generale madre Celeste le avrebbe chiesto come andava nella sua nuova destinazione, Greta avrebbe sempre risposto la verità: che non vedeva nessuno sano né normale. A quel punto l'avrebbero spostata di nuovo e rimessa in terapia. E avrebbero fatto un nuovo rapporto su di lei. Greta non avrebbe mai capito com'era possibile che facesse rapporto su di lei qualcuno che stava palesemente male.

Come avrebbe potuto immaginare che sarebbe stato proprio il suo topolino cileno l'unica a scriverle quando le sarebbe giunta notizia che stavano per cacciarla, senza prestare orecchio ai pettegolezzi, senza fare caso a quello che poteva essere successo? Senza giudicarla. Né giudizio né pregiudizio.

"Io agli artisti permetto tutto," avrebbe affermato, forte della sua lealtà di roditore amorevole.

Il fatto era che, per quanto ancora non lo sapesse, anche il Topo avrebbe provato il desiderio di abbandonare la vita comunitaria. Quando Greta se ne andò, si sentì di nuovo orfana.

"Bisogna essere un po' pazzi per rimanere qui dentro," le disse Greta, espulsa da poco, quando le scrisse da Ibagué.

"Per questo io ci starò sempre più o meno bene," rispose il Topo. "Ma mi mancherai, genio."

E Greta se la immaginò che rosicchiava un pezzetto di formaggio. Ah, anche lei avrebbe sentito la sua mancanza. E si disconnetté dalla chat. Greta sentì che le fioriva sul viso uno dei suoi primi sorrisi dopo l'espulsione, un sorriso umido di lacrime per l'emozione di sapere che almeno il suo Topo e Fátima continuavano a volerle bene. Nessun altro la chiamò. Neppure madre Imelda. "Non ero più una bambina, ma è molto dura quando tua madre ti abbandona," avrebbe detto, con una ferita ancora aperta.

Anche se in effetti la grande Imelda, la Profetessa nera, la sua madre adottiva, l'aveva abbandonata molto tempo prima. Quando erano ancora in Messico.

Greta era convinta che dovesse essere successo qualcosa di molto grave tra lei e madre Celeste, perché giorno dopo giorno il distacco era sempre più evidente. Finché un giorno Imelda non la chiamò nel suo ufficio, in cui avevano passato tanto tempo insieme, e – brusca come le imponeva la sua natura di profetessa – le ordinò: "Greta, non tornare mai più qui. Non voglio che tu venga mai più a parlare con me".

Sapeva già come funzionava.

Era il metodo di Leonarda.

Da quel momento in poi l'avrebbe ignorata.

All'improvviso, con un taglio netto, Greta diventò invisibile per lei. Imelda la cancellò dal suo mondo. Non la uccise. Semplicemente, decise che non esisteva. Che non era mai esistita. Non la guardava. Non le parlava. E questo si può perdonare a qualcuno di cui si è stati innamorati, non a una madre o a un'amica.

Prese in considerazione molte possibilità. Che madre Celeste, manipolatrice e competitiva com'era, avesse ingaggiato una sfida per Greta, solo perché era qualcuno a cui Imelda voleva bene. Forse aveva detto a Imelda qualcosa che l'aveva offesa profondamente. L'invidia nei confronti dell'affetto era molto comune nella vita religiosa ed era una cosa che Greta non avrebbe mai capito. Quel divieto di avere amici propri non riusciva a comprenderlo, soprattutto quando si rivolse al Vangelo e lesse che Cristo "amò i suoi amici sino alla fine". Questo lo aveva detto Giovanni. Gesù aveva un rapporto di amicizia fortissimo con i suoi discepoli. Lazzaro non era un discepolo, non faceva parte del sinedrio, no, era un suo amico, eppure, nel versetto più breve del Vangelo, si diceva: "E Gesù pianse," raccontando di come avesse manifestato emozione per un amico che amava. Tutti quegli esempi Greta li raccolse per scrivere a madre Imelda una lunga lettera sull'amicizia che non inviò mai.

Con il tempo giunse alla conclusione, o almeno così volle vederla per stare meno male, che la Profetessa l'avesse abbandonata per il suo bene. Il loro rapporto provocava molte gelosie tra le altre suore che occupavano incarichi importanti. O forse quel rapporto, che assomigliava a quello tra una madre e una figlia, stava diventando troppo totalizzante per lei.

Ciò che invece dovette in seguito ammettere a se stessa fu che non aveva mai provato un amore come quello che le aveva dato Imelda. Per quanto questa affermazione fosse grave nei confronti di Felisa, Greta si era sempre sentita madre della propria madre. Ma di Imelda no. Imelda era stata una madre allo stato puro. E, nonostante questo, l'aveva abbandonata.

Greta aveva sempre saputo che la Profetessa non aveva bisogno di niente per vivere. Era una di quelle persone che vivono in uno stato di povertà reale. Era arrivata all'essenza. E il suo distacco era tale che si era allenata a non aver bisogno assolutamente di nessuno. Forse per questo era stata eletta superiora provinciale e mandata in Colombia poco prima che Greta venisse mandata in Venezuela, l'ultima destinazione prima della Spagna, il suo calvario e la sua crocifissione.

Prima di andarsene, madre Imelda le parlò per l'ultima volta per darle un avvertimento che avrebbe potuto essere un vaticinio: "Greta, il tuo problema è che hai la capacità di suscitare odio e amore allo stesso tempo".

E le consegnò un libro su Tony de Mello, un gesuita indiano, *Ligero de equipaje*: il titolo richiamava, secondo Greta, il modo in cui a Imelda piaceva viaggiare. Con un bagaglio leggero. Soprattutto per quanto riguardava gli affetti.

Madre Imelda era più libera? Con il tempo si rese conto di no, giacché era legata, tra l'altro, alla sua ossessione di non aver bisogno di niente.

Per tutto il tempo in cui Greta avrebbe subìto i maltrattamenti nella Città del Nord, quando si sarebbe sentita sola, persa, malata e disperata, avrebbe cercato inutilmente di parlare con lei. La Profetessa, però, non aveva più voluto vederla e non rispose più neppure alle sue telefonate. Essendo la superiora provinciale, e visto che Greta era stata destinata all'estero, Imelda avrebbe avuto l'obbligo di tenersi al corrente della sua situazione. Casomai avesse voluto tornare. Quella sarebbe stata la normalità, anche se non si fossero volute bene. Ma, a partire da quel momento, il nome di Imelda significò soltanto silenzio. Non un silenzio in cui rifugiarsi, ma un silenzio impermeabile e sterile come quello del deserto.

Quando la cacciarono via non le scrisse nessuna delle sue consorelle. Nessuna. Soltanto Fátima e il Topo. Anche sua madre e le sue sorelle, quelle che aveva trovato e di cui si era preoccupata fin dai tempi di Bogotá, la abbandonarono. Quella che si era autoproclamata la sua nuova famiglia le voltò le spalle. Greta me l'aveva detto quella sera, girando verso di me il viso illuminato dalle fiamme nel camino. Quella sera avevo capito più che mai la sua ribellione, la sua enorme perdita, le sue delusioni.

"Credi che per me sia stato facile smettere di volere bene alle mie sorelle?" Aveva lottato per controllare il tremito delle labbra. "No, un affetto così profondo non finisce da un giorno all'altro. È stato difficilissimo. Quello che ti portano via è immenso. Chi mi risarcirà di ciò che mi è stato rubato, Patricia? Io ho perso tanto... Chi mi restituirà tutte quelle persone? Perché mi sono state strappate anche le amicizie che ho coltivato per una vita."

Per questo ebbe bisogno di allontanarsi quando la cacciarono via, non avrebbe voluto sapere niente di loro fintanto che fossero state dentro la comunità.

"Non è che non volessi, Patricia, è che proprio non potevo." Si era messa il plaid sulle spalle come su quell'aereo a bordo del quale ci eravamo conosciute. "Nessuna mi scrisse, forse qualcuna non lo venne neanche a sapere, d'accordo, ma erano le mie amiche. La mia famiglia. Non furono sorprese dal mio silenzio? Non si chiesero mai dove fossi o come stessi? Solo Fátima mi scrisse, e le risposi con una mail molto dura. Le dissi che le volevo bene, ma che per il momento non potevo rimanere in contatto con lei."

"E hai più avuto notizie di madre Imelda?"

Si era ritratta di qualche millimetro, quasi che la domanda l'avesse colpita come un proiettile, e poi aveva annuito.

"Non l'ho più rivista, ma quando andai a restituire l'abito a madre Juana, mi disse che madre Imelda aveva un tumore e che stava per morire. Mi chiese se avessi intenzione di andare a trovarla, le risposi di no. Che lei mi aveva abbandonato quando stavo morendo a mia volta. E sai una cosa," aveva strizzato gli occhi, "di questo sì che mi pento. Ma immagino che fossi spaventata all'idea che non volesse vedermi."

Avevo preso gli ultimi appunti sul taccuino per lasciarla riposare. Mi ero accorta che era esausta. Avevo cercato di riportare le parole precise con cui si era spremuta fuori quel pus, l'infezione che aveva ancora dentro, finché non l'avevo sentita canticchiare una canzone che, me lo avrebbe detto poi, aveva sentito cantare da Mercedes Sosa: "*Tantas veces me mataron, tantas veces me morí. Sin embargo estoy aquí, resucitando. Gracias doy a la desgracia y a la mano con puñal. Porque me mató tan mal, y seguí cantando*". (Mi hanno ucciso tante volte, sono morta tante volte. Eppure sono qui e sto resuscitando. Rendo grazie alla disgrazia e alla mano con il pugnale. Perché mi ha ucciso così male e io ho continuato a cantare.)

A partire da quel momento avrebbe dovuto cercare nuovi amici, mi aveva detto quando aveva smesso di cantare. Voleva dire che i suoi amici del cuore sarebbero stati tutti nuovi; riuscivo a immaginare quanto fosse strano?

Mi ero limitata a scuotere la testa. No. Non riuscivo a immaginare cosa si provasse in una situazione del genere. Non senza essere morta e rinata, ma, mentre spegnevo il computer e la luce blu scemava dopo un altro capitolo, mi era stato molto chiaro che quel fuggifuggi generale la stava portando inevitabilmente a una conclusione durissima: che molte di quelle amicizie erano state false, l'ennesimo elemento decorativo all'interno della finzione in cui aveva vissuto – un set televisivo che giocava a sembrare una comunità perfetta, con valori che erano semplice attrezzatura di scena e amicizie di cartone, durate per il tempo in cui era stata suora e finite quando si erano spenti i riflettori ed era entrata la vera luce del sole, con tutta la potenza della sua verità, a rivelarle per il miraggio che erano.

E lì, davanti a me, quella grande donna che ormai chiamo amica aveva lasciato che il fuoco del camino le asciugasse gli occhi, le cauterizzasse le ferite e che uscissero gli ultimi residui dell'esplosione che le restavano dentro.

"Ti uccidono e ti rubano tutto," aveva ripetuto come a se stessa, e io avevo cercato di ricordare ciascuna delle sue parole per trascriverle più tardi. "Ti portano via tutto. Per questo dico che io la fine del mondo l'ho già vissuta. Si era aperto un abisso ed erano scomparsi tutti. E tua madre è a seimila chilometri di distanza e non può tenerti per mano. Prendere la decisione di non buttarti a tua volta in quell'abisso è eroico, e in questo senso non voglio togliermi meriti, accidenti. Per molto tempo l'ho fatto. Ti vuoi ammazzare e ne hai anche il diritto."

72.
Madrid, di nuovo primavera, 2018

Cammina come un vecchio per arrivare come un giovane.

Questa storia parla anche di questo. Non è solo un reportage. Non parla solo di un abuso. Né solo di Greta. Parla anche di me. E non soltanto di me, ma anche di Leandro, di Serena e di chissà quante altre persone. Parla di quello che succede quando non si rispettano i limiti di velocità. Della società del malessere. Di quanto è pericoloso svuotare il nostro spirito e portare gli esseri umani al limite estremo. Quale? La sopravvivenza.

Questo è ciò che credo abbia voluto dirmi la frase di quell'anziano arrivata da tanto lontano. Immagino che il conto alla rovescia partito con il cambio di stagione mi stia chiarendo le idee. La frase di quell'uomo mi si è piantata in testa da quando sono uscita di casa finché non sono arrivata al barrio de las Letras. Anche se Leandro non mi ha risposto al telefono, ho immaginato che fosse in casa. Non dimentica mai un appuntamento. Non ha bisogno di continue conferme via WhatsApp, né di portarsi dietro il cellulare quando è "fisso" in casa e io, per quanto ci provi, non mi ricordo mai che ha un telefono... fisso, per l'appunto. Tutto questo di solito lo faceva apparire ai miei occhi come un dissidente. Di cosa? Del nostro "stile di vita".

Adesso sono consapevole di aver passato troppo tempo a lavorare con persone che il telefono se lo portano anche in bagno, letteralmente. Purtroppo l'ho visto fare, e l'ho anche sentito: Rosauro e Andrés che entravano nel bagno dell'ufficio attaccati ai loro dispositivi. Anche il giorno in cui il mio ex capo mi aveva chiamato per comunicarmi che mi mandava a Shanghai, quando gli avevo risposto che in quei giorni dovevo fare alcune visite mediche e che il mio malore era stato troppo recente, lui aveva tagliato corto tirando lo sciacquone. Da allora, tutte le volte che mi scriveva non potevo evitare di vederlo ridicolmente seduto sulla tazza, con quei jeans che il suo sedere non riempiva abbassati fino alle caviglie.

Era tanto che non mi godevo una passeggiata così. Ho sceso le scale del nostro ponte, ho percorso in salita calle Segovia – dove ho aiutato un vecchietto di quelli che mi piacciono tanto, con basco, giacca e bastone, a portare i sacchetti del supermercato, mentre lui ha aiutato me a camminare al suo ritmo –, e poi, a quella nuova velocità, ho proseguito di piazza in piazza arrivando a calle del Nuncio, che aveva già messo i tavolini al sole, dove alcuni coraggiosi erano seduti sotto coperte colorate di pile a giocare a scacchi. Madrid è bellissima all'inizio della primavera. I palazzi sembrano appena fioriti, come le margherite che costeggiano i viali. È possibile che anche l'armadio chiamato "mio mondo interiore" inizi a essere più ordinato, perché trovo cose che non sapevo di conservarci ancora dentro. È normale. L'ho tenuto chiuso a chiave per troppo tempo.

Ho svoltato su calle Cuchilleros e da lì, passando sotto il maestoso arco di pietra, sono arrivata a plaza Mayor. Lì mi è venuta voglia di un caffè con churros che ho condiviso con vari turisti e pensionati, e poi ho attraversato la piazza schivando mimi e musicisti fino a Puerta del Sol.

Lo ammetto. Mi faceva paura aprire le ante del mio armadio e sentirmi cadere tutto addosso come una valanga o, al contrario, scoprire che aprendolo ci avrei trovato solo un vuoto con tanto di eco. Invece no, c'era soltanto un gran disordine, come aveva vaticinato la maestra Jedi, ma "tutto può essere sistemato". O almeno così dice lei. Vediamo se è vero. Se non altro, ho iniziato.

Mi piace tantissimo la casa di Leandro, l'aspetto vittoriano della facciata e l'alto cancello ottocentesco che la separa dal mondo. E poi ci sono le due serre gigantesche in stile art déco che occupano il tetto. Prima di conoscerlo ero passata molte volte in calle Lope de

Vega e mi ero interrogata su quella casa oltre il cancello. Chi potesse vivere in un posto simile e cosa potesse crescerci dentro.

"Cosa hai fatto con le crisalidi?" chiedo quando Leandro mi apre.

E lui si dirige verso la porta che separa il resto della casa da questo loft di vetro. La visione dell'interno mi lascia senza fiato.

"Cosa volevi che ci facessi?" protesta, avvolto nella sua giacca di lana grossa. "Hanno chiuso i laboratori. Le avrebbero buttate nella spazzatura."

Gli umidificatori ricominciano a emettere vapore e, tra le particelle d'acqua, le vedo. Sono centinaia. Sono appese alle foglie delle piante, alle lampade dai diversi stili con cui Leandro ha decorato questo spazio pieno di luce che prima gli serviva da studio e per le cene con gli amici. Sono appese a una copia del *Libro del buon amore*, edizione limitata, che sporge un po' dalla libreria di rovere. Sono appese a fili sottili sotto le sedie di ferro battuto bianco. Ce n'è anche una che ha deciso di formare il suo bozzolo appendendosi a uno scacciapensieri di conchiglie che avevamo comprato insieme a Cabo de Gata, e dondola e tintinna davanti a una delle finestre aperte, giocando a camuffarsi da chiocciola.

Cammino senza far rumore in mezzo a loro come una ladra di gioielli che schiva i raggi di un laser e analizzo il luogo che ciascuna ha scelto per la propria trasformazione: alcune sono verdastre e si sono mimetizzate con le foglie di un ficus; altre, bianchicce oppure scure, si sono attaccate alla scrivania di legno. Alcuni bozzoli sono così sottili che mi lasciano intuire il colore delle ali del nuovo essere che palpita all'interno, come un conte Dracula in miniatura. Leandro le osserva accanto a me con l'espressione meravigliata di un devoto a cui sia concesso di assistere a un miracolo e dice: "Non esiste cosa più bella, vero?". E poi corregge la direzione dell'umidificatore di qualche millimetro.

Io penso, un po' atterrita, che sembra piuttosto *L'invasione degli ultracorpi*, ma mi limito a balbettare: "È... semplicemente, è..." ma mi interrompo quando mi accorgo dell'espressione rapita con cui le osserva. "È impressionante," dico alla fine.

Torniamo insieme dentro casa. Ha preparato il caffè con una delle decine di caffettiere che colleziona. Mi dice che questa è italiana, una Pavoni, non immagino neppure il caffè che fa, sembra petrolio, mi assicura mentre abbassa il bizzarro stantuffo prima di metterla sul fuoco.

"E per quando aspetti il lieto evento?" chiedo curiosando tra strambe cianfrusaglie di ogni tipo.

"Be', se tutto va bene, inizieranno a schiudersi più o meno tra un mese." Il coperchio di una caffettiera rotola sul pavimento. "La vuoi smettere di toccare le mie cose, bestiolina?" Lo rimetto a posto. "E non guardarmi con quella faccia da gatto che ha appena combinato un disastro."

Mi siedo sul divano coperto di stoffe africane. Il vapore della stanza accanto lascia filtrare una luce argentata. Leandro mi spiega come ha fatto a scoprire che la sua serra in questo periodo dell'anno è l'habitat ideale per le crisalidi. L'operazione ha avuto successo, secondo lui, perché ha lasciato che i piccoli bruchi ci girassero a piacimento e scegliessero il posto nel quale compiere la loro trasformazione: alcuni più esposti alla luce, altri, più timidi, avevano preferito l'ombra di un mobile, in angoli più freddi o più caldi; in ogni caso quest'incubatrice gigante ha permesso a Leandro di osservare le crisalidi con attenzione, giorno dopo giorno, e misurare luce e temperatura, ma non era stato per niente facile prendere la decisione. In fin dei conti si è portato a casa duecento bruchi di specie diverse, dice, e posa sul tavolo tre tipi di miele.

"T'immagini cosa vuol dire?"

E io gli rispondo di no, non me lo immagino proprio. Prosegue raccontandomi che alcuni sono esemplari unici che sta studiando da molto tempo. Secondo i suoi calcoli, ne ha persi di vista soltanto undici.

"Dove saranno, quei brutti...?" Si scompiglia i capelli. "Prima o poi dovranno ricomparire." E se li ravvia all'indietro come se i bruchi li cercasse tra i suoi ricci.

Prima di lasciarli liberi, aveva sigillato meticolosamente ogni fessura per evitare che si perdessero.

"Dopodiché?" chiedo mentre lecco i fili di miele che scivolano sulla tazza.

Lui si stringe nelle spalle. Sposta lo sguardo verso la vetrata. Lascia che il sole gli entri negli occhi.

"Dopodiché... le osserverò per qualche ora, finché non si saranno stabilizzate, e alla fine le lascerò libere. Non voglio appropriarmi neppure di un secondo del loro tempo."

Osservo di nuovo il vetro dietro il quale dondolano quei bozzoli nel silenzio della loro trasformazione e penso che è un'altra sala dei miracoli.

"Chissà che cosa racconterebbero, se il mio registratore potesse registrare le loro parole," gli dico.

Leandro versa nella mia tazza un fiotto di caffè nero e denso e si siede accanto a me.

"La crisalide si ribella contro quello che le è toccato vivere, ecco cosa ti racconterebbero," sussurra con la voce sforzata, e mi circonda le spalle con un braccio. "Ti racconterebbero che è un processo doloroso. Che si sentono perse. Ma che si ribelleranno al sistema e la loro vendetta sarà... la loro libertà. E dire che non sanno ancora che impareranno a volare in alto, lontano dai loro predatori."

Si alza. Prende un libro da uno scaffale. È l'ultimo. *Il miracolo biologico delle farfalle*. "È già uscito?" esclamo. Quando lo apro, lo annuso come se fosse un neonato, solo dopo mi accorgo che c'è una dedica: *Alla mia Patricia, perché non dimentichi mai di avere le ali*.

All'improvviso sento gli occhi che mi bruciano. "Ehi," gli annuncio, "guarda che mi emoziono." Mi lancio su di lui per dargli tanti baci e lui mi assicura che prima o poi saprò cosa si prova a vedere pubblicato il proprio lavoro più importante.

Lo apro alla prima pagina e leggo: "La fase della crisalide risulta affascinante sotto molti punti di vista: non significa solo disfarsi per rinascere, ma anche essere capaci di riorganizzare la materia viva preesistente, conservando nella memoria le abilità e gli errori registrati dal cervello, che resta intatto. Un modo per affrontare con consapevolezza l'ultima fase della sua vita, la più speciale e la più emozionante, con in più una nuova capacità: quella di volare".

Ho le palpebre pesanti e d'un tratto vorrei potermi avvolgere nella seta e appendermi a una delle mensole piene di caffettiere di Leandro. Cerco un appoggio sicuro. Cerco il suo petto.

"E credi che abbiano paura?"

Mi accarezza i capelli. Dopo un lungo silenzio mi dice: "Abbi pure paura se vuoi, basta che non ti scoraggi. Adesso è il momento di fare un salto nel buio, ma ne varrà la pena, te lo assicuro. Questa non è solo fede. È scienza. E io sarò molto orgoglioso di te".

Gli restituisco l'abbraccio. Un abbraccio lungo, di quelli che puoi dare solo a un amico del cuore. Mentre mi avvolge come se anch'io fossi dentro il rifugio che è adesso il suo corpo, penso che Leandro ha questo talento: è il tuo sostegno nei momenti in cui lui stesso ne avrebbe bisogno. Se non fossi molto attenta, potrei pensare che non gli succeda mai niente di male. E invece so bene che perdere il suo laboratorio per lui è una catastrofe.

"E adesso?" chiedo. "Qual è la tua situazione?"

Socchiude gli occhi e risucchia in dentro le guance.

"Be', mi limiterò a fare lezione a un gruppo di studenti di biologia assonnati che non vedranno mai neanche un animale vivo, a meno che non sia digitalizzato o che non vadano in un agriturismo a Gredos."

Si alza e si aggira per la stanza. La cosa peggiore è che si sente in parte responsabile, mi dice, appoggiato alla vetrata della sua incubatrice, sorvegliando le sue centinaia di inquiline. Era stato molto critico con l'università, aveva rilasciato interviste lamentandosi della mancanza di fondi per la ricerca... Io lo ascolto e mi chiedo perché siamo tanto ingiusti con noi stessi e perché aveva deciso di tornare da Oxford e lottare all'ultimo sangue affinché qui le cose cambiassero.

Ripasso mentalmente quello che ho vissuto con lui da quando lo conosco e gli faccio l'elenco mentre lo seguo nella sua traiettoria verso la cucina: i suoi articoli associati al movimento Cruelty Free; le critiche nei confronti dei metodi di alcuni colleghi; quando aveva raccolto firme per le campagne che avevano portato l'Unione europea a proibire la sperimentazione sugli animali nel 2013... Lui aggrotta il più possibile la fronte, quello non lo ha fatto da solo, mi ricorda, ma io gli tappo la bocca e gli dico che non importa, il promotore è stato lui. Poi gli ricordo di quando ha fatto parte di quel gruppo di scienziati che era riuscito a ricostruire in vitro tessuti umani. "Di questo che mi dici?" gli chiedo. "Nemmeno questo è importante?" E lui contrattacca dicendo che bisognava trovare un'alternativa alla sofferenza: "Comunque," aggiunge, "non l'ho fatto per altruismo, Patricia. Abbiamo arricchito l'azienda farmaceutica che li ha commercializzati e io ho iniziato a respirare grazie al mio primo brevetto".

"E allora?" protesto tirandogli la giacca. "Voglio solo che tu sia cosciente di quanto hai lottato."

Adesso sta studiando come realizzare la biostampa della pelle in 3D per valutare l'efficacia dei cosmetici, è in 3D?, chiedo, e lui conferma, mentre si versa altro caffè, credo disorientato dalle mie lodi. È diventato il maggior esperto spagnolo di ricerca e sviluppo nel campo dei metodi alternativi alla sperimentazione animale. Questo non è importante? Lui scuote la testa e alza le spalle.

"Sì, e allora? L'università poi ha trovato un'altra alternativa: risparmiare un tot per i laboratori – che non era molto, poi, anzi era proprio una miseria – chiudendoli."

In fondo è uno scienziato umanista, riconosce, uno che vuole dimenticare la conoscenza fine a se stessa. Che crede che la scienza sia al servizio dell'uomo e della natura, non il contrario. Per sostenere la sua tesi, riempie un annaffiatoio e inizia a dare da bere alle piante.

"Perché vogliamo sapere tante cose?" domanda. "Indagini sul Dna attraverso le quali le compagnie assicurative potranno sapere quali malattie svilupperemo in futuro e decidere se assicurarci oppure no; analisi mediche che potrebbero evitare di farci sottoporre alla maggior parte dei vaccini; malattie che potrebbero essere affrontate prima che si manifestino; allergie che non si verificherebbero e che ci farebbero risparmiare milioni in medicine, cure e terribili sofferenze, ma che ridurrebbero drasticamente anche l'acquisto di farmaci, le operazioni e i trattamenti..." Si gira, l'annaffiatoio in mano. "Non sono l'unico al quale hanno comprato brevetti, Patricia. La maggior parte vengono acquistati quando una scoperta ha successo, per non svilupparli mai. Che lo vogliamo o no, facciamo parte di questa realtà."

Mi alzo indignata e muovo una gamba che mi si è intorpidita.

"Cerco solo di farti capire perché sono orgogliosa di te."

Lui mi osserva con tenerezza esausta. Mi ringrazia, ma so che le mie parole non scalfiscono le sue convinzioni. Non gli importa. L'unica cosa che lo solleverebbe, riconosce, sarebbe salvare la vita a quegli ultimi inquilini che tanto lo hanno aiutato a comprendere la natura.

Posso capirlo. Tutto questo fa anche di lui un eretico.

Ha sfidato il consenso e adesso, oltre a rimanere senza la sua passione, ha contro gran parte dei suoi colleghi del regno della normalità. Anche se già in passato le sue critiche esplicite ai metodi di sperimentazione gli hanno messo contro le aziende farmaceutiche. E la creazione di tessuti umani, all'epoca, gli aveva messo contro anche la Chiesa. Solo io remo accanto a lui, sostenendolo, ma l'unico modo in cui posso appoggiarlo è comprando cosmetici con l'adesivo del coniglietto, certificato Cruelty Free.

"Posso chiederti una cosa?" mi lancio all'improvviso.

"È una domanda che non ho mai capito." Sorride.

"Ti penti di aver fatto tanto rumore, adesso che è passata?"

Apre la gabbia della cricetina. Le lascia un po' d'acqua e lo sportello aperto.

"Assolutamente no," dice categorico. "Mi pento solo di aver rinunciato al mio posto a Oxford per tornare a insegnare qui." Sorride di nuovo.

Entrambi, però, sappiamo che non è vero. Leandro è innamorato dei suoi studenti, del caos e dell'emozione da corsa a ostacoli che si respira in questa città, delle sue luci e delle sue ombre... proprio come me.

Adesso mi rendo conto che, da quando sono arrivata, la cricetina se n'è stata distesa tranquilla, supina, sulla segatura morbida della sua gabbietta, osservandoci con totale indifferenza. Sulla ruota su cui correva senza tregua c'è addirittura una ragnatela.

"Le manca solo un daiquiri in mano," mi sorprendo. "Ha un aspetto magnifico."

"Sì, adesso le piace addirittura fare il bagno," dice Leandro. "Guarda, le ho installato una piccola spa." E mi indica in un angolo un portasapone di ceramica bianca. Schiocca un po' le dita per richiamare l'attenzione della cricetina. Lei sbadiglia mostrandoci i quattro lunghi incisivi, si alza ed esce, pigra, dalla gabbia, sale sul bracciolo della poltrona, arriva fino al braccio del suo benefattore – dovrei quasi dire il suo terapeuta – e lo usa come rampa per arrampicarsi fino alla sua spalla. Da lì contempla i suoi nuovi domini.

"Ho paura che sia un po' viziata."

Leandro le offre il pollice e lei lo stringe con entrambe le zampette per annusarlo avidamente.

"Be', adesso che l'hai curata dall'ansia, dovrai iniziare a lavorare sulla dipendenza."

Mi dice che è felice che ci siamo regalati questo momento insieme. Non succedeva da tempo, da tanto tempo. Leandro non è praticante, ma se c'è una cosa che gli è chiara è che lo Shabbat è una grande invenzione.

Mentre torno a piedi verso casa, penso a quello che avevo chiamato "benocchio" in quell'ultimo pomeriggio davanti al camino e che Greta aveva trovato così buffo. Credo che Leandro sia una di quelle persone che ti rendono migliore. È un amico-confessore-terapeuta-complice. Ci sono amici che danno sempre e altri che chiedono e basta. Noi due abbiamo trovato un equilibrio: l'equilibrio di decidere, dopo che ci siamo guardati, chi ne ha più bisogno quel giorno.

Un'ora dopo esserci salutati, ormai sul portone di casa, mi sorprende un mendicante che non avevo mai visto prima. È barbuto e grassissimo. È seduto sui gradini e indossa una maglietta che non riesce a coprirgli la pancia rotonda. In questa posizione sembra un Buddha, ma non un Buddha felice, semmai sporco e incazzato. Chissà se Buddha è mai stato così, prima di imparare a gestire la rabbia. Quello che è chiaro è che, se la legge del karma funziona, a Leandro dovrebbe restituire una buona dose di felicità e belle vibrazioni vitali.

"Quanto tempo investiamo per pulire la nostra casa?" ci ha chiesto poco tempo fa la maestra Jedi. Nessuno le ha risposto. "E per pulire il nostro corpo? E quanto per riordinare e pulire la nostra mente?"

Secondo i suoi calcoli, ipotizzava per quest'ultima una quindicina di minuti al giorno. Eppure, da una mente pulita e ordinata dipende la nostra felicità futura. Da un bagno ossessivamente pulito... no.

Il karma... il karma è azione. Niente ti viene regalato. Tutto l'universo si corregge in funzione di questa legge di causa ed effetto. Il meccanismo è tanto semplice quanto logico: ogni azione virtuosa pianta nella tua mente un semino. Se entrando nel mio portone do a quest'uomo una moneta invece di un calcio, avrò seminato in me qualcosa di buono. Allo stesso modo, quando invidio, odio o mi angoscio, anche se ne ho motivo, pianto in me una potenziale infelicità che si manifesterà sotto forma di sofferenza in questa vita o in quella futura – nel caso in cui ci crediamo, che ovviamente non è il mio. Questo ci rende, né più né meno, responsabili delle nostre azioni e delle nostre vite, che per una volta non è un male, senza che nessuno abbia più autorità per assolverti di quanta ne abbia tu stesso, come diceva Thachom, il regista indiano di Shanghai. Implica smettere di incolpare delle nostre disgrazie gli altri – santo cielo, come mi ha detto Santiago un anno fa: né papà, né la scuola, né gli studi tv –, il sistema o la sfortuna. Quello che sta germinando è il karma che abbiamo seminato senza rendercene conto. Vedrai quando a Leandro germinerà il suo campicello...

Ma è vero che il karma si può pulire?, mi sono immaginata di chiedere al mio Buddha vagabondo. Nella mia fantasia lui, ascoltandomi, apre gli occhi che adesso tiene abbassati come la serranda del bar in cui deve aver bevuto l'ultimo bicchiere, levita un po' e, per tutta risposta, mi sbuffa in faccia.

E a quel punto mi ero ricordata di come avevo sbuffato io davanti alla maestra Jedi quando le era venuto in mente di dire che il karma si pulisce soltanto con il pentimento. Senza potermi trattenere, ero saltata su come una iena: "Scusa, maestra, ma io ne avevo già abbastanza del mio senso di colpa cristiano".

Lei aveva chiuso il tablet, aveva piegato la testa di lato, confusa, e aveva detto: "No, Patricia, c'è una differenza sostanziale: il pentimento presuppone riconoscere che hai sbagliato, perché la tua mente instabile ti ha portato a farlo, ma senza sentirti in colpa. Il pentimento deve lasciare sempre una sensazione piacevole, di sollievo: la sensazione di aver imparato qualcosa".

E così aveva dato per conclusa la lezione. Per la prima volta avevo preso un appunto sul taccuino durante una lezione. Quello sì che mi aveva lasciato di stucco.

Il pentimento produce sollievo, non scherziamo! Il senso di colpa no. Il senso di colpa è sterile, ti mortifica e basta. Nel senso di colpa non c'è sollievo possibile. Non devi identificarti con i tuoi turbamenti mentali, perché non sono parte di te, ci aveva spiegato quel giorno.

E perché, accidenti, nessuno me lo aveva detto prima?

In quel senso avevo scritto: "Buddha è stato il primo a parlare del subconscio". Credo che quella riflessione ci avesse toccato tutti. Perché noi che partecipavamo alle sue lezioni eravamo figli del senso di colpa, come avevo potuto verificare grazie al curioso avvenimento di cui ero stata protagonista subito dopo. Quello stesso pomeriggio, una volta uscita dal centro, era successa una cosa insolita: entrando in metrò avevo incontrato il grande Isaac che scendeva faticosamente le scale. Non aveva una bella faccia. Si portava dietro due grossi raccoglitori ad anelli, come se fosse venuto direttamente dall'ufficio.

"Molto lavoro?" gli avevo chiesto, sedendomi accanto a lui su una delle scomode panchine di ferro della banchina.

"Sì, e devo ancora continuare a casa," aveva farfugliato.

Mai, in tutti quei mesi, lo avevo visto così: aveva le mani inquiete, come se non sapesse cosa farci. Si pizzicava i palmi, tamburellava sui raccoglitori...

Eravamo saliti a bordo insieme e ci eravamo seduti. Andavamo nella stessa direzione. Non ci eravamo mai incontrati perché di solito io tornavo a casa a piedi.

"Sei molto dimagrito," avevo osservato. "E ultimamente molto in fretta."

"Ma non abbastanza," si era lamentato lui, mentre si sventolava come poteva con un foglio. "Ho promesso a mia madre che mi sarei curato. Lei soffre molto per la mia salute. Be', soffriva. La poveretta..."

Una lacrima enorme, grossa come chi la versava, gli era scivolata lungo una guancia. E poi sull'altra. Finché quel gocciolio era diventato incontenibile.

Gli avevo preso una mano. Lui me l'aveva stretta forte. E avevamo viaggiato così, stazione dopo stazione, mentre l'enorme Isaac piangeva tenendo stretta la mia mano come se fosse un salvagente trovato in mezzo a un oceano nerissimo. Io non sapevo del suo dolore. Non ero sua amica. Ma avevo tempo e una mano da dargli.

73.

Quando sono salita a casa, dopo aver lasciato qualche spicciolo e aver dato la buonanotte al Buddha incazzato del portone che mi ha ringraziato con un grugnito, mi sono resa conto che il mio entusiasmo per l'arrivo della primavera era stato prematuro. Avevo lasciato i balconi spalancati e mi è sembrato di entrare in una cella frigorifera.

Mentre li chiudevo, davanti a me è caduto un muro d'acqua, come se Madrid fosse stata contagiata dal pianto di Isaac, che avevo lasciato più tranquillo sul vagone quando ero dovuta scendere. Credo che nessuno mi abbia mai ringraziato in modo così sentito. "Grazie, di cuore," mi aveva detto, stringendomi più forte la mano tra le sue dita calde da gigante.

Un temporale che scoppia in un giorno di primavera anticipata è normale. Ho affettato una radice di zenzero, ho messo le fettine a bollire nell'acqua, poi ci ho spremuto mezzo limone e ho sciolto nella tisana un cucchiaio di miele di rosmarino. Dopo essermi seduta in poltrona con le gambe raccolte e averci appoggiato sopra un plaid e il computer, ho bevuto un sorso del mio intruglio e mi sono chiesta chi fosse la tizia che adesso faceva infusioni di radici invece di buttare giù una pillola per dormire dopo aver bevuto sei caffè. Non andiamo nel panico, mi sono tranquillizzata. Questo è solo un prestito cinese, ma continuo a essere Patricia Montmany, quella che preferisce il caffè al tè, il vino alla birra, il rosso al bianco e un *cocido* a un gazpacho. Ma sì, adesso sono anche drogata di infuso di zenzero, lo confesso.

Apro il portatile. La prima mail, di Gabriel, mi provoca un piccolo smottamento interiore. A quanto pare mi manda alcuni articoli che parlano di suore che, nel corso degli anni, hanno denunciato diverse situazioni scandalose. La seconda è di Aurora, finalmente... sorpresa, sorpresa, conferma che, secondo il diritto canonico, è impossibile che il noviziato duri più di sei anni e nel caso di Greta ne erano passati dieci quando l'avevano cacciata. Bingo! Greta 7 – suore 0.

"Ne sei sicura?" avevo chiesto a Greta quando mi raccontava del suo ritorno alla congregazione in Messico dopo il suo anno sabbatico. Lei mi aveva sorriso come se stesse dicendo un'ovvietà. "Ma certo," aveva risposto, "per loro non sono mai stata pronta."

Un nuovo dato oggettivo su cui basare il mio reportage. Me lo annoto sul retro del taccuino, dove la lista di irregolarità e presunti reati occupa ormai una pagina intera.

L'ultima mail è di Greta. L'oggetto dice solo: "Un altro caso che dovresti conoscere...". I punti di sospensione mi atterriscono. Mi chiedo se devo leggerlo, perché ho paura che la mia cara confidente voglia trasformarmi in una ong per suore traviate. Leggo le prime righe e già mi allarmo: per caso ha raccontato a Fátima che ho accettato di portare alla luce casi come il suo? Be', con lei lo sto facendo, ma solo con lei, ed è altamente probabile che non riesca a pubblicarlo nemmeno sul giornalino della parrocchia, per l'appunto.

Chiudo il computer. No, per quanto mi incuriosisca, non voglio iniziare a leggere questa storia. È vero che Fátima mi è sembrata un personaggio interessante. Un'altra ribelle, ma da una posizione più diplomatica. La verità è che sarei felicissima di conoscere il resto della sua storia, ma... un attimo, non era lei quella che si era innamorata del prete mozambicano?

Mi tiro su con un sussulto. No, Patricia, non ci cascare... Mi aggiro per la stanza per nascondermi nella penombra. Mi sento come la medium protagonista di *Presenze*. E se adesso iniziano a cercarmi suore da tutto il mondo che vogliono essere ascoltate?

Sfoglio il taccuino. Fátima... non avevano buttato fuori anche lei? Torno al computer. Apro il messaggio e leggo: "Le ho chiesto il permesso di raccontarti la sua storia. È un altro caso che avvalora il mio, ma da una prospettiva diversa".

Perciò mi siedo, prendo l'infuso di zenzero con la spregiudicatezza di chi prende un whisky, ne bevo furiosamente un sorso e mi lancio nella lettura: "Come ti ho detto, Fátima e io non ci giudicavamo e abbiamo continuato a non farlo. O forse è successo soltanto una volta: quando lei mi annunciò per lettera, dalla sua nuova destinazione in Africa, che aveva pensato di lasciare la congregazione per seguire un prete nero, e siccome io le dissi che quell'uomo non mi piaceva, quel giorno sì, mi rinfacciò di non avermi mai giudicato e mi chiese per favore di fare altrettanto. Io volevo solo avvisarla che in Africa era tutto molto difficile, Patricia. Tu mi conosci. Chi più di me crede nella libertà delle persone di dare spazio ai propri sentimenti? In quel periodo, però, avevo già conosciuto l'Aita e mi aveva raccontato tanto dell'Africa nera. Tra l'altro, che la poligamia è molto comune...".

Abbandonare la Comunità degli Apostoli era stato doloroso. La prima a ricevere la sua nuova destinazione era stata Greta. Sarebbe tornata alla Comunità dei Poveri, in quel Venezuela dove era stata solo per pochi mesi, accolta dall'intensa madre Dulce, la Generosa, che non era più in questo mondo. Il suo apostolo più fedele, il Topo, sarebbe tornato poco dopo in Cile e Fátima era stata lasciata nel suo paese, in Messico, precisamente a Cuernavaca, perché potesse proseguire con la sua formazione religiosa non lontano dalla Casa Generale.

Greta era triste perché si separava dalle sue amiche, ma si sentiva anche nel momento migliore della sua vita: aveva ritrovato la fede e sarebbe andata dovunque avessero voluto. Era tornata, come dicevano loro, al primo amore, era di nuovo innamorata di Dio. La salutarono con la stessa allegria e la stessa cerimonia con cui l'avevano accolta due anni prima: mandolini, chitarre e coro. Le ricamarono un'altra federa con il suo nome. Le regalarono un Gesù Bambino.

Persino madre Celeste sembrava triste e fece una cosa mai vista: la accompagnò in aeroporto e la invitò a mangiare nel miglior ristorante della capitale. Considerava la "riabilitazione" di suor Greta opera sua ed era sicura che la sua intelligenza, ben guidata, sarebbe stata molto utile alla congregazione.

"Accidenti! Ma perché te ne devi andare?" aveva esclamato il Topo cercando di sottrarsi all'abbraccio di Greta. "Ti odio! Lo sai? Ti odio perché te ne vai," e una lacrima allungata e viscosa le era scivolata fino alla bocca socchiusa da cui spuntavano i lunghi denti.

Poi si era allontanata a testa bassa tirandosi su l'orlo di quel vestito che non riempiva.

Greta sarebbe rimasta a Maracaibo, alla Comunità dei Poveri, per altri due anni, e da lì sarebbe andata alla Città del Nord, mentre poco dopo Fátima realizzò il suo sogno: partire missionaria per l'Africa. Essere missionarie era un onore a cui potevano aspirare in poche. Greta non si meravigliò. Considerava la sua amica la suora migliore di tutte. Anche madre Celeste la lodava continuamente.

I due anni che Greta avrebbe trascorso a Maracaibo, però, non sarebbero stati come quelli del Messico. "Ma questo te lo racconterò quando ci vedremo," mi scrive nella sua mail, "adesso voglio concentrarmi sulla storia di Fátima. Come ti dicevo, quando arrivai a Maracaibo e soprattutto dopo, nella Città del Nord, la mia fede ricominciò a vacillare, allo stesso ritmo con cui quella di Fátima, che era ancora in Messico, si rafforzava..."

Per quanto le loro situazioni fossero quasi il positivo e il negativo della stessa storia, Greta fu molto felice per l'amica quando seppe che sarebbe diventata missionaria. E lo fu ancora di più quando le scrisse per dirle che sarebbe passata dalla Città del Nord prima di andare a Macuto. Finalmente sarebbe andata in Mozambico, riusciva a crederci?, le scriveva Fátima tra le esclamazioni e con un gioviale inchiostro rosa. Greta sentì che il petto le scoppiava per la felicità. Non le raccontò tutto quello che le stava capitando in quel momento, forse perché non era ancora consapevole della violenza che la circondava. Madre Dominga e le sue consorelle parassitarie erano ormai come un branco di squali che le nuotavano intorno in cerchi sempre più stretti. Aveva perso la complice delle sue ribellioni e rivederla sarebbe stata la medicina migliore in quei giorni così neri. Nella Città del Nord non aveva amiche.

Il caso volle che Fátima arrivasse proprio quando stavano per cacciarla. E la trovò isolata nella sua stanza. Quella in cui non si affacciava mai nessun'altra.

L'arrivo della messicana in Spagna fu un vero e proprio avvenimento: sapevano tutte che era la prediletta della madre generale e la sua amicizia con Greta fu accolta con scetticismo da parte di quello squalo di madre Dominga e di sua marita Bernarda. Non vollero quasi lasciarle sole. Durante i pasti, ai quali Greta ormai non partecipava più, non facevano altro che chiedere a Fátima come mai si conoscessero e si sforzavano di compiacerla. Una sera, dopo che si erano rifugiate entrambe nella stanza di Greta, Fátima le raccontò tutta contenta che stava studiando il portoghese e che non le pesavano neanche i vaccini, mentre cercava di dissimulare la preoccupazione estrema per le condizioni in cui aveva trovato l'amica: la faccia e il corpo gonfi, per quanto non mangiasse quasi più; gli occhi sempre assonnati; le occhiaie scure per i troppi antidepressivi; sempre scossa dai brividi dentro quel piumino da cui non si staccava mai; i capelli sporchi...

"Greta, devi farti forza finché non ti assegneranno un'altra destinazione. Per favore, promettimi che mangerai e dormirai. Che ti prenderai cura di te."

Lei, appoggiata a due cuscini, annuì mollemente e poi con uno sforzo tirò fuori qualcosa da sotto il letto.

"No... non la posso accettare..." disse Fátima con quel meraviglioso oggetto tra le mani. "È la tua macchina fotografica!"

"Così poi potrò viverlo con te."

Fátima la abbracciò. Dov'era la risata della sua amica? Perché tutto sapeva di finale, di addio definitivo?

A quel punto si sbottonò il polsino e si tolse l'orologio d'oro appartenuto a sua nonna. Lo lasciò nelle mani tremanti dell'amica.

"Casomai avessi bisogno di venderlo. Casomai ti servisse."

E Greta lo accettò senza sapere che quell'orologio avrebbe significato la sopravvivenza di suo padre quando questi, anni dopo, si sarebbe ammalato.

Non lo usò quando fu cacciata, anche se da Pemba Fátima l'aveva pregata di farlo, quando era venuta a sapere la terribile notizia. Anche Greta le chiese di non intercedere in suo favore, cosa che Fátima fece comunque, sollecitando la comunità a creare un fondo per aiutarla, affinché potesse mangiare.

Ma non vollero farlo.

Proprio come non volle ascoltarla madre Celeste quando Fátima entrò senza bussare nel suo ufficio.

"Ti rendi conto di cosa hai fatto a Greta?" la apostrofò senza dissimulare il suo disprezzo e il suo dolore.

E la madre generale, dietro la frontiera del suo studio incerato, le rispose soltanto: "Tu occupati della tua vita religiosa".

Ma quando si erano separate quell'ultima sera nella Città del Nord, Fátima aveva sorriso invece di piangere. Greta sapeva che la sua amica era un disastro quando si trattava di piangere. "Ho sempre odiato il modo di congedarsi rapido e sorridente di Fátima," diceva nella mail, "io piango a più non posso, lei si limitò a darmi qualche colpetto sulla spalla," e poi era stata inghiottita dal buio del corridoio. Solo allora, Greta l'aveva sentita singhiozzare.

Quando Fátima sbarcò a Maputo, tutte le consorelle avevano già un incarico e lei non aveva niente da fare. Arrivò in un villaggio poverissimo, senza sapere la lingua e senza un compito preciso, com'era successo a suo tempo all'Aita in Congo. Fu allora che le proposero di andare all'arcidiocesi, e lì lo conobbe: era un giovane sacerdote mozambicano, aveva studiato a Roma e a Parigi e, secondo Greta, era brutto come il peccato. "Quando me lo mostrò sarei voluta morire," scriveva Greta tra parentesi, come se fosse una voce fuori campo in quel racconto: "Insomma, non era alla sua altezza sotto nessun punto di vista". Dalle informazioni che Fátima le aveva dato a proposito di quella storia d'amore, intuì che il prete l'aveva sedotta in modo calcolato. Lui era il suo professore e molte volte l'aveva invitata nella sua stanza "a pregare". Anche se aveva un atteggiamento da *tombeur de femmes*, lei si era innamorata perdutamente.

"La prima volta che cercarono di avere un rapporto Fátima non ci riuscì." Non lo aveva mai fatto e il suo corpo, incapace di rilassarsi, si chiuse come un'ostrica. Come facevano le altre? Forse per questo, per il loro secondo incontro, la giovane scelse la spiaggia. Lì, rilassata di fronte allo spettacolo del mare di notte, diventarono amanti. Lei si innamorò al punto che per mesi non scrisse più all'amica. Tutta la sua vita si riempì di lui. Il Mozambico fu inondato da lui. La missione annegò dentro di lui. E lui la colmò fino a farla naufragare, perché le voci, come gabbiani rapidi e famelici, iniziarono ad attraversare l'oceano. A Fátima, ubriaca d'amore, non importava più niente, convinta che anche lui fosse innamorato.

Un pessimo tempismo fece sì che madre Celeste chiamasse Greta una sera, quando era ancora nella Città del Nord, per chiederle della sua protetta Fátima, visto che erano tanto amiche, proprio nel momento in cui Greta era più preoccupata. La voce lenta come una lumaca di madre Celeste uscì dal telefono: "Greta, sai qualcosa del rapporto di Fátima con un sacerdote di quella missione?". E lei, colta di sorpresa, rispose solo: "No, madre, è tanto che non ho sue notizie...". Ma non fu capace di dissimulare la sua ansia e la madre generale capì che sapeva qualcosa. Prima di riagganciare, Greta aggiunse soltanto: “Madre, so solo che Fátima adesso ha bisogno di qualcuno che si prenda cura di lei. Questo lo so”.

Greta non avrebbe potuto immaginare che nessuno si sarebbe preso cura di loro, e che anzi entrambe avrebbero iniziato in quel momento il loro calvario, divise da un continente, senza poter mescolare le lacrime.

Madre Celeste chiamò in Mozambico il giorno dopo. Le disse soltanto: “Fátima, controlla la posta”. Le aveva inviato un biglietto per farla andare in Italia quel giorno stesso. Senza preavviso. Senza consigli da parte del suo mentore affinché correggesse il suo comportamento. “Non ci furono domande,” mi riferiva Greta nella sua mail, “tantomeno un confronto a tu per tu, che secondo san Paolo è il comportamento corretto per un cristiano.” Pur potendo pagare un biglietto migliore, madre Celeste organizzò per la sua prediletta un calvario di coincidenze attraverso due continenti, da Pemba a Roma.

Senza sospettare cosa l’aspettava, e accecata com’era dall’amore, Fátima, messa alle strette, lasciò a Pemba tutto com’era, il suo computer, i suoi libri, infilò un cambio e uno spazzolino in una sacca e si imbarcò in due sfinenti giorni di viaggio di trasbordo in trasbordo, attraversando tutta l’Africa e parte dell’Europa senza smettere di pensare neanche per un attimo a lui. Mandandogli messaggi non appena trovava un wi-fi. Anelando il momento in cui lo avrebbe rivisto.

Arrivò a Roma, esausta e senza l’abito, perché in Africa le religiose erano autorizzate a portare ciabatte e un pareo legato in vita come le donne del posto. Quando si presentò davanti a madre Celeste, questa la aspettava seduta in uno studio tutto di legno, rigida come se fosse fatta dello stesso materiale, dietro una massiccia scrivania che segnava già un confine e verso la quale Fátima avanzò con un sorriso sincero per la gioia di rivedere il suo amatissimo mentore. Madre Celeste non si mosse; si limitò a guardarla dall’alto in basso con disprezzo – ciabatte, pareo, capelli... e il viso inconfondibilmente luminoso di una donna innamorata – e disse: “Fátima, ti rendi conto di cosa stai facendo?”. La sua voce era di ghiaccio.

La giovane rimase ferma in mezzo alla stanza e d’un tratto si sentì nuda.

"Io?" riuscì a dire soltanto.

Madre Celeste si irrigidì ancor di più sul suo trono.

"Non fare l'insolente. Sei incinta?"

Fátima non fu più in grado di rispondere. Neanche quando sentì quella frase che la colpì a bruciapelo.

Muovendo la bocca da pesce, madre Celeste disse molto lentamente: "Prendi le tue cose e tornatene a casa. Non voglio saperne più niente di te".

E così, senza potersi fare una doccia, senza riposarsi dopo la sua tremenda odissea e vestita da africana, fu rimandata in Messico, la sua terra d'origine. Lasciandosi alle spalle una vita intera dedicata alla congregazione, arrivò a casa sua senza niente; dopo aver trovato il suo posto, non poté ritornarci; dopo aver trovato l'amore, dovette rinunciarci. Poco dopo il suo amante fu denunciato dalla comunità e Fátima scoprì che aveva una figlia di sei anni e un'altra donna, mentre lei aveva una malattia venerea: l'unico legame che rimase a unirli e che continuò a svilupparsi dentro il suo corpo.

Il giorno in cui arrivò in Messico, quando entrò in casa, sua madre le diede della svergognata e smise di parlarle. E fu allora che Fátima, ormai distrutta, raccolse le forze per scrivere alla sua amata complice e raccontarle il perché di quei mesi di silenzio e l'incubo che stava vivendo, senza sapere che anche Greta era già a Ibagué, dove cercava a tentoni i suoi pezzi nel buio di una tristezza ugualmente profonda.

"Quello che mi fa più male è che mi abbiano cacciato per amore," aveva detto in quella mail a Greta, disperata, chiusa in un lutto troppo grande: per una vita, per la comunità che adesso la rifiutava, per essere stata ripudiata dalla sua famiglia e per un amore che continuava a palpitarle dentro. A Fátima, al contrario di quanto successe a Greta, offrirono un piccolo aiuto economico, ma lei non accettò la loro carità, non voleva che madre Celeste potesse anche solo lontanamente pensare di essersi pulita la coscienza.

Greta rispose alla lettera dell'amica molto duramente, con le poche forze che le restavano: "Mi dispiace per quello che ti è successo, Fátima. Mi dispiace davvero, ma in questo momento non voglio la tua amicizia. Non voglio il tuo amore. Non posso e non voglio stare vicino a nulla che mi ricordi quella che sono stata e che cosa ho perso".

Quando chiudo il computer, lo faccio come se chiudessi una botola che porta a un sotterraneo in cui ci sono troppi morti. Vite di un vetro sottilissimo che si è infranto in mille pezzi. Ricostruirle è un lavoro, più che da orafo, da mago. Non torneranno mai più completamente intatte, ma almeno potranno riempirsi di qualcosa che non sia veleno.

Devo ancora trascrivere un capitolo del viaggio di Greta, prima del suo arrivo alla Città del Nord, il luogo in cui la sua fede si infranse di nuovo e dove fu mandata dopo il Messico: Maracaibo. Ma ci penserò domani.

L'altro giorno ho sistemato tra i due balconi questo tavolinetto di legno che era di mio nonno. Avevo pensato di farne un minibar, ma dopo aver visto la piccola conchiglia su quell'edizione meravigliosa di *La Dea Bianca*, ho avvertito il bisogno, non so perché, di metterci sopra altre cose, elementi che per me abbiano un significato, proprio come quella conchiglia raccolta, adesso lo so, nel momento della mia rinascita: una bottiglietta di finissima sabbia del Mediterraneo, alcuni ramoscelli di lavanda che profumano della terra di mio nonno, papaveri secchi che, come la mia infanzia, si stanno estinguendo, quelli che considero i miei maestri, i miei Buddha, i miei profeti, per onorarli, per tenerli più vicini, perché oggi siano il mio rifugio, la mia ispirazione, per chiedere loro consiglio. E in questo momento ritrovo un'immagine che andava alla deriva nel ricordo di quello che è stato uno dei giorni più dolorosi della mia vita. Io, che arrivo in una clinica di calle Arturo Soria, in un giorno di febbraio in cui era scoppiata, come oggi, una strana primavera anticipata che aveva fatto fiorire, sconcertati, alcuni fiori impazienti. All'ingresso dell'ospedale e per puro istinto ne avevo colto qualcuno. Ero salita nella stanza di mio nonno – il mio complice e adesso il mio santo, il mio Buddha, il mio maestro –, che non avrei più rivisto con gli occhi aperti. Avevo avvicinato i fiori al suo naso all'insù, in cui resisteva ancora un filo di fiato, e glieli avevo lasciati tra le mani. "Vola, nonnino," gli avevo sussurrato, "è arrivata la primavera."

74.
Maracaibo, Venezuela
Anno 27

Non avrebbe mai immaginato di tornare lì. Nessuno aveva usato la stanza di madre Dulce, la Generosa, da quando era morta nell'incidente. Suor Egipciaca – una suora anziana che sembrava essersi mummificata nel suo abito facendo onore al suo nome, da quanto era magra – fu incaricata di ricevere Greta e di portarla nella sua nuova stanza. Quando arrivò davanti alla porta, si fermò di fronte alla stanza sempre vuota della superiora e ammise davanti a Greta che avevano tutte paura di occuparla, considerato che la sua morte era stata così tragica.

"Vuol dire che non la utilizza nessuno per un problema di superstizione? Sa che è peccato, sorella?" chiese Greta con una severità tale che suor Mummia abbassò gli occhi vuoti, imbarazzata. "E va bene," disse poi, lo sguardo fisso sulla porta. "La occuperò io. Era una mia cara amica."

"Sì, lo avevo sentito dire..." aggiunse l'altra vagamente ironica, e le aprì la porta con la cerimoniosità con cui avrebbe aperto un pantheon.

Greta, colta la frecciata, la fissò.

Prima di andarsene, suor Mummia si volse. "Suor Greta, è sicura di non volere aiuto per pulire la stanza? È chiusa da moltissimo tempo."

"No, grazie. Ci penserò io."

E così dicendo le richiuse la porta quasi addosso. Accese l'aria condizionata al massimo e chiuse bene le finestre per combattere l'umidità devastante che le riportò alla memoria quel gesto così caratteristico di Dulce, che si asciugava la fronte tamponandosela con un fazzoletto bianco, proprio quello che aveva appena ritrovato nel cassetto del comodino, con le sue iniziali ricamate. Avrebbe pulito lei stessa la stanza, lentamente, con rispetto, con amore, come se stesse lavando il cadavere dell'amica. Un rituale durante il quale tolse le lenzuola dal letto, che ancora tratteneva il fantasma di quei regali di compleanno rimasti chiusi per sempre. Poi fece prendere aria al materasso in giardino e trovò anche qualche capello attaccato alle federe dei cuscini. Quando ebbe finito, lasciò scorrere un po' d'acqua in bagno per attenuare l'odore di tubature. Non era il caso di sprecarla, le sembrò di sentire la voce di Dulce, e si guardò in quello specchio in cui lei si era osservata tante mattine, strizzando un po' gli splendidi occhi, quelli che non aveva avuto il tempo di farsi operare di cateratta. Quando finì, si inginocchiò ai piedi del letto e, come se lei fosse ancora lì, le chiese perdono per non essere stata in grado di ricambiare le sue attenzioni e per non averle aperto la porta quell'ultima sera in cui avrebbero potuto vedersi. Se la immaginò appoggiata ai cuscini che le sorrideva con quell'espressione indulgente da madre innamorata. "È che eri una persona molto impegnativa, mia cara madre Dulce, molto impegnativa..." E le lanciò un bacio che fece svanire quell'immagine sorridente nella luce umida e allegra della sera.

Greta sentiva di essere tornata a Maracaibo molto diversa. La prima volta era ancora giovanissima e si stava lasciando alle spalle la sua innocenza: si sentiva fragile dopo la polemica con Valentina, sconcertata per aver scoperto la sua sessualità con Magda... Adesso, invece, si era lasciata tutto questo alle spalle, si era curata nello studio di Bárbara Sagel, era uscita dalla congregazione per un anno, si era amalgamata alle consorelle e aveva tratto ispirazione nella Casa Generale in Messico, aveva trovato nuove e solide amicizie in Fátima e nel Topo e, anche se dire addio era sempre doloroso, dopo l'abbandono di Imelda era diventata più forte. Nonostante tutto, iniziava a intravedere, per la prima volta, la possibilità di diventare una brava suora.

Si sentiva come se le avessero fatto una trasfusione di fede.

Il Messico aveva segnato una svolta nella sua vita. Si era talmente abituata a quel paese che aveva fatto sue alcune espressioni tipiche e il suo accento si era modificato al punto che i bambini della scuola di Maracaibo pensarono che fosse messicana, proprio come in seguito le sarebbe rimasto attaccato il *maracucho*, un accento così strascicato da sembrare l'andaluso dell'America Latina.

Quando ebbe finito di sistemarsi, andò a fare un giro per la città e la vide di nuovo attraverso gli occhi annebbiati e belli della sua amica scomparsa: ne riconobbe le fontane, l'atmosfera... niente a che vedere con la zona del Gaitero dove avrebbe vissuto lei, un quartiere per le cui strade di sabbia rossa i tassisti non si avventuravano. All'interno della congregazione non era un segreto che proprio per quello nessuna voleva essere mandata a Maracaibo. Ma quello che le altre consideravano un castigo, a Greta sembrò un'opportunità. Glielo aveva chiesto madre Juana da Bogotá, con l'arma infallibile del suo sorriso clemente. E aveva fatto tanto per lei... Forse era diventata una tappabuchi, come chiamavano le suore a cui non trovavano un posto. E comunque, cosa avrebbe dovuto fare? Soprattutto adesso che avevano ricominciato a nutrire tante speranze sul suo conto.

D'altro canto, Maracaibo non l'avrebbe sorpresa e non avrebbe avuto la meglio su di lei. I cinquanta gradi all'ombra e il quartiere in mano alle gang in cui avrebbe abitato non erano una novità per Greta. La casa aveva un tetto di lamiera ondulata che accumulava sia la pioggia che il caldo, ma l'unica cosa che davvero non sopportava erano le enormi iguane, onnipresenti come cani da guardia preistorici. Ce n'era una, in particolare, che sembrava averla puntata. Si affacciava alle sue finestre senza nessun pudore e la mattina, quando Greta usciva, era già lì ad aspettarla, immobile e con aria di sfida, la cresta verde ritta sulla testa.

Era una casa in cui, d'altra parte, Greta aveva un apostolato da svolgere e dove finalmente sarebbe tornata a lavorare con i giovani.

"Quando inizio le lezioni?" aveva chiesto a suor Mummia, mentre questa le mostrava il resto della casa, camminando davanti a lei con la sua andatura rigida, senza piegare le ginocchia. "Non vedo l'ora di conoscere i miei alunni."

L'altra la squadrò dall'alto in basso senza muovere il collo.

"Vedrà che presto si pentirà di aver avuto tanta fretta," mormorò.

Ma no, Maracaibo non le faceva paura. Madre Dulce non ne aveva mai avuta e Greta non aveva dimenticato neanche uno dei suoi preziosi insegnamenti. Dulce era stata molto benvoluta in quella città.

L'unica cosa che sembrava aver dimenticato era di chiudere la zanzariera e per questo, quella prima notte, dovette lottare contro una zanzara mastodontica che si era presa l'impegno di lasciarla dissanguata. "Vieni qui, creatura diabolica," la minacciò, prima di tentare di schiacciarla con un panno troppo piccolo, tanto che finì per rompersi un dito andando a sbattere contro il tavolo. Per colpa del gesso esagerato che le nuove consorelle insistettero per farle mettere, i suoi alunni la battezzarono per sempre.

"Buongiorno," salutò il primo giorno di lezione. "Sono suor..." E scrisse sulla lavagna. "Gre... ta..."

E uno di loro, seduto dietro un banco verde sudicio, con i denti da piraña, gli zigomi troppo marcati per la sua età e croste su ginocchia e gomiti, si alzò, prese un gessetto, cancellò il suo nome e ci scrisse accanto: "Suor invalica".

Tutta la classe scoppiò a ridere.

"Non è male," disse lei e corresse la *c* con una *d*.

Lui le lanciò un'occhiata sdegnata, le passò davanti con aria da spaccone e uscì sbattendo la porta.

Greta sorrise allegra al resto della classe e si scrollò la polvere di gesso dall'abito. Aveva davanti un lavoro enorme e creativo, pensò, mentre continuava a guardare le sue piccole belve, a cui presto si sarebbe affezionata tantissimo.

75.

Passarono i mesi e successe quello che doveva succedere: Greta si legò a quei ragazzini come se fosse una di loro. Divenne la loro maestra, la loro confidente, la loro complice e la loro amica.

Erano le tre del pomeriggio ed erano passati quasi tutti i genitori che doveva incontrare quel giorno. Greta era ancora all'ingresso della scuola con in mano un mazzo di fiori diventato sempre più grande nel corso della giornata, man mano che i suoi alunni gliene portavano altri.

"Ma guarda un po'... che bello," esclamò madre Begoña, la sostituta di madre Dulce, quando le passò davanti massiccia come una campana. "A quanto pare, lei è una stellina."

E attraversò il cortile con la sua andatura pesante, dondolando come se cercasse di scampanellare senza successo.

Greta si affacciò tra i fiori, ignorò il commento e continuò a salutare i genitori degli alunni. Dall'altro lato della porta incrociò lo sguardo comprensivo e sempre acuto di Fabiola, la psicologa della scuola. Era magra e tutto in lei era castano, con dei boccoli che le davano un aspetto da antica bambola di porcellana.

"Mi aiuti," la supplicò Greta mentre entrambe seguivano con lo sguardo la superiora che trascinava il grosso didietro per il cortile. L'altra fece per prenderle di mano il mazzo. "No, Fabiola, mi aiuti a capirle..."

"Le aiuti lei," le rispose la donna, togliendole i fiori di mano.

Fabiola era molto colpita dal modo in cui quella giovane novizia era in grado di gestire la sua classe, che era sempre stata la più complicata. Era evidente che suor Greta aveva imparato il valore della psicologia. Ma non avrebbe avuto vita facile.

"Perché fanno di tutto una battaglia? Non lo capisco..." disse risistemandosi il velo, sotto il quale si accorse di avere i capelli bagnati.

Poi sorrise al papà del suo alunno più difficile, Fabián, che la salutava da lontano tenendo il bambino per mano. Fabiola li salutò a sua volta alzando il braccio e si girò verso di lei.

"Perché non capiscono questi ragazzi come li capisce lei."

Greta bevve un sorso d'acqua ormai calda dalla sua bottiglietta. Come avrebbe potuto non capirli? In fin dei conti, anche lei era stata una ribelle. E quei ragazzi le ricordavano tanto suo fratello Juan... Chi meglio di lei avrebbe potuto capirli?

Una stellina? Solo perché lavorava? Era vero che per le sue consorelle il fatto che venisse dal Messico le dava un certo status. Si rese subito conto che le suore di Maracaibo erano esattamente come quelle che descriveva santa Teresa nel suo convento: pigre, sfaticate e conformiste.

Fabiola andò con lei verso la macchina, staccando molto le scarpette basse dalla sabbia.

"Il problema, suor Greta, è che oggi le hanno regalato un mazzo di fiori, cosa che non hanno mai fatto con la sua superiora. Qui le vogliamo tutti bene: i genitori, gli alunni, i professori..."

Greta avanzò sotto il sole cocente con il suo mazzo di fiori tra le braccia. "E allora la mia superiora dovrebbero chiamarla 'inferiora'."

Quel commento fece ridere così tanto Fabiola che da quel momento la soprannominarono così.

Greta commentò che avrebbe proprio voluto vedere le sue consorelle nella Casa Generale in Messico, dove sospiravano tanto per andare: lì sì che si lavorava sodo.

"E dove accidenti ho lasciato la macchina?"

Si schermarono entrambe gli occhi con la mano per difenderli dal sole e cercarono di riconoscerla nella spianata piena di vecchi veicoli. Sembrava un rottamaio.

No, Greta non si considerava una stellina, era soltanto una suora giovane, a cui non davano fastidio i cinquanta gradi all'ombra, desiderosa di proteggere quei ragazzi con i quali nessun altro voleva stare, quelli che secondo l'opinione diffusa erano incapaci di seguire i consigli altrui. Anche per loro ubbidire era difficile... forse per questo seguivano sempre Greta.

"Questo fa di lei una piccola profetessa," la prese in giro Fabiola.

"Be'..." sorrise timidamente Greta, "sono solo qualcuno che hanno voglia di ascoltare perché ha una visione della vita che loro non conoscono." A quel punto riconobbe il verde della sua vecchia auto: "Finalmente, eccola lì!", e si avviarono insieme in quella direzione.

"Deve sapere che io l'appoggio in tutte le sue iniziative di fronte al consiglio, qualunque cosa dicano le sue consorelle." La psicologa abbassò un po' la voce. "La faccenda del campionato tra le scuole è cosa fatta. Per quanto riguarda le gite ci vorrà un po' più di tempo... ma ci stiamo lavorando."

"Grazie," disse Greta, e le strinse il braccio. "Cosa farei senza di lei?"

Quella donna era stata la sua complice per portare avanti la maggior parte delle sue idee stravaganti, perché, come le aveva detto Greta una mattina che spettegolavano sulle altre suore, la sua "inferiora" rispecchiava alla lettera la definizione di "idiota" del dizionario. Per colpa di quel commento, la psicologa fu sul punto di sputare il caffè della colazione proprio lì, nella sala dei professori. E in effetti a madre Begoña, da inferiore qual era, dava fastidio qualunque novità, non sopportava che le suore della sua comunità parlassero con gli esterni, adducendo l'eterna scusa che avrebbero potuto "perdersi". Un concetto che Greta non capì mai. Così come quelle gelosie che – ormai era arrivata a questa conclusione – erano insite nella condizione di religiosa.

In un ultimo tentativo di capire, cercò di accostare la situazione a quella della propria famiglia: lei aveva dei fratelli, i fratelli avevano degli amici ma non per questo smettevano di essere la sua famiglia. A Maracaibo la gente era molto affettuosa, amabile e semplice, non ti facevano grandi regali come in Messico e in Colombia ma, in segno di gratitudine e affetto, i genitori dei suoi alunni le avevano regalato dei fiori: che cosa c'era di male?

Suor Greta portava aria nuova.

Suor Greta si buttava per terra con i ragazzini.

Suor Greta non si intimidiva quando assumevano un atteggiamento di sfida e organizzava per loro spettacoli teatrali, aveva persino imparato a guidare quel vecchio catorcio per portarli a messa. Aveva avuto una buona maestra. Aveva avuto Dulce la Generosa. E non avrebbe mai potuto esserle grata abbastanza per tutto quello che le aveva dato, frutto del suo amore immenso.

Le due donne si salutarono nel parcheggio. Fabiola si spolverò inutilmente le scarpe. Greta aprì la macchina e si sedette raccogliendo l'abito intorno alle gambe.

"Non vorrà attraversare da sola il Gaitero a quest'ora, sorella!" si allarmò l'altra.

"Lo attraverso da sola tutti i giorni, Fabiola." Le fece una linguaccia. "Ormai i capi delle bande mi augurano la buonasera."

Fabiola spalancò gli occhi e si fece il segno della croce.

"Lei è tremenda... ma stia attenta." Le chiuse lo sportello, che produsse un rumore metallico.

Greta mise in moto e abbassò il finestrino con qualche difficoltà.

"Non c'è bisogno di stare attenti. Ho chi mi protegge."

"Ma non lasci tutto nelle mani di Dio, d'accordo?"

"Non si tratta di Dio, Fabiola, ma di Keny. Ha presente chi è?"

"Quel tizio di cui si dice che abbia ammazzato il fratello a furia di botte e colpi di machete?"

"Lui."

"Quello che l'anno scorso è stato trovato accoltellato nello spiazzo dove portano le macchine sfasciate?"

"Proprio lui."

"Davvero? E lei lo conosce?"

Sì, lo conosceva, e quella sera mentre era ferma a un incrocio lui le diede un paio di colpi sul tettuccio, facendola sussultare: "Sorellina!". Non gli si vedevano neppure gli occhi, dietro una frangia che sembrava un sipario. "A questa macchina non succederà mai niente finché sarò vivo io!"

E a Greta la scintilla di energia vitale di quel ragazzo rabbioso, tanto luminosa quanto violenta, che la chiamava con quel diminutivo, ricordò suo fratello. Come avrebbe potuto non capirli?, pensò ancora una volta mentre guidava piano, in quell'oscurità che per lei era sicura.

Prima di salutarsi, Fabiola le aveva promesso di fare di tutto per promuovere l'attività formativa che aveva proposto per la sua classe. Era l'unica insegnante a essersi occupata con tanto affetto di quel gruppo, fino a riuscire a tenerlo sotto controllo.

E quella sera Greta arrivò in macchina a casa come un Robin Hood in gonnella, protetta dalle bande e dai ladri.

76.

Finalmente, notizie di Fátima. Seduta nel suo incolto giardino tropicale, Greta cercò un po' d'ombra per il portatile sotto un albero di avocado, verificò che non ci fossero iguane nei paraggi, pulì lo schermo appannato e sistemò lì il tavolino di ferro arrugginito per leggere il messaggio dell'amica. Aprì la mail con ansia. L'oggetto diceva soltanto: "Felice". Stava per essere mandata in Africa, non era incredibile?, in Africa... Nello stesso messaggio le chiedeva se a Maracaibo era felice quanto lei. Quella sera, quando

Greta si sedette davanti al computer, fece fatica a rispondere di sì. Non voleva che la felicità della sua amica si appannasse come lo schermo del suo computer. Cosa poteva dirle? Che durante il suo soggiorno in Messico aveva pensato che le cose sarebbero cambiate, ma che Maracaibo aveva fatto scoppiare la sua bolla... Felice? Tutte le volte che aveva aiutato la gente era stata felice. Lavorare con i ragazzi la rendeva felice. Ma quello che vedeva all'interno della sua comunità le sembrava sempre più deprimente, quella era la verità, e le provocava laceranti conflitti interiori.

L'unico aspetto positivo di quel caldo asfissiante era che le sue consorelle se ne stavano tutto il giorno rintanate nelle loro stanze con l'aria condizionata e questo le consentiva di trascorrere il pomeriggio a chattare con le persone che le interessavano davvero, quelle che aveva lasciato dietro di sé. Quel giorno non disse a Fátima cosa le era successo con la sua inferiora, ma le raccontò che l'unico rifugio della sua vocazione adesso erano quei ragazzi.

Fare apostolato significava accompagnare. Questo le riusciva bene. Accompagnare un altro nella sua vita spirituale. Così aveva iniziato a inculcare ai suoi alunni il valore della solidarietà e sì, dell'accompagnamento, qualcosa che neppure le sue consorelle erano capaci di praticare. Come avrebbero potuto capire le attività che proponeva?

Greta scacciò un paio di vespe e usò ciò che rimaneva di una rivista per sventolarsi. Se n'era lamentata anche con madre Celeste e madre Juana, quando l'avevano chiamata per chiederle della sua esperienza venezuelana.

"Io qui non vedo nessuno che sia sano o normale, madre," aveva confessato alla prima.

"Pazienza... suor Greta, con la ribellione non si ottiene tutto," le rispose madre Celeste strascicando la voce con una lentezza esasperante. Poi continuò: "Non tutti hanno la tua preparazione, la tua giovinezza e la tua forza. Sii comprensiva".

Quello era vero. Lei aveva ventisette anni, e i ragazzi tra i dodici e i sedici. Chi avrebbe potuto capire il loro spirito ribelle meglio di una che ribelle lo era stata? La disubbidienza era un profumo molto intenso, non alla portata di tutti, e per questo bisognava dosarlo con cautela. Il vantaggio di Greta era conoscerne i meccanismi. Li aveva sperimentati tutti. Non credeva mai a quei ragazzi quando cercavano di convincerla che erano tanto cattivi. E non li trattava neanche come vittime, ma come suoi pari, solo più piccoli. In che modo poteva aiutarli?

Per questo un giorno le venne in mente che l'estrema povertà dei suoi alunni non era un motivo sufficiente per non insegnare loro a condividere o a essere solidali. Così avrebbero capito cosa si prova a stare dall'altra parte della barricata. Li esortò a portare qualcosa da casa, qualunque cosa, per darlo a chi era ancora più povero. La loro prima esperienza consistette nel portare pane e latte in alcune case. Poi scelsero delle canzoni per portare la musica negli ospedali. Con il passare degli anni, Greta avrebbe ricordato un'immagine: quella dei suoi dodici ragazzi che entravano in una baracca di lamiera pericolante. La madre che ci abitava le aveva raccontato che pioveva più dentro che fuori e che non aveva niente da dare da mangiare a suo figlio. Le pareti metalliche amplificavano il pianto del neonato e facevano della baracca una cassa di risonanza. Puzzava degli escrementi dei più svariati animali. Fu come assistere a uno spettacolo. Greta osservò i visi emozionati dei suoi alunni quando le diedero i pannolini. La madre, una donna sudata con i capelli rossi che aveva attaccato al seno uno splendido neonato roseo, accettò i regali e si sventolò come se stesse per sentirsi male. Il neonato passò tra le braccia dei ragazzi come se fosse una statuina di Gesù Bambino, finché non ammutolì tra quelle di Fabián, quando quest'ultimo avvicinò il naso al suo. Greta lo osservò: il berretto sempre con la visiera al contrario, i pantaloni cascanti, i denti accavallati, i capelli sempre sporchi e spettinati, lo sguardo tenero fisso su quella creatura che, con sorpresa di Greta, evidentemente tra quelle braccia si sentiva al sicuro. Dov'era il ragazzino che il primo giorno l'aveva minacciata dicendole di non tornare in classe ed era uscito sbattendo la porta?

Quel giorno li vide camminare per le strade pericolose del Gaitero, le braccia sulle spalle dei compagni, formando una salda catena, come se niente e nessuno potesse far loro del male, e per la prima volta pensò a un concetto che avrebbe guidato la sua vita: "la catena dei favori". Poi trovò un nome per un progetto tutto suo: il Campeggio dei Dodici.

Uscirono di mattina presto, suor Greta e i suoi dodici apostoli. Prima non erano mai andati in gita perché non potevano permetterselo, erano gli alunni più poveri, ma lei si era battuta per fare in modo che le aprissero la porta della casa delle suore per il suo esperimento di convivenza.

Quando entrarono, ai ragazzi sembrò di essere in un palazzo lussuoso.

La maggior parte di loro viveva in baracche con tetti di lamiera, mentre lì avevano addirittura un giardino. Per questo Greta aveva passato un mese intero a preparare prove di resistenza e gincana per loro. Corsero, fecero il bagno, salirono sugli alberi e lei li vide appesi ai rami, come frutti che cadevano pesantemente sull'erba tra le risate. Ma, tra tanti giochi, nella testa di Greta c'era solo una parola che desiderava inculcare loro: disciplina. Lei stessa aveva verificato che, perché una persona avesse una vita spirituale, perché potesse realizzare i propri sogni, doveva essere disciplinata. E quei bambini la parola "disciplina" non l'avevano mai neanche sentita.

Quella sera, dopo aver mangiato dei sandwich tutti insieme ed essersi fatti tantissime foto, Greta fece in modo che avessero un momento dedicato al silenzio e alla lettura. Che facessero cose che non avevano mai fatto, per esempio scrivere.

Aveva scoperto che quei ragazzi facevano qualsiasi cosa lei chiedesse, purché ne spiegasse loro lo scopo, altrimenti l'incantesimo non funzionava. Questi ragazzi hanno bisogno di vincere, pensò, e trovò una civetta che squittiva tra gli alberi. Mentre pregava, si aggirò silenziosamente nel cortile: attraverso le finestre aperte, al di là del filtro delle zanzariere, li vide come se fossero ricamati su un arazzo – che bella immagine – e si sentì il cuore in fiamme. Erano tutti concentrati nella stesura della lettera ai genitori che aveva proposto loro di scrivere.

Quando Fabián la vide, si avvicinò alla finestra e appiccicò la sua lettera alla zanzariera.

"Va bene così lunga, sorella?"

Lei illuminò il foglio con il cellulare.

"Va benissimo, Fabián. Vedi se vuoi raccontare qualcos'altro, altrimenti puoi firmarla, d'accordo? Hai una grafia molto bella."

Il ragazzino le mostrò i denti affilati in un accenno di sorriso, si grattò la nuca e si sedette di nuovo sul letto a rileggere la lettera, nella quale scriveva al padre che non gli piaceva quando beveva.

Quanto era dura per quasi tutti l'infanzia, sospirò Greta, sedendosi sulla panchina di pietra sotto la finestra e intrattenendosi a contare le lucertole azzurrine. Crescere senza nessun riconoscimento è difficile, come per un albero senza terra a sufficienza. Dove pianti le radici? Dentro un vaso? Dove prendi il nutrimento? Come fai a diventare alto?

Greta riconosceva a quei ragazzi i loro meriti per cose semplici, ma reali. A ciascuno il suo. Voleva che sentissero che qualcuno aveva dato loro un'opportunità. Voleva offrire loro esperienze. Quelle che non potevano avere nel Gaitero, dove erano come pesci coloratissimi che non facevano altro che girare nello stesso acquario. L'esperienza legge con occhi spirituali: le sembrava di sentire madre Dulce che sussurrava quelle parole quando pregava nella stanza che adesso era diventata la sua. L'esperienza era ciò che faceva il credente. E questo ripeté loro durante la colazione al Campeggio dei Dodici.

"E che succede quando non credi in niente?" le chiese Anita, che cercava sempre di imitarla e stava sempre attenta sotto il suo cerchietto blu.

"Che devi lavorare per credere almeno in te stesso. Almeno questo..." rispose Greta, senza chiedersi se in quel momento a parlare era la religiosa, la maestra o l'amica.

Prima di prendere l'autobus per tornare a casa, i suoi dodici apostoli le fecero un regalo commovente.

"Questo è per lei," disse Fabián.

Greta accettò il pacchetto avvolto nella carta di giornale. Lo scartò, nervosa. Qualunque cosa fosse, non voleva sapere dove lo avevano preso. Era un cd di Laura Pausini.

"Per quel giorno in cui hanno fatto la discoteca a scuola e non l'hanno fatta entrare," aggiunse Anita, sibilando un po' con gli incisivi separati.

"Ha detto che avrebbe dato qualsiasi cosa per entrare a ballare." Il Pallotta, che Greta sgridava sempre perché mangiava quando non doveva, agitò un po' il sedere molle con movenze da *salsero*.

Lei si alzò, incapace di articolare anche solo una parola, e aprì le braccia. Si precipitarono tutti su di lei come un sol uomo. Con voce rotta, finalmente Greta riuscì a dire: "Bene, lo terrò nascosto e sarà il nostro segreto, ma almeno adesso potrò ballare nella mia stanza".

E salirono sull'autobus mentre immaginavano, spanciandosi dal ridere, suor Greta che si esibiva in passi di danza.

Con il cd stretto al petto, Greta li ascoltò prenderla in giro per tutto il viaggio di ritorno e li amò più che mai. La cosa migliore che poteva fare era trasformare la sua vita in un'esperienza... ma nella sua comunità di Maracaibo questo aveva già iniziato a causare conflitti, sempre stupidissimi. Non interessava a nessuno l'opera pastorale che stava portando avanti con gli adolescenti. Non importava. La cosa più importante per la madre inferiora di quella piccola comunità tropicale continuava a essere quell'insieme di norme insignificanti che Greta non era capace di seguire, secondo lei, con sufficiente diligenza: per esempio, pulire bene il suo tratto di corridoio. Ancora una volta non si dimostrava all'altezza della vita comunitaria e non sapeva che quello era solo l'inizio di una catena di avvenimenti che l'avrebbero portata alla sua crisi più profonda. Come aggravante, era incapace di stare zitta – in questo Imelda era stata la sua migliore maestra –, due macchie senza dubbio imperdonabili nel suo curriculum di religiosa.

77.

E arrivò la siccità.

Ma non era solo una questione di clima. Si seccarono tante cose... Morì un cane, annegò un desiderio e Greta iniziò a scrivere messaggi in bottiglia. "Non c'è acqua per i bambini..." Questa è una frase che nessuno dovrebbe essere costretto a pronunciare, mai. Greta però dovette farlo. E, ironicamente, quella fu la goccia che fece traboccare il vaso.

No, quella mattina di siccità non poté, non volle, tacere.

Nel quartiere erano senz'acqua da settimane e spesso la luce veniva tagliata. Sui giornali non si parlava d'altro, e anche a scuola. L'acqua era diventata la loro ossessione e non erano i sabotaggi a tenere il paese al buio e senz'acqua, spiegava Fabiola durante la ricreazione a un gruppo di professori in cortile, era che in Venezuela non c'erano più ingegneri: se n'erano andati tutti.

Il governo mise in piedi un piano di emergenza. Avrebbero scavato dei pozzi nella regione di Zulia e rifornito con camion cisterna le zone alte di Maracaibo. Quel giorno, all'ora di pranzo, quando Greta rientrò in comunità e mise piede in cortile, trovò suor Mummia e un'altra consorella – così piccola ed emaciata da sembrare un bambino – che facevano il bucato. Stavano lavando gli stessi panni che lavavano ossessivamente, tutti i giorni, grazie all'acqua del serbatoio. Lo sguardo di Greta scese con quel rivolo di acqua pulita e insaponata lungo lo scarico e, quando riuscì a reagire, andò verso di loro come una belva, tanto che il velo le scivolò all'indietro.

"A scuola non c'è acqua, non c'è acqua in tutto il distretto... Come potete essere così insensibili? Perché state di nuovo lavando gli abiti?"

E lì, sotto quel sole spietato che trasformava la sua gola in un deserto, iniziò a inveire senza più controllarsi. Perché non andavano a regalare qualche secchio d'acqua a un vicino? O magari a un bambino!

"Non c'è acqua per i bambini!" E riversò tutta la sua rabbia su di loro, come se fosse uno di quei secchi.

Non poteva credere che quelle donne avessero trascorso venti o trent'anni a Maracaibo e non fossero capaci di fare un passo in un'altra direzione, quella del senso comune. Erano in una situazione critica, per l'amor del cielo, gridò chiudendo il tubo dell'acqua con una manata. E capì Gesù, la sua delusione e la sua ira quando aveva scoperto nel tempio la stessa contraddizione: com'era possibile che un luogo votato alla preghiera si trasformasse in un santuario dello sperpero? "Farisee!" gridò loro citando lo stesso figlio di Dio, "state facendo di questo tempio un covo di ladri." Le sudava la fronte e, quando fece per asciugarsela, si accorse di avere il capo scoperto. Ma non lo vedevano?, continuò raccogliendo il velo e agitandolo con una mano come se volesse usarlo per colpirle. Le rispose solo suor Mummia, tremando di paura mentre attraversava il cortile senza piegare le ginocchia, gridando una frase che a Greta sembrò sinistramente nota: "Qui si è sempre fatto così".

Non disse altro. Non ne valeva la pena. Entrò, esausta: "Qui si è sempre fatto così..." continuò a bofonchiare lungo il corridoio mentre si asciugava il collo con il velo. "Non muovere qualcosa per metterla in un posto che non è il suo, Greta..." E quando arrivò nella sua stanza, scoppiò a piangere. Di rabbia. Di delusione. Si era sempre fatto così, ma non andava bene. "Non va bene!" gridò fino ad avere la gola in fiamme. E poi cadde in ginocchio sul pavimento: "Signore, perché permetti questo?" gridò tra le lacrime. Come potevano anche solo preoccuparsi di far ridipingere la facciata della casa, ed eventualmente di quale colore, se la gente moriva di sete? Non aveva nessun senso. Loro facevano la doccia tutti i giorni. Lavavano panni ancora puliti. L'acqua era per i bambini e lei era una cattiva suora solo per averlo detto?

Quella sera pensò di chiamare la Casa Generale, ma la madre inferiora l'aveva preceduta.

"Mi ha insultato," si lamentò con madre Celeste da Maracaibo fino in Messico. "Ha mancato di rispetto a me e alle nostre consorelle."

Tra l'altro le aveva disubbidito gravemente due settimane prima, quando le aveva ordinato di non prendere la macchina. Suor Greta "fatica a ubbidire". Un'altra volta quella frase. Quella che l'aveva sempre bollata come una ribelle, pensò Greta quando lo venne a sapere. Ma non volle difendersi davanti a madre Celeste quando questa la richiamò all'ordine, un paio d'ore più tardi.

"È vero, madre," ammise Greta, stretta al cellulare che le scottava in mano. "Le ho insultate perché stavano sprecando l'acqua e ho disubbidito perché ho voluto portare dal veterinario il cane della comunità, che teneva compagnia a tutte da dieci anni."

Silenzio. Poi Greta si sentì chiedere: "E la tua superiora ti aveva detto di non farlo?".

"Sì," ammise, "riesce a crederci, madre? La povera bestia stava malissimo e..."

"Il punto non è questo," la interruppe madre Celeste con il suo accento più messicano che mai. "Il punto è che ti avevano ordinato di non prendere la macchina, vero?"

Greta rimase in silenzio. Cosa poteva farci? Le cose stavano così. Nessuno si era preoccupato di lui. Come nessuno si sarebbe preoccupato di lei in futuro. Perciò non disse niente. Cosa avrebbe potuto raccontare alla massima autorità a proposito di tutta quella storia assurda? Che erano dieci giorni che lo vedeva stare male? Che la povera bestia guaiva di dolore e che quella mattina, quando si era avvicinata a lui, all'ingresso, le era sembrato un salsicciotto di pelo? Aveva fatto per leccarle le mani, ma non era neppure riuscito ad alzarsi. Greta si era solo offerta di portarlo dal veterinario e la madre inferiora era arrivata tenendo le mani appoggiate sul suo seno gigantesco, aveva guardato la povera bestia che sembrava essersi ristretta nella lavatrice e glielo aveva proibito.

"Non ha proprio niente," aveva sbottato. "Gli avrà fatto male qualcosa che ha mangiato."

"Ma questo cane tiene compagnia alla sua comunità da dieci anni," si indignò Greta. "Si merita..."

L'inferiora si era limitata a voltarle le spalle ed era tornata dentro agitando il suo enorme didietro da campana e ricordandole che era l'ora della preghiera.

A quel punto non suor Greta ma "Stella del mattino" si caricò in spalla suo padre e tutte le sue conversazioni con gli animali, sua nonna Mayú Parú sempre attaccata alla Pachamama, e – con il cane ai suoi piedi – si fece uscire di bocca una voce che risultò sconosciuta persino a lei.

"Siete spietate," ruggì. "Ma non dovremmo anche esercitare la compassione, oltre che dedicarci alla preghiera?"

L'inferiora non rispose: si fermò solo un attimo senza girarsi e poi proseguì verso la chiesa.

Quel pomeriggio Greta non andò a pregare. Rimase seduta accanto al cane moribondo fino a quando non fece notte, accarezzandogli la testa enorme e ischeletrita, soffrendo con lui quando lo vedeva contorcersi. Non voleva più né bere né mangiare. E neanche lei. Si ricordò di Tribilín e di suo padre che gli dava lo stufato e lo annaffiava in cortile, cercando di conquistarsi il suo affetto. Ripensò a tutte le notti in cui aveva dormito sul cuscino della sua pancia pelosa, quando era piccola. Finché alle otto di sera non ce la fece più e caricò il cane in macchina. Il veterinario le spiegò che aveva un'occlusione addominale molto grave. Come mai non glielo avevano portato prima?, si indignò. Ormai non c'era niente da fare. Era inutile prolungare le sue sofferenze.

Quando gli fecero l'iniezione, Greta gli tenne la testa grigia tra le mani finché non smise di respirare e i suoi occhi, fissi in quelli di lei, si svuotarono di vita.

Sì, avrebbe potuto raccontare tutto questo a madre Celeste,

avevano lasciato morire quella povera bestia tra atroci sofferenze. Ma non lo fece, perché intuiva che per lei non avrebbe fatto differenza.

O forse intuì qualcosa di peggio: che sarebbe potuto succedere anche a lei.

Quel giorno Greta dovette ammettere che la comunità messicana era stata un miraggio. E che quelle che ci vivevano sarebbero state sempre troppo lontane. La piccola comunità di Maracaibo era la realtà.

La struttura nella quale avrebbe dovuto inserirsi si riassumeva in una frase: "Non fare niente di buono se ciò significa disubbidire". Avrebbe potuto accettarlo? Quella sera si infilò nel letto senza farsi la doccia e si svegliò con la maglia piena dei peli di quel nobile animale che ormai riposava sottoterra.

Passarono i mesi e, anche se non era ancora arrabbiata con Dio, la sua fede ricominciò a vacillare. Arrivò un momento in cui iniziò a venirle difficile persino insegnare il catechismo ai ragazzi. Come poteva impartire i valori di un'istituzione sulla quale aveva dei dubbi? Perciò le venne in mente di elaborare una strategia per non tradirsi. Per evitare che educare i più giovani ai precetti cristiani le comportasse un conflitto interiore, fece un elenco dei valori che non dipendevano dalla Chiesa. Per esempio, rispettare il prossimo non faceva parte di una dottrina. Gesù non le sembrava un cattivo esempio. Che importava se era il figlio di Dio oppure no? E così proseguì con la generosità, l'empatia... finché non arrivò al sacrificio e, come se fosse un castigo divino, arrivò con lui suor Salomé.

A volte non t'innamori solo per la persona che hai davanti, ma anche per il momento in cui la incontri. Greta amava ancora la Chiesa, ma stava smettendo di crederci. Era un principio di disillusione, come se stesse covando la malaria. Una coincidenza catastrofica fece sì che comparisse Salomé a provocare la tempesta perfetta.

Era venezuelana, ma era appena tornata dalla Spagna e si sentiva una straniera nella sua terra. Le avevano addirittura ritirato la carta d'identità, le raccontò il giorno in cui si conobbero in refettorio. "Sono così straniera che non esisto più." Aveva vissuto sette anni in Cina e parlava perfettamente la lingua del posto. Colta, violoncellista, bionda e paffuta, aveva tutte le caratteristiche per far innamorare una Greta che avanzava a tentoni cercando disperatamente un raggio di luce. A Maracaibo non aveva nessuno con cui parlare, solo Fabiola e solo durante l'orario scolastico, perché se si tratteneva dopo la fine delle lezioni iniziavano i commenti velenosi, le gelosie e i problemi. E Greta si annoiava. Le sue consorelle non avevano letto neanche un libro in vita loro. Non avevano inquietudini. Erano pigre e si limitavano a eseguire gli ordini come robot. Per questo, Greta iniziò a scrivere lettere a Salomé citandole brani tratti dalle poesie di Rilke. Lei le accettava con nonchalance, giocando a farsi voler bene dalla giovane novizia. Un pomeriggio Greta, mentre camminava con Salomé lungo le strade del Gaitero, trovò il coraggio di dirle che l'ammirava e lei, accettando il complimento con un sorriso, ammise di aver sempre suscitato quel genere di sentimento.

Seguendo il suo amato Rilke, Greta scrisse a Salomé molte altre lettere, alle quali lei non rispose mai, se non con qualche "lei dovrebbe dedicarsi a scrivere, suor Greta," che accompagnava con una civettuola strizzata d'occhio.

Quella quasi-indifferenza la condusse alla pazzia, ma per tutto il tempo in cui vissero insieme non osò mai confessarle che l'amava, tale era il terrore che le provocava il pensiero di ciò che avrebbe potuto fare di quell'amore. Fino a quando Greta non fu destinata alla Spagna e, da quella distanza così dolorosa, osò scriverle: "Sono innamorata di te". Un messaggio al quale, come al solito, Salomé non rispose. Con il tempo, una volta arrivata nella Città del Nord, con il cuore gonfio di dolore, nostalgia e mancanza di notizie, Greta si sarebbe chiesta perché lo avesse fatto. Giocare in quel modo. Perché non avesse messo fine a quel gioco prima che Greta le confessasse i suoi sentimenti.

Greta si era trovata a sua volta dall'altra parte della barricata. Le era successo con Dulce. E con le ragazzine della scuola. Alcune si innamoravano. Bisognava saper incanalare le emozioni delle adolescenti. Ma quando si legavano troppo a lei, Greta tagliava i ponti. Lo aveva imparato da Imelda. Salomé, invece, no: lei cercava la compagnia di Greta, lasciava sapientemente le frasi a metà ed era una maestra nel creare aspettative. Quando una nuova lettera tardava ad arrivare, la incitava dicendole che le facevano tanto piacere.

Ma non era l'unica a incitarla. Anche Fátima, dall'altra parte del mondo, quando la sua amica le confessava i palpiti del suo cuore, si rallegrava che finalmente avesse trovato l'amore, e a questo Greta ribatteva esasperata: "Ma perché non mi rimproveri? Non sei una suora come Dio comanda? Mi stai portando alla rovina!".

I giorni diventarono uno uguale all'altro.

Andava a scuola, teneva la lezione di catechismo ai bambini – una cosa che non le piacque mai quanto il suo Campeggio dei Dodici –, tornava all'ora di pranzo e nel pomeriggio scriveva a Salomé una lettera che la sera le infilava sotto la porta. Messaggi in bottiglia che quella suora bionda e poliglotta ignorava come li ignora il mare. E in quel momento Greta capì una cosa importante: che non le sarebbe mai passata.

Si era innamorata. Di nuovo. E stavolta più che mai. Capita che le recidive di un terremoto siano più intense della prima scossa.

Aveva ricominciato a provare quei sentimenti. Perché? Non ci aveva lavorato sopra? Non si era imposta di non provarli più?

Perché in lei dovevano convivere quelle due Greta?

Perché la sua natura e la sua vocazione erano così crudelmente incompatibili?

Perché non poteva fare a meno di mettere tutto in discussione?

Cercò di rifugiarsi nello studio e nei libri per dimenticare Salomé; passava le ore davanti al computer. Si iscrisse al corso di "Dialogo interreligioso" all'Universidad Javeriana a distanza. Ma non smise mai, neanche una notte, di aspettare sotto quell'aria condizionata che le venisse infilata una risposta sotto la porta. Iniziò a crescere dentro di lei un'erba cattiva: l'idea di essere nel posto sbagliato. Ma la stoccata definitiva alla sua fede stava per arrivare: aveva il nome di una pietra preziosa e non era alta più di un metro e mezzo.

La bambina era molto pigra, aveva detto Greta alla zia nella sala dei professori, mentre quest'ultima si sventolava in modo teatrale. Gli altri avevano fatto i compiti ed erano pronti. Lei no.

"Anche se hai otto anni, l'incontro che stai per avere con Dio deve renderti felice, oltre al fatto che devi studiare le preghiere."

Greta assunse un tono più severo. "Fare la comunione non è solo una festa."

Rubi, che aveva ascoltato la maestra stretta alla mano della sua iperprotettiva zia, serrò le labbra fino a farle sparire e iniziò a piangere così sconsolatamente che diversi bambini si avvicinarono a osservare quello spettacolo.

"Suor Greta," la pregò la zia, abbracciando la bambina, "per favore, non c'è bambino al mondo che ne sia più felice."

Greta osservò Rubi con severità.

"Non si può sottovalutare un bambino," rispose categorica. "Se davvero ci teneva tanto, avrebbe dovuto studiare come tutti gli altri. Che si prepari quest'anno e faccia la comunione il prossimo."

"Ma così la separerà dal suo gruppo," gemette la zia, continuando a sventolarsi come se stesse per avere un mancamento.

"Questo Rubi lo sapeva. E non ha studiato. Non è preparata, darle la comunione non sarebbe giusto nei confronti di quelli che invece si sono impegnati."

La zia – coda lunga e nera, corpo stretto in un paio di jeans e in una maglietta troppo piccola – fece una mezza genuflessione e le prese la mano.

"La prego, la poveretta ha già il suo vestitino... non ha mai avuto un vestito così. Per favore, sorella, non le dia questo dispiacere."

"Non posso fare nulla, cerchi di capirmi." E si liberò dalla sua stretta. "Bisogna comprendere bene i sacramenti, prima di riceverli."

La donna si tirò su e scosse la sua lunga coda.

"Ma davvero crede che quegli altri bambini di otto anni li capiscano?"

Rubi era andata in un angolo come un cagnolino bastonato. Adesso il suo pianto era irrefrenabile, le straripava dal corpo come un fiume in piena. Greta fece un respiro profondo. Stava facendo la cosa giusta, si disse, la cosa giusta.

Strapparle un sì sarebbe stato molto difficile e ingiusto nei confronti dei suoi compagni. Così le disse prima di uscire dall'aula.

La settimana seguente i compagni di Rubi fecero la comunione. Due giorni dopo l'autobus su cui viaggiava la bambina finì in una scarpata. Le dissero che la piccola fu sbalzata fuori da un finestrino. A causa dell'impatto, fu difficile identificare il corpo.

Anni dopo, quando Greta non era più né una suora né cattolica, si sarebbe chiesta molte volte che cosa fosse diventata per aver negato quella felicità a Rubi. Come fosse stata capace di mettere la norma davanti alla felicità di una povera bambina. Si sarebbe chiesta che bisogno ci fosse stato di provocare quel pianto, quando il significato di un sacramento spesso non lo capisce neppure un adulto. Come avesse fatto la dottrina a essere più importante. "Il fatto è che anch'io ero indottrinata," avrebbe riconosciuto addolorata davanti a un registratore, e si sarebbe messa a piangere, come se parte delle lacrime di Rubi ce le avesse ancora dentro. "Mi sento ancora in colpa per quel pianto," avrebbe confessato, lo sentiva tutte le volte che vedeva una bambina fare la comunione.

Perché era così incontenibile? Perché era così disperato?, si sarebbe chiesta in continuazione nei giorni successivi alla sua morte. Rubi forse presagiva che sarebbe stata la sua ultima festa?

Il giorno in cui partecipò al funerale, osservando la piccola bara bianca sull'altare che custodiva quella bambina adesso concentrata nel silenzio della morte, provò vergogna. Per la religione che professava. Per quello che rappresentava.

Aveva fatto per la prima volta il suo dovere? Sì.

Stava facendo il suo lavoro? Sì.

Ma... per essere fedele a quel "dovere"... dove aveva lasciato la sua umanità? Dove?, si ripeté, seduta nel suo banco.

Rubi non aveva potuto fare la comunione.

Era una bambina di otto anni, e lei l'aveva fatta soffrire.

Le aveva negato quel momento di felicità senza sapere che sarebbe stato l'ultimo della sua vita. Rubi non aveva fatto la comunione, eppure fu seppellita con il vestitino scelto per l'occasione.

E a partire da quel giorno tornò Greta la ribelle. Quella che metteva in discussione tutto, la provocatrice, quella sempre pronta a sfidare tutti. Quella che più assomigliava a suo fratello Juan. E un pomeriggio, durante un'accesa discussione perché non le permettevano di portare i bambini a vedere un film, la madre inferiora le disse: "Lei dev'essere più umile, suor Greta".

Greta si appoggiò alla scrivania della superiora, accarezzò il mogano appena incerato e rispose: "Il fatto è che a me, madre, risulta molto difficile imparare l'umiltà da chi compra per sé mobili costosi in una situazione così difficile".

La conversazione fu interrotta da Greta con un: "Stia tranquilla, me ne vado," e uscì sbattendo la porta. Quella sera stessa, come se l'avesse invocata, le arrivò una lettera di madre Celeste dal Messico, che le comunicava la sua nuova destinazione: la Comunità del Nord, in Spagna. Quando si congedò da quello che sarebbe stato il suo grande e doloroso amore, il suo cancro e la sua solitudine, Salomé le disse soltanto con il suo mezzo sorriso indecifrabile: "Un giorno ci rivedremo". Ma a Greta si ruppe qualcosa dentro quando sentì quelle parole e capì, come tante altre volte, che non era vero. Raccolse il suo cuore e quelle lettere che sarebbero rimaste senza risposta e le infilò nella sua valigetta, pronta ad attraversare per la prima volta l'oceano.

78.

> Il segreto della vita è viverla senza paura.
>
> Buddha

Tutti nasciamo senza paura. Ho iniziato così il capitolo di oggi, come sempre seduta davanti alla porta finestra del salotto – da cui adesso entra l'odore di erba della sierra che si nasconde dietro l'immenso palazzo – e di fronte a questo piccolo altare sempre più affollato. Oggi ho aggiunto il colibrì di legno di Greta, che vi si dondola tranquillamente, una piccola scultura senza crocifissioni in pieno volo.

"Tutti nasciamo senza paura," aveva detto un pomeriggio la maestra Jedi, e ricordo di aver accolto quelle parole con scetticismo. Un bambino è capacissimo di spaventarsi, avevo pensato. Ma no, lei non parlava di un semplice spavento, bensì di una paura più profonda. I bambini nascono senza paura della morte, nascono senza paura dell'autorità o del peccato. "Ninna nanna, ninna oh, questo bimbo a chi lo do? Lo darò all'Uomo Nero che lo tiene un anno intero..." Così inizia tutto. Nasciamo senza paura del buio. La paura ci viene inculcata nelle viscere dai nostri genitori, dalla società e dalla Chiesa, piano piano, come un veleno a lento rilascio, man mano che cresciamo, senza che ce ne rendiamo conto e senza che nessuno ce ne spieghi i benefici.

Perché non ce ne sono.

Cresciamo con la paura di divinità che non conosciamo; di una morte che non è altro che parte della vita. E, a furia di nutrirci di paura, entriamo in una condizione di paranoia tale che finiamo per avere paura dell'amore, degli altri e di noi stessi, tanto da non saper affrontare qualunque cambiamento o prendere decisioni che potrebbero renderci felici. "La paura non serve a niente," scrivo. "Serve solo agli altri, per dominarci."

Per questo motivo, quando Greta mi aveva confessato che accettava di sottoporsi a un'ipnosi con Santiago per lasciare uscire tutto quello che poteva ancora essere sepolto nel suo subconscio e completare così il suo dossier, la prima cosa che mi era venuto in mente di dirle era stata: "Non avere paura".

L'idea era registrare la seduta affinché, dopo averla sentita – e sempre se Greta fosse stata d'accordo –, Aurora potesse dirci se c'erano elementi sufficienti perché il suo caso fosse legalmente considerato mobbing, per avvalorare le tesi del reportage. E ovviamente anche per sporgere denuncia, se un giorno avesse voluto.

Molti indizi mi suggeriscono che Greta sta iniziando a vincere la paura: le sue reazioni a ciò che vive in casa della tiranna invalida, tanto per dirne una. A giudicare da quanto mi ha anticipato ieri al telefono, la situazione è insostenibile e mi sembra che lei non riesca a sopportare più nessuno. Ovviamente, però, c'è la questione dei documenti per il permesso di soggiorno. Se si licenzia adesso è possibile che blocchino le pratiche. Secondo Gabriel – in realtà ultimamente chiamo il poveretto per chiedergli consigli su tutto –, una volta che le pratiche sono state avviate il permesso di soggiorno dovrebbero darglielo in ogni caso. Ma, per essere più tranquilli, prima di prendere decisioni drastiche sarebbe meglio aspettare di riceverlo.

D'altro canto, la storia della tiranna invalida è davvero tremenda.

Com'è facile giustificare una vittima per il solo fatto di esserlo. La tirannia dei deboli è un concetto che mi atterrisce. Ammetto che ieri, quando Greta ha iniziato a raccontarmi cosa stava succedendo in quella casa, sono stata sul punto di consigliarle di restarne fuori. Ma la sua empatia naturale le impedisce di non mettersi in mezzo, quando si accorge di un'ingiustizia. Dopo che mi ha raccontato tutto quello che aveva vissuto a Maracaibo, posso capire questa Greta giustiziera. In questo ci assomigliamo. In più, nel caso specifico, lei vuole sempre più bene ad Alfredo e non sopporta come lo trattano sia la sua fragile moglie sia i suoi figli, che ignorano il suo dramma e che, a quanto pare, si fanno vivi solo per dormire o chiedere soldi.

La complicità tra Alfredo e Greta era ormai così evidente che tutta la famiglia aveva iniziato a essere gelosa di lei. Chissà che cosa stavano immaginando... proprio come Mercedes, con la quale ormai si detestavano silenziosamente. Comunque, dopo aver ascoltato il racconto di Greta, ho capito le sue motivazioni. Quando si è taciuto tanto come lei, arriva un momento in cui non si può più rimanere in silenzio, i freni non tengono più.

La parte bella del racconto è che in questo periodo Greta ha costruito un rapporto con Alfredo che sembra importante. Me n'ero resa conto il giorno in cui mi aveva raccontato che aveva osato confessargli di essere lesbica. Una grandissima dimostrazione di fiducia, che fino a quel momento aveva riservato soltanto a me. La risposta le era arrivata qualche giorno più tardi quando, durante una delle loro interminabili chiacchierate in cucina fino a notte fonda, Alfredo le aveva rivelato uno dei suoi sogni: andare qualche volta a passeggio con una donna. Così le aveva detto. Quella che a Greta era sembrata un'aspirazione minuscola, per lui era un delirio di libertà. Poco dopo le aveva confidato di aver avuto una sola donna nella sua vita e che, da quando Mercedes non poteva più avere rapporti sessuali, si era rassegnato alla castità. Greta, seduta come tutte le notti davanti a un caffellatte dall'altro lato del ripiano della cucina, aveva compatito l'amico, che tanto aveva fatto per lei. Aveva convinto Mercedes a occuparsi dei suoi documenti. Aveva esortato Greta a scaricare l'applicazione che usavano i suoi figli per conoscere possibili partner. Le aveva addirittura organizzato la sua prima uscita con una ragazza a Madrid, consigliandole in quale ristorante e in quale albergo andare. Le aveva insegnato a usare una carta di credito. Come avrebbe potuto non aiutarlo nella sua trasformazione, adesso che si sentiva sempre più forte? Non poteva sopportare l'atteggiamento egoista della moglie nei suoi confronti, l'ingratitudine con cui accoglieva tutte le sue invenzioni, le battute crudeli sulla sua virilità... Tutto ciò sembrava gridargli in faccia: "Non importa che tu debba morire mille volte purché io possa vivere". Quando Greta mi raccontava il modo in cui la tiranna invalida stava sacrificando la propria famiglia, avevo pensato che, se avesse potuto chiedere di essere sepolta con loro, lo avrebbe fatto, come l'imperatore Qin Shi Huang con i suoi guerrieri di Xi'an. Era la sindrome da *Salvate il soldato Ryan*, quando, per giunta, in quel caso non c'era nessuno da salvare.

Per questo, uno dei pochi pomeriggi in cui Alfredo era uscito per portare Mercedes dal medico, Greta era entrata nella sua stanza e aveva aperto l'armadio. Aveva spostato le grucce e aveva scoperto con tristezza che tutti i suoi vestiti erano identici: tute da lavoro, pantaloni da trekking – gli abiti di un uomo sempre indaffarato, di un operaio. Non sarebbe potuto andare a un appuntamento vestito in quel modo. Perciò aveva passato tutta la mattinata in giro a comprargli un paio di camicie, pantaloni, una cravatta, una bellissima giacca a righine e persino un paio di jeans. Nel pomeriggio gli aveva aperto un profilo sull'applicazione elencando tutto quello che gli piaceva: "Cinquantenne, amante del mare e della natura. Adoro passeggiare e ascoltare Rod Stewart". A fine giornata, Alfredo poteva già contare su un bell'elenco di donne interessate a conoscerlo.

"Adesso hai con chi passeggiare," gli aveva annunciato Greta quella sera, facendogli leggere i messaggi. "E dovrai nascondere bene i tuoi vestiti nuovi," aveva aggiunto, mentre glieli mostrava ancora dentro il sacchetto. Lui, senza parole, si era limitato a stringerla.

"Sei la mia unica amica," le aveva detto quando era riuscito a parlare. "Io ero abituato a una vita fatta solo di rimproveri."

Perché Alfredo, il badante, trovava normale prendersi cura degli altri, ma non che qualcuno si prendesse cura di lui.

I primi appuntamenti erano stati un disastro: una dirigente d'azienda che parlava soltanto della pensione, un'animalista fanatica che voleva essere accompagnata a tutte le manifestazioni, un'ex ciclista professionista con l'alitosi... ma a Greta e ad Alfredo servivano per sentirsi complici nelle loro marachelle. Di sera spettegolavano come due coinquilini sulle persone con cui stavano uscendo e si aiutavano a vicenda a rispondere ai messaggi delle rispettive pretendenti. Avevano corso anche qualche rischio, come il pomeriggio in cui si erano fatti mandare un abito che Greta aveva comprato per lui online e che era arrivato proprio mentre stavano facendo merenda con Mercedes – per poco non erano stati scoperti.

Da un mese a quella parte, però, qualcosa era cambiato. Sembrava che fosse arrivata la persona giusta: professoressa, filosofa, amante della barca...

"E con questa donna ha iniziato a scopare come un pazzo," mi aveva sussurrato Greta dall'altro capo del filo.

"E come fa a fuggire da Alcatraz?" le avevo chiesto, incuriosita. "Lei non lo tiene sempre sotto controllo?"

"Sì, per questo cerco di coprire le sue assenze." Aveva abbassato ancora di più la voce. "Ho proposto a Mercedes di lasciargli le domeniche libere per farlo riposare un po' e lo sostituisco io."

"E lei non sospetta niente?"

Era rimasta in silenzio e avevo sentito che chiudeva una porta.

"No, credo lo sottovaluti al punto da non immaginare che qualcun'altra possa amarlo." Poi aveva alzato di nuovo la voce. "Mi sono inventata che ha trovato un gruppo di amici con cui gioca a bocce, ma ogni volta lui esce prima e torna sempre più tardi, per quanto io gli raccomandi di essere discreto. Sembro sua madre!"

Da allora, secondo Greta, il suo già pessimo rapporto con Mercedes era persino peggiorato (fino ad allora, lei non aveva permesso ad Alfredo di avere amici), sebbene la sua datrice di lavoro avesse iniziato a odiarla già dal primo giorno, quando era andata a fare la spesa e aveva portato ad Alfredo la birra Voll-Damm.

"Non è in grado di condividere l'attenzione con gli altri, e io so cosa significa perché l'ho vissuto," aveva sentenziato Greta.

In effetti, mi aveva raccontato ridendo, era come se avesse adottato un altro figlio, perché gli dava degli orari e lo sgridava quando rincasava tardi, anche se in fondo la rendeva felice vedere il suo amico pieno di energia e raggiante come un adolescente.

A quanto pare oggi pomeriggio, prima che lei uscisse per andare da Santiago, Alfredo le ha detto: "Speriamo che riescano a pubblicare la tua storia," come se intuisse un addio imminente. Greta pensa che lui sia stato un angelo per lei. "Forse, grazie al suo aiuto riuscirò a iniziare una nuova vita." Ma io credo che anche lei sia stata un angelo per lui. A volte le persone arrivano nella tua vita per un motivo e poi se ne vanno. Lei non poteva tirarlo fuori dalla sua condizione di prigionia, questo lo sa bene, ma indicargli la strada sì. Ciò significava che, per quanto gli volesse bene, doveva andare avanti. La sua missione in quella casa era finita.

"Non mi sono liberata per farmi intrappolare di nuovo," mi ha detto, categorica, prima di riagganciare.

79.

Seduta in sala d'attesa, sempre con Radio Clásica in sottofondo, inizio a fantasticare che Greta non verrà. Anzi, per un attimo penso che possa essere scomparsa per sempre. E dire che durante la conversazione di ieri mi è sembrato che voglia davvero togliersi questa spina e sgombrare il campo da tutto ciò che ancora la assilla. L'idea, in realtà, me l'ha data lei il giorno in cui stavamo parlando di quanto l'avesse aiutata la terapia con Bárbara: "Prima o poi, mi piacerebbe farmi ipnotizzare," mi aveva detto, per togliersi di dosso tutta la sofferenza che poteva avere ancora nascosta dentro e finalmente voltare pagina.

Dall'altro lato della parete di vetro che divide lo studio dalla sala d'attesa, dietro una strana tenda a pacchetto, intuisco la sagoma calma e massiccia di Santiago che muove le mani lentamente e con fermezza, come un direttore d'orchestra che cerca di provocare una tua reazione. L'altro fagotto più lontano lo ascolta immobile e si soffia il naso a più riprese. Nel frattempo, il conduttore che descrive i virtuosismi della *Sinfonia dei canti lamentosi* di Górecki mi fa sentire la mancanza della deliziosa scurrilità di Pérez de Arteaga, con il suo linguaggio rococò e quell'eccesso di cultura che rendeva affascinante ogni brano. Avevo condiviso con lui molti concerti al Teatro Real quando venivo inviata dalla televisione per la quale lavoravo. Adesso che ci penso, il giornalismo mi ha dato tanto. Da Greta ancora nessun segnale di vita. Le manderò un messaggio perché ho appena visto Santiago alzarsi: è ora. Quando sto per farlo la porta dello studio si apre, Santiago aggrotta la fronte a mo' di saluto ironico e io mi concentro timidamente sul cellulare, come sempre quando arrivo in anticipo, per evitare lo scambio di occhiate con il paziente che esce dalla terapia, casomai avesse gli occhi lucidi e gli desse fastidio. Per me di solito non fa differenza, perché in genere esco insultando Santiago, con lui che mi dà della noiosona. Ma, in questo momento, qualcuno si ferma davanti a me.

"Che coincidenza," dice una voce nota da microfono stonato.

Alzo lo sguardo e vedo Isaac, con un'espressione rilassata e divertita. Tiene in mano come sempre un paio di raccoglitori ad anelli. Non c'è traccia dell'uomo che avevo lasciato in metropolitana disperato.

"Come stai?" Sono felice di vederlo. "A quanto pare mi hai dato ascolto." E poi a Santiago: "Dovresti iniziare a darmi una percentuale".

Santiago alza gli occhi al cielo e lascia la porta aperta come fa sempre, il suo invito direttissimo ad andare via, e si gira verso lo studio.

Quando esce, dà una piccola pacca sulla spalla al suo nuovo paziente.

"Verrai domani a meditazione?" mi chiede Isaac.

"Sì, ci vediamo lì."

E Santiago, dalla stanza accanto, già stravaccato sul suo divano, dice: "Lunedì psicoterapia, martedì meditazione... il mercoledì che cos'avete, reiki? Finirete per impazzire tutti e due".

Mi alzo, controllo l'orario sul cellulare e gli dico: "Caro Isaac, se sei sopravvissuto alla prima seduta avrai dei risultati. È una specie di setaccio...".

Gli do un bacio sulla guancia con la confidenza di chi ha condiviso qualche lacrima, entro nello studio e mi lascio cadere sull'altro divano. Sentiamo Isaac ridere e salutare prima di uscire.

"E la suora?" chiede Santiago con naturalezza.

"Shhh." Gli faccio un gesto di rimprovero. "Non è più suora, accidenti."

"E va bene, sì, ma dov'è?"

"Hai cambiato tutti i cuscini?"

"Sì, per dare un po' di colore all'ambiente."

In questo momento Greta si materializza sulla porta con la sua solita espressione disorientata.

"Scusate, mi ero persa," si giustifica, come sempre.

"Tranquilla, adesso ti ritroverai," le dice Santiago a mo' di saluto, sorridente.

Osservo i capelli stirati che le cadono come una folta criniera sulle spalle mettendo in risalto i suoi lineamenti. Porta un semplice abito da cocktail nero e un paio di stivaletti con un po' di tacco che la costringono a camminare in modo diverso. Credo sia la prima volta che la vedo con i tacchi. Si è truccata gli occhi come piace a lei, con un ombretto iridescente, e stavolta ha anche un tocco di rossetto. È sobria ed elegante. Mi chiedo che cosa ne sia stato della ragazza mascolina che si nascondeva dentro una giacca da nonno.

Prima di sedersi le chiedo come va a casa e lei mi fa un cenno con la mano a indicare che è successo un pasticcio.

"Bene, poi mi racconti." Mi alzo. "Posso aspettarla qui fuori?"

Lui si versa un po' d'acqua in un bicchiere. "Per me è indifferente," assicura, ma Greta dice di no, preferisce che resti. Santiago, come da protocollo, le chiede di ripetere ancora una volta che è d'accordo che la seduta venga registrata e lei conferma.

Le prendo la mano.

"So che per te è molto difficile affrontare questa esperienza, ma sappi che Santiago è il migliore, anche se è scorbutico." Lui alza lo sguardo dal registratore. "Così sapremo tutto quello che non ricordi: i tuoi sintomi, quello che prendevi..."

Greta annuisce.

"Anch'io voglio saperlo," assicura e poi, rivolgendosi a Santiago: "Iniziamo?".

Sedute vicine, lasciamo che il cronometro del mio cellulare inizi a sommare i secondi e Santiago a sottrarli, finché non vedo fiorire di nuovo le ombre violacee sotto le palpebre della mia amica e tornare quel tremore delle dita che le ha fatto cadere di mano i documenti, sull'aereo, quasi un anno fa.

Tre... due... uno...

80.

Comunità del Calvario, Città del Nord
Anno 30

Greta inizia a respirare affannosamente. Santiago, rilassato in poltrona, non stacca lo sguardo dal suo viso. Le chiede di visualizzarsi nella Città del Nord e le domanda cosa sente: freddo, risponde lei, sempre molto freddo, anche d'estate. Santiago parla con voce sempre più lenta. "Perché fai quella faccia, Greta?" le chiede, "ti fa male qualcosa?"

Lei si porta la mano alla gola, sì, dice, mi fa male, perché non posso piangere, sussurra. Cos'è successo?, chiede lui. E allora lei, come se tossisse le parole, inizia a buttarle fuori. Le hanno detto che non può più andare all'università, non ci andrò, si angoscia. Santiago si tira un po' su avvicinandosi a lei e alza la voce: e che farai invece? Cosa fai ogni giorno? Greta si stringe nelle spalle e inizia un viaggio verso il luogo del suo calvario: mi alzo alle sei di mattina, vado in chiesa, caffellatte, come tutte, devo cercare di essere come tutte... È settembre?, chiede lui, e scrive qualcosa sul suo taccuino. Sì, conferma lei, mi danno un calendario, non studierò più, ma io mi rifugio, scappo. Dove?, chiede lui. In biblioteca, è piena di amici. Hai degli amici?, chiede Santiago, e lei risponde di sì, ma sono tutti morti, sono pittori, scrittori, filosofi... però sente che la amano: Rembrandt, l'apostolo mi ama; Rilke, il profeta mi ama; Valéry, il Santo... tutti.

Anno 31... Adesso Greta tiene le mani come se reggesse un neonato, gli asciuga la faccia con la maglietta, racconta di come scende le scale, va al secondo piano, scende a vedere i bambini, si affatica, Arantxa, lei è al nido. Arantxa è una suora?, chiede Santiago e Greta dice no, Arantxa no, ma sta scambiando il suo turno con lei, era sempre stata una ragazza nervosa, per niente dispotica, non ti è simpatica?, chiede lui. No, risponde, prima sì, prima era mia amica, ma adesso non mi piacciono più i suoi capelli rapati, improvvisamente mi risponde male, è brusca e credo che abbia parlato con loro. E ti piace stare con i bambini?, e Greta si tappa il naso. No, dice, non sono i miei adolescenti, io ho studiato un'altra cosa, sono al servizio dei neonati, ma io voglio studiare... Si sfrega le mani varie volte, ti fa schifo?, e Greta continua a cercare di lavarsi, mentre sprofonda nei sotterranei della memoria: mi fa impressione, dice schifata, me ne vado, devo salire a mangiare. Mangi con le tue consorelle?, e all'improvviso lei si irrigidisce, si cerca un orologio sul polso con gli occhi chiusi, devo essere lì alle otto. Ti parlano?, no, mi siedo sempre in fondo alla sala e parla solo Bernarda, la marita di madre Dominga, parla di quelle che sono uscite, di quelle che si sono perse, di quelle che sono impazzite, e quando lo dice mi guardano tutte, mi guardano, mi guardano tutte... E tu non dici niente? Lei ride e si affoga con la sua stessa tristezza. All'inizio sì, dico cose sconvenienti per provocarle, le odio, le odio tanto, perché mi hanno tolto i miei studi, adesso ho solo Marco. Chi è Marco? Il viso di Greta si riempie di tenerezza, il bambino, Marco, il mio bambino del nido, quello a cui nessuno vuole bene perché grida, grida un sacco. Marco... ma con me sta tranquillo, solo con me, perché soffriamo entrambi e piangiamo insieme e ci riconosciamo.

Anno 32... Greta si raggomitola sulla poltrona come se fosse un animale in procinto di andare in letargo, cerca di coprirsi con un'invisibile coperta. Stai cercando di dormire?, le chiede Santiago, e accosta un po' le persiane per lasciare fuori la luce. Lei si tira i vestiti, no, non dormo, solo a notte fonda. Inizia a strofinarsi le gambe l'una contro l'altra. Perché lo fai, Greta?, chiede lui, ma lei sembra non ascoltarlo e continua a strofinarle così forte che le cade uno stivaletto e poi dice: se lo faccio mi addormento, ma mi vengono le piaghe, risponde dopo un po'.

Santiago prende un rapido appunto sul taccuino mentre lei si strofina la pelle con un'espressione di dolore, finché lui non le chiede di rilassarsi, poi quasi glielo ordina. Adesso è giorno, Greta, dice Santiago, è passato qualche mese...

Le chiede se prende delle pillole e Greta sembra ascoltarlo da sempre più lontano, anche se annuisce, sì, da mesi, molti, e un freddo pomeriggio di febbraio atterra definitivamente nella sua stanza, quella dalla quale ormai usciva appena.

"Mi porti da un medico, madre," supplicò madre Dominga, che restava sulla soglia come chi andava a trovare un malato contagioso.

"È arrivato il sacerdote. Lui è un medico. E dice che il tuo è solo un attacco di panico." La superiora strascicava dolcemente le parole, lo sguardo da squalo fisso sulla preda.

"Ma io mi sento molto male..." insistette Greta, distesa sul letto, con gli occhi pesti e le labbra screpolate.

"E allora, se stai così male, dovremo rinchiuderti in un ospedale psichiatrico," minacciò lo squalo, e si allontanò da quella stanza in cui non entrava mai.

Dopo quel giorno, dopo quella frase, Greta decise di non parlare più con le consorelle, di non lamentarsi di quella fatica costante, di quell'avvilimento cronico, del fatto che era arrivata a un punto in cui voleva solo starsene distesa. Viveva con la minaccia continua che l'avrebbero rinchiusa. Se usciva dalla stanza e incrociava una delle consorelle, i loro sguardi sembravano passarle attraverso, come se ormai fosse un fantasma. *Ignoratela*, sembrava fosse stato l'ordine, è meglio così. Greta aveva già vissuto una situazione del genere, ma non per tanto tempo e da parte di tutti quelli che la circondavano. Nessuna era autorizzata ad andare a trovarla. L'unica a non rispettare il divieto era una novizia grassottella e molto giovane della quale non aveva mai saputo il nome: arrivava di sera e la imboccava a poco a poco con uno yogurt. L'unica faccia umana che ricorda.

"S'inventa tutto, sta facendo una sceneggiata..." sentì dire a Bernarda dalle scale l'ultima volta che le era saltato in mente di andare in refettorio. "E ci sta rubando la pace."

Da quel giorno Greta non mangiò più. Tornò nella sua stanza senza far rumore e si infilò nel letto, convinta che era vero, aveva rubato loro la pace tanto anelata, la colpa era sua.

Un po' più tardi, quando era passata l'ora della preghiera, scese in chiesa e lì, seduta davanti alla croce, si rese conto di non provare niente. Fu allora che disse a Dio che non credeva in Lui.

Improvvisamente si contorce sulla poltrona. Ci sono riuscite, hanno ottenuto che smetta di credere... dice. Chi ci è riuscito? Loro, dice, loro.

Davanti a quella croce lasciò la sua fede in tante cose vere e intangibili: strappò anche l'ultima lettera che aveva scritto a Salomé e la foto che si era fatta con Marco, in cui teneva in mano un cartello con il nome della sua amata. Pianse, prostrata davanti a quella croce. Perché la sua vita si era svuotata, non aveva più senso. E arrivò a sentirsi in colpa per essere nata.

Perché lo tsunami non mi ha portato via?, balbetta adesso, con la faccia stravolta, mentre continua a vomitare quel ricordo, per la prima volta senza filtri. I suoi libri, reclama come se parlasse di esseri viventi, come se volesse usarli per coprirsi: ho bisogno di altri libri, aggiunge, di pittura, mettimi la musica, più musica... di Paganini, voglio ascoltarla, la *Sonata n. 6* di Paganini, quella del diavolo, come me, un altro diavolo, perché rubo la pace, ma Paganini... lui mi dà pace, mi si infila nel naso e mi arriva alla testa, questo mi dà tregua, perché lo chiamano "il demonio"?, ma come può esserlo se mi nutre lo spirito, se dava ai poveri quello che guadagnava? Greta resta a bocca aperta, sembra che non sappia come continuare, invece dopo un po' riprende: mi tiene legata alla vita solo sapere che amo ancora. Amo Rilke, più Rilke e più poesia di Rilke, ma fa male... molto... più leggo, più mi rendo conto dello schifo che è la mia vita, perché?, perché la tristezza cresce tanto? Come un albero. La mia tristezza.

D'un tratto resta abbagliata. Ti dà fastidio la luce? Sì, lasciami al buio, non posso più vedere la luce. Non ha senso. Cosa, Greta? Lei scuote la testa e dice: la vita. Resto nella mia stanza, voglio solo dormire e stare al buio. Adesso dormo diciotto ore con Paul Valéry sotto il cuscino, non mi sono fatta la doccia, neanche ieri, non vado a pregare, non vado a messa, ma nessuno viene a trovarmi né a cercarmi, mi sento malata, estenuata, sto così da mesi, non mangio e non dormo, ma il mio corpo è gonfio, si gonfia... io dico che saranno le pillole e loro mi dicono che il problema sono io, che faccio fatica a ubbidire.

"Turba la pace della comunità," si lamentò madre Dominga al telefono parlando con qualcuno che, a giudicare dall'orario, sembrava essere in ascolto dall'altra parte dell'oceano.

E al piano di sopra Greta si rigirava nel letto senza posa, ormai convinta che fosse vero. La sferzata più violenta è sempre quella che ti dai da sola.

Sono passati altri mesi. Adesso è marzo, ma nella sua stanza è sempre notte ed è sempre inverno. Gli abiti non le stanno più, parla poco o niente, sente bisbigliare dietro la porta una delle consorelle, farfuglia e trema molto, dice l'altra. Esagera, insiste madre Dominga con tutte, insiste tantissimo. Ma non sta facendo finta: Greta trema davvero.

Non parli con nessuno?, chiede Santiago. No, risponde Greta sudando, come se le fosse salita la febbre, non posso parlarne con nessuno, perché nessuno mi parla, solo quel vecchio, il terapeuta?, sì, spiega, il gesuita, sì. È vecchio?, e lei conferma, ha ottant'anni. E poi sulla soglia della stanza parla con loro... gli chiedono notizie e gli dicono di darmi altre pillole.

E lui non ti piace?, vuole sapere Santiago. No, risponde lei. Mi fa sentire di essere sbagliata. In cosa?, chiede lui mentre scrive. Lei sembra sul punto di aprire gli occhi: in tutto.

Improvvisamente Greta arriva al giorno in cui ha compiuto trentatré anni.

Dice che chiama sua madre e che cerca di raccontarle cosa le sta succedendo, ma la linea cade, cade, cade, cade... Finalmente ci riesco, dice, parliamo due minuti di seguito, ma adesso è lei a interrompermi, mia madre... mi interrompe, mi interrompe, mi interrompe, e mi parla dei miei fratelli, dice che è preoccupata, e il lavoro, e tra l'altro mi fanno molto male le gambe, saranno le varici?, e poi dice che sta per preparare il brodo di gallina. Riaggancio. Mi sento tanto sola... tanto tanto sola... mi chiama una consorella, mi chiede di scendere a spegnere le candeline, mi hanno preparato una torta, scendo aggrappata al corrimano come posso, molto lentamente, ho paura di cadere, mi sento molto debole, ho la nausea, ho sempre il piumino addosso, non me lo tolgo né di notte né di giorno... angelo di Dio, che sei il mio custode... Ci sono tutte, in piedi a formare una mezzaluna, stanno intorno alla torta, nessuna mi guarda negli occhi, sono come stoici soldati spartani. E a questo punto vedo madre Dominga accanto alla torta, con il coltello da servizio, eccola, penso, il mio Giuda, il mio Erode, il mio Pilato, il mio boia. Mi stanno aspettando, tutte in piedi, questo tavolo non è una festa, è il mio patibolo, mi incammino in quella direzione, mi siedo senza avere le forze, si siedono anche le altre... e aspetto l'esecuzione. Ma no, non è ancora il momento. Ci sono ancora altre torture. Mi mettono una corona di cartone in testa, come se fossi una regina per finta. Cerco l'aria nei polmoni per soffiare, soffio sulle candeline e le vedo spegnersi a una a una insieme alle mie forze, e in questo momento sono sicura che siano le ultime, le ultime candeline che spegnerò in vita mia.

Quando suor Bernarda scattò la foto, Greta riuscì a sollevare appena la testa, quella foto in cui, nonostante tutto, era l'unica che sorrideva a fatica, perché sorrideva alla morte. Loro parlavano e parlavano mentre mangiavano la torta alla panna, ma Greta non sentiva le parole. Quelle che la circondavano erano diventate estranee. Dov'era madre Imelda? Sua madre...? Perché non avvisavano madre Imelda? Per favore, per carità, che la chiamino, o che mi rimandino nella comunità in Colombia.

E arriva il giorno della crocifissione: finalmente te ne vai... ripete Greta con un filo di voce imitando quella dello squalo, una frase che le era rimasta impressa sulla pelle sottile della memoria: metto i libri in una scatola, verrò a riprenderli, ma madre Dominga le dice che non tornerà perché non avrà i mezzi per farlo. Il mio bellissimo libro di Paul Valéry, ricorda, e rabbrividisce sul divano, i quaderni, la mia vera Bibbia, e le poesie dei miei amici, di Rilke, i miei vangeli, loro... loro mi hanno sempre detto la verità. L'Aita... stringo l'Aita molto forte, perché forse non lo rivedrò.

Mi rubano i libri. Te li rubano?, sì, dice lei, non mi permettono di portarli via, dicono che sono della comunità, ma sopra ci sono le mie annotazioni e sono stati comprati con il mio lavoro... è un furto infame, un atto violento, perché sanno che per me sono la cosa più importante. Il mio unico rifugio, i miei unici amici, gli unici che mi amano, per quanto siano morti, sono loro, voglio morire come Rilke, per colpa della spina di una rosa, non così, non qui, non vicino a loro. Mi lasciano portare via un paio di scarpe, ma non le voglio, glielo dico, mai più scarpe da suora.

Greta si tira su di scatto e resta seduta con gli occhi ancora chiusi, è la sera prima della sua partenza. Sono tutte in refettorio, la stanno aspettando, lei sorride in un modo strano e unisce le mani: mi hanno fatto una cena d'addio... ho la nausea, tra le ombre vedo madre Dominga che mi si avvicina, mi invita a sedermi, ma no, io non mi siedo, alzo la testa e le osservo, a una a una, le mie carnefici, i loro visi mi fanno paura, io mi faccio paura. E a questo punto... la sua voce resta sospesa come il filo di una ragnatela, e a questo punto?, chiede Santiago.

Greta apre gli occhi: e a questo punto... chiedo perdono.

81.

Siamo uscite dallo studio di Santiago come da un funerale. In assoluto silenzio. Spero solo che abbiamo seppellito l'incubo vissuto da Greta, che adesso cammina a passi pesanti accanto a me.

"Torni a casa a piedi?" mi chiede.

"Sì."

"Ti dispiace se ti accompagno per un pezzetto?"

"Certo che no."

Scendiamo lungo calle Fuencarral verso la Gran Vía. La strada pedonale è zeppa di compratori compulsivi. Passiamo davanti all'Eremo di San Antonio de la Florida. All'ingresso ci sono diverse persone in fila con i loro variopinti animali da compagnia, anche se oggi non è il giorno a loro tradizionalmente dedicato: due levrieri, un signore anziano con un gatto grasso tra le braccia e una ragazza con una bestiola che assomiglia a un castoro raggomitolata sul collo. Ho la sensazione che Greta osservi la scena come se fosse un racconto mal tradotto da una lingua sconosciuta.

Mi fermo.

"Hai chiesto loro perdono?"

Si ferma anche lei.

"Mi sentivo in colpa."

"Per cosa?"

"Per il mio dolore."

E per la sua tristezza, per la sua malattia, persino per la sua mancanza di fede. Ma non solo questo: aveva chiamato madre Celeste, colei che aveva firmato la sua lettera di espulsione, e l'aveva ringraziata. Voleva andarsene senza fare storie, mi aveva detto, piantata lì in mezzo senza il coraggio di guardarmi, perché era terrorizzata da loro.

"Volevo proteggermi, Patricia, e per questo ho raccolto tutte le mie forze per non mandarle all'inferno."

Ricominciamo a camminare e continuiamo in silenzio per un bel po'. Attraversiamo plaza de Oriente, dove sono sbocciati gli skater, i musicisti e i tavolini dei caffè come strani fiori di stagione. Le serrande dell'Ouh Babbo sono abbassate, Bruno parla al telefono appoggiato alla sua Seicento rossa. Si sbraccia per salutarci, gesticolando proprio come un italiano. Sulla terrazza del prospetto del Teatro Real gli spettatori guardano il tramonto durante l'intervallo e sorseggiano le loro coppe dorate di Cava. Quando arriviamo al mio portone, Greta esce dal mutismo: "Patricia, quello che abbiamo fatto, il nostro lavoro, è stato molto bello. E ci abbiamo creduto. Ma ora che finalmente mi sto lasciando tutto alle spalle... inizio a chiedermi: e adesso?". La osservo senza capire. "E adesso, Patricia? Che cosa siamo? Te lo sei chiesta? Che cosa possiamo rispondere quando ci domanderanno che cosa facciamo? Tu che cosa rispondi?"

"Non lo so..." Resto pietrificata. "Non dico niente. Non mi è mai successo da quando me ne sono andata..."

"Be', a me sì," mi interrompe. "Ogni volta che vado a cercare lavoro. Cosa devo dire di essere, di fare, di provare? Che cosa dirò? Che ero una suora? Questo è il passato. Adesso devo costruirmi un presente. Perciò ho pensato che forse dovrei cominciare a dire che la mia vocazione è aiutare gli altri, come sto facendo con Alfredo. Questa sono io." Fa una pausa. "E tu, Patricia?"

Lascio vagare lo sguardo verso il tramonto.

"È la prima domanda che mi farò quando metterò una volta per tutte il punto alla tua storia."

Non so perché, mi torna alla mente il momento in cui mi erano arrivate centinaia di mail per quel reportage sull'immigrazione. Glielo racconto. Mi ero limitata a riscattare la parte più umana di quei migranti senegalesi, i cui cadaveri comparivano bocconi sulle nostre spiagge. Raccontando le loro storie. Dando loro un nome. Per farlo, avevo rintracciato le loro famiglie. Avevo mangiato con quelle persone nelle baracche in cui vivevano, seduta sul tappeto intorno a una ciotola con il couscous in cui avevo immerso le dita, come loro. E in quel reportage avevo parlato della malattia del "dolore", quella che veniva ad alcuni quando si staccavano dalla terra e si lanciavano in mare. Ricordo di essere stata il filtro di molte immagini e di aver selezionato solo quelle che non avrebbero "ferito la sensibilità dello spettatore". Ma la mia invece sì, la mia era rimasta ferita da tutti quei corpi gonfi, dalle loro storie. Avevo concluso il reportage con un'immagine, i piedi neri di un cadavere sul bagnasciuga, e sullo sfondo, ma molto vicino, gli ombrelloni colorati e un bambino che faceva un castello di sabbia.

Non appena fu mandato in onda iniziarono le telefonate, le mail, le lettere. A decine. Mi ringraziavano... e mi raccontavano le loro storie. Molte storie. Quel reportage era rimasto vivo negli spettatori che avevano continuato a scriverne nuovi capitoli con le loro vite.

"È stata l'esperienza più bella della mia vita," mi sorprendo a dire con gli occhi nuovamente lucidi, un'emozione che non avevo più provato.

Greta respira con le palpebre abbassate. Si infila le mani in tasca e dice: "E allora non abbandonare i tuoi lettori, portatrice di luce. Tu sai come rendere visibile l'invisibile".

Prima che le nostre strade si dividano, dai lati opposti del ponte, Greta mi dice che andrà a dormire nel suo appartamento in condivisione a La Latina. Non tornerà al lavoro, che le neghino i documenti oppure no. C'è stata una svolta: la figlia maggiore di Mercedes si è permessa di zittirla mentre erano a tavola.

Lei l'aveva fissata e in quel momento aveva capito che il suo tempo in quella casa era finito, anche se il visto le sarebbe scaduto di lì a pochi giorni, anche se una ormai minuscola suor Greta le sussurrava da qualche parte dentro di lei di avere pazienza, di ubbidire un'ultima volta, che era la cosa sensata da fare, la più intelligente.

"Non consentirò mai più niente del genere, a nessuno," mi assicura. "E tu?"

Dopo questa domanda che è come un proiettile, e dopo un abbraccio rilassato, ha respirato profondamente e me l'ha detto: "È morto l'Aita".

Resto senza fiato, perché l'Aita appartiene anche a me e ho imparato a volergli bene.

"Mi dispiace, Greta... mi dispiace molto." La stringo, eppure lei si limita a sorridere con un'allegria inattesa.

"Non ti dispiacere," e si allontana un po', "io sono contenta per lui. Finalmente è tornato nel posto a cui appartiene. Gli ho promesso che oggi sarei stata forte per lui."

E l'ho osservata mentre si allontanava, fondendosi con il tramonto che oggi ha i suoi colori, più energica che mai.

Lascio vagare lo sguardo sulla piazza infuocata dalle ultime luci del giorno e nel mio petto vibra qualcosa che non è il cellulare, un ricordo che non vuole spegnersi come il sole di questo pomeriggio, il ricordo di quel reportage, le mail dei lettori... *E tu?* Nasce in me un'idea pericolosa, ammantata non di rancore ma di senso della giustizia.

La necessità di intraprendere un'ultima crociata.

Il territorio da riconquistare sono io.

82.

"Chi deve vedere?"

"Ramiro Coronel. Mi sta aspettando."

La receptionist ha composto un numero con freddezza. Non assomiglia affatto alla voluttuosa Iris, con quelle scollature sproporzionate per quel corpo così magrolino da gitana e quella voce grave da presentatore radiofonico: in lei era tutto una contraddizione. Anche Iris era stata fatta fuori dopo la procedura di licenziamento collettivo per motivi economici. Questa receptionist, no: questa, invece, era l'ennesimo trionfo del regno della normalità. In effetti mi è rimasta già impressa nella memoria come un'accozzaglia di tratti confusi.

Spingo il tornello dell'ingresso degli ospiti, quello che ho attraversato tante volte con il mio badge da impiegata, quello che avevo preso per la prima volta dalle mani di Ernesto come se fosse un tesoro quando ero entrata nella sua squadra, con la foto del mio viso pieno di energia vitale. Quel giorno, per la prima volta mi ero sentita una giornalista.

"Sa dov'è?" mi chiede il robot biondo dietro al bancone alle mie spalle.

"Sì, perfettamente."

I miei tacchi ticchettano sul marmo che adesso produce un'eco da obitorio. A quanto pare, la mensa è chiusa da anni. Le sedie sono capovolte sui tavoli. Niente più odore di caffè, né risate nei corridoi, né altro. Solo sterilità.

Arrivata al piano del telegiornale, mi fermo davanti alla porta della redazione e mi affaccio a uno degli oblò. Al centro c'è sempre un grande schermo, ma non stanno ancora trasmettendo. C'è stato un tempo in cui a metà mattina questa stanza ribolliva come un'enorme caffettiera. Adesso sono tutti seduti davanti al loro computer con gli auricolari nelle orecchie. Avverto una stretta allo stomaco. Da questa distanza di sicurezza cerco la mia vecchia scrivania, la individuo in lontananza, senza aprire la porta, questa porta che dà sul passato, e un po' più in là non posso evitare di cercare anche quella di Inés Cansino, ma è vuota. Magari è malata, o meglio, magari è... Mi fermo prima di dare realmente corpo a questo desiderio nella mia testa. No, non ce la farò entrare di nuovo, neppure attraverso il mio odio.

Sto pensando a tutto questo quando sento dietro di me una voce conosciuta.

"Che spettacolo incantevole..." dice.

"Ramiro... che gioia rivederti."

E gli mento dicendogli che lo trovo bene. Invece quello che mi ha salutato è il suo cadavere. Di quell'uomo sempre indaffarato e sicuro di sé che aveva lodato il mio primo reportage importante è rimasta soltanto l'ombra, con la testa un po' in avanti rispetto al corpo e le spalle attaccate alle orecchie, che mi chiede di seguirlo nel suo ufficio. "È al temuto 'quarto piano'," scherza. "Te lo ricordi? Quello dove non voleva mai andare nessuno." Adesso lavora a Mordor, dice, e fa una risata forzata.

"Come avrai notato, qui le cose sono piuttosto cambiate..." continua senza dissimulare la nostalgia.

Quando entro nell'ufficio, trovo il mio manoscritto stampato sulla sua scrivania, forma una specie di torretta sopra i quotidiani di oggi. Adesso mi sembra più che mai una quantità indecente di carta. Avverto uno strano pudore. Ramiro mi esorta a sedermi. Lo faccio, lasciando una sedia vuota tra noi, cosa che prima non avrei mai fatto. La distanza di sicurezza di un lottatore di aikido. L'aria condizionata mi ghigliottina la nuca. Lui sembra abituato ai frigoriferi, come tutti i cadaveri. Inforca gli occhiali da lettura. Sfoglia il mio manoscritto e poi dice: "È un reportage sul mobbing...".

Mi guarda confuso attraverso gli occhiali sporchi. Non so se me lo sta chiedendo, se il suo tono è di approvazione o disapprovazione. C'era stato un momento in cui le inflessioni della voce di quest'uomo ci dicevano tutto.

"Sì," rispondo con convinzione, e poi spiego: "Sul mobbing all'interno della Chiesa".

Lui annuisce lentamente senza smettere di guardarmi. Ho la sensazione che lo faccia con compassione o senza credermi del tutto. Poi dice: "Patricia... sai che ti ho sempre voluto molto bene e che mi è dispiaciuto tanto, tantissimo, che tu sia andata via... ma, a questo punto, questa cosa da parte tua mi sorprende. Bisogna saper voltare pagina".

La sua affermazione mi lascia fredda come il suo ufficio, come la sua voce, come il marmo del cazzo di questo pantheon in cui ha deciso – forse perché non aveva scelta – di continuare a lavorare. Sto per ringraziarlo, o per chiedergli scusa, o per andarmene a fanculo senza dire una parola, ma a questo punto... a questo punto penso a Greta, mentre lui riprende a parlare e aggiunge la goccia che fa traboccare il vaso: "Sai che ti ho sempre difeso, ma... non posso accettare questo progetto. Credo che tu lo sappia. Tra l'altro, non sarebbe un bene per te".

E a questo punto parlo: "No, Ramiro".

Lui sembra non capire.

"No?"

Annuisco.

"È quello che ho detto: no. Non ho motivo di voltare pagina, perché questa storia forse non è finita. Non sarebbe un bene per te, ma per me sì. E no, Ramiro... tu non mi hai difeso quando mi hanno buttato addosso tutto quel fango. Dalla distanza e dal buio del tuo buco, ti sei limitato a dispiacerti molto per me e ti sei voltato dall'altra parte mentre scorreva il sangue."

Mi alzo. Lui solleva lo sguardo a fatica, come se gli occhi gli pesassero tonnellate, e dice: "Non sai quanto mi dispiace che tu abbia avuto quest'impressione".

E fa per restituirmi la mia torretta di fogli.

Per un attimo penso di riprendermeli, ma poi decido di no.

"No, tienili. Forse preferisco," dico senza un accenno di ironia. "Così, se non dovesse mai essere pubblicato o trasmesso, almeno verrà letto qui dentro, anche se dovessero farlo quelli delle pulizie prima di buttarlo nella spazzatura."

Lui mi osserva con un'espressione che assomiglia alla vergogna. Si offre di accompagnarmi all'ascensore, ma gli ricordo che conosco molto bene la strada e lo saluto dalla porta ringraziandolo per il tempo che mi ha concesso.

Quando le porte dell'ascensore si chiudono mi guardo allo specchio. Ammonisco la mia immagine, che non si faccia venire in mente di piangere per la rabbia, la delusione, per qualunque cosa – Patricia, per questo hai già pianto abbastanza. Ma poi le porte si aprono e la vedo lì, accanto al tornello, come in rappresentanza di un macabro comitato di addio.

Inés Cansino sta parlando con una collega, il corpo robusto e monacale coperto da una delle sue solite gonne plissettate alla caviglia per nascondere le gambe che non le sono mai piaciute, i capelli assurdamente lunghi per la sua età, adesso spruzzati di bianco, una blusa di un colore indefinito, i tratti mascolini in contrasto con la risata stranamente stridula, sempre cauta e sommessa, senza dubbio provocata da qualche cattiveria. Quando esco dall'ascensore lei tace, come aveva fatto tante volte quando tramava contro di me, poi mi rivolge un sorriso a trentadue denti.

"Accipicchia... ma che sorpresa!"

Mi si avvicina seguita con servilismo da quella che sembra una stagista innocente, mentre le dice come mi chiamo e che un tempo lavoravo per lei.

"Per te no, Inés, piuttosto con te," preciso.

Lei sembra sorprendersi per questo atteggiamento che le risulta insolito, ma non mi corregge. E, proseguendo sullo stesso registro cinico, racconta alla sua prossima vittima che ero una giornalista bravissima, ma che ho smesso da tanto.

"Peccato," prosegue, "è molto che non ti si sente e non ti si vede fare niente, ci hai fatto stare in pensiero," mi assicura, mentre riempie la sua siringa di veleno. "Perché adesso fai altro... cosa, Patricia? Qualcosa che riguarda gli eventi, vero? O forse la pubblicità, quelle cose lì..." E poi mi dà il colpo di grazia, a modo suo: "Ramiro mi ha detto che sei venuta a cercare di vendergli un reportage".

"È così."

"Un vero peccato che non faccia per noi," dice enfatizzando il plurale, come se fosse stata coinvolta nella decisione. "Non trasmettiamo più reportage lunghi, e comunque cerchiamo di fare in modo che non siano, per così dire, sensazionalistici."

Sembra che la stagista trovi divertente l'abilità del suo mentore nell'insultare. Io, invece, noto che quell'abilità l'ha persa. Si lascia andare in pubblico. Mi sorprende. In passato non avrebbe mai commesso un errore così ingenuo. Riesco a fiutarlo. Sento che è agitata, che vedermi la innervosisce, e questo può voler dire soltanto una cosa: sì, l'ha letto e si è riconosciuta, anche se ho cambiato i nomi. Mi piace vederla destabilizzata, per una volta. Forse spaventata. Anche se lo leggeranno solo due o tre persone, è finita l'epoca dell'impunità, vero, Inés? È finita. Non avevi mai pensato che sarei stata in grado di parlare. E poi mi ritorna in mente una frase di Greta, e penso che no, nemmeno io permetterò mai più a qualcuno di trattarmi in questo modo. Così mi decido a piantare un semino, prima di andarmene: "Hai ragione, Inés, è un vero peccato... ma non preoccuparti per me, me lo immaginavo," mento. "Volevo solo iniziare a proporlo qui prima di presentarlo a tutte le altre emittenti. In fin dei conti, questa è la mia vecchia casa."

Sorrido. Contenta. Sollevata. Inés, invece, cambia espressione. So cosa pensa... pensa a quanta gente del settore starò spiattellando quello che mi ha fatto, a quanti giornalisti, di riunione in riunione.

E la lascio lì, piantata nel bel mezzo del suo pantheon: sorride fiera come uno squalo dietro un'inferriata, da un posto dal quale adesso so che non può più toccarmi.

Parte terza

APRIRE LE ALI

Quando il bruco ha completato il suo processo di trasformazione, la membrana del bozzolo è diventata sempre più sottile: in trasparenza si vede palpitare la creatura che ne è il frutto, prima che emerga la farfalla adulta. All'inizio le sue ali saranno morbide e fragili, umide, ripiegate su quel nuovo corpo a cui sta cominciando ad abituarsi. Ma non appena la farfalla avrà riposato abbastanza, dopo essere uscita dal letargo, irrorerà le ali di sangue per metterle in funzione. Solitamente, nel giro di tre o quattro ore prenderà il volo per cercare un simile con cui accoppiarsi e il ciclo della vita ricomincerà.

LEANDRO MATEOS, *Il miracolo biologico delle farfalle* (2017, p. 190)

La luce

83.

Oggi ho ricominciato a scrivere. Voglio dire, a scrivere a mano.

Non so in quale momento sono saltata su come una molla e ho trascinato con furia la scrivania di metacrilato davanti alla finestra, dopo aver buttato a terra le scatole che la nascondevano da due anni e aver sistemato tutti i libri nella libreria.

È il primo giorno che non scrivo curva con il portatile sulle ginocchia. Non sono riuscita a smettere di guardare con assoluto rapimento quella parete tappezzata di libri. Come sembra accogliente il salotto, all'improvviso, e pieno di vita.

Questa giornata dovrebbe passare alla mia storia personale come una pietra miliare, perché finalmente sto per completare questo lungo reportage ancora senza titolo. Devo soltanto inserire le risposte di Aurora a un'ultima lista di domande derivate dalla seduta di ieri con Santiago e, non so per quale motivo, ho avuto bisogno di scrivere a mano su questa scrivania. Ricordo che meno di un anno fa, quando ho iniziato a buttare giù questa storia, mi aveva fatto paura scoprire di essermi dimenticata la mia stessa grafia. Era stato un lento processo di Alzheimer grafico: con il tempo, quando firmavo avevano iniziato a cancellarsi alcune lettere del mio nome e cognome, finché la mia firma si era trasformata in un assurdo scarabocchio che ogni volta usciva dalla penna in modo diverso. Mi è venuto in mente che, quando fosse diventata illeggibile anche la *p* maiuscola, io sarei scomparsa con lei. In ogni caso, sembra che presto le nostre firme saranno completamente sostituite dalla maledetta "firma digitale" e potremo dimenticarci per sempre di scrivere, cosa che per me equivarrebbe a dimenticarmi di me stessa.

Rivedendo i miei appunti di quei primi mesi, mi risultano indecifrabili. Non riconoscendo la mia calligrafia, mi sono sentita come se non mi riconoscessi allo specchio. Nella lista di oggi, però, mi sono dilettata a ritrovare i tratti lunghi e flessuosi dei miei appunti dell'università. Quando li rileggo, posso evocare anche il mio stato d'animo e ricordare il caffè che stavo prendendo per combattere la stanchezza e che aveva lasciato una macchia sull'angolo di un foglio. Avevo anche l'abitudine di accompagnare i miei testi con dei disegni, prodotto di una distrazione momentanea. A volte stanca, altre scoscesa o nervosa, maiuscole pervase da uno spirito gotico che salivano verso il loro cielo di carta come piccole cattedrali...

La mia grafia, come il mio sguardo, non mi ha mai mentito.

Ecco perché oggi ho preso la decisione di portare un taccuino in borsa, come un tempo. Spero che, a furia di allenarmi, riuscirò a recuperare completamente la mia grafia. Almeno, adesso ricomincio a capirla.

Quando ho finito di ascoltare la registrazione della seduta di ipnosi, ho letto la relazione di Santiago, in cui fornisce una cronologia del processo di "deterioramento psicologico" vissuto da Greta, provocato – secondo la sua opinione professionale – da un "processo di persecuzione prolungato nel tempo". Poi ho letto ad alta voce l'elenco delle nuove irregolarità commesse dalla congregazione e già verificate da Aurora affinché le aggiunga alle sue conclusioni, non solo nella Città del Nord, ma anche – e questa, secondo Aurora, è la vera novità per un caso di mobbing – fin dall'inizio del rapporto di Greta con la congregazione. L'ho trascritto sul mio portatile e l'ho mandato alla sua mail del lavoro perché mi dia una conferma definitiva, avvisandola che non è detto che Greta voglia denunciare, bisogna solo confermare che esiste una base solida e legale per considerare criminoso il loro comportamento nei suoi confronti, in senso sia passivo che attivo. Tutto questo, per poterci difendere se il reportage verrà pubblicato, cosa che – dopo l'episodio di ieri con Ramiro – ormai mi sembra impossibile.

Mentre mi versavo l'ennesimo tè freddo con lo zenzero, ho

sentito un bip che annunciava l'arrivo di una mail. Una mail molto attesa. Una mail che avrebbe persino superato le mie aspettative. Non so quante volte ho letto e riletto la relazione finale di Aurora e ancora non mi capacito. Nell'oggetto diceva: "Mobbing ovviamente, ma questa è solo una piccola parte...". E condivide con me la seguente lista di conclusioni che ha estrapolato dal mio racconto dei fatti e che ogni vittima di mobbing o di abuso dovrebbe conoscere.

1. Greta avrebbe iniziato il suo rapporto con la comunità essendo vittima di stupro o abuso ai danni di una minore durante il suo aspirantato, pertanto si considererebbe "abuso sessuale se fu commesso mediante inganno o abuso di una posizione riconosciuta di fiducia, autorità o influenza", ovvero il caso di Valentina, e questo potrebbe comportare la bellezza di tre anni di carcere. E prosegue: "con l'aggravante della falsificazione della prima relazione psicologica per farla risultare maggiorenne e favorire la sua tutrice: la falsificazione potrebbe comportare altri tre anni di detenzione".

(Quasi niente, ho pensato, continuando a leggere l'infame lista di reati.)

2. Avrebbero violato il segreto professionale e la privacy di una paziente richiedendo le sue perizie e manipolandole: da uno a quattro anni di carcere, secondo il mio caro avvocato, e tanto per gradire una multa da dodici a ventiquattro mesi e interdizione speciale per la psicologa, per un tempo compreso tra i due e i sei anni.

(La questione delle relazioni, secondo Aurora, è molto grave...)

3. Avrebbero violato il diritto canonico prolungando il noviziato per dieci anni, quando normalmente dura da un minimo di tre a un massimo di sei anni.

(Perciò Greta aveva ragione. Per lei è stata fatta una terribile eccezione. Quanti anni sono passati?, dice Aurora, poi fa la somma e continua.)

4. Avrebbero violato l'articolo 2 del Regio Decreto Legislativo 5/2000 del 4 agosto facendola lavorare in un nido e in una scuola senza un contratto di lavoro e senza assumerla regolarmente: que-

sto, secondo Aurora, comporta una sanzione grave per il datore di lavoro, che può andare dai 3126 ai 10.000 euro.

(Questa gente pensa di poter fare tutto quello che le passa per la sua santa testa?)

5. Avrebbero violato la legge con un licenziamento illegittimo e senza averla liquidata per i quindici anni di lavoro a favore della comunità.

6. Forse sarebbero incorsi nel reato di omissione di soccorso per non aver chiamato un medico quando lei lo aveva chiesto e per non averle concesso un periodo di congedo per depressione, a cui si sarebbe sommata l'aggravante di aver licenziato una persona durante il suddetto congedo.

(Ma sì, dice Aurora, se fosse morta avrebbero pregato per la sua anima.

E finalmente, dopo questo catalogo brutale di ingiustizie sono arrivata al punto cruciale, il tema centrale del mio reportage. Ho fatto un respiro profondo e ho continuato a leggere.)

7. La cosa più difficile da dimostrare, ma non impossibile, sarebbe il reato di mobbing – per quello Greta dovrebbe presentare mail, registrazioni o testimonianze: le perizie psicologiche che avevano richiesto e consultato costituiranno già una prova molto importante –, che renderebbe responsabili l'autrice della persecuzione e il datore di lavoro, in questo caso la congregazione, per averlo permesso, incoraggiato e tenuto nascosto. L'abuso sul posto di lavoro è stato riconosciuto come un reato dall'articolo 173 del codice penale il 22 giugno 2010: "Chi sottoponga un'altra persona a un trattamento degradante, che sminuisca gravemente la sua integrità morale, sarà punito con la pena della detenzione da sei mesi a due anni. Alla stessa pena saranno condannati coloro che, nell'ambito di qualunque rapporto lavorativo o di dipendenza e avvalendosi del proprio rapporto di superiorità, compiano contro l'altro in modo reiterato azioni ostili o umilianti che, pur senza arrivare a costituire un trattamento degradante, comportino una grave persecuzione nei confronti della vittima".

È un peccato, scrive Aurora in conclusione, che ben pochi sappiano che la legge lo prevede. Ci sarebbero molte più denunce.

Ho bevuto d'un fiato un bicchiere d'acqua. Ho copiato il testo e l'ho incollato nel documento ancora senza titolo su cui sto lavorando da tanti mesi e ho scritto un'ultima parola, lentamente, con una nostalgia anticipata, perché non so che cosa ne sarà adesso del mio rapporto con Greta, perché so che per me significherà l'inizio di un'altra cosa:

FINE.

Non potevo immaginare che ci fosse un capitolo nascosto tanto importante ancora da scrivere. Un epilogo fuori tempo massimo può cambiare tutto. E in fondo le storie finiscono solo quando ne hanno davvero voglia.

84.

Scrivere "Fine" è decidere la conclusione di un viaggio, presentarsi a un esame, rompere un matrimonio, sconfiggere una malattia o soccomberle, ottenere un visto. Significa dare per finito un intenso periodo tra parentesi, da primavera a primavera, e per il momento dall'altro lato di questa parola intravedo soltanto un vuoto enorme e inquietante. Ho trascinato il documento in una pen-drive a forma di testa di maestro Yoda e me la sono infilata in tasca.

Ora di stampare.

In modo che almeno Greta abbia nero su bianco il suo viaggio, il nostro viaggio, di ricostruzione. Alla fine lascerò alcuni fogli vuoti. Sono il mio desiderio che a questa storia ne segua un'altra e che io l'abbia aiutata a voltare pagina, che non chieda mai più perdono per quello che le hanno fatto. Almeno questo.

Ieri, dopo il mio ritorno dagli studi della tv, ho deciso di buttare una grande quantità di scartoffie di quel periodo. Lì in mezzo ho trovato le registrazioni dei miei reportage e un articolo rovinato e strappato agli angoli di Francisco Umbral pubblicato da "El País" negli anni ottanta, sottolineato dall'inizio alla fine, che aveva segnato la mia strada vocazionale quando studiavo – la stessa che mi avevano fatto percorrere a ritroso quando avevo cominciato a lavorare.

In quell'articolo si parlava di come in Spagna ci fosse stato anche un Nuovo Giornalismo battagliero e minoritario, e di come il franchismo lo avesse attaccato perché la soggettività che praticava era sempre l'ultimo rifugio, pericoloso e sospetto, della libertà. Era stato allora che si era fatta strada la convinzione che avevano inculcato alla mia generazione, quella della democrazia, all'università: ci avevano insegnato che l'impersonalità e la freddezza nel giornalismo equivalgono a obiettività e infallibilità. Che errore... E dice Umbral: "Lo Stato, la Chiesa e la stampa sembrano o sembravano sempre infallibili, ma erano solo impersonali". La chiama "la prosa da calcolatrice", e aggiunge: "I numeri parlano. Bugia. I numeri mentono". Ed è vero, persino il papa parla al plurale e si spersonalizza. Il Nuovo Giornalismo, invece, no. Consisteva precisamente nell'essere soggettivo, nello scrivere adottando un punto di vista, utilizzando gli strumenti della finzione per raccontare in modo più umano cosa ci stava succedendo. Noi no: noi, la generazione della Transizione, eravamo stati educati come giornalisti nella fallacia dell'imparzialità, in quell'oggettività che non esiste, ci avevano raccontato che per essere un bravo professionista bisogna lasciare l'anima in una scatola. Si poteva scegliere un'altra strada, diceva Umbral, "ma qui si paga – qui si paga tutto – con il carcere, i processi, le multe e tutto il resto. Vogliono che torniamo allo stile Cifra," diceva il sempre burbero scrittore, "ma moriremo virtuosi dello stile". Che articolo meraviglioso... Credo che dovrei incorniciarlo. *Che meraviglia*, scrivo a Gabriel via messaggio, e gliene invio una scansione.

Quando ho conosciuto Greta, si portava sulle spalle tutti i suoi morti che non aveva seppellito. Si trascinava dietro anche il proprio cadavere, quello della suor Greta che era stata, e il loro tanfo le impediva di respirare. Secondo lei, io l'ho aiutata a scavare le tombe per loro, a bruciare quei morti e a onorare le loro ceneri. Perciò questo reportage non è obiettivo ed è ormai più di un reportage.

Spronata da quest'idea, ho sceso a tre a tre i gradini consumati del mio palazzo, ho salutato con due baci totalmente inappropriati il signor Postigo, rimasto come una statua di sale di fronte a un comportamento così insolito, e sono andata verso la copisteria con l'urgenza di una donna a cui si siano rotte le acque. L'aria è carica di polline e mi diverte lo scoppio di starnuti che compone una strana melodia percussiva nella piazza.

Anche il mio cellulare ha starnutito un messaggio che ha attirato la mia attenzione: è Mister Nice, da Shanghai. Mi dice che la mia idea per la campagna pubblicitaria "Catena di favori" è stata un successone alla convention di Jungle-Fresh. Che la svilupperanno in tutto il mondo, non solo in quella comunità di Maracaibo. E che è meraviglioso sentire per una volta di far parte di qualcosa d'importante. Oltre a vendere bottiglie di birra al limone, inizieranno già da questa settimana a installare un nuovo serbatoio d'acqua nella scuola del quartiere del Gaitero, ma ha una lista aperta a cui aggiungere progetti molto più ambiziosi... e mi vuole a bordo.

Quando ho risposto al suo messaggio, ho sentito che insieme alle parole inviavo qualcosa che mi portavo sulle spalle da anni e che pesava tonnellate: sarei stata felicissima di segnalargli dei progetti. Ero molto contenta che la campagna stesse andando avanti e sarei stata ancora più felice se avesse firmato lui l'idea. Perché io avevo lasciato il lavoro in agenzia.

Stringendo tra le mani il manoscritto, mi sono immaginata di irradiare la luce che secondo Greta porto con me. Secondo lei illumino il suo cammino, anche se credo che non immagini quanto lei abbia reso più chiaro il mio. Questo l'ho confessato anche a Leandro, la cui telefonata mi ha sorpreso proprio mentre ero sul punto di entrare in copisteria. Gli ho illustrato la nostra teoria del "benocchio".

"Be'," ha cominciato a spiegarmi lui in tono da documentario, "quel che è chiaro è che una persona sottoposta a una grande pressione può somatizzare qualunque cosa e che i neuroni presentano delle cicatrici."

"Cicatrici?" l'ho interrotto, e poi ho starnutito.

"Sì," continua lui. "Un dolore emotivo può ferire i neuroni. È dimostrato. Le ferite del cuore esistono. Solo che stanno nel cervello. Si notano negli engrammi. E parlo per me, ma tu senza dubbio mi aiuti a guarirle."

Riconosco che l'ultima cosa che mi sarei aspettata da Leandro è che fornisse una base scientifica al malocchio. Non mi aspettavo neanche di sentirlo così allegro, vista la situazione sempre più ingiusta e claustrofobica che sta vivendo all'università. In ogni caso, credo di aver fatto bene a dirgli di vederci al corso di meditazione.

Mentre aspettavo il mio turno dietro una signora che aveva con sé una bella quantità di progetti da ridurre, ampliare, fotocopiare, perforare e inserire nel raccoglitore ad anelli e che ci ha messo mezz'ora per decidere se inserirli in un fascicolo trasparente oppure opaco, come se da quello dipendesse il karma delle sue incarnazioni successive, ho pensato che in effetti, fino a pochi mesi fa, mi avrebbe provocato un odio talmente profondo che sarei stata capace di maledire lei e tutta la sua stirpe. Adesso, invece, ne ho approfittato per proseguire tranquillamente la conversazione con il mio amico.

"Lo hai finito?" mi ha chiesto Leandro dalla sua casa infestata di piccoli alieni.

"Sì. Da primavera a primavera. Questo era il mio impegno," ho detto col fiato un po' corto, "anche se non lo vedrò pubblicato, non solo perché nessuno si azzarda, ma anche perché adesso contiene una quantità tale di informazioni che non saprei nemmeno da dove iniziare a tirare fuori un reportage, non importa che sia per un inserto domenicale, comunque non ci starebbe..." Osservo stupefatta la concentrazione con cui questa donna continua a osservare i due tipi di plastica senza decidersi. Respiro profondamente. "E i tuoi insetti?"

"Be', sono ancora qui," dice lui, "sono un po' in ritardo... ma questo è il meno. Sono molto orgoglioso di te. E bisogna festeggiare."

"Ma come stanno?"

"Non lo so, bestiolina." Un silenzio preoccupato. "Avrebbero dovuto iniziare a schiudersi quindici giorni fa. E invece niente. È vero che la primavera è in ritardo, però..."

Poi mi ha ricordato, per l'amor di Dio, di stampare una copia di sicurezza del reportage e ha proseguito dicendomi di non farmi venire in mente di andarmene senza costringere il tizio della copisteria a cancellare il file dal computer dopo averlo stampato. Non sia mai che...

“Se qualcuno se lo prendesse e riuscisse a pubblicarlo a nome suo, in questo momento lo ringrazierei,” gli assicuro con sarcasmo.

“Non dirlo neanche per scherzo,” protesta, e poi tossisce, e poi protesta perché tossisce.

Gli ho detto di sì a tutto, tranquillo, ma non che non ho avuto il tempo di verificare se ne avevo una copia sul portatile perché lo avevo già spento. Questo genere di cose a Leandro fanno perdere la testa.

“E se le crisalidi non si aprono?” chiedo.

“Se non si aprono a breve... temo che moriranno nei loro bozzoli.”

Mi si stringe lo stomaco e a lui si spezza la voce. No, non è possibile. Dopo tanto sforzo, dopo tanta fatica... So quanto sono importanti per lui. So che se n'è assunto la responsabilità. Non voglio immaginare Leandro che stacca tutti quei cadaveri, come boccioli di rose che si sono seccati prima di schiudersi, no, non voglio.

Dopo esserci salutati e mentre continuo ad aspettare, sono stata ipnotizzata dalla strada piena di luce, finché nell'inquadratura non è entrata una sfilza di giovani suore nere, probabilmente dirette al monastero de Las Descalzas. Procedono sotto il sole cocente sudando sotto i veli. Sono novizie, ho pensato, perché sono ancora molto giovani, però portano già l'abito. E così mi sono detta che Greta non avrà neppure bisogno di questo reportage per mettere un punto fermo a questa tappa della sua vita. Dopo l'intensa seduta con Santiago, sento che qualcosa dentro di lei è tornato al suo posto. I sintomi sono molti: per esempio, che abbia deciso di riprendere gli studi di Scienze della comunicazione, per quanto le questioni burocratiche siano, a sua detta, insormontabili. So che non essersi laureata è la sua frustrazione e ne ritiene responsabile la congregazione. È ironico che, pur avendo studiato nelle migliori università, essendo stata trasferita in continuazione – una “tappabuchi”, come dice lei – non abbia potuto concludere nessun percorso di studi. Continuare a studiare avrebbe comportato un inferno di convalide.

Poi c'è la questione del visto, che le scadrà tra pochi giorni. Mi ha colpito che dopo l'ipnosi non riesca neppure a guardare la foto dei suoi documenti con l'abito. Un altro sintomo vistoso del suo cambiamento.

"Credo che li brucerò," mi ha detto stamattina, da un posto con molto traffico in sottofondo. "I documenti."

"Va bene, Greta, ma cerca di farlo dopo che avrai ricevuto i nuovi."

L'ho sentita ridere. Immagino che per lei sia come se avesse cambiato sesso, le dico, e tutti cercassero di riconoscerla sul passaporto con il suo aspetto di prima.

Si è lasciata andare a un'altra piccola risata. "Sì, qualcosa del genere," ha risposto. Poi mi ha annunciato che, nell'ipotesi in cui potessero respingere la sua richiesta di permesso di soggiorno per aver abbandonato la casa della tiranna invalida, si è messa a lavorare presso un distributore di benzina. "Un distributore di benzina?" mi sono meravigliata. "Sì," mi ha confermato: era la prima cosa che aveva trovato e non si sentiva più sminuita. Ha alzato la voce al di sopra del rumore dei motori e ha continuato a raccontarmi che si è disfatta delle foto di Salomé e adesso si rende conto che anche quel rapporto e il suo ricordo avevano contribuito a farla ammalare.

"Sai cosa penso, Patricia? Che lei non abbia trattato con delicatezza quel regalo," mi ha detto con la voce limpida come una sorgente. "Il regalo dell'amore che ho provato per lei. Anche se non ricambiava i miei sentimenti, ha giocato con me e non si è preoccupata di farmi del male. Ma ormai questo non conta più nulla perché non ti ho raccontato che... ho conosciuto una ragazza."

Ma certo che sì, ho pensato. Tornava tutto. Suor Greta stava agonizzando. La nuova Greta era sul punto di nascere. Transustanziazione. Metamorfosi... Cominciava a volersi bene. A liberarsi dalla zavorra. Ho sentito gli occhi che mi bruciavano e non credo che si tratti di allergia. L'ho presa un po' in giro e le ho chiesto qualcosa in più su quella che mi sono azzardata a definire la sua "fidanzata", e incredibilmente... lei non mi ha corretto, si è limitata a darmi della pettegola e mi ha detto che mi racconterà solo quando ci vedremo di persona. Ho sorriso e mi sono buttata sul divano. Per la prima volta osava amare una donna fuori da quel piccolo mondo asfissiante di donne. Per la prima volta poteva essere sicura dei suoi sentimenti per un motivo molto semplice: perché li provava in libertà.

Infine, sono stata servita dal commesso macilento della copisteria: aveva l'aria di essere stato fotocopiato anche lui mille volte, quando ha esclamato un "eccoci, finalmente!", brandendo la mia piccola pen-drive maestro Yoda. Su mia insistenza ha cancellato di malavoglia il file, per poi concludere con un: "Neanche fosse una lista dei testimoni protetti dai servizi segreti"; io allora ho risposto con aria misteriosa che in effetti lo era, e che lui avrebbe fatto meglio a tenere per sé qualunque cosa potesse eventualmente aver letto. "Lo dico per il suo bene..." l'ho messo in guardia.

Quando finalmente ho avuto tra le mani il mio manoscritto, mi ha colpito l'aroma caldo e dolciastro di quelle quasi duecentomila parole appena sfornate e ho lasciato lì quel tizio, come la brutta copia di se stesso, a chiedersi se davvero fossi un agente segreto del governo.

85.

Quando sono arrivata al centro erano già tutti seduti e la maestra Jedi aveva appena proposto una prima meditazione, ma io avevo il cuore che mi batteva fortissimo e riuscivo a stento a chiudere gli occhi. Mi sono seduta come sempre accanto a Leandro, al quale non è sfuggito il plico di fogli non rilegati sulle mie ginocchia. Mi ha chiesto con lo sguardo se poteva leggerlo, come lo si chiederebbe a una madre che ha appena partorito, stringendolo come se fosse un neonato. Ha appoggiato l'indice sulla costa e ha scorso le pagine finché non siamo stati investiti in pieno volto dall'aroma carico di inchiostro. Poi mi ha stretto un ginocchio sorridendo. Durante la meditazione di oggi mi sono gocciolati dentro la testa una serie di episodi raccontati da Greta o vissuti con lei in questi mesi, come se il contatto con quella carta stesse trasferendo dentro di me gli avvenimenti di cui ho scritto, che quasi posso dire di aver vissuto. Alla fine sono riuscita a raccogliermi dentro la mia crisalide di luce e il battito del mio cuore a poco a poco si è calmato, fin quasi a fermarsi.

Il tema di oggi era la differenza tra amore e attaccamento. La maestra ha aperto a metà i suoi occhi da aliena spielberghiana e, dopo aver starnutito comicamente molte volte e molto in fretta, ha detto: "Voglio che l'altro sia felice o voglio l'altro per essere felice...? *That is the question*". E si è soffiata il naso senza spostare il microfono, provocando un frastuono tale che Amelia, seduta in posizione del loto accanto a noi, si è protetta naso e bocca con un fazzoletto e per tutta la lezione non si è tolta dalla faccia la sua mascherina improvvisata.

Ma no, anche quella della maestra era allergia e il virus è stato il suo discorso, perché si è propagato nella sala lasciandoci addosso sintomi diversi: che nell'amore non c'è vincolo più potente della libertà; che un amore non lega, ma protegge e accompagna; che l'attaccamento uccide l'amore; è ciò che ci fa diffidare dell'altro; e, come conseguenza, mentire all'altro; ciò che ci spinge a volerci incastrare a tutti i costi nella vita dell'altro e a provare il desiderio snervante che il nostro partner o il nostro amico diventino il pezzo che manca al nostro puzzle; che sì, amare significa cedere ogni tanto, e che l'altro faccia altrettanto di mutuo accordo. Ma la libertà no, la libertà non si cede mai. Amare è libertà, ma attenzione, amare è anche impegno.

E poi è rimasta in silenzio, soddisfatta. Tanto che, dopo aver chiuso gli occhi come un oracolo che ha dato la sua risposta del giorno, si è immersa in una lunga meditazione invitandoci – o almeno così lo abbiamo inteso noi – a riflettere sulle sue parole. Eppure, dopo qualche minuto, si è scusata. "Mi sono addormentata, ragazzi, mi dispiace." Gli antistaminici le mettevano sonno.

Non ho osato dirlo ad alta voce, ma quella parentesi mi ha fatto sorgere una domanda che nasceva dalla sua: dove trovare qualcuno che sappia amare con quella libertà e senza paura? Che non consideri l'impegno una prigione, ma una scelta libera? Che non si senta minacciato da tutto questo? Una delle chiavi del buddhismo è la libertà, ma anche accettare una serie di compromessi con te stesso e con gli altri con la convinzione che non ti rendano meno ma più libero.

Speriamo che Greta abbia trovato qualcuno così, mi sono detta, qualcuno capace di capire che cosa ha passato, che sappia darle allo stesso tempo spazio e compagnia. Perché, nel suo caso, non rinunciare all'amore è stato l'atto di ribellione più grande. Convivenza e libertà... questa non è anche la definizione di comunità? Di casa? Di famiglia? E allora... perché non si applica alla Chiesa?

Quando siamo usciti la maestra si è fermata sulla soglia dandoci l'arrivederci alla prossima stagione, perché farà un ritiro estivo. Il primo a uscire è stato Toño, derapando sulla sua sedia, che briccone, che briccone, che briccone... con Petra sulle ginocchia, che gli rinfacciava sotto il ciuffo rosa di aver scoperto che era "un appiccicoso" e che doveva sapere che lei non è un tipo raccomandabile, che la terza volta non era stata quella buona, ma che comunque poteva tentare di morire altrettante volte. Medico e infermiera hanno confermato alla maestra che si sarebbero visti al ritiro di Londra.

"Ma avete capito che è una meditazione silenziosa, vero?" ha detto loro facendo segno di chiudersi la bocca con una zip. "Non sia mai che vi venga un infarto."

Hanno riso insieme un bel po'. Mi è piaciuto come si guardavano. Lui, il suo "Schumacher", vent'anni di meno, sarebbe stato la sua energia. Lei le sue gambe. Mentre uscivano, Toño le ha dato una sculacciata, era all'altezza giusta, ha detto scherzando prima di scomparire lungo la strada in salita.

Poi ci ha salutato Amelia, che mi ha sorpreso con un bacio furtivo sulla guancia, senza guardarmi, e un foglietto; si è scusata e si è precipitata in bagno, sfregandosi le mani con il contenuto trasparente di una boccetta di gel disinfettante.

Luciana seguiva sua figlia e si è fermata accanto a me. Aveva passato tutto il pomeriggio a farmi quel disegno, mi ha rivelato. L'ho vista raggiante, con i capelli biondi più ricci del solito e, come sempre, languidamente vestita di nero. Lo apro. Nella grafia impacciata di Amelia leggo: "Patricia". Ed eccomi, trasformata in uno dei suoi simpatici pupazzetti, con degli strani raggi luminosi che mi escono dalla testa. Mentre osservo il disegno compare Isaac – maglietta bianca e non scura, senza giacca, senza barba, senza chiazze di sudore sotto le ascelle – e detta a Luciana un numero che lei si è segnata sul cellulare con un'espressione piena di gratitudine. Lo riconosco. È il numero di Santiago. Isaac si ferma accanto a me. È dimagrito. Sul suo viso affiorano finalmente i tratti della sua struttura ossea: emergono zigomi sporgenti, prima invisibili, ed è come se anche il suo sguardo avesse perso peso. Si solleva sulla fronte gli occhiali costosissimi. Quando parla non respira più come un toro ferito.

"Ci rivedremo a settembre?" mi chiede.

"Credo di sì." Alzo le spalle. "Anche se chissà che cosa ne sarà della mia vita."

"È molto emozionante, no?" si rallegra tirando fuori un biglietto dalla sua valigetta piena di fogli.

"Cosa?" mi sorprendo.

Lo infilo nella tasca della giacca di jeans senza leggerlo.

"L'avventura, ovviamente," annuisce. "L'avventura..."

Mi ha dato un abbraccio soffice di quelli in cui si sta bene, all'aroma di colonia, e si è avviato verso la zona del tè. Non ha neanche nascosto la scatola dei biscotti.

Forse, quello che oggi mi ha sorpreso di più è che Leandro mi abbia salutato con un cenno della mano dalla soglia. Poi mi sono accorta che accanto a lui c'era Luciana, con il suo corpo da ombra, mentre aspettavano che uscisse sua figlia. Lei si appoggiava un po' a lui, mentre si scambiavano quella che sembrava una confidenza. Stanno cercando la giusta distanza, ho pensato, che ogni volta sembra ridursi. E poi, mentre li vedevo insieme, mi ha divertito constatare quanto sembrino diversi. Lei non ha niente a che vedere con la scienza, a parte tutto quello che i disturbi di sua figlia la obbligano a studiare in campo psichiatrico. Lui non è interessato alla moda e la sua ultima visita al barbiere è stata per tagliarsi le unghie in occasione del suo Bar Mitzvah.

Per rimettere le cose al loro posto, il mio subconscio ha cercato nella memoria a lungo termine una scena meravigliosa di *Will Hunting – Genio ribelle*, che è arrivata a smontare la mia argomentazione: quando il professore gli chiede se ha un'anima gemella e il giovane superdotato gli risponde di no, che non ha mai trovato nessuno uguale a lui e che non pensa gli capiterà mai. A quel punto il professore, con un sorriso tenero, prosegue più o meno così: "Il punto non è che sia uguale a te. Ma che ti pungoli. Qualcuno che ti ami, ma che non ti risolva i problemi. Che non sia compiacente con te. Che ampli la tua visione del mondo. Che sia capace di toccarti dentro. Non avrai mai quel genere di rapporto in un mondo dove hai sempre paura di fare il primo passo. Se pensi che le cose possano andare sempre e solo male, se non scommetti".

Ed è vero. Credo che forse Luciana sia una sfida di per sé perché convive con quella *rara avis*, sua figlia; d'altro canto, è una specie che a Leandro può interessare, uno di quegli animaletti che sogna di liberare. Dev'essere giunto alla conclusione che, come mi ha detto Ernesto, non potremo mai condividere niente, se continueremo ad avere tanta paura. Senza quell'anima gemella, Leandro, con il suo grande cervello, continuerà a sentirsi solo con i suoi insetti, per quanto possano affascinarlo. Solo di fronte al pericolo di perdere il suo laboratorio. Solo di fronte alla vita. E proprio in un momento di delusione come quello che sta vivendo, ha avvertito più potente questa solitudine.

Credo di essere stata l'ultima a congedarsi dalla maestra Jedi. Mentirei se dicessi che non l'ho fatto apposta. Lei ha chiuso le mani, come una conchiglia, stringendo la mia.

"Qualcosa mi dice che hai concluso il tuo viaggio, vero?" mi chiede, con gli occhi ancora più allergici dei miei.

"Forse sì, maestra." Faccio una pausa. "Ma adesso... cosa?"

E in questo momento capisco che mi ritrovo di nuovo al solito punto. In cima alla mia piramide. Un'altra volta sul primo gradino: il "cosa", ma di una nuova storia. La mia.

Lei mi alza lentamente il mento con il suo dito da esploratrice e mi fa trattenere la vertigine e la tentazione di guardare verso il basso.

"Adesso, Patricia, restituisci quello che hai imparato."

Mi fa un piccolo cenno con la testa e cammina come se pattinasse nel suo universo bianco, saluta il receptionist con la promessa di rivedersi per il prossimo corso ed esce chiedendosi ad alta voce dove avrà parcheggiato la macchina.

Ho preso la metropolitana in direzione dell'Ouh Babbo. Dietro di me è salito un chitarrista che ha urtato con il carrello del suo pesantissimo altoparlante la scarpa da ginnastica bianca di un ragazzo con i jeans calati, che lo ha rimbrottato in modo esagerato. Lui si è messo accanto a me e, dopo averlo acceso con un ronzio da insetto elettronico, ha fatto risuonare i primi accordi di *Humanity* degli Scorpions. In piedi, in fondo al vagone, sono rimasta a osservare i viaggiatori. Tutte le teste sono rimaste ciondolanti, come se fossero tutti automi che avevano esaurito la batteria. "*It's au revoir to your insanity, you sold your soul to feed your vanity, your fantasies and lies...*" ("È un arrivederci alla tua follia, ti sei venduto l'anima per nutrire la tua vanità, le tue fantasie, le tue menzogne.")

Gli occhi di tutti, immobili, quasi chiusi, fissi sui propri schermi individuali. Di tanto in tanto sembravano rianimarsi e sfioravano nervosi i loro dispositivi. Il musicista nerboruto, con un fisico da maratoneta, ha cercato inutilmente di competere con l'accattivante luce blu: "*You're a drop in the rain. Just a number not a name. And you don't see it, you don't believe it...*". ("Sei una goccia nella pioggia. Solo un numero, non un nome. E non te ne accorgi, non ci credi...") Suona la chitarra furioso, ormai è sul punto di gridare: "*At the end of the day you're a needle in the hay. You signed and sealed it. And now you gotta deal with it... Nothing can change us. No one can save us from ourselves...*". ("Alla fin fine sei un ago in un pagliaio. L'hai firmato e sigillato. E adesso devi farci i conti... Niente può cambiarci. Niente può salvarci da noi stessi.") I suoi ultimi accordi annegano in un sussurro conformista: "*Humanity... goodbye*". Ma nessuno gli dice addio. Soltanto io, ma lui non mi sente più, gli ho detto: "Amen".

Tiro fuori un taccuino nuovo e scrivo tenendolo in equilibrio sulle ginocchia: "L'Umanità. Ecco cos'è in gioco. E non sto parlando del fatto che l'effetto serra ci farà estinguere con un cambiamento ambientale che tra millenni porterà alla luce le nostre tracce di vecchi dinosauri. No, no... No, no... L'Umanità può scomparire senza che scompaia l'uomo. È possibile che questo animale, l'*Homo laborans*, continui a popolare la Terra e che sia l'Umanità a essersi estinta: studenti con le occhiaie, lavoratrici con calze contenitive, rappresentanti di cataloghi interminabili, agenti immobiliari nervosi, innamorati drogati di WhatsApp, intere popolazioni con il colon irritabile, giocatori compulsivi di Candy Crush, fotografi di Instagram, cercatori di sesso del fine settimana, tutti restano attaccati a quest'altra dimensione dove si svolgono le loro vite. Non qui. Non ora. Dove viviamo soltanto io e questo musicista ignorato da tutti. Soli in questo vagone". Chiudo il taccuino. Osservo il vagone come se fosse un fantasma.

Sta scomparendo la voce come sta scomparendo il gesto, lo sguardo, tutti gli strumenti che fanno sì che la nostra Umanità continui a essere viva.

Benvenuti nella società del malessere.

Io sono stata nemica o fan della tecnologia, di internet, dei social? Né l'uno, né l'altro. Ma è evidente che la strumentazione sta sostituendo ciò che è intimamente umano: non ho mai optato per un e-book a meno che non si trattasse di un titolo fuori catalogo; ho sempre preferito un film al cinema dove posso condividere le urla, le risate e l'odore di popcorn, a quelli visti in casa via cavo; e adesso so che preferisco lavorare con persone che vedo in faccia piuttosto che non vederle, fosse anche solo per mandarle a quel paese.

Il mondo a portata di clic.

Un amore, un libro, una canzone, una lettera, una foto... qualcosa di digitale è come averla e non averla. Qualcosa a distanza è una truffa.

Oppure una serata su Skype equivale ad avere un corpo tra le braccia e sentire quel cocktail di ormoni, il suo sguardo in diretta, il contatto con la sua pelle?

"È meglio avere un contatto con altri esseri umani attraverso i social che essere davvero isolato," mi aveva detto un Andrés molto convinto il giorno in cui gli avevo chiesto se non pensava che i suoi contatti sessuali attraverso la rete non avrebbero finito per diventare frustranti. Come facciamo a sapere chi c'è dall'altra parte che sta pubblicando la sua vita? Internet non ti isola forse di più, dandoti l'illusione di comunicare quando in realtà non stai comunicando affatto?

Quando il chitarrista furioso mi si avvicina gli lancio una moneta e lui mi restituisce l'occhiata incredula di un fantasma sorpreso all'idea che siamo nella stessa dimensione. Nel vagone che mi trasporta insieme a questo esercito di manichini, improvvisamente immagino un mondo in cui non ci siano più case, ma cellule individuali, dove saremo produttivi come api, senza smettere di mangiare polline e vomitare miele, isolati gli uni dagli altri.

E ciò mi spinge a chiedermi quando ho confuso la libertà con l'isolamento, perché mi sono autoimposta di dimenticare che cosa significa dare un bacio della buonanotte, fare un pasto, prepararlo e condividerlo, offrire questa parte di me all'altro. Condividere il tempo ordinario. La bellezza del quotidiano. L'intimamente umano. Ciò che ci distingue dagli animali. È questo che cerco? Spaventata dalla domanda che pongo a me stessa mentre esco dal metrò, attraverso plaza Isabel II diretta all'Ouh Babbo avendo molto chiaro che ciò che troverò lì, almeno oggi, è ciò che sto cercando.

86.

Quando entro nel ristorante la serenata è già iniziata. Bruno sta cantando il tema musicale de *Il padrino* con una pittoresca coppola a quadri sulle ventitré, seduto su una panchetta in un angolo del locale. Dietro di lui, ci sono i soliti tre musicisti. Mi fa segno di sedermi. Quando finisce, chiede un applauso ai clienti anche per la sua amica Patricia che è appena arrivata, una famosa giornalista, annuncia. Non la conoscono? E mi indica nello stesso momento in cui io mi schermisco e saluto la folla allegra dal bancone. Sento le guance che mi vanno a fuoco e, proprio quando Bruno accenna i primi passi di una tarantella e tutti teniamo il tempo battendo le mani come ci ha chiesto, dall'altro lato della vetrata intravedo Gabriel, appoggiato al muro di fronte, che mi osserva come se lo spettacolo fossi io. Il mio corpo si raddrizza, i muscoli mi si tendono e dico al barista, a voce molto bassa, che non berrò niente. Apro la porta a vetri e, senza pensarci due volte, esco e lo abbraccio. Mi bacia forte sulla bocca.

"Devo dedurne che sei felice di vedermi?" chiede malizioso, allontanandosi un po'. E poi: "Sei bellissima, lo sai?".

"È perché sono molto contenta."

"E quindi... hai finito il tuo reportage?"

Dico di sì con la testa e poi no, che non sono contenta, sono euforica, e subito dopo inizia a pesarmi tra le mani un vuoto allarmante.

"Dov'è?"

Dov'è la borsa di stoffa con il testo e la pen-drive?

Ce l'avevo dietro? Gabriel mi guarda senza capire. "Dov'è cosa?" mi chiede. Senza rispondergli, spingo la porta a vetri del ristorante e corro a controllare lo sgabello dov'ero seduta fino a poco fa.

"Non c'è! L'ho lasciato da qualche parte," esclamo, e il battito del mio cuore accelera fino a rasentare la tachicardia.

“Tranquilla,” mi dice Gabriel che mi ha seguito all’interno, “ripassa mentalmente dove sei stata.”

Il mio cervello mi trasmette decine di diapositive al secondo: ricordo di essere stata in metrò, avevo lasciato il plico a terra?, avevo lasciato la borsa accanto al musicista? Me l’ha portata via lui? No, non ha senso... e un po’ prima? Al centro di meditazione? Lì la mia memoria ne perdeva le tracce, ma no... no, no, no... ragiona! Ricordavo di aver portato la borsa con me nel tragitto verso la metropolitana. Oppure no?

“Non lo so, Gabriel,” dico con gli occhi lucidi... “Non lo so...”

Continuo a frugare nella mia confusa memoria recente: forse l’ho dimenticata sul sedile della banchina dove avevo aspettato il metrò. “No, no, no...” ripeto ad alta voce. Gabriel cerca inutilmente di rasserenarmi. Nella mia testa risuona la voce di Leandro che mi ricorda di fare una copia di sicurezza e io che trascino l’icona del file verso la pen-drive, sul mio portatile non l’ho salvato e neppure sul computer della copisteria. Le mie dita nervose compongono il numero del centro di meditazione, ma non risponde nessuno.

“Bisognerà aspettare domani...” Gabriel mi prende per le spalle e mi abbraccia.

Stretta a lui, respiro un po’ meglio. E mi torna in mente la voce consolante della maestra Jedi: “Se c’è una soluzione, perché piangi? E se non c’è una soluzione... perché piangi?”.

Un anno di viaggio. Un anno di lavoro. La mia possibilità di tornare al giornalismo. Il mio tempo perduto. Come farò a dirlo a Greta? Alzo lo sguardo al cielo senza chiedere niente. Senza cercare risposte. Solo un buco tra le nuvole.

Mi asciugo le lacrime e respiro in tre tempi. Lungamente, a fatica.

“Andiamo sul prato?” gli dico alla fine. “Ci saranno i fuochi d’artificio?”

Lui mi guarda con tenerezza infinita e mi tende la mano. Ci mettiamo a camminare allacciati all’altezza della vita, come non mi è mai piaciuto, finché ci ritroviamo immersi nella festa.

Dall’altra parte del ponte iniziano a scoppiare i fuochi d’artificio, che cercano di avvicinare i mortali agli dèi. Questo mi rende più cosciente di aver vissuto per anni in una decelebrazione costante: un giorno avevano smesso di interessarmi i compleanni e il Capodanno, e non c'era stato più tempo per brindare a un successo. La vita era diventata un omogeneizzato di minuti, ore e secondi che si dissolveva, che si buttava giù rapidamente e che aveva sempre lo stesso sapore insipido.

Poco importa che le celebrazioni di oggi le dedichiamo a quell'agricoltore chiamato Isidro, se fu santo oppure no. Nacque a Magerit, mi dice Gabriel come se mi stesse raccontando una favola per distrarmi, la città ricca di sorgenti, era madrileno e, da bravo *gato*, era fissato con il lavoro. "Dicono che fosse in grado di arare la terra e contemporaneamente di pregare... degno patrono del multitasking." Poco importa se la sua origine derivasse o no dalla dea Isis, se fosse greco o cristiano, oggi mi serve per dare alla mia vita una piega diversa. Per segnare un'interruzione sulla mia strada. Un confine. Per saturare di colore e intensità questo capitolo. Ci sarà un prima e un dopo San Isidro e questi fuochi d'artificio. Un punto e a capo. Si imprimeranno nel calendario della mia vita, perché sto riuscendo a godermeli.

La città si paralizza...

Mi siedo sul muro di pietra che ci separa dal grande prato, mi appoggio al petto di Gabriel affinché il cielo di Madrid, dipinto di mille colori, esploda su di noi.

D'un tratto c'è qualcosa che mi ricorda le notti di Shanghai: centinaia di piccoli schermi blu che si alzano per catturare ciò che Gabriel e io stiamo vivendo in diretta e che quegli altri potranno godersi soltanto in differita, con il piano sequenza incerto di un brutto film, prima di condividerlo con un universo di intimi sconosciuti.

87.
Madrid, 2018
Di nuovo primavera

> Abbiamo tutta la vita, ma non tutto il tempo del mondo.
>
> PATRICIA MONTMANY

Le persone amano. Amano molto. Ma chi osa vivere quest'avventura immensa che è l'amore? Non tanti. Perché sei nudo. Sei scalzo. Senza armature né protezioni. Non hai niente. E, se siamo già molto soli lì fuori, siamo ancora più soli qui dentro.

La luce del mattino filtra attraverso il balcone e illumina il letto disfatto. Lo specchio con la cornice di legno che non ho mai appeso si trova ora all'altezza perfetta per incorniciare di scorcio i nostri piedi nudi che spuntano tra le lenzuola.

Oggi non voglio parlare dell'amore mistico. Voglio solo rivolgere una preghiera alle mie carezze. Comporre un requiem per loro. Da quanto non accarezzavo per amore? Che sia passeggero oppure no. Io sono affettuosa. Lo sono con i miei amici più intimi. Li abbraccio. Li bacio. Eppure, in questi ultimi tre anni, ho cercato di trasformarmi in una *serial girlfriend*, seguendo l'esempio dei cowboy solitari che mi circondano. Come Ernesto. Persino lui, però, durante quell'ultimo pomeriggio in cui mi aveva passato tutti gli articoli sul mobbing per il mio reportage, aveva inforcato gli occhialetti mentre a me crollava un mito. Il cowboy solitario si sentiva solo. Aveva avuto così tanta paura di amare che, quando era successo, aveva fatto di tutto perché non lo sapesse nessuno.

La sua storia avrebbe dovuto essere raccontata iniziando dal “perché?”.

Perché quando ti hanno fatto male e vedi il vero amore da vicino ti sembra un premio così grande che non credi di meritarlo. Non sia mai finisca. Meglio che nessuno intuisca che sei innamorato, così nessuno ti farà le condoglianze quando perderai l’amore. Lo scoppio della bolla non sarà così violento. Ma l’amore non è un salto con la rete. “Quando la tua principale debolezza è l’amore, sei la persona più forte del mondo”: non so da chi ho sentito questa frase, ma chi l’ha pronunciata doveva essere un genio.

Mi allungo accanto a Gabriel e gli stringo una mano con cautela, per non svegliarlo. Non ero mai stata sfiorata da dita così morbide. Seguo la sua linea della vita come se volessi indovinare il futuro, ma no, non è il momento di chiedermi che cos’è questo, né il come o il perché. È più importante darmi il permesso di viverlo per una volta. Credere nell’amore è abbastanza. Nella possibilità che esista. Questo è il vero atto di fede. Finalmente credo in qualcosa di intangibile, come mi aveva detto Leandro. La mia vita non è più nuda, come mi aveva vaticinato Diana. Io sì. Adesso sono senza protezione, ma senza niente che mi intralci. Adesso posso dire di essere credente.

Perché in fondo non è l’amore l’unico presupposto su cui concordano tutte le religioni e tutte le filosofie? Amare gli altri e, la cosa più difficile, amare se stessi... devo appuntarmelo, dove ho lasciato il taccuino? Non esiste un concetto meno lezioso di questo. Né più metafisico, oltre che fisico. Tanto sovrannaturale quanto umano. Tanto semplice quanto complesso.

Intraprendo un viaggio lungo la spina dorsale di Gabriel, fino ai glutei. Chi non ha iniziato il lavoro di amare se stesso non può innamorarsi in modo sano. Questo è chiaro. “Ora so che noi guariamo quando siamo amati e quando amiamo gli altri,” dice la Winterson. “Non guariamo fondando una società segreta di cui siamo i ri, rimuginando incessantemente sull’‘altro’ che potremttervi, per poi restarne inevitabilmente delusi.” Segretamente, ho appena nominato la Winterson la mia nuova profetessa. A Jeanette si crede e basta.

Avvicino il naso a quello di Gabriel per condividere il suo respiro. Le lenzuola hanno tracciato segni sottili sulle sue guance. Sbuffa un po' con l'aria di chi continua a sognare e penso che mi piacerebbe tuffarmi nei suoi sogni, come in una piscina di allucinazioni.

Adesso capisco cosa mi aveva spiegato Mister Nice la sera della festa d'addio a Shanghai, su come il rapporto con qualunque essere umano implichi calcolare la giusta distanza. Lui lo aveva imparato praticando l'aikido. La cosa interessante di quell'arte marziale, mi aveva detto, è che si basa sulla teoria che qualunque persona saggia sa che esiste una giusta distanza per evitare che nasca il conflitto, e che questa distanza è diversa per ciascun essere umano. Scoprirla è cruciale per evitare la violenza. Il punto non è che sia poca o molta, ma scoprirla e adattarla come in un equalizzatore. A volte, con la stessa persona varia nel tempo, di qualche centimetro, metro o chilometro. Da ieri sembra che Gabriel e io abbiamo scoperto che possiamo stare a un millimetro senza darci fastidio.

Gli do le spalle. Le sue dita affondano tra i miei capelli, poi mi sfiorano il collo e scendono facendo lo slalom per scrivermi "buongiorno" sulla schiena. Credo, per un periodo, di aver fatto il contrario: avevo lasciato avvicinarsi di più soltanto coloro che non amavo troppo, per poter interrompere il rapporto quando volevo. Ma, se provavo davvero qualcosa, mettevo tra me e quella persona una distanza di sicurezza che finiva per distruggere chiunque. Lui volta il mio corpo come se fosse la pagina di un libro. Il sole gli entra negli occhi e rivela un'intera tavolozza di colori. Li strizza con grazia.

"Voglio stare con te," dico.

Essere, stare, esistere... Servono i soggetti a questi verbi necessari, e anche i complementi sono obbligatori.

Lui cerca inutilmente di dissimulare sorpresa.

"Ah... davvero? E non ti poni la tua famosa domanda: e se va male?" risponde, come se parlasse al posto mio.

"Se va male, ci allontaniamo un po'."

"Molto bene, ma niente mezze misure. Se ci avviciniamo, ci avviciniamo davvero." Adesso è lui a sorprendere me. "Arrivati a questo punto, nessuno di noi due si merita una relazione mediocre."

Direi una bugia a me stessa se non riconoscessi che il mio cuore ha dubitato per qualche secondo se continuare a battere. Ma lo ha fatto. Non mi aspettavo che fosse così coraggioso. Se la vita mi ha insegnato qualcosa, adesso che inizio ad accumulare grandi assenze, è che dobbiamo stare vicini quanto più possibile a chi ci vuole bene. È un anno che scrivo a proposito della necessità di prendere posizione. Del no alle mezze misure. Perciò passiamo un'altra ora a sottrarci baci a vicenda finché non mi suona il cellulare. E poi arriva un messaggio.

Cerco di scendere dal letto mentre lui mi tira per non farmi abbandonare questo ring su cui stiamo combattendo corpo a corpo da tante ore, alla fine ci riesco ridendo e inciampando. Il messaggio è di un numero sconosciuto.

Dice soltanto: *Ho il tuo libro, dammi un indirizzo e te lo mando.*

È firmato da Isaac.

Butto il cellulare sul letto e mi ci butto a mia volta e poi inizio a saltarci sopra come una bambina.

Il mio manoscritto sta arrivando e Gabriel è sotto la doccia. Improvvisamente la perfezione esiste. Metto un po' di musica. Cerco *It's Good to Be Alive* di Imelda May, apro il frigorifero e inizio a infilare nel frullatore tutta la frutta che trovo: mirtilli, banane e fragole, e poi fiocchi d'avena. Credo sia la prima volta che lo uso da quando sono arrivata in questa casa. Tengo premuto il coperchio con decisione e la lama gira all'impazzata producendo un delizioso odore d'estate. Non posso evitare che mi frulli in testa anche un'idea: e se va male?

La sfiducia è uno dei molti nomi della paura. No, non è giusto che faccia scoppiare questa bolla, che dia lo spazio di chi mi ama ai fantasmi di chi mi ha fatto del male. "Dico solo che devi liberarti," mi ha detto Santiago molti mesi fa. "Una casa è un posto in cui sei in compagnia, ma i tuoi pensieri sono per te," ho letto proprio ieri nelle memorie di Jeanette Winterson, quando finalmente si consente di convivere con la sua amata, l'antidoto all'altra casa in cui era cresciuta e a qualche altro tentativo di tana che erano stati territori di guerra.

Gabriel esce dalla doccia e mi becca mentre mi lecco dalle dita i residui di frullato, così cerca di imitarmi, ma io gli do un bicchiere, altrimenti non usciremo mai da qui.

Bussano alla porta. Un fattorino mi consegna il pacco senza togliersi il casco. È il manoscritto ritrovato. Lo apro. Lo annuso. Mi sento come chi recupera un figlio che aveva perso. Isaac lo ha inserito in un raccoglitore ad anelli, uno di quelli che porta sempre con sé, e ha aggiunto un biglietto. Mi chiede scusa: "Non ho potuto evitare di leggere la prima pagina, deformazione professionale," scrive con una grafia quasi disegnata, "ed è più che promettente. Per questo mi permetto di chiedertene una copia, a meno che tu non abbia già dei progetti per il tuo libro. Il mio fiuto di solito non mi inganna ed è il meno che possa fare dopo quello che tu hai fatto per me, senza saperlo, quel giorno in metropolitana".

"Deformazione professionale?" dico ad alta voce. All'improvviso mi ricordo del biglietto da visita che mi ha dato ieri, dopo la lezione. Mi lancio sulla giacca di jeans, appesa all'attaccapanni. Frugo nella tasca e sfioro il cartoncino sottile. Nero su bianco, leggo in un carattere semplice e moderno: *Isaac Ibars. Direttore editoriale di Ibars Editores*.

Lascio cadere il manoscritto sul tavolo come se bruciasse e leggo di nuovo il biglietto. Ibars Editores? Isaac è il direttore editoriale di Ibars?

Che imbarazzo. Forse dovrei scrivergli un messaggio e spiegargli che non è un libro, ma un reportage, o meglio un reportage con appunti venuti fuori a margine di una storia. Dovrei dirgli anche che non è una storia anonima, che non è finzione, che in realtà non so cosa sia... ma in questo momento gli scrivo solo un: *Grazie, Isaac. Sarebbe meraviglioso*. Gli chiedo il suo indirizzo e mi lancio sotto la doccia per svegliarmi da quello che è senz'altro un sogno.

88.

Prendo un pacchetto di gomme e mi metto in fila. La vedo dietro il registratore di cassa. Porta una giacca rossa e un berretto dello stesso colore. La sento chiacchierare con un vecchio motociclista tatuato fino all'anima, carico di sacchetti di patatine e lattine di birra.

"Non so se lei è credente... che Dio la benedica." E gli dà lo scontrino.

Il motociclista sorride sorpreso e solleva la confezione di birre per congedarsi.

"In effetti no, non sono credente... ma grazie!"

Arrivo davanti a lei. Mi rivolge il sorriso d'ordinanza e mi dice che c'è un'offerta due per uno sulle gomme. Si toglie il berretto, saluta la collega e usciamo.

L'odore di benzina si mescola a un altro che arriva dalla sierra. Lei mi osserva con attenzione cercando di decifrare il mio sorriso idiota, quello che mi sembra di avere appiccicato sulla faccia.

"Sei raggiante," mi dice alla fine.

"Voglio presentarti qualcuno che ti piacerà," comincio a dirle.

"Ma non ti ho detto che sono fidanzata?"

Le taglio la strada, le mani sui fianchi, ferma davanti a lei.

"No, stupidina, ho appuntamento con il mio amico Leandro. Per lui è un giorno importante e anche per me." Poi la scuoto un po'. "Ehi, hai detto che sei 'fidanzata'? Allora è una cosa seria!"

Lei fa ondeggiare i capelli folti, neri, che ormai le coprono la schiena. Attraversiamo con il semaforo rosso fino a una fermata degli autobus in plaza San Cristian.

"Anche per me è un giorno molto importante," annuncia.

Tira fuori il portafogli sdrucito dalla borsa e ne estrae una tessera che le trema tra le mani: il suo volto senza velo, con il rossetto rosso, mi sorride con sicurezza dalla foto. Contemplo il documento come se fosse la prova del fatto che esiste la vita su Marte o la vita dopo la vita o i viaggi nel tempo.

"Sono i tuoi documenti da persona normale...?"

E a questo punto mi accorgo che Greta piange seduta sulla panchina della fermata, accanto a me, mentre contempla l'immagine di quella donna con i capelli lunghi e sciolti che la osserva dal documento.

Mentirei se dicessi che non avevo immaginato un finale diverso per questo viaggio. Che questo scambio di ostaggi si svolgesse in uno scenario più epico. Magari su una terrazza da cui avremmo contemplato Madrid ai nostri piedi e io avrei potuto consegnarle una copia fresca di stampa di un giornale con la cronaca firmata da me. Invece siamo a una fermata d'autobus, la colonna sonora è un mix di automobili in coda e acqua che gorgoglia nella fontana della piazza, e io ho una borsa di tela del National Theatre di Londra con dentro un manoscritto in un raccoglitore ad anelli. Tiro fuori il pesante plico che odora ancora di inchiostro. Glielo consegno con un misto di pudore ed emozione. Lei lo apre. Sfoglia piano le pagine come aveva fatto con quel libro di Rilke, con la stessa devozione con cui aprirebbe un messale. Si ferma su qualcuna delle quasi duecentomila parole che riposano al suo interno. Sui titoli dei capitoli.

"Mi dispiace non averlo potuto pubblicare," ammetto, e un nodo alla gola mi impedisce di continuare a parlare.

"Cara amica." Le si spezza la voce. "L'importante non è arrivare a Santiago, ma il cammino, ricordi? Perciò grazie... grazie, grazie mille."

E ci abbracciamo come due compagne di trincea, di avventura, di università, come ci fossimo laureate nella vita.

"Per me abbiamo vinto la nostra sfida," afferma quando ci siamo ricomposte.

Potete andare in pace, penso. Magari. Questa parola inizia a essere per me sinonimo di felicità. Che cosa vuol dire essere in pace?

Forse è solo questo. Accettare che non arriverò mai a uno stato di perfezione; che non controllerò mai né il bene né il male; che non smetterò mai di soffrire del tutto; che non piacerò mai a tutti; che non avrò mai il tempo per fare quello che mi interessa se lo rimando al futuro.

Meglio adesso.

Uscire dal bozzolo.

Com'è leggero il mio corpo. Che pace dà, accettare di aver già pagato un prezzo molto alto per il mio essere diversa e che è il momento di amarmi per quello che sono. Che se sono stata capace di guarire da morti, disamori, tradimenti, come potrei non credere in me stessa? Come potrebbe Greta non credere in se stessa?

L'autobus apre le porte con un sospiro meccanico e ci trasporta, come quel primo aereo, verso l'ultima fermata del nostro viaggio.

89.

Camminiamo per il centro di Madrid e ho la sensazione che soltanto Greta e io siamo in grado di vedere il mondo di *Matrix*.

Tutto il pianeta soffre di una sindrome da accumulo compulsivo. I dischi rigidi straripano di dati, i nostri cellulari non dispongono di spazio per altri contatti. Non cerchiamo amici sui social, ma clienti per il nostro ego. Il mormorio del formicaio non lascia spazio al silenzio. Le cose non lasciano spazio al vuoto. Ben presto nel firmamento ci saranno tanti satelliti quante stelle e i rifiuti emergeranno dai fondali marini prosciugando il mare. Sbricioliamo dati lasciando al nostro passaggio la scia di tutta una vita come una chiocciola e trasformiamo il paesaggio in un luogo inospitale in cui non c'è tranquillità per vivere. Sovralimentati e iperinformati, abbiamo perso la capacità di meravigliarci davanti al volo di una farfalla. Ma noi due no. Noi no.

Leandro ci apre la porta di casa sua con un sorriso appiccicato sulla faccia, sembra un cartello che annuncia felicità allo stato puro. Uno spettacolo meraviglioso. Un miracolo. Greta lo saluta come se lo conoscesse. Sul tavolo c'è una bottiglia di champagne rosé freddo. Lui ci fa strada verso la serra.

"Apro la porta ed entriamo in fretta, va bene?" dice sfregandosi le mani emozionato. "Non voglio che ne esca nessuna."

"Nessuna cosa?" ha il tempo di dire Greta, prima che Leandro ci spinga dentro.

Una pioggia di coriandoli vivi colorati. Salgono, scendono, si posano, giocano.

"Non muovetevi troppo," dice Leandro, che cammina con estrema lentezza in mezzo a loro mentre gli si attaccano addosso come spille colorate, sui capelli, sulle spalle, sulle mani...

Greta si guarda intorno, estasiata. Io sono diventata di cera. Alcune volano nervose, altre fanno giusto uno svolazzo in aria, come quelle della Disney. Una reclama la mia attenzione, sbattendo le setose ali verdi davanti ai miei occhi come se fosse mossa da un filo invisibile, fin quando non mi atterra sulla fronte. Chiude le ali e le apre lentamente, calcolando la sua forza e la sua flessibilità come un piccolo aviatore alle prese con le prime prove di volo.

"È così bello..." dico a Leandro. "Ti rendi conto? Ce l'hai fatta."

Lui si limita a sorridere mentre offre a Greta dei pezzettini di banana. Lei lascia che le farfalle le si posino sulla mano e le osserva affondare le bocche nuove nel nettare di potassio che le aiuterà ad andare più lontano. Ai mobili, ai libri e alle lampade sono ancora appesi i loro molli rifugi di seta, nei quali hanno preso la decisione di sognare le proprie ali.

Leandro ci fa un cenno per indicarci di prenderci per mano.

"Pronte?"

"Per cosa?" diciamo noi quasi in coro.

E apre le finestre.

La libertà inonda tutto.

Riempiono il cielo. Dietro restano i loro corpi disfatti, la loro vita precedente, condannata a trascinarsi.

"Guarda, papà! Guarda!" grida un bambino dalla strada indicando verso l'alto.

E tutto si ferma. La nuvola di ali colorate invade l'aria di Madrid carica di fumo e di polline, circonda i pedoni, le macchine ferme al semaforo di calle del Prado, i cui conducenti si affacciano ai finestrini per osservare come si disperdono, avendo l'avventura come unica destinazione. "L'avventura..." dico con la voce di Isaac.

Lo aveva detto Pessoa che siamo esseri pieni di emozioni: amiamo, odiamo, ci perdiamo e ci ritroviamo; ci puniscono, ci desiderano, ci scrivono e ci cancellano.

Alcuni scompaiono prima del tempo, come Serena e il misterioso Juan; altri continueranno a essere intrappolati nella ruota del criceto, come Andrés e Ramiro Coronel; altri distruggeranno qualunque cosa faccia loro ombra, come Inés Cansino o madre Dominga; i più non ammetteranno mai i propri errori, come Diana o madre Celeste... altri si gollumizzeranno, intrappolati negli abissi della propria mente e del proprio corpo, come la folle Deirdre o la tiranna invalida. Ma ce n'è una manciata che eserciterà la generosità necessaria a proteggere coloro che desiderano intraprendere il volo, come il mio adorato Gabriel o il Topo o Santiago, oppure, ovviamente, Leandro, o alcuni esseri luminosi come la maestra Jedi o madre Juana, l'Aita o il mio caro Ernesto. Soltanto due o tre, però, correranno il rischio di disfarsi per tornare a rinascere. Lì, nei loro bozzoli, stavano senza dubbio Fátima e probabilmente Isaac, per il quale sono tanto felice.

L'unica cosa che ci unisce tutti è che la vita è un tempo morto che ci è stato concesso per crescere. Per vivere con l'emozione profonda che deriva dal non sapere quando finirà. Questa vita che a volte è fuoco e a volte è ghiaccio. A volte orgasmo e a volte tortura. Caduta e volo.

"Grazie per questo," mormoro.

E mentre osservo la mia crisalide personale ormai rinata che si affaccia alla finestra riconoscendosi in quest'altro volo, sono sicura che, qualunque cosa accada, non dimenticheremo mai cosa abbiamo appena provato.

Effetto farfalla

Madrid, un anno dopo

Noi che scriviamo lo sappiamo. Che vivere è molto simile a scrivere la vita di un grande protagonista: noi stessi. Anche il nostro tempo si conta in capitoli e scene – che dureranno più o meno un giorno, un mese o anche anni –, perché una scena non è un'unità di tempo, ma un episodio in cui qualcosa si modifica e la storia avanza. Perciò, se non riusciamo a fare in modo che qualcosa vada avanti in ciascuna delle unità in cui suddividiamo il racconto della nostra vita, potrebbe sembrarci insensato passare al capitolo successivo. È passato esattamente un anno da quando sono giunta alla conclusione che non posso consentirmi di annoiarmi in qualità di lettrice della mia vita.

Già un anno... penso. Mi affaccio oltre la pila di libri e qualche lettore ancora in fila quando la vedo entrare nella sala tenendo per mano Ángela. Con un cenno le faccio capire di aspettarmi. Mentre mi concentro perché la mia grafia sia leggibile in ogni dedica, la osservo facendo finta di niente: la maglia rossa fa risaltare la sua chioma nerissima da india, che adesso porta sempre molto lunga. Ángela non lascia la sua mano; mi è piaciuta da subito – la faccia pulita, gli occhi nocciola, la fronte ampia e onesta, e soprattutto la dolcezza con cui, di tanto in tanto, le fa una carezza complice che Greta accoglie con una naturalezza commovente. Poi salutano con un bacio Isaac, che non ha abbandonato neppure per un attimo il suo ruolo di anfitrione, e chiacchierano animatamente per un po'.

Quando finalmente riesco ad alzarmi, saluto i librai e chiedo a Isaac se devo trattenermi ancora.

"No, cara. Solo un paio di foto per un giornalista che non è arrivato in tempo per la presentazione e poi ti liberiamo."

Anche Ángela si avvicina per salutarmi.

"È stato splendido." Mi abbraccia. "Sono molto felice per voi due. E va bene, te la lascio, oggi è un giorno che dovete festeggiare insieme."

Le sono grata che capisca. Che esista. Che le voglia bene. E sono stata grata anche a Gabriel quando mi ha annunciato che portava tutta quella banda di giornalisti irredenti a bere qualcosa. "Divertitevi," e gli ho rivolto una smorfia preoccupata quando ho scoperto che quelli che lo seguivano come se fosse il pifferaio magico erano Ernesto il Saggio, Beltrán l'Insipido e altrettanti ex colleghi che non vedevo da un secolo e mezzo. Dall'altra parte, guidati da Toño, che portava sulla sua sedia i libri di tutti, sono usciti Petra e svariati altri compagni di meditazione.

L'ultima ad andarsene è stata mia madre. Si è avvicinata con discrezione, i capelli vichinghi appena piastrati, e mi ha detto: "Me ne firma uno, per favore?". E ha aperto il libro alla prima pagina. Poi ha posato la mano sempre calda sulla mia, quando si è accorta che non ce la facevo a scrivere, e anche le sue labbra hanno tremato un po'. Ho da dirle così tante cose che sono riuscita a riassumerle solo in tre parole cariche di significato: "Ti voglio bene". Lei è stata l'unica ad aver superato la frontiera del mio tavolo e i cartelli con il mio viso sereno, in primo piano, senza filtri, con i capelli sciolti e, per la prima volta dopo molti anni, del loro colore naturale, e mi ha accarezzato la testa trasmettendomi lo stesso calore con cui mi ha dato la vita: "Io ti ho sempre voluta così. Ti ho sempre voluta libera". Quando eravamo entrambe sul punto di scoppiare a piangere stupidamente, dalla porta Leandro e Luciana le hanno messo fretta: "Porto tua madre a fare baldoria," ha detto lui, scostandosi i lunghi ricci neri dalla fronte. E tutti sono spariti in fretta, tutti tranne Greta, che rimaneva seduta in una delle prime file dalla sala adesso in silenzio, vuota di tante parole, di pubblico e di flash.

Mi sono avvicinata a lei e siamo rimaste entrambe di fronte alla pila di libri disposti a piramide.

Greta ha sfiorato le lettere in rilievo della copertina.

"*Il sogno della crisalide* di Patricia Montmany." Come se avesse ancora bisogno di leggerlo per crederci. E poi mi ha detto: "Come ti senti?".

"Come ti senti tu?"

Appoggia la mano sul libro come se stesse per fare un giuramento.

"Mai sentita meglio in vita mia."

"E allora bisogna festeggiare, sorella," concludo, dandole una spintarella. "A quanto pare stasera è d'obbligo andare all'Ouh Babbo o al María Pandora, no? In ricordo dei vecchi tempi..."

Mi precede all'uscita, imprecando divertita, ma per chi l'ho presa? Lei è solo una povera monaca e io voglio portarla in quegli antri di perdizione?

Quando usciamo dalla libreria le luci della piazza e l'odore di erba tagliata ci annunciano la primavera, lanciamo qualche moneta al tenore dimenticato all'ingresso del Gran Teatro e mi tornano in mente le nostre ultime passeggiate, registratore e taccuino in resta, quando non sognavamo neppure che il caso facesse cadere nelle mani di Isaac, come una cascata, questa tonnellata di parole condivise nel corso di un anno.

Adesso invece torniamo dalla nostra avventura. Non riesco a smettere di toccare questo libro ancora fresco di stampa: contiene una Patricia e una Greta che, per quanto sia stato doloroso, abbiamo lasciato andare. Perché moriamo e ci reincarniamo. Non una, ma molte volte. Non so se in un'altra vita, come crede la maestra Jedi, ma, adesso lo so, in questa sicuramente sì. C'erano una Greta e una Patricia che erano morte, e quelle che adesso ricominciano a vivere si sono lasciate alle spalle molte persone che avevano svolto il proprio ruolo. Altre, invece, ce le trasciniamo dietro da una vita all'altra. Noi, per il momento, continuiamo a camminare insieme nella successiva.

Quella Greta e quella Patricia se ne sono andate, sì, anche prima che il libro venisse pubblicato, che si accendesse una miccia di lettore in lettore, di paese in paese, che ancora non sappiamo dove ci porterà. Per il momento, non smette di sorprenderci il fiume di mail inviate da coloro che lo hanno letto, che a volte vogliono confessarsi, e altre ringraziarci o denunciare gli abusi subiti dentro e fuori dalla Chiesa. E adesso è nato il movimento #churchtoo, che finalmente ha infranto il silenzio.

Insomma, anche questo libro sta imparando a volare. In che cosa si starà trasformando in questo momento in diversi punti del pianeta è un mistero anche per noi, perché ormai è libero... ma, come mi ha detto Leandro prima di congedarsi, per una pura legge fisica un piccolo miracolo come il battito delle ali di una farfalla può provocare un tornado dall'altra parte del mondo.

La Greta che adesso cammina al mio fianco conserva solo i colori del bruco che è stata. Penso al suo commercio di fiori secchi, in cui ha messo a frutto le sue conoscenze sulle composizioni floreali imparate quando era suora, e mi rendo conto che lei è, nella sua interezza, un vero e proprio monumento al riciclo. Anche se ammette che ormai, per colpa del libro, investe per rispondere ai messaggi sui social la stessa quantità di tempo che dedica a progettare bouquet da sposa.

"E a proposito di spose..."

Fa una pausa a effetto e alza la mano aperta sotto il mio naso. Al suo anulare, un anello brilla al sole.

Ha avuto il coraggio di dirlo a sua madre. All'inizio Felisa e il suo spirito pratico avevano mentito ai suoi pregiudizi dicendo loro che sua figlia si sposava per i documenti, che importava che lo facesse con una donna? Adesso invece sa che è una faccenda di cuore. Ed è felicissima: "Tu, più di chiunque di noi, meriti di essere felice, figlia mia, hai sofferto fin troppo," le ha detto, prima che Greta cadesse tra le sue braccia in modo molto diverso da come aveva fatto, soltanto un anno prima, in quello stesso aeroporto. Faranno un matrimonio in Colombia e un altro a Madrid e...

La interrompo, la abbraccio e tutte e due gridiamo in mezzo al ponte del sui-vitarsi, perché sta tramontando il sole e perché sì, siamo vive.

Attraversiamo il viadotto fino a las Vistillas, alle nostre spalle il sole tramonta su Madrid nei toni assurdi del rosa, dell'arancio e del giallo, le campane rintoccano nella Cattedrale dell'Almudena, ma con un altro significato, e questo ponte, lo stesso che ha visto tante vite schiantarsi sull'asfalto, lascia passare due donne di cui, se non fosse perché è impossibile, si direbbe che sono sul punto di spiccare il volo.

È vero, quest'ultimo passaggio sa troppo di finzione, ma a volte una storia così reale non può essere raccontata attraverso il linguaggio obiettivo senza perdere umanità. Credo, in fondo, di averlo saputo fin dall'inizio.

Questa è la mia realtà. La nostra. E non ci sono altre storie.

Solo adesso mi rendo conto che avevo smesso di credere.

In che cosa? In tutto. Come quasi tutti.

Ci insegnano a credere in Dio, in Allah e in Buddha, nel Paradiso e nell'Inferno, ma l'unica cosa che non ti insegnano è credere in ciò che può salvarti davvero. Per questo io, che solo fino a un anno fa avrei citato uno qualunque dei miei santi per cominciare questa storia, io, una persona per la quale finora la scienza e l'arte erano le uniche divinità, e gli artisti e gli scienziati i loro profeti... oggi citerò Madonna, per alcuni santa e per altri eretica: "Questo è un mondo insicuro dove l'unica cosa che può salvarti è la fiducia in te stesso".

Sì, il nostro mondo insicuro e obeso di informazioni, che ci obbliga a trangugiare migliaia di titoloni mirabolanti, ci fa credere che sappiamo molte cose: ci dicono che Google è riuscito a ricevere notizie da tremila galassie identiche alla nostra. Ci informano che un aereo può volare a undicimila metri portando cinquecento passeggeri, ma non che una farfalla è capace di percorrere in volo quattromila chilometri senza fare rifornimento. Ci sorprendono con il dato secondo cui un cervello umano ha tre quadrilioni e mezzo di byte, cinque in meno del robot più potente del mondo, ma questi ultimi continuano a non capire la bellezza.

E allora... perché diffidiamo tanto della nostra Umanità?

Siamo infimi ma, allo stesso tempo, un grande miracolo.

Siamo capaci di realizzare ciò che sogniamo. Per questo sono convinta che la prima crisalide ha dovuto sognare le sue ali. E che quella metamorfosi miracolosa che oggi reputiamo normale si è prodotta grazie a dosi massicce di tempo e di fede.

Chiudo gli occhi e cammino a tentoni con il sole stanco del pomeriggio che mi batte sulla faccia. Mi fermo e sento che lei si ferma accanto a me. Immagino che dalla sua camicetta spuntino un paio di ali rosa e che il dietro del mio vestito nero a pois si strappi per lasciarne uscire un altro paio dello stesso colore, umide, elastiche, che si aprono, nervo dopo nervo, fino a spiegarsi del tutto.

Non è realistico.

Non è oggettivo.

Ma non è forse un finale bellissimo?

AMEN

Terminato a New York il 5 ottobre 2018

Ringraziamenti

A Martha Urbano, di cuore, per questo viaggio immenso.

Ai miei editor, Alberto Marcos e David Trías, per aver dato a questa storia il tempo e lo spazio perché potesse volare.

Ai miei profeti, Byung-Chul Han per il suo libro *La società della stanchezza* e Jeanette Winterson per le sue memorie, che tanto mi hanno ispirato e accompagnato durante la stesura di questo romanzo.

E, dopo vent'anni esatti dedicati a questa professione, voglio ringraziare in questo romanzo anche tutti coloro che hanno rafforzato la mia fiducia in me stessa quando ero ancora un progetto di scrittrice *in fieri*: mia madre, per avermi raccontato le favole ogni sera e perché ascolta quelle che le racconto io da adulta; Inmaculada Huarte e Asunción Monzón, le mie professoresse di letteratura; Jesús Écija, mio nonno, per avermi aiutato a scrivere il mio primo romanzo; Jorge Fernández Guerra, per avermi dato spazio per pubblicare i miei primi articoli; Fernando Marías, per avermi letto la prima volta; David Torres, per avermi incoraggiato sempre; Miguel Ángel Matellanes, il mio primo editor; Jorge Eduardo Benavides, per avermi insegnato tante cose; José Sanchís Sinisterra, maestro generoso, per avermi aperto le porte del teatro; Juan Mayorga, per il suo slancio e la sua ispirazione; Elyse Dodgson, per avermi chiamato drammaturga in inglese; Mar Montávez, guardiana del mio teatro; Luis de Martos, per avermi prescritto la scrittura; Antonia Kerrigan e la sua squadra, perché portano i miei libri nei cinque continenti; Rosa Montero, perché mi illumina, e i miei amici e la mia famiglia, i miei primi entusiasti lettori e tutti quelli che ho nominato in ciascuno dei miei libri, soprattutto Ana Belén Castillejo, Gabriela Llanos, Luis Antonio Muñoz, Beatriz Rodríguez, Ana Lirón e Lucía Écija.

Indice

13 La prima crisalide

17 Parte prima
FASE LARVALE

21 In una capsula di alluminio
40 Burnout
51 L'abito strappato
59 Homo laborans
69 La cacciata dal Paradiso
85 Nata da uno tsunami
94 Princìpi felini
110 Risorse umane
118 Catena di favori
139 Il vangelo di Juan
151 Sull'Inferno e altri paradisi
172 La piramide rovesciata
194 La tentazione della mela
208 La distruzione del diverso
232 Le eretiche
285 La società della stanchezza
311 Sui-vitarsi
324 Silenzio, si pensa

345 Parte seconda
FASE DELLA CRISALIDE

349 Questione di fede
373 La Comunità del Battesimo
386 Radicali liberi
407 In cerca della magia perduta
429 La Comunità degli Apostoli
458 Shabbat
478 La Comunità dei Poveri
500 Tutti nasciamo senza paura

523 Parte terza
APRIRE LE ALI

527 La luce
547 Sull'amore e altri misteri

557 Effetto farfalla

563 *Ringraziamenti*